김우창 金禹昌

1936년 전라남도 함평 출생. 서울대학교 문리과대학 정치학과에 입학해 영문학과로 전과했다. 미국 오하이오 웨슬리언대학교를 거쳐 코넬대학교에서 영문학 석사 학위를, 하버드대학교에서 미국 문명사 박사 학위를 취득했다. 서울대학교 영문학과 전임강사, 고려대학교 영문학과 교수와 이화여자대학교 학술원 석좌교수를 지냈으며 《세계의 문학》 편집위원, 《비평》 발행인이었다. 현재 고려대학교 명예교수, 대한민국예술원 회원으로 있다.

저서로 『궁핍한 시대의 시인』(1977), 『지상의 척도』(1981), 『심미적 이성의 탐구』(1992), 『풍경과 마음』(2002), 『자유와 인간적인 삶』(2007), 『정의와 정의의 조건』(2008), 『깊은 마음의 생태학』(2014) 등이 있으며, 역서 『가을에 부쳐』(1976), 『미메시스』(공역, 1987), 『나, 후안 데 파레하』(2008) 등과 대담집 『세 개의 동그라미』(2008) 등이 있다. 서울문화예술평론상, 팔봉비평문학상, 대산문학상, 금호학술상, 고려대학술상, 한국백상출판문화상 저작상, 인촌상, 경암학술상을 수상했고, 2003년 녹조근정훈장을 받았다.

이성적 사회를 향하여

이성적 사회를 향하여

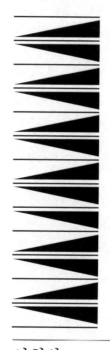

사회와
정치에 관한
에세이

김우창 전집

5

민음사

간행의 말

1960년대부터 글을 발표하기 시작한 김우창은 문학 평론가이자 영문학자로 글쓰기를 시작하여 2015년 현재까지 50년에 걸쳐 활동해 온 한국의 인문학자이다. 서양 문학과 서구 이론에 대한 광범위한 천착을 한국 문학에 대한 깊은 관심과 현실 진단으로 연결시킨 김우창의 평론은 한국 현대 문학사의 고전으로 읽히고 있다. 우리 사회의 대표적 지성으로서 세계의 석학들과 소통해 온 그의 이력은 개인의 실존적 체험을 사상하지 않은 채, 개인과 사회 정치적 현실을 매개할 지평을 찾아 나간 곤핍한 역정이었다. 전통의 원형은 역사의 파란 속에 흩어지고, 사회는 크고 작은 이념 논쟁으로 흔들리며, 개인은 정보 과잉 속에서 자신을 잃고 부유하는 오늘날, 전체적 비전을 잃지 않으면서 오늘의 구체로부터 삶의 더 넓고 깊은 가능성을 모색하는 김우창의 학문은 우리가 믿고 의지할 수 있는 소중한 자산의 하나가 아닌가 한다. 그리하여 간행 위원들은 그 모든 고민이 담긴 글을 잠정적이나마 하나의 완결된 형태로 묶어 선보여야 할 필요성을 절감했다. 이것이 바로 이번 김우창 전집이 기획된 이유이다.

김우창의 원고는 그 분량에 있어 실로 방대하고, 그 주제에 있어 가히 전면적(全面的)이다. 글의 전체 분량은 새로 선보이는 전집 19권을 기준으로 약 원고지 5만 5000매에 이른다. 새 전집의 각 권은 평균 700~800쪽가량인데, 300쪽 내외로 책을 내는 요즘 기준으로 보면 실제로는 40권에 달한다고 봐야 할 것이다. 이 막대한 분량은 그 자체로 일제 시대와 해방 전후, 6·25 전쟁과 군부 독재기 그리고 세계화 시대에 이르기까지 한국 현대사를 따라온 흔적이다. 김우창의 저작은, 그의 책 제목을 빗대어 말하면, '정치와 삶의 세계'를 성찰하고 '정의와 정의의 조건'을 탐색하면서 '이성적 사회를 향하여' 나아가고자 애쓰는 가운데 '자유와 인간적인 삶'을 갈구해 온 어떤 정신의 행로를 보여 준다. 그것은 '궁핍한 시대'에 한 인간이 '기이한 생각의 바다'를 항해하면서 '보편 이념과 나날의 삶'이 조화되는 '지상의 척도'를 모색한 자취로 요약해도 좋을 것이다.

2014년 1월에 민음사와 전집을 내기로 결정한 후 5월부터 실무진이 구성되어 본격적인 활동을 시작했다. 방대한 원고에 대한 책임 있는 편집 작업은 일관된 원칙 아래 서너 분야, 곧 자료 조사와 기록 그리고 입력, 원문 대조와 교정 교열, 재검토와 확인 등으로 세분화되었고, 각 분야의 성과는 편집 회의에서 끊임없이 확인, 보충을 거쳐 재통합되었다.

편집 회의는 대개 2주마다 한 번씩 열렸고, 2015년 12월 현재까지 35차례 진행되었다. 이 회의에는 김우창 선생을 비롯하여 문광훈 간행 위원, 류한형 간사, 민음사 박향우 차장, 신새벽 사원이 거의 빠짐없이 참석했고, 박향우 차장이 지난 10월 퇴사한 뒤로 신동해 부장이 같이했다. 이 회의에서는 그간의 작업에서 진척된 내용과 보충되어야 할 사항에 대해 서로 의견을 교환했고, 다음 회의까지 무엇을 해야 할지를 결정했다. 일관된 원칙과 유기적인 협업 아래 진행된 편집 회의는 매번 많은 물음과 제안을 낳았고, 이것들은 그때그때 상호 확인 속에서 계속 보완되었다. 그것은 개별 사안에 대한 고도의 집중과 전체 지형에 대한 포괄적 조감 그리고 짜임새 있는 편성력을 요구하는 일이었다. 이렇게 19권의 전체 목록은 점차 뚜렷한 윤곽을 잡아 갔다.

자료의 수집과 입력 그리고 원문 대조는 류한형 간사를 중심으로 서울대학교 국어국문학과 대학원의 천춘화 박사, 김경은, 허선애, 허윤, 노민혜, 김은하 선생이 해 주셨다. 최근 자료는 스캔했지만, 세로쓰기로 된 1970년대 이전 자료는 직접 타자해야 했다. 원문 대조가 끝난 원고의 1차 교정은 조판 후 민음사 편집부의 박향우 차장과 신새벽 사원이 맡았다. 문광훈 위원은 1차로 교정된 이 원고를 그동안 단행본으로 묶이지 않은 글과 함께 모두 검토했다. 단어나 문장의 뜻이 불분명한 경우에는 하나도 남김 없이 김우창 선생의 확인을 받고 고쳤다. 이 원고는 다시 편집부로 전해져 박향우 차장의 책임 아래 신새벽 사원과 파주 편집팀의 남선영 차장, 이남숙 과장, 김남희 과장, 박상미 대리, 김정미 대리가 교정 교열을 보았다.

최선을 다했으나 여러 미비가 있을 것이다. 독자 여러분들의 관심과 질정을 기대한다.

2015년 12월
김우창 전집 간행 위원회

일러두기

편집상의 큰 원칙은 아래와 같다.

1   민음사판 『김우창 전집』은 1964년부터 2014년까지 한국어로 발표된 김우창의 모든 글을 모은 것이다. 외국어 원고는 제외하였다.

2   이미 출간된 단행본인 경우에는 원래의 형태를 존중하였다. 그에 따라 기존 『김우창 전집』(전 5권, 민음사)이 이번 전집의 1~5권을 이룬다. 그 외의 단행본은 분량과 주제를 고려하여 서로 관련되는 것끼리 묶었다.(12~16권)

3   단행본으로 나온 적이 없는 새로운 원고는 6~11권, 17~19권으로 묶었다.

4   각 권은 모두 발표 연도를 기준으로 배열하였고, 이렇게 배열한 한 권의 분량 안에서 다시 주제별로 묶었다. 훗날 수정, 보충한 글은 마지막 고친 연도에 작성된 것으로 간주하여 실었다. 한 가지 예외는 10권 5장 '추억 몇 가지'인데, 자전적인 글을 따로 묶은 것이다.

5   각 권은 대부분 시, 소설에 대한 비평 등 문학에 대한 논의 이외에 사회, 정치 분석과 철학, 인문 과학론 그리고 문화론을 포함한다.(6~7권, 10~11권) 주제적으로 아주 다른 글들, 예를 들어 도시론과 건축론 그리고 미학은 『도시, 주거, 예술』(8권)에 따로 모았고, 미술론은 『사물의 상상력』(9권)으로 묶었다. 여기에는 대담/인터뷰(18~19권)도 포함된다.

6   기존의 원고는 발표된 상태 그대로 싣는 것을 원칙으로 삼아 탈오자나 인명, 지명이 오래된 표기일 때만 고쳤다. 단어나 문장의 의미가 불분명한 경우에는 저자의 확인을 받은 후 수정하였다. 단락 구분이 잘못되어 있거나 문장이 너무 긴 경우에는 가독성을 위해 행 조절을 했다.

7   각주는 원문의 저자 주이다. 출전에 관해 설명을 덧붙인 경우에는 '편집자 주'로 표시하였다.

8   맞춤법과 외래어 표기는 국립국어원 규정에 따르되, 띄어쓰기는 민음사 자체 규정을 따랐다. 한자어는 처음 1회 병기하는 것을 원칙으로 하고, 문맥상 필요하다고 판단되는 경우 여러 번 병기하였다.

본문에서 쓰인 기호는 다음과 같다.

책명, 전집, 단행본, 총서(문고) 이름: 『 』

개별 작품, 논문, 기사: 「 」

신문, 잡지: 《 》

내면적 인간과 정치

서문에 대신하여

오늘날 사람의 운명은 정치적으로 결정된다. 이것은 2차 세계대전에 이르는 어지러운 유럽의 정치 상황을 보면서 토마스 만이 유럽인의 삶의 모습의 새로운 국면을 지적하여 한 말이다. 우리의 경우 우리의 삶은 20세기에 와서 전적으로 정치적이었다. 그리고 그것은 지금도 그러하다. 우리의 개인적인 관심이 무엇이든지 간에, 오늘날 우리 사회가 커다란 집단적 과제를 안고 있으며 그 과제가 개인적인 관심 또는 삶에 선행할 수밖에 없다는 것은 누구나 동의하는 일일 것으로 생각된다. 이 과제가 무엇인가도, 사람에 따라 조금씩은 차이가 있겠지만, 대체로 동의할 수 있는 것이라 할 수 있다. 가령, 그 내용은 여러 가지로 정의되고 또 역사의 추이와 투쟁의 경과에 따라 달라질 수 있겠지만, 한편으로 민주화를 계속하고 그것을 제도적으로 정착하게 하며 물질적으로 문화적으로 또 사회 제도의 측면에서 근대 사회의 토대를 수립해 나가며, 다른 한편으로 분열되어 있는 국토와 민족을 통일하는 일 ― 이러한 것들이 우리 앞에 가로놓인 역사적 과제의 가장 중요한 것들이라는 데에 이론을 제기할 사람은 별로 없을 것이다. 이러한 동의와 의견의 일치는 곧 우리의 삶이 정치적으로 규정된다는 말이고, 또 그렇게 규정되는 것을 우리가 허용한다는 것이다.

우리의 삶에 있어서 정치의 우위는 역사적으로 주어진 상황의 결과이기 때문에 우리의 선택을 넘어가고 가치 판단의 대상이 될 수 없는 것이다. 그러한 과제란 오로지 받아들이는 일 외에 다른 방편이 있을 수가 없다. 그런 의미에서 그것은 우리의 삶을 내리누르는 무거운 짐이다. 그러나 다른 한편으로 거기에 보상이 없는 것은 아니다. 의무의 수락 ─ 특히 어려운 의무의 수락에는 그 나름의 장렬한 영광이 있다. 우리의 삶을 규정하는 과제는 우리의 삶에 독특한 위엄과 깊이를 준다. 이것은 보다 편한 사회 ─ 영국의 어느 정치학자는 국가 경영의 문제를 종착의 항구가 없는 배를 운항하는 것이라고 말한 바가 있는데, 이러한 말로 설명될 수 있는, 보다 편한 사회의 느슨한 삶에 우리 사회를 비교하여 보면, 금방 알 수 있는 것이다.

그러나 정치가 절대적 우위에 있는 사회가 지불하여야 하는 대가가 결코 작은 것이 아니다. 무거운 짐을 지고 가야 하는 삶 ─ 스스로 떠맡은 것도 아닌, 역사가 지워 주는 짐을 메고 가야 하는 삶이 괴로운 것임은 말할 것도 없다. 그것으로 하여 희생되어야 하는 것은 개인의 행복이다. 행복이 전혀 없다는 것은 아니다. 사람은 짐을 벗는 데에서도 행복을 찾지만 짐을 지는 데에서도 행복을 찾는다. 이러나저러나 개인의 행복의 모양은 천태만상이게 마련이다. (이 점이 바로 행복으로 하여금 인간에게 주어진 은총이 되게 한다. 그것은 다른 사람이 정해 주거나 경쟁적으로 쟁취해야 하는 것이 아닐 수 있기 때문이다.) 그런데 사회적 과제의 무거운 압력은 모든 것을 획일화하여, 어떠한 조건하에서도, 없을 수가 없는, 행복도 하나의 형태로 고착시킨다. 또 이것은 집단의 엄청난 압력하에서 획일화된 개체로 하여, 이미 예상된 것이기도 하다. 개체의 억압에서 오는 가장 큰 문제의 하나는 결국은 개체적 내면에 자리하게 마련인 인간의 주체성의 파괴일 것이다. 그것은 인간의 인간됨의 가장 중요한 부분을 공허한 것이 되게 하고 따라서 정치의 정당성을 흐리게 할 뿐만 아니라 조만간 그것의 효율성을 빼앗아 간다. 정치의 우위가 인정될 수밖에 없는 것이라 하더라도, 정치의 정당성은 사람다운 삶에서 나오고 또 정치의 효율성도 정치적 행동 안에 있는 사람의 사람다움에 깊이 관계되어 있다. 그런데 인간의 주체적 내면의 파괴는 이 정당성과 이 효율의 근본 원인을 파괴하는 것이다.

밖으로부터 작용하는 것이 정치라고 하더라도, 정치도 사람의 내면에 호소하는 바가 없이 효력을 가질 수는 없다. 사람의 일로서 완전히 밖으로부터 작용하는 것, 말하자면 당구공을 움직이듯 사람을 움직일 수는 없는 일이다. 사람들은 주어진 과제의 중요성에 대하여 설득되어야 한다. 우리 사회의 담론 일반에서 정치적 레토릭이 절대적 비중을 차지하는 것은 당연하다. 이 레토릭은 두 가지 면으로 이루어진다. 그것은 한편으로 집단적 투쟁성을 강조한다. 그리고 다른 한편으로는 도덕적 당위성의 힘을 빌리려 한다. 투쟁적 본능이나 도덕성이 없이는 정치적 동기는 우리의 내면적 동기의 원천에 닿기 어려울 것이다. 어쩌면 그것 없이는 정치적 과제 자체가 발생하지 아니할는지도 모른다. 그러나 투쟁 본능이나 도덕성은 다 같이 사람의 내면에 관계되는 것이지만, 정치는 대체로 이 내면적 요소를 너무 강한 것이 되게 할 수는 없다. 그렇다는 것은 그것이 내면적인 것으로 인지되게, 다시 말하여 반성의 독자적인 계기로 성립하게 두어둘 수는 없는 것으로 보인다. 도덕은 인간이 여러 행동의 가능성 가운데 하나를 선택하는 인간 행위의 어떤 특성을 지칭한다. 그것은 하나의 주체가 정보를 모으고 판단하고 동의하는 선택의 행위를 하나의 계기로 갖는다. 그것은 내면의 과정이다. 그러나 대부분의, 정치적으로 요구되는 도덕성이란 그러한 내면적 과정을 허용하지 않는다. 어떤 특정한 목적에 동원되는 사람들에게 선택의 자유를 주는 것은 위험스러운 것이다. 이것은 집단의식의 경우에도 그러하다. 그것은 본능의 범위를 넘어가게 할 수 없다. 집단적 투쟁 본능은 어떻게 보면 자명하다. 그 경위는 분명하지 않지만, 사람의 자아의식의 태반은 집단적 가치의 내면화 이외의 다른 것이 아니다. 자기 보존의 본능은 저절로 집단의 보존과 주장에 일치한다. 그런데 참으로 집단의 이익과 나의 이익이 일치하는가? 집단 내의 관계는 그것을 참으로 나타내 주고 있는가? 또 사람의 집단적 범위란 고정된 것이 아니어서 역사적으로 여러 가지로 다른 경계선을 가진 것인데 그것은 보다 좁아질 수도 있고 넓어질 수도 있다. 집단적 본능이 반성의 대상이 될 때 이러한 점에 대한 의식이 대두될 수 있다. 그러나 이러한 반성적 계기는 정치적으로 의미가 없는 것으로 생각되는 것이다.

투쟁적이고 정치적인 레토릭이 거의 이론의 여지없이 정당성을 갖는 것은 집단적 삶의 위기에서이다. 전쟁이 공동체의 공동체임을 분명하게 드러내 준다고 말한 정치 철학자가 있지만, 위기는 삶을 공동의 필요 속으로 단순화하고 단순화된 삶이 유일하게 살 만한 삶이 되게 한다. 그러나 집단의 위기로 대두된 과제와 레토릭에 의하여 정의된 삶이 이상적인 상태의 삶일 수는 없다. 그것이 사람들의 집단적인 삶의 규범이 될 수는 없는 것이다. 또 조금 더 이완된 정치 상황에의 삶의 정치적 동원은 조금 더 복잡한 경로를 통하여 가능해진다. 정치는, 위기적인 상황에서이든 아니든, 사람들이 모여 사는 데에서 저절로 생겨난다. 정치적 과제가 사람을 동원하는 경로는 물론 사람의 사회성이다. 사람의 생존은 말할 것도 없이 집단의 운명에 깊이 관계되어 있다. 집단의 일은 개체 생존의 이익의 불가분의 일부이다. 그러나 개체와 집단의 일치는 조금 더 직접적이기도 하다. 사람의 주체의 경계선은 극히 유동적이다. 내가 나의 팀, 고장, 나라와 일치시키는 것은 거의 본능적이다. 개인이 그의 집단의 급한 일에 뛰어드는 것은 자기 보존의 이익을 계산하기 전의, 자기 보존의 행위와 같은 면이 있다. 그러나 다른 한편으로 집단의 과제를 떠맡고 나서야 하는 것이 나 자신일 필요가 있는가? 집단의 과제를 받아들이고도 다시 개인의 이익 계산이 고개를 들 수 있다. 그런 경우에 어떻게 하여 스스로 집단의 일을 떠맡게 할 수 있을 것인가? 얼른 생각할 수 있는 것이 일에 따른 보상이다. 이 보상은 차별적이며 또 경쟁을 통하여 배분되는 것일 때 효과적이다. 사람들은 이러나저러나 힘과 물질 또는 명예의 보상을 위하여 경쟁적 투쟁을 벌이게 마련이다. 그런데 이 투쟁에서의 보상은 집단적 과업의 성취에 연계될 수 있다. 그리하여 집단적인 일을 위하여 교묘하게 이기적인 동기가 끼어들게 되는 것이다. 사람을 이기적인 — 매우 복잡한 연관의 이기적인 존재라고 규정하는 관점에서는 이러한 사회적 경쟁은 집단의 과제를 위하여 사람들을 동원하는 데 가장 강한 동기가 된다고 할 것이다.

그런데 투쟁의 대상이 되는 목표는, 일정한 초보적인 충족의 수준을 넘은 다음, 단순히 물질적으로 파악된, 또는 특정한 것으로 규정된 보상을 위한 것은 아니다. 왜냐하면 힘, 물질 또는 명예를 구성하는 것은 사회적, 역사적 요인들이기 때문이다. 한때 충분히 매력적으로 보이던 보상도 다음 시대, 다른 사회에서는, 그렇지 못한 것으로 재규정될 수 있다. 그러므로 단순히 사람들의 사회적 생존을 동기 짓는 것은, 어떤 사람들이 말하는 것처럼, 명예(timē)의 경쟁이라고 하는 것이 좋을는지 모른다. 그것은 단순히 사회성의 경쟁 — 그것이 어떤 것이든지 간에 더욱 많은 사회의 인정을 받으려는 경쟁이 되는 것이다. 그리하여 이 개인적인 경쟁이 사회의 일을 가능하게 한다.

개인이 원하는 것이 바로 사회로부터의 인정이라고 할 때, 개인과, 집단 또는 사회에 갈등이 존재한다는 것은 표면적 관찰에 불과한 것으로 보인다. 그러나 인간의 사회성의 경쟁이야말로 가장 격렬하고 가장 파괴적일 수 있다. 사람이 원하는 것은 사회로부터의 인정이고, 그것은 다른 사람과의 배타적 경쟁을 통한 인정이고, 또 그것은 무한한 것이다. 무한하다는 것은, 구체적으로는 사회가 그 구성원 한 사람 한 사람을 포함하는 한, 사회의 모든 사람, 사회의 최후의 한 사람이 인정할 때까지는 그칠 수 없는 것이기 때문이다. 이것은 장자크 루소가 자존심(amour propre)이라고 부른 심리 상태에 가장 잘 나타난다. 이것은 사회적으로 유발되는 것으로서 사회적 인정 속에서 자기를 찾으려는 나머지 다른 사람이 '자기 자신보다도 오히려 나를 사랑해 달라는' 요구이다. 또는 이러한 사회적 인정의 상태는 헤겔의 유명한, 의식과 의식의 죽음에 이르는 투쟁에도 표현되어 있다. 다른 사람의 인정의 추구는 결국 나를 유일한 주체적 존재로 인정할 것을 요구하고 필연적으로 남을 객체화하는 결과를 가져오게 된다. 그리고 이것은 주체적 의식 간의 죽음에 이르는 투쟁을 야기시킨다. 이러한 죽음에 이르는 투쟁은 단순한 권력 투쟁, 사회적 지위를 위한 투쟁 등에서 잘 볼 수 있는 것이지만, 사실 집단의 상황을 위기로 파악하는 정치, 가령 혁명의 정치에서 가장 뚜렷하게 나타난다. 다만 혁명적 과제의 명분이 이러한 경쟁적 투쟁의 양상을 얼른 보이지 않게 할 수는 있다. 그러나 그러한 명분에 의한 은폐가 가능한 한, 투쟁적 정열은 더욱 무제한적으로 발휘될 수도 있다.

정치적 과제가 분명할 때 사회적 경쟁은 일단 긍정적 기능을 가진 것으로 말하여질 수 있다. 중요한 것은, 그것이 어떠한 기제를 통하여 이루어지는 것이든지 간에 과제의 달성이다. 그러나 사회적 경쟁만을 떼어 볼 때, 그것은 극히 공허한 것이라 할 수 있다. 죽음에 이르는 사람과 주체성의 경쟁은 결국 따지고 보면 어떤 실질적 내용을 가진 것도 아닌 것이다. 그것은 사회적인 명예를 위한 것이지만, 여기서 사회란 구체적으로 다른 사람에 다름 아니며, 그 다른 사람이 나의 명예를 정의하는 것인데, 결국 그 사람의 관점에서 명예를 정의하는 다른 사람은 나 자신이다. 우리가 맹렬히 추구하는 명예란 어디에서도 실질적으로 정의된 바가 없는 제로값의 의미를 가진 것이다. 정치적 사회란 사회적으로 충족되는 자존심의 사회인데, 이러한 사회는, 그 극단적인 형태에서, 죽음 또는 파멸에 이르는 것은 아니라도, 갈등과 긴장이 많고 궁극적으로 공허한 사회적 삶만을 규범적 삶으로 내거는 사회이기 쉽다. 혁명적 전체주의 사회, 금전만능의 경쟁 사회, 관료적 위계질서의 사회가 이러한 것이다.

우리 사회가 반드시 사회적 자존심의 사회인지 아닌지는 간단히 말하기 어렵다. 그러나 적어도 전통 사회가 일종의 명예 사회(timocracy)였던 것은 어느 정도 사실이다. 이 명예는 주로 사회적으로 부여되는 것이다. 조선조의 관인 체제에서, 그것은 사회적 신분과 관직으로 규정되는 것이었다. 그러나 이것은 조선조가 도덕주의적인, 또는 달리 말하여 이데올로기적 사회라는 사실로 하여 상당히 달라진 것이라고 할는지 모른다. 거기에서의 사회적 경쟁은 단순한 자아와 자아의 무의미한 경쟁만은 아니었다. 적어도 경쟁은 도덕성과 민본적 정치 이상과 실천의 경쟁이다. 그러나 다른 사회의 경우도, 정도를 달리하여, 이미 비친 대로, 사회적 정치적 경쟁에 사회적 의의가 없다고 할 수는 없다. 명예는 개인적 동기에 사회가 개입하는 방도이다. 그것은 개인적으로 추구되는 것이지만, 그 추구를 통하여 사회의 과제가 수행되는 것이다. 명예는 사회가 정의하고 수여하는 것이다. 무엇이 명예로운 것인가는 사회와 시대에 따라 다른 것이지만, 그것이 완전히 이기적인 것일 수는 없다. 명예가 사회적으로, 즉 다른 사람에 의하여 주어지는 것이라면, 누가 순수한 이기적 행동에 그것을 부여하겠는가? 조선조에서 사회적 명예가, 다른 사회의 경우에 있어서보다, 개인적 사회적 도덕성에 긴밀하게 관계되어 있었다고 말할 수는 있을 것이다. 이 긴밀성이 사회적 명예의 경쟁이 공허한 개인 대 개인의 경쟁으로 타락하는 것을 어느 정도 방지하여 주었다고 할 수 있다. 그러나 그것이 도덕이 명분으로 타락하는 것을 방지해 줄 수는 없었다. 명분은 도덕이면서 진정한 의미의 도덕은 아니다.

지나치게 강한 사회적 관련에서 도덕은 사람의 행동이 사회적으로 어떻게 받아들여질 수 있느냐의 문제가 된다. 도덕은 행동의 사회적 정당성과 일치한다. 명분은, 이런 점에서 사회적 행동의 도덕성을 어느 정도 보증해 준다. 그러나 이것은 쉽게 도덕의 범위를 넘어가는 도덕이 된다. 이 비도덕성은 도덕 이성이나 마찬가지로 그 사회적 성격에서 온다. 모든 것은 사회적 기준으로 판단된다. 그리하여 저절로 거기에는 사회적인 상호 견제, 상호 경쟁의 요소가 강하여지게 된다. 명분적 도덕의 세계에서 그것을 중심으로 한 사회적 경쟁이 극히 처절한 것은 조선조의 역사에서 또는 다른 이데올로기의 정치에서 잘 볼 수 있는 일이다. 도덕적 명분과 사회적 경쟁은 특이하게 강한, 긍정적이기도 하고 부정적이기도 한, 정치적 치열성을 만들어 낸다. 그러나 이러한 치열성의 도덕적 양의성보다도 더 중요한 것은 도덕과 명분의 일치가 도덕에서 그 깊이 또 그 참의미를 앗아 간다는 것이다. 도덕이 명분이 될 때, 그것은 심성의 과정 —스스로 생각하고 판단하고 동의하는 내면의 과정에서 나오는 것이 아니게 되는 것이다. 명분화된 도덕의 원천은, 이미 비친 바와 같이, 사회에 있다. 사회에서 어긋나는 도덕적 행위는 있을 수 없다. 물론 이것이 늘 순응적 도덕을 처방하는 것은 아니다. 행위자는 그 입장에 따라 현존하는 사회이거나 현존하는 것과는 다를망정 그가 진정한 사회라고 생각하는 어떤 다른 사람들에 의하여 정당화하는 행동을 할 수 있을 것이기 때문이다. 우리가 준거로 삼는 사회가 어떤 것이든지 간에, 이 명분의 출처로서의 사회는 어떤 것인가? 그것은 여러 가지 이데올로기적 정당성이 있는 대로 아무런 실질적인 내용이 없는 것이 되어 버릴 가능성이 있다. 여기의 사회는, 이미 말한 바와 같이, 구체적으로는 다른 사람이다. 그리고 이 다른 사람은 참으로 깊은 도덕적 예지의 권위자일 수도 있다. 그러나 그것이 다른 사람에 의하여 그대로 받아들여질 때, 그리고 그것을 받아들이는 사람의 깊은 내면적 과정에서 다시 살아나지 않는 한, 그것은 외면에 불과하다. 우리의 명분은 밖에서 온 것이다. 주체적 사고와 느낌, 거기에서 나오는 선택 없이 참다운 도덕이 있을 수 있는가?

사회성에서 가능한 도덕의 최고 형태는 아마 정의일 것이다. 삶의 깊은 곳에서 우러나오는 어떤 가치 또는 실질적인 내용이 없이도 사람 사이의 형평을 이야기하는 것은 가능하고, 이 형평은 도덕적인 것 그 자체로 도덕적 성격을 띨 수 있다. 도덕의 근원의 하나가 사람에 대한 존중이라고 한다면, 형평은 이 존중의 보편화를 요구하는 것이다. 그러나 형평의 내용이 없이는 이 보편적 요구는 매우 기초적인 뜻에서만 도덕적 의미를 함축한다. 그러나 형평의 내용을 이루는 것은 무엇인가? 그것은 오늘의 있는 대로의 삶 또는 그것의 향수를 가능하게 하는 것 이외의 다른 것이 아니거나 무반성적으로 채택되는 어떠한 내용일 수 있다. 어떤 경우에나 삶의 실질적인 내용은 그것에 대한 우리의 깊은 느낌에 관계되어 있다. 우리가 삶에 접하는 것은 이 느낌을 통하여서이다. 주어진 대로의 오늘의 삶이 우리의 삶의 내용이라고 하더라도 우리는 그것에 깊고 넓은 접촉을 가지고 있는가? 그러한 접촉은 내 자신의 내면의 질에 의하여 매개된다. 이 내면이 미발달되어 있을 때, 우리는 참으로 삶에 깊이 개입되었다고 할 수 있는가? 도덕은, 이미 비친 바와 같이, 스스로 선택할 수 있는 자유로운 주체가 없이는 무의미한 것이다. 인간에 대하여 우리가 가지고 싶어 하는 어떤 이상 — 생각하고 판단하고 그에 따라 행동하는 주체적 존재로서 인간은 인간으로서의 위엄을 갖는다는 이상적 인간 개념이 우리로 하여금 인간의 도덕성을 이렇게 생각하게 한다. 그러나 더 원초적인 차원에서 삶을 보다 풍부하게 사는 것이 그렇지 않은 것보다는 낫다는 전제에서도 내면적으로 파악하는 인간은 필요한 일이다.

　20세기에 있어서 우리의 도덕의 근원이 되는 것은 대체로 집단적 명분이었다. 물론 위에서 이미 비친 바와 같이 이것은 충분히 정당성이 있을 수 있는 것이었다. 그것은 무엇보다도 현대사의 과제가 정당화해 주는 것이었다. 현대사의 과제 — 새로 생각하고 고려하고 할 여유도 없이 다가오는 현대사의 과제, 자주권의 수호나 독립이나 통일 그리고 민주화 또 문제적이면서도 그 당위성을 부정하기 어려운 근대화 등이 우리의 행동이 도덕적인 것이 되게 하는 명분이었던 것이다. 그러나 그것이, 위에서 말한 바와 같은 인간의 삶의 단순화, 빈약화 그리고 공허화의 위험을 방지해 주는 것은 아니다. 이것은 단순히 개체적 삶의 관점에서만 그러하다는 것이 아니다. 한 사회 속에서의 삶이 전반적으로 그렇게 되는 것이다. 정치가 삶에 관계되어 있다고 한다면 그것은 정치의 관심사가 되어 마땅하다. 그렇지 않은 정치는, 우리의 정치가 흔히 그러한 국면을 가져왔듯이, 삶에 대하여 무관하고, 그러니만큼 궁극적으로 그 현실적 효력을 상실하게 마련이다.

　사회적 일변의 삶, 정치적 관심으로만 결정되는 삶이 부정적인 결과를 가져올 수 있다고 하여, 개체적 삶 그 자체로 풍부한 것일 수 없음은 이미 비친 바와 같다. 주어진 집단적 과업으로부터 멀리 있는 삶이 바른 인간성의 표현일 수는 없을 것이다. 또 그러한 과업을 떠나서도 집단 속에서의 움직임은 그 나름의 흥분을 가지고 있다. 또 집단적 행동의 광장은 자기실현의 공간이 된다. 사람은 주어지는 기회 속에서만 자기의 가능성 — 새로운 가능성을 실현한다. 또 이 가능성은 사회적 공간 속에서 하나의 객관성을 얻는다. 이러한 가능성, 그것의 객관화 없이 사람의 위엄은 아무것도 아니다. 그러나 이 가능성은 그것이 엿보게 해 주는 주체적 인간의 경이가 없이는 별 의미를 가질 수 없다. 위대한 정치적 인간은 단지 그의 인기나 권력, 탁월한 술수가 아니라 참으로 안으로부터 나오는 인간적 위대성을 표현하기를 우리는 기대한다. 그는 외부적 힘의 꼭두각시가 아니라 주체적 인간이어야 한다.

주체적 인간의 경이는 아마 영웅적 자기실현에서 ─ 또는 보통 사람에게도 가능한 어떤 영웅적 순간에만 볼 수 있는 것일 것이다. 물론 주체적 인간의 모습은 보다 낮은 차원 ─ 보통의 삶의 표현에서 또는 그의 도덕적 행동의 핵심에서도 확인될 수 있는 것이다. 주체성은 단순히 말하여 내가 물건처럼 취급될 수 있는 존재가 아니라 자기 나름으로 주인이 되기를 주장할 수 있는 존재라는 말이다. 또 나는 내 스스로의 결정에 따라 살고자 하고 살 수 있는 존재라는 것이다. 그러나 한 발자국 더 나아가 그것은 스스로의 삶을 보다 높은 인간의 가능성 가운데에서 선택할 수 있다는 것을 의미한다.

제 삶을 스스로 선택하고 그것을 주장한다고 할 때, 제 스스로의 삶은 제멋대로의 삶을 말할 수 있다. 그러나 그것은 참다운 의미에서의 주체적인 삶이 아닐 가능성이 크다. 제멋대로의 삶은, 어디에서 오는 것인지 모르는 충동, 어디선가에서 온 우연적인 암시에 따른 삶이기 쉽다. 진정으로 주체적인 삶은 우연에 의하여 지배되는 것이 아니라 스스로의 선택에 의하여 ─ 따라서 우리에게 가능한 최선의 선택에 의하여 이루어지는 삶이다. 도덕은 이러한 선택의 행위에 관계되어 있다. 그것은 나의 주체적 선택의 결과이며, 이 선택은 삶의 객관적 가능성 속에서 이루어진다. 도덕은 이 과정에서의 원칙이며, 개체적 선택의 행위이다. 영웅적 행동은, 그것이 전부는 아니면서, 도덕적 영광을 드러내 주는 행위이다. 그것은 어디까지나 개체적 행위이면서 인간 존재를 규정하는 커다란 도덕적 또는 적어도 형이상학적 배경에 비추어 일어나는 행위이다. 그것은 규범적이며 동시에 극히 개인적이다. 그것은 개인적인 만큼 창조적이다. 그 사람만이 가능한 행위인 것이다. 그러나 모든 위대한 창조와 마찬가지로 그것은 창조한 사람의 천재와 함께 세계 자체의 창조적 위대성을 드러내 준다. 그것은 인간을 지배하는 큰 규범의 확인이거나 아니면 인간의 새로운 가능성, 즉 새로운 규범의 수립이 된다.

그러나, 다시 한 번, 이러한 실천적 과정 이전에 중요한 것은 인간의 내면에의 열림이다. 이것은 선택으로서의 삶이 저절로 매개해 주는 것이다. 삶의 최선의 선택에 대한 질문은 우리에게 두 가지 계기를 마련해 준다. 그것은 우리의 삶을 여러 가능성의 선택지 가운데 있는 것으로 보게 한다. 그리고 그것은 우리로 하여금 우리 자신에 대하여 반성적이 되게 한다. 우리의 선택을 여러 가능성 가운데 보는 것은 그것을 객관화하여 되돌아본다는 것을 말하기 때문이다. 그러면서 우리는 우리 자신 안으로 들어간다. 반성을 통하여 나는 비로소 나를 객관적으로 알게 되고 동시에 그 객관에 대하여 책임을 갖는 독자적 주체로 알게 된다. 다시 말하여 반성에서 나는 나를 객관화하고, 다른 한편으로 객관화된 주체로서 또 객관화하는 주체로서의 나를 깨닫는다. 그리하여 나는 이러한 작용을 가진 내면적 존재로 드러난다. 주체적 존재는 내면적 존재가 아닐 수 없다. 이것을 통하여 우리는 바람직한 삶, 풍부한 삶을 저울질할 수 있게 된다. 그것 없이는 우리의 행동이 보다 나은 삶에 연결될 도리가 없다.

정치는 실재적 작업이면서 인간의 내면을 가로질러 가는 것으로서 비로소 완전히 인간적인 정치가 될 수 있다. 그 매개를 통하여서만 그것은 인간의 인간으로서의 위엄과 보다 풍부한 삶의 가능성에 맞닿아 있으며 그것을 북돋는 것이 될 수 있다. 그러한 정치가 쉽지 않은 것임은 또는 어쩌면 현실에 가능한 것이 아님은 사실이다. 내면의 과정은 느린 과정이다. 특히 그것으로부터 출발하여 집단적 일치에 이른다는 것은 거의 불가능한지 모른다. 정치는 성급하다. 현실의 작업 또한 긴급한 대책을 요하는 것이다. 어떤 사람들은 국가와 사회의 긴급한 일에 개인적 도덕의 원리를 적용하는 것은 무책임한 사치라고 말한다. 큰 명분으로서 작은 인간의 진실을 무시하거나 억압하는 일은 흔히 보는 천박한 오만의 표현이지만, 이러한 말이 전혀 무의미한 것은 아니다. 그러나 인간을 위한 정치는 적어도 집단의 요구와 개인의 요청, 또는 집단적 윤리의 요구와 개인적 윤리의 요구 사이에 존재하는 모순을 통렬하게 의식하는 것이 필요하다. 이 모순을 어떻게 조화하느냐 하는 것은 정치적 인간의 — 집단과 개체의 양극 사이에 살아야 하는 모든 사람은 정치적이다. — 영원한 고민의 대상이다. 높은 인간적 의식의 차원에서 이 모순은 조화에 이르지 못한다 하더라도 최악의 경우 적어도 비극적 위엄으로 지양될 것이다. 실존의 방식으로서의 정치적 삶의 영광은 희극적 조화나 비극적 파국이 인간적 의식의 충만과 결단의 고귀성 속에서 이루어질 수 있다는 데에 있다.

우리의 현대사는 문학을 공부하는 사람도 우리의 정치적 상황에 대하여 깊은 관심을 갖지 아니할 수 없게 하였다. 그러나 경우에 따라서 다르겠지만, 문학인의 정치적 관심은 독특한 편향을 가지게 마련이다. 그것은 단순히 누구나 자기의 사회적 위치와 관심의 관점에서 사물을 보게 마련이라는 뜻에서만은 아니다. 정치가 인간의 삶에 대한 전체적 비전이라고 한다면, 문학은 또 하나의 그러한 비전이다. 그것이 삶의 전부를 포용하고자 하는 한, 두 개의 비전은 결국 하나의 것일 수 있다. 그러나 적어도 그 역점에 있어서, 두 삶의 비전은 전혀 다른 것 — 잔인한 현대사 속에서 특히, 모순된 것일 수도 있다.

문학은, 그것을 어떤 방향에서, 어떤 관점에서 보든지 간에, 생각하고 느끼고 감각하는 사람의 일에 관계된다. 이러한 삶은 변화하는 현대의 시간 속에 살고 있는 구체적 인간의 삶이다. 그러면서 문학이 스스로를 일치시키는 구체적 인간은 그를 넘어가는 여러 결정의 틀에 맞닿아 있다. 이 틀은 밖으로부터 그의 삶을 한정하는, 그리고 또 스스로의 스스로를 넘어가려는 힘에 대응하여 나타나는 테두리이다. 이것은 일상적 사물에서부터 자연 전체 또는 그 이상의 것까지를 포함한다. 우리의 삶에 맞닿아 있는 집단적 범주 — 정치, 경제, 사회의 범주들도 그러한 테두리이다. 이것은 괴로움의 근원이기도, 적절한 조건하에서는, 사람이 스스로를 거기에 일치시키고자 하고 또 거두어들이고자 하는 보람이기도 하다. 그것은 사실 삶 자체라고 할 수도 있다. 우리의 삶을 한정하는 대상과의 교호 작용이 없이 다른 무슨 삶이 있겠는가? 외면적으로 파악된 정치에서 삶은 삶의 집단적 범주의 문제로만 한정된다. 여기에 대하여 문학의 입장에서 — 물론 문학의 입장도 입장 나름이라고 하겠지만, 생각하고 느끼고 감각하는 인간을 떠나서, 어떠한 문학의 입장이 있을 수 있겠는가? 이러한 인간의 인정이야말로 문학의 가능성의 선험적 조건이 아닌가 한다. — 삶은 더 복잡하고 다기한 과정, 일체적 과정으로 생각될 수밖에 없다.

일체적 과정은 집단적 범주 이외에도 일상적 사물들, 한정된 대상이면서 우주의 일체성에로의 신비한 열림을 가진 자연의 사물들, 하나의 개체적 존재로 엉켜 있으면서도 나에게, 이웃에게, 주변의 세계에게 열려 있는 존재로서의 사람들, 사람과 함께 세계를 공유하면서, 우리와 그들 일체의 생명과 존재의 모체를 상기케 하는 짐승과 나무와 풀들, 그리고 그야말로 이 모든 것의 모체 — 이러한 것들을 모두 포함한다. 정치가 문제 삼는 집단적 범주는 삶의 과정의 일부이며 거기에서 나오는 것이다. 그러면서도 정치적 관심은, 모든 부분적 관심이 그러한 것처럼, 그러면서도 스스로 거의 전체라고 생각하기 쉽기 때문에 더욱, 이것을 잊어버릴 위험을 가지고 있다. 문학은, 그 정치적 관심에서도, 이 망각의 위험을 상기시키지 아니할 수 없다. 적어도 집단적 범주의 한계적 성격, 그 요구의 괴로움 그리고 더 나아가 그 보람을 말하지 아니할 수 없는 것이다. 괴로움과 보람 그리고 기쁨 — 이것 자체가 곧 목전의 것이 다른 보다 큰 과정으로 이어져 있다는 것을 말하는 것이다. 괴로움은 어떤 하나의 일에 우리의 다른 지향이 눌려 있음으로 일어나고 기쁨은 그것에 우리의 목숨의 전체가 전율함을 나타낸다. 보람이란 우리의 시간화 과정의 성숙의 인식이다.

놀라운 것은 단순한 느낌의 삶 속에 그것을 넘어가는 것에 대한, 더 큰 삶의 과정에 대한 — 일체성에 대한 지표들이 들어 있다는 것이다. 그리하여 단순히 오늘의 삶 속에서 느끼며 생각하며 감각하며 사는 나와 우리의 이웃은 가장 작은 세계에 틀어박혀 있는 옹졸한 인간이면서 동시에 세계의 과정을 매개하는 중심이다. 문학이 보통의 느낌의 인간에 돌아가는 것은 이러한 작고 큰 삶의 양상으로 돌아가는 것이다. 문학은 정치에 대하여 이러한 보통의 삶의 과정 — 그 전체성 그리고, 물론 그 협소함을 상기시킨다.

말할 것도 없이 정치는 집단적 긴급성 속에서 사물을 본다. 보통의 삶의 복합성에 주목할 틈이 없다. 이것은 우리 현대사에서 늘 그랬다. 박정희 시대의 말기로부터 최근까지의 시기도 마찬가지였다. 또는 더 그러했다. 더 그러했다는 것은 물론 우리의 주관적 느낌이고 인상이다. 그것은 다분히 우리의 시간 감각의 불가피한 원근 왜곡으로 인한 것이다. 또 달리는 바로 지난 십수 년간의 시대의 위기적 성격이 다른 때에 비하여 조금 더 약했기 때문에 역설적으로 그러한 느낌을 받게 되는 것인지도 모른다. 외침이나 전쟁 또는 절대적 빈곤, 또는 심지어 절대적 억압의 상태에 있어서, 집단적 동원 명령이 단순화하는 삶의 복합성은 그렇게 모순된 것으로 보이지 않을 수도 있기 때문이다. 지난 30년, 20년 또는 10년의 우리 사회는 정치적 동원과 삶의 복합적 요구가 팽팽하게 맞설 수 있게 하는 정도의 정치 역학이 존재했던 것으로 말할 수 있다. 정부의 산업화 정책은 한편으로는 정치적 동원을 요구하면서 동시에 그 압력에 저항할 수 있는 사회의 힘도 강화하였다. 그리고 이 사회의 힘은 또 그 나름의 집단적 동원의 요구로 결집되었다. 그 결과 우리 사회는 끊임없이 준혁명적 상황 속에 있게 되었다. 그곳에서 문학적 의식도 모순적 형성의 과정을 거쳤다. 문학은 한편으로 정치에 대하여 보다 좁기도 하고 넓기도 한 삶의 의식으로 맞서고 다른 한편으로는 여기에서 나오는 저항과 불행 의식을 다시 집단적 사회 의식의 요구로 발전시켰다. 이것은 다시 그 집단적 단순화에 대한 저항감을 불러일으켰다. 이러한 모순과 우여곡절의 문학 의식의 경과에 문학인들은 저절로 말려들지 아니할 수 없었던 것이다.

이번 평론집 세 권을 위하여 마지막 평론집을 내었던 1981년으로부터의 10년을 돌아보면서 나는 내가 정치적인 글들을 점점 더 많이 쓰게 되었던 것을 확인한다. 신문에 썼던 글 이외의 것들은 대체로 여기에 모았지만, 글 쓰는 이외에도, 지난 10년 동안은 정치적인 관심에 많은 시간과 힘을 빼앗겼었다. 그러나 그러는 동안에도 내가 문학으로부터 떠나 있었던 것은 아니었다. 그것은 직업상 여러 면에서 그러했다는 말이기도 하지만, 위에서 설명하려 한 바와 같이, 정치적 문제에 대한 나의 발상 자체가 문학의 뿌리에서 나온 것이라고 할 것이기 때문이다. 말할 것도 없이 정치에 관한 나의 생각에, 또 인생에 대한 문학적인 관심의 정치에 대한 관계에, 밝혀져야 할 부분이 너무나 많다. 이것은 앞으로 내가 더 생각하고 연구하여야 할 과제이다. 다만 그때그때의 기회와 요청에 따라 씌어진 글들의 산만한 모음들인, 여기에 수록된 에세이들이라도, 정치의 인간화를 바라는 독자들에게, 그때그때의 시사적 의미를 넘어 조금 더 항구적인 관점에서 정치적 행동의 인간적 의미를 밝히는 데에 일조가 되기를 바란다.

1992년 가을
김우창

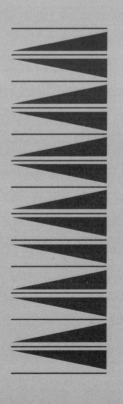

1부

정치적
행동

정치적 행동에 대하여

실존적 관찰

　정치적 행동은 우리에게 가장 자명한 것이면서, 쉽게만은 이해되지 않는 현상 중의 하나이다. 이해하기 어렵다는 것은 그 출발점이 되는 동기에서 그렇고, 그것의 종착점 —— 참다운 의미에서 어떤 행동이 정치적이 되는 사회적 결과에 있어서 그렇다. 가장 간단하게 우리는 정치적 행동을 개인적 차원에서 볼 수 있다. 흔히 이야기되듯이 정치적 행동의 동기는 쉽게 야심이란 말로써 설명된다. 물론 야심이란 말 자체가 설명을 필요로 하는 말이다. 왜 사람들은 야심을 갖는가? 왜 어떤 사람들은 야심이 없거나 많지 않은가? 야심의 대상은 간단히 말하여 정치권력이다. 그것은, 흔히 생각하듯이, 상당히 매력적인 것인지 모른다. 그러나 그 장악에 이르는 도정이나 그것에 따르는 책임이 개인적 안녕과 마음의 평정을 희생으로 바치기를 요구하는 것이기 때문에, 사람들이 왜 이러한 희생을 무릅쓰고 정치권력을 추구하는지는 쉽게 이해할 수 없는 점이 있는 것이다.

　인간 행위의 상당 부분은 부족하고 결여되어 있는 상태에서 연유한다. 권력의 추구는, 자명한 이야기로, 권력의 부족 또는 달리 말하여, 무력감에서 온다고 할 수 있다. 힘의 결여의 상태는 사람의 삶의 조건에 본질적으로 들어 있는 것이라고 할 수도 있지만, 그것은 여러 환경적 조건에 의하여 강화된다. 인간의 자연스러운 욕구를 가로막는 투쟁적 사회 상황이 여기에 중요한 요인이 된다. 어떤 일을 하면서 그것이 막힐 때, 그 막힘을 제거하려고 하는 것은 당연하다. 그러나 권력의 추구는 이러한 구체적인 막힘을 뚫어 내려는 노력보다는, 이러한 막힘이 일반화되어 무력감이 될 때 시작되는 것이라 할 수 있다. 구체적이고 개별적인 일에 있어서의 좌절은 일반적인 사나움의 상태로 발전하고, 다시 맹목적 권력, 사람과 물건에 있어서의 절대적 지배를 갈망하는 권력 의지로 추상화된다. 그리하여 권력 의지는 좌절을 꿰뚫는 의지가 아니라 지배를 확대하는 독립된 의지가 된다. 다시 말하여, 무력 ─ 권력의 추상화는 특정한 좌절감보다도 사회와 문화 체제의 전체적 억압성에 대한 반작용으로 일어난다. 무력감은 특정한 좌절이 아니라 전체적인 심리 상태이다. 그것이 절대 권력 의지로 나아간다. 권력 의지가 마치 독자적인 인간 본능으로 보이는 것은 그것의 추상적이고 일반적인 성격 때문이다.

여기에 대하여 보다 구체적인 결여의 상태, 내용이 있는 결여의 상태가 있다. 그리고 이것을 고치려고 하는 구체적인 행동이 정치적인 성격을 띨 수 있다. 이것은 보다 이성적으로 이해될 수 있는 행동이다. 안녕과 평화가 사람의 자연스러운 추구의 대상이라고 할 때, 이것의 결여 상태에서 어떤 교정 행위가 일어나게 되는 것은 자연스러운 일이다.

이것보다도 절실한 것은 불의의 희생자가 이를 시정하고자 할 때의 행위이다. 이런 관련에서 정치는 흔히 정의의 회복과 정의의 유지에 관계되는 것으로 생각된다. 불의의 정의에로의 전환을 위한 행동은 가장 쉽게 이해될 수 있는 정치적 행동이다. 그러나 불의의 피해자인 어떤 사람이 그것을 시정하고자 할 때, 그것 자체가 정치적 행동이 되는 것이 아니라는 점을 잠깐 생각해 볼 필요가 있다. 어떤 피해는 개인적 보상을 통하여 곧 시정될 수 있다. 이때 그것은 개인적 윤리의 문제이거나 기껏해야 법률상의 문제이다. 불의의 시정을 위한 행동이 정치적이 되는 것은 그것이 조금 더 공적인 성격을 띨 때이다. 어떤 개인의 피해가 여러 사람에게도 일어날 수 있는 것으로 생각될 수 있을 때, 더 나아가서 그 피해가 공적 질서의 잘못으로 일어난 것으로 증명될 수 있을 때, 그 시정을 위한 행동은 공적이고 정치적인 것이 된다.

이에 대하여 여러 사람의 집단적 행동은, 어떤 경우에나 그것이 집단에 관계되는 만큼, 정치적인 행동이라고 할 수 있다. 그러나 이 경우에 있어서도 그 집단적 행동이 그 사회의 전체적 질서에 관계되는 것으로 생각될 때, 그것은 참으로 정치적인 것이 된다. 정치적 행동은 수의 문제라기보다는 일반적으로 전체성의 이념 속에 수렴될 수 있는 대사회 행동을 말하는 것이라 할 수 있다. 어떤 피해자의 행동은 피해의 사실보다도 피해를 피해로 보게 만드는 어떤 정의의 이념에 관계됨으로써 정치적 행동이 된다. 집단의 행동도 단지 그 집단적 성격 때문이 아니라 —— 운동 경기라든가 경축 행진도 집단적이다. —— 질서의 전체성에 관련됨으로써 정치적이 된다. 관련된다는 것은 궁극적으로 긍정적 결론으로 끝난다고 하더라도 집단의 전체성을 일단 문제화하는 국면을 가지고 있다는 말이다. 그렇기 때문에 정치적 행동은 일단은 위험스러운 것이다. 이 문제성, 위험성의 극대화를 우리는 혁명적 행동에서 본다. 정치적 행동의 전형으로서 혁명을 쉽게 생각하게 되는 것은 그런 이유에서일 것이다.

정치적 행동이 전체적 성격을 가지고 있다는 것은 중요한 실제적 근거를 갖는다. 개인의 피해 또 피해의 시정 행위가 여러 사람에게 확산될 수 있는 것은 그것이 잠재적으로 여러 사람에게 일어날 수 있는 일이기 때문이다. 사회적 차원의 필요는 권력 추구의 행위에 더 절실하다. 어떤 사람이 권력을 추구하고 권좌를 지향하여 나아갈 때, 다른 사람들이 거기에 참여하여야 할 이유가 있는가? 참여할 이유가 있다면, 그것은 권력의 비대칭성으로부터 일어나는 피해를 방지하는 데, 즉 다른 사람의 권력 추구를 훼방하여야 한다는 데 있을 것이다. 그러나 권력의 추구는 배타적으로 한 개인의 추구일 수 없다. 그것은 혼자의 힘으로 얻기가 어려운 것이기도 하고 성질상 다수자의 지지와 동의를 필요로 하는 것이다. 어떻게 하여, 근본적으로 여러 사람을 움직이게 하고 여러 사람의 지지를 받을 수 있을까? 제일 간단한 대답은 전리품의 분배를 약속함으로써 그것이 가능하다는 것이다. 권력에의 야망을 달성하고자 하는 마당에서 이러한 약속이 중요한 역할을 하는 것을 우리는 알고 있다. 그러나 정치의 마당이 극히 광범위한 것이 될 때, 이러한 약속은 단순한 차원에서는 실천되기 어려운 것이 된다. 그런 경우에 약속될 수 있는 전리품은 모든 사람에게 주어질 수 있는 기회의 공정성이다. 물론 모든 사람에게 배분될 수 있는 전리품을 만들어 내도록 할 수도 있다. 즉 정치 행동의 권력 추구는 모든 사람의 욕망을 어느 정도 만족시켜 줄 수 있는 유형적 무형적 재화의 증대에 연결될 수도 있다는 말이다. 약탈의 약속이나 번영과 복지 정책의 표방은 언제나 정치의 한 부분이었다. 그러나 이러한 약속이 모든 사람에게 확대될 때, 그것은 단순히 기회의 균등이라는 추상적 약속이 되기 쉬울 것이다. 어떤 권력 추구의 계획에 다른 사람들을 동원하기 위한 이익의 약속은 반드시 일대일의 거래나 계산을 통하여서만 이루어지는 것이 아니다. 넓은 마당의 정치에 있어서의 기회의 공정성, 사회의 재화의 증대는 추상적 전체성의 이념이며, 반드시 현실적 이익으로 표현되는 것만이 아니다. 그러니만큼 정치에 있어서의 추상적 이념 — 그것이 의식적으로 표현되었거나 무의식적으로 어림되는 것에 불과하거나 — 추상적 이념의 역할을 인정할 수밖에 없다. 정치가 반드시 직접적인 의미에서 이익의 수수 관계의 총계인 것은 아니다.

이것은 정치 행동의 동기가 작용하는 모습에서 경험적으로 알 수 있는 것이다. 위에서 말한 정의감이라는 것에는 분명 자신이 잠재적으로 입을 수 있는 해에 대한 느낌이 들어 있다. 그리고 그것은 궁극적으로 경제적 사회적 또는 생물학적 보상의 이해관계의 공정한 배정에 관련되어 있다. 그러나 정의감은 우리 자신의 이익의 손상 또는 배분의 공정성에 대한 이성적 이해보다는 더 직접적으로 인간의 심성 속에서 우러나오는 것으로 보인다. 맹자(孟子)의 시비지심(是非之心)이나 측은지심(惻隱之心)과 같은 것을 우리는 정치 행동 속에 작용하는 심리적 세력으로 볼 수 있을 터인데, 이것은 적어도 그 단초에 있어서는 사람의 심성의 직접적 발현으로 생각된다. 플라톤에게 정의의 실현에 중요한 것은 혈기와 같은 것이어서, 정의로운 행동은 혈기 있는 행동과 크게 다르지 않다. 사실 우리의 일상적 관찰에 있어서도 정의감은 분출하는 파토스에 긴밀한 관련이 있는 것을 볼 수 있다. 정의의 사나이란 이성적 인간이라기보다는 앞뒤를 헤아리기 전에 안에서 밀어 오르는 충동에 따라 움직이는 다혈질의 인간이다. 정치적 행동의 핵심에 놓여 있는 것은 단순한 손익 계산이 아니라 정의감이라고 부를 수 있는 행동 본능의 분출이다. 이것은 어디에서 오는가? 본능적이고 충동적인 것인 만큼, 그것은 매우 개인적이고 주관적인 집중 상태 속에 일어난다. 그러면서 그것이 여러 사람이 구성하는 사회 질서에 깊은 의미를 가지고 있는 것임은 틀림이 없다. 이러한 모순된 계기를 가지고 있는 것이 정의의 행동 또는 정치적 행동이다. 이 모순은 철저하게 개인적이면서 사회적인 인간 생존의 근본에서 나온다. 사람의 목숨은 한편으로 철저하게 단독자의 것이지만, 그것의 생물학적 근원에 있어서 단초로부터 부모를 비롯한 여러 사람의 도움 없이는 한시도 목숨을 부지할 수 없다. 그러나 이러한 사정은 밖으로부터 주어지는 것이 아니라 바로 사람의 내면과 본질을 이룬다. 그는 어린 시절로부터의 주변의 사회적 환경에 대하여 일정한 기대를 가지며, 동시에 주변 인물들의 기대를 자신의 것으로 내면화한다. 그리하여 자신과 자신에게 중요한 사람들을 포괄하는 환경의 질서를 거의 본능적 요구로 가지게 된다. 정의에 대한 요구는 여기에서 나온다.

다시 한 번 주목하여야 할 것은 정의의 행동의 일체성이다. 그것은 개인적 사회적 차원과 역사를 가지고 있으면서, 이 차원들은 반드시 의식적 계산을 통해서 결합되지 아니한다. 이것은 적어도, 개인적 차원에서, 정의의 행동을 건강한 것이 되게 한다. 그것은 인간의 에너지의 어떤 것도 희생될 필요가 없는 행동이다. 일체적 정의의 행동에서, 행동자는 자기를 희생하여 사회적 목적에 봉사하는 것도 아니고, 자아의 증폭을 위하여 사회를 이용하는 것도 아니다. 정의의 행동 그것이 행위자의 삶과 사회의 삶을 동시에 고양하는 것이다. 물론 불의의 질서 속에서의 정의의 행동이 지불하여야 하는 대가가 엄청난 것임은 새삼스럽게 말할 필요도 없다. 그것은 생명을 버리고, 생명 이상의 것을 버리는 최고의 자기희생일 가능성이 크다. 그러나 조금 추상적으로, 정의의 행동의 전 과정의 여러 계기 가운데에서 그 행동의 계기만을 떼어 내 본다면, 그것은 희생이 아니라 자기 확인 및 확대를 나타낸다. 행동자가 느끼는바, '그렇게 하고 달리 할 수가 없다.'라는 느낌에 표현된 필연성의 확인, 또는 기이한 열정은 이러한 계기의 적극성을 드러내 주는 것임에 틀림없다. 이러한 일체성은 정의의 행동뿐만 아니라 대체적으로 정치 행동 일반의 속성이다. 우리는 정치 행동의 한 동기로서 야심을 언급하였지만, 야심은 참으로 개인적인 권력 추구 또는 그것에 필수적인 것으로 보이는 전략, 권모술수 등으로 설명되어 버릴 수 있는가? 야심이란 것도 본래는 정의의 경우나 마찬가지로 개체적이고 집단적 얼크러짐의 역설을 일체적인 것으로 포용하는 인간 생존의 근원에서 나온다고 말할 수 있다. 야심 또는 정치적 충동은 일단 개인적인 동기에서, 또는 더 적극적으로 삶의 현상 유지를 넘어가는 어떤 생명력에서 나온다고 볼 수 있다. 그러면서 그것은 사회 내의 다른 사람들과의 관계에서 실현되어야 하는 힘이다. 그러나 그것이 다른 사람에 손해가 나는 방법으로 실현될 수는 없다. 물리적 힘의 지배 관계도 손익의 불균형을 전제한다. 필요한 것은 한 사람의 이익이 다른 사람의 손해가 되는 '제로섬 게임'이 아니라, 모든 사람의 삶을 신장하는 그러한 방법이요, 과업이다. 정치적 행동은 얼핏 손익이 고르지 않은 행동인 듯하면서 손익을 초월하여 일반적으로 인간의 행동을 높은 차원으로 끌어올리는 행동이다.

비교적 단순한 공동체에서 한 사람이 다른 사람보다 더 많은 사회적 힘을 행사하는 것은 거의 예외가 없는 일이다. 그러나 여기에 기초가 되는 것은 직접적인 강제력이라기보다는 사회적 압력이고, 마지막 테스트에서는 인격의 힘이라고 할 것이다. 한편이 다른 편의 인격의 힘에 승복하는 것이다. 사회적 관습에 의하여 떠받들어지는 인격의 힘이란 것도 전혀 억압적 성격을 갖지 않았다고 할 수는 없겠지만, 보다 강하고 고양된 인간의 모범에 대한 자연스러운 경탄이 아마 여기에서 더 근본적인 요인일 것이다. 이 경탄을 통해서 모든 사람들은 보다 높은 삶의 가능성에 참여한다.

경탄의 대상이 되는 삶은 영웅적 행동에 가장 잘 나타난다. 영웅적 행동은 공동체의 삶에서 중요한 기능을 갖는다. 가장 직접적으로 그것이 다른 집단과의 투쟁에서 중요한 것임은 말할 것도 없다. 그러나 이 경우에도 반드시 이것을 공리적 관점에서만 해석할 수는 없다. 영웅의 영웅적 행동은 영웅 자신의 삶을 고양하고 그와 아울러 집단의 삶 자체에 고양감을 부여한다. 다른 집단과의 투쟁이 없는 경우라 하여도, 아마 영웅적 행위의 존재는 집단의 삶을 보다 높은 차원의 기율 속에 유지하는 데 필요한 것일 것이다. 영웅적 서사시나 종교적인 수난극에 비슷한 희랍의 비극들은 인간에 있어서의 영웅적 행동 또는 영웅적 수난의 의미를 잘 드러내 준다. 여기에서도 주목할 것은 영웅적 수난이 어떤 공리적 계산에서 나오는 것이라기보다는 직접적이요 일체적인 행동으로서의 장대함을 갖는다는 점이다. 영웅과 그의 행동 사이에 간격이 있다면 그것은 그의 행동이 보편적 이념 또는 힘에 의하여 삼투되어 있다는 점으로 인한 것이다. 그의 행동은 한편 으로는 단순한 무용(武勇)이 아니며, 다른 한편으로는 개인이나 공동체를 위 한 의도적이고 계산된 희생의 행위도 아니다. 헤겔이 희랍 비극에 있어서 의 비극적 행동의 근원을 '수난, 파토스(πάθος)'에 있다고 지적했을 때, 그 것은 비극에 나타나는 영웅적 행동이 개인적이고 보편적인 것이면서, 무 엇보다도 불가항력적으로 일어나는 것이라는 것을 말한 것이다. 헤겔의 생각으로는 영웅의 마음을 움직이는 것은, 그로서도 어떻게 할 수 없는 감 정인데, 그것은 "합리성과 의지의 자유의 본질적 내용이며, 사람의 심성을 사로잡는 본질적 정당성을 가진 힘"이다. 그것은 "……윤리적 힘들에 의 하여 동기지어진다."(『미학(美學)』, 제1권, 제1부, 제3장) 그것은 단순히 공동 체의 정치적 생존보다는 더 높은 차원에서의 공동체의 존재, 그 윤리적 존 재에 커다란 의미를 갖는 것이다.

영웅적 행동이나, 정의의 행동의 일체성은 매우 위태로운 것이다. 희랍 적 일체성이 없어진 마당에서 영웅적 행동은 가장 졸렬한 이기적 행동의 극대화가 되고, 윤리적 행동은 옹졸해진 인간의 이성적 규범에의 외면적 순응의 결과로 생각될 수 있다. (헤겔도 합리화된 사회에 있어서 관료적 행정 조 처가 영웅 행동을 대치하게 됨을 말한 바 있다.) 본래 정치적 행동을 구성하고 있던 두 요소, 개인적인 것과 사회적인 것이 두 개로 분리될 때, 개인의 힘 과 공동체의 힘은 서로 합쳐질 수 없는 것이 되는 것이다.

공동체의 부재 아래서 한 사람의 힘은 다른 한 사람의 힘을 축소하는 것 으로 생각될 수밖에 없다. 그것이 공동체의 이익을 통해서 다른 사람에게 되돌아올 도리가 없는 것이다. 시새움의 대상이 되는 것은 인격적 위대성 도 포함한다. 그렇기 때문에 다른 사람에게로 자기의 힘을 확대하고자 하는 사람은 강제력이나 이익의 약속을 수단으로 사용하여야 한다. 그러나 궁극적으로 권력은 한 사람의 이익과 다른 사람의 손해를 의미하는 것일 수밖에 없기 때문에, 엄격한 의미에서 이익의 약속은 거짓에 불과하다. 그리하여 마키아벨리가 말한 바와 같이, 정치권력의 수단은 폭력(forza)이거나 속임수(forda)가 된다. 이러한 상황에서 아이러니컬한 것은 인격은 힘의 확대에 오히려 거추장스러운 것이 될 수 있다는 사실이다. 인격은 폭력과 속임수에 모순되는 것이다. 그리하여 공동체가 소멸된 마당에 있어서, 인격적 완성의 추구는 사회적 관련으로부터 완전히 벗어나 있는 내면적 추구로 생각된다. 하이데거는 오늘날의 상황을 이야기하면서, "공적인 빛은 어둡게 한다.(Das Licht der Öffentlichkeit verdunkelt.)"라고 한 일이 있지만, 인격은 이 공적인 빛을 피하여서만 그 최소한도의 성실성을 유지하기 쉬운 것이다. 공동체적 일체성이 상실됨으로써 생겨나는 또 하나의 결과는 정치적 인간의 타락이다. 방금 말한 바와 같이 정치적 야심의 추구는 개인의 인격적 성장의 자연스러운 결과가 아니라, 그것은 다른 사람과의 관계에서, 그것만을 통하여서 추구된다. 요구되는 구심적 충실과는 관계가 없는 원심적 확대이다. 이것은 자아의 빈약화, 공동화를 가져온다. 뿐만 아니라 궁극적으로는 중심 없는 외면적 인간, 의존과 예종의 인간을 낳는다. 전적으로 다른 사람에 의한 인정, 다른 사람의 예종을 요구하는 정치적 욕망은 결국 나를 다른 사람에게 의존하게 하는 것이 되기 때문이다. 그러한 결과 권력을 추구하면 할수록 역설적으로 자아의 공허화가 일어난다. 절대 권력의 추구는 이러한 공허함을 메우려는 절망적 욕구에서 생겨나는 것이라고 할 수 있다.

이렇다고 하여, 정치적 행동에의 충동 그것이 잘못된 것은 아니다. 위에서 말한 바와 같이, 그것은 개인적·사회적 요구이며 그리고 개별적 생존과 보편적 지평의 변증법에서 우러나오는 원초적이며 정신적인 요구이다. 다만 오늘날 우리가 보는, 소위 야심 또는 야망이라고 불리는 충동은 원시적 공동생활로부터의 잔유물로서 표적을 잃고 방황하는 충동이 되어 버린 것이다. 그러나 억압된 충동은 돌아오게 마련이다. 그리고 정치적 충동이 담당하였던 사회의 살림살이는 계속될 수밖에 없다. 현대 사회에서 정치는 살림살이의 능률적 운영을 위한 합리화에 의하여 가장 잘 표현된다. 그럼에도 불구하고 충족되지 아니한 정치적 충동은 선거, 스포츠, 대중 매체의 히스테리아, 대중음악회의 열기 등을 통하여 발산된다. 빵과 서커스는 이러한 정치의 두 구성 요소를 적절히 요약한다.

또 다른 형태의 행동은 봉사의 정치 행동이다. 정치의 개인과 사회의 두 극 중 사회의 극만을 강조하는 정치 행동이 그것이다. 그것 나름의 개인적 동기가 없고는 강력한 것이 될 수는 없겠지만(원초적 사회적 충동이 여기에 작용한다.), 이것은 극단적으로는 다른 사람과 사회에 대한 성자적 헌신으로서 표현되는 정치이다. 이것만이 오늘에 있어서 유일하게 순수성을 가진 정치 행동이라고 할는지 모른다. 강조되는 것은 집단에의 멸사봉공(滅私奉公)이다. 이것은 개인적 자아 증대의 수단으로서의 정치에 대한 반대 명제가 된다. 그것은 개인적 야심보다도 일반적으로 그러한 야심의 터전이 된, 상호 투쟁의 공간으로서의 사회의 개인주의적 규범을 거부한다. 정치는 오로지 집단의 내부적 평화와 번영, 외부 세력에 대한 방어를 위한 개인적, 집단적 행동으로 생각된다. 여기에서 중요한 것은 개인적 영웅주의보다도 사회의 공평한 질서를 위한 투쟁, 평등과 정의이다. 그리하여 정치는 우선 적극적인 의미에서의 행복이나 영광의 추구보다는 소극적인 의미에서의 사회적 모순의 시정을 목표로 한다. 이 모순이란 개인적으로든 구조적으로든 이기적 충동의 방치에서 오는 것으로 생각된다.

집단적 목표를 강조하는 정치에서 중요한 것은, 조금 부드럽게는 인간 상호간의 인정 또는 도덕의식이고, 조금 더 딱딱하게는 집단의식, 계급 의식이다. 하여튼 중요한 것은 공동체이다. 그러나 공동체 의식에 공격적인 개인의 동기가 전혀 없는 것은 아니다. 내가 집단을 위해서 나의 자연스러운 욕망의 일부 또는 전부를 눌러야 한다면, 그것은 나의 우연적 선택이 아니다. 보편적 필연성의 명령에 의한 것이다. (집단적 행동이 보편성의 주장에 의하여 매개됨을 우리는 여기에서도 본다.) 그것은 다른 사람에게도 적용되어 마땅한 필연적 규범이다. 이 규범을 받아들이지 않는 사람은 비난되고 단죄되어 마땅하다. 집단의 지상 명령, 또 도덕률은 쉽게 다른 사람을 지배 억압하는 수단이 된다. 마를리슈가 '금욕적 혁명가'라고 부른 정치 행동가에서 우리는 이러한 것을 쉽게 볼 수 있다. 또는 이 지배와 억압의 가능성 때문에 사람들은 도덕적이 되는 것일까? 거기에다가 공동체적 규범, 도덕률, 관념의 체계 등의 우위에 대한 우리의 주장에는 얼마나 쉽게 우리의 개인적 좌절과 원한이 숨어 들어가게 되는가? 또는 이러한 인간 심성의 부정적인 요소들을 생각하지 않더라도, 우리의 막혀 있던 정치적 충동은 연민, 도덕심, 공동체 의식 속에 숨어 들어가서 그러한 것들을 스스로의 분출구로 삼는다. 그리하여 어떠한 동기가 섞여서 성립했든지 간에, 집단적 정의의 정치는 개인적 영광의 정치보다도 훨씬 더 공격적이고 파괴적인 모양의 것이 될 수 있다. 그것은 개인의 야심과는 달리 (궁극적으로 집단의 힘 — 실재하든 가상의 것이든 집단의 힘에서 유래하게 마련인) 정당성을 가지고 있기 때문에, 마음 놓고 공격적이고 파괴적일 수 있는 것이다. 그런데 그 폐단에 한 가지를 더 보태어 보건대, 집단의 정치는 그 가장 순수한 상태에서도 문제가 있을 수 있다. 금욕주의는 가장 순수한 경우에도 하나의 습관이 될 수 있다. 아무리 우리의 동기를 순화시킨다고 하더라도, 우리의 정의의 행위는 은밀히 다른 사람의 지지와 찬동에 의지할 수 있고, 이 다른 사람에의 의지는 불건강한 의존 관계가 될 수 있다. 또 사람의 일은, 긍정적인 일이든 부정적인 일이든, 얼마 안 가서 그 나름의 만족을 주는 일로 바

꿰는 경향을 갖는다. 가령 불의에 대한 투쟁은 어떤 좋지 못한 상태에서 벗어나고자 하는 노력이다. 그 노력 — 흔히 투쟁적 형상을 띠게 되는 이 노력은 그 나름의 보상을 가져다 준다. 결국 사람의 즐거움이란 어떤 특정한 대상과의 관계에서 생기기보다는 그 대상과의 관계에서 — 그것이 우리의 에너지의 주체적 확장에 기여할 때, 그러한 관계에서 생겨난다. 그런 이유로 하여 우리의 안녕과 평화를 부정하는 경우도 그것이 우리의 에너지의 확대의 계기가 되는 한 그것대로 탐닉의 대상이 될 수 있는 것이다. 그리하여 심지어 우리는 그러한 확대의 즐거움을 주었던 부정적 상태를 계속 유지하고자 하거나 그것을 재생하려고 노력할 수도 있게 된다. 불행한 상태를 시정하려고 하던 정치 행동은 그 상태가 시정되었을 때, 더없는 허전함을 느낄 수도 있는 것이다. 이런 경우들이 드러내 주는 것은 가장 무사(無私)하고 이타적이고 집단주의적인 정치 행동도 여러 가지의 우원한 방법으로 개인적인 야심에 봉사하게 될 수 있다는 사실이다. 개체와 공동체가 일체성을 상실하고, 양극으로 분리된 마당에서, 개체적 야심을(이것은 여러 사회 구조적 조건 아래서 일어나는 것이지만, 단순히 거대한 조직을 요구하는 사회에서 일어나게 되는 규모의 문제로 생각될 수 있다.) 원리로 하든 집단을 원리로 하든, 정치는 사람과 사람의 투쟁 관계로서, 또 인간성의 수단으로서만 성립하는 것으로 보인다.

그러나 사람이 다른 사람을 필요로 하고 다른 사람과의 관계에서 사는 한, 정치적 행동을 피할 수는 없는 노릇이다. 이미 말한 바와 같이, 이것은 순전히 여러 사람이 그들의 삶을 함께 경영하여야 한다는 사실만 보아도 그렇다. 개인적 야심이나 집단적 목적의 추구 어느 쪽에 연결되어 있든지 간에, 그러한 것에 따르는 정치적 정열을 배제하고서라도 사회의 살림을 경영하는 데에도 어떤 종류의 정치 행동이 요구되는 것이다. 이것이 많은 자유주의적 사회에서 받아들여지고 있는 정치의 종류이다. 공리적으로 이해되는 이러한 정치에서 정치는 많은 사람들의 일상적 삶의 행복을 증진하는 복지 기구의 운영 행위로 생각된다. 여기에서 최소한도의 가시성(可視性)을 갖는 것이 제일 바람직한 것으로 생각된다. 이것은 주로 개인의 물질적 번영을 삶의 중요 목표로 삼는 부르주아 사회에서의 정치적 이상이다. 이것은 백성이 고복격양(鼓腹擊壤)하는 태평성대를 그린 동양 고래의 정치적 이상 속에도 들어 있는 것이다.

　이런 경우에 있어서, 정치에 참여하는 사람을 움직이는 개인적 동기는 무엇인가? 사회적 경영의 핵심이 개인의 행복 또는 이익의 증진에 있다면, 정치적 행동의 동기도 이 행복 또는 이익에서 찾아져야 할 것이다. 그러나 정의(定義)대로 개인의 행복과 이익이 인생의 목표라고 한다면, 사회적 경영을 위하여 어떤 행동을 한다는 것 자체가 모순되는 일이다. 플라톤은 『국가』에서, 사심 없는 정치가를 동원하기는 지난한 일이므로 그러한 사람을 확보하기 위하여서는 많은 보상을 약속하여야 한다고 말한 바 있다. 그렇다면 공리적 정치에 있어서 정치적 행동의 동기는 큰 물질적 보상──거액의 월급에 있을 것인가? 이것을 완전히 부정할 수는 없을망정, 이것으로서 정치 행동이 설명될 수 있을 것 같지는 않다. 단적으로 월급이 목적이라면, 그것은 보다 직접적으로 경제 활동에서 얻어질 수 있을 것이다. 여기에도, 의식적으로든 무의식적으로든, 또는 표면적으로든 감추어진 형태로든, 정치적 정열이 작용하고 있을 것이다. 즉 거기에는 극히 절제된 형태로일망정 타인과의 관계에서 추구되는 개인적, 집단적 인간 확대의 충동이 작용할 것이라는 말이다. 또는 보다 순수하고 원초적인 형태의 유대감의 표시인 선의와 이타심이 주요한 동기로서 작용한다고 말할 수는 있다.

　그러나 이러한 정치 행동에 있어서 커다란 정치적 정열의 표현이 억제되는 것임을 다시 한 번 지적할 필요가 있다. 이것은 정치적 정열의 파괴적 측면을 억제하는 효과가 있겠으나, 동시에 그것의 적극적 기여도 배제하는 결과를 가져온다. 공리적 정치 수용은 사회생활의 질의 전반적 범속화를 가져올 수 있다. 서구사상사에서 보는바 부르주아 정치에 대한 젊은 지식인들의 반발은 이러한 범속화에 대한 것이다. 정치적 정열의 표현이 규지(窺知)하게 하는 삶의 영웅적 확대는 어쩌면 일정한 간격으로 일어나는 인간의 근본적 욕구의 하나인지도 모른다. 그러나 이러한 낭만적 측면을 떠나서도 정치의 공리화는 중요한 정치적 의미를 갖는다. 그것은 대체적으로, 그것이 어떤 성격의 것이든, 정치 체제의 현상 유지에 기여한다. 다른 한편으로 그 현상은 대체적으로 사회 성원 다수에 의하여 받아들여질 만한 것일 때 유지될 수 있다. 사회 체제가 큰 위기에 처해 있을 때 또는 폭발적 가능성을 가지고 있는 구조적 모순을 가지고 있을 때 그것은 공리적 정치의 경영의 대상이 될 수가 없다. 그것은 저절로 폭발적 정치적 정열을 초래하게 마련이다. 또 대체로 그러한 정열이 없이는 사회의 근본적 모순이 시정될 수는 없는 것으로 보인다.

그렇긴 하나 정치적 행동이, 영웅적인 것이든 정의의 회복을 위한 것이든, 단순히 정열의 폭발로만 이루어질 수는 없다. 정치는 어떤 경우에 있어서도 공리적 계산을 가지고 있다. 그것은 공동체 또는 사회의 살림살이의 경영에 관계되게 마련이다. 그러면서 그 경영에 필요한 합리적 계산과는 성질을 달리하는 정치적 정열을 그 동기의 일부로 갖는다. ─ 정치 행동의 이 두 요인은 서로 일치하기도 하지만, 더 자주는 서로 모순 갈등한다. 앞에 비쳤듯이 개인과 공동체가 일체가 되어 있을 때, 직접적 정치 행동은 그대로 개인과 공동체의 생존과 생존의 확대에 기여한다. 또는 일반적으로 사회가 커다란 모순을 가지고 있지 않을 때, 그것은 일치할 수 있다. 그러나 사회의 상태가 큰 모순 속에 있을 때, 정치적 정열과 합리적 계산의 일치는 어려운 것으로 보인다. 또는 더 일반적으로 오늘의 현상과 그것의 반전적 극복 또는 지양 사이에 큰 간격이 있을 때, 정치 행동의 정열과 이성적 계획은 일치하기 어렵다. 이 일치와 괴리의 착잡한 국면이 가장 잘 드러나는 것은, 혁명적 행동에 있어서이다. 적어도 현대적 관점에서, 또는 프랑스 혁명이나 사회주의 혁명의 모형을 받아들이는 관점에서, 혁명적 행동은 직접적인 정치적 정열의 분출이면서 이념적 차원에서는 그렇게 생각되지 아니한다.

그것은 오히려 사회 발전, 보다 나은 사회의 건설을 위한 예비적 작업 — 전체적으로 하나의 일관된 이성적 계획의 일부로 생각되는 것이다. 이론적 접근은 대규모의 복합 사회에 있어서 불가피하다. 공동체의 유지, 그 에너지의 확장 등은 직접적으로 주어지지 아니한다. 그것은 가장 엄밀한 사실의 검토와 분석을 포함하는 이론에 의하여 주어진다. 이론의 필요는 혁명적 정열 또는 정치적 정열에 대하여 어떤 기율이 가해지지 아니할 수 없음을 말한다. 말할 것도 없이, 개인적 이해관계, 공명심, 소영웅주의 또는 이와 조금 다르게 원한, 좌절감, 불만 등 일체의 개인적 보상 행위가 이성적 정치 행동의 동기가 될 수는 없다. 뿐만 아니라 혁명적 정열도 그 순수성만을 이유로 하여 허용되지는 아니한다. 사람의 감성을 조건 짓는 것이 좁은 범위의 감각적 자극인 한, 그것이 직접적으로 주어지는 행복과 정의에 대한 순수한 인식에 근거하였다고 하더라도, 그것은 부분적일 가능성이 크다. 그리하여 이론의 전체성은 정열의 부분성에 대립한다. 정열은 순화되고 통제되고 이용되어야 할 어떤 것이고, 궁극적으로 이론의 권위에 종속되어야 한다.

그러나 혁명적 정열과의 관계에서뿐만 아니라, 혁명적 행동, 정치적 행동의 원리로서의 이론은 그 나름의 문제점들을 가지고 있다. 이론의 권위가 반드시 객관적 진리의 권위는 아니다. 이론은 현실의 단순화이다. 이것은 직접적으로 주어지는 감각 체험의 단순화인 까닭에 그러한 것에 맞아

들어가지 않을 수 있을 뿐만 아니라 인간 체험에 있어서 그러한 부분을 억압하는 효과를 갖는다. 뿐만 아니라, 이론은, 특히 사회의 혁명적 개조를 지향하는 이론은 기존 현실에 대하여 스스로 생각하는 미래의 현실을 대체하고자 하는 의지를 담고 있다. 그것은 객관적 사실과 사실의 법칙에 기초해 있음을 주장하면서 동시에 여럿 있을 수 있는 미래의 계획 가운데, 스스로가 생각하는 미래를 부과하고 현실화하겠다는 의지를 나타낸다. 어떤 경우에나 현실은 한 가지의 필연성에 의하여 지배되는 '덩어리 세계'를 이룬다고 할 수 없다. 그것은 여러 가지의 미래를 위한 가능성을 배태하고 있다. 이론은 여러 가능성 가운데 하나를 고집하고 나머지를 배제하려고 한다. 그것은 주어진 대로의 현실과 그 가능성들 가운데서 투쟁적으로 존재한다.

이론의 투쟁성은 일단은 사실의 투쟁성이다. 그렇다는 것은 이론의 우위는 결국 그것이 얼마나 포괄적이며 보편적인 관점에서 사실을 설명할 수 있느냐에 의하여 결정되며, 이 우위를 확보하기 위하여 이론은 사실성과 보편성을 확보하려는 투쟁에 들어가지 않을 수 없기 때문이다. 그러나 현실이 여러 가지 계획의 가능성을 감추어 가지고 있는 한, 이론이 모든 면에서 완전한 보편성에 이르는 것은 불가능한 일이다. 그러니만큼 이론의 투쟁은 그것에 의하여 영향을 받는 현실 이익에 따라서 현실의 투쟁이 된다. 계급, 계층, 파당 등이 관여되지 아니할 수 없는 것이다. 이렇게 이론과 사실의 관계에서 불가피하게 일어나는 투쟁 외에도 이론은 개인적 동기, 심리적 동기에 의하여 투쟁적 성격을 띨 수 있다. 그것은 개인과 개인의 관계에 있어서도 지배와 억압의 수단이 될 수 있는 것이다. 이론은, 특히 그것이 사회적으로 존재하는 한, 그 모든 표현에 있어서, 투쟁적이다. 그리하여 그것은 그런 만큼 보편적 진리에서 멀게 존재하고, 그 권위는 전체성에서보다도 그것의 공격적인 힘, 또는 폭력에서 온다. (물론 이것은 이론이 현실 속에 존재하는 방식에 비추어, 불가피한 일이다. 문제는 그것의 정도에 있다.)

이론의 또 다른 문제점은 그것이 투쟁의 수단이 될 뿐만 아니라 조종의 수단이 될 수 있다는 데 있다. 이론이 투쟁적인 것은 불가피한 것인데, 그것은 정당성을 갖는 면도 있고 그렇지 못한 면도 있다. 정당성은 그 보편성에서 온다. 보편성은 궁극적으로 이론이 투쟁의 수단이 아니라 화해의 테두리가 될 것임을 약속해 주기 때문이다. 그런데 이론의 보편성의 주장은 단순히 객관적 사실에 관계된 것일 수도 있고 주관적 이해를 포함한 것일 수도 있다.(이 경우 전자는 참다운 보편성에 이른 것이 아니라고 하여야겠지만.) 이론은 비록 보편성에 의하여 정당화되는 경우라 하더라도 조종의 수법과의 결부로 인하여 그 보편성의 내용을 상실할 수 있다. 바른 이론을 가지고 있다고 생각하는 사람들은 쉽게 현실의 상황을 전략적 조종의 대상으로 간주한다. 그리고 조종의 대상에는 다른 사람들도 포함된다. 이 다른 사람이란 사회의 혁명적 개조에 저항하거나 방해되는 사람들뿐만 아니라 혁명의 수호자들까지도 의미할 수 있다. 이것은 한편으로 의식화 작업이나 설득의 어려움에서 연유한다고 할 수도 있지만, 다른 한편으로는 그것은 온갖 개인적인 자아 증대의 욕구의 보상 행위에 핑계를 주는 것이 될 수도 있는 것이다. 인간의 조종 대상화의 가능성은 비밀리에 수행되게 마련인 혁명 작업에서 더욱 커진다.

설득과 토의의 기회가 극도로 제한되어 있는 마당에 그것은 불가피한 면을 갖는 것이기도 하다. 하여튼 사회와 역사의 진리를 은밀히 장악하고 있다고 믿는 이론가들은 그로부터 놀라운 우월감 또는 적어도 자신감을 얻고 세계에 대하여 적어도 보통 사람에게 허용될 수 없는 도덕적 자유 또는 도덕으로부터의 자유를 얻게 된다. 그리고 이 은밀한 진리로부터 떨어져 있는 사물과 사람들은 온갖 대상적 조종 —— 비록 궁극적으로는 이 대상들을 위한 것이지만 —— 급기야는 권모술수, 선전, 기만의 대상이 된다. 그

러다 보면 진리의 은밀성과 조종을 위한 술수 또 궁극적으로는 권력의 사
용은 정비례하는 것이기 때문에, 진리는 될 수 있는 대로 다른 사람에게 누
설되지 않는 상태로 보존되어야 좋은 것이 된다. 아니면 진리는 다른 사람
이 손에 넣을 수 없게끔 새로운 유권 해석을 통하여서만 그 참모습을 드러
내는 것이 된다.

　이러한 타락의 가능성은 혁명적 행동에만 있는 것이 아니다. 이것은 사
실 모든 정치 행동, 앞과 뒤를 헤아리는 전략을 사용하는 정치 행동 ─ 특
히 모든 국면이 민주적이고 공개적으로 전개되는 것이 아닌 정치 행동에
따르는 가능성이다. 타락의 가능성은 어떤 경우에 있어서나 정치 행동에
들어 있는 것이겠으나, 현대적 상황에서 그것은 특히 커지는 것이라 할 수
밖에 없다. 이미 말한 바와 같이, 순수한 정치적 정열은 계산되거나 계산되
지 않은 이기적 동기에 의하여 오염될 수 있고, 또 순수한 정열이 있다고
하더라도, 오늘의 복합적 사회에서 개인적으로나 사회적으로나 긍정적 기
여를 하기가 어려운 경우가 많은 것이다. 의미 있는 정치적 행동은 오늘에
있어서 어느 때보다도 동기의 순화를 요구한다.

　그러나 그러한 주관적 동기의 정당성이 충분한 것이 아니다. 그것은 현
실의 전체와 부분, 오늘과 내일을 거머쥘 수 있는 이론에 입각한 것이어야
한다. 그러나 어쩌면 더욱 중요한 것은 이론과 현실의 정합성보다도 이론
의 제약을 스스로 깨닫고자 하는 자기반성의 노력일 것이다. 그것은 이론
이 현실의 모든 것을 파악하기 어렵다는 능력의 제한으로 인하여서만 요구
되는 것이 아니다. 정치적 행동은 한 사람 또는 어느 한 집단의 행동이면서,
또 다른 사람들에 의하여 계속되고, 보완되고 반응되는 집단 행동이다. 이
때의 모든 사람들은 다 그 나름의 창조적 행동의 가능성을 가지고 있다. 어
떠한 이론도 그것이 불러일으킬 수 있는 여러 함축적 의미와 영향을 예상
할 수 없다고 하여야겠지만, 이것이 창조적 반응과 행동의 잠재력을 가진

수많은 행동자에 의하여 상승 작용을 일으킬 때, 하나의 행동에 따라나올 여러 영향과 행동을 예상하고 통제하기는 지난할 수밖에 없는 것이다. 물론 인간 행동의 결정 요인을 유형적으로 파악할 수 없는 것은 아니겠고, 거기에 대한 이론이 없는 것은 아니겠으나, 그러한 파악과 이론의 주장이 낳는 허위와 억압의 증거는 오늘에 와서 너무나 많은 것이다. 20세기의 혁명들을 관찰하면서, 하버마스(Jürgen Habermas)가 "피드백(feedback)에 의하여 통제되는 혁명"만을 긍정적으로 받아들인 것은 이러한 증거 때문이다.

되풀이하여, 동기의 순화, 이론의 첨예화 그리고 자기반성 — 이러한 것들이 필요한 것은 오늘의 혁명 또 오늘의 정치 행동이 어느 정도는 그것 자체가 아니라 궁극적으로 공리적 이익의 결산에 의하여 정당화되는 시대 조류 때문이다. 그러나 그것은 동시에 정치적 행동이 움직이는 높고 특이한 도덕적 성질로부터 연유하는 것이기도 하다. 정치 행동에 대한 많은 오해는 이 차원을 잘못 생각하는 데에서 온다. 가령 목적이 수단을 정당화한다는 말을 듣는다. 이것은 정치의 도덕적 차원의 오해에 기초한 주장의 하나이다. 이것은 정치적 수단으로 부도덕한 것들을 허용하는 말로 생각되기 때문에 비판의 대상이 된다. 그러나 이것이 전적으로 도덕을 떠난 말은 아니다. 적어도 그것은 맹목적인 힘의 사용을 배제한다는 말이기도 하고, 정치 행동이 목적하는바 결과를 보장하고 또 그러니만큼 그것에 대하여 책임을 지겠다는 말이기도 한 것이다. 다만 문제는, 이러한 도덕적 측면이 암암리에 들어 있다는 점일 것이다. 그것은 그럴 만한 이유가 있다. 정치 행동은 대부분의 경우 특히 혁명에 있어서 부정적, 파괴적, 비윤리적 힘의 행사를 전제로 한다. 또는 도대체 사람을 대상으로 한 행동에서 사랑이 아니라, 어떤 종류의 힘이든지 간에, 힘을 사용하는 것 자체가 부도덕한 일이라고 극단적으로 말할 수도 있다. 그리하여 정치의 문제는 부도덕한 수단을 사용하여 도덕적 목적을 달성할 수 있느냐 하는 것이다. 이 고민스러운 문제에 대한 간단한 답이 목적은 수단을 정당화한다는 명제이다.

그러나 정치적 행동의 딜레마의 절실함에도 불구하고 이것은 충분히 깊은 생각이 담긴 답변은 아니다. 혁명적 또는 정치적 행동의 목적을 보장할 수 있는 방법이 있는가? 이미 위에서 비친 바와 같이, 여러 요인과 사람들의 상호 제어 전달의 작용 속에서 이루어지는 과정은, 설령 설정된 목적이 제대로 달성된다고 하더라도 당초의 목적을 변형시켜 버리고 만다. 엘리엇이 그의 시 속에 표현한 바를 빌려, "목적은 그대가 궁리했던 목표를 넘어서 존재하고/ 달성되는 가운데 바뀌고 만다." 사람이 할 수 있는 것은 책임을 지는 일일 뿐이다. 정치가 잠시라도 도덕을 떠날 수 있다고 생각하게 되는 것은 이 사실을 간과하기 때문이다. 다시 말하여 정치는 결과를 보장할 수 있는 것이 아니라(이것도 위에서 말한 바와 같이 무목적적 비이성적 복받침으로서의 정치에 비하면 도덕적이다.), 책임을 질 수 있을 뿐인 것이다. 그것은 물리적 확실성의 세계가 아니라 의지적 노력의 세계의 문제이며, 이 의지적 노력의 법칙에서 도덕성이 일어난다. 그렇다는 것은 상황적으로 불확실하며 의지의 관점에서 자유로운 선택이 가능한 곳에서 도덕이 문제가 된다는 것이기 때문이다. 그러나 인간이 유독 도덕적이고자 하여서 그렇게 되는 것이 아니라 인간의 주어진 상황이 그렇게 만드는 것이다.

사르트르가 정의한 바대로, 책임이란 "어떤 사건 또는 대상물의 틀림없는 주인임"을 인정하는 일이다. 그 사람은 책임을 통하여 "그로 인하여 세계가 있게 됨"을 주장한다. 사람은 스스로를 만드는 존재이며, 자기가 처해 있는 상황이 어떤 것이든지 간에, "이 상황을, 그것이 지극히 견디기 어려운 것이라 할지라도, 거기에 들어 있는 불리한 요인 전부와 더불어 떠맡는다."(『존재(存在)와 무(無)』, 제4부 제1장 제3절) 이때 그는 책임을 진다고 말할 수 있다. 책임을 맡는다는 것은 한편으로 엄청난 자기주장을 드러내는 일이다. 인간은 스스로를 자기 의지에 따라서 형성하고 행동하는 존재라는 것을 확인하고자 책임을 진다고 말한다. 이것이 엄청나다는 것은 그가 처해 있는 사실적 제약까지도 ─ 자신의 자율적 형성과 행동을, 극단적인 경우에는 불가능하게 할 제약까지도 마치 자신의 의지에 달려 있는 것처럼 떠맡고 나서는 일이기 때문이다. 이것이 가능하기나 할 일인가? 실제적으로 사람이 자신의 상황에 대하여 책임진다는 것은 자신의 행동을 고통과 죽음으로라도 보상하겠다는 비극적 결단에 불과한 것이다. 그러나 인간은 가치의 존재이기 때문에 적어도 이러한 책임의 주장에서 스스로의 운명에 대한 자기의식의 확인 그것에서 나오는 비극적 위엄의 쟁취를 기할 수는 있을 것이다.

책임을 진다는 것은 엄청난 자기주장이 아니라 엄청난 사실성의 세계에서 ─ 그를 부정하려는 모든 압력을 가하는 사실성의 세계에 대항해서 그의 위태로운 존재를 확인해 보는 방법이다. 그러나 가치의 차원에서 볼 때 그는 책임을 통하여 스스로를 주체적인 존재로 확립하고 엄청난 위엄을 되찾는다. 이러한 인간의 실존의 드라마는 세상이 한편으로 극히 불확실한 것이기 때문에, 다른 한편으로는 이 불확실한 자신의 의지에서 거부하기 때문에 일어난다. 여기에서 과학적 확실성은 존재하지 않는다. 그것은 인간의 주체적 존엄성을 위해서는 허용될 수도 없는 것이다. 그러나 확실한 결과를 가지고 과정에 있어서의 인간 행위를 정당화하거나 용서할 수 있는가? 주체적 행동의 결단에 있어서 사람은 그의 모든 것에 대하여 책임져야 마땅한 것이다.

사르트르의 실존적 책임 개념은 책임을 지나치게 개인적 실존의 차원에서만 파악한다고 할 수 있다. (물론 사르트르에게 선택하고 행동하고 책임진다는 것은 다른 사람 또는 인간을 대표하여 그렇게 한다는 것을 뜻하는 것이기도 하다.) 그러나 일상적인 뜻에 있어서도 책임진다는 것은 다른 사람과의 관계에서 '어떤 누구에게' 책임진다는 것을 뜻한다. 책임은 한편으로는 나의 행동에 대하여 다른 한편으로는 다른 사람과의 관계에서 발생하는 것이다. 책임을 진다는 것은 사람이 하는 일이 잘되든 안되든 현실 세계에 영향을 끼칠 때, 의미를 갖는다. 여름의 바닷가에서 모래성을 짓고 허물고 하는 일에 책임이 있을 수 있는가? 사람의 일이 미래의 현실에, 더 단적으로는 사람의 삶에 영향을 미칠 때, 책임의 문제가 일어나는 것이다. 이것은 나의 삶과 다른 사람의 삶을 함께 뜻하는 것이지만, 특히 다른 사람의 삶을 뜻한다고 말할 수 있다. 나의 행동은 나의 삶의 조건을 만들어 놓는다. 그것은 나의 주체적 행동이면서, 그것을 제약하는 사실성(facticité)을 구성한다. 책임은 삶을 제약하는 이 사실성에 대하여서이다. 그러나 사르트르가 늘 주장하듯이 사람은 그 주체적 결단, 가령 극단적인 경우, 자살을 통하여 이 사실로부터 자유로울 수 있다. 그러나 내가 만들어 놓는 사실성에 대하여 다른 사람이 어떤 주체적 결정을 할 것인가에 대하여 나는 아무런 자유도 권리도 없고 책임만 있을 따름이다. 그리하여 사실상 책임은 다른 사람과의 관계에서만 참다운 뜻을 갖는 것이다. 이것은, 사람이 다른 사람과 더불어 산다는 불가피한 조건으로 인한 것이기도 하지만, 순전히 개인적 실존의 차원에서도 필요한 것이다. 다른 사람과의 관계로 하여 나는 책임감 있게 행동하게 되고, 이 책임은 나로 하여금 나의 행동을 보다 심각하게 현실 세계의 구조에 밀착시킬 수 있게 한다. 그렇게 함으로써, 나는 나와 세계를 형성하는 데 관여하는 주체적 행동의 참다운 주인이 되는 것이다.

이러한 실존적 분석의 의의는 우리의 도덕적 행동이 막연한 심정적 희망으로부터 요청되는 것이 아니라, 사람의 생존의 구조로부터 나오는 것이라는 것을 보여 주는 데 있다. 그러나 보다 정치적 행동을 지배하는 도덕적 법칙이 책임임은 상식적 차원에서도 이해되어 있는 일이다. 다시 한 번 정치의 세계에서 책임을 진다는 것은 무엇인가? 그것은 "내가 책임질 터이니 걱정 말라."라는 말에 들어 있는 자기주장에 불과한가? 죽을 결심을 하면, 모든 정치적 결단이 용서될 수 있는 식의 개인적 용기인가? 이것들이 정치적 책임의 내용인 것은 틀림이 없다. 그러나 상식적 차원에서, 정치적 책임이 중요한 것은 모든 정치 행동은 자기 자신의 삶에 대한 결단이면서 다른 사람의 삶에 대한 결단이기 때문이다. 극단적으로 말하자면, 나의 정치 행동은 다른 사람의 삶과 삶의 조건에 대한 일방적 결단이기 때문에 다른 사람을 수동적인 위치에 떨어뜨린다. 다른 사람은 당하는 사람의 위치에 놓이게 되는 것이다. 이것이 일단 극복될 수 있는 것은 나뿐만 아니라 다른 사람이 주객의 투쟁 관계를 넘어서 집단적 주체로 구성됨으로써이다. 설득과 토의 등의 절차를 통한 민주적 상호 작용만이 정치적 행동자로 하여금 인간의 객체화라는 죄를 면할 수 있게 해 준다. 그러나 이러한 죄를 면하는 것이 책임을 면하는 것은 아니다. 비록 집단적 주체의 결정에 참여하여 이루어지는 결단도 내 자유와 사실성의 상황을 내가 받아들이는 가운데 이루어지는 결단이기 때문이다. 내 결단이 가져오는 나와 다른 사람의 삶에 대한 이익과 해독은 그대로 남아 있고 나는 그것에 대하여 책임을 져야 하는 것이다. 나의 행동이 남의 삶에 개입하는 것이기 때문에, 정치적 행동은 무엇보다도 조심스러운 것이어야 마땅하다. 이기적 계산이 숨어 있는 정치적 명분이 혐오의 대상이 되는 것은 자연스럽다. 그러나 동기의 순수성만으로 책임 있는 행동이 보장되지 아니한다. 더욱 중요한 것은 나의 행동으로 인하여 공동체의 삶이 보다 나아질 수 있다는 전망을 확실히 하는 것이다. 상황의 정확한 분석과 결과의 예견은 정치적 행동에 있어서의 가장 중요한 도덕적 책임이다.

　물론, 이미 말한 바와 같이, 어떠한 이론적 정확성도 결과를 보장해 줄 수는 없다. 자유로운 행동을 가진 인간의 다원적 창조성과 완전한 상황 장악의 불가능이 우리의 행동의 결과를 우리가 통제할 수 있는, 또는 책임질 수 있는 범위 밖으로 몰아내어 버린다. 이 통제할 수 없는 불확실성의 세계, 이것은 엄밀한 의미에서 정치의 세계보다는 도덕의 세계에 속한다. 물론 이 도덕은 개인의 실존의 드라마에 관계되면서 동시에 공동체의 상징적 삶에 관계된다. 이 드라마에서 긍정적 업적은, 말할 것도 없이, 개인적 사회적 영광을 획득한다. 불확실성을 사회적 업적으로 바꾸어 놓는 일에 있어서, 영웅적 행동의 강인성은 큰 몫을 담당한 것으로 증폭된다. 그러나 우연의 몫도 적지 않기에, 운명 앞에 선 인간의 겸손함과 감사도 인정되지 아니할 수 없다.

책임의 문제는 실패한 정치적 기획에서 일어난다. 그것은 실패한 사람에 대한 준엄한 판결로 표현된다. 이 판결은 다분히 부당한 것이다. 왜냐하면 그것은 동기와 의도된 기획에 관한 것만이 아니고, 의도되지 아니하고 통제될 수 없었던 부분에 관한 것이기도 하기 때문이다. 그러나 실패한 행동가가 이 뒷부분에 대하여 완전히 책임이 없다고 할 수는 없다. 그는 적어도 예측할 수 없는 결과까지도 그의 기획 속에 넣었던 것이고, 그것까지도 떠맡고 나선 것이었다. 이러한 조건의 결단을 받아들인다는 것은 그의 영웅적 성격을 나타내는 것이고 그의 위엄의 일부를 구성하는 것이지만, 그의 결단이 그의 삶과 다른 많은 사람들의 삶에 깊이 관계되어 있는 한, 그 결단의 결과에 대한 책임을 가볍게 볼 수가 없는 것이다.

대체로 이것은 실패한 자에 대한 도덕적 책임의 강조 또는 보복의 심리로서 설명될 일은 아니다. 그것은 정치적 현실 과정의 필연으로서 일어난다. 대부분의 정치적 행동과 기획은 힘의 공백 속에 추진되는 것이 아니다. 그것은 여러 갈등하는 견해와 이념과 세력 속에서 투쟁적으로 전개된다. 한 정치적 기획의 헤게모니는 다른 정치적 기획의 억제를 뜻한다. 마찬가지로 한 정치적 기획의 실패는 대부분의 경우 다른 계획의 승리 아니면 적어도 그것에 새로운 기회를 부여하는 것이 된다. 새로운 기획은 새로이 상승하는 세력에 의하여 담당된다. 새로운 세력의 상승을 위한 투쟁에서, 실패한 세력에 대한 재판이 벌어지는 것이다.

그러나 이 재판이 단순한 보복이 아니라 도덕적 판단의 성격을 가질 수 있다면, 도덕은 준엄한 처단만이 아니라 이해와 용서를 포함하는 것이라는 것을 우리는 기억하여야 한다. 어떤 때, 이해와 용서는 인간이 그 동기에 관계없이 운명의 노리개가 되며, 이 운명의 드라마는 책임질 수 없는 일에 대하여 책임을 져야 한다는 사실에 대한 비극적 각성에 그칠 수도 있다. 그러나 이 비극적 각성은 사람에게, 그가 성공한 경우나 실패한 경우나, 인간으로서의 위엄을 허용한다. 그리고 현실 속에서가 아니라도 형이상학적 차원에서, 성공한 사람과 실패한 사람, 적과 친구를 하나로 화해하게 한다. 복합적 계기로 이루어지는 정치적 행동의 궁극적 의미는 이러한 형이상학적 화해의 차원에 있는지도 모른다. 이것은 개인적으로나 사회적으로나 사람의 삶을 지탱해 주는 근본적인 바탕의 일부이다.

정치적 행동은 위험을 무릅쓰는 일이다. 정치는 힘과 힘이 부딪치는 폭력의 세계이다. 거기에서는 삶과 죽음이 쉽게 교차한다. 정치가 이러한 면을 가지고 있다는 것은 보통 사람의 상식도 이미 이해하고 있는 것이다. 그러나 정치에 있어서의 삶과 죽음, 힘의 무서운 갈등은, 보다 심각한 차원에서의 인간의 드라마의 배경에 불과하다. 정치는 권력 투쟁이다. 그것은 보다 나은 수준에서는 살림살이를 위한 싸움이고 그것을 위한 이념의 싸움이다. 그러나 그것은 보다 원초적인 인간의 존재 방식이기도 하다. 그것은 세상의 불확실성에 맞서는 인간의 개인적 사회적 능력의 투쟁, 현실적이며 형이상학적인 투쟁이 될 수 있다. 그것은 삶과 죽음, 영광과 책임, 개체와 사회, 로고스와 파토스, 인간의 운명에 대한 형이상학적 각성이 어울려 만들어 내는 실천의 드라마이다. 이 점이 정치의 비속성, 야비성에도 불구하고, 우리의 관심을 끊임없이 끌어 마지않는 이유이다.

(1988년)

이성적 사회를 향하여

1. 혼란과 반작용

넓게 퍼져 가는 원을 그리며 나는 매는
매부리의 부름을 듣지 못하며,
사물은 깨어져 흩어지고 중심은 버티지 못하며
오로지 혼란만이 세상에 풀려나고
피에 흐린 조수(潮水)가 풀려나고……

예이츠는 피비린내 나는 정치적 갈등과 사회적 혼란에 빠진 20세기 초의 아일랜드에 대한 그의 느낌을 이와 같이 표현했지만, 이러한 예이츠의 느낌은 오늘의 우리 사회에 대한 많은 사람들의 느낌을 나타내고 있다고도 할 수 있다. 나날의 삶에서, 정치의 공간에서, 물질의 세계나 마음의 질서에 있어서, 마찰과 부조화, 폭력적 혼돈은 우리의 삶의 가장 두드러진 특징이 된 것이다. 사람은 지나치게 경직된 질서 속에서도 질식할 것처럼 느끼지만, 모든 일이 엇갈리고 꼬이고 부딪치는 속에서도 살아가기 어렵다. 따라서 혼란의 증대와 더불어 점점 더 높아져 가는 질서를 찾는 외침을 듣게 되는 것은 당연하다. 다만 이러한 외침이 참다운 질서의 도래에 도움이 되는 것인지 아니면 오히려 그것을 무한정 연기시키는 것인지는 알 수 없는 일이다.

질서를 찾는 외침 가운데 가장 성급한 것은 힘에 대한 욕구이다. 이 힘에 대한 욕구는 폭력적 수단에 의지하는 정치 질서에 대한 요구로도 나타나지만, 작게는 모든 일은 엄벌로써 처리하고 통제할 수 있다는 생각에도 나타나고, 쉽게는 우리의 이웃들에 대한 증오로서도 나타난다. 힘이 하나의 질서의 원리라는 것은 부정할 수 없다. 그것은 갈등을 일으키는 힘을 제어하여 일정한 명령 체계를 수립할 수 있다. 그러나 정신 분석에서 말하듯이 억압된 것은 다시 돌아오게 마련이다. 군림하는 커다란 힘에도 불구하고 작은 힘들은 끊임없는 갈등과 긴장을 조성하게 마련이고, 이것은 점점 더 큰 힘의 작용을 요구하게 된다. 그리하여 위에서 작용하는 큰 힘과 은밀히 발휘되는 작은 힘은 삶을 비능률과 경직 속에 빠뜨리게 된다. 추상적으로 말한다면, 사회 질서의 문제는 큰 힘에 의한 작은 힘의 통제로 해결되는 것이 아니라 작은 힘들로 하여금 스스로 일정한 질서 속에 들어가고, 서로 갈등하는 것이 아니라 서로 북돋워 주는 큰 힘으로 변모하게 하는 데에서 해결이 찾아져야 할 것이다.

질서를 찾는 또 하나의 중요한 외침은 확실한 사회적 행동 규범에 대한 요구로서 나타난다. 흔히 듣는바 가치관의 확립, 인간 회복 등은 다 같이 이러한 규범의 확립을 요청하는 말들이다. 일단 확립된 사회적 행동의 규범은 폭력 수단을 사용하지 않고도 사회 성원으로 하여금 자율적으로 일정한 질서에 들어가게 할 것으로 기대된다. 그러나 이 기대가 반드시 틀린 것이 아니라 하더라도 실질적인 효과는 요청되는 규범이 어떤 것이며 그것이 어떻게 수용되느냐 하는 데에 달려 있다. 모든 규범은 어느 정도의 보편적 타당성을 갖는 것으로 보인다. 인간의 사회적 공조의 역학은 그러한 타당성이 없는 규범의 출현을 방지해 주기 때문이다. 그러나 우리는 그 사회 규범이 어떤 부류의 사람들에게는 좀 더 유리하게 작용하고 또 다른 부류의 사람들에게는 좀 더 불리하게 작용할 수 있음을 안다. 그 표면적 타당성에도 불구하고 규범들은 일방적으로 부과되고 또 사회 조화의 미명 아래에서 은밀히 사회 투쟁의 무기로 사용될 수 있는 것이다. 또는 규범의 타당성은 그것이 요청하는 방법으로 하여 의심을 받기도 한다. 가령 '가치관 확립' 운운할 때, '확립'이라는 말이 풍기는 강압적 분위기는 우리를 곧 경계 태세 속에 들어가게 한다. 한 사람의 의지가 다른 한 사람의 의지에 대하여 폭력적으로 작용하겠다는 뜻이 여기에 풍겨 있는 것이다. 또 어떤 종류의 규범은 그것이 실질적인 삶의 질서에 맞아 들어가는 것이 아니기 때문에 현실적 효력을 갖지 못한다. 당초에 사회적 규범이 붕괴되는 것은 그것이 현실의 삶의 질서에서 유리되었기 때문이다. 그러한 상황에서 강조되는 규범은 공허한 것이 되거나 어떤 특정한 사람들에 의하여 생존 투쟁의 무기로서 활용되는 이데올로기가 되어 버리고 만다.

이렇게 볼 때, 사회의 혼란 속에서 새로운 질서의 출현을 기대한다면 오히려 필요한 것은 힘에 대한 요청이 아니라 혼란에 대한 내성을 기르며 내가 생각하는 규범을 요청하고 부과할 것이 아니라 다른 사람들의 다른 종류의 규범에 대한 관용성을 기르는 일이라고 할 수 있다. 다시 말하여 다른 사람의 다른 종류의 삶과 내 방식대로의 나의 삶의 공존을 모색하는 것이 사회 평화를 향하여 나아가는 기초가 되는 일이 아닌가 하는 것이다.

2. 이성의 질서

그렇긴 하나 다원적 규범의 공존 가능성을 인정하는 것 ─ 결국 그 논리적 귀결은 각자는 각자의 취미에 따라서 살아간다는 것을 인정한다는 것인데, 이러한 다원성의 인정만으로 사회의 질서가 보장될 수 있을까? 한 사회가 한 사회로서 성립하려면 그것은 서로 뿔뿔이 있는 개체들의 집단 이상의 것으로 존재하여야 한다. 뿔뿔이로 있는 사람들이 각각의 이익과 행동의 규범 속에 폐쇄되어 있는 단자(單子)로 살아간다고 하더라도 그들이 같은 차원의 공간을 점유하고 있는 한 그들의 이익과 행동은 서로 교차하게 마련이며, 거기에는 어떤 타협과 협상과 협약 ─ 불가피하게 개인을 넘어가는 협약, 초개인적인 규범이 필요하게 될 수밖에 없다.

이러한 규범의 보장은 모든 사람이 납득할 수 있는 어떤 이치 ─ 이성의 원리에서 발견될 수밖에 없다. 홉스가 생각한 것처럼 이러한 보장은 국가 권력에 의하여서만 주어질 수 있다고 할 수도 있다. 그러나 이것은 하나의 커다란 가정을 받아들이는 것일 뿐만 아니라 당초에 힘의 질서 이외의 질서를 생각해 보고자 하는 우리의 의도에도 배치되는 것이다. 어떤 경우에 있어서나 국가 권력의 이성적 성격을 믿는 것보다 모든 사람의 이성적 납득 가능성을 믿는 것이 경험적으로 덜 타당하다고 생각할 근거는 없는 것이다. 비록 순수한 형태로서 이성이 현실적인 인간 속에 발견되지 않는다고 하더라도, 인간은 여러 가지의 우여곡절에도 불구하고 이성에 접근할 수 있는 능력을 가지고 있다고 믿어서 좋은 것일 것이다. 아마 문제는 이러한 능력이 발휘될 수 있게끔 해 주는 현실적 조건일 것이다.(여기에서 우리는 최소한의 질서 ─ 어쩌면 극히 이기적이고 개인주의적인 질서의 보장을 이야기하고 있지만 이성의 원리를 사회 통합의 원리라고 할 때, 그것이 반드시 이러한 최소한의 질서의 원리에 그친다고 말하려는 것은 아니다. 그것은 보다 의미 있고 지속적인 질서 — 스스로이고자 하며 스스로를 넘어서려고 하는 사람의 역설적 운명의 수행에 관계되는 질서를 보장해 줄 수 있는 것이어야 한다고 생각해야 할 것이다.)

3. 전체와 평등한 배분의 원리로서의 이성

사회 통합의 이치로서의 이성은 그 안에 몇 가지 계기를 가지고 있다. 그것은 모든 사람이 납득할 수 있는 것이라야 한다. 이것은 다원적인 입각지에 서 있는 인간들의 납득을 말한다. 그러기 위해서 그것은 전체와 개체에 관계되는 두 가지 조건을 만족시킬 수 있어야 한다. 이성은 우선 전체의 원리, 즉 부분과 부분의 조정과 조화를 보장해 줄 수 있는 원리라야 한다. 그러면서 그것은 그 전체를 구성하고 있는 부분들의 원칙적인 평등성을 고려하는 것이라야 한다. 이것은 사람이 독립적이고 자율적인 존재이며 삶의 구극적인 현장이 개체에 있다는 것을 전제한 것이다. 이것을 전제할 때, 불평등은 이성의 설득이 아니라 강제력으로만 수락될 수 있을 것이다. 전체와 평등한 배분의 원리로서의 이성을 말하면서 주의해야 할 것은 그것이 적극적인 내용을 가진 것이라야 한다는 것이다. 사회적 규약이나 이성적 원리는 아무리 보편적이고 공평한 것이라 할지라도 그 자체로서 귀중한 것이 아니라 사람의 삶을 고양해 주는 한 귀중한 것이다. 가령 다 같이 죽자는 요구에 비하여 다 같이 살자는 요구는 더 이성적이다.

지금까지의 이성적 원리의 조건은 구체적인 예를 통해서 보다 분명하게 설명될 수 있다. 가령 잘 산다는 것이 하나의 지상 명령으로 생각되는 경우를 보자. 이것은 전체가 잘 산다는 전칭적 명제가 될 때 사회 전체에 윤리적 요청으로 작용할 수 있다. 그러나 다시 이 잘 산다는 것은 구체적인 개체들에게 평등하게 배분되어 적용되지 않을 때, 반드시 순순히 납득할 만한 명제가 되지 않을 것이다.

그런데 이런 경우 배분의 원리는 이기적인 이해타산의 가능성을 참작하는 것이 중요하다는 것을 말하는 것으로 보인다. 물론 이러한 가능성을 배제하는 윤리적 요청은 공허한 것이 되기 쉽다. 그러나 배분의 이치에 충실해야 한다는 것은 보다 적절하게는 사물의 구체성에 충실해야 한다는 말이고, 이 구체성은 단순히 내 개인의 삶의 주체성만을 지칭하는 것이 아니다. 가령 "사람은 나라를 위하여 죽을 각오가 되어 있어야 한다."라는 윤리적 요청을 생각해 보자. 물론 이것은 일부 한정된 사람이 아니라 모든 국민에 해당될 때 보편적인 요청으로 성립한다. 그러나 그런 연후에도 이 요청은 나의 죽음이 구극적으로는 보다 크고 높은 삶의 긍정에 연결될 수 있다는 확신과 이해가 성립할 때 의미 있는 것이 된다. 뿐만 아니라 그 죽음은 간접적인 의미에서나마 나의 삶, 그것을 고양할 수 있어야 한다. 나의 죽음도 나의 삶을 실현하는 한 방법일 수 있기 때문이다. 우선 내가 다른 사람을 위해서 죽을 수 있는 것은 그 다른 사람이 나를 위해서 죽을 수 있기 때문이다. 더 나아가 우리가 다른 사람을 위해 죽을 수 있는 것은 나와 다른 사람의 생명이 하나의 연속성 속에 있기 때문이다. 또는 우리는 어떤 땅 위에서 영위되는 어떤 종류의 삶을 지극히 사랑하기 때문에 그것을 지키기 위하여 죽을 수도 있다. 집단을 위한 개인의 죽음은 이러한 계기 — 나의 생명과 다른 생명과의 근본적 연계성에 대한 인식, 어떤 종류의 삶에 대한 높은 사랑, 이러한 계기가 없이는 공허한 것이 된다. 되풀이하건대 나라를 위해서 죽는다는 것은 바른 의미에서는 다른 사람을 위해서, 동료 국민을 위해서, 어떤 구체적인 땅 위에 영위되는 어떤 구체적인 삶 일반을 긍정하기 위해서 죽는다는 것을 말한다. 이런 자기희생의 예에서, 우리는 오히려 전체와 배분의 원리로서의 이성의 움직임을 의의 깊게 살펴볼 수 있다. 하나의 사회적 요청은 한편으로는 사회 전체를 포용할 수 있어야 하고 다른 한편으로는 실존적 구체성으로 옮겨질 수 있어야 비로소 이성적으로 납득할 만한 것이 되는 것이다.

4. 이성의 단순성

우리는 방금 사회적 통합의 원리로서의 이성적 원리 내지 규범의 조건을 구체적인 사례를 들어 살펴보았다. 그러나 이성이 어떤 구체적인 실천적 강령 또는 윤리적 요청으로 요약될 수는 없다. 위에서 우리는 아무렇게나 만들어 본 두 가지의 명제를 가지고 그것이 어떤 조건을 만족시킬 때 사회적 이성의 입장에서 납득할 만한 것이 되겠는가를 고려해 보았다. 이것은 어디까지나 두 명제를 일단 받아들인 다음 어떻게 하여야 그것이 보편적이고 공평한 것이 되는가를 생각해 본 것이다. 그러나 이 두 명제를 처음부터 부정하는 입장이 있을 수 있다. 그리고 그것이 반드시 비이성적인 것은 아니다. 참으로 이성적인 질서는 이러한 부정도 포용할 수 있는 것이라야 한다. 그렇지 않으면 특정한 이성적 규범은 조화의 원리가 아니라 또 하나의 분규의 원리가 될 것이다. 그러므로 참으로 포용적인 이성의 원리는 최소한도의 내용적 규정을 가진 것이라야 한다. 그것이 금지하는 것도 최소한도로 한정되는 것이며, 그 윤리적 요청도 실질적인 내용보다는 형식적인 요건에 관계되는 것이 바람직하다. 그렇다는 것은 단순하고 일반적이고 형식적인 규정만이 사회적인 질서 속에 사람을 있게 하면서 그의 창의와 자유를 가장 작게 제약하기 때문이다.

이렇게 말하는 것은 부르주아 사회 규범의 형식주의를 옹호하는 것으로 들릴 수 있다. 사실 최소한도의 형식적 협약으로서의 사회 규범들은 이기적인 동기에 의하여 움직이는 투쟁적 개인들이 구성하는 사회의 최소한도의 제약을 의미할 수 있다. 그러나 문제는 최소의 규범 자체가 아니라 이러한 규범들이 가능하게 해 주는 자유를 어떻게 쓰느냐에 있다. 소유적 개인주의의 사회에서 이것은 부와 소비재의 경쟁적 획득에 사용된다. 그러나 그 자유는 보다 인간적인 데에 — 인간적 진리에 입각한 삶의 실현에 사용될 수도 있는 것이다. 그러니까 형식적으로 표현되는 보편적 이성의 법칙의 이념 그 자체가 사회 통합의 이념으로서 그 타당성을 잃는다고 말할 수는 없다. 보다 나은 사회 질서 속에서 이 자유는 보다 깊이 진리 속에 사는 자유를 의미할 수도 있는 것이다. 여기에서 내가 중요하다고 생각하는 최소한도의 규정은 단순히 이기적 소유의 추구에서보다 우리의 윤리적 행동에 있어서 커다란 의미를 갖는다. 그리고 그것은 윤리적 행동으로부터의 도피를 위해서가 아니라 그것을 더 넓고 깊게 하는 데 필요한 것이다.

예를 들어 설명해 보자. 가령 여기 "갑은 을을 공경하여야 한다."라는 명제가 있다고 하면, 이것은 "젊은이는 노인을 공경하여야 한다."라는 것보다는 부자유스러운 명령이다. 갑과 을은 밖으로부터 교시되어야 하는 구체적인 사항이다. 그런데 대하여 '젊은이'와 '노인'은 보다 일반적인, 따라서 우리 자신이 비교적 독자적으로 판단할 수 있는 범주들이다. 이에 대하여 "나이와 더불어 오는 지혜를 존중하여야 한다." "나이 든 사람의 체험의 깊이를 존중하여야 한다." "나이와 더불어 오는 생리적 쇠약을 존중하고 이에 도움을 주어야 한다." — 이러한 종류의 명제가 있을 수 있다. 이것은 노인을 공경하라는 것보다도 일반적인 요청이다. 여기에서 우리가 요청받는 것은 어떤 특정한 인간의 범주가 아니라 추상화되고 일반화된 특성이나 품성을 존중하라는 것이다. 그리하여 이것은 밖으로부터의 지적이 없이도 우리 스스로 우리 자신의 이성으로 납득하고 내면화할 수 있고 또 확대 변형할 수도 있는 요청이다. 가령 우리가 노인을 그 지혜로서 존경한다면, 우리는 이와 비슷하게 다른 지혜로운 사람을 존경할 수 있고 또는 노인을 그 체험의 깊이로 인하여 존중한다면 모든 깊은 체험을 갖는 자를 존중할 수 있고, 또 노인을 그 쇠약함으로 아낀다면 우리보다 약한 모든 사람, 즉 아이들과 같은 경우에도 똑같은 배려를 베풀 수 있다는 것을 뜻한다. 이렇게 특정한 것으로부터 일반화·단순화·추상화된 것이 우리에게 규범과 자유를 동시에 주는 것이라면, 단연코 삼강오륜의 덕목보다는 인(仁)이나 사랑, 자비가 더 높은 경지의 윤리적 요청이 된다고 말하여야 한다.

5. 이성의 자기 초월

그런데 최소한도의 규정일망정 정말 필요한 것일까? 이성은 규정되는 것이라기보다는 규정하는 원리이며 규정되는 것을 초월해 있다. 달리 말하면 이성은 스스로를 초월한다. 그때 그것은 비로소 있는 대로의 존재와 일치할 수 있다. 또 그때 그것은 가장 포괄적인 통합의 원리가 된다. 이것을 사회를 구성하고 있는 사람들의 관점에서 볼 때는, 가장 포괄적인 이성적 질서는 모든 사람을 있는 그대로 포용할 수 있어야 한다는 말이 된다. 궁극적으로 개체적 실존은 손쉬운 질서 —— 그것이 비록 이성적인 것이라 하더라도 —— 이것에 흡수되는 것을 거부한다. 우리는 이러한 개체의 독자성에 대하여 깊은 두려움을 가지고 있다.

그러나 따지고 보면 우리의 궁극적 소망은 얼어날 수 있는 모든 것이 허용되는 세계이다. 그러니까 가장 포괄적인 이성은 이성으로 환원되지 않는 구체적 실존도 스스로의 테두리 속에 간직하고 있는 것으로 생각되어질 수 있다. 그런데 다른 한편으로 사람은 아무리 그 독자적인 자유 속에 있어도 자연의 한계와 인간성의 한계 속에 있다. 다시 말하면 인간의 자유는 아무리 지나쳐도 자연의 필연이 설정하는 한계 내에 있는 것이다. 그러면서도 이 한도 내의 자유가 사람으로 하여금 스스로를 택할 수 있게 하며 도덕적 존재일 수 있게 하는 것이다. 윤리적으로 말하여 사람이 선택하는 것은 세계와 삶의 진리여야 마땅할 것이다. 이 진리를 통하여 그는 참으로 스스로 택하여 도덕적인 존재가 될 것이다. 그러나 여기에 필연적 인과 관계가 있는 것도 아니고 도덕적 삶의 모습이 일정하게 정해져 있는 것은 아니다. 사람이 비진리를 택하는 데 그 자유를 사용할 가능성은 가볍게 취급될 수 없는 것이다. 그러나 이 가능성이야말로 사람이 참다운 의미에서 자유롭다는 증거가 된다. 그러면서도 다시 뒤집어 말하건대 이 비진리의 가능성까지도 가장 넓은 의미에 있어서의 이성이 허용하는 범위 안에 있다. 이성은 스스로를 넘어서는 자유를 포용함으로써 비로소 존재 그 자체에 일치한다.

6. 이성과 생존

우리가 지금까지 생각해 본 것은 추상적인 차원에서의 이성의 이념이다. 그러나 현실 속에 움직이는 이성은 단순히 관념적 성찰로 밝혀지는 것도 아니고 다른 복합적 맥락에서 절단된 사회적 상호 작용을 통하여 나타나는 것도 아니다. 그것은 구체적 생존의 과정에서 나타난다. 또 그렇게 나타남으로써만 현실적인 의미를 갖는다. 말할 것도 없이 사람의 생존의 토대를 이루는 것은 물질세계다. 그런데 물질세계의 자원은 제한되어 있다. 사회적 갈등은 이 제한된 자원에 대한 사람들의 경쟁적 관계로 하여 발생하거나 심화된다. 사회적 조화의 원리로서의 이성은 그 조화의 작업을 이 자원의 보편적이고 공평한 분배로부터 시작할 수 있어야 할 것으로 보인다. 그러나 말할 것도 없이 이것은 현실도 아니며 쉽게 이루어지지도 않는 일이다. 생존의 충동은 비이성 또는 이성 이전의 상태에 뿌리내리고 있어서 이것이 쉽게 이성적 조정을 받아들일 것으로 기대될 수는 없다. 뿐만 아니라 우리의 생각 그것도 생존에 얽혀져 있어서 한달음에 무사공평한 보편성의 차원에 이를 수 있는 것이 아니다.

사람의 생각이 그 독자적인 힘으로 선험적 이성의 진실에 이를 수는 없다. ─ 이렇게 말할 수는 없는지 모른다. 그러나 사변적인 차원에서가 아니라 생존의 차원에서 우리의 삶이 이성적이 되는 것은 지극히 어려운 일이다. 그것은, 방금 말한 바와 같이, 생존 그것이 비이성적 분출이어서 이성적 질서의 부과를 거부하는 때문이기도 하지만 그러한 거부가 없다고 하더라도 끊임없는 창조 진화 속에 있는 생존의 복잡다기한 연관을 이성적 질서 속에 거두어 넣는 일이 지난한 일의 하나이기 때문이기도 하다. 다시 간단히 말하여 구체적 생존의 측면에서 보편적 이성의 이념에 이르기도 어려우며 이러한 이념에 의하여 삶을 안배하기란 더욱 어려운 것이다. 그렇다고 사람의 삶의 구체적 현실 속에 이성적 질서를 향한 움직임이 없는 것은 아니다. 공평과 조화를 향한 사람의 소망은 거의 보다 직접적인 생리적 욕구나 마찬가지로 사람이 본래적으로 가지고 있는 것일 것이다. 끊임이 없는 눌린 자의 저항, 피착취 계급, 식민지 민족의 투쟁은 가장 뚜렷한 역사적 현실의 하나이다.

바른 질서를 향한 움직임은 사람의 삶에 내재하는 불균형으로 하여 촉진되고 또 강화된다. 어떤 때에 있어서나 사람의 삶의 양극을 이루는 개체와 전체의 관계는 완전한 균형 속에 유지되기 어렵다. 개체, 또는 보다 적절하게는 생존의 이해관계를 비슷하게 가지고 있는 개체들의 집단의 행동은 어느 정도 전체와 독립되어 행해질 수 있다. 또 전체의 움직임은 그들의 의지에 상관 없이 개체나 구성 집단에 피할 수 없는 제약을 가한다. 이러한 상호 모순은 끊임없이 새로운 조정을 불가피하게 한다. 물론 두 극의 관계는 변하면서도 지속적인, 역동적 균형 속에 있을 수도 있다. 그런데 이 관계를 더 역동적인 것이 되게 하는 것은 자연과 인간과의 순환 작용에서 나온다. 미시적 또는 거시적인 인구의 변화는 사람과 자연 자원과의 관계에 늘 새로운 조정이 필요하게 한다. 또 기술의 발달, 생산 수단의 변화는 이 관계에 인위적인 변화를 가져온다. 요약건대 이러한 여러 요인들 — 사람과 자연 자원과의 비율의 유리하거나 불리한 정도, 개인이나 집단의 창의와 자유 — 이러한 요인들이 사람의 삶을 불균형적인 것이게 또는 역동적인 것이 되게 하고, 변화하는 것이 되게 한다. 그리고 공평하고 보편적인 질서를 향한 사람의 소망 — 더 정확히는 눌린 자의 소망과 이 소망의 실현을 위한 투쟁은 조금 더 실현되기도 하고 또는 덜 실현되기도 한다. 이성적 질서는 이런 소망과 투쟁 속에 구체적으로 존재하는 것이다.

7. 비판적 이성

여기에서 우리가 주목할 것은 이성적 질서에로의 접근이 흔히 모색과 갈등과 투쟁에 의하여 특징지어진다는 사실이다. 여기에서 이성은 현실로서 탄생한다. 한 사회 내에서의 싸움은 단순히 물리적 의미에서의 싸움과는 성격을 달리한다. 거기에는 거의 필연적으로 이성적인 사고의 싸움이 개입되고 그것의 개입으로 싸움이 더욱 심화되기도 하고, 또 다른 한편으로는 새로운 통합에로 지양될 수 있는 기틀이 마련되기도 한다. 이것은 반드시 그러한 싸움에 이성적 요소를 의도적으로 개입시키려는 노력으로 하여 일어나는 일이 아니다. 싸움의 상황과 성격이 그렇게 만드는 것이다. 한 사회 내에 있어서 두 가지 또는 그 이상의 요소가 갈등의 관계에 들어갈 때, 문제가 되는 것은 두 집단의 단순한 힘의 영토 또는 역학 관계가 아니다. 그것은 그러한 영토의 배분과 관계를 규정하고 있는 질서 전체이다. 다시 말하여 문제는 어느 쪽이 이기느냐 하는 것보다도 사회 전체가 어떤 질서 속에 사느냐 하는 것이 되는 것이다. 완전한 정복보다는 패권이 문제인 것이다. 한 사회는, 적어도 의식의 수준에서 주체화되는 한, 하나의 전체를 이룬다. 현상을 고치려고 하는 쪽은 이 전체의 전체성을 비판 부정하고 이를 새로운 전체로 대체하려고 한다. 여기에서 이성은 비판적 이성으로서 역사에 등장하게 된다. 물론 현상을 옹호하는 쪽은 기존의 전체의 전체성을 옹호하고 새로이 나타나는 전체를 격파하려 하면서 변호적이고 비판적인 이성을 발달시키게 된다.(여기서 비판적이란 이성이 스스로를 의식한다는 뜻에서이다.)

어느 쪽이든 비판적 이성은 몇 가지로 작용한다. 앞에 말한 바와 같이 그것은 사회의 전체성을 향한다. 이 전체성은 의식적으로 설정된 것일 수도 있으나 그보다도 암묵리에 전제된 것이기 쉽다. 비판은 우선 그것이 개체적인 삶, 사회의 구성 집단의 삶, 또는 구체적인 사실들에 의하여 검증될 수 있는가를 따진다. 여기에서 중요한 것은 무엇보다도 사실적 검토이다. 문제되는 것은 전체의 이념과 사실들의 정합성이다. 비판은 구체적인 것과 전체적 이념의 대비가 아니라 그 이념 자체를 향할 수도 있다. 당연히 전체는 구체적인 사실들의 총화로서 구성된다. 그러나 그것이 구체적 사물들의 필연적인 연계 관계에서 나오는 것은 아니다. 그것은 그러한 관계의 한 가능한 구조에 불과하다. 사물들은 인과 관계의 연쇄 속에 있으면서 또 늘 인간적 행동의 가능성으로서 있다. 물론 이 가능성은 자의적인 것도 무한한 것도 아니다. 그것은 인간의 가능성이면서 사물의 암시이다. 그러나 이러한 가능성 또는 암시가 있는 한 사물들은 새로운 전체성으로 구성될 수 있다. 그리고 이 전체성은 보다 적절하게 보편적 이성의 구현에 가까이 갈 수도 있는 것이다.

그러므로 전체란 언제나 하나의 가정 또는 요청의 성격을 가지고 있다. 그것은 있을 수 있는 가능성 중의 하나이며 선택의 대상이 될 수 있다. 위에서 우리는 이 가정 또는 선택이 자의적이라기보다는 필연적 연쇄 속의 사물의 가능성에서 암시되어 나온다고 하였다. 그러나 이것은 다른 역설적인 주장에 의하여 수정되어야 한다. 이 역설적 주장이란 부분과 전체의 변증법적 관계에서 나온다. 전체가 부분의 총화란 것은 진상의 일면에 불과하다. 전체는 부분에 앞서 미리 주어지고 부분을 결정한다. 그렇다면 전체가 없는 곳에 부분만이 있을 수는 없는 일이다. 그리하여 전체는 절대적인 요청이며 선택이라는 면을 가지고 있다. 여기에서 한 전체에 대한 다른 전체의 싸움은 전부냐 완전한 무냐의 격렬한 싸움이 된다. 하나의 전체성의 이념을 선택하는 것은 다른 전체의 가능성, 또 그와 아울러 그 안에 생성되는 사실들을 송두리째 배제한다는 것을 뜻한다.

그러나 다시 한 번 생각해 볼 때, 서로 극한적으로 대립되는 두 전체, 요청으로서, 선택의 대상으로서 있는 전체 — 이러한 것들이 참다운 의미에서의 전체일까? 참으로 전체적인 것은 그저 있을 뿐이다. 이성적으로 정립되는 전체는 근원적인 삶의 전체에 접근할 뿐이며 그것과 완전히 일치하는 것이 아니다. 전체성의 선택과 그것을 위한 투쟁은 불가피하며 또 가장 심각한 것이다. 그러나 삶은 늘 이 선택되는 전체를 초월한다. 삶은 더 큰 전체이다. 따라서 그것이 어떤 종류의 것이든지 간에 선택되고 요청되는 전체성은 끊임없는 비판에 의하여 보완 수정되고 또 부정 지양되어야 하는 것일 것이다. 그리고 이 비판은 단순히 우리가 대치코자 하는 전체를 향하는 것이 아니라 우리 자신의 전체성의 이념을 향하는 것이 되기도 할 것이다.

이러한 비판과 자기비판의 움직임은 무엇을 근거로 하여 성립할 수 있는가? 비판은 비판의 기준을 상정하고서야 가능하다. 그런데 우리가 말하는 비판의 세계는 확실성의 세계가 아니라 선택과 결단과 투쟁의 세계이다. 그렇긴 하나 의지할 것이 전혀 없는 것은 아니다. 사람의 생존에 있어서 모든 선택을 초월하여 확실한 것은 삶의 구체적 현실 — 생물학적이면서 어떤 때는 인문적이기도 한, 삶의 구체적 현실이다. 낳고 살아가고 자식을 기르고 늙고 죽고, 홀로 있으며 함께 있고, 개체로서 또 집단으로 고통하고 기뻐하며…… 이러한 것들은 가히 생존의 밑바닥 진실을 이루는 것들이다. 이것은 반드시 높거나 넓은 진실은 아닐지 모르지만, 우리가 서 있는 발밑의 진실이고 그러니만큼 모든 사회적 통합 작용을 위한 선택에서 가장 근본적인 비판의 기준이 되는 것이다. 우리가 밥을 먹는 것은 자유인으로 그럴 수도 있고 노예로서 그럴 수도 있다. 어느 쪽의 상태에 있느냐 하는 것은 우리의 삶의 질과 의미와 질서에 결정적인 차이를 가져온다. 그러나 어떤 경우에 있어서나 사람이 밥을 먹어야 한다는 것은 자유와 부자유의 진실을 넘어선 이 세상의 생사실을 이루는 것이다. 우리가 택하는 전체의 진리가 무엇이든지 간에 근본의 시금석은 이러한 생사실로서의 생존이다. 적어도 어떠한 사회 과정에서나 그것은 하나의 통제의 근거가 되어마땅하다. 깊은 의미의 비판적 이성은 이 통제를 받아들여서 비로소 더욱 완전한 것이 된다.

8. 이성적 질서의 현실 조건

지금까지 우리는 사회적 이성의 작용에 대해서 살펴보았지만, 그것을 보장해 주는 것은 추상적 이해와 각성이라기보다는 그 제도적 구현이다. 그러면 이것의 구현에는 어떠한 조건이 만족되어야 하는가? 우선 필요한 것은 사상의 자유이다. 이것은 현실의 사실들을 있는 그대로 검토하는 자유요, 이것을 여러 가지 가능성 속에 놓아 볼 수 있는 자유를 뜻한다. 또 이것은 사실을 초월하여 모든 철학적 가능성을 생각해 볼 수 있는 자유를 뜻하기도 한다. 이러한 가능성 속에서의 훈련이 우리의 마음으로 하여금 현실적 가능성을 직관할 수 있게 해 주기 때문이다.

사상의 자유는 두 가지 점에 있어서 표현의 자유를 요구한다. 생각한다는 것은 자기 자신과 대화한다는 것이다. 우리는 목전의 사실을 거머쥐며 다른 한편으로 이것으로부터 떨어져 다른 관점, 다른 맥락을 조감하는 것으로써 생각의 실마리를 연다. 이 경우 나는 나 자신과 나 자신이 아닌 입장에 서 있는 나로 쪼깨어진다. 이런 이분화 작용은 나와 다른 사람의 대화를 우리의 내면 속에 재현한 것이다. 그런데 이보다도 다른 사람과의 대화야말로 우리의 사고를 확대하여 준다. 사고가 생존에 깊이 맺어져 있다면, 우리는 손쉽게 이 맺음의 한계를 뛰어넘을 수 없다. 우리의 사고는 다른 사람의 관점과 사고와 대결하여 비로소 확대를 얻게 된다. 이것은 우리의 사고가 삶 그 자체를 대상으로 할 때 특히 그렇다. 우리가 생각한 어떤 것보다도 다른 사람의 삶이야말로 인간의 삶의 가능성을 대표한다. 이 가능성들 속으로 생각을 넓히는 것이, 곧 이 점이 요구하는바 보편성에 이르는 길이다. 이런 고려는 쉽게 생각의 표현, 표현의 교환, 공동의 토의가 생각의 과정 그 자체의 일부가 됨을 알게 해 준다.

표현의 자유가 요구되는 또 하나의 이유는 자명하다. 우리의 생각이 현실의 질서에 관계되는 것일 때, 그것은 표현됨으로써만 현실에 작용할 수 있다. 또 표현의 과정은 단순히 한 사람의 견해를 다른 사람에게 전달하는 것을 뜻하지 아니한다. 한 사람의 견해는 곧 다른 사람의 견해일 수 있다. 또 두 사람의 사고와 표현은 교환 과정을 통해서 누구의 견해도 아닌 새 견해에 이르게 된다. 표현, 특히 공동 토의 형태의 표현은 사회적 통합 과정의 핵심을 이루는 것이다. 자유로운 사상의 모험 또 그 전달에 모든 사람이 관심을 가지기는 어려운 것일지 모른다. 대부분의 사람에게 중요한 것은 삶의 현실이며, 그들이 새로운 자유, 새로운 가능성에 관심을 갖는다면 그 것은 이러한 것이 그들의 구체적인 생존에 관계되는 범위 내에서이다. 이 를 넘어서는 보다 철학적인 자유는 지식과 문화 활동에 전문적인 이해관 계를 갖는 사람들의 관심사일 것이다. 물론 이들의 작업은 이들만에게 중 요한 것이 아니다. 자유로운 사상의 모험은 한 사회의 삶의 폭을 넓게 하고 그것에 정밀성과 섬세함을 부여한다. 또 이러한 작업은 현실적으로 미래 의 선택을 넓은 가능성 속에서 이성적으로 이루어질 수 있게 한다.

철학적 사상의 모험이 소수 학문 공동체 또는 문화 공동체의 주된 관심 사가 된다고 하더라도 이러한 모험이 드러내 보여 주는 현실의 사실적 모 습과 그것이 감추고 있는 새로운 가능성은 보다 일반적인 관심의 대상이 되어 마땅하다. 또 이 관심을 환기시키는 것은 지식인 이사회로부터 떠맡 은 임무이다. 물론 더 바람직스러운 것은 문제적 개인이나 집단이 지식인 의 도움을 기다리지 않고 스스로의 상황과 그 가능성을 의식하고 그에 대 하여 발언하는 것이다. 어떤 경우이든 이러한 의식과 발언은 우선 비교적 동질적인 소규모의 집단 속에서 가장 분명하게 집약된다. 이성적 사회는 이러한 집단적 집약의 기구를 될 수 있는 대로 많이, 또 유기적인 연계 관 계 속에 유지할 수 있어야 한다. 물론 궁극적으로는 지식인의 이성적 반성 이든 구체적인 이익 집단의 견해이든 그것은 보다 넓은 범위의 정치 과정 에 편입되고 공동 주제가 되어서 현실을 바꾸는 정책으로 번역이 된다. 여 기에서의 정치 과정은 말할 것도 없이 모든 생각과 정책이 자유로이 경쟁 할 수 있는 공간으로서의 민주적 정치 과정을 말한다. 노동조합이나 정당, 또는 의회 등은 이러한 과정을 제도화하는 전통적 방법이었다.

이러한 이야기들은 상식적인 것들로서 사실 새삼스럽게 말할 필요도 없는 것이다. 더 중요한 것은 이성적 사회의 실현을 위한 여러 제도와 고안 이 어떻게 현실 속에 보장될 수 있는가 하는 것이다. 유감스럽게도 이 가장 중요한 점에 대하여서 나는 별로 이야기할 준비가 되어 있지 않다. 추상적으로 말하건대 현실 속의 보장은 투쟁적으로 — 그러한 제도의 확보에 생존이 달려 있는 사람들의 투쟁에 의하여 얻어질 것이라고 말할 수는 있을 것이다. 물론 이러한 당위론이 얼마나 도움이 될지는 의문이다. 그러나 우리 현대사의 이 시점에서 우리는 말할 수 있다. 보다 자유롭고 이성적인 사회를 향한 충동은 역사의 대세 속에 있는 충동이라고. 오늘날 권위주의적 사고와 힘이 현실을 압도하고 있다면, 그것은 실제에 있어서 작용이 아니라 반작용을 나타내는 것일 것이다. 그것은 넓고 깊은 추세에 대한 일시적 반작용으로 설명되어야 할 현상인 것이다. 우리는 이 역사의 대세에 대하여 좋은 느낌을 가질 수도 있고 우려의 느낌을 가질 수도 있다. 다만, 우리의 현실은 — 지난 100년 동안의 역사의 추세는 획일적 규범주의로부터 다원적인 경험주의에로 옮겨 가는 것이었다. 이것은 구세계의 붕괴에 따르는 불가피한 현상이었다. 그러나 얼핏 보기에 새로운 세계를 구축하는 것과 같은 여러 시도와 경향 — 정보의 팽창과 물질 생산 능력의 확대도 적어도 이 점에 있어서는 같은 추세와 과정을 촉진하는 폭으로 작용해 왔다. 즉 그것은 자의적인 규범의 세계를 마손케 하고 좋든 나쁘든 다원적 경험의 세계를 출현케 했거나 할 것으로 생각되는 것이다.

문제는 이 과정이 거꾸로 되돌려질 수 있느냐가 아니라 경험의 혼란 속에서(경험을 충분하게 포용하면서) 이성적 질서를 만들어 낼 수 있느냐 하는 것이다. 또는 이 이성적 질서가 편협하고 추상적인 전체의 이념이 아니라 끊임없는 비판의 과정을 통해서 사람의 생존의 전폭을 수용할 수 있는 참으로 전체적이고 구체적인 질서일 수 있느냐 하는 것이다. 따라서 모든 불리한 현상적 여건에도 불구하고 가장 깊은 의미에서의 이성적 사회를 위한 전망은 밝은 것이라고 우리는 말할 수 있을 것이다.

(1982년)

사회적 행동과 도덕성
오늘의 사회 행동 규범에 대한 한 반성

1. 도덕과 지성

얼마 전 어느 작가가 신문에 쓴 시사 평론에 이런 이야기가 있었다. 한 교사가 교실에서 우리 사회의 장애자에 대한 차별을 이야기하면서, 이것이 옳지 않은 일이며 그들이 보다 공정하고 인간적인 대우를 받아야 한다는 것을 역설하였다. 그런데 교사가 여러 가지로 이 문제를 설명하는 도중 한 학생이 갑자기 "공부합시다." 하고 외쳤다는 것이다. 의외의 저항을 받은 교사의 이러한 이야기를 전하면서, 시사 평론의 필자는 그 교실의 상황을 개탄하여 마지아니할 수 없는 세태의 반영으로서 평하였다. 그리고 그는 영어 단어나 외우고, 수학 공식이나 배워서, 입학시험 준비를 하고, 또 궁극적으로는 입신양명의 길닦음을 하는 것이 교육인가 하고 오늘의 공리주의적 교육관을 비판하였다.

여기에 이야기된 상황은 흔히 볼 수 있고 경험할 수 있는 것이면서, 오늘날 우리 사회의 도덕적 상황의 근본 문제의 한 측면을 적절하게 대표하고 있다. 오늘의 교육이 개인적이든 사회적이든 순전히 세속적인 명리에 봉사하고 ─ 근본적으로는 개인적인 영달의 동기에 의하여 움직여지고, 그 과정으로서의 지적 훈련이 순전히 시험 문제에 나올 만한 사실적 정보의 기계적 습득으로 생각되고 있는 것은 틀림없는 사실이다. 이것이 심한 인간성의 왜곡을 가져오고, 황막하고 살벌한 사회관계를 만들어 내는 데 기여하는 것도, 자주 지적되다시피, 분명하다. 이에 대하여 보다 도덕적인 인간 또는 더 일반적으로 전인적 인간을 기를 수 있는 교육이 절실히 요구되고 있는 것이다.

그러나 다른 한편으로, 다른 것은 제쳐 두고 도덕 교육만을 유일한 것으로 삼아야 할 것인가 또 사회 도덕에 대한 관심이 인간 생활의 여러 다른 면을 완전히 대체하여서 옳은 것인가? 이러한 질문이 도덕적 상황에 대한 긴박한 관심에 못지않게 우리가 물어보아야 할 질문인 것도 사실이다. 뿐만 아니라 도덕적 훈화가 도덕적 인간을 길러 내는 데, 또는 도덕적 행동을 확보하는 데 효과적인 방법인가 하는 것을 질문해 볼 수도 있다. 사실 "공부합시다."라고 외친 학생의 행동은 자기의 도덕성에 사로잡힌 교사가 생각하는 것처럼 촌시를 놓치지 않고 영어나 수학을 공부해야겠다는, 어떻게 보면 가상한 생각보다는 교사의 도덕적 훈화에 대한 더 직접적인 반응 또는 반발로도 생각될 수 있겠기 때문이다. 도덕적 훈화가 도덕적 행동으로 곧장 연결될 수 있다면 세상은 얼마나 간단할 것인가? 반발하는 학생이 보여 주는 것은 바로 그렇지만은 않은 인간사의 현실을 나타내는 것이다.

학생의 반발이 의미하는 것은, 비록 의식되지는 않은 차원에서의 것일망정, 더 복잡한 것일 가능성이 크다. 학생은 교사가 자신의 주어진 테두리를 넘어가는 것을 못마땅하게 생각하였을 수 있다. 오늘날과 같이 자기의 직분에 충실하다는 것이 기존 체제에 대한 순응주의가 되어 버리기 쉽고 또 그렇게 지탄받기 쉬운 상황에서 자기의 테두리를 지킨다는 것이 좋은 일인지 아닌지 가리기 어려운 바 있다. 그렇다고 해서 보다 넓은 도덕적 관심의 이름으로 맡은바 직무를 등한시하는 일이 그대로 정당화될 수 있는 것은 아니다. 그리고 도덕적 관심에서 자신의 직무 또는 주어진 의무를 등한시하는 것이 도덕적일 수 있는가? 작고 보이지 않는 일일망정, 도덕적이라고 할 수 없는 행위는 크게 떠들어지는 도덕적 설법으로써 상쇄될 수 있는가?

물론 더욱 근본 문제는 맡은바 일, 주어진 의무가 참으로 도덕적인 것인가 하는 것이다. 영어나 수학을 공부하는 것이 도덕적으로 정당화될 수 있는 것인가? 이것은 단순한 공리적 수단 또는 기계적 지식의 덩어리를 확보하는 행위로 간주될 수 있다. 대체로 오늘의 현실이 그것을 충분히 정당화해 주고 있다고 할 수 있기 때문에, 이러한 공부들은 세속적인 의의만을 갖는, 그리하여 도덕과 관계없는 것으로 또는 더 나아가 부도덕한 것으로 간주하는 풍조가 널리 퍼져 있다. 참으로 그런가? 그렇다고 한다면, 또 다른 의미에서, 위의 교사는 도덕적 모순에 빠져 있는 것이 되고 만다. 인간의 도덕적 성장에 또는 더 일반적으로 인간성의 넓고 깊은 함양에 관심을 가지고 있는 교사가 어찌하여 영어나 수학을 가르치고 있는가? 생활의 편의상 그러한 비도덕 또는 부도덕한 출세의 수단을 전수하는 일에 종사하고 있다면, 그는 근본적으로 도덕적 냉소주의자 — 삶의 여러 가지 편리와 이익을 위해서는 도덕적 기준을 조금 적당히 해도 좋다는 입장을 가지고 있는, 도덕적 냉소주의자라고 생각되어야 할 것이다. 그가 말하는 도덕 강화가 액면 그대로 받아들여지지 않을 가능성은 저절로 크다고 할 수밖에 없다.

물론 이렇게 몰아붙이는 것은 온당하지도 않고 현실적이지도 않다. 여기 이야기한 것은 논리적 가능성을 확대해 본 것에 불과하다. 현실에 있어서 우리 사회를 위해서는 단순히 영어 단어나 수학 공식을 가르치는 교사보다는 그와 동시에 장애자의 문제에 관심을 갖는 교사가 많은 것이 좋을 것이다. 그러나 우리 사회에서, 모든 지적 활동에 대한 깊은 회의와 경멸 또 냉소적 경시는, 그 나름의 이유가 없지는 아니한 채로 널리 받아들여지고 있는 단순 논리이다. 그리하여 지적인 것은 그 자체로서 도덕적 의미를 가지며, 다른 한편으로 도덕적인 것은 지적인 뒷받침이 없는 곳에서 곧 비도덕적인 것으로 바뀌어 버릴 위험을 갖는다는 사실이 망각되어 버리는 것이다.

말할 것도 없이 지적 탐구는 세계의 사실을 확인하고자 하는 노력이면서 동시에 그 안에서 이성적 질서를 발견하고자 하는 노력이다. 사실의 확인은 그 자체로 중요한 일이면서 깊은 도덕적 의미를 갖는다. 도덕적이란 세계와 생명의, 있는 그대로의 사실에 순응하려는 태도 이외의 무엇을 지칭하는 것이라 할 것인가? 이 사실은 우리의 잘못된 인식을 넘어가는 보다 큰 또는 그것으로부터 숨어 있는 어떤 것을 지칭할 수도 있지만, 그것이 단순히 초월적이거나 은폐되어 있는 경우 우리가 거기에 이를 방도가 있을 수 없다는 이유만으로도, 우리가 알게 되는 낱낱의 사실들에 들어 있는 것이다. 우리는 그 앞에서 겸허할 수밖에 없다. 주어진 사실들이야말로 우리의 삶으로 하여금 이 세상에 뿌리내리게 하는 근본적인 닻인 것이다.

세계의 크고 작은 사실들은 겸허함이 없이는 당초부터 그 모습을 드러내지 않는다. 우리가 스스로의 주관적 욕망을 기울이고 스스로의 잘못의 가능성을 두려워하지 않는 곳에 과학적 사실 인식이 있을 수 없다. '현명한 수동 상태'는 진리의 조건이다. 이 일단의 자기 억제 후에, 우리는 과학적 절차에 따라 조심스럽게 사실의 인식에 나아갈 수 있다. 그리하여 이러한 태도의 조정을 위하여서는 특별한 전문적 훈련이 필요하기까지 한다. 진리의 기율은 정도를 달리하여 작은 사실 또는 큰 진리의 확인에 필요한 것이다. 그러나 이것은 큰 진리의 경우에 더 그렇다 할 수 있다. 지적 탐구의 큰 충동의 하나는 작은 사실의 확인에 못지않게 그것들이 이루는 이성적 질서의 가능성이다. 그리하여 작은 사실들은 전체적인 맥락 속에서만 진정한 사실이 된다. 여기에 다시 한 번 겸허함과 조심스러움이 요구된다. 이러한 과정의 끊임없는 반복을 통하여 보다 큰 진리의 가능성은 생겨난다.

그런데 이러한 진리 자체의 논리 이외의 조건으로서 요구되는 또 하나의 맥락이 진리의 과정에 필수적이다. 그것은 사실이나 진리가 말하여지는 사실적 맥락이 충분히 성숙한가 아니한가 하는 문제에 관련된다. 상대성 원리가 아무 데서나 이야기될 수 없다. 그것의 의미를 우리가 충분히 존중한다고 한다면, 그것은 그것이 심각하게 고려될 수 있는 조건이 성립한 곳에서 이야기되어야 한다. 도덕적 문제도 그것이 말하여질 수 있는 적절한 환경과 조건을 얻어서 비로소 심각한 것이 된다. 어떤 경우에나 어떠한 화제는 화제의 사실적 관련의 심각성, 화자의 자격, 청자의 자유로운 동의와 지적 도덕적 성숙성 ── 이러한 요건들이 얻어져서 비로소 바른 의의를 갖게 되는 것이다. 그렇지 않은 경우, 전달이 성공하기 어려울 뿐만 아니라 전달 내용의 공소화를 면하기 어렵게 된다.

과학적 사실에 관계된 모든 것들은 깊은 도덕적 의미를 갖는다. 사실에 대한 겸허한 개방성을 유지하며, 그것을 위하여 사뭇 금욕적인 절차적 기율을 스스로에 부과하고 전체적인 맥락 속에서 주어진 사실을 평가하는 이러한 일들은 과학적 탐색, 지적 수련, 지식 습득에 필수적인 것이면서, 동시에 도덕적인 품성들이다. 뿐만 아니라 그러한 품성은 어떤 특정한 상황에 또는 사회의 일반적인 상황에 대하여 도덕적 판단을 내림에 있어서도 빠질 수 없는 조건이다. 그것 없이 어떻게 스스로와 사회와 세계의 진리에 관하여 적절한 태도를 가질 수가 있겠는가?

교사가 교실에서 직접적인 도덕적 교훈을 설법하는 경우에도 그는 이러한 이성적 진리의 절차를 사용하여야 한다. 그랬을 때, 주관적인 울분이 그대로 도덕적 진리가 아니라는 것이 드러날 수도 있다. 그러다가 보면, 사실 과학적인 진리의 경우나 마찬가지로 우리 자신이 어떤 특정한 도덕적 문제를 정확히 가려낼 수 있는 자격이 없다는 것이 드러날 수도 있다. 물론 사회도덕의 특이성은 ─ 사실 과학적 사실도 원칙에 있어서는 그래야 마땅하지만 ─ 모든 사람에게 직접적으로 호소될 수 있는 일반적 성격을 가지고 있다는 것이다. 그것은 누구에게나 일단은 일반적으로 판단될 수 있다. 그렇다고 하더라도, 자신의 주어진 과목을 희생하며 도덕적 문제에 대하여 이야기하는 교사는 깊은 의미에 있어서 지적 작업의 도덕성을 버리고 있다는 혐의를 받을 수가 있다. 또 적어도 모든 언어가 참으로 의미를 갖기 위해서는 상황의 맥락 속에 맞아 들어가야 한다는 진리 언어의 기본 조건을 그는 범하고 있다고 말할 수 있다. 그 점에서는, 그는 진리가 필요로 하는 절제의 모범을 보이는 데 실패하고 있는 것이다. (상황에 대한 구체적이고 과학적인 관련에 관계없이 어느 때, 어느 장소에서나 좋은 말이 좋은 것이라고 한다면, 최고의 도덕적 교육가는 명동 입구의 인파 가운데서 성경을 휘두르고 있는 전도사일 수 있다.) 이렇게 볼 때, 교사의 시간과 장소를 가리지 않는 도덕적 발언은 조심스럽게 생각되지 아니할 수 없다.

막스 베버는 절차, 자격, 사회적 약속의 모든 면에서, 대학 교수가 대학 강단을 이용하여 자신의 전문적 자격을 넘어가는 정치적 발언을 행하는 것은 옳지 않다고 결론지은 바 있다. 오늘의 위기 상황에서, 우리가 베버의 지적 엄격성을 모두 존중할 입장에 있다고 할 수는 없을는지 모른다. 그러나 단순한 주장의 힘에 입각한 도덕주의는 대체로 양식의 진전을 나타내기보다는 우리 사회의 정신적 상황의 위기의 한 증후를 나타내는 것이라고 해야 할 것이다. 필요한 것은 더 깊게 생각해 보는 것이다. 도덕의 문제도 마찬가지이다.

2. 도덕과 힘과 술수

무엇이 증후인가? — 이것이 문제이기는 하다. 도덕이 중요해지고 도덕주의가 강력한 입장으로 등장하는 것은 말할 것도 없이 부도덕한 사회 현상으로 인한 것이다. 오늘날 우리 사회를 지배하고 있는 것은 물질주의적 가치이다. 학문의 가치가 이것으로 측정되는 것은 앞에서 언급한 시사평론의 필자가 말한 바대로이다. 그런데 문제는 이것보다도 그것에 관계되어 있는 사회 현상, 즉 우리 사회가 그로 인하여 이기주의자 또는 개인주의자의 사회가 되게 하였다는 사실이다. 그러나 다시 한 번 문제인 것은 이 사실 자체보다도 이기적, 개인주의적 추구가 우리 사회의 인간관계를 치열한 투쟁과 적의의 관계가 되게 하였다는 사실이다. 그리하여 하나의 질서로서의 사회는 붕괴 직전이거나 이미 붕괴되어 버린 상태가 되었다. 우리 사회에서 장애자가 사람으로서의 처우를 받지 못한다면, 그것은 치열한 상호 투쟁에서 모든 약한 자를 짓밟게 되는 일반적 현상의 한 측면을 나타내는 것이다.

물질적이든 정신적이든 가치관이 이러한 사태를 가져왔다고 말하는 것은 아니다. 말할 것도 없이 정치, 사회, 경제 등에서의 원인들이 관계되어 있다. 우리가 겪는 도덕적 혼란이 자본주의적 산업화의 결과라고 하는 것도 흔한 진단이다. 자본주의 체제의 무한한 이윤 추구, 물질 추구는 사회 질서의 불균형을 가져오고, 그것은 경제적 분배의 불공정을 가속적으로 심화시키고, 불가피하게 비민주적 폭력의 질서를 초래한다는 것이다. 그리하여 오늘의 사회 문제는 이 근본적 질서를 바로잡는 것이다. 그것도 무엇보다도 눌린 자의 누르는 자에 대한 직접적인 투쟁을 통하여 그것이 이룩될 수 있다는 것이다.

여기에서 일단 도덕성이나 다른 일반적이고 추상적인 이념은 문제가 되지 아니한다. 힘에 맞서는 또 하나의 힘이 있을 뿐이다. 그러나 도덕의 문제는 다시 등장하지 아니할 수 없다. 사람은 물질적인 존재임과 마찬가지로 도덕적 존재이고 정의의 감각에 의하여 움직여지는 것임을 어찌할 수 없는 것이다. 뿐만 아니라 싸움이 눌린 자와 누른 자의 싸움이라면, 정의가 어느 쪽에 있는가는 저절로 분명하고, 이 분명한 정의의 요인이 싸움에 하나의 긍정적 요소가 될 것이기 때문이다. 이렇게 해서 정의 또는 도덕성의 문제는 다시 한 번 힘의 투쟁에 이어지게 된다.

힘과 정의, 힘과 도덕의 문제는 매우 기묘한 상관관계를 가지고 있다. 사회적 혼란을 통하여 많은 사람들은 힘없는 정의, 힘없는 도덕성의 절망을 많이 경험하였다. 그간의 모든 정치적 투쟁은 정의나 도덕성과 힘을 묶어 보려는 투쟁이었다고 할 수도 있다. 그러나 정의나 도덕에 힘을 부여하려는 노력은 결국 힘에 정의와 도덕을 봉사케 하려는 음모와 뒤범벅이 되게 하지 않았나 하는 인상을 준다. 정의와 도덕성에 봉사하는 힘이 그것을 역으로 이용하지 아니한다는 보장을 얻을 수 있는가? 많은 경우에 정의와 도덕은 힘의 위장이나 술수이다. 르네상스의 이탈리아에는 세상의 질서를 버티어 주는 것은 힘(forza)이거나 술수(forda)라는 생각이 유포되어 있었다. 정의와 도덕은 힘 있는 자 또는 힘없는 자의 술수에 드는 것이다.

부르주아 체제에 대한 마르크스주의적 비판은 체제가 용납하는 모든 사회적, 도덕적 가치가 지배의 술수와 전략에 불과하다는 점이었다. 자본주의 사회에서, 모든 좋은 이야기는 궁극적으로 경제적 목표에 봉사하는 방편에 불과하다는 면을 가지고 있다. 오늘날 정부나 정당, 사회의 저명인사 또는 우리의 일상생활의 대상 상대자가 하는 좋은 말들을 액면 그대로 받아들이는 사람이 얼마나 있는가? 그러나 힘과 정의의 냉소적 혼동으로 특징지어지는 부르주아 사회의 부도덕성을 비판하는 마르크스주의 또는 다른 비판적 세력도 냉소주의의 함정을 피하지 못한다. 또는 한발 더 나아가 기존 사회의 도덕적 냉소주의를 폭로함은 스스로의 냉소주의를 정당화하기 위한 예비 조작일 수 있다. 나쁜 놈을 응징하는 데, 수단의 좋고 나쁨이 문제가 되겠는가? 다만 나쁜 수단은 궁극적인 좋은 목적에 의하여 궁극적으로 정당화된다. 그러나 그 궁극적 시간까지 모든 방책은 더 철저하게, 더 방법적으로 냉소주의 또는 현실주의(리얼리즘)적 양상을 띤다. 그리하여 도덕성은 잠정적으로 유예 상태에 들어간다. 그리고 궁극적인 관점 이외의 모든 도덕적 수사(修辭)는 술수와 전략의 차원에서만 고려되게 된다. 하여튼 그 결과는 도덕성 전체의 술수로의 전락이다.

물론 이것이 의식적이든 무의식적이든 또는 무명의 상태에서 나온 것이든 의도된 것이든, 부도덕한 가치에 기초한 체제의 도덕적 위장과 똑같은 것은 아니다. 적어도 궁극적인 차원에서의 도덕성을 지향하는 술수와 위장과 단순한 술수와 위장에는 중요한 차이가 있다. 그리고 악에 대한 투쟁에 있어서 악의 수단의 사용을 거부하는 일이 참으로 가능한가? 마키아벨리가 르네상스의 현실 정치 속에서 깨달았듯이, 선의 정치의 근본 문제는 선을 위하여 어떻게 불선(不善)을 사용하느냐 하는 데 있다고 할는지도 모른다. 문제는 이것을 너무 쉬운 명제로 받아들인다는 데 있다. 사람의 궁극적인 위엄은 이 선과 불선의 등식화를 거부함에 존립한다고 하겠으나, 적어도 그는 그 착잡한 변증법적 관계를 추상적 명제나 공식으로 단순화하지 않을 수는 있다. 상황에 대한 어떠한 일반 명제도 구체적인 살아 있는 상황의 현실에 일치할 수 없고, 인간의 현실은 어떤 경우에나 인간적인 여유를 가질 수가 있는 것이다. (어떠한 명제도 그 자체가 진리는 아니다. 그것은 진리에 가까이 가기 위한 사고의 방편일 뿐이다.)

3. 도덕적 행위와 보편성

　도덕적 의지의 순수성은 어느 경우에나 보장하기 어려운 것이다. 이데 올로기의 전도가 없다고 하더라도, 도덕적 의지가 공격적 의지의 표현이 기 쉽다는 것은 심층심리학의 상식이다. 선의 표현이 독선의 표현, 또는 그 이상의 표현이 되는 것은 비일비재한 일이다. 어떤 원한, 어떤 시의가 어디 에 들어 있는지 알 수 없는 일이다. 앞에 말한 학생의 경우도 그랬을 가능 성이 있지만, 독선적 발언에 대하여 사람들이 흔히 보여 주는 본능적 반발 은 이미 그것이 무엇인가 반사회적 충동에 관계되어 있다는 것을 암시해 준다. 어떤 경우에 있어서나 인간의 의지의 신비는 가장 섬세한 정신적 탐 색을 통하여서도 충분히 해명하기 어려운 것이다. 그리고 실제에 있어서 스스로의 동기와 의지를 순수히 하고 착한 일을 한다는 것은 성인들에게 나 허용되는 일이다. 그렇다고 하여 물론 성인이 아닌 사람에게 선이 불가 능하다는 것이 아니다. 다만 여기 말하는 것은 인간사의 다른 모든 일이나 마찬가지로 그것도 완전한 것이 되기 어렵다는 것일 뿐이다. 칸트의 도덕 철학이 밝히고 있는 것처럼, 도덕률의 타당성의 근본 조건은 그 보편성이 다. 도덕적 요구가 설득력을 갖기 위한 기본 조건은 그것이 어떤 특정한 이 해관계에서 나왔거나 특정한 이익에 봉사하는 것이 아니라야 된다는 것이 다. 어떤 특정한 이익에 관계되는 일은 그 도덕성을 확립하기 어려울 뿐만 아니라, 그것의 도덕성이 주장되면 그것은 도덕 자체를 이해의 전략에 있 어서 술수의 위치에 떨어지게 한다. 오늘날 우리 사회에 있어서의 도덕적 타락은 바로 도덕적 수사의 이러한 오용에 기인한다. 사람들에게 저항감 없이 받아들여져야 하는 도덕적 교훈이나 행동은 숨은 이익의 동기가 없 는 것이어야 한다.

　희생적이라는 것은 흔히 도덕적 행위의 증표로 생각된다. 칸트는 『도덕

철학원론(道德哲學原論)』에서 자기희생이, 도덕적 행위에 필수적 조건은 아니지만, 그것을 돋보이게 하는 증표라고 말한 바 있다. 이때 칸트에게 자기희생이란 인간의 자연스러운 충동과 욕구를 넘어서는 도덕의 규범성을 예시하는 역할을 하는 것으로 생각되지만, 그보다도 그것은 사회적 설득력을 얻는 데 있어서 하나의 조건이 될 수 있는 것이다. 그것은 어떠한 말이나 행동이 사심이 없는 것임을 가장 극명하게 증명해 주는 예가 되는 것이다. 어느 때에 있어서나 자기희생의 범례는 사람들을 직접적으로 감동시킨다.

그러나 어떤 행동의 무사성(無私性)을 설득하기 위하여 자기희생이 반드시 극단적일 필요는 없다. 스스로의 이해에 대한 관심을 최소한으로 하고, 다른 사람 또는 공공 이익에 최대한의 사려를 베푸는 사람이 도덕적 권위를 가질 수 있음은 우리가 일상적으로 보아 오는 일들이다. 이것은 보다 추상적 차원의 경우에서도 그렇다. 어떤 행동의 원칙을 적용함에 있어서 다른 사람에게 엄격하고 스스로에게 관대한 사람이 도덕적 존경을 받을 수 있는가? 다른 사람에 대한 최대한의 관용, 자신에 대한 최소한의 관용 — 이것은 도덕적 인간의 설득력의 기본 조건이다. 이러한 조건은 도덕 규범 그것의 적용에 있어서도 충족되어야 하는 것이다. 독선이란 다른 사람의 선의 가능성을 부정하고 자신의 선만을 내세우는 것을 말한다. 독선적인 사람은 바로 도덕적 행위를 통하여 자신의 도덕적 이익(다른 사람과의 도덕적 우열 다툼에서의 비교 우위)을 확보하고자 한다. 사람들은 무형적인 형태에 스며들어 있는 자기주장에 민감한 것인데, 사실 이러한 도덕적 행위는 자기모순에 빠져 있는 도덕적 행위, 따라서 다분히 비도덕적 행위가 되어 버린다 할 수 있다. 이렇게 보면, 자기희생과 같은 도덕적 행위의 극단적 표현도 이러한 성격을 가질 수 있는 것을 알 수 있다. 도덕적 행위의 설득 조건으로서 중요한 것은 오히려 여러 가지 의미에서의 무사성 — 다른 사람에 대한 최대한의 관용과 자기에 대한 최소한의 관용이다. 이러한 내용이 있어서 비로소 자기희생의 행동도 참으로 도덕적인 행위로서의 설득력을 가질 수 있다. 어떤 경우에나 도덕적 행위는 조심스러운 내적 반성과 균형을 필수적으로 요구하는 것이다.

그런데 도덕적 행위란 반드시 직접적인 의미에서 이타적이어야만 하는가? 도대체 사람이 다른 사람의 안녕에 관심을 갖는 것은 어떤 연유에서일까? 이타적 관심은 사람의 본능인 것처럼도 보인다. 맹자는, 우물에 빠지려는 아이를 붙드는 것과 같은 본능적 행위로서 이타적 도덕의 근본이 되는 측은지심을 설명하였다. 그러나 칸트가 생각한 것처럼, 도덕에 대한 요구는 인간의 자율적 존재에 대한 관심으로부터 나온다고 말할 수도 있다. 도덕률은 우리 스스로가 자율적으로 있기 위한 방법으로 요구되는 것이다. 그러면서 이 도덕률은 여러 다른 사람의 인정 — 이성적 인간의 공동체의 참여를 통하여 보편타당성을 얻는다. 이타적 관심이 사람의 규범적 모습 — 그것의 완성에 관계되어 있는 것은 틀림이 없을 것이다. 도덕적 규범에 따라서 행동하는 것 — 가령 다른 사람에게 관대하고 자신에 엄격하게 행동하는 데에는 특이한 즐거움이 있다. 이 즐거움은 반드시 향락주의의 의미에서의 쾌락이 아니다. 그것은 어쩌면 심미적 향수에도 비슷하게, 보다 완성된 형상 속에 드러나는 자신의 모습으로부터 또는 자신의 보다 완성된 형상에의 일치를 사는 데에서 오는 즐거움이다. 다른 사람의 피압박 상태에, 찌푸려진 상태에 대한 관심은 그로 인하여 손상된 그의 마땅한 모습에 대한 느낌에 이어져 있다. 이것을 확대하면, 우리의 관심은 우리 자신의 마땅히 있어야 할 모습에 대한 그리고 — 다분히 마땅한 모습의 객관적 타당성 또 나아가 실현은 다른 사람들에 의하여 확인되는 것이므로 — 마땅한 모습의 사람들이 이루는 공동체에 대한 관심이라고 할 수 있는 것이다.

이렇게 볼 때, 도덕적 행위는 반드시 다른 사람을 위한 것도 아니고 나 자신을 위한 것도 아니고 그것을 포함하면서 그것을 넘어가는 것이다. 그러므로 어떤 도덕적 행위는 궁극적으로, 행위자의 동기 —— 이타적인가 이기적인가 하는 동기에 의해서가 아니라, 그것의 보편적 의미에 의하여 평가될 수 있는 것이다. 모든 사람이 마음대로 도둑질을 하는 세계는 도둑질한 것을 지킬 수 없는 세계가 될 것이므로, 도둑질이라는 보편적 행동 규범이 될 수 없고, 말할 것도 없이, 도덕적 행동이 될 수도 없는 것이다. 이것은 보편적 이익의 문제이다. 그러나 그보다도 사람이 마땅히 있어야 하는 규범적 사례는 우리의 도덕적 감각의 기본 관심이다. 우리는 인간의 보편적 가능성에 관심을 갖는다. 그것이 도덕적 관심의 기본이다. 이러한 보편화의 가능성은 도덕으로 하여금 보다 넓은 이성적 고려의 대상이 되게 한다. 충동적이고 직접적인 행위로서의 도덕적 행위는 그 자체로 반드시 보편성을 갖는다고 말할 수 없기 때문이다. 그것은 하나의 근본이고 단초일 수는 있다. 가령 맹자의 예에서 보는 바와 같은, 위기적 상황에서 나타나는 선입견 없는 선의의 감정은 도덕적 행위의 근본이다. 그러나 보다 복잡한 상황에서, 가령 전쟁의 상황에서 절대적 평화의 입장이 한정된 의미만을 가질 수 있듯이, 하나의 도덕적 행위는 그 반대의 결과를 낳을 수도 있고 그러니만큼 부도덕한 것이 될 수도 있다. 더구나 도덕적 행위가 어떤 상황에 대한 반작용이 아니고, 보다 적극적인 의미에서 공동체에 대한 작용, 그것의 보다 나은 도덕적, 인간적 구성에 관계할 때, 도덕적 행위는 단순히 도덕적 의미에서만이 아니라 인간의 모든 현실적 삶을 만들어 나가는 원리로서의 보편적 이성의 원리에 의하여 규제되어 마땅한 것이다. 그리고 도덕적 관심이 인간의 삶의 마땅히 있어야 할 모습에 관한 것이라면, 삶의 실천적 구성의 전체는 가장 근본적인 의미에서 그 대상이 될 수밖에 없다. 이 구성은 삶의 전체와 구체에 대한 이성적 이해를 전제로 한다. 보편적 이해의 도구로서의 이성은 도덕의 조건이다.

4. 도덕과 유토피아

그러나 실천의 세계가 철저하게 보편적 도덕의 규범에 따를 수 있느냐 하는 데 대하여는 간단한 답변이 있을 수 없다. 보편적 도덕규범은 어쩌면 이에 완전히 도덕적인 세계에서만 현실적으로 적용될 수 있는 것인지 모른다. 도덕적인 것과 부도덕한 요소가 혼재하는 세상에서 어떻게 그 두 다른 요소를 보편적 도덕의 태도 속에 포함할 수 있는가? 가령 모든 사람이 도둑질하는 것은 사회로 하여금 모든 사람이 그 도둑질한 것을 지킬 수 없는 상태에 떨어지게 할 수 없었기 때문에, 도둑질을 하는 것은 옳지 않다는 명제를 생각해 볼 때, 이러한 도덕적 명제에 따르는 이해관계는 너무나 분명하게 다른 것이다. 이것에 의하여, 무산자보다는 유산자가 덕을 보는 것임은 너무나 분명하다. 이상적 세계에서 궁극적으로 칸트의 명제는 맞는 것이겠으나, 현실에 있어서 그것을 받아들이는 사람들의 동기의 강도에는 차이가 있을 수밖에 없다. 이 차이를 형식 논리의 한 귀결에 따라 존재하지 않는 것으로 호도하는 것 자체가 도덕적 태도라고 할 수 없다. 세상에 나쁜 것이 있는 한, 그것은 보편적 원칙의 적용 대상이 될 수가 없는 것이다. 그것은 도의적 행동이 아니라 투쟁적 행동의 대상이 되어 마땅하다.

그리하여 실천적 투쟁의 면에서, 도덕적 보편성의 문제는 거의 일어나지 아니할 수도 있다. 마르크시즘을 포함한 정치적 현실주의의 관점에서, 사회의 과정은 힘과 힘의 투쟁으로만 파악된다. 지난 세기의 자본주의의 이념인 사회진화론의 견해로는, 사회는 우수한 자와 열등한 자의 투쟁, 마르크스주의의 견해로는 피착취 계급과 착취 계급의 투쟁으로 움직여진다. 여기에 보편적 입장이란 있을 수 없다. 동적 투쟁의 에너지는 보편 공동체에 대한 이상에서 그 영감을 얻는 도덕적 정열에서 오는 것이 아니다. 그것은 개인적 이익, 지배 계급의 이익 또는 피착취 계급의 공동 이익에서 온다. 이 이익을 위한 투쟁은 무사 공평이나 보편적 도덕의식과는 모순 관계에 있다. 그렇다고 사회 전체 또는 인류 전체의 관점에서의 보편적 선이 이 투쟁의 시각으로부터 완전히 배제되는 것은 아니다. 그것은 발전이나 계급 없는 사회라는 형태로서 역사의 최종 단계에 주어진다.

오늘날 인류의 대부분이 받아들이고 있는 세계사의 과정에 대한 근본 믿음은 역사는 발전한다는 것이고 발전은 개인적으로 집단적으로 가지고 있는 많은 문제들을 해결해 줄 것이라는 것이다. 19세기 말로부터 이러한 믿음을 받아들인 우리 사회는 1960년대 이후 산업화의 가속화와 더불어 이것을 현실적으로 다시 한 번 확인하게 되었다. 18세기 서양의 계몽주의와 더불어 시작한 이 믿음은 말할 것도 없이 시대에 따라 또 수용하는 사회에 따라 그 내용을 달리한다. 계몽주의의 발전의 이상은 인간의 물질적 행복에 대한 발전을 포함하는 것이었다. 이것은 사회의 현실적 모순들을 피안적 위로로써 얼버무리는 것으로 생각되었던 종교에 반기를 든 계몽사상가들에게는 그럴 필요가 있는 것이었다. 그러나 이 물질적 발전의 이상은 대체로 인간성의 보편적 실현에 대한 꿈의 일부였다. 피안주의나 정신주의에 대하여 인간의 삶의 물질적 근거를 강조한 것은 인간을 어느 한쪽으로 편벽되게 또는 단편적으로 규정하기보다는 더 온전하게, 더 넓게 생각하려는 노력의 표현이었다. 오늘날 우리나라에서도 분명 발전은 하나의 총체적 이데올로기가 되었지만, 여기에 인간 선의 전체적 실현에 대한 어떤 꿈이 스며들어 있다고 하기는 어렵다. (인간적 이상의 소멸은 오늘의 과학 기술 문명에 있어서 세계적 현상이기도 하다.) 우리가 적어도 오늘의 단계에서 보는 것은 가장 조잡한 물질 추구, 소비 추구 —— 또 그것으로 비대해진 아집의 추구로 보인다. 그럼에도 불구하고 발전 —— 우리의 경우에 전적으로 경제 발전이 우리 사회가 안고 있는 많은 문제들을 해결해 줄 것으로 믿어지고 있는 것은 사실이다. 다만 이것이 어떤 도덕적 비전(이것을 좁은 의미에서 취할 필요는 없다.), 인간의 개인적 집단적 삶에 투사된 규범적 전형에 대한 고려가 들어 있는 모든 생각과 기획은 도덕적이라고 말할 수 있다. ── 이러한 도덕적 비전을 전적으로 결여하고 있는 것으로 보인다. 그러한 비전이 있다면 그것은 술수와 전략일 가능성이 크다.

그리하여 어떤 관찰자들에게 창궐하고 있는 것은 모든 이기적 추구의 계략들이고 퍼져 가고 있는 것은 이 계략들이 만들어 내는 고통과 갈등이다. 발전이 진행되면 될수록 늘어나는 것은 도덕적 질서가 아니라 도덕적 혼란이다. 이러한 비관적 관점은 쉽게 혁명적 관점에 연결된다. 이 관점에서 늘어나는 물질적 풍요와 도덕적 혼란은 역설적으로 새로운 도덕적 세계에로 나아가는 예비 단계가 된다. 현실의 역설적 이중성은 도덕의 변증법에도 나타난다. 현재의 비참은 미래의 행복의 과정이다. 오늘의 도덕적 혼란을 만들어 내는 여러 갈등의 힘도 새로운 도덕을 준비하며, 그러한 의미에서 궁극적으로는 도덕의 한 과정적 표현이다. 오늘의 양심적 인간이 할 수 있는 일은 얼핏 보기에 부도덕한 세력과 더불어 움직이며 이 과정을 촉진하는 것이다. 그때 이 싸움의 한편에 설 필요가 생긴다. 그것은 부분의 이익을 위한 파당적 행위가 된다. 도덕의 기본적 조건이 그 보편성이라고 한다면 부분성, 부분적 이익 옹호, 파당성 등은 이 기본 조건에 배치된다. 현실적으로 인간의 도덕적 삶의 필요는 모든 사람을 포함하는 보편적 사회 평화와 밀접한 관계에 있다. 이해관계의 차이에도 불구하고 싸움의 당사자들이 싸움의 중단 또는 화해에 동의하려면, 그 화해는 무사, 불편부당의 기준을 전제로 한다. 이 기준은 도덕의 보편성의 원칙을 이룬다. 그러나 사회 과정의 전개가 요구하는 파당성은 이러한 원칙에 모순되는 것이다. 그러나 모순은 역사의 궁극적인 엔텔레케이아에서 극복된다. 오늘의 비도덕적인 것은 거기에서 도덕적인 것으로 바뀌는 것이다.

이러한 현실 이해는 커다란 모순과 위험을 내포하고 있다. 그것은 수많은 비도덕적인 것에 대한 면죄부 역할을 할 수가 있다. 그렇기는 하나 현실을 개조하려고 하는 노력에서 이러한 모순은 피할 수 없는 것인지 모른다. 대부분의 혁명적 사회 개조의 기획은 이러한 모순에 맞닥뜨리게 된다. 이러한 모순이 혁명의 이론가로 하여금 부도덕한 현실 — 그가 참여할 수밖에 없는 부도덕한 현실로부터 궁극적 도덕적 상태로 가는 길을 정교하고 포괄적인 이론을 통하여 포착하려고 애쓰게 하는 것일 것이다. 확실한 이론만이 오늘의 부도덕의 궁극적 도덕성을 보장해 줄 수 있다. 그러나 이론은 현실을 밝히면서 현실을 은폐한다. (이것은 의도적 술수일 수도 있고, 이론의 자연스러운 경과일 수도 있다.) 은폐되는 것의 하나는 본래의 모순이다. 이 모순의 긴장이 없이 모든 것은 거의 자동적으로, 이론은 정교하고 논리적이면 논리적일수록 자동적으로, 정당성을 갖는 것으로 여겨진다. 더 나아가 오늘의 행위 — 선악의 피안에 자리하는 오늘의 행위는 궁극적 보편성이 주는 정당성에 관계됨이 없이도 저절로 정당화된다. 그러다가는 궁극적 보편성의 이념도 상실되어 버리고 만다.

가장 철저한 사회 개조 이론의 정당성은 그것이 설정하는 유토피아의 현실성에서 온다. 물론 과정에 있어서 사람이 지불해야 되는 대가가 최후의 성과에 못지않게 중요한 것이겠으나, 어떤 사람들에게 유토피아의 비전은 모든 것을 바칠 만한 호소력을 가질 수 있다. 이것은 오늘의 현실의 비참함의 크기에 정비례하는 것이기도 하고, 영웅적 차원의 이론과 행동의 호소력에도 관계된다. 이러한 동기는 그 나름의 위험을 가진 것이면서도, 사람의 삶을 보편적 차원으로 고양하고 그것에 총체적 질서를 주는 데 매우 중요한 역할을 하는 것이다.

그러나 삶의 모든 문제를 포괄적으로 수용할 수 있는 총체적 유토피아는 가능한 것인가? 마르크스주의는 그 유토피아적 목표의 포괄성, 자본주의 문명에 대한 현실 이해, 새로운 사회에로 이행하는 길의 제시, 또 실천적 헌신 — 이러한 것들에서 가장 철저한 사회 개조의 이론이다. 그런데 20세기에 있어서의 마르크스주의적 사회 개조의 실험들의 경과는 우리로 하여금 총체적 유토피아의 가능성에 대하여 회의하게 한다. 고르바초프의 페레스트로이카와 글라스노스트 운동이 드러내 주는 것도 이러한 회의를 더욱 깊게 한다. 어떤 일정한 관점에서의 유토피아적 사회 계획에 수용되기에는 인간성은 너무 다양하고, 인간의 창조적 불가 예측성은 너무 큰 것인지 모른다.

유토피아가 불가능하다면 — 적어도 사람의 짧은 일생, 또 내다볼 수 있는 몇 세대의 삶이란 관점에서 그것이 불가능한 것이라면, 그것은 오늘을 사는 우리의 도덕에 대하여 매우 중요한 의미를 갖는다. 도덕적 가치의 재평가가 일어나지 아니할 수 없는 것이다. 이 재평가에서 궁극적인 의미에서 도덕적일 수 있었을 많은 오늘의 행위는 부도덕의 위치로 떨어지게 된다. 스탈린을 비롯한 사회주의 정치 지도자의 혁명적 행위가 고르바초프의 시대에 있어서 범죄로 규정되는 것을 우리는 본다. 미래가 불확실하다면 오늘의 행위는 오늘 도덕적 의미를 가져야 한다. 아니면 적어도 오늘의 이 행위에는 도덕적 의미의 압력이 크게 작용하지 아니할 수 없다.

이렇게 볼 때 도덕의 문제는 어느 때보다도 핵심적인 문제가 된다. 그것은 유토피아의 약속에 의하여 사회적으로 정당화될 수 없다. 도덕은 그 스스로의 힘으로 정당하여야 한다. 그것은 나에게 정당하여야 하고, 곧 다른 사람에게 정당하여야 한다. 이때의 도덕은 완전한 보편성 속에서 그 정당성을 얻을 수밖에 없다. 그것은 어느 시점에서가 아니라 언제 어느 때에나, 어느 부분적이고 특정한 관점에서가 아니라 어느 관점에서나 타당할 수 있는 도덕이다. 그렇다고 이것이 주관적인 맹신에 기초한 도덕주의와 일치하는 것은 아니다. 그것은 오히려 도덕에 있어서 주관적 확신을 넘어갈 것을 요구한다. 모든 관점에서 도덕적으로 민감하다는 것은 인생의 가능성에 대한 섬세하고 지혜로운 민감성 ─ 사람의 삶의 물질적이고 정신적인 진폭을 널리 알 수 있는 민감성을 말하는 것이다. 이러한 의미에서 참다운 도덕적 행동은 감성적, 지적, 의지적 능력의 전체적 발전, 인간성의 완전한 계발에 기초하여서만 가능한 것이다.

그러나 이것은 인간과 인간 행위에 있어서 너무 높은 수준을 요구하는 일이다. 모든 사람이 이러한 도덕성이 요구하는 수양과 교양의 도정에 그의 모든 것을 바칠 수는 없다. 더구나 오늘날 우리 사회에서 이루어야 할 너무 많은 일들은 우리의 도덕적 완성만은 기다릴 수는 없다. 우리가 그러한 것을 생각한다면, 그것은 단순히 한계 개념을 설정한다는 의의만을 가질 뿐이다. 우리 사회는 지난 30여 년간 어느 정도의 경제 발전을 이룩하였다. 이것은 틀림없이 매우 중요한 업적이다. 그러나 그것은 사람이 사람답게 사는 기초로서 중요한 것이다. 그러나 오늘날 우리는 개인 생활에 있어서, 개인과 개인 사이에 있어서, 또 사회 집단과 집단 사이에 있어서 전혀 인간적 질서를 만들어 내지 못하였다. 소위 발전을 거듭하면 할수록 참으로 심각한 의미에 있어서는, 인간의 질서가 생기는 것이 아니라 인간적 혼란이 생기는 것으로 보인다. 이 혼란은 민주 질서의 부재, 경제적 불평등의 심화 등에 기인하는 것으로 말할 수도 있으나, 전반적인 인간성의 황폐화에 관계된 것으로 말할 수도 있다. 이 혼란을 사람의 질서로 전환하는 데 과연 어떤 근본적인 개조의 노력이 필요치 아니하다고 할 수 없다. 다만 그러한 개조의 목표가 오늘의 우리의 행위를 오늘의 도덕적·지적·인간적 책임으로부터 자유롭게 하는 것이 아닐 뿐이다. 사람이 사람답게 살 수 있는 사회를 건설해 나감에 있어서 힘과 힘이 부딪치는 것을 피할 수는 없을 것이다. 그러나 인간적 사회의 실현을 위한 힘이 있을 수 있다면 그것은 현실의 힘이면서 모든 의미에서의 도덕적 힘이 되어야 할 것이다.

이것은 오늘의 시점에서 특히 절실하다. 그러나 동시에 이것은 어느 때에나 그렇다. 서양에서 시작된 세계사적인 유토피아의 실험이 난관에 부딪치는 것은 어떤 특정한 요인의 잘못으로라기보다는 인간 역사의 본성에서 나온다고 할 수도 있겠기 때문이다. 인간의 장구한 역사로 볼 때 유토피아가 실현되고 인간의 역사 — 불가피하게 모순된 요인으로 하여 움직여 가게 마련인 역사가 정지하게 될 가능성은 희박하다고 보는 것이 현실적일 것이다. 그러나 보다 나은 사회를 위한 노력이 없을 수는 없다. 거기에서 완전히 현실의 긴장을 넘어가지는 못하면서도 도덕적 보편성은 우리의 유일한 행동 지침이 될 것이다.

또는 더 나아가 이 도덕성의 사회적 기초의 확보야말로 개인으로서, 집단의 일원으로 사람에게 가장 중요한 삶의 기초라고 할 수도 있다. 여러 사람이 하나의 삶의 공간 안에서 삶을 영위하고자 할 때, 거기에 상호간의 행동을 규정하는 규범에 대한 합의가 없을 수 없다. 사회계약설이 가설적으로 내세우는 바와 같이 어떤 분명한 계약 행위로서 그것이 표현되지 않는다고 하더라도 할 수 있는 일과 할 수 없는 일에 대한 한계에 대한 동의가 한 사회에 있는 것은 분명하다. 이것은 정치적, 사회적, 경제적 제도의 여러 원칙에 표현된다. 그러나 그것들은 사람의 삶의 외형에 관계되는 것일 뿐, 더 근본적인 것은 사람이 어떻게 살아야 하는가 — 일상적 차원에서 또 보다 고양된 차원에서 어떻게 살아야 하는가에 대한 암암리의 상호 양해와 동의이다. 그중에서 사람이 서로서로에 대하여 어떻게 행동해야 하며 어떠한 것이 가장 훌륭한 삶일 수 있는가에 대한 이념은 그 사회의 도덕률 또는 더 일반적으로 도덕성에 표현된다고 할 수 있다. 정치, 경제, 사회 제도에 있어서의 약속에 못지않게 중요한 것은 사회의 도덕적 약속 또는 계약이다. 이 계약은 때와 장소의 긴장을 벗어나지는 못하면서 동시에 그것에 의하여 제약되지 아니하고 존중될 수 있는 것이기에 더 지속적인 것이라고 할 수 있다. 오늘 우리의 사회가 가지고 있지 못한 것은 인간의 도덕적 이상에 대한 사회적 동의이다. 오늘날 존재하는 것은 많은 도덕적 표현을 포함하여 술수요, 위장으로서의 도덕일 뿐이다.

　도덕적 계약은 사회를 위해서도 필요하지만, 오늘을 살아가는 개인을 위해서는 더욱 간절하게 필요한 것이다. 도덕의 요구는 궁극적으로는 밖으로부터 오는 것이 아니다. 따라서 그것의 출처는 반드시 외면적 제약으로서의 사회가 아니다. 그것은 오히려 안으로부터 나오는 개인의 자기실현의 욕구이다. 그런 의미에서 그것은 개인의 행복의 요구의 일부이다. 그러면서 참다운 도덕성에 가까이 간다는 것은, 개인의 세속적 행복과 시대적 사회도덕을 넘어가는 인간 영혼에 내재하는 형이상학적 진실을 실현하는 일이다. 이 진실의 실현에서 개인과 사회는 저절로 일치한다. 그리고 이 진리는, 어렵고 쉬운 정도의 차이는 있지만, 지옥에서나 천당에서나 늘 가까이 갈 수 있는 종류의 것이다. 그것은 천국의 약속을 전제로 하여서만 가능한 것이 아니다. 그것은 어느 때나 현존할 수 있다.

(1989년)

민중과 지식인

사람은 개인으로 살며 또 집단으로, 즉 가족, 직장, 국가 또는 민족의 일원으로 산다. 수년래 우리가 들어 오는 민중이란 말도 우리가 그 속에 속하여 살게 마련인 집단적 범주의 하나를 가리킨다. 그러면서 이것은 위에 든 다른 집단적 범주와는 다른 것으로 생각된다. 이 차이는 벌써 그 의미의 모호성에서 나타난다. 이것은 단순히 의미 정의가 어렵다는 말이 아니다. 그것은 사실 자체의 모호성 또는 복합성으로 인한 것이다. 우리 자신은 민중의 한 사람인가? 그럴 수도 있고 그렇지 않을 수도 있다. 민중의 개념에는 외적인 계기와 내적인 계기가 있다. 그것은 외부적 조건으로 성립하면서 동시에 의식적으로 선택되는 것이다. 물론 다른 집단적 범주의 경우에 있어서도 이와 같은 두 계기를 발견할 수 있다. 다만 이것은 민중의 개념에서 더 두드러질 뿐이다.

가족이나 직장, 국가, 민족 ── 이러한 것들은 개체적 삶을 밖으로부터 규정하고 있는 외부적 조건으로 보인다. 우리는 우리가 그것을 선택하든 안 하든 또는 그것에 대하여 어떻게 생각하든 우리는 이내 어느 집안의 아들이고, 어느 직장의 직원이고, 어느 나라의 국민이고, 어느 민족의 일원이다. 이러한 외부적 조건은 참고 견디든지 또는 대부분의 사회에서 요구되듯이 무반성적으로 우리 생존의 가장 중요한 근거로 받아들이든지 할 수 있다. 달리 말하여 어떤 경우에 있어서나, 이런 집단적 범주는 거의 운명적 불가피성을 가지고 있기 때문에 순응하는 도리 외에 다른 방도가 없다. 그러나 다른 한편으로 인간의 특징의 하나는 그의 운명을 선택적으로 바꿀 수 있다는 데에 있다.

사실상 우리가 태어나면서부터 속하게 되는 집단들은 도저히 벗어날 수 없는 것이라고까지는 할 수 없는 것이다. 이것보다도 도저히 벗어날 수 없는 것은 우리의 개체적 생존의 사실성이다. 그리고 이것은 우리로 하여금 집단적 범주와 여러 가지의 긴장된 관계에 들어가게 하는 계기가 된다. 이러한 긴장의 고통이 우리로 하여금 주어진 집단을 피하여 달아나게도 하고 또는 다른 집단을 찾게 하기도 한다. 이러한 이유로 하여 우리에게 운명으로 주어진 집단들도 의식적 선택이라는 성질을 띤다. 그리고 실제에 있어서 사회적인 또 개체적인 이유로 해서 집단적 범주는 밖으로부터 우리를 조건 지을 뿐만 아니라, 우리의 내면으로부터 구성되는 어떤 것이다. 한 사람과 또 하나의 사람이 어떻게 하나의 동아리 속에 묶이는가? 두 개체는 이론적으로 하나의 종(種)이나 속에 속할 수 있다.

두 사람은 마치 두 개의 장미 송이가 장미과에 속하듯이 인간이라는 생물의 종(種)에 또는 어떤 국가의 국민이라는 테두리 속에 포용될 수 있다. 그러나 여기에서 우리가 문제 삼고자 하는 것은 이 두 사람이 어떻게 안으로부터 이어질 수 있는가 하는 것이다. 사람과 사람을 이어 주는 요인으로서 생각할 수 있는 것에는 생물학적 연대 관계 이외에 —— 이것은 모든 다른 이어짐의 토대가 되면서 완전히 내면적으로 의식되는 관계는 아니다. ──이익, 권력, 이성 등이 있다. 사람은 사랑과 같은 정서 내지 감정으로 하여 서로 묶인다. 이익 관계도 사람을 맺어 놓는 중요한 매개가 된다. 또 힘의 작용과 또는 힘의 암시도 사람과 사람을 묶어 놓는다. 그런가 하면 사람의 공존에 대한 이성적 이해도 사람들을 하나로 묶을 수 있다. 이러한 요인들은 따로따로만 작용하는 것도 아니고 또 늘 균등하게 또는 일정한 배합으로 작용하는 것도 아니다. 사랑은 생물학적 친근에 기초하면서 이익과 힘과 이성적 이해로 강화된다. 권력은 물리적 힘에 못지않게 이익의 배분에 의하여 지탱되고 또 합리적으로 수긍될 수 있는 정당성에 의하여 정상적 질서의 일부가 된다. 이익의 관계에서 합리적 계산이 중요한 것임은 말할 필요도 없다.

공존의 질서에 대한 이성적 이해는 삶의 사실적 상호 관련의 합리적 균형에 대한 인식을 지칭하는 것이면서, 동시에 거기에는 초월적인 것이 불러일으키는바 어떤 보편적 정서가 수반된다. 또 이러한 인간 유대의 요인들은 각각의 집단에 따라서 다른 역점을 가지고 나타난다. 가족에 있어서 사랑, 직장 또는 경제 관계에 있어서 이익, 정치에서 권력, 보다 넓은 관련에 있어서 보편성 이해와 정서가 중요한 것이 된다. 그러나 여기의 우리의 관점에서 가장 중요한 것은 인간 유대의 계기로서 권력과 보편성이다. 이것은 모든 사회 집단에 정도를 달리하여 일관되어 있는 요소이면서 동시에 오늘날의 상황에 있어서 가장 결정적인 집단적 범주라고 할 수 있는 국가의 내적 권리가 된다. 그리고 사실상 위에서 들어 본 어떤 집단에 있어서도 조직의 구조적 일관성을 유지해 주는 것도 이러한 것들이다.

어떤 것에 의하여 매개되든지, 사람과 사람이 하나로 묶이는 일은 집단적 목표를 탄생하게 한다. 또는 집단적 목표가 뿔뿔이의 사람을 묶어서 하나의 집단으로 만들어 준다. 이 집단적 목표는 단순히 두 사람이 이미 가지고 있던 이익의 상호 조정을 겨냥하는 것일 수도 있고 또는 각각 생각은 하면서도 단독으로는 추구할 수 없는 어떤 공동 이익에 관계되는 것일 수도 있고 아니면 두 사람이 합침으로써 발생하는 어떤 초개인적인 보편적 선(善)의 추구를 지향하는 것일 수도 있다. 어떤 경우에 있어서나, 이러한 합일의 밑바닥에는 어떤 종류의 상호성의 인정이 있기 마련이다. 이것은 자신의 입장을 다른 사람의 입장과의 관계 속에서 또 하나의 전체성 속에서 살펴보아야 할 필요를 발생하게 한다. 다시 말하여 우리의 상황에 합리적 또 이성적 개입과 조정이 일어나게 된다. (이것은 사랑과 같은 정서적 유대에 기초한 인간관계에서도 그렇다. 합리적 계산이나 이성적 보편의 인정에 입각한 인간관계에서와 마찬가지로 사랑에서도 상호성이 없이 일방적인 자기주장만이 있는 상황은 생각하기 어려운 일이다.) 다시 요약하여 말하건대, 사람과 사람의 관계는 상호적이며, 합리적 또는 이성적인 집단적 목표에 의하여 매개되고 그렇게 매개됨으로써 정상적인 질서가 된다.

그런데 이렇게 두 사람을 두고 생각해 본 사람의 묶임의 관계는 더 많은 사람의 관계 내지 사회 전반에 확대될 수 있을 것이다. 그런 경우 사회는 일단 합리적 또는 이성적으로 조정되는 상호성의 그물로서 파악될 수 있다. 다만 여기에서는 현실 속에서 이루어지는 상호성의 합리적 조정과 이성적 질서의 이념 사이에는 보다 큰 간격이 벌어질 수 있는 가능성이 나타난다. 두 사람 또는 제한된 수의 사람의 상호 작용에 있어서보다 훨씬 많은 변수들이 개입하게 되는 커다란 사회 집단에서 현실적인 생존의 욕구와 이익의 조정이 곧 이성적 질서에 일치하기는 매우 어려운 것이겠기 때문이다. 여기에서 사실적 총화를 넘어서는 보편적 이성의 원리가 새삼스럽게 요구되고 또 사회 속에 그러한 이성을 현실 속에 대표할 수 있는 기관이 필요하게 된다. 여러 정치철학은 이 이성의 현실적 대표자를 국가, 지식인, 노동자 등에서 발견한다.

그러나 이렇게 이야기하고 보면 사람과 사람을 묶어 놓는 것은 단순한 상호성 또는 그 상호성에서 나오는 이성적 질서가 아니라 또 다른 하나의 원리인 권력이라는 것을 생각하지 않을 수 없게 된다. 사실적 질서에 대하여 이성적 원리와 기관이 따로 존재한다면 이것은 상호적인 사실적 질서에 안으로부터 작용하는 것이 아니라, 밖으로부터 가하여지는 힘으로써 작용할 수밖에 없기 때문이다. 즉, 집단의 한 부분이 다른 부분에 대하여, 반드시 물리적인 강제력과 일치되는 것이 아니면서 궁극적으로는 그것에 기초할 수밖에 없는 권력을 행사하게 된다는 말이다. 권력은 사람과 사람 사이에 있어서의 완전한 균형이란 의미에서의 상호성을 손상케 한다. 그러나 이것을 궁극적으로 완전히 부정하는 것은 아니다. 권력의 행사자는 어디까지나 대리권자의 성질을 유지한다. 그것은 당사자의 위임에 근거한 힘이다.

그런데 우리는 이러한 하나의 이성의 대표자로서의 권력과 다른 하나의 이성의 대표자로서의 인간 상호성 사이에 생기는 차이에 주목할 필요가 있다. 이 두 개의 이성의 차이 내지 갈등은 모든 집단적 범주의 내적인 긴장의 원인이 되는 것이다. 권력의 문제는 이 점을 더 두드러지게 할 뿐이다. 위에서 이미 암시한 바 있지만 두 사람이 하나의 동아리로 묶이는 데 동의하는 것은 피차의 이익의 인식에 기초하는 것이라는 공리주의적 관점은 일단 수긍할 수 있다. 그러나 이 이익의 조정과 이 조정의 지속적인 유지는 합리성의 중개를 필요로 한다. 그리고 여기서 한 발자국 더 나아간다면 이 합리성은 단순히 사실적 조정의 원리로 생각되기보다는 선험적인 이성의 원리로 생각될 수 있다. 이것은 인간의 이성이 가지고 있는 형식적 완벽성 또는 절대성을 향한 내재적 지향 때문인지 다른 이유 때문인지는 분명치 않은 일이다. 그렇긴 하나 이러한 선험적이고 보편성의 이성의 원리를 통해서 사람은 자기를 넘어서는 보편적 테두리를 내면화하면서 또 동시에 수시로 변하는 사실적인 사정을 참조함이 없이 자신의 행동을 자율적으로 조정할 수 있게 된다. 즉 지속적인 준거점으로서의 보편적 이성의 원리를 통하여 사람은 환경의 필요와 자신의 자유를 일치시킬 수 있게 되는 것이다.

이러한 이성의 차원에로의 초월은 사람들에게 이상한 고양감을 주는 일이기도 하다. 그런데 이러한 인간의 상호성으로부터 사실의 합리적 조정으로 또다시 보편성의 원리로서의 선험적 이성에의 초월은 집단 내에 갈등의 원인이 된다. 왜냐하면 끊임없이 변화하는 생존의 사실적 조건과 공간적으로 시간적으로 이것을 넘어가는 보편성 이성 간에는 빈틈없는 합일만이 있을 수는 없겠기 때문이다. 이것은 사회적 일치의 범위가 커질수록 그렇다.

두 사람 사이에서 또는 소수의 집단에서 사람의 유동적인 상호성과 그것의 이성적 이념은 끊임없는 상호 조절 속에 존재하여 거의 서로 분리된 원리로 생각되지 아니한다. 그러나 상호성을 이루는 사람들의 수가 많아지고 그 상호 작용이 복잡해지게 됨에 따라 이 상호성과 그것의 이념으로서의 보편적 이성은 서로 다른 것으로 정립될 가능성을 가지게 된다. 어떤 경우에나 상호성에 대한 고려 또는 보편성의 주장은 다른 사람에 대한 힘을 낳는 근거가 되지만, 이것이 양적으로 확산될 때 그것은 권력으로 또 권력의 체제로서 정립하게 된다. 이렇게 하여 권력은 이성의 현실적 대표자로서 집단의 성원 위에 군림하게 되는 것이다. 이것은 권력을 이성의 원리에서 설명해 본 것이다. 그러나 권력이 이성적이기보다는 비이성적으로 정당하게보다는 부당하게 사용되는 경우가 많은 것은 말할 것도 없다.

어떻게 보면 이성의 원리로서의 권력을 정당화시켜 주는 것은 물질적, 심리적 이익을 위한 인간의 개인주의적 추구가 상호적, 이성적 질서를 깨뜨리기 때문이다. 그러면 권력의 행사자들은 이러한 이익 추구의 동기에 지배되지 않을 것이라는 것을 누가 보장해 줄 것인가? 강제력이야말로 이익 추구의 수단으로서 가장 편리한 것이다. 또 모든 사람이 권력 추구의 본능을 가졌다고 하는 주장은 인간성의 병적인 이해에서 나온 것이라고 보아야 하겠지만, 오늘의 현실에서 권력 자체가 경쟁적인 추구의 대상이 되기 쉽다는 사실을 감안할 때, 권력의 일방적 독점이 어떻게 인간의 상호성 또는 더 나아가 그 이념으로서의 보편적 이성을 대표하는 것으로 생각될 수 있을까? 이미 말한 바와 같이 권력의 정당성은 보편적 이성에서 온다. 그러나 사람들이 본능적으로 알고 있듯이, 규범적으로 설파되는 권력의 이성적 정당성은 사실적 이익 추구——착취와 지배의 수사적 미화에 불과한 경우가 많은 것이다.

　사실적인 차원에서의 권력의 허위와 부패를 말하지 않더라도, 이성적 원리로 하여금 끊임없이 바뀌고 변화하는 삶의 현실에 대응하는 적절한 원리가 되게 할 수 있는가 하는 문제는 이미 위에서 언급한 바 있다. 형식적으로 완전한 이성은 우리의 삶에 대하여 비대칭적으로 있으며 또 때로 그것은 폭력으로서 작용하기도 한다는 점이다. 헤겔은 국가를 보편적 이성의 구극적 표현으로 보고 이를 실질적으로 대표하는 보편적 계급을 관료 계급에서 보았다. 관료에 의하여 대표되는 국가의 이성이 경직 상태에 떨어져 현실적인 삶을 억압하는 철쇄로 작용하는 예를 우리는 얼마든지 본다. 이성적 계급 또는 보편적 계급으로 등장하여 국가 기구를 장악한 지식인이나 노동자들도 지금까지의 역사에서는 곧 관료 계급으로 탈바꿈하기가 일쑤였다. 설사 국가가 보편적 이성을 대표하여 이루어진다고 하여도, 그것이 관료적 기구로서 표현되었을 때, 그 기구 속의 한 매듭을 담당하는 관료 한 사람 한 사람은 자기의 부분적인 일에 집착하게 된다. 부분에의 집착——특히 그것 자체로 하나의 유기적인 일체성을 이루고 있지 않은 어떤 부분에의 집착은 바로 모든 비이성적인 행위 가운데도 가장 대표적인 것이다. 이러한 것이 사실적인 차원에서의 허위와 부패를 논외로 하더라도, 관료적 제도로 고착된 이성적 질서로 하여금 참다운 의미에서의 이성적 질서에서 먼 것이 되게 하기 쉬운 것이다.

참다운 이성적인 질서란 무엇인가? 이것은 우선 살아 있는 질서라고 말할 수 있다. 살아 있는 질서란 우리 낱낱의 삶의 진실을 왜곡하는 제약하지 않는 이성의 질서란 말이지만, 다른 한편으로는 인간의 집단적 삶의 가능성을 최고로 해방시켜 주는 이성의 질서란 말이기도 하다. 사람은 사회적 행동에의 참여를 통하여 스스로의 삶이 풍부해지고 고양되는 것을 경험한다. 세계의 감각적 실재와 다양한 인격과의 상호 작용인 우리의 삶도 그에 부응하는 풍부함과 다양함을 지니게 한다.(다른 사람의 관점들은 우리의 세계에 대한 감각적 경험 그것에 섬세한 뉘앙스를 부여한다.) 그리고 이러한 것들은 우리로 하여금 좁은 자아의 세계로부터 보다 넓은 세계에로 나아가게 한다. 여기에서 우리의 삶에는 사회적 공간 또 나아가 보편적 차원을 얻게 된다.

이성적 질서로서의 사회 질서가 구극적으로 우리에게 약속해 주는 것은 사사로운 이익의 합리적인 조정도 아니고 고정되어 있는 삶의 행로가 보장해 주는 안정도 아니다. 물론 이러한 것을 포함할 수도 있지만 그것은 살아 있는 현실로서의 보편적 이성의 체험이다. 설사 그것이 어떤 의미에서 삶의 합리적 테두리를 마련해 주고 또 이성의 원리를 높은 윤리적 규범으로 표현한다고 하더라도 관료적 질서가 살아 있는 이성의 체험을 우리에게 제공해 줄 수는 없는 것이다. 선의로 해석하여 일단 권력의 질서가 보편적 이성으로 정당화되는 것이라고 가정하더라도 그것은 불가피하게 완전한 조화의 질서일 수는 없다. 그것은 어디까지나 규범적 질서이지 사실의 질서는 아니다. 따라서 어떤 경우에 있어서나 사실과의 끊임없는 대화를 통하여 수정되고 또는, 더 적절하게는 재구성되어야 한다. 그러는 사이에 부분적인 사실의 불협화음은 큰 이성을 수정하면서 그것에 흡수되게 될 것이다.

그러나 한 사회에는 어떤 정당성도 가질 수 없는 폭력적인 질서가 있을 수도 있고 또는 부분적인 조정으로 그 살아 있는 보편성을 회복할 수 없는 경직화된 질서가 있을 수도 있다. 어떤 질서에 있어서나 스스로의 삶의 개인적·사회적 실현이 제약되고 억눌려 있다고 느끼는 사람이 있다면, 일단 원칙에 있어서 그 사회 질서의 보편성의 주장은 의심될 수 있다. 보편성이란 단순히 초월적인 것이라기보다는 구체적인 인간의 모든 면을 포용하는 것이기 때문이다.(물론 이것이 구체적인 인간의 총화 이상의 것이라는 점도 이미 암시한 바 있다.) 그러나 증대되는 불행의 의식은 결정적으로 기성 질서의 정당성에 대한 비판이 된다. 이러한 비판적인 의식이 쉽게 성립하지는 아니한다. 권력은 그 나름으로써의 정당성의 수사학을 늘 상비하고 있다. 또 사람들은 실제 정당성의 차원에서라기보다는 그것이 어떠한 것이든지 간에 생존의 차원에 머물러 있기 마련이다. 그러나 좌절되고 소외된 사람들의 증가는 단지 개인적 불행의 사례를 넘어서서 사회의 구조적인 산물로서 이해되기 마련이다. 이것은 말할 것도 없이 구조적 모순의 마찰이 생기는 지점에서 가장 분명하게 드러나게 된다.

이러한 마찰은 단적으로 정치적 권력이 작용하는 여러 지점에서, 또 정치권력의 체제와 경제적 이익의 체제는 어느 때보다 긴밀하게 연결되어 있기 때문에 사회의 경제 작업의 현장에서 끊임없이 노출되게 된다. 권력의 비이성적 행사는 사회의 많은 사람에게 내면적 자율성을 상실케 하고 외부로부터의 제약을 받아들이지 않을 수 없게 한다. 보편적 이성이 상실된 곳에서는 어떠한 사람도 밖에 있는 권위에 대조함이 없이 스스로의 이성에 의하여 기울어지는 자유로운 의지로서 행동할 수가 없기 때문이다. 이러한 자율적 의지가 칸트가 지적한 바와 같이 인간으로 하여금 도덕적 존재가 되게 하고 또 그것이 인간의 본질을 이룬다고 할 때, 비이성적 권력의 세계에서 모든 사람은 그 본질적 존재로서의 의미를 상실할 수밖에 없는 것이다. 그렇긴 하나 비이성적 세계의 효과를 가장 극적으로 부담하여야 하는 사람들은 절대적으로 또는 상대적으로 그 기본적 생존에까지 위협을 느끼게 되는 사람들이다. 이 한계는 어느 정도까지는 정확한 정치적, 경제적 분석으로 정의될 수 있을 것이다.

흔히 듣는 민중이라는 말은 이러한 연관에서 이해될 수 있는 것이 아닌가 한다. 즉 그것은 좁게 정의될 수도 있고 넓게 정의될 수도 있지만, 보편적 이성을 상실한 사회에 있어서 도덕적으로 또는 생존에 있어서 위협을 받는 사람들을 대략적으로 가리키는 말이라 할 수 있는 것이다. 그러나 우리의 해석을 여기에 한정하는 것은 민중이라는 말의 의미를 충분히 이해하는 것이 아니다. 민중은 비이성적 사회 또는 보편적 상호성이 결여되어 있는 사회에 대한 단순한 반작용을 대표하지 아니한다.

수동적인 희생자로 머물러 있는 한, 민중은 잠재적인 의미의 민중일 뿐이다. 그것은 집단으로 구성되고 또 모순된 상황의 극복을 기도하는 의지적인 움직임이 되어야만이 참다운 민중이 된다. 여기서 상황의 극복이란 궁극적으로 보편적 이성의 회복 또 그것의 재구성에로 나아간다는 것이다. 여기에서 우리는 민중의 개념이 내포하고 있는 모순에 주의할 수 있다. 그것은 한편으로 부분적인 집단을 나타낸다. 우리가 흔히 듣는 민중이란 말에서 다른 집단의 개념들에 비하여 대립적이고 배타적인 의미를 감지하거니와 그것은 민중이 민중이 아닌 사람들에 대한 반대명제로 성립하기 때문이다. 이것이 그것을 국민과 같은 개념과 다르게 하는 것이다.(사실상 가족이라든지 직업 집단이라든지 하는 것도 민중보다 더 작은 집단을 가리키는 말이면서도 민중이라는 말과 같은 배타성을 풍기지는 않는다.) 그것은 이미 말한 바와 같이 사회의 일부만을 가리킨다. 그러면서도 그것의 특징은 보편적 이성에의 움직임을 대표하는 것이다. 그것은 부분에서 전체에로, 특수에서 보편에로 나아가는 스스로를 극복하는 움직임이다. 그러나 어떻게 보면 그것은 완전히 전체나 보편으로 고정되어 버릴 수 없는 움직임이라고 할 수도 있다. 그렇다는 것은 민중은 어떠한 이데아가 아니라 구체적인 인간의 상호 작용이기 때문이다. 그것이 하나의 이데아로 변하는 순간, 그것은 차가운 보편의 이념이 되고 인간의 상호성의 표현이기를 그칠 수 있다.

또 여기에서 생각하여야 할 것은 이러한 움직임으로서의 민중은 반드시 사회 전체에 걸친 집단으로만 생각할 필요가 없다는 점이다. 민중은 그때그때 드러나는 사회 질서의 모순점에서 성립하고 또 그러한 모순의 소멸과 더불어 그 행동성을 상실한다. 그러면서도 하나의 사회 질서가 하나로 통합되어 있는 한은 여러 가지 지점에서의 민중적 움직임은 하나의 연대성 속에 종합될 수도 있다. 이 종합은 역사적 상황에 의하여 여러 가지로 달리 표현된다.

지금까지의 우리의 조그만 이해의 시도를 요약해 보건대 민중은 잠재적으로는 인간의 상호성과 그 이념으로서의 보편적 이성이 상실될 때 그러한 상실의 사실적 결과로서 존재하게 된다. 그러나 이것은 의식화된 집단이 되어 현실 교정의 힘이 되고 다시 보편적 이성과 맞붙어서 보다 풍부하고 넓은 삶에로 나아가는 역사의 힘이 될 수 있다. 이러한 민중의 움직임은 사회의 질서의 부분이나 전체에서 수시로 형성되고 소멸될 수 있는 것이다.

2

지식인이란 무엇인가? 위에 비춘 사회의 동력학 속에서 그는 어떠한 사람으로 정의될 수 있는가? 우리는 지식인을 일단 어떤 분야나 문제에 있어서의 전문적 지식을 가지고 있는 사람으로 생각할 수 있다. 그러나 그는 단순히 어떤 특정한 것에 대하여 많은 것을 안다든지 많은 것에 대하여 많은 것을 알고 있는 사람은 아니다. 그의 앎은 상호 관련성 속에서 이루어진다. 즉 그것은 단순한 사실적 정보의 단편들을 짐작한 것이라기보다는 그것들을 일정한 이성적 질서 속에 얽어 내 놓은 것들이다. 또 그것은 이미 있는 것들의 얽어맴에 한정되지 아니하고 앞으로 있을 것까지도 일정한 관련 속에 포용할 수 있다. 지식인이 가지고 있는 것은 지식 그것만이 아니고 지식의 방법이며 더 넓게 말하건대 지식을 만들어 낼 수 있는 능력, 앎을 가질 수 있는 힘이다. 이것이 전문적 지식인을 단순한 의미의 기술공 또는 기술자와 다르게 하는 것이다. (즉 앎이 존재하는 앎의 지평을 의식하지 않고 어떤 특정한 것에 대한 사실적인 정보만을 가지고 그것을 조작하는 기술을 습득해 가지고 있는 사람이란 뜻에서의 단순한 기술공이 존재한다면 말이다. 사실에 있어서 이렇게 한정된 기술공이 있다고 할 수는 없을 것이다. 사람이 하는 일은 모두 다 비유적 확대를 허용한다. 따라서 하나를 아는 것은 동시에 다른 많은 것을 아는 것이다. 지평 (background)이 없이 하나의 형상(figure)만을 지각하는 것은 불가능하다고 지각심리학은 이야기하거니와 이것은 인식의 차원에서도 마찬가지일 것이다.) 즉 지식인은 이성적 인간이란 말이다. 그의 전문적 지식은, 가설적인 것일망정 어떤 이성적 질서 속에 존재한다. 또는 거꾸로 그의 전문적 지식은 끊임없이 이성적 질서의 투시권(投視圈)을 향하여 스스로를 넘어간다고 말할 수도 있다. 이렇게 전제되거나 암시되는 이성적 질서는 사물의 법칙적 체계에 관계된 것일 수도 있고 사회 구조에 관계된 것일 수도 있고 인간 심성의 질서를 가리킬 수도 있다. 사물이나 사회나 인간의 심성이라는 세계의 서로 다른 종류의 구역을 구성하는 것이라고 해야 하겠지만 어느 구역에 있어서의 이성적 질서의 구성도 다른 곳으로 옮겨질 수 있는 정신적 습관을 만들어 낸다. 궁극적으로 그것이 어디에서 유래하는 것이며 또 대상의 세계와 어떤 관계를 갖는 것인지는 문제가 될 수 있는 것이지만, 이성은 적어도 우리 인간의 인식에 개입되는 한에서는 인간 심성의 법칙이라고 할 수 있는 것이다. 이러한 이유로 하여 이성적 훈련의 계기를 피할 수 없는 지식은 잠재적으로 또는 현재적으로 이성의 인간이며, 이 이성을 통해서 사회에 있어서의 한 역할을 부여받게 된다. 우리는 집단의 질서에 있어서 인간 상호성의 이념으로서의 보편적 이성이 중요한 내적 연대의 원리임을 지적하였다. 지식인은 이 원리의 표현과 구성에 민감하지 않을 수 없다.

그러나 이미 설명한 바와 같이 이러한 이성은 여러 가지 다른 모습으로 존재한다. 따라서 지식인은 이 이성에 여러 가지로 관여할 수 있다. 민중의 움직임이 보편적 이성에의 움직임이란 점에서 지식인은 이러한 민중의 움직임에 일치할 수 있다. 그러나 이것은 잠재적으로 그럴 뿐이다. 지식인은 권력의 이성적 지주일 수도 있다. 또 그가 민중의 지식인이 되는 경우에도 그는 우선 보편적 이성에 일치한다. 이것은 다시 인간 상호성의 차원에로 내려갈 필요가 있고 또 그것은 구체적인 인간의 삶의 고통과 기쁨의 차원으로 내려감으로써 완전한 일치가 이루어진다. 이렇게 보편적 이성의 하부의 얼개에 미치지 않는 한, 지식인의 민중적 참여는 일시적이고 피상적일 뿐만 아니라 또 위에서부터 아래로 군림하는, 따라서 비이성적인 것이 될 수 있다. 또는 이와 반대로 지식인이 그의 특성인 이성에의 관심을 포기한다면, 그것은 그의 개체적인 역사와 충실한 것도 아니고 또 그가 맡을 수 있는 임무, 즉 의식과 이성의 매개자로서의 임무에 충실한 것도 아니다. 지식인과 민중이 만나는 것은 사회를 보편적 이성의 공간으로 구성하는 데에서이다. 지식인은 이성에서 상호성에로, 민중은 상호성에서 이성에로 움직인다. 이 만남의 움직임은 긴장과 화해의 계기를 다 아울러 가지고 있는 변증법적 움직임이다. 이에 대하여 지식인이 권력의 지주가 되기는 훨씬 쉽다.

전문적 지식의 습득은 개인적으로 사회적으로 많은 자원의 투자를 통해서 가능해진다. 그것을 원하는 사람은 노동의 긴급한 요구로부터 어느 기간 동안 해방되어야 하고 지식 습득의 제도적 기회에 접할 수 있게 하는 혜택을 받아야 한다. 이러한 것을 가능케 하는 자원은 이미 이루어져 있는 사회 또는 국가 체제에 의하여 배분된다. 따라서 지식인이 이성적 질서에 입문하는 경우 그것은 저절로 이미 있는 체제의 이성적 질서에 입문하는 것이다. 그리고 그는 궁극적으로 그러한 질서의 보수(補修) 유지(維持) 등에 종사하게 된다. 이런 의미에서 지식인은 관료에 유사하다. 다만 후자는 이미 이루어져 있는 질서의 상징적 일관성의 유지보다는 그것의 사실적 표현을 유지하는 데 종사한다.

그러면서도 지식인은 다분히 관료와는 다른 종류의 역할 또는 그와 반대되는 역할을 맡게 될 가능성을 가지고 있다. 그런 의미에서 기존 질서의 관점에서 볼 때 지식인은 스스로의 소산이면서 또 늘 믿을 수 없는 수상한 존재로 보인다. 위에서 우리는 헤겔의 국가 철학에서, 관료가 보편적 이성의 표현으로서의 국가의 현실적 구현을 담당할 보편적 계급이란 점에 언급하였다. 그리고 관료 계급이 국가라는 보편적 이성의 질서의 현실화를 담당한다고 인정한다고 하더라도 낱낱의 관료는 부분적인 기능 속에 전체적 질서를 망각하기 쉬우며 또 국가 권력에 의하여 지탱되는 이성의 원리는 인간 상호 작용의 현실로부터 분리되어 경직화된 제약으로 작용할 수 있다는 점도 지적하였다. 이것은 권력 행사를 맡은 개인적, 계급적 이해관계에 의한 부패와 왜곡의 사실적 가능성을 빼고 규범적인 모형만을 두고 보아도 그렇다는 말이다. 이러한 관료에 대하여 또는 관료 지식인에 대하여 일반적인 지식인은 좀 더 용이하게 그의 충성심을 현실화된 이성의 질서로부터 더 자유롭게 상정된 이성적 질서로 옮겨 갈 수 있는 입장에 있다. 그의 전문 분야에 있어서의 일상적 작업은 그에게 이성과의 씨름을 요구한다. 물론 그의 작업이 단순히 부분적인 사실들을 현실로서 정립된 이성 또는 이성적인 것으로 자처하는 현실 속으로 편입하는 일에 그치고 궁극적으로 기존 질서의 정당화에 일관하는 것이 될 수 있다. 또 많은 전문적 지식인이 맡고 있는 일은 이와 같은 일이다.

그러나 조그만 범위에서나마 합리성을 문제 삼는 일은 곧 삶의 질서의 전체에 대한 같은 물음으로 나아갈 수 있다. 이 이외에도 대체적으로 지식인의 작업 방식은, 근본적으로는 그와 그의 일이 이미 있는 체제에 의하여 뒷받침되는 것임에도 불구하고 자율적인 질문을 고무하는 성질을 가지고 있다. 그가 체제에 관계를 갖는 것은 체제가 양성하고 필요로 하는 특수한 지식이나 기술을 통하여서이다. 그러나 그의 전문 지식은 그에게 상당한 정도의 자유를 누릴 수 있게 한다. 그의 사회적인 힘은, 관료의 경우처럼, 체제의 위계질서에 있어서의 위치로 인하여서만 생기는 것이 아니다. 또 그의 지식은 전체적인 이성적 관련 속에서만 정당화되는 것이면서, 이 이성적 질서는 그의 부분적인 작업에도 늘 살아 있는 지평으로 개입하기 마련이다. 이 개입이 없이는 그의 지적 탐구는 제대로 진행될 수 없다. 그러니까 전체적인 이성의 질서에 대한 관계는 이미 정해진 테두리를 질문에 부칠 수 없는 위치에서 부분적인 임무를 수행해 가는 경우와는 다른 것이다. 그의 지식의 작업도 비록 부분적인 것이라 할지라도, 거기에서 만들어지는 지식은 하나의 유기적인 전체로서 존재한다. 사람은 그가 접하는 것들을 형성하지만, 또 그것들에 의하여 형성된다. 유기적 일체성 속에 이루어지는 일은 사람에게 자기실현의 기회가 된다. 또는 거꾸로 그 일을 자기실현의 결과로서 이루어지는 것이라고 말할 수 있다. 많은 지적 작업의 자율성, 유기성 등은 지식인으로 하여금 이성적 동의에 기초하지 아니한, 밖으로부터의 강제로서 성립하는 질서를 받아들일 수 없는 것이게 한다. 그런데 또 지식인으로 하여금 기존 질서의 단순한 옹호자가 아니게 하는 것은 그와 다른 사람과의 관계 방식 때문이기도 하다. 지식인이 생각하는 사회적 이성이 현실 속에 받아들여지게 하는 데 있어 그는 명령 체제도 권력도 가지고 있지 않다. 그가 가지고 있는 것은 말일 뿐이다. 그는 그가 가진 말의 힘으로 설득하고 호소한다. 인간의 상호성을 무시한 어떠한 설득도 효과적이 아닌 것임은 말할 것도 없다.

위의 여러 특징들이 지식인을 기존 질서의 이성에 도전하게 하고 또 민중과 일치하게도 다르게 하기도 한다. 위에서 말한 바와 같이 지식인은 기존 질서의 소산이다. 그러면서 그의 이성적인 것과의 관계는 그로 하여금 기존 질서의 비이성이나 허위성을 간파할 수 있게 한다. 그러면서 그는 비이성을 교정하는 움직임으로서의 민중과 일치할 수 있다. 그러나 이미 지적한 바와 같이 그의 현상에 대한 비판은 근본적으로 이중의 근원에 연결될 수 있다. 하나는 인간 이성의 형식적 완성에 대한 요구이고 하나는 인간의 상호성의 인식이다. 전자는 지식인의 본래의 작업에 내재하는 원리이고 후자는 그가 현실에서의 대중과의 교환 작용에서 얻는 것이므로, 그의 민중과의 일치는 이 두 가지 면이 완전히 하나가 됨으로써 가능하다. 그럴 때 그의 민중과의 관계는 군림도 아부도 아닌, 평등한 참여가 된다. 지식인이 그의 작업을 통하여 보편적 사회 공간의 형성에 평등하게 참여하는 방식을 우리는 일단 봉사란 말로 설명해 볼 수 있지 않을까 한다.

이 봉사의 개념은 조금 자세히 볼 필요가 있다. 지식인의 기능을 우리는 위에서 새로운 민중의 형성에 있어서 보편·의식의 중개자로서 이야기하였다. 그리고 이것은 어떤 특권이라기보다는 봉사의 역할이라고 말하였다. 그런데 어떤 경우에 있어서 지식인의 사회적 기능은 ─ 사실은 규범적인 사회관계에 있어서 모든 사람은 서로 봉사의 기능으로 얽혀진다고 말할 수 있다. ─ 봉사적인 성격을 가진 것으로 규정하여 마땅하다. 민중에 대하여 지식인이 봉사의 관계를 갖는다면, 그것은 본래의 봉사적 관계를 회복하는 일에 불과하다.

전문적 지식과 기술의 소유자로서 지식인은 사회에 대하여 필요로 하는 것을 제공하는 자로서 생각될 수 있다. 어떤 사회 질서 속에서나 지식인이나 지식인의 일은 사회적인 수요에 의하여 산출되고 지식인은 이 수요에 대한 공급자의 입장에 있다. 이것은 원칙적으로 잘못된 것이 아니다. 다만 이 수요가 잘못된 것일 때, 지식인의 일은 그러한 잘못된 수요를 산출해 내는 체제의 유지에 공헌한다. 그러나 지식인의 맡은바 일과 체제의 관계는 분야에 따라서 조금씩 다른 것으로 보인다. 지식인의 일이 사회 구조의 일반적인 것에 관련될수록 그의 일의 성질은 체제의 성질에 의하여 좌우되는 것일 것이다. 즉 권력의 현실적 집행 또 그의 이데올로기적 정당화에 관계되는 일들이 그것이다. 다른 한편으로 특수한 기술적인 문제의 해결에 관계되는 작업은 체제 전체의 이성과 비이성에 의하여 간접적인 영향만을 받는다고 할 수 있다. 사람의 세계보다는 사물의 세계에서 일어나는 문제는 어느 때에나 크게 다르지 않다고 할 수도 있을 것이기 때문이다. 그러나 사람이 개입하는 사물의 관계는 사회 질서의 물질적 하부 구조를 이룬다. 대부분의 기술적 문제는 사회적 이성이 정하는 지평에서 일어난다. 이러한 이성에 크게 영향되지 않는 분야로서 전문적 지식의 도움을 필요로 하는 것은 아마 인간의 생리적 필요에 대응하는, 즉 생로병사(生老病死)의 문제에 대응하는 전문적 지식의 분야일 것이다. 물론 어떠한 문제에 어떤 종류의 주의가 어느 정도로 주어져야 할 것인가 하는 것은 이미 구성되어 있는 사회적 이성의 구조 속에서 결정된다. 그러나 일단 이러한 구조적 결정을 받아들인 다음의, 그때그때의 일은 비교적 순수한 의미에서의 문제와 해결, 필요와 그 충족, 수요 공급의 관점에서 수행될 수 있을 것이다. 우리가 지식의 대사회 작업의 한 성격을 규정하는 것으로서 봉사를 생각할 때, 규범적으로 마음에 두고 생각할 수 있는 것은 의사나 여러 가지 복지 교육 등에 종사하는 사람들이다. 다음에서 우리는 이러한 사람들을 특히 마음에 두고 봉사의 문제를 생각해 보기로 한다.

위에서 우리는 전문적 지식인이 사회에 대하여 용역을 제공하는 사람이라고 하였다. 그러나 그는 그의 용역을 사회에 제공만 하는 것은 아니다. 말할 것도 없이 사회는 그에게 생존의 수단과 기능 수행에 필요한 보급 지원과 그 이상의 특권을 제공한다. 그리하여 그가 제공하는 것과 제공받는 것 사이에는 대체의 균형이 이루어진다고 할 수 있다.

그런데 여기에서 주목할 것은 지식인과 사회가 이와 같은 이익의 수수 관계에 있음에도 불구하고 흔히 그 관계를 생각할 때, 이러한 교환 관계는 뒷전으로 물러가게 된다는 점이다. 그것은 물론 대부분의 권력에 관계되는 일이 그렇듯이, 다분히 사람을 오도하는 신비화에 기인한 것이기도 하지만, 지식인의 작업의 성격의 중요한 특징을 드러내 주는 일이기도 하다. 즉 지식인의 작업은 생존 수단의 확보를 위한 주고받음의 관계에 있으면서 또 반드시 그렇게만 생각할 수 없는 면을 가지고 있다는 말이다. 이러한 모호성은 지식인이 수행하는 일의 다른 면에서도 드러난다. 지식인에 매우 유사한 것으로 이미 지적한 바 있는 관료의 경우, 우리는 그가 권력의 행사자이면서 또 국민에 봉사하는 공복이라고 이야기되는 것을 보거니와 지식인의 경우에도 이러한 서로 반대되는 두 면을 보게 되는 것이다.

이에 말한 바와 같이 전문적 지식인의 작업과 글에 대한 보상 사이에는 일정한 교환 관계가 있음에도 불구하고 그가 하는 일은 무상으로 베푸는 일이라는 인상을 준다. 이것은 가령 교사나 의사에 대한 역겹게 과장되기도 하는 감은(感恩)의 의식(儀式)에서 잘 나타난다. 또는 더 나아가 우리는 전문적 지식인의 관료에 비슷한 위압적인 자세에 부딪치기도 한다. 그런데 다른 한편으로 전문적 지식인은 이익의 교환이나 은혜를 베푸는 일에 종사하기보다는 규정된 의무를 수행하는 사람으로 생각될 수 있다. 이

의무란 실질적으로는 권력 체제에 의하여 규정된다고 하더라도 적어도 규범의 차원에서는 사회나 국민이 규정하는 것인 까닭에, 전문적 지식인은 사회, 국민 또는 관계 집단의 요청이나 명령에 따라 행동하는 것으로 생각되고 극단적으로는 이러한 집단의 여러 성원의 부림에 꼼짝없이 응하여야 하는 것이 마땅하다고 생각된다.

위에 들어 본바 전문적 지식인의 두 면은 다 옳다고 할 수도 있고 그르다고 할 수도 있다. 그는 장사꾼이거니와 시혜자(施惠者)이며 권위자(權威者)이며 기능인(機能人)이며 공복(公僕)이다. 그러면 어떻게 하여 그의 역할에 대한 이런 모순된 해석이 가능한가? 그것은 그의 작업이 보편성에 의하여 매개되기 때문이다. 이 보편성은 한편으로는 전문적 지식의 대상이 되는 사물의 이성에 기초해 있으면서 다른 한편으로는 사회적 이성 또는 사회적 상호성의 이념에 기초해 있다. 그의 일에 이익이 관계된다고 하더라도 그 이익은 그 자신의 이익이나 수혜자의 이익에 직접적으로 복무하기보다는 사물과 사회의 이성에 복무함으로써 생기는 간접적 이익이라는 형태를 취한다. 받음으로 하여금 개인적인 이익을 넘어선 단순한 의무의 수행처럼 보이게 한다. 그런데 그의 의무는 그가 가지고 있는 힘의 다른 면이다. 보편성에서 발생하는 그의 의무는 그를 직접적인 대인 관계로부터 일정한 거리를 유지하게 하고 또 그것에 대하여 일정한 힘의 행사를 가능하게 하는 것이다. 그러나 다시 말하여 그의 힘은, 비록 실질적으로는 권력의 위계 조직에서 나오는 것이라 하겠지만, 구극적으로는 보편성과의 관련에 의하여 정당화되는 것이다. 그가 다른 사람에게 또는 어떤 집단에게 말을 할 수 있는 것은 사물과 사회의 보편적인 이성의 이름으로써이다. 그리고 더욱 구체적으로 이 이성은 보편적 상호성을 뜻한다. 전문적 지식인이 어떤 사람에 대하여 힘을 가질 수 있는 것은 바로 그의 인간적 필요의 논리──사회 일반에 대한 고려를 포함한 그의 인간적 필요의 논리에 따라서 행동한다고 믿어지기 때문이다.

　그렇다고 지식인이 단순히 사물과 사회의 이성의 통로에 불과한 것은 아니라는 점이다. 지식인의 작업에서 그에게 돌아가는 이익은 이미 말한 바와 같이 적지 않다. 그러나 이 이익은 단순히 물질적인 것만이 아니다. 사람의 최대의 행복은, 헤겔이 말한 바와 같이 동료 인간에 대한 인정이다. 지식인은 그의 작업에서 하나의 의식으로서 다른 의식의 인정을 얻게 되고 또 보편성에 의한 삶의 고양을 경험한다. 그의 작업은 여러 가지 차원에서 그의 자기실현의 계기가 되는 것이다.

　위에서 우리가 봉사라는 말로 요약하고자 했던 지식인의 작업의 의미는 이와 같이 해석될 수 있다. 지식인은 그의 재능과 노력을 사회에 제공한다. 그러나 그것은 어떤 필요나 강제를 통하여 이루어지는 것이 아니다. 그렇다고 하여 그가 완전한 자유를 가지고 그의 주고받음을 마음대로 할 수 있는 것은 아니다. 오히려 그의 작업의 의미는 공동체에 대한 그 보편적 이념과 구체적 인간 하나하나에 대한 그의 헌신에서 발견된다. 이 헌신은 스스로 자유로이 선택한 것이면서 자기를 넘어선 필요 또 구체적인 인간 하나하나의 필요에 스스로를 묶어 놓는 일을 뜻한다. 이 헌신 안에서 자유와 필요는 종합된다. 봉사는 이 헌신의 구체적 표현이다.

　다시 말하여 이러한 봉사는 지식인의 작업을 특징짓는다. 그러나 이것은 그만이 가질 수 있는 특권은 아니다. 위에서 분석해 본 지식인과 다른 사람, 또 사회 전반과의 관계는 협동적인 사회에서 모든 사람이 갖는 관계이다. 또 원시 사회에 있어서의 인간 상호간의 관계가 강한 공동체 의식에서 출발한다고 할 때, 그것은 사회의 보편적 이념에서 출발하는 지식인의 행동의 원형이 되는 것이다. 그러니까 우리가 말한 것은 지식인에 관한 것이라기보다는 모든 인간의 가능한 행동 방식이다. 다만 복잡하고 규모가 큰 사회일수록 공동체적 이념은 직접적인 형태로 현재하지 않으며, 보다 더 간접적인 이성의 방법으로 접근될 수 있을 뿐이다. 그리하여 그것은 지식인 그리고 사회적 과정을 통하여 그러한 이념의 부재를 강하게 느끼지 않을 수 없는 사람들에 의하여 추구되는 것이 되었을 뿐이다.

지식인이 그 작업의 봉사적 성격에 있어서 특히 예외적이란 것이 없다면, 그는 그 부패와 왜곡의 가능성에 있어서도 예외적이랄 수 없다. 또는 한 걸음 더 나아가 그의 부패 가능성은 더 크고 그에 대한 도덕적 책임도 크다고 말할 수 있다. 지식인의 전문적 기술과 지식은 그의 사사로운 이익의 추구를 위하여 사용될 가능성을 가지고 있는 것이다. 그런데 더러는 그러한 의도가 없이도 또는 가장 순진한 선의를 가지고도 지식인의 작업은 위에서 말한 본래의 모습에서 벗어나는 것이 될 수 있다. 전문적 지식의 구조와 그것의 행사를 가능케 하는 현실적 조건을 결정하는 것은 사회적 이성이다. 이것은 지적 기능에 보이지 않는 뒤틀림을 가져오게 된다. 전체적 테두리는 그 안에 들어 있는 것을 미리 결정한다. 오늘날 무반성적인 권위주위와 권력주의, 또 소비 문화의 문화주의가 많은 지식인들로 하여금 그들의 일과 위치를 개인적 이익과 출세의 관점에서만 이해하게 하는 것은 우리가 너무도 많이 보는 것이다. 지식인은 이러한 관점을 의도적으로 택하기보다는 주변의 환경에서 또 그의 훈련 과정에서 저절로 흡수한다. 설사 이러한 관점을 극복하고 그의 맡은바 일에 충실하고 그의 일로 인하여 관계를 갖게 되는 다른 사람들에게 진심으로 봉사하는 경우, 그는 비이성적 테두리의 구속을 벗어날 수 있을까? 사회적 이성은 학문의 내면 깊숙이 들어와 있다. 가령 학문에 있어서 특정 분야의 정교하고 세련된 발전은 그것대로 바람직한 것일까? 일단은 그렇다고 해 보자. 그러나 그러한 발전은 A 분야에서도 가능하고 B 분야에서도 가능한 것이다. 가령 의학을 놓고 볼 때, 극도로 정치한 의학 기술의 발전을 요구하는 심장 이식 수술은 막대한 예산의 투입에 의하여서만 가능하게 된다. 그러나 이러한 수술의 혜택은 극히 제한된 환자에게서만 의미가 있는 것이다. 그보다도 보건에 있어서의 발전과 그것을 위한 투자는 훨씬 많은 혜택을 많은 사람에게 줄 수 있다. 그러나 투자의 방향과 직업적 명성이 오묘하고 한정된 것만의 추구에로 향해 있다면, 보건은 등한시될 수밖에 없다. 아무 사실 없는 직업적인 추구도 기존의 사회적 이성에 의하여 영향된다는 것을 우리는 이러한 곳에서 실감하는 것이다. 사르트르는 사회 구조가 어떤 사람들의 어떤 숫자가 어떤 병으로 고통당하여야 하는가를 결정한다고 말한 일이 있지만 이것은 직접적으로 의료의 혜택에 정치적, 사회적, 경제적 요소가 개입한다는 뜻에서만이 아니다. 그러한 결정은 지식인의 직업 구조, 학문의 구조 속에 이미 들어 있는 것이다.

마지막으로 전문적 지식인의 봉사 기능에 가해질 수 있는 또 하나의 문제점을 지적할 필요가 있다. 지식인은 이성의 인간이다. 그의 이성의 근원은 그의 지적 작업에서 온다. 이것은 그로 하여금 지성의 힘을 과신하게 한다. 그의 이성의 습관은 사회 집단의 문제를 이성적 질서의 관점에서만 보게 한다. 그래서 보편적 이성의 관점에서 일을 가름하다 보면, 그는 이러한 이성이 인간의 상호성에서 오고 상호성은 끊임없는 상호 작용 속에서 움직임으로써 또 하나의 과정으로서만 구성되는 것이라는 것을 망각하게 된다. 그리하여 그는 사회의 문제를 사람과의 교섭을 전제로 하지 않는 이론의 문제로만 볼 수 있다. 다른 한편으로는 지식인은 그의 전문 분야에서 사물의 질서의 문제에 부딪힌다. 그리고 이것은 사람과의 관계에서는 기술의 문제로 번역이 된다. 그리하여 그는 사회의 문제는 기술적인 문제의 해결로서 끝장이 나는 것으로 생각하려는 경향이 있다. 가령 어떤 수단을 사용하든지 식량의 문제, 질병의 문제, 주택 문제만을 기술적으로 해결하면 모든 것이 끝난다고 보는 것이다. 다시 이러한 사고의 습관은 사회 질서의 문제도 부분과 부분의 조정과 제도의 정비 문제로 보게 할 수 있다. 즉 사회의 문제는 사회공학의 문제로 환원되는 것이다. 이렇게 지식인은 사회의 문제로 부딪쳐서 선험적 이성의 입장에서, 기술주의의 입장에서 또는 사회공학의 입장에서 보려는 경향을 가지게 된다. 그리하여 그는 독재자, 독재자의 보조자가 되기도 하고 테크노크라트가 되기도 한다.

그러나 이러한 형식적 이성이 인간의 모든 문제를 해결할 수는 없다. 하나의 기술적 해결이 모든 사람의 다양한 필요를 충족시킬 수 없다는 사실 이외에, 우리가 사회 공간의 이성적 구성에서 원하는 것이 단순히 생존의 문제의 해결이 아니기 때문이다. 우리는 다른 사람이나 국가나 기계가 우리의 삶을 살아 주기를 원치 않는다. 우리는 이것들의 도움을 받을망정 우리의 삶을 살고자 한다. 우리가 원하는 것은 자율적인 삶이 가능하고 이러한 삶이 서로 작용하여 삶의 기쁨을 고양시켜 주는 공간이다. 어떤 기술적 접근은 특정한 생존의 문제를 해결하여 줄는지 모르지만, 살아 있는 삶의 공간을 구성하는 데 오히려 부정적 요인이 될 수도 있는 것이다. 지식인은 그의 이성에의 집착을 최종적으로 인간 상호성에 내맡겨야 한다.

이러한 관련에서 지식인은 그의 전문적인 일을 통해서 사회에 봉사하며, 또 그것을 넘어서서 그 일의 테두리를 정하는 사회적 이성을 검토하여야 하며, 그러면서 새로운 보편적 이성의 민중적 움직임에 기여하여야 하며, 또 마지막으로 그의 이성을 인간 공존의 ── 오늘의 사람뿐만 아니라 지나간 세대와 앞으로의 세대를 포함하는 인간 공존의 공간에 스스로를 내맡겨야 한다. 우리는 지식인이 하여야 하는 일을 일단 이렇게 요약할 수 있다.

(1982년)

자유·이성·정치

1

부를 수 없는 이름 불러선 안 되는 이름 불러도 대답 없는 이름

부르면 까마득히 허공이 되는 돌이 되는 이름

다시는 다시는 돌이킬 수 없는 이름

부르고는 살면서 지워 버리고

지우고 지워도 살아나는 이름

가슴마다 낙인처럼 타오르는 이름

눌러도 눌러도 일어서는 이름

꿈속까지 따라와 흐린 잠을 뜯어 가는

아픈 이름……

— 배창환, 「우리는 한 번도 너를 뜨겁게 불러 보지 못하였다」

자유는 사람의 본질이다. 따라서 우리는 사람이 있는 곳이면 어디에나

자유가 넘칠 것을 기대한다. 그러나 역사를 통하여 또 오늘에 있어서 자유의 실태를 살펴볼 때, 그것이 우리에게 주는 가장 뚜렷한 인상은 그 연약함이다. 자유는 모든 사람이 가장 절실하게 원하여 마지않는 것이면서(그럴 수밖에 없는 것은 그것이 바로 그의 본질이기 때문이다.), 안타깝게 손에 잡히지 않는 도깨비불로만 남아 있는 듯싶다. 자유의 연약성은 그것과 힘의 미묘한 관계에서 연유한다. 그것은 스스로 힘으로 존재한다. 그러면서 힘에 약하여 힘의 억압에서 쉽게 사라져 버리고 다시 나타나지 못한다. 자유의 문제는 힘의 문제이며, 자유를 획득하고 유지하는 일은 힘의 전략에 관계된다. 그러나 자유는 힘으로 있으면서 힘 이상의 것이다. 이것으로 하여 힘은 자유로 전환된다. 여기서 간단히 시도해 보고자 하는 것은 자유로 하여금 자유가 되게 하는 조건에 대한, 사실적이라기보다는 사변적인 검토일 뿐이다.

자유는 소박하게 생각해서 사람이 하고 싶은 대로 할 수 있는 상태를 가리킨다. 그러나 하고 싶은 대로 하려면 그렇게 할 수 있는 힘이 있어야 한다. 힘이 있어서 비로소 하고 싶은 대로 하겠다는 의지는 현실적 의미를 갖는다. 그래서 자유는 힘이 있는 상태 또는 힘을 행사하는 것을 말한다. 이 힘은 자연에 대하여 작용할 수도 있고, 다른 사람에 대하여 작용할 수도 있다. 여기서 힘은 반드시 직접적으로 물리적인 힘일 필요는 없다. 그것은 지능이나 권모술수나 속임수의 힘일 수도 있을 것이다. 자유롭다는 사회에 힘과 술수가 난무하는 것을 우리는 흔히 본다. 그런데 이러한 제 마음대로, 제 힘대로 하는 자유가 오래 지속되기 어려운 것임은 말할 필요도 없다. 그것은 곧 장벽에 부딪치게 마련이다. 이것은 사람의 삶에 내재하는 물리적 사회적 한계로 인하여 불가피하다. 물리적 한계는 기술의 발달로 하여 어느 정도 극복될 수 있는 것일는지 모르나, 적어도 단기적인 관점에서는 힘이나 술수로 넘어설 수 없는, 따라서 그대로 받아들일 수밖에 없는 한계가 된다.

그러나 조금 더 복잡한 것은 사람이 혼자 사는 것이 아니라 여럿이 묶이어 살 수밖에 없다는, 생존의 사회적 조건이다. 사람이 이렇게 묶여 살며 또 자유의 행사의 대상으로서의 자연의 세계 또는 인간의 세계가 한정되어 있는 한, 한 사람의 무제한의 자유는 다른 사람의 자유를 심히 제한하는 결과를 가져오게 마련이다. 그리하여 한 사람 또는 일부 사람의 자유가 다수인의 부자유 위에 힘과 술수로써 군림할 수도 있고, 또는 힘의 우위가 뚜렷하지 않을 경우 사람의 삶은 모든 사람의 모든 사람에 대한 싸움이라는 양상을 띨 수도 있다. 후자의 경우 사람들은 만인 대 만인의 전쟁이 아무에게도 이로울 수 없는 상황이라고 판단하고 무제한의 자유로운 행동에 대한 욕구는 스스로 제약을 받아들이는 것이 좋겠다는 각성을 가질 수 있다. 그리하여 자유는 이러한 각성에 입각하여, 단순히 저 하고 싶은 대로 하는 것이라기보다는 다른 사람들의 같은 자유를 침해하지 않는 범위에서 제 마음대로 하는 것이라고 재정의된다.

이렇게 재정의되는 과정에서 우리는, 이미 비친 바 있는 바이지만 두 가지 조건이 만족되어야 한다는 것을 다시 상기할 필요가 있다. 즉 사회적으로 유효한 자유가 성립하기 위해서는 사람들의 능력과 힘이 어느 정도 서로 비슷하지 않으면 안 된다는 것이 그 한 가지 조건이며, 또 한 가지 조건은 사람들이 자신의 이해득실을 어느 정도의 거리감을 가지고 생각해 볼 수 있는, 계산적 이성의 능력을 가지고 있어야 한다는 것이다. 이러한 두 조건이 없을 때 타협과 조정에 입각한 사회적 자유는 성립하지 않는다.

2

지금까지 우리가 생각해 본 바에 따르면, 자유는 별로 실질적인 내용을 갖지 못하는 것으로 보인다. 그것은 본래부터 우리가 가지고 있는 원초적인 충동이면서 사회생활의 규율에 부딪쳐 불가피하게 손상되어야 하는 것으로 생각되기 때문이다. 사실상 앞에서 우리가 간단히 생각해 본 것은 전통적 자유주의의 자유론을 초보적으로 재추적한 것이지만, 자유주의의 테두리에서 자유는 그러한 원초적 충동 이상의 것으로 생각되지 않는다고 할 수도 있다. 어쩌면 이러한 사정이 자유로 하여금 보다 거창한, 또는 보다 투쟁적인 이념과 목표에 부딪쳐서 쉽게 깨어지게 하는 원인의 하나인지 모른다. 그것은 늘 순치할 수 없는, 따라서 어느 정도의 공간을 허용해 줄 수밖에 없는 야생동물처럼 간주되는 것이다.

그러나 자유는 인간의 자기 형성에 있어서 그보다는 더 윤리적 임무를 가지고 있다. 그것은 단순한 본능이라기보다는 본질 — 인간의 자기 형성의 마지막에 완성되는 본질이다. 이것은 야생의 상태에서보다는 문화적인, 따라서 공동체적인 규율 속에서 바르게 개화한다는 면도 가지고 있다. 이 점을 이야기하기 위해서는 우리는 자유주의의 형식적 질문 방식을 넘어서서 자유의 실질적 내용에 대하여 생각해 보아야 한다.

자유가 저 하고 싶은 대로 또는 제 마음대로 하는 것이라고 할 때 이것은 무엇을 뜻하는가? 어떤 때에 우리는 하고 싶은 대로 제 마음대로 하는 것일까? 자유의 정의를 제 마음대로 하는 것이라고 할 때, 그 참뜻은 사람의 자율성을 지칭하는 것으로 생각된다. 그러나 그것이 반드시 같은 것은 아니다. 저 하고 싶은 대로 제 마음대로 한다는 것이 반드시 사람의 자율성을 증표해 주는 경우가 되지 못하는 수가 있는 것이다. 무반성적인 상태에서 사람은 대체로 그때그때 일어나는 욕망과 백일몽과 감정의 지배하에 있고 그가 이러한 것들의 충동을 그대로 행동에 옮긴다면 그것은 반드시 그가 자율적으로 행동하는 것이라고 보기가 어려운 면이 있는 것이다.

이러한 정서적인 충동이 강하면 강할수록 그 행동적 표현을 향한 압력은 강하기 마련이고, 이렇게 하여 강하게 표현된 행동은 자유로운 행동이라기보다는 강박적인 행동이 될 수 있다. 그리고 이러한 정서적 충동은 대개 목전의 사물들이나 다른 사람들의 암시에 의하여 촉발 자극되는 것일 경우가 많다. 그리하여 가장 강한 충동으로 움직이는 행동은 자율적이라기보다는 외적인 자극물에 의하여 타율적으로 규제되는 것일 수가 있는 것이다.

비슷한 관찰에서 많은 금욕주의적 철학이나 종교는 감각과 욕망에서 나오는 충동을 자유의 원리가 아니라 계박의 근원으로 간주하였다. 자유에의 길은 이러한 충동에 의한 노예 상태로부터 벗어나는 것이었다. 여기에서 길잡이가 되는 것은 이성이라거나, 또는 불교적으로 말하여 본마음과 같은 것으로서, 이성이나 본마음의 상태에서 사람은 비로소 사물의 자극과 욕망의 충동에 의하여 왜곡되지 않는 주체적이고 자율적인 삶을 누릴 수 있다고 생각되었다.

3

마르쿠제(Herbert Marcuse)는 향락주의를 논하면서, 흔히 관능적 쾌락은 사람을 노예 상태로 떨어지게 하는 끄나풀로 보고 여기에 대한 이성적이며 초연한 관조의 자유를 내세우는 것은 관능 자체의 본질을 이야기하는 것이 아니라 그것의 충족을 허용하지 않는 억압적인 사회 상황을 드러내 주는 것이라는 점을 지적한 바 있다. 이것은 정당한 지적이라고 할 수 있다. 따라서 자유의 원리로서 이성을 너무 내세울 것이 아닐는지 모른다. 그러나 우리가 이야기하는 것은 관능 자체가 아니라 관능에(또 어떤 종류의 관능, 또 나아가 얼른 보기에 합리적인 결정에도) 있을 수 있는 강박적이고 편벽된 요소이다. 우리는 자유를 생각할 때 주어진 주제에 대하여 일정한 거리를 유지하고 그것을 하나의 선택의 대상으로 간주할 수 있는 여유를 동시에 생각한다. 그리고 이러한 선택의 계기에 작용하는 사람의 능력을 이성이라고 한다면, 이성적 판단은 자유의 과정에서 하나의 중요한 계기가 된다고 하여야 할 것이다.

물론 사물이나 충동과 관념 작용과 우리의 주체적 의지 사이의 강박적 연쇄를 끊어 놓는 이성적 판단이 그 자체로 절대적 가치를 구성하는지 그것은 따로 따져 보아야 할 것이다. 그러나 우리가 자유를 삶의 필연적인 요구의 하나라고 할 때, 이성은 자유의 실현에 빼어 놓을 수 없는 것이다. 자유는 하나의 개체가 변화하는 환경 속에서 그의 삶의 일관성과 온전함을 유지하려고 하는 생물학적인 필요에서 나온다. 이러한 관점에서 자유로운 행동은 삶의 일관성과 온전함에 기여하는 행동이 될 때 비로소 참으로 자유로운 행동이 된다고 할 수 있다. 이러한 관점에서의 자유로운 행동은 객관적 삶의 가능성에 대한 고려와, 이러한 가능성을 하나의 역사적 생존의 현실로서 종합해 온, 내면에 대한 깊은 직관에 입각하여야 한다. 이러한 외적 고려와 내적 직관을 종합하는 원리는 이성 아니면 적어도 이성적 원리라고 부를 수밖에 없다.

이런 의미에서 이성적 매개가 없이는 자유로운 행동은 이루어질 수 없는 것이다. 물론 여기에서 앞에 언급한 바 있는 마르쿠제의 경고를 다시 한번 상기할 필요는 있다. 여기서의 이성은 어떤 형식적인 합리성의 원리라기보다는 삶의 일관성과 온전함, 그리고 성장의 가능성을 종합하고 조화시키는 중심으로 생각되는 것이 옳다. 그렇기 때문에 그것은 앞에서 노예화의 화근이 될 수 있는 것으로 말한 여러 가지의 충동과 욕망과 감정 등을 포함한다. 다만 이러한 것들은 삶의 자율적인 조화 속에서 다시 거두어들여지는 것이다.

서양의 중세 철학은 바른 윤리적 행동을 기하려면 의지가 바른 이성 (recto ratio)의 판단에 따라야 된다는 점을 자주 이야기하였다. 자유가 의지의 행동적 실천을 의미한다고 할 때, 우리가 말하고 있는 것은 자유로운 행동이 바른 이성의 판단에 순종함으로써만 가능하다는 것이다. 다만 여기에서의 이성은 이미 비친 바와 같이 어떤 초월적인 원리가 아니라 개체의 자율적 유지와 성장의 원리이다. 여기에는 이론적 이성, 도덕적 그리고 무엇보다도 미적 감성이 다 포함된다.(미적 감성은 이성적 원리에 의하여 지탱되면서 감각적 삶의 현실에 밀착되는 것이기 때문에, 현실적이면서 바른 분별 속에 있는 삶에 있어 가장 중심적인 능력이 된다.) 이러한 종합적인 능력을 한마디로 무엇이라고 불러야 할지는 분명치 않지만, 메를로퐁티의 말을 빌려, 세상과 자아의 구체적이고 총체적인 질서의 원리로서의 '심미적 이성'이라고 불리어질 수도 있을 것이다. 자유스러운 행동은 '심미적 이성'의 활달한 움직임에서 나온다.

4

자유는 본질적으로 정치 공간에 있어서의 행동의 자유를 말한다. 그러나 자유의 기본 원리를 의지로 보고 이 의지의 바른 상태를 생각하는 것은 자유 의지라는 철학의 문제를 논하는 것이다. 그렇긴 하나 자유는 정치의 문제이면서 철학적 차원을 가지고 있다. 실제에 있어서 의지의 자유에 대한 바른 이해는 정치적 의미를 갖는다고 역으로 말할 수 있다. 사람이 자유롭게 있는 것이 무엇인가에 대한 철학적인 이해와 탐색과 토의가 없이는 정치적 자유는 참으로 인간 생존의 풍요한 개화를 보장할 수 없다고 할 수 있기 때문이다. 또는 이러한 자유의 존재론적인 탐색은 어떤 전문적인 철학의 토의에서보다 예술과 문학과 문화의 작업으로, 또 사회화의 매체가 되는 모든 실제적인 행위를 통해서 이루어진다고 말하는 것이 더 옳을 것이다.

그런데 이 작업의 성질은 더 생각될 필요가 있다. 앞에서 말한 총체적 이성 또는 심미적 이성은 어디에서 오는가? 그것은 이미 시사한 바와 같이 삶의 생물학적 기층 깊이에 내재한다. 그러나 그것은 교양과 문화적 수련을 통하여 보다 분명한 삶의 원리 또 나아가 우리의 개인적 사회적 실천의 원리가 된다. 이론적 이성이 문화적 사회적인 소산이라고 할 수 있는가에 대해서는 논란이 있을 수 있다. 그러나 적어도 그것을 이해하고 내재화하는 과정은 한 사회의 문화적 업적 속에서 이루어진다. 사회적 심미적 행위의 판단 기준이 다분히 공동체의 사회적 문화적 훈련에 밀접히 연결되어 있다는 것은 더욱 분명하다. 칸트는 판단력이 다른 사람의 입장에서 생각할 수 있는 능력, '확대된 사고력'에 관계된다고 말하였거니와 윤리적 능력과 심미적 능력은 사회 속에서 자라는 것이다.

물론 사회의 또는 한 문화의 모든 것이 심미적 이성의 형성에 직접적인 의미에서 기여하는 것은 아니다. 그것은 오히려 한 사회와 문화의 폐단에 대한 반작용으로 존재하는 경우도 많다. 오늘날에 있어서 이것은 더욱 그러한 것처럼 보인다. 그렇다는 것은 오늘날 우리의 욕망과 감성과 사고는 소비 문화의 요구에 의하여 지배되고 있기 때문이다. 우리가 일상적으로 사용하고 느끼고 생각하고 하는 모든 일이 참으로 우리의 삶의 깊은 요구에서 나오는 것인지에 대해서는 커다란 의문이 있다. 그러니만큼 이성의 판단——많은 경우 비판적일 수밖에 없는 판단은 바른 자유, 바른 삶을 위하여 중요한 것이다. 그러나 현상에 비판적인 관계를 갖는 이성도 결국은 넓은 의미에서의 그 사회와 문화의 소산이다. 그것은 그곳에서 실현될 수도 있을, 삶의 가능성에 비추어서, 이미 있는 삶의 노예 상태를 비판할 뿐이다.

5

우리는 앞에서 나의 자유와, 다른 사람들로 이루어지는 사회의 갈등을 이야기한 바 있다. 그리고 거기에서 오는 이점이 무엇이든지 간에 사회의 필요는 적어도 나의 자유에 대해서는 부정적인 제약으로 작용하는 것임을 이야기하였다. 그러나 자유가 어떤 종류의 이성의 매개를 필요로 하며, 이 이성이 문화적 사회적으로 획득되는 것이라고 할 때, 사회의 자유에 대한 관계는 부정적인 것이 아니라 오히려 적극적인 것이라고 말하여야 할 것이다. 자유는 사회적 훈련을 통하여 스스로의 모습에 더 가까이 간다고 볼 이유가 있기 때문이다. 그리고 이렇게 훈련된 이성에 따라 행동하는 것은 단순히 나의 자유를 확실히 한다는 의미를 가질 뿐만 아니라 나의 자유가 사회의 필요와 일치할 수 있다는 것을 의미한다. 사회 속에서 자란 이성은 모든 사람의 확대된 조화의 내적 원인이 되는 것이다.

어떤 경우에 있어서나 이성은 나의 안팎을 조화시키는 원리이다. 그것은 나의 마음 속에 있으면서 바깥 세계에 있다. 내가 나의 이성에 충실하다는 것은 나에게 충실하다는 것이 된다. 이런 이유로 하여 세계 속에, 또는 사회 속에 있는 존재가 자유로울 수 있는 유일한 원리는 이성이다. 내가 나의 이성에 따라 행동한다면 나는 있을 수 있는 사회적 갈등, 세계와의 갈등을 생각하여 주춤거릴 필요가 없다. 그야말로 우리는 활달하기 그지없게 제 마음대로 행동하며 그러면서도 도리를 벗어나는 바가 없게 되는 것이다. 물론 이것은 이상적인 경우이다. 우리의 이성이, 그리고 우리 사회가 완전한 것일 수는 없다. 이성이 사회에 의하여 교정되는 것이라면 사회는 이성에 의하여 비판 교정되어야 한다. 그리고 이 후자의 경우는 더 흔한 것일 것이다. 사회는 그것이 사람이 이루는 것인 이상 사람의 본성을 구현하고 있는 것이고, 또 그러니만큼 이성적 가능성을 가지고 있는 것이지만, 그것은 가능성일 뿐 오히려 사물의 관성과 불투명 속에 존재한다. 이에 대하여 우리의 이성은 사회 속에서 나오고 거기에서 훈련된다고 하여도 주어진 사실을 끊임없이 넘어가는 것을 그 본질로 한다. 따라서 이성은 사회의 현실에 대하여 비판적일 수밖에 없다. 그러면서 그것은 그 사회가 실제 가지고 있는 이상적 가능성에 일치한다. 그리고 이 일치의 차원에까지 사회를 끌어올리려고 함으로써 그것은 발전의 추진력이 된다.

그렇긴 하나 그러한 일치는 어려운 것이면서 꼭 바람직한 것이 아닌지도 모른다. 그것은 이성 자체 또는 우리의 삶 자체에도 견디기 어려운 것일 수 있기 때문이다. 자유의 원리로서의 이성은 이미 말한 바와 같이 엄밀한 의미에서의 이론적 이성 — 가령 우리로 하여금 수학적 명제의 필연성에 동의하게 하는 그러한 이성은 아니다. 그것은 그러한 이성을 어렴풋이 포함하면서, 다시 말하여 우리의 육체의 삶 속에 깊이 박혀 있는 원초적인 삶의 원리이기도 하다. 우리의 삶의 충동은 투명한 이성적 질서에 발돋움하면서 또 그것을 피해 달아난다. 우리의 삶의 느낌은 그것 나름의 의미와 방향을 가지고 있으며, 또 그러한 의미와 방향에 의지하여 보다 고차적인 문화적 질서를 이루는 모체가 되지만, 또 그 속에 완전히 흡수될 것을 거부한다. 뿐만 아니라 우리는 그러한 흡수를 바라지 않는다. 이성이나 언어에 완전히 옮겨질 수 없는 느낌의 어두운 깊이가 바로 우리의 개체적 존재의 마지막 근거가 되기 때문이다. 따라서 자유의 이성적 원리는 개체와 사회의 갈등을 해소하지만, 그것을 완전히 해소하지는 않는다. 또 우리는 이를 바라지도 않는다. 이것을 인정하는 것은 중요한 일이다. 있을 수 있는 갈등의 인정은 우리의 개체성을 보호할 수 있는 이성적 제도를 만들어 내는 전제가 되기 때문이다.

6

우리는 개인의 자유와 이성의 자유를 말하였다. 그러나 자유는 마냥 제 마음대로 하는 것만도 아니며 그렇다고 하여 이성적 선택만도 아니다. 그 것은 이러한 차원을 가지고 있으면서 그 이상의 것일 수도 있다. 지금까지 우리가 말한 자유는 대체로 사사로운 행동에 있어서의 자유이다. 그것이 공적인 성격 또는 정치적인 성격을 띤다면, 그것은 사람이 제한된 자원의 공간 속에 사는 한 사사로운 행동도 이 공간이 허용하는 범위에서 이루어 질 수밖에 없기 때문이다. 물론 앞에서 우리는 이성적 선택으로서의 자유 스러운 행동의 사회적 의미에 대하여 말하였다. 그러나 그것은 주로 사회 적 문화적 기율의 개인적 행동에의 기여에 언급한 것이다. 그러나 다시 한 번 자유는 정치적인 개념이다. 그것은 우리가 공적인 공간 속에서 공적인 행동을 행하기 위하여 필요한 조건을 이룬다. 사람은 스스로를 위하여 사 회 속에서 행동하지만, 또 여럿과 함께 여럿을 위하여 사회 속에서 행동한 다. 이것은 여러 사람의 공통된 이익을 위하여 행동하는 것일 수도 있고 아 니면 좀 더 보편적인 이념을 위하여 행동하는 것일 수도 있다.

그런데 여기에서 우리가 주목할 것은 공공의 공간에서의 집단적 행동 그 자체가 가지고 있는 그것만의 의미이다. 아마 사람들은 필요와 의무 만으로서 공적인 행동을 지탱하지는 못할 것이다. 공적 광장에서의 여럿 이 함께 하는 행동은 그 자체로서 즐거움과 고양감, 한나 아렌트(Hannah Arendt)가 '공적 행복감'이라고 부른 행복을 베풀어 준다. 또 그것은 더 나 아가 사람의 생명력이 충일하게 발현되는 계기가 된다.

집단적 움직임이 사람들에게 주는 흥분감에 대하여서는 정치 철학이나 심리학에서나 자주 주목된 바 있다. 니체나 프로이트의 관찰은 대표적인 것이다. 니체는 삶의 원형적인 모습을 디오니소스의 열광과 도취에서 발견하였다. 그리고 아폴론적인 개체화의 원리의 파괴자로서의 디오니소스의 에너지는 그 추종자들의 집단적 축제와 무도와 광란에서 단적으로 표현된다고 생각하였다. 디오니소스적인 것이 반드시 군중적인 것에 일치하는 것은 아니지만(수동적인 총화로서의 군중을 니체는 경멸하였다.), 그것은 "합일을 향한 충동, 인격과 일상과 사회와 현실을 넘어서고 무상의 심연을 건너뛰려는 충동…… 삶의 일체적 성격의 긍정…… 가장 두렵고 수상쩍은 삶의 속성들까지도 성스럽게 하고 좋다고 부르는 기쁨과 슬픔의 대 범신론적 공유……"[1]이기 때문에 저절로 능동적인 힘 속에 움직이는 무리 속에서 구현되기가 쉬운 것이었다. 디오니소스적 군중에 대한 니체의 태도가 반드시 일면적으로 긍정적인 것은 아니지만 프로이트의 관찰은 조금 더 부정적인 것이었다. 프로이트도, 니체와 같이 집단이 가능하게 해 주는 이상한 고양감, 활달한 해방감에 주목하고 또 "자기희생과 무사(無私)와 이상에의 헌신"과 같은 윤리적 가치가 집단의 움직임 속에 태어남을 보았다. 그러나 대체로 프로이트는 이 모든 집단 현상을 부정적인 눈으로 보았다. 그는 집단의 흥분의 동기를 다음과 같이 설명했다. 집단에서는 "모든 개인적인 금기가 사라지고 원시 시대의 유물로서 남아 있던 잔인하고 난폭하고 파괴적인 충동들이 자극되어 거리낌 없는 만족을 찾고자 한다."[2]

7

집단적 움직임에 존재하는 고양감이나 해방감에도 불구하고 니체와 프

---

1 *Nietzsche Werke*, III(Hanser Verlag), p. 791.

2 *Standard Edition of the Complete Works of Sigmund Freud*, vol. 18, ed. by James Strachey(London, 1920~1922), p. 79.

로이트의 관찰은 정도를 달리하여, 어두운 예감들을 포함한 것이었다. 그러나 보다 낮은 열도의 집단적 움직임들은 보다 온화한 집단적 행복의 심상을 제공해 준다. 가령 전통적 사회에서의 축제와 같은 것이 그것이다. 이것이 얼마나 깊이 사람의 본성 속에 박혀 있는 것인가는 전통 사회에서 일반 민중들이 가끔 오는 축제를 위하여 얼마나 많은 것을 참고 견디는가를 생각해 보면 짐작할 수 있는 일이다. 설날 잘 먹기 위하여 사흘 굶는다는 속언은 농담만이 아니다.

정치심리학자 또는 사회심리학자가 지적하는 것은 사람의 정치적인 행동도 이러한 축제나 집단적 열광에 비슷한 요소를 가지고 있다는 사실이다. 다만 정치적 행동은 집단성에 있어서나 행동의 에너지에 있어서나 특별한 경우를 제외하고는 디오니소스적인 열도를 가지고 있지 않다. 그러나 더 중요한 것은 그것이 공리적인 또는 합리적인 목표에 의하여 규제된다는 점이다. 이 점에서 그것은 그것 자체 이외의 목적을 가지고 있지 않는 축제적 집단 행위와 다르다. 그렇긴 하나 이미 말한 바와 같이 공리적 또는 합리적인 목적만이 정치 행동의 유일한 동기가 되는 것은 아니다. 거기에는 축제적 집단 행위에서와 같은 집단적 에너지의 방출이 있다. 이 에너지의 근원은 디오니소스적 기쁨일 수도 있고 무의식의 충동의 방출일 수도 있다. 또 하나의 중요한 근원은 개체화의 부담이 일체적 합일에 의하여 극복된다는 사실일 것으로 생각된다. 물론 이성적 정치에서의 이러한 합일은 개체성의 완전한 해소라고 할 수는 없다. 다만 개체가 다른 개체적 요소들과 끊임없는 교환 관계 또는 투쟁적 교환 관계 속에 들어간다는 것을 의미한다.(니체에게 디오니소스적 열광은 투쟁적 긴장과 일체적 합일의 역설적 통일을 표현하였다.) 그런데 이러한 집단적 관계는 집단이 가지고 있던 합리적 목표까지에도 영향을 주게 된다.

집단적 행동에는 두 가지의 이성적 요소가 작용한다. 그 하나는 목적이다. 그것은 물건을 만들 때의 설계도와 같아서 행동은 이 설계도를 현실 속에 나타나게 하는 도구적 기능을 갖는다. 또 하나의 이성적 요소는 집단의 역학이다. 사람이 단순히 물리적인 힘만으로 행동하는 것이 아니라 말의 주고받음을 통해서 행동하는 한, 이 집단의 역학은 엄격하게 형식적 논리를 좇는 것은 아니면서 수사적인 또는 변증법적인 논리를 갖는다. 집단적 행동에서 지배적인 것은 이 후자의 변증법적 논리이다. 이 논리는 집단적 행동에 일정한 형태를 부여하면서도 그 유연성으로 하여 살아 있는 움직임을 허용한다. 이러한 점도 설계도로서의 목적에 의하여 집단에 부여되는 합리성과 크게 다른 것이다.

설계도로서의 목적은 행동의 밖에서 행동을 규정한다. 이런 때 행동에는 아무런 자유가 있을 수 없다. 그것은 완전히 도구적인 위치에 있는 것으로서, 설계도의 시공에 필요한 기술적 합리성에 의하여 통제되어야 하는 것이다. 그리하여 사실상 그러한 행동의 구도에서 사람이 제공하는 노력은 기계에 의하여 제공될 수 있는 것과 크게 다르지 않다. 이러한 행동에서 사람의 주체성과 자유는 사라지고 그는 소외된 물리적 요인으로 전락하고 만다. 이러한 행동은 정치적 행동을 지나치게 목적 — 실현의 관점에서 보는 경우 또는 권위주의적 체제 속에서 명령과 복종의 관계에서 파악하는 경우에 볼 수 있는 것이다. 이것에 대하여 집단적 역학의 변증법 속에서 사람은 자유로운 행동의 주체로서의 능동성을 상실하지 않는다. 오히려 그것은 집단과의 교호 작용에서 강화된다.

8

우리는 앞에서 이성의 공동체적 근원을 말한 바 있다. 이성은 선험적 정당성을 가진 것으로 생각되지만, 경험적으로 그것의 뒷받침이 되는 것은 공동체적 동의 또는 적어도 과학적 공동체의 동의이다. 이것은 우리가 부딪치는 과제나 결정이 삶의 세계의 것일 때 더욱 그러하다. 여기에도 합리적 이성적 선택이 있을 수는 있으나 선험적으로 확실한 것은 있을 수 없다. 따라서 우리는 선택의 불만을 완전히 벗어날 수는 없다. 우리의 선택은 언제나 실존적 모험의 성격을 띤다. 이것을 조금 더 확실한 현실적 선택이 되게 하는 것이 이성이고, 이 이성은 집단에 의하여 확인된다. 집단 행동의 변증법 속에서 우리는 끊임없이 행동하고 변하면서도 그 행동과 변화의 한 순간 한 순간에 새로이 태어나는 집단적 이성에 의하여 뒷받침되는 것이다. 정치적 행동이 단순히 인간 상호 작용에만 기초할 수는 없다. 우리가 하여야 할 일이 있는 한 그것은 일정한 목적하에 놓일 수밖에 없다. 그러나 이러한 공리적 목적은 상호 작용의 변증법 속에 흡수됨으로써 단순히 도구적 행동 — 소외를 불가피하게 하는 부자유의 행동이 아니라 살아 있는 행동이 된다. 그리고 그것 자체로서 사람의 살아 있는 활력의 표현인 집단적 움직임은 공리적 목표로 하여 디오니소스적인 열광보다는 조금 더 정연한 것이 된다.

한나 아렌트는 정치 행동의 의미를 완전히 상호 작용의 의식 속에서 발견하였다. 고전 시대의 희랍적 인간에 대한 독특한 해석에서 출발한 아렌트의 생각은 정치적 공리적 측면과 대중적 차원을 경시함으로써 현대 정치의 현실로부터 지나치게 멀리 떨어져 있는 것으로 보이지만, 다수 인간의 상호 작용으로서의 정치 행동이 어떻게 인간 생존을 고양된 차원으로 올려놓게 되는가를 잘 이해하고 있다. 아렌트에 의하면 행동은 철저하게 자유로울 때만 정치적인 행동이 된다. 자유로운 행동은 어떠한 외적인 것에 의하여서도, 한 사람이 다른 사람에게 주어지는 명령이나 목적에 의하여서도 규제되지 않는 행동이다. 그것은 더 나아가 행동자 자신이 설정한 목표에 의해서도 규제될 수 없다. 그것은 일체의 밖으로부터 작용하는 것을 갖지 않는 것이다. "행동은 그것이 자유로운 것이려면, 지성의 지도나 의지의 명령을 받지 않는다.(어떤 특정한 목적을 달성하는 데는 이 두 능력이 필요하지만.)……"[3] 행동은 순전한 움직이는 힘의 현재성, 에네르게이아로 이해된다.

9

그러면 지성도 의지도 목적도 없는 행동은 순전한 자의와 혼란 이외의 아무것도 아닐 것인가? 거기에도 원리는 있다. 행동의 원리가 되는 것은 어떤 합리적인 일관성이 아니라 행동 자체의 원리이다. 그것은 말하자면 공연 예술의 원리와 같은 것으로서 바야흐로 벌어지는 일의 완전한 수행을 가능케 하는 원리다. 여기에서 판단의 기준이 되는 것은 그 자체의 뛰어남이다. 그러면서 이 뛰어남은 사람의 뛰어남에 관계되어 있다. "세상이 운명의 모습으로 열어 주는 기회에 대응할 수 있는 뛰어남, 힘(virtù)"[4]이 행동으로 드러나는 것이다. 또는 명예, 영광, 인간 평등에 대한 애정 —— 이러한 덕성들이 여기에 드러난다고 할 수도 있다. 하여튼 이러한 행동에서 중요한 것은 행동이 가져오는 결과나 산물이 아니라 행동의 지속 그것이다.

그런데 이러한 행동은 고독하게 이루어질 수 없다. 공연 예술에 관객이 필요하듯이 이러한 자유로운 행동으로서의 정치 행동은 관객 또는 동참자를 필요로 한다. 왜냐하면 그러한 행동의 실체는 구체적인 산물에 있는 것이 아니라 시간 속에 전개되었다 사라지는 행동 그것에 있다. 따라서 그

---

3 Hannah Arendt, *Between Past and Future*(New York, 1968), p. 152.

4 Ibid., p. 153.

것은 다른 사람들의 동참과 증언과 언어를 통해서만 현재화한다.(아렌트는 『혁명론』에서 미국 혁명의 특징을 참가한 사람들이 서로 뛰어나게 행동하는 것을 여러 사람이 볼 수 있도록 하자는 격려를 주고받은 사실로부터 설명해 보고자 한다.) 정치적 공간(polis)이란 바로 이러한 행동이 상호 조명 속에서 나타날 수 있는 공간을 말한다. 그것은 권력 구조도 명령 체계도 가시적인 구조물도 아니다. 많은 사람들이 행동으로 유지하는, 행동이 나타나는 공간일 뿐이다.

이러한 정치적 공간, 정치적 행동에서 얻는 것은 무엇인가? 앞에서 말한 바와 같이 그 의의는 뛰어남, 영광, 인간애 등의 현시에, 무엇보다도 인간의 자유롭게 행동하고 창조적으로 움직일 수 있다는 능력을 뛰어난 모습으로 구체화한다는 데 있다. 그리고 이러한 것들은 인간의 가장 높은 본질에 관계되기 때문에 자유로운 정치적 행동, 그것을 가능케 하는 정치적 공간은 인간의 참모습을 보여 주는 매체가 된다. 이런 생각에서 아렌트에게는 정치적이라는 것은 행동하는 것이고 행동한다는 것은 가장 자유롭다는 것이고 또 이렇다는 것은 가장 본질적인 의미에서 인간적이라는 것이다.

얼핏 보기에는 아렌트의 비현실적인 정치 행동의 이상은 난점이 있는 대로 정치적 행동의 한 의미, 또는 적어도 가능성을 암시해 준다. 그리고 우리는 정치적 행동이 자유의 행동과 일치한다는 그녀의 생각에서 인간의 자유가 단순히 정치적 간섭의 배제를 의미하는 것이 아니라 정치적 공간 속에서 적극적으로 실현되는 것이라는 것을 깨닫는다. 이미 말한 대로 아렌트의 정치적 이상의 문제점은, 정치 행동의 공간이 절대적으로 자유로운 공간이며 창조적 존재로서의 인간의 본질의 실현을 가능케 하는 공간임을 강조하는 데 지나치게 주목하는 나머지 정치로부터 공리적 합리적 목적을 완전히 배제한다는 데 있다. 그녀는 자유로운 행동의 정치가 모든 필연성의 작업의 위에 있다고 말한다. 그것은 권력에의 의지의 강박성에서도 벗어나 있으며 생물학적 경제적 필요에서도 해방된 영역에 성립한다고 생각되는 것이다. 앞에서도 말한 바와 같이 이것은 현대 정치의 현실에서 또는 모든 정치 현실에서 너무나 동떨어져 있는 생각이다. 아렌트의 억압적 상황에서 무력화의 경험에 대한 반작용으로 권력에의 의지가 생긴다는 분석은 아마 맞는 것일는지도 모른다.(아렌트의 분석은 이 이외의 내용도 가지고 있다.) 그리고 그것은 뛰어남을 향한 상호 투쟁적 노력으로 대치될 수도 있을 것이다.

그러나 정치가 반드시, '누가 무엇을 언제 어떻게 얻느냐' 하는 속된 차원으로 환원되어서만은 아니 되겠지만, 그것이 살아가는 일의 결정에 깊이 관여되어 있다는 것은 부정할 수 없는, 또 부정할 필요가 없는 일이다. 그것이 반드시 정치를 자유로운 행동의 공간에서 이전투구(泥田鬪狗)의 부자유에로 끌어내린다고 말할 수도 없다. 사람의 삶의 필연적인 요구에서 일어나는 문제들을 해결하는 것과 정치적 자유를 누리는 일이 반드시 양립할 수 없는 것은 아니다. 아렌트가 정치적 자유의 원형으로 생각하는 고전 시대의 희랍의 철학자 플라톤은 단순히 밥 먹는 일이 가장 높고 밝은 대화의 '잔치'로 바뀔 수 있고, 또 단순한 성이 높은 사랑 — 플라톤적 사랑이란 말을 낳은 높은 사랑으로 바뀔 수 있다는 것을 상기시켜 준다. 또는 더 가까운 예를 들어 우리는 들판의 작업이 음악과 잔치의 기회로 바뀌는 경우를 전통적인 농사에서 볼 수도 있다. 생물적 필요와 자유가 따로 돌게 되는 것은 불평등과 억압 속에서이다. 평등하고 자유로운 상황에서 필요의 작업은 또 다른 평등과 자유의 축제적인 성격을 가질 수 있다. 이것은 개인적인 차원을 넘어가는 경제적 사회적 작업에 있어서도 마찬가지이다. 앞에서 우리는 이미 공리적 목표와 정치적 행동 공간의 변증법이 어떻게 서로 보강할 수 있는가를 분석한 바 있다. 삶의 상호 모순되는 요소, 개인과 사회, 의지와 이성, 필연과 자유 — 이러한 것들이 완전히 하나로 일치하는 일은 없을는지 모른다. 그러나 그러한 일치가 전혀 불가능한 것만은 아

니다. 하여튼 자유는 이러한 요소의 어디에도 있을 수 있으며 이 요소의 상
호 모순되는 에너지를 흡수하면서 스스로를 심화한다.

10

아렌트가 주장하는 것처럼 정치 행동은 인간의 자유로운 창조력의 현
시이며 그렇기 때문에 실체를 잡기에 어려운 것이란 면을 가지고 있다. 그
것은 물건도 제도도 아니며 순수한 에네르게이아이다. 그러나 그것이 아
무런 외적인 근거를 가지고 있지 않은 것은 아니다. 정치 행동은 정치 공간
에서 일어난다. 이 공간은 사람들의 행동의 짜임새가 이루는 것이지만 동
시에 현실적인 장소를 가져야만 성립한다. 정치 공간의 현실적 테두리의
가장 중요한 것은 정치 제도이다. 제도가 있어서 비로소 에네르게이아로
서의 정치 공간은 성립하는 것이다.

제도적인 문제의 고찰은 적어도 현대에 있어서는 자유주의 제도에서
부터 출발할 수 있다. 이것은 잠재적으로 갈등의 관계 속에 들어갈 수 있는
개인들의 자유를 보장하는 데 있어서 가장 중요한 방편의 하나이다. 그러
나 거기에 문제가 없는 것은 아니다. 현실에 있어서 그것은 약속한 만큼은
개인의 자유를 보장해 주지 않는다. 또 그것은 최선의 상태에서도 억압적
인 권력으로부터, 또 적대 관계에 있는 다른 사람들로부터 나의 자유를 소
극적으로 지켜 줄 뿐이다. 앞에서 우리가 살펴본바 적극적 의미에서의 인
간의 자유는 견제와 균형의 자유주의 제도를 넘어가서 새로운 정치적 공
간을 형성함으로써만 실현될 수 있다. 그리고 자유주의 제도 아래에서 소
극적인 의미의 개인의 자유가 갖는 문제점들도 구극적으로는 적극적인 공
적 자유의 결여에 이어져 있는 것으로 보인다.

이 글의 서두에서 우리가 간단히 생각해 본 것은 자유주의의 자유론이었지만 여기서 그것을 다시 상기해 보자. 많은 자유주의적 자유론은 사회 계약설을 가설로 내세운다. 이것은 홉스, 로크, 흄, 루소 등에서 다 발견되는 것이다. 사회계약설은 모든 사람이 제 나름의 자유를 누리고자 한다는 것을 기본 사실로 인정한다. 그러나 이들 개인은 이러한 욕구의 무제한한 방출의 역기능을 감안하여 일정한 계약을 맺고 사회 속으로 들어간다. 실제 이러한 계약이 역사적으로 존재하였든지 안 했든지 간에 중요한 것은 그것이 새로운 사회의 이상과 현실에 중요한 영향을 미쳤다는 것이다. 나중에 언급하듯이 다른 의미가 함축되어 있지 않는 것은 아니지만, 그것은 개인의 자유에 대한 사회적 제한이 사회적 연관의 불가피성에 의하여서만 또 그 불가피성의 이성적이고 자유로운 인정에 의하여서만 정당화될 수 있다는 것을 설득하였다. 그리하여 이것은 개인의 자유는 사회의 기초이며, 자유로운 개인의 동의를 통하여 만들어진 헌법을 통하지 않고는 조직된 정치 집단으로서의 사회가 성립할 수 없다는, 또는 적어도 정당화될 수 없다는 서구 민주주의의 대전제를 성립케 했다.

이미 말한 바와 같이 억압적인 사회 질서로부터 깨어난 보다 조화된 정치 체제를 발달시키기 전에 서로 적대적인 위치에 놓이게 된 개인들이 자유를 얻는 최소한도의 방편으로는 이러한 원리와 그에 입각한 제도는 아마 가장 바람직한 것이었을 것이다. 그러나 이것은 대체로 이론적 모형이고 현실은 반드시 여기에 일치하는 것이 아니다.

11

앞에서 우리는 사회 계약이 현실적인 존중을 얻으려면 두 가지 조건을 만족시켜야 한다는 점을 말한 바 있었다. 그 하나는 사람들이 사회 계약이 유리한 것이라고 판단할 수 있을 만한 이성적 능력을 가져야 한다는 조건이다. 사람들이 참으로 이성적 계산으로 행동하는가 하는 것도 계약설에 현실적인 문제를 제기하지만, 더 큰 문제는 이성적 판단에 따른다고 하더라도 상호 계약의 관계가 유리하다는 결론이 쉽게 나오겠느냐 하는 것이다. 자신의 이익을 최대한으로 확보하려고 본능적으로 노력하는 것이 사람이라는 것을 전제한다면('소유적 개인주의'의 철학에서 전제되듯이), 공평한 계약 관계가 유리해지는 것은 주어진 상황에서 그것으로 내 이익이 최대화될 수 있는 유일한 수단일 때일 뿐이다. 따라서 불공평함으로써 달리 말하여, 나의 힘의 우위에 의하여 더욱 큰 이익을 얻을 수 있다면, 나는 공평한 계약 관계를 맺거나 지킬 아무런 이유가 없는 것이다. 홉스나 로크 또는 루소는 다 같이 자연의 상태에서 모든 개인이 동등한 또는 비슷한 능력과 희망을 가지고 뿔뿔이로 존재하고 있다는 것을 전제하였다. 그러니까 공평한 계약이 의미를 갖는 것은 계약의 당사자들의 능력 또는 힘이 비슷한 경우이기 때문이다.

이러한 사정은 근년에 영미철학계에서 크게 화제가 되었던 존 롤스의 생각에도 잘 나타나 있다. 롤스에게 사회 질서의 기본은 정의에 있고 정의는 어떤 조건하에서 사람들이 동의할 수 있는 공평의 원리이다. 자유도 이러한 정의와 공평의 원리에 의하여 규정됨으로써 비로소 사회적으로 정당화될 수 있는 것이 된다. 그리하여 "사람은 누구나, 그것이 모든 사람들에게 비슷한 자유의 체제를 확보해 줄 수 있다고 한다면, 동등한 기본 자유권의 가장 포괄적인 체제를 부여받을 동등한 권리가 있다."[5] 이것은 일단은 앞에서 말한 자유주의의 전통적 자유관을 조금 복잡하게 말한 것으로 보

---

5 John Rawls, *A Theory of Justice* (Cambridge, Mass., 1971), p. 302.

인다. 그러나 우리의 이야기의 관련에서 흥미로운 것은 롤스가 사람들은 일정한 조건하에서만 저절로 이러한 정의로운 또는 공평한 자유관을 택하리라는 것이다. 그런데 일정한 조건이란 사람들이 자신의 사회적 지위나 자신의 필요나 이해관계를 알지 못하는 상태, 즉 '무지의 베일'을 쓴 상태를 말한다. 사람들의 공평한 자유의 계약에 동의하는 것은 자신의 힘에 대하여 확률적 평균 이상의 자신을 가지고 있지 못한 때라는 말이다. 또는 그 자신의 힘이 다른 사람들의 힘에 비길 만한 것에 불과하거나 그보다도 약할 때만, 사람들은 사회 계약에 동의한다는 말이라고 할 수도 있다.

그러나 오늘날의 사회에서 사람들은 자신의 힘과 약함에 대해서 너무나 잘 알고 있다. 그리하여 어떤 주장으로는 그들의 약함보다도 힘을 잘 알고 있는 지배 계급의 사람들이 자유나 다른 재화의 공평한 분배에 동의할 가능성은 희박하다고 이야기된다. 또 자유와 기타 다른 것들의 공평한 분배를 받을 가능성은 없는 것으로 판단하는 피지배 계급이 가공의 계약을 지킬 리가 만무하다고도 이야기된다. 이렇게 하여 지배 계급과 피지배 계급은 극한적인 대립에 들어가게 된다. 이 대립에 있어서 사회 계약은 지배 계급을 위하여서는 불평등한 지배 관계를 은폐하는 이데올로기가 되고 피지배 계급을 위하여서는 부정의 현상을 비판하는 도구가 된다.

12

그런데 당초부터 사회 계약의 약점은 그것을 지켜야 할 근거가 오로지 이익의 약속에 있다는 것이었다. 대립과 모순의 현실이 격화할수록 이 약점은 크게 부각되게 마련이다. 사회 계약의 불이익이 도처에서 간파되게 될 때, 그것은 무시 파기될 뿐만 아니라 조직된 정치체로서의 사회 자체가 와해에 직면하게 되기 때문이다. 따라서 정치체의 근거로서 다른 이유들이 찾아진다. 그리하여 갖가지 통합의 상징들이 강조되고 무엇보다도 국가, 민족, 전통, 정신 등에 대한 도덕적 의무의 엄숙함이 이야기된다.

어떤 경우에 있어서나 이러한 집단체에 대한 의무는 중요한 것이라 할 수 있을는지 모른다. 자유주의 국가의 약점은 실제에 있어서는 어떻든지, 이론적으로 그 집단적 기초를 개인의 이익에 두고 있다는 데에 있었다. 그러면서도 그것의 강점은 집단주의와 도덕주의의 억압적 성격을 솔직히 인정하고 개인의 자유의 터를 상대주의적 공간 속에 마련한 데에 있다. 집단주의와 도덕주의가 억압적이라는 것은 부자유의 체제 속에서 그렇다는 말이다. 앞에서 본 바와 같이 참다운 집단의 본질은 자유에 있다. 그것 없이 집단은 개인에 대하여, 그것이 비록 삶의 필연 또는 필요의 하나라 할지라도 거대한 타자로 군림할 수 있을 뿐이다. 도덕의 기본이 자유인 것은 새삼스럽게 말할 필요도 없다. 아무리 좋은 도덕의 덕목도 자유롭게 채택된 것이 아닐 때, 그것은 도덕적이기를 그친다. 집단에의 내적 귀속과 도덕은 자유 속에서만 — 삶의 모든 중요한 것이 그렇듯이 이탈과 부도덕이라는 위험까지도 허용하는 자유 속에서만 존재할 수 있다. 따라서 봉건주의에서 벗어져 나오는 자유주의가 자유 없는 도덕으로부터의 자유를 요구하고 급기야는 모든 도덕주의의 억압을 배척한 것은 불가피한 것이었다.

그러나 자유주의 국가도 내적인 위기에 처했을 때, 전통적인 집단적 이념을 이용하는 것을 주저하지는 않는다. 그러나 이것이 더욱 심한 것은 사회 계약의 소극적 자유의 보장도 없이 불평등한 이익 사회에로 이행한 곳에서이다. 하여튼 사람과 사람의 갈등이 가장 심한 곳에서 도덕적 의무가 가장 크게 이야기되는 예들은 쉽게 발견된다. 그러면서 이런 경우에 이것은 또한 가장 가차 없는 개인주의와 공존하게 마련이다. 그러면 합리적인 평등이 확보된 곳에서 자유는 얻어질 수 있는가? 평등한 자유에 대한 약속은 이미 말한 바와 같이 사회계약설에 들어 있는 것이다. 이미 있는 불평등한 상태를 평등하게 하는 데는 힘의 작용이 필요할 것이다. 그러나 사회계약설이 자연의 상태에서 상정되어 있듯이 이미 평등한 상태가 성립되어 있다고 하더라도, 전제가 자신의 이익을 최대한으로 하고자 힘이나 술수까지도 사양하지 않고 온갖 노력을 기울이는 것이 인간이라고 하는 한, 평등한 상태를 유지하기 위해서는 힘의 작용이 불가피하다. 흔히 지적되듯이 계약 관계에 있어서는 계약의 규범의 준수를 보장할 자가 필요한 것이다.

또는 이런 이유에서 사회 계약은 사실상 두 가지 계약, 즉 개인과 개인 간의 연합 계약과 그러한 개인들이 이루는 사회와 통치자와의 통치 계약으로 이루어진다고 말하여지기도 한다. 후자에 있어서 통치 계약의 담당자가 연합 계약의 보증자가 되는 셈인데, 이 보증자는 임금과 같은 사람일 수도 있고 계약자들 자신 또는 그 대표자들일 수도 있다. 이론적으로는 보증자나 피보증자 사이에 간격이 있을 수 없다. 그러나 실제에 있어서 보증자는 피보증자 위에 억압적으로 군림할 수 있다. 홉스의 계약 이론은 주지하다시피 절대군주제를 옹호하는 이론이다. 루소에 있어서 통치자로서의 인민과 피통치자로서의 인민의 일치에 대한 강조는 오히려 전체주의를 정당화시키는 경향을 띤다. 둘이 하나라면, 하나가 다른 하나를 억압하거나 또는 억압을 느끼거나 할 이유가 없는 것이다. 물론 이것은 이론에 불과하다. 통치의 기능은 구체적인 인간에 의하여 담당되고, 그는 우리가 인간에 대하여 설정한 전제에 의하여 스스로의 독립된 이익을 발전시키고 이를 추구할 가능성을 갖게 마련이다. 평등을 목표로 하는 국가들에 있어서 관료 계급의 대두는 이러한 관계에서 설명된다.

13

평등은 말할 것도 없이 불평등의 반대 개념이다. 불평등의 원인은 무엇인가? 그것은 권력과 경제력의 불균등에서 온다. 그러나 적어도 명분에 있어서 권력의 불균등한 배분을 배제하는 자유주의 국가에서 현시적 묵시적 불평등의 근원은 경제력의 불균등한 배분에서 온다. 이 경제력 또는 (서로 같은 것이 아니면서 흔히 혼동되어 우리의 생각을 오도하는 것으로서) 재화의 소유를 위한 경쟁적 개인들의 투쟁이 이러한 불균등을 초래한다. 따라서 불평등을 제거하려고 할 때 필요한 것은 한편으로 이러한 경쟁적 개인주의의 억제이지만, 다른 한편으로는 재화 생산의 촉진이다. 그리하여 한편으로는 엄격한 도덕주의가 등장하고 사람들은 경제적 목표의 필연성이 명령하는 데 따라 합리적으로 조직 동원된다.

그러는 사이 자유는 어떻게 될 것인가? 평등은 자유의 전제 조건이다. 평등하지 않고는 아무도 자유로울 수 없다. 여기서의 평등은 권력과 재화의 평등을 말한다. 자유는 이것들을 전제로 한다. 그러나 그것은 권력 의지의 신장과 재화 소유의 무한한 가능성을 말하지 않는다. 자유는 삶의 이성적 선택과 창조와 향수를 말한다. 또 그것은 정치적 공간 속에서 자유로운 행동으로 끊임없이 구성되어야 한다. 삶의 자유로운 향수와 정치적 자유의 행동이 이루어지는 공간이 반드시 삶의 필수적인 작업이 이루어지는 공간과 별개의 공간일 필요는 없다. 들에서, 공장에서, 학교에서 이러한 공간은 구성될 수 있다. 이 공간에서 삶의 작업은 자기 소외의 고역이 아니라 자유로운 창조로 바뀌고 무규정의 개체화 원리만을 가진 생물적인 존재로서의 인간은 스스로의 완전히 개화된 본질을 드러낸다.

사람의 적응성은 놀라운 것이다. 사람은 어떤 억압의 조건하에서도 살아남을 수 있다. 그것은 억압된 사람의 적응성 때문이기도 하지만, 다른 한편으로는 어떤 억압하는 자도 조만간 눌리는 인간을 포함한 보편적 인간의 최소한의 요구에 적응하게 마련이기 때문이다. 그리하여 적응은 적응을 낳고 종국에 그 질서도 살 만한 것이 될는지 모른다. 그러나 그것은 자유의 질서와는 전혀 다른 것이다. 사람이 사람에 대하여 적대적으로만 있는 곳에서 삶의 기본적인 필요도 도덕도 사람의 본질하고는 먼, 왜곡된 상태, 억압의 수단으로만 존재한다. 바깥 모양은 다른 상태에 있어서와 비슷할 수 있을는지 모르지만.

(1982년)

정치 변화와 정치 질서의 창조

1

작금의 정치적 상황은, 정치에 특별한 관심을 가진 사람에게나 그렇지 않은 사람에게나 심히 불안한 것으로 느껴진다. 이러한 일반적인 불안감은 우리 개개인 삶 하나하나가 좋든 싫든 공통된 사회적 기반 위에 — 제도와 규범의 넓은 토대 위에서만 영위될 수 있는 것이라는 것을 말하여 준다. 지금 이 토대에 대하여 사람들은 심한 불안을 느끼고 있는 것이다.

사람이 만드는 역사의 어느 때고 그 나름의 불안이 없었던 시기는 없었다고 할 수 있다. 그렇다고 역사의 모든 시기가 똑같은 정도의 격동 속에 있었던 것은 아닐 것이다. 격동의 시기는 오히려 역사에 있어서 매우 드문 간격으로 나타나는 것으로 보인다. 근본적인 격동은, 하나의 질서가 끊어지고 새로운 질서가 들어서는 과도기에 나타나고, 격동의 과도기를 지난 다음에 새로운 질서가 수립되고 정착하면, 그 질서는 상당히 오래 지속되어 대체적인 평화의 시기를 가져오는 것으로 보이는 것이다. 무엇이 하나의 질서를 쇠퇴하게 하고 새 질서를 요구하는지는 쉽게 알 수 없는 일이지만, 제일 간단하게는 역사의 전환은 정치 체제의 변화와 일치시켜 볼 수 있다. 가령 우리 역사나 동양사에 있어서 사회의 근본적 질서가 바뀌는 때를 가장 쉽게는 왕조의 교체와 일치시켜 볼 수 있는 것이다. 그런데 이러한 왕조의 교체는 매우 드물게밖에 ─중국과 같은 나라와 비교하여도 우리나라에 있어서는 매우 드물게밖에 일어나지 않았던 것을 우리는 볼 수가 있다. 오늘 우리가 느끼고 있는 우리 사회에 대한 불안감은 우리가, 이 매우 드문 전환의 시기에 살고 있다는 점을 새삼 생각게 한다.

과도기에 사는 모든 사람들이 그렇게 느꼈을는지도 모르지만, 우리가 사는 과도기는 우리 역사의 어느 시기에 있어서보다 급격하고 광범위한, 왕조의 교체에는 비교도 할 수 없이 철저한 변화가 일어나고 있는 시기이다. 과도기의 시간적 길이만을 보아도 그것은 조선조 말의 사회 질서의 붕괴로부터 시작하여 100년 이상을 끌고 있으며, 전환 속에 움직이고 있는 요인으로도 어느 때보다 복합적인 국제 세력, 국내적 갈등, 문화적 변화들이 작용하고 있다. 그리하여 그 변화는 어느 때보다도 철저하게 우리 생활의 크고 작은 골격과 결에 미치고 있는 것이다. 이러한 변화가 사회를 혼란에 빠지게 하고 긴장과 분규를 자극하고 폭력의 대두를 촉진하는 것은 이해할 만하다.

2. 새 질서의 수립은 우리의 사명

이러한 관찰은 사실 진부한 것이다. 그러나 이러한 관찰의 확인은 오늘날 우리가 처해 있는 상황과 그에 대한 우리의 대응을 생각하는 데 약간의 새로운 원근법을 줄 수도 있다. 적어도 오늘의 상황에 대하여 거시적인 거리를 유지하면서 생각하면, 우리는 오늘의 문제가 임기응변의 대응책으로 풀릴 수 있는 것이 아니라는 것을 알 수 있는 것이다.

우리가 오늘의 상황을 문제적인 것으로 받아들인다면, 우리가 해야 할 일은 — 우리에게 주어진 일은, 적어도 끊임없는 혼란과 분규 속에서 그날그날의 목숨과 이익의 수호에 전전긍긍하는 것이 아니라, 적어도 어느 정도의 인간적 넓이와 너그러움을 확보하는 삶을 살려고 한다면, 삶에 조금 더 믿을 만한 골격을 주는 새로운 질서를 세워 나가는 일이다. 이 새 질서가 어떤 것이어야 하는가 하는 것을 말하기도 어렵지만, 그것이 쉽게 세워질 수 있다고 말하는 것도 틀린 것일 것이다. 조선조의 붕괴 이후 우리에게 주어진 역사적 사명은 새 질서의 수립이라고 할 수 있지만, 오늘날에도 우리는 우리가 서 있는 사회 질서의 토대가 전혀 굳건하지 못함을 느끼고 있는 것이다. 그러나 새 질서를 만들어야 한다는 도전에도 불구하고 우리의 여건 자체가 계속적으로 그러한 도전에 응할 수 없는 것이었다고 할 수 있다.

지난 100년 동안의 역사는 말하자면 계속적으로 구질서에 대한 충격을 가하여 온 역사이지 새 질서의 수립을 가능하게 해 주는 역사가 아니었다. 어쩌면 지금도 분단이라는 역사 창조의 장애물은 우리로 하여금 자손만대의 또는 적어도 어느 기간 동안 지속할 수 있는 질서를 만들어 낼 수 없는 조건하에 있게 한다고 할 수도 있다. 그러나 지난 100년 동안의 우리의 선각자들의 계속적 노력과 국민 역량의 성장은, 점점 더 역사 창조의 이니셔티브를 우리의 손에 돌려주었다. 이제 적어도 어느 정도는 그때그때의 충격에 신음하고 임시변통으로 그에 대처하는 것이 아니라, 좀 더 장기적으로 역사를 만들고, 우리 자신과 후대를 위한 삶의 질서를 만들어 갈 만한 위치에 우리가 와 있는 것으로 생각된다.

한 시대가 가고 또 하나의 시대가 온다고 할 때, 이 시대의 통일과 평화를 보장하는 질서는 어떠한 것인가? 복잡하게 생각하면, 사람이 사람답게 사는 데 필요한 모든 것을 포함하는 질서를 말하여야겠지만, 간단히 그 질서는 정치의 질서에 일치시켜 말하여질 수 있다.

새 질서는 우선적으로 정치 질서이다. 정치 질서의 핵심은 권력이다. 권력은 폭력 수단 또는 강제 수단의 독점에서 가장 적나라하게 표현된다. 정치 질서는 강력한 권력에 의하여 확보된다. 그러나 강제력에 의한 질서가 항구적인 것이 되지 못한다는 것도 정치 현실의 일부이다. 질서라고 부를 만한 질서가 되기 위해서는 제도화가 있어야 하고 또 이념적 정당성이 있어야 한다. 우리는 정치(政治)가 정치(正治)라는 것을 비롯하여 정치의 도덕성을 주장하는 말들을 많이 들어 왔다. 이러한 말들은 우리가 다 같이 바라는 일이면서도 현실에서는 성립할 수 없는 이상론으로 생각된다. 도덕적 당위성의 주장만으로 현실이 시정되는 것을 우리는 본 일이 없는 것이다.

그러나 정치 질서를 조금 길게 또 넓게 볼 때, 정치의 도덕성은 정치 현실의 진정한 토대가 됨을 알 수 있다. 장기적인 관점에서 본 정치 질서의 경우에 이것은 특히 그러하다. 우리 역사에 있어서, 또는 다른 나라의 역사에 있어서, 왕조의 수립이나 새로운 질서의 수립은 제도적인 정착을 의미했지, 일시적인 힘의 우세를 의미하지는 아니하였다. 새 질서의 처음에 힘과 힘의 싸움이 있는 것은 불가피한 일이라고 할 수 있다. 또 그에 따른 사회적 혼란도 불가피했다.

그러나 이 힘이 제도로 옮겨지지 아니하는 한, 새 질서는 생겨나지 아니하였다. 단순한 힘의 우세는 생겨났다 사라지는 과도기의 한 부대적 현상에 불과하다. 이것은 중국의 왕조사에서도 보고 우리의 역사에서도 보는 것이다. 가령 신라의 말기로부터 고려가 확립될 때까지의 기간에 생기고 사라지는 힘의 영고성쇠는 이것을 간단히 예시해 주는 가장 손쉬운 경우이다. 아무리 일시적으로 힘을 떨치더라도 안정된 제도 속에 확립된 정치 질서를 만들어 내지 못하는 한, 궁예나 견훤이나 힘의 지배자는 다 같이 역사의 쓰레기통에 들어갈 수밖에 없었던 것이다.

3

안정된 제도는 일단 지속적으로 유지된 힘의 소산인 것으로 보인다. 단순한 지속은 그 나름으로 하나의 질서가 된다. 그리하여 마치 오래 눌린 물건이 어떤 특정한 형태를 갖듯이 권력의 내리누름이 사회적 틀을 생겨나게 할 수 있다고 생각할 수도 있다. 이러한 점을 우리는 전혀 무시할 수는 없을 것이다. 그러니까 제도는 일종의 습관 ── 단순히 복종의 습관일 수 있다. 그러나 다른 한편으로 그것이 유지되는 것은 대다수의 사람들이 이를 받아들이기 때문이다. 받아들이는 것은 최소한도로 말하여 적어도 그것이 견딜 만한 것이기 때문이다. 여기에는 습관이 있고 체념이 있다. 그러면서 적어도 삶의 필요에 대한 최소한도의 마련이 있어서, 제도는 지속되는 것이다. 설령 한 세대 또는 한때에 체념하더라도, 새로운 세대, 새로운 때에는 삶의 기본적인 필요가 또는 기대가 상승함에 따라, 삶의 신장에 대한 욕구가 일게 마련이고, 이를 무시하는 제도가 지속적으로 받아들여지고 유지될 수는 없는 것이다. 그러니까 지속되는 제도, 한 세대를 넘어서 몇 세대 또는 몇백 년까지 지속되는 제도는 사회 성원의 기본적인 필요와 욕구에 타협하고 있는 제도이다. 하나의 지속이 질서가 된다면, 그 질서는 이미 지속을 위하여 삶의 필요를 수용한 것이다. 도덕성을 가진 정치 질서는 대다수의 삶의 필요에 봉사하는 질서를 말하는 것에 다른 것이 아닐 것이다.

우리는 동양의 역사에서 왕조적 질서를 새로 세운 창시자들이 당대의 영웅의 무리 가운데에서 특히 넓은 덕과 지혜를 가졌던 인물로 이야기되는 것을 본다. 이것은 다분히 승리한 권력자와 승리한 권력 질서의 자기변호와 자기 미화에 관계되어 있는 것일 것이다. 그러나 또 이것은 어느 정도 사실에 기초한 것일 가능성이 있다. 고려 태조 왕건이 당대의 패권을 다툰 다른 영웅들보다 도덕적인 포용력이 컸던 것임은 사실일 가능성이 높은 것이다. 앞에서 말한 바와 같이, 정치 질서의 제도적 지속은 국민 대다수의 수긍이 없이는 이룩하기 어려운 것이고, 이 수긍은 인간의 필요와 관계에 대한 도덕적 배려에 기초하여 얻어지는 것이기 때문이다. 다시 생각해 보면, 도덕성은 단순히 사람들의 필요와 욕구에 대한 배려에 한정될 수는 없는 것이라고도 생각된다. 그것은, 이미 우리의 소박한 느낌에도 드러나듯이, 의무나 명령의 형태로 표현되는 어떤 것이다.

사실 사람들의 필요와 욕구에 대한 배려를 보편적인 차원에서 통합하고자 할 때, 그것은 이미 개인을 넘어서는 제약과 의무를 요구할 수밖에 없게 되는 것이다. 도덕은 개인 욕구의 절제와 공동체적 의무를 규정한다. 또 그것은 오늘의 의무만이 아니라, 내일과 공동체의 미래, 그리고 그보다 더 큰 질서에 대한 관계를 규정한다. 달리 말하여 그것은 국가와 인간 운명에 대한 비일상적이고 엄숙한 이해에 기초한 당위적 요구가 될 수 있는 것이다. 그러면서 그것은 이데올로기적 차원을 가지게 된다. 이 차원에서 그것은 권력과 부의 불평등하고 불공평한 분배를 정당화하는 데 이용된다. 많은 정치권력이, 왕권신수설이나 천명론에서와 같이 초월적인 정당성을 구하게 되는 것은 개인적 행복의 총화와 공동체적 의무를 일치시키기 어렵다는 데 관계되어 있을 것이다. 그리고 이 일치의 어려움으로부터 국가 권력과 국민의 권리 사이에 마찰이 일어나게 된다. 그러나 이 정치 질서의 전체적인 요구와 국민의 욕구의 간격이 너무 클 수는 없고, 또 어떤 경우에나 이 간격까지도 국민의 동의에 의하여 받아들여짐으로써 비로소 정치 질서의 안정이 기약될 수 있는 것일 것이다.

4

    이런 의미에서 모든 정치 질서 또는 권력의 질서는 정도의 차는 있을망정 국민의 동의에 기초해 있다. 이 동의는 교육, 선전, 이데올로기적 조작, 검열 등의 수단으로 만들어 낼 수 있다. 그러나 그것이 국민 스스로가 받아들일 만한 현실적 기초를 완전히 떠나서 성립할 수는 없다. 그것은, 인간의 영원한 진실에서 나오는 것이 아니라면, 적어도 국민과 국가의 내부 사회 과정에서 저절로 생겨나는 것이어야 한다. 아니면 그것은 시대의 내부로부터 우러나오는 이념적 동의이어야 한다. 각 시대는 그 나름의, 누구나 피할 수 없는 문제와 주제 그리고 과제를 드러내는 것으로 보인다.

    이러한 시대적 주제를 벗어나서 생각되어지는 정치 질서의 도덕성 또는 정당성은 지속하는 질서의 근본이 되지 못하는 것으로 보인다. 시대가 낳은 영웅 또는 지도자란 이러한 시대적 주제를 재빠르게 포착하고 그것을 중심으로 국민의 자발적 참여의 에너지를 동원하는 데 성공하는 사람일 것이다. 국민들이 스스로의 행복을 수긍할 만한 제약 속에서 파악하는 이념의 틀은 시대에 따라서 다를 수 있다. 여러 가지 형태의, 하늘의 이치와 신의 섭리가 나의 개인적 행복과 국가적 질서의 요구를 조화시키는 데 동원될 수 있는 것이다.

    그러나 오늘날에 있어서 모든 질서의 원리가 국민의 자발적인 동의와 참여에 있다는 자각은 거역할 수 없는 세계사의 주류가 되었고, 우리 역사의 커다란 주제의 하나가 되었다. 이러한 흐름에 어긋나는 어떠한 정치 질서의 구상도 지속적인 질서를 만들어 내지 못할 것이다. 그것은 역사의 흐름에 부딪쳐 난파하게 마련이다. 어떤 경우에나 국민적 동의와 참여야말로 가장 탄탄한 정치 질서의 기초가 된다. 외부로부터 부과되는 이념에 의한 질서의 구성은 어떤 형태로든지 폭력의 사용을 —— 국가 권력의 형태를 취한 폭력의 사용을 불가피하게 하고 폭력은 억압적 질서를 만들어 낼 뿐만 아니라 불안정을 조만간 가져오고야 만다.

혁명을 통한 정치 질서의 구축을 논한 자리에서, 한나 아렌트는 국민의 참여를 통한 안정된 정치 질서의 구축이 미국 독립 혁명이 발견한 가장 위대한 정치 원리임을 되풀이하여 강조한 바 있다. 미국의 독립혁명가들에게, 폭력(violence)이 아니라 권력(power)은 "사람들이 같이 모여 약속한 협약과 상호 서약을 통하여 '하나의 정치 공동체로' 스스로를 결속할 때 생겨나게 된다. 상호성에 기초한 그러한 권력만이 참다운 힘이며 합법적인 힘이었다. 이에 대하여 소위 임금이나 공후나 귀족의 권력은, 상호성으로부터 나오는 것이 아니라 기껏해야 동의에 기초한 것인 한, 가짜이며 찬탈한 힘에 불과한 것이다."[1]라고 말했다. 그러나 미국 독립 혁명의 발견은 단순히 국민 주권의 발견도 아니고 국민의 참정권의 확인만도 아니다. 아렌트에 의하면, 이보다 더 중요한 것은 이 국민의 참여가 제도적으로 구성될 수 있어야 한다는 점이다. 그러면서 중요한 것은 제도가 굳어진 틀로서가 아니라 영원히 지속되는 행위로서 계속되어야 한다는 것이다.

5

제도적 구성은 하루아침에 만들어지고 끝나지 아니한다. 그것은 제도의 구성이 어렵기 때문이고 그것이 끊임없이 지속되어야 하는 것이기 때문이다. 이 제도에 있어서 핵심적인 것은 헌법이다. 그러나 이 헌법은 복합적인 뜻으로 해석되어야 한다. 헌법(constitution)은 두 가지 뜻, 이루어진

---

1   Hannah Arendt, *On Revolution*(Viking Press, 1965), pp. 181~182.

제도나 제도 건설의 계속적 노력의 뜻을 잘 나타내 주고 있다. 그것은 한 편으로 나라의 기본적인 법, 종이 위에 기록되어 있는 일정한 법률 조항을 의미하지만, 다른 한편으로 그것은 토머스 페인(Thomas Paine)이 말한 바 와 같이 "정부의 법령이나 행위를 뜻하는 것이 아니라 국민의 정부를 구 성하는 것을 뜻한다.(A constitution is not the act of a government, but of a people constituting a government.)"[2] 이러한 계속적인 구성 작용으로서 정부가 성 립하고 여러 제도가 성립하는 것이다. 이 구성하는 행위의 지속을 통해서, "앞으로 다가올 수백 년의 세월에도 버티어 갈 수 있는 안정성을 가진 정 치공동체의 토대를 마련할 수 있는 것이다."[3]

미국의 독립혁명가들은 참여의 제도를 만들어 내고, 만들어 내는 행위 의 항구화에 참여하고 있다는 것을 그들의 역사적 사명으로서 알고 있었 다. 존 애덤스(John Adams)는 "인간의 존엄성에 보다 어울리는 정부를 수립 하고, 그것을 영원한 안정과 보존의 방편과 더불어 후세의 자손들에게 전 승케 하는 것"이 미국인의 바람이라고 썼었다.[4]

오늘날 우리가 혁명적 상황 속에 있는지 없는지는 판단에 따라 다를 것 이다. 그러나 구질서가 무너지고 새 질서가 태어나야 할 진통의 시기에 있 는 것임은 틀림이 없다. 이러한 창립의 시기의 모든 것이 그렇듯이 오늘날 우리가 하는 일은 단지 오늘에 의미를 갖는 것이 아니라, 자손만대의 삶을 위한 기본 질서의 수립에 영향을 끼치는 것이다. 그러면서 다른 한편으로 오늘에 우리 한 사람의 하는 일, 한 사람의 힘과 영광은 역사의 큰 흐름과 과제에 조금의 보탬이 되고 조금의 빼는 일이 될 뿐 절대적인 의미를 가질 수는 없다. 한 사람 한 사람의 일은 역사의 에피소드에 불과하다. 그야말로

---

2   Thomas Paine, *Rights of Man* (1791)

3   Hannah Arendt, op. cit., p. 199.

4   Ibid., p. 232.

국가는 영원하고 민족은 영원하며, 우리는 그것에 작은 사명을 통하여 잠깐 참여할 뿐이다.

　오늘의 정치적 갈등과 혼란이 조금 더 항구적인 정치 질서의 창조라는 관점에서 보다 거시적인 차원으로 승화될 수 있었으면 하는 생각 간절하다. 오늘 우리가 하는 일이 국민 모두의 인간적인 위엄의 고양에 기여하여, 국민 모두의 참여에 기초한, 항구적인 정치의 구성에 얼마나 보탬이 될 것인가를 생각해 볼 수 있으면 얼마나 좋으랴. 당분간의 일에 불과하겠지만, 오늘의 정치 상황은 이러한 바람과는 정반대로만 전개되는 것처럼 보인다. 그러나 그러한 역풍은 모든 큰 역사의 풍향 속에서 하나의 에피소드에 불과하게 될 것이다.

(1986년)

문화·도덕·정치

문화의 전망을 위한 서설

1. 문화의 존재 방식

역사의 과정이나 발전을 완전히 과학적으로 예견하고 계획할 수 있다고 할 수 없으나 경제나 사회 또는 정치의 경우 여러 가지 발전의 모델들이 있다. 이러한 모델들은 결점이 있는 대로 미래를 생각하고 계획함에 있어서 지침이 된다. 문화가 어떻게 전개 발전되는가에 대하여는 눈에 띄는 이론이 있는 것 같지 않다. 뿐만 아니라 어떠한 것이 발전된 또는 바람직한 문화인가에 대하여서도 ― 가령 자주, 풍요, 민주주의, 복지 등의 말들이 그런 나름으로 표현하고 있는 바와 같은 이상적 목표나 종착점도 거의 없다고 할 수 있다. 즉 문화의 과정에 대한 법칙적 이해, 따라서 그 발전에 대한 전략적 계획이 없음은 고사하고 그 목표나 이상에 대한 일반적 공론도 존재하지 않는 것이다.

문화는 독자적인 발전 계획을 가질 수 없는 것이라고 하는 것이 옳을는지 모른다. 그것은 마르크스주의에서 말하여지듯이 하부 구조에 의하여 결정되는 부차적 현상이라고 할 수도 있고, 사회과학에서 쓰는 말을 빌려 종속 변수라고 할 수도 있다. 경제만은 아니라고 하더라도 경제·사회·정치적 여러 조건이 문화를 결정하는 것이다. 또는 문화는 그러한 조건들이 일단 충족된 다음에 하나의 가외의 보너스 같은 것으로 얻어진다고 볼 수도 있다.

그러나 문화의 종속성이 그 중요성의 크고 작음에 반드시 일치하는 것은 아니다. 하나의 가설로서, 문화를 삶의 심각한 현실 문제들이 해결된 다음에 오는 가외의 즐거움 또 쾌적감과 같은 것이라고 하자. 사실 문화는 정치·경제·사회의 필연성의 작업이 끝난 다음 그 열매의 향수에 관계된다는 면을 가지고 있다. 그러나 향수, 즐거움, 쾌적감은 매우 중요한 삶의 보람을 이룰 뿐만 아니라 중요한 기능을 가지고 있다. 쾌적감이나 즐거움은 우리의 몸의 상태에 있어서 그 자체로서 의미가 있는 것인 동시에 신체의 건강 상태에 대한 지표가 된다. 사람은 알게 모르게 쾌적감의 지표를 통하여 자신의 건강에 대한 보고를 받으면서 살아간다. 그리고 이 쾌적감은 즐거움이 되어, 더욱 발랄한 상태에 있는 건강과 생명의 지표가 될 수도 있다. 신체적 지각으로서의 쾌적감이나 쾌락과 비슷하게 문화도 한 사회의 건강에 중요한 지표가 된다.

그러나 이것은 문화적이라고 할 때 생각하는 여러 가지 가시적 업적만을 말하는 것은 아니다. 위의 비유를 빌려 문화를 생각하면서 확인하게 되는 것은 문화가 그러한 주제화되고 가시화한 것 이상의 것이라는 것이다. 그것은 이러한 것이면서 그것을 가능하게 하는 바탕이다. 그리고 더욱 중요한 것은 이 바탕이다. 쾌적감과 쾌락은 그 자체로 좋은 것이기도 하지만, 병적인 상태, 퇴폐 상태의 표현일 수도 있다. 그것은 신체의 건강의 증후로서만 건강한 것으로 남아 있을 수 있는 것이다. 마찬가지로 문화의 업적은 그것이 사회 전체의 건강의 바탕에 입각하여 그것의 자연스러운 지표로서 존재할 때 개인적, 사회적 삶의 건강한 일부가 된다. 그것이 이러한 전체적 상황과 분리될 때 그것은 쉽게 병의 증후, 퇴폐의 증후가 될 수 있다. 우리가 걱정해야 할 것은 문화의 업적이 아니라 문화의 바탕이다. 되풀이하여, 문화는 그것의 지표일 뿐이다.

그러면서 또한 그것은 지표 이상의 것 — 하나의 목표이다. 이것은 쾌적감이나 즐거움의 추구가 반드시 우리의 육체적 생존 또는 일반적으로 인간 생존의 목표가 된다고 말하기 어려운 것과는 다르다. 건강의 비유를 계속하건대 건강은 하나의 유기체의 여러 기능들이 활발하고, 그것들이 서로 상치됨이 없이 조화와 일관성 속에 움직이고 있는 상태를 가리킨다. 신체의 경우에 있어서 건강이 반드시 주제적으로 의식된 쾌적감을 필수 요건으로 가질 필요는 없다. 그러나 사회의 건강을 활발한 기능들의 조화와 균형이라는 관점에서 정의한다면(이것은 기능주의적 사회관이 흔히 시사하는 견해이다.), 그 조화와 균형의 이념에는 반드시 주제적 의식이 포함되어야 한다. 이 요소가 있음으로 하여 그것은 인간적인 조화와 균형이 된다. 그것은 조화를 보장해 주는 유기적 기초가 문화에 있어서는 처음부터 주어진 것이 아니기 때문이다.

기능적으로 볼 때, 인간은 여러 사회의 주체이면서 그 기능 가운데 하나이다. 그러나 인간은 그것 이상의 것이다. 사회의 조화와 균형의 의미는 인간에 의하여 결정된다. 인간의 관점에서 불협화음을 가진 조화와 균형은 생각할 수 없다. 인간은 사회의 여러 기능 가운데에 특권적 위치를 갖는다. 그리하여 그것은 다른 도구적 기능들과 분리하여 목적으로 간주될 수 있다. 그러나 이것은 의식적 반성과 노력을 통하여서만 분명한 것이 된다. 그것은 의식적으로 만들어지지 아니하면 안 된다. 여기에 문화가 관계된다. 문화가 사회적 건강을 검증하는 느낌이라고 한다면, 그것은 사회 기능의 인간적 조화와 균형에 대한 반성과 노력을 통하여 얻어지는 것이다.

이렇게 볼 때, 문화는 사회의 모든 실제적 작업을 인간적이게 하는 역할을 한다고 할 수 있다. 그것은 사람의 일이 사람을 위하여 있게 하는—그것이 최소한의 생존을 위한 것이든 최대한 인간성의 실현을 위한 것이든 사람을 위하여 있게 하는 일을 한다. 그것은 실제적 작업의 도구적인 성격에 대하여 목적적 성격을 가진다. 이런 의미에서 문화는 정치나 경제에 우선한다. 이러한 우선순위가 불분명한 상태에서 정치나 경제는 비인간적이고 야만적인 상태에 떨어진다. 그럼에도 불구하고 문화가 종속적인 현상이란 데에는 변함이 없다. 사실상 넓은 의미에서의, 위에 말한바, 바탕으로서의 문화는 그 독자적인 어떤 내용을 말하는 것이 아니다. 문화적인 정치, 문화적인 경제, 문화적인 사회 등이 있을 뿐이다. 그것은 근본적으로 현실적 작업의 내용보다는 방식에 관계된다. 이 방식은 하나의 특징을 가질 수 있고 전체적인 모습을 갖출 수 있다. 이것은 한 사회의 '문화의 양식'이 되고 문화의 정도로서 표현되는 것이다. 그러나 작업의 내용은 사람의 현실적 필요에 의하여 정해진다.

사람의 작업의 창조적 가변성에 비추어, 문화에 실제적 내용이나 방식의 유형을 정하기는 쉽지 않다. 문화적이냐 아니냐 하는 것을 판단하는 것이 가능하다고 하더라도, 구체적인 현실 속에 적용될 문화의 방식을 정하기는 어려운 것이다. 이러한 요인들이 문화를 미리 예견하고 계획하기 어렵게 하며, 다분히 다른 현실적인 요인에 대하여 수동적이고 종속적인 위치에 놓이게 하는 것이다. 그러나 이것은 문자 그대로 문화의 현상이 부수현상이기 때문만은 아니다. 문화는 사람의 마음의 움직임에 밀접히 관계되어 있다. 마음의 표현이 바로 문화의 핵심이 되는 것이라고 말할 수도 있다. 마음은 수동적인 것과 능동적인 것을 독특하게 결합하고 교환하는 방식을 가지고 있다. 그리하여 마음의 작용에 있어서 수동과 능동은 쉽게 가려낼 수 없다. 가령 인식은 외부 세계에 대한 마음의 수용성을 통해서 가능해진다. 그러나 인식의 결과는 마음의 창조적 업적이 아니겠는가? 문화의 존재 방식도 이러한 것이다. 그것이 종속이라면, 그것은 능동적이라기보다는 수동적이라는 말인데, 문화의 능동과 수동은 분명히 가려낼 수 없다.

마음은 주어진 사물이나 일에 반응하는 어떤 것으로 존재한다. 그런 의미에서 그것은 수동적이다. 그러나 우리는 현상학에서 의식의 특성을 '지향성, 의도성'에 두는 경우의 수동성을 생각하여야 한다. 현상학이 강조하듯이 의식은 '어떤 무엇의' 의식으로만 존재한다. 그러면서도 지향성 또는 의도성이라는 말이 이미 나타내듯이 그것은 그것 나름의 능동적 원리이다. 그것은 세계에 대하여 수동적으로 열려 있으면서 ― 그것은 인식의 과정에서 가장 잘 대표된다. ― 세계를 지향성 또는 의도성의 그물로써 구성한다. 문화에 움직이는 것도 이러한 의식 또는 마음과 비슷하다. 이 의식과 마음이 바로 문화의 핵심이다. 다만 문화는 의식 작업 이상의 실제적 작업에 관계되어 있기 때문에, 이러한 마음을 가진 인간이 그의 현실적 여러 작업에서 드러나는 그의 수동적이고 능동적인 일체성을 지칭한다고 말하여야 할 것이다.

물론 흔히 생각되듯이 예술이나 건축이나 철학 등이 문화를 대표하지 않는 것은 아니다. 그러나 그것은 사람이 하는 일 어디에나 있는 독특한 일체성이 주제화되고 가시화되어 유독 창조적으로 표현된 것으로 이해되어야 한다. 그것은 다루기 힘겨운 현실 세계에서보다 조형적 매체에서 더 두드러지게 표현될 뿐이다. 이렇게 말하는 것은 문화가 장식이 아니며, 또 제품의 생산처럼 일정한 투자로써 거두어들이는 물질적 결과가 아니라는 말이다. 그것은 인간 정신 그 자체이다. 그리고 그것은 우리의 세속적 삶과 따로 있는 것이 아니다. 그것은 우리의 모든 일 속에 있으며, 또 거기에서 떼어 놓을 수 없는 것이다.

2. 문화에 있어서의 자유와 표현

문화가 인간의 일체성의 표현이라고 할 때, 이러한 표현이 그저 주어지는 것은 아니다. 사람이 하는 일은 어떤 방식으로든지 사람을 표현한다. 그러나 사람이 늘 자신과 일체의 상태에 있는 것은 아니다. 사람이 개인으로서 모순들의 묶음인 경우가 비일비재하다면, 어떻게 한 사회의 일에 모순과 부조화가 없을 수 있겠는가?

개인적으로나 사회적으로나 사람의 일을 일관성 있게 하는 것은 어떤 목적이나 원칙이다. 그것에 따라서 행동하고 일을 처리하는 것이 일관성을 보장한다. 그러나 이 목적이나 원칙이 사람 안으로부터 나오는 것이 아닌 한 그것은 참으로 사람다운 일관성을 보여 주지 못한다. 주어진 대로의 자연스러운 인간의 복합성에 질서가 주어져야 한다면, 그것은 인간의 핵심적 본질에서 나오는 규범에 의하여 그렇게 되는 것이라야 한다. 스스로의 본질을 깨닫고 그것에 따라 행동하는 사람은 전통적으로 도덕적 인간이라고 이야기되는 사람이다. 그러나 도덕적 인간은 대체로 자신의 인간성 속에 있는 많은 것을 억압하여야 한다. 더욱 바람직한 것은 억압되지 아니한 인간성을 완전히 표현하면서 동시에 분열과 모순이 아니라 조화와 균형을 구현하는 일이다. 실러는 심미적으로 형성되는 인간이 이러한 것을 할 수 있다고 생각하였다. 원시적 인간은 주어진 충동과 폭력의 세계에 산다. 그러나 보다 더 개화한 사회의 도덕적 인간은 그러한 충동들을 통제하면서 도덕과 사회의 필연성에 복종하는 법을 안다. 이에 대하여, 미적 인간은 인간의 모든 자질에 충실하면서도 규범적 질서 속에 있을 수 있는 인간이다. 이러한 인간의 차이는 도덕적인, 또 심미적인 훈련에서 오고 거기에 대응하는 정치 질서를 만들어 낸다. 즉 강제력에 기초한 '힘의 국가', 도덕에 기초한 '윤리 국가', 심미적 문화에 기초한 '미적 국가'를 세 가지 인간 형태가

각각 만들어 내는 것이다.(실러, 『인간의 미적 교육에 관하여』, 27서한)

문화가 인간의 일체성을 표현한다면, 그것은 이러한 일체성이 가능하도록 인간을 훈련하는 일을 기도한다. 그것은 개인적으로나 사회적으로나 도덕적 규범의 필연을 알게 하고 더 나아가 인간성의 다양한 개화의 가능성을 약속한다. 한 사회에 있어서의 문화 기구의 주된 관심은 필연의 교육 쪽에 있을 것이다. 우리가 흔히 가장 고유한 문화의 영역으로 생각하는 예술과 문학이 관심을 가지고 있는 것은 보다 자유로운 인간성의 개화이다. 그러나 이 두 작업이 서로 완전히 다른 것은 아니다. 그것은 인간성에 대한 탐구와 이해를 현실적 조건에 어떻게 관계시키느냐에 의하여 달라진다고 말할 수 있기 때문이다. 그러면서도 필연의 작업은 자유의 개화에 선행하는 것으로 말할 수 있다. 여기서 필연의 작업이란 다만 도덕적 필연만을 의미하는 것은 아니다. 흔히 말하여지듯이 문화는 일정한 물질적 풍요를 전제로 하여 가능하여진다. 그러나 동시에 필요한 것은 사회적 성숙—즉 사회를 가능하게 하는 도덕적 발달이다. 그런 연후에 문화의 개화를 기대할 수 있다. 그러니까 문화라는 자유의 공간은 필연의 작업의 여백에 성립한다. 그리하여 그것은 일보다는 놀이, 필연보다는 자유에 연결된다.

그러나 다시 한 번, 이 구분이 그렇게 분명한 것은 아니다. 놀이는 일의 존재 방식이고, 자유는 필연의 존재 방식이라고 말할 수 있는 측면이 있는 것이다. 가령 비근한 예를 들어 스포츠는 놀이의 하나에 틀림없지만, 거기에 물리학적 의미에 있어서의 일이 없는 것은 아니다. 예술적 작업의 경우도 그렇고, 정치를 포함한 자유 직업의 경우도 상당 정도는 그렇다. 또는 농악을 곁들인 전통적 모심기 같은 경우에 있어서도 일은 다분히 놀이의 성격을 띤다고 할 수 있다. 얼핏 생각하여 놀이의 놀이됨은 그것이 일이 아니란 것보다도 일이 즐겁다는 데 있을 것이다. 즐겁다는 것은 주관적 감정이지만 동시에 객관적 조건에 의하여 자극된다. 그것은 한편으로 사람의 활기가 막힘없는 상태에서 일어나지만, 다른 한편으로 그것이 바깥 세계와의 관련에서 일어나는 것인 한, 바깥 일이 이 활기를 완전히 충족시켜 줄 때 일어난다. 그렇기 때문에 그것은 일의 부재가 아니라 일의 완성에 관계된다.

예술 작품의 중요한 특징으로 놀이의 요소를 분석한 한스게오르크 가다머의 말대로, "모든 놀이의 본질은 언제나 해방이며, 순수한 충족, 그 스스로 안에 목적을 가진 에네르기이다." 사람의 목적과 그 실현이 하나의 완전한 원을 그릴 수 있을 때, 현실은 놀이가 된다. "현실은 언제나 바라고, 두려워하고, 아직 결정되지 아니한 가능성으로 이루어진 미래의 지평 속에 있다. 그리하여 공존할 수 없는 기대가 생겨나고 기대한 것은 모두 충족될 수 없다. 미래의 불확정성이 과도한 기대를 불러일으키고, 현실은 기대에 못 미치게 된다. 그런데 어떤 특정한 경우에 현실 속에서의 의미의 상호관계가 완전하게 충족되어 헛되게 끝나는 의미의 맥락이 없어진다면, 그러한 현실은 그대로 굿놀이와 같은 것이 된다."[1]

가다머의 놀이에 대한 성찰이 단순히 예술 작품에만 관계되는 것이 아님은 이미 위의 인용에 드러나 있다. 그것은 사람 사는 일 일반에 대하여 깊은 함축을 가지고 있다. 좀 더 확대하여 말한다면, 놀이의 이념은 자유의 이념에 연결되어 있다. 놀이는 자유로운 상태에서 이루어진다. 또는 거꾸로 자유는 반드시 놀이의 상태에 일치하지 않더라도 잠재적인 놀이의 상태를 말하는 것이라고 할 수 있다. 그것은 움직임, 에네르기와 함께 휴지를 포함한다. 어느 경우이든지 간에 거기에서는 헛되이 흩어지는 의미의 실오라기도 없고 실현되지 않은, 또는 실현될 수 없는 기대도 없다. 그러나 자유의 상태가 완전한 휴지의 상태, 일이 없는 상태를 뜻하는 것은 아니

---

1   Hans-Georg Gadamer, *Wahrheit und Methode*(Tübingen, 1986), p. 118.

다. 자유는, 도덕 철학자나 정치 철학자가 설명하려고 노력했듯이, 단순히 주어진 충동이나 취미에 따라 하고 싶은 대로 하는 일이 아니다. 자연의 상태의 충동이나 취미가 오히려 자의적이고 우발적인 것에의 예속을 가져올 수 있으며, 사람은 그의 본질인 이성에 따라 행동할 때 참으로 자유로운 것이라는 칸트나 헤겔의 생각은 그 나름의 진리를 가지고 있는 것이다. 또는 이것은 좀 더 현실적으로 이야기하건대, 자유롭다는 것은 사람이 사람의 본성에 따라서 행동하는 것이고, 이 본성은 결국 인간성에 대한 어떤 본질적 상정 또는 적어도 공통분모의 상정을 불가피하게 한다. 그리고 이 인간성에 항구적인 요소가 있다면, 헤겔의 역설 ─ 자유는 필연과의 일치라는 역설도 대체적으로 수긍될 수밖에 없다.

그리하여 우리는 위에서 이야기한바, 자유와 필연이 반드시 대립적인 개념은 아니며, 자유는 필연이 사람과의 관계에서 존재하는 어떤 방식이란 생각으로 다시 돌아가게 된다. 즉 자유는 사람의 의지가 그 자신의 본성에 일치하는 상태이다. 그런데 이 일치는 저절로 일어나는 것보다도, 훈련과 교육 또는 일반적으로 문화의 교양적 효과를 통하여 이루어진다고 말할 수 있다. 그러니까 이것은 인간의 자기 형성의 과정에 관계되는 일이라고 하겠지만, 다른 한편으로 사람이 이 세상에서 사는 한, 사람의 욕구 충족과 자아실현의 장으로서의 세계의 물질적, 제도적 마련이 이루어짐으로써 완성된다.

3. 문화의 이데올로기

이러한 관찰이 이미 비친 바 있듯이, 사회의 정치적 구성에 중요한 의미를 가질 것은 당연하다. 인간의 생존의 유지와 확대는 필연의 세계에서 이루어져야 하는 일을 통하여 가능하다. 이 일이 완전히 자유로운 놀이가 될 수 있을는지는 알 수 없지만, 그것이 될 수 있으면 쉽게 받아들여져야 하는 것이 좋을 것임은 말할 것도 없다. 해야 하는 일이 즐거운 것이 아니라면, 적어도 그 필연성이 납득할 만한 것으로 이야기될 수 있어야 한다. 이 필연성의 설득이 이성적인 한, 사람의 마음은 그것을 스스로의 업적으로 받아들이고, 모든 자기실현이 주는 어떤 쾌감까지도 향수할 수 있다. 필연적 의무로서 받아들여질 수 있는 일의 범위는 매우 넓은 것이라고 하여야 할 것이다. 역사는 사람들이 얼마나 많은 잔학하고 비인간적인 일들을 드높은 의무와 사명으로 받아들였는가를 보여 주는 무수한 예를 가지고 있다. 그러나 사람의 일이 지속적이고 일관된 것이 되려면 필연성은 사람의 가능성 또는 본성에 맞는 것이어야 한다. 이것은 개인적 생존의 유지와 확대에 있어서도 그러하지만, 사회적 협동 작업에 있어서도 그렇다.(사람의 일로서 사회적 협동을 필요로 하지 않는 일이 있는가?) 이러한 준거가 없이는 사회적 소통과 동의는 더없이 어려울 것이기 때문이다. 문화의 작업은 필연성을 설득하고 필연성의 작업에서 자유와 즐거움을 만들어 내는 데 깊이 관계되어 있다. 사회나 정치 집단은 그것을 통하여 사회가 해내어야 할 일을 쉽게 해내고자 한다.

정치 질서의 핵심이 독점된 강제력이라고 할 때, 문화는 강제력을 보완하는 정치의 수단이라고 할 수도 있다. 그런 의미에서 문화는 이데올로기이다. 그것은, 마르크시즘의 관점에서 알튀세르가 정의한바, "노동의 기술을 재생산하고 동시에 기존 질서의 규칙에의 순응을 재생산하는"[2] 이데올로기를 말한다고 할 수 있다. (물론 알튀세르는 이데올로기를 문화보다 더 광범위한 개념으로 사용하여, 국가의 이데올로기 기구로서 종교, 교육, 가족, 법, 정치, 노동조

---

2   Louis Althusser, *Lenin and Philosophy* (New York, 1971), p. 132.

합, 대중 매체, 문학, 예술, 스포츠 등을 들고 있다. 그러나 여기에서 일체의 것을 문화의 표현으로 생각하여도 무리는 없을 것이다.) 그것이 이데올로기의 성격을 가진 것이든 아니든, 문화의 작업은 여러 사회 기구를 통하여, 또 일정한 구조로 정착되는 행동, 감정, 상호 작용, 예절의 양식을 통하여 이루어진다. 그리고 그것은 정치 구조의 중요한 한 부분을 이룬다.

문화는 단편적인 가르침들일 수도 있고, 그것들의 집적일 수도 있다. 그러나 그것은 동시에 이런 부분적 구역에서 저절로, 또 문화적 작업의 높은 반성적 작업을 통하여 어떤 일관성, 일체성을 갖는다. 이것은 고급문화, 철학이나 예술적 표현의 높은 단계에서 추구되고 다른 한편으로 생활의 깊은 지층에도 보이지 않는 로고스, 메를로퐁티의 말을 빌려 "생활 세계의 미적 로고스"로 존재한다는 것이다. 결국 사람의 마음과 생활은 일체적일 수밖에 없으며, 그에 대응하는 사람의 세계도 일체적일 수밖에 없는 것이기 때문이다. 이 일체적 성격이 문화로 하여금 현상의 질서에 더욱 쉽게 봉사할 수 있게 한다. 그것은 지배적 권력의 지배적 문화로 존재하기 쉬운 것이다.

그러나 정도의 차이는 있을망정 어떤 사회도 완전한 조화와 균형 속에 존재할 수는 없다. 일체적인 문화의 모델은 한편으로 현상적 질서에 대한 환상을 만들어 내면서, 다른 한편으로 그것과의 상치를 드러내고 그것을 비판하게 된다. 문화는 이데올로기이면서 또한 이데올로기 비판이다. 문화의 과정은 사회의 이념과 실제에 있어서의 간극과 불연속에 민감하고 그것을 노출시킨다. 물론 이러한 상치의 비판적 폭로도 단순한 경로로 이루어지는 것은 아니다. 현실의 간극과 불연속은 이성적 이해의 깊이에 따라서는 그렇지 않을 것으로 받아들여질 수도 있는 것이다. 현실적인 것은 모두 이성적이란 말은 그 나름의 타당성을 가지고 있다. 그러나 필요한 일체성은 사람이 사는 데에 도움을 주는 일체성이다. 그러므로 간극과 불연

속의 이론적, 상징적 해소는 현실에 의하여 검증될 때, 비판의 한 준거가 된다. 다시 말하여, 모든 직접적으로 주어지는 현실이 하나의 균형 속에 통합될 수는 없을 것이다. 사람이 하는 일에 선후가 있고 완급이 있는 한, 표면적인 간극과 불연속은 불가피하다. 다만 이것이 수긍할 만한 필연성의 체계 속에 받아들여질 수 있느냐 하는 것이 문제이다.

오늘날과 같이 복합적인 사회에 있어서는 문화의 작업은 이데올로기 비판으로부터 시작될 수밖에 없다. 그런 의미에서 문화는 여러 가지 반문화적 환상, 정치적 선전과 상품의 광고가 만들어 내는 문화적 환상에 대항하여 존재한다. 그리고 더 나아가 이러한 환상이 궁극적으로는 정치적 지배 장치의 일부가 되기 때문에 문화는 정치와의 갈등 관계 속에서 존재한다.

반명제로서의 문화적 비판의 활동은 여러 가지 형태를 띤다. 물화된 문화가 비판된다면, 그것은 한편으로는 그러한 문화가 이미 지나가 버린 시대의 규범과 형식을 나타내고 있기 때문이다. 현대 서양의 문화 중에서 아방가르드가 대표하고 있는 것은 기성 문화의 규범에 대한 부정으로서의 문화의 작업이다. 그러나 다른 한편으로 기성 문화 또는 지배적 문화는 다른 의미에서 제약과 금기를 표현하고 있는 것으로 생각될 수 있다. 얼핏 보아 그것은 필연의 저 너머에 성립하는 자유의 영역, 아름다움의 영역을 이룩하고 있는 것으로 보인다. 그것은 이데올로기의 조작에 불과하다. 아름다운 환상이 감추어 가지고 있는 것은 억압과 지배의 원리이다. 그러나 이것은 곧 자유와 해방에 의하여 대치되어야 하는 것이 아니다. 그것은 다른 필연에 의하여 대항되지 아니하면 안 된다. 이 필연이란 억압과 지배의 구조를 혁명적으로 해체하는 과업을 지칭한다. 이것은 현실 안에서의 작업이기 때문에, 문화는 저절로 현실의 지배에 한편으로는 정치와 경제의 필요에 그리고 다른 한편으로는 도덕적 필요에 종속하는 것이 된다.

정치든 도덕이든 필연에의 예속은 인간성의 통제와 단순화를 요구하게 마련이다. 인간과 필연의 관계는, 인간 정신의 적응성에 비추어 자발적인 순응의 관계일 수 있다. 그러나 성장과 팽창이 인간성의 다른 한 면이라고 한다면, 타율적 통제 없이 필연의 규율이 유지될 수는 없다. 그리하여 등장하게 되는 것은 전면적 통제의 제도이다. 이렇게 하여 정신의 자유도, 인간성의 자유롭고 조화된 표현으로서의 문화의 가능성도 사라져 버리고 만다.

그럼에도 불구하고 사회 안에 모순이 존재하는 한, 비판적 문화 행위는 허위 문화의 껍질을 벗겨 내고, 그 밑에 자리해 있는 모순과 그 극복을 위한 과업을 상기시키는 데 있을 것이다. 그것은 문화를 자유와 아름다움의 세계에서 필연의 현실로 끌어내리는 일이다. 그러면서 역설적으로 그것은 인간적 품성의 모든 것이 개화될 수 있는 이상적 상태에 대한 꿈이 있음으로써 가능하다. 또 하나의 역설은, 이미 말한 바와 같이, 사람은 삶의 필연을 자신의 자유로 받아들일 수도 있다는 것이다. 그런 의미에서 그는 늘 필연의 지배를 벗어날 수 있고 늘 자유로울 수 있다. 사람은 삶의 제한을 스스로 받아들임으로써 이를 자신의 내면의 필연으로 전환한다. 그러면서 그는 또 하나의 필연으로서 스스로의 인간성 ── 감각적, 파토스적이며 이성적인 인간성을 자각한다.

이 두 필연은 하나가 되어 창조적 변용의 과정을 거치게 된다. 현실적 역사의 작업은 사람이 그 지배 아래 놓이게 되는 외부적 필연을 인간적으로 변형시키고, 인간성의 보편적 실현 ── 즉 자유의 실현을 가능하게 해 준다. 되풀이하건대, 이것이 가능해지는 것은 현실적 역사의 업적이다. 그러나 인간 정신의 측면에서 볼 때, 그러한 과정은 사람이 힘의 질서로부터 도덕의 질서로, 다시 심미적 질서 또는 전인적 질서로 나아가는 과정을 나타낸다. 한 사회에서의 문화적 노력은 이러한 변화의 과정을 촉진하는 일이다.

4. 오늘의 우리 현실: 전략적 인간

오늘날 우리의 사회 질서나 정치 질서가 항구적이고 안정된 것이라고 말할 사람은 별로 없을 것이다. 우리 사회는 아직 안정된 정치 질서를 만들어 낼 수 있는 정치 협약을 맺지 못한 것이다. 여기에는 여러 가지 깊은 원인이 있겠으나(근대화의 충격은 가장 직접적인 원인의 하나이다.), 문화적 실패에 그 일부의 책임이 있다고 말한다 해도 틀린 주장만은 아니다. 사회와 정치 질서의 안정은 현실적으로 볼 때는 힘에 의하여, 또는 이상적으로 볼 때는 완전한 정의에 의하여 보장된다고 할 수 있지만, 실제에 있어서는 적당한 수준의 힘과 정의의 뒷받침에서의 사회적 상호 작용의 규약을 통하여 이룩된다고 말할 수도 있다. 그것이 반드시 강력한 것도, 철저하게 정의로운 것도 아니면서 사람들에게 일정한 사회 규약을 받아들이게 하는 것은 문화적 설득이다. 위에서 말한 바와 같이 이것은 한편으로 인간이 받아들여야 하는 필연성에 관한 설득이면서 다른 한편으로는 보다 완전하고 풍부한 인간성의 실현에 관한 설득이다. 설득의 수사학은 개인적인 삶에 관한 것이기도 하고 서로 다른 개인들이 모여 사는 사회에 필요한 것을 말하는 것이기도 하지만, 동시에 개인과 사회를 넘어가는 인간의 보편적 이념, 그것의 담당자로서의 개인과 집단의 윤리적 사명을 말하는 것이기도 하다. 일정한 인간 이해를 수락함으로써, 개인은 사회를 위하여, 또 자신을 위하여 우발적이고 특수한 충동과 성향을 억제하고 사회 질서에 참여해야 된다. 그러나 이러한 이해가 상실될 때에, 사람들은 주어진 대로의 개별자로 돌아가고, 사회는 이러한 개별자의 힘과 이익의 각축장으로 떨어지고 만다. 물론 이러한 상태가 문화의 설득력이 상실됨으로써만 일어나는 것은 아니다. 오히려 현실의 모순과 갈등이 문화의 통합적 기능을 파괴한다고 하는 것이 옳을 것이다. 그러나 문화의 쇠퇴 내지 상실, 또는 문화적 수사의 위선으로의 전락이 현실의 혼란을 가속화하는 것도 사실이다.

이렇게 하여 정치와 사회의 위기는 문화의 위기에 긴밀히 관계되어 있다. 그 가운데에서 도덕의 위기는 우리의 문화 상황의 가장 핵심적인 부분을 이룬다. 도덕이 한 사회에 있어서 그 구성원들의 상호 관계를 규정하는 것이라고 한다면, 사회가 일체적 질서에서 만인의 만인에 대한 전쟁의 터로서 해체될 때, 도덕에 있어서 가장 날카로운 위기가 대두하는 것은 당연하다. 문화가 사회와 정치 질서와 관련해서 필연을 설득하고 나아가 인간성의 보다 풍부한 실현을 약속한다고 한다면, 도덕은 보다 긴급한 필연의 주제에 관련되어 있다. 따라서 우리는 문화의 문제를 묻기 전에 도덕의 문제를 물을 수밖에 없다.(긴박한 위기의식이 팽배한 우리 사회에서 단순히 문화 그것을 문제 삼을 만한 여유가 없다고 느끼는 사람이 많은 것은 당연하다.)

도덕의 위기의 심각성은 그것이 단순히 과도기의 현상이 아닐 것이라는 데에 드러난다. 우리 사회만큼의 역사적 고통과 사회적 변화를 겪었다면, 거기에 도덕적 혼란이 따르는 것은 이상한 일이 아니다. 결국 도덕이란 주어진 물질적, 정치적 조건이 요구하고 허용하는 인간 상호간의 행동 규범이라고 할 수 있기 때문에, 경제와 사회와 정치가 변한 마당에 옛 도덕이 물러가고 새 도덕이 성립할 것은 당연하다. 그러나 문제는 옛 도덕은 물러갔어도 새 도덕은 생겨날 것 같지 않다는 점에 있다. 그리고 새로운 정치 질서가 생겨난다고 하더라도 그것은 도덕적 원리를 필요로 할 것 같지 않은 것이다. 이러한 질서는, 말하자면 물리적 요인의 균형이라는 형태로라도 생겨날 가능성이 있지만, 그것은 아마 윤리적, 도덕적 규범을 별로 필요로 하는 질서가 아닐 것이다.

오늘날 우리가 겪고 있는 위기는 물질주의 혁명이다. 그리고 여러 가지 우회가 있고 수정이 있기는 하겠지만, 앞으로 다가올 사회는 이 물질주의적 혁명의 결과일 것이 거의 틀림없다. 여기에서 최고의 가치는 물질이다.

개인의 삶에 있어서나 집단의 삶에 있어서나 정당성의 근거는 이 가치에 의하여 주어진다. 물질적 가치의 생산 능력이 모든 판단의 기초가 되는 것이다. 그런 데다가 적어도 우리 사회가 받아들이고 있는 전제의 관점에서 물질 생산의 종착점은 개인의 경쟁적 소유와 소비에 있다. 사회 질서의 이상적 형태는 물질의 생산과 소비가 요구하는 바가 합리적일 경우 관리의 체계에 일치하는 것이다. 궁극적으로 강제력에 의하여 뒷받침된다는 의미에서 그 질서는 정치적이지만, 합리적 조정과 힘의 균형 이상의 원칙을 필요로 하지 않는다는 점에서 그것은 도덕적인 원칙의 매개를 배제한다. 물론 어떤 원칙, 어떤 가치에 의하여 지배되는 사회도 사회관계를 규정하는 규범이 있게 마련이라는 뜻에서의 도덕적 규칙들이 생겨나게 되기는 할 것이다. 대체적으로 무한한 물질적 경쟁, 또 그것이 권력의 배분에 밀접하게 관련되어 있다는 점에서, 권력 경쟁이 이러한 사회의 특징을 이룬다. 그렇기는 하나, 다른 한편으로는 개인 대 개인, 집단 대 집단의 아무 제약 없는 경쟁은 사회의 기능을 교란하고 정지시킬 것이기 때문에, 하나의 방편으로서도 이것을 완화하고자 하는 어떤 규칙 —— 도덕적이라고도 부를 수 있는 규칙이 생겨나기는 할 것이다.

그러나 이것이 도덕적 규칙이라고 할 때 그것은 어디까지나 방편으로서의 의미를 갖지, 그 자체로서의 가치를 갖는 것은 아니다. 어떤 경우에 있어서나 도덕률은 사람들의 사회관계의 규범으로서 힘과 이익의 균형을 표현한다. 다만 그것은 그러한 균형의 현실적 결과이기보다는 합리적 예상에 입각해 있다고 하겠는데, 그로 인하여 그 안에 이성의 계기를 가지고 있음으로써 힘과 이익의 실제적 균형을 넘어가는 면을 가지고 있다. 이러한 사회적 규범에 도덕적인 측면이 있다면, 그것은 이 이성의 계기로 인한 것이다.

그러나 이러한 이성의 계기가 포괄적 원리가 될 때에만, 도덕은 발생한다. 나의 이익과 힘의 결과에 대한 예상을 가능하게 하는 원리로서가 아니라 나로 하여금 그러한 것들을 초월하는 보편성의 세계에 나아가게 하는 원리가 될 때 이성은 도덕의 한 요인이 되는 것이다. 이러한 보편적 이성 또는 보편성을 나의 특수성에 우선하는 것으로 인정하고 더 나아가 바로 그것이 특수한 개별자로서의 나의 본질이라고 깨닫고 그에 따라 행동하는 것이 도덕적 태도의 핵심이기 때문이다. 도덕적 결단과 행동에 특유한 어떤 고양감은 이러한 보편성에의 초월로 인하여 일어난다. 내적 체험으로서의 도덕적 행동은 공리적 계산이 아니라 공리적 불합리에도 불구하고 일어나게 되는 고양감, 하나의 파토스의 상승이다. 가령 사회나 국가를 위한 용기 있는 행동은 타산보다는 희생이 수반되는 행위이다. 그러면서 그것은 이상한 고양감을 만들어 낸다. 뒤르켕이 생각한 것처럼, 도덕이나 종교의 원천이 전체로서의 사회에 있는 것인지 어떤지는 확실히 이야기할 수 없지만, 체험적으로 볼 때 사회나 국가가 윤리적인 의미를 가진 것임에는 틀림이 없다. 즉 산술적 총화 이상의 일체적인 것으로서의 사회나 국가는 윤리적 성격을 가지며 직접적으로 인간의 어떤 내면에 호소하는 면을 가지고 있는 것이다. 그러나 개인을 그의 본성에 또는 보편성에 또는 사회나 국가에 연결시켜 주는 종류의 도덕성이 사라져 가게 된 것이 오늘날 우리의 사회이다. 그리고 이것은 정도의 차이가 있는 대로 모든 현대 사회의 특징이다. 그런 의미에서 우리 사회도 이제 현대에 진입하고 현대성의 문제에 부딪치는 것이라고 할 수 있다.

다시 말하여, 새로운 사회 질서, 정치 질서에 도덕이 있다면, 그것은 '개화된 자기 이익'의 균형으로서의 도덕이다.(이것을 도덕이라고 부를 수 있는가는 문제가 되겠으나.) 한 사람이 다른 사람에 대하여, 또 사회 전체에 대하여 어떤 규범에 따라 행동하고 반드시 맹수처럼 행동하지 않는다면, 그것은 이익의 계산에 근거하여 그러한 것이다. 이것은 확연하게 결정된 내면적 원칙에서 나오는 것이 아니기 때문에, 이익 계산의 조건이 바뀌는 상황에 따라서는 늘 바뀔 수 있는 것이다. 또 상황이 바뀌지 않을 경우에도 규범의 밑바닥에는 그것을 유리하게 재조정하고자 하는 끊임없는 타산과 획책이 숨어 있게 마련이다. 그 결과 도덕은 수사에 떨어지고 실체를 잃어버린다. 그것은 단순히 냉소적으로 이용될 뿐이다.

그리하여 사실상 사람과 사람, 사람과 사회를 지배하는 것은, 르네상스기의 이탈리아인들이 깨달았듯이 힘(forza)과 술책(forda)이다. 적나라한 힘이 어느 정도의 질서 속에 제어된다고 할 때, 사회관계의 진실은 술책이다. 아니면 적어도 조종 가능성이다. 즉 모든 것은 나의 이익과 목적을 위해서 적절하게 조종 내지 조작될 수 있는 대상으로 간주되는 것이다. 보편적 조종의 질서에서 사람 사이의 관계는 솔직하게 상호 이용의 관계이거나 상호 기만의 관계가 된다. 이것은 개인의 사회나 국가에 대한 관계에서도 마찬가지이다. 집단적 행동에서 강조되는 것은 무엇보다도 집단의 이익이지만, 집단 성원의 낱낱의 이익과 집단의 이익이 반드시 일치될 수는 없는 경우가 많은 까닭에 불가피하게 집단행동의 강령의 윤리적, 도덕적 성격이 거론되게 마련이다. 그러나 그것도 나의 이익과의 관계에서 나에게 유리한 이점을 확보하는 데 필요한 조종의 대상이 된다. 공공 이익이나 공공 윤리가 이야기되지 않는 것은 아니지만, 거기에서도 나의 이익과의 관계에서 명분과 실체의 분열이 일어난다. 이 분열은 우리의 모든 행동과 언어에 배어들게 마련이어서 정직이나 성실 또는 진리는 표면에 그치고 그 안에 다른 것들을 감추어 가지고 있는 것이기 쉽다. 설사 정직하고 참된 행동과 언어가 있다고 하더라도 그것이 그 자체의 것인지 아니면 다른 목적을 숨겨 가지고 있는 것인지 알기 어렵게 된다. 상품 광고에서 흔히 보듯이, 정직과 진리도 다른 공리적 목적에 봉사하는 수단으로 떨어지는 것이다.

개인 간의 관계, 개인과 집단의 관계가 조종의 관계라면, 집단과 집단의 관계는 같은 사회 안에 있어서든지 아니면 나라와 나라 사이에 있어서든지, 솔직하게 집단 이익의 극대화를 위한 힘과 술책의 관계이다. 이것은 물론 새삼스러운 것이 아니다. 특히 국가와 국가 사이에 어떤 도덕적 의무의 관계가 있다고 생각하는 사람은 매우 예외적인 사람이다. 인류 전체에 대한 도덕적, 윤리적 일체감은 미래에 태어나야 할 이상에 불과하다. 그리고 이러한 보다 넓은 일체성에로의 발전이 반드시 일직선상의 전진의 형태로 발전하는 것도 아니다. 보편적 유대감이 후퇴하는 것은 희귀한 일이 아니다. 유럽에서의 민족 국가의 대두는 반드시 보편적 의식의 확대로서 해석될 수 없고, 현대 사회에서의 계급 의식의 성장 또한 그렇게 해석될 수 없는 것이다. (물론 이러한 특수성은 변증법적 과정을 통하여 보편성에로 나아간다고 할 수는 있다.) 하여튼 예로부터 집단과 집단의 관계는 도덕적, 윤리적인 것으로 생각되지 아니하였다. 그것은 이익의 관계이고 그것에 대하여 가질 수 있는 태도는 전략적인 것이다. 다만 이 전략적 사고는 현대에 와서 더 주제화되고 의식화되었다고 할 수 있다. 서양에 있어서 마키아벨리즘 이후의 정치사상은 그러한 경향을 강화하는 쪽으로 전개되었다. 동북아시아에서도 그러한 사상의 계보는 춘추 전국 시대로 소급해 가지만, 현대에서 제국주의적 침략의 체험은 분명하게 전략적 사고를 집단 간의 관계의 기본 접근법이 되게 하였다. 전략적 사고의 새로운 발전은 오히려 그것이 집단 안의 개인적 사회관계에까지도 확산되었다는 것일 것이다. 그리하여 사회 밖에서든 사회 안에서든, 모든 행동과 언어는 투쟁과 선전의 범주로서 생각되게 된다. 중요한 것은 진실이 아니라 이미지와 술수이다. 그리고 여기에 대한 대응책으로 조종의 대상이 되는 사람의 의심은 당연한 자기 방어의 수단이고 인식의 도구이다. 설령 도덕의 수사가 있고 일정한 사회적 행동의 규범이 있다고 하더라도, 이러한 상태의 사회에 도덕적 기초가 있다고 할 수 없음은 위에서 비친 바와 같다.

모든 사람은 조작, 조종 또는 전략의 대상이 된다. 그들은 주체가 아니라 객체로 전락한다. 주체는 강한 방어적 조작을 통해서만 최소한도로 지켜질 수 있다. 주체성은, 그것이 가장 강력한 권력에 의하여 뒷받침되어 있지 않는 한 끊임없이 외부 상황의 조건들에 의하여 손상될 수 있다. 그런 한도에 있어서 그것은 그 조건들에 의하여 지배된다. 이것은 사물의 경우에도 그렇지만 사람과의 관계에서 특히 그렇다. 강화된 의지의 인간은 그의 권력을 끊임없이 확대하여 가지만, 그의 지배를 확실한 것이 되게 할 수 없다. 그가 지배하는 것은 다른 사람의 객체화된 외면일 뿐, 그는 불투명한 위장 속에 숨어 들어간 인간의 내부에 미칠 수 없다. 칸트는 모든 사람이 수단이 아니라 목적이 되는 사회가 진정으로 도덕적인 사회라고 말하였다. 전략의 사회에서 모든 사람은 수단이다. 그러면서 사람이 사람인 만큼 그는 이 수단의 조건을 극복하려 한다. 그러나 그것을 위하여 전략을 사용하면 할수록 그는 수단의 세계에 얽혀 들어갈 뿐이다.

조종과 전략의 세계의 교훈은 그것이 부도덕한 것이라기보다는 불행한 세계라는 것일 것이다. 거기에서는 아무도 자유로울 수 없고, 편안할 수 없는 것이다. 공리적인 관점에서, 더 중요한 것은 진정한 도덕이 없는 곳에 안정된 사회, 정치 질서가 있을 수 없다는 것일 것이다. 그것은 위장된, 또는 잠재적 만인 전쟁의 질서이다. 전략의 세계에 있어서, 문화도 그 나름의 특정을 갖는다. 문화는 다시 말하여 인간성과 사회의 보편적 요구, 그 필연성을 내면화하는 과정으로서의 도덕을 넘어 아름다움의 세계, 자유로운 즐김의 세계를 실현하는 과정으로서의 문화를 말한다. 이러한 문화는 되풀이하건대, 물리적 필연으로부터 도덕적 필연에로, 또 그것으로부터 그러한 필연이 감각적 즐김에 일치함으로써 인간성의 가능성을 구현할 수 있게 하는 과정이다. 그것은 개인적, 집단적 자아의 계속적인 보편성에로의 형성 과정을 말한다. 조종과 전략의 세계에서, 인간의 내면적 형성의 가능성은 정지된다. 도덕의 공소화가 바로 그 첫 증후이다. 거기에 참다운 의미에서의 문화의 발전이 있을 수 없다. 당연한 결과로서 유래하는 것은 문화에 대한 외면적 파악이다. 아름다움은 개화하는 인간성의 자연스러운 표현이 아니다. 그것은 주체적 의미로 정의되는 것이 아니라 객체화된 구경거리로서 정의된다. 그것은 투자되어 발전될 수 있고, 매매될 수 있고, 모방될 수 있는 것이다. 그것은 그 내적인 의미와는 관계없는 사람들에 의하여 소유되고 구경될 수 있다. 따라서 아름다움의 조건도 바뀌게 된다. 아름다움은 사람과 사물의 내면으로부터 비쳐 나오는 깨우침이나 빛과 같은 것이 아니라 가장 외면적인 감각적 특징이 된다. 새로운 것, 기발한 것, 놀라운 것 ─ 즉 센세이셔널리즘이 아름다움과 문화의 가장 중요한 조건이 되는 것이다.

5. 다양한 삶과 문화적 통합

오늘의 사회에서도 도덕적 기초 위에 서는 사회적·정치적 질서가 가능한가? (또 그 연장선상에서, 이미 비친 바와 같이, 그 연장선상이 아니라면 진정한 문화는 성립할 수 없기 때문에 ─그 연장선상에 유기적 문화가 성립할 수 있는가?) 다가올 물질주의 문명에서 이것은 거의 불가능한 것처럼 보인다. 리오타르는 『포스트모던의 조건』이란 책에서, 오늘날 서구에 있어서 어떻게 진리의 기준이 성과의 원리(performance principle)에 의하여 대체되는가를 말한 바 있다. 문화의 근본에 도덕과 윤리가 있고, 도덕과 윤리의 근본에 인간과 사물에 대한 진리가 있다고 한다면, 진리가 아니라 성과 ─그것도 물질 생산과 소비에 있어서의 성과만이 인간 경영의 기준이 된다고 한다면, 그리고 리오타르의 말처럼, 그것이 포스트모더니티의 조건이라고 한다면,

새로운 사회가 거꾸로 도덕적 또는 사실적 진리에로 되돌아갈 가능성은 별로 없다고 할 수밖에 없는 것이다. 선입견 없는 이성적 성찰을 통하여 인간 존재의 도덕적 근본에 있는 '범주적 지상 명령'을 확인할 수 있다는 것이 사변가의 몽상이라고 한다면, 그것보다도 허술한 근거에 서 있는 모든 종류의 도덕적 공리가 보편적 동의를 받을 가능성은 더욱 희박할 수밖에 없다.

또 그러한 도덕적 공리에 의한 인생의 조직화가 반드시 바람직한 것이라고 말할 수 없을는지도 모른다. 그것은 사람의 자연스러운 충동의 억압을 필요로 하고 경직된 심성을 만들어 낼 수 있다. 서양에 있어서나 우리나라에 있어서나 사회 변화의 방향에 우여곡절이 있는 대로 보다 폭넓고 자유로운 감각적 향유에로 — 다시 말하여 도덕의 저 너머를 향하는 것이었다고 한다면, 그것은 그 나름의 필연성을 가진 것이라고 말할 수 있다. 인간의 모든 일이 인간성에서 나온다면, 궁극적으로 그것은 억압, 억제될 수 없고 단지 하나의 통일체로 조화될 수 있을 뿐이다. 뿐만 아니라 편협하게 구획된 도덕성이 억압적 정치 체제의 토대가 되는 것은 역사에서 보는 일들이다. 도덕이 내면에 있어서의 강제력을 요구하는 것이라고 한다면, 이것은 쉽게 외면적 강제력, 집단적으로 조직화된 강제력으로 바뀌기 쉬운 것이다. 위에서 우리는 도덕성 없는 문화가 비문화로 떨어져 버린다고 말하였다. 그러나 이번에는 절대적 도덕이 불가능하고 문제적이 될 때, 여기에 보완 작용을 할 수 있는 것이 문화 — 심미적이고 철학적인 문화라고 말해야겠다.

문화의 이상은 조화된 인간성의 이상이다. 사람이 하는 일에서는 인간이 근본이다. 절대적인 가치 기준이 없거나 문제가 될 때, 모든 것은 사람의 밖으로부터가 아니라 사람의 안으로부터 출발할 수밖에 없다. 도덕과 정치의 문제에 있어서도 중심은 사람에 놓이게 된다. 그리고 적어도 사람에 대한 주제적 모색과 느낌의 확인을 담당하고 있는 분야는 아무래도 문화라고 할 수밖에 없는 것이다. 물론 사람이 무엇인가 하는 문제를 쉽게 답할 수는 없다. 그러나 본질적인 차원을 떠나서 대체로 사람을 동기 짓는 것이 무엇인가 하고 묻는다면 거기에 답변이 없는 것은 아니다. 행복이야말로 모든 사람이 추구하는 것이라는 것은 상식적인 답변이기도 하지만 철학적으로도 아리스토텔레스 이후 인간성의 이해에 가장 중요한 주제로 생각되어 왔던 것이다. 미국의 독립 선언문 같은 데에서는 그것은 기본적인 정치 문서로 확인될 필요가 있는 인간의 기본 권리로 선언된 바 있다. 일단 행복은 오늘의 세속 세계가 동의할 수 있는 인간의 텔로스라고 할 수 있다.

오늘날 행복은 대체로 쾌락으로 정의된다. 행복은 이 관점에서 다른 사람을 포함한 외계의 물질들과의 접촉에서 자극되는 감각적 자극과 그 충족의 과정을 가리킨다. 이러한 쾌락을 가져오는 수단이 되기에, 여기에 관계되면서 반드시 그것과 일치하는 것이 아닌 물질의 소유도 행복의 중요한 조건으로 생각된다. 말할 것도 없이 감각과 물질의 무한한 확대가 사람의 행복의 유일한 내용인 것이라는 생각을 강화해 주는 것은 오늘의 물질주의, 소비주의이다. 이러한 시대적 압력이 보이지 않게 하는 것은 감각과 물질 이외에 사람이 가질 법한 정신적 행복에 대한 요구이다. 이것은 형이상학적, 도덕적, 심미적인 충족과 성장에 대한 욕망을 포함하지만, 다른 사람과의 복합적 관계에서 오는 행복에 대한 요구도 포함한다. 오늘의 인간 이해, 또 오늘의 사회 제도는 사람을 전적으로 이기적 계산으로 움직이는 존재가 되게 하기 때문에, 진·선·미를 향한 사람의 요구를 단순히 수사학으로 생각하게 하거나, 또는 엄격한 규율과 강요된 체념을 통해서만 근접될 수 있는 것으로 생각하게 한다. 그러나 인간의 오랜 정신사의 궤적을 볼 때, 이러한 관점은 그런 나름의 특이한 억압의 과정으로만 가능해진다고 보는 것이 옳을 것이다. 다른 시대가 자아와 물질에 대한 관심을 억압하였다면, 오늘의 시대는 정신의 요구를 억압하는 것이다.

이것은 사회관계에 있어서의 이기주의나 이타주의에도 해당된다. 오늘날 사람의 이타적 행위는 이기적 충동의 강한 억제를 통하여서만 가능한 것으로 생각되지만, 이타적 충동도 사실 이기적 충동에 못지 않는 근본적인 인간적 충동의 하나이다. 오늘날 억압되고 있는 것은 이러한 충동이다. 이기적이라거나 이타적이란 것은 서로 갈등과 모순의 관계에 있을 수도 있지만, 동시에 하나로 연결된 것이기도 하다. 자기 자신의 필요와 욕망에 대한 의식이 없이 어떻게 다른 사람의 필요와 욕망에 대한 의식이 있을 수 있는가? 또는 사람의 대부분의 욕망이 사회적으로 실현될 수밖에 없는 것이라고 하면, 자신의 욕망을 의식한다는 것은 곧 다른 사람의 욕망을 의식하는 것이다. 그리고 많은 경우 자신의 욕망은 스스로의 안에서 솟아나오는 것이라기보다도 다른 사람의 욕망에 의하여서 촉발되는 것이다.

인간의 다양한 필요와 욕구, 또 능력이 오늘의 사회에도 존재하지 않는 것은 아니다. 오히려 물질적 성장과 도덕적 지상 명령의 이완은 이러한 것을 어느 때보다도 자유롭게 펼쳐지게 하였다. 문제는 이러한 것들에 어떻게 균형과 질서를 부여하느냐 하는 것일 것이다. 이것이야말로 문화의 가장 중요한 작업이라 할 수 있다. 이 균형과 질서의 핵심을 이루고 있는 것은 살아 움직이는 정신이다. 그러나 이것은 물질적, 현세적 세계에 대한 대립적인 것이 아닌, 사물과 사람의 일에 관류하고 있는 일체성의 원리로 생각되어야 한다.

인간의 모든 정신적인 측면이 억압되어 있는 오늘, 정신에 대한 갈망이 분출되어 나오는 것은 당연하다. 도덕주의나 이데올로기적 사고는 그 갈망의 한 부분에 불과한 것이다. 그러나 사실적으로 정립된 도덕적 원칙이나 정치적 이념이 인간성의 참다운 통일을 기해 주는 것이 아닌 것은 그것이 단순화와 왜곡 그리고 억압을 수반하는 것일 경우가 많은 것으로 알 수 있다. 그러한 요구 또는 그러한 요구의 원리들이 이해할 만한 것이고 그 나름의 쓸모를 가지고 있는 것이기는 하나 인간의 정신을 바르게 파악한 것이라고 할 수는 없다. 그것은 정신을 하나의 원리나 실체로서 파악함으로써 그것을 객체화한 것이다. 정신은 절대적인 주체로 생각되어야 한다. 그것이 이념을 만들고 원리와 법을 만드는 것은 사실이나 자신의 업적에 일치하는 것은 아니다. 그리하여 정신은 철학자들에 의하여 아무것에도 정착하지 않는 무한한 운동으로, 스스로 비어 있으며 허명(虛明)한 것으로 이야기되는 것이다.

퇴계(退溪)가 주자(朱子)의 말을 받아 다음과 같이 말한 것은 마음의 존재 방식을 잘 설명한 것이다.

논하신바 주일무적(主一無適)하여 만변(萬變)에 처한다는 말의 뜻은 아주 좋습니다. 게다가 인증하신바, 사물에 따라 응대(應對)할 뿐, 원래 마음에 그것을 간직해 두지 않는다는 주자(朱子)의 말씀과 마음을 허적(虛寂)하게 하되 주재(主宰)를 두어야 한다는 방씨(方氏)의 말은 아주 들어맞습니다.[3]

이러한 주일무적(主一無適)하는 정신이 유연성을 유지하는 것은 모든 문화의 작업에 있어서 핵심적인 것이다. 이것이 쇠퇴할 때, 문화와 사회는 편벽되고 경직한 것이 된다. 그러나 퇴계가 설명하는 마음의 모습은 오늘의 관점에서 지나치게 비세속적인 것으로 들린다. 그러나 조금 더 세속적이고 조금 더 일상적인 세계에 있어서도 이와 비슷한 유연한 인간성의 움직임이 있는 것은 지적될 수 있다. 인간을 지극히 경험적 차원에서 이해한 아리스토텔레스는 인생의 목적을 행복에서 찾았다. 거기에는 건강이라든

---

3 윤사순(尹絲淳) 역주(譯註), 『퇴계 선집(退溪選集)』(현암사, 1982).

가 부라든지 하는 것이 포함되었다. 그러나 사람이 구하는 것, 좋은 것 또는 행복은 궁극적으로 "덕성에 따라 행동하는 영혼의 움직임"[4]이라고 그는 정의하였다. 그리고 다른 것들은 이 움직임에 필요한 도구로서의 기능을 가진 것으로 생각하였다. 가장 현세적 관점에서도 영혼의 문제가 중요한 것은, 그것만이 사람이 하는 일에 조화와 통일을 주고 사람을 자유롭고 자족적인, 그 자체로서 목적이 되는 존재가 되게 할 수 있기 때문이다.

아마 오늘의 시대에서, 정신의 모습은 아리스토텔레스의 경우보다도 더욱 현세적으로, 더욱 물질적으로 생각되어야 할는지 모른다. 그것은 정신의 주체적 모습보다도 그것의 업적으로부터 파악될 필요가 있는 것일 것이다. 조화란 정태적인 것이다. 완전한 조화는 완전히 정지된 상태를 의미한다. 조화된 삶은 여러 가지 수준에서 가능하다. 안분지족(安分知足)의 행복은 비교적 낮은 수준의 조화를 가리키는 것으로 보인다. 그러면서 이것은 여러 면에서의 금욕적 절제를 요구하는 것이고, 더 적극적으로는 더욱 높은 수준에서 가능해지는 더욱 풍요한 균형을 포기하는 것이다. 현대의 물질 생산의 능력은 이러한 절제와 체념의 테두리를 크게 넓혀 놓았다. 이것은 발전이면서 동시에 혼란과 갈등의 요인이 되었다. 그럼에도 불구하고 그것이 삶의 가능성을 더욱 풍요하게 한 것임에는 틀림이 없다. 다만 어느 때보다도 균형과 통일에의 노력이 필요한 것이다. 일상적 물질생활에서의 조화의 느낌으로부터 경제와 사회, 또는 정치 구조에 관한 총체적인 반성의 힘이 필요한 것이다. 오늘날 물질주의적 에너지를 거부할 도리는 없다. 다만 그것은 인간에 의하여 제어되어야 한다. 그러면서도 이 제어의 힘이 경직된 틀일 수 없다. 어떤 때 그것은 오히려 스스로를 사물의 움직임에 의하여 끌려가게 하는 것이 불가피할는지 모른다. 오늘의 사물의

---

4 *Ethika Nikomacheia*, 1098a.

힘이 사실상 인간의 창조적 힘의 다른 형태인 한, 그것은 어느 정도는 믿을 수 있는 것이라고 할 수도 있다. (환경의 문제는 이러한 낙관론에 근본적 한계를 긋는 것으로 보이기는 한다.)

정신이 일체성의 원리라고 하면, 우리 사회에 널리 퍼져 있는 다원주의에 대한 요구도 시대적 추세의 불가항력적인 면을 가지고 있다. 그것은 물질주의의 사회적 표현이다. 물질적 에너지의 확대는 정신적 에너지의 확대를 가져오고, 그것은 다양한 삶과 생각을 가능하게 한다. 그것은 그만큼 발전적인 것이다. 그러나 이 다원성은 사회의 전체성에 의하여 다스려지지 않는 한 모든 것이 불가능해지는 모순을 가져온다. 그럼에도 불구하고 이 전체성은 어떤 경직된 기성 원리에 의하여서가 아니라 새로운 조화의 지점에서 새로이 얻어져야 할 어떤 것이다. 다원성은, 사람의 실존적 가능성의 새로운 창조적 표현인 한, 다시 한 번 인간적 조화 속에 포용될 수 있을 것임에 틀림이 없다. 이런 의미에서, 문화가 조화와 통일의 작업이라면 그것은 쉴 수가 없는 작업이다.

그러나 문화의 통일 작업이 경험적 귀납과 총화만을 뜻하는 것은 아니다. 다시 다원성에 언급하건대, 그것은 단순히 '개명된 이익'의 총화로서 하나의 사회적 규약으로 성립할 수도 있지만, 그것은 위에서 이미 비쳤던 바와 같이, 불안정한 균형이 될 뿐이며 사람의 삶에 새로운 어떠한 요소도 더하여 주는 것이 아니다. 그러나 사람과 사람이 개체를 초월하는 보편성에 의하여 연결되었다고 한다면, 삶의 다원성은 이 보편성의 내용이 풍부하여짐을 의미한다. 여러 사람의 생존의 다양함은 곧 나의 삶의 다양성이 될 수 있는 것이다. 다원성이 힘의 균형이 아니라 관용성 또는 선의에 의하여 매개되는 것도 다원성이 보편성의 표현 방식이 됨으로써이다. 그때 관용성이나 선의는 마지못한 타협이 아니라 덕성이 된다.

사람의 통일되고 보편적인 모습을 우리 눈앞에 유지하는 것은 중요하다. 이것이 주제화된 문화의 핵심적인 작업이다. 그러나 이 모습은 고정된 것일 수 없다. 그것은 끊임없이 바뀌어 가는 것이다. 이 바뀜은 부분적 작업 ─물질적 발달, 심미적 세련, 개념적 정치화, 제도적 변형을 통하여 이루어진다. 그러면서 이것들은 새로운 보편적 지평을 드러내 보여 준다. 문화는 이 모든 것을 관류하는 인간적 일관성에 이르려는 쉼 없는 반성의 과정이다. 그리고 오늘에 있어서 이것은 사회의 정치적 질서와 도덕적 질서에 정당성을 주고 안정성을 부여할 수 있는 가장 기본적인 활동이다.

그러나 이러한 일관성은 현실 속에서 어떻게 확보되는가? 위에 시도해 본 성찰은 말할 것도 없이 극히 추상적이다. 그것은 구체적 계획 ─학문과 예술, 의식과 예절 등에 대한 구체적인 계획을 제시하고 있지 못하다. 그러나 설령 그러한 계획이 있다고 하더라도 그것은 현실적 실천 방안을 제시하는 것이 아닌 한, 추상적이라는 비판을 벗어날 수 없을 것이다. 그러나 구체적으로 정신의 여러 형태를 처방하는 것은 정신의 객체화이며 자기 부정이다. 많은 도덕적, 문화적 프로그램에 대하여 사람들이 본능적으로 느끼는 혐오감은 정신의 자유로운 존재 방식에 대한 직관적 이해로부터 나온 것이라고 할 수 있다. 뿐만 아니라 우리는 위에서 문화의 문제를 독자적인 문제로 생각하는 일 자체가 비문화적이란 것을 강조하였다. 그러나 무엇보다도 중요한 것은 현실적으로 우리가 말하는 것이 좋은 제안이든 아니든, 좋은 말로부터 현실이 탄생하는 것이 아니라는 사실이다. 관념이나 이상으로부터 현실이 나오는 것이 아님은 현대성의 경험의 가장 중요한 부분이다. 현실에 작용하는 방법이 정치라고 한다면, 문화는 삶의 모든 면을 인간적인 것이 되게 하려는 정치의 움직임으로부터 저절로 나올 것으로 말할 수 있다. 그러나 이러한 정치는 어디까지나 인간적 고려 ─도덕과 문화, 보편적 인간성의 보편성 속에 움직이는 것이라야 한다. 이러한 정치가 있을 수 있는가?

정치는 어떤 것이든 힘과 힘, 술수와 술수에 의하여 구성된 현실의 공간 속에 존재한다. 이 공간의 규칙 ── 힘과 술수의 규칙을 냉혹하게 따르지 않는 정치가 의미 있는 결과를 이룰 수 있는가? 인간적 이상과 현실의 냉엄한 논리를 결합하고자 하는 모든 정치의 이론 가운데 가장 주목할 만한 것은 마르크스주의였다. 그러나 그것은 그 인간적 실패에 대한 무시할 수 없는 증거들을 드러내고 있다. 아마 새로운 정치는 보다 반성적으로 인간적 목적과 잔인한 현실의 종합을 검토하는 것이라야 할 것이다. 그것이 쉽지 않을 것임은 말할 것도 없다. 그러나 위에서 비친 바와 같이, 모든 면에서 인간성의 가능성을 참조하는 사회 질서가 인간성 그것의 요구에서 나오고, 현실의 논리에 비추어서도 그러한 요구에 답하지 않고는 안정된 삶의 질서가 있을 수 없다고 한다면, 적어도 보다 도덕적이며 문화적인, 곧 보다 인간적인 질서가 혁명적으로든 개량적으로든 끊임없이 추구될 것이라는 것도 틀림이 없다.

(1989년)

근대화의 이데올로기와 행복의 추구

한국 전쟁이 끝난 1953년부터 오늘까지가 급격하고 근본적인 변화의 시기였다고 하는 데는 별 이론이 없을 것이다.(이 변화는 오늘도 계속되고 있는 변화이다.) 이 변화의 크기는 그것이 외적인 것이라기보다는 내적인 것이라는 데 관계된다. 즉 변화한 것은 외적인 충격보다는 민족과 사회의 삶의 근본과 구조이다. 이것은 삶의 내적인 질을 바꾸면서 결국에 가서는 외면의 변화로서 표현되는 것이다. (또는 거꾸로 외면의 변화가 내면까지 바꾸어 놓는 종류의 것이었다고 할 수도 있다.) 말할 것도 없이, 이러한 역사상 유례를 찾기 어려운 변화를 가져온 것은 산업화이다. 이것은 사회의 외적인 모습과 기구에 관계되는 것이면서, 산업이라는 것이 사회 성원의 삶의 구석구석에 관련되어 있는 것인 한, 삶의 내적인 결을 송두리째 바꾸어 놓은 것이다.

1950년대는 전쟁의 여러 파괴적 영향에서 깨어나는 데 바쳐졌다. (물론 전쟁은 파괴를 가져왔으나, 그것이 적어도 사회적 구습의 파괴라는 관점에서 적극적인 공헌을 한 점도 고려되기는 하여야 할 것이다.) 그러니까 산업화는 주로 1960년대로부터 벌어진 현상이다. 그러나 그것의 연원은 상당히 소급되어 올라

갈 수 있는 것이다. 이것은 단순히 자유당 시절이나 민주당 시절부터 경제 계획의 준비가 이루어지고 있었다는 의미에서만이 아니다. 1960년대부터 산업화를 추진하는 세력들은 그 과정을 근대화라고 불렀는데, 이 말이 언제부터 쓰였는지는 분명하지 않지만, 역사의 과제로서의 근대화는 19세기말의 개항 시기에 벌써 주어진 것이라고 말할 수 있다. 개항의 의미는 서구의 제국주의 세력이 지배하는 세계에 대하여 닫혀 있던 역사를 연다는 것이고, 그러한 열림 속에서 살아 버티어 나가려면 서구의 근대적 체제를 스스로 수립하여 나가는 도리밖에 없었던 것이다. 이렇게 볼 때, 개항 이후의 한국 현대사는 그때부터 이미 근대화의 과업을 이룩해 내려는 노력과 이 노력이 좌절한 것들이 엇갈리는 역사였다. 1960년대 이후의 근대화는 이 성취와 좌절의 경로의 한 고비의 표현이고 특별한 표현이었던 것이다.

근대화는 여러 가지 것을 의미할 수 있다. 이것은 흔히 밖으로는 제국주의에 대항하는 힘을 기르는 일과 안으로 전래의 제도의 모순을 제거하여 보다 살 만한 사회를 이룩하자는 노력으로 이해된다. 또는 이것은 약간 각도를 달리하여 근대적 국가 체제를 이룩해야 한다는 전체적 이상과 국민 모두가 자유롭고 평등하며 개성의 발달을 기할 수 있는 사회를 이룩해야 한다는 민주적 이상으로 구성된다고 이해될 수도 있다. 그런데 근대화는, 지금까지의 그 역사적 전개의 내용으로 보아, 후자보다는 전자를 의미하는 것으로 보인다. 다시 말하여, 한국의 현대사가 부과한 근대화의 과업이 근대 국가 체제와 민주화를 뜻한다고 할 때, 1960년대 이후에 강조된 것은 전체적인 관점에서의 근대 국가 체제의 건설이었고, 이것은 추상적이고 막연한 상태에서나마 그 이전까지의 주요한 역사의 테마였던 민주주의를 대치하는 것이었다. 이 대치는 1960년대 이후의 현상이었고 또 여러 가지 사회적 긴장의 원인이 된 것이었다.

근대적 국가 체제의 건설이라는 의미에서의 근대화는 국가의 총체적인 힘으로서 이해되었다. 여기에 흔히 쓰인 말이 국력(國力)이었는데, 국력은 주로 산업 능력으로 생각되었고, 더 간단하게는 GNP라는 말로 요약되었다. 이것은 한편으로는 '경제 발전'이라는 전후의 서양 이론에 의하여 자극된 것이지만, 연원을 따지건대 19세기말 서양의 도전에 직면한 동양 여러 나라들이 '부국강병(富國強兵)'을 기하는 것이 이 도전에 대응하는 최선의 방책이라고 한 데서 찾아볼 수 있다. 이것은 중국에서도 일본에서도 이야기된 것이었고, 또 일본에 의하여 크게 실험된 바 있었던 사상이었다. 나라의 부를 증대시키고 군사력을 강화하여야 한다는 주장은 서세동점(西勢東漸)의 상황에서 당연한 체험적 각성에 따르는 것이었다. 그러면서 이것 또한 서양의 이론에 그 뿌리를 가진 생각이기도 하다. 국제 관계의 상황에 대한 힘의 관점에서의 이해는 서양의 전통이었다. 또 마침 19세기 말에서 20세기 초에는 이러한 생각이 사회진화론에 의하여 크게 보강된 상태에 있었다. 적자생존의 힘의 논리를 내세우는 사회진화론은 다른 한편으로는 궁극적으로 서구의 현대적 역사관을 지배해 온 발전 사관에 이어지는 것이었다. 계몽주의 시대로부터 두드러지게 대두한바, 역사는 발전한다는 생각은, 서양의 역사 이해의 주류를 이루어 온 것인데, 사회진화론은 이 발전의 원동력으로 힘의 요소를 분명히 한 것이다.

전후의 경제 발전 이론도 이러한 맥락에서 나오는 것이다. 그것은 세계의 역사를 하나의 발전 진로 속에 있는 것으로 본다. 그리고 이 선에 따라 세계의 모든 사회가 하나의 도열에 선다고 보고 거기에 앞서가는 자, 뒤서가는 자가 있다고 하는 것이다. 한국의 경제 발전 전략의 수립은 한국 사회가 분명하게 이러한 역사의 일직선적 발전의 이념을 받아들이고 그 테두리 안에서 스스로의 사회적 목표를 규정하였다는 것을 의미한다. 그리하여 후진국의 위치에서 출발하여 1960년대 중반에 한때 사람들의 가슴을 들뜨게 했던, 월트 로스토(Walt Rostow)의 '도약 단계'를 거쳐 중진국의 위치를 돌파하고 이제 바야흐로 선진국의 대열에 끼고자 노력하는 단계에 한국이 있다고 생각된다. 자본주의적 생산의 발달 정도에 따라 세계의 여러 나라들이 힘 있고 힘없는 나라, 좋고 나쁜 나라로 갈린다는 것은 오늘날 세계의 하나의 움직일 수 없는 현실이며(또 우리 사회도 1960년대 이후 그러한 세계 이해를 통하여 형성된 만큼), 우리 사회의 현실이지만, 이러한 역사 발전의 이론은 하나의 이데올로기이며, 불가피하고 유일한 세계사의 진로라기보다는 있을 수 있는 역사 전개의 한 방향에 불과한 것이다. 우리는 이 이론을 채택한 것이다. 우리의 근대화는, 다시 말하여 국제 사회에 있어서의 약체적 위치, 사회적·경제적 모순과 전쟁으로 인한 빈곤의 경험, 일본과 미국의 압도적 영향이라는 여러 현실적 요인과 합쳐, 위에 말한 역사관을 의식적으로, 무의식적으로 받아들이는 행위였던 것이다.

경제적 생산 능력의 고양, 그에 따른 국력의 증대라는 것은 아마 한국 국민이, 그것이 옳은 것이든 옳지 않은 것이든, 대체로 받아들이는 국가 이념이었고 또 이념일 것이다. 그러나 이러한 전체의 차원에 있어서의 이념이 곧 국민 생활의 차원에서의 행동 동기가 되기는 쉽지 않은 것이다. 위에서 지적한 바와 같이, 근대화의 이념은 산업화로서, 다른 한 역사적 충동인 민주화를 대치하였다. 이것은 적지 않은 왜곡과 긴장과 갈등을 가져왔다. 근대화와 민주화는 조화된 사회 발전과 그 수립을 위하여, 반드시 상보적일 수밖에 없는 두 이념일 것이다. 그런데 근대화 기간 동안 정부의 이념적 발언이 '중진국', '선진국', '국력', '수출 증대', '외화 획득', '국위 선양' 등 일체 국가나 사회의 전체적 차원에서만 이야기되었다는 점에 우리는 주목할 수 있다.(이것은 다른 각도에서 '물량주의'라고 비판되는 경향과 같은 것이다.) 이것은 조금 차원을 낮추어서도 마찬가지이다. 박정희 시대에 전체 차원의 이념을 조금 더 국민 생활의 현실로 끌어내리려는 노력의 표현의 하나로 '새마을'이라는 것이 있었지만, 우리는 여기에서도, 비록 지역 단위이기는 하지만 '마을'이라는 집단적 범주가 강조되어 있는 것을 본다. 하여튼 이러한 전체적이고 집단적인 범주로 표현되는 국가 목표에 따라 국민적 노력이 요청되어 온 것이 지난 20여 년 동안의 근대화 과정이지만, 이러한 집단적 이념이 어떻게 구체적인 국민 생활 속에 번역될 수 있는가 하는 면에 대한 정치적 고려는 계속적으로 등한시되거나 무시되어 왔다. 이것은 이미 말한 바와 같이 여러 가지 부작용을 가져왔다. 민주화의 이념은, 이러한 맥락 속에서 국가나 사회 전체와 시민 개체를 연결해 줄 수 있는 것이었다. 그것은 한편으로는 모든 시민이 응분의 이익과 권리를 누려야 한다는 이념이기도 하지만, 다른 한편으로는 개개인의 이익과 권리를 넘어서는 공동체 또는 사회를 구성하는 데 관계되는 이념이었다. 다시 말하여, 그것은 개인의 옹호와 개인의 시민 사회 속으로의 훈련의 요청을 동시에 포함하는 것이다. 그러나 그것이 민주주의의 이념이든 무엇이든 변화의 시대에 풀려나오게 마련인 개인주의와 또 그러한 시대일수록 요청되는 집단적 이상을 조화시킬 수 있는 어떤 기제의 부재로 하여, 근대화의 과정은 심한 부조화를 드러낼 수밖에 없었다.

국력 신장 또는 경제력 증대의 요청은 현실적으로, 우선 사회와 정치의 모든 차원에서 힘의 논리를 정당화하였다. 커다란 사회 변화를 가져오는 데는 말할 것도 없이 커다란 에너지가 필요하다. 이 에너지는 제1차적으로는 사람의 의지에서 나올 수밖에 없다. 1960년대로부터 나온 여러 가지 의지의 언어들 '소신', '박력', '결단', '하면 된다', '강력한 추진'과 같은 말들은 이러한 사정을 설명하는 것들이다. 그러나 우리는 이러한 말들이 더러 농담으로 쓰이는 것을 보거니와 이것은 이러한 말들의 이중적 가능성을 드러내 준다. '하면 된다'는 의지는, 진정한 집단적 기율에 의하여 순치되지 않는 한, 온갖 사리와 인간적 배려에 대하여 폭력적 파괴로 작용할 수 있는 것이다. 이것은 정치적 차원에서 그렇고 일상적 대 인간관계, 대 사물관계에서 그렇다.

근대화의 에너지의 표현으로서의 의지는 국가와 사회의 힘을 증대시키는 데 사용될 수 있지만, 전체의 이념 아래 개인이나 집단의 목적을 위하여 수행하는 데 사용될 수 있다. 국력의 명분은 개인이나 집단의 이익에 합치되는 것일 수도 있고 서로 상치되는 것일 수도 있는데, 하나가 다른 하나를 감추는 데 사용될 수도 있다. 이것은 아마 의식보다는 무의식의 심층에서 작용하는 것이어서, 당사자 자신도 분명히 주체적으로 파악하는 일이 아닐 것이다.

강력한 소신이 국가적 명분에 사용되든, 개인적 이익의 추구에 이용되든, 국민 일반에게, 근대화가 의미하는 것은 물질적 이익의 추구였다. 이것은 '잘살아 보자'는 말로써 표현될 수 있는 소망이었다. 물론 '잘살아 보자'는 말 자체는 반드시 개인적인 의미에서의 물질 추구를 뜻하는 것은 아니었다. '잘살아 보자'는 것은 근대화 추진 세력으로부터 나온 말로 생각되는데, 우리가 다시 한 번 여기에 주목할 것은 근대화 추진 세력의 핵심이 정부라고 할 때, 정부로서는 근대화의 이념을 개인적 차원에서 해석한 일이 거의 없다는 점이다. 제5공화국의 헌법에 와서 '행복의 추구'라는 것이 국민의 권리로 인정되었다는 것은 1980년대에 와서야 비로소 국민의 개인적인 행복이 마땅히 주장되고 확인될 수 있게 되었다는 것을 뜻한다. 그러나 이것도 그러한 이념이 단지 문서상으로 존재할 수 있게 되었다는 것이지 정식으로 생활의 현실 속에 삼투되어 있는 권리로 수립되었다는 것을 뜻하는 것은 아니다. 그러나 조금 위에서 말한 것처럼, '행복의 추구'가 공식적으로 인정되든 아니 되든 근대화가 국민에게 의미한 것은 행복의 추구, 그것도 가장 구체적이고 물질적인 의미에서의 행복의 추구였다. 그리고 모든 암시장의 거래가 그러하듯이, 비공식적으로 추구되는 행복은 가장 극렬하고 속된 형태를 취하기도 하였다. 정부의 의도가 무엇이든지 간에 '잘살아 보세'라는 것은 공적인 수사(修辭) 속에 위장된 채로(중동의 노동자는 국가적 의의를 갖는 '외화 획득'을 위하여, 기업가는 국가적 의의를 갖는 '산업 건설'을 위하여 일하는 것으로 생각된다.), 내가 잘살아 보자는 것이고 또 자주는 나만 잘살아 보자는 것으로 옮겨지기도 하였다.

행복의 추구는 인간의 원초적 소망이다. 이것은 특히 인간의 기본적 생존의 확보를 추구한다는 면에서 그렇다. 5·16 군사 쿠데타의 정당성을 주장하는 선언은 '기아선상에 헤매는' 국민에 대한 언급을 포함하고 있지만, 1960년대 초뿐만 아니라 개항 이후 줄곧 먹고사는 문제는 한국 사회의 중요한 문제였다. 이것은 비단 식량의 경우에만 그러한 것이 아니라 의식주 생활의 전부에 걸친 것이었다. 그러나 근대화 추진 20년의 가장 중요한 결과의 하나는 이러한 기본적 생존의 문제가 적어도 3분의 2는 일단 해결되었다는 것이다.

1960년대 후반에서 1970년대 초반에 이르는 사이에 우리의 일상 언어에서 사라진 중요한 말이 '춘궁기'라든가 '보릿고개'라는 말이다. 먹는 것의 질이라는 면에서 아직도 개선되어야 할 점이 많이 있고, 또 어떤 면에서는 심각한 후퇴가 있었다고 할 수도 있지만, 일단 기근의 위협과 같은 최소한의 관점에서 볼 때, 식생활의 문제는 해결한 것이라고 할 수 있다. 의생활에 있어서도 산업화 제1단계를 이루었던 섬유 산업의 발달과 더불어 일단 기본적인 해결은 이루어졌고, 오늘날의 문제는 오히려 낭비적인 의생활의 증후들에 있다고 할 수 있다. 다만 주택 문제는 아직도 그 해결이 요원한 상태에 있는 것으로 보인다. 그동안에 집이 계속적으로 지어지지 아니한 것은 아니나, 사회적 계획이 없는, 이윤 동기에만 의존하는 주택 건설은 기본적인 생존의 문제로서의 주택 문제를 아직도 풀 수 없는 난맥 속에 남겨 두게 되었다.

주택의 문제는 경제 문제의 해결 과정에서 매우 모호한 위치에 있는 것으로 생각된다. 경제는 사람의 생존을 뒷받침하는 활동이면서, 동시에 생존 이상의 행복한 삶을 확보하려는 활동이다. 주택은 생존과 행복의 필요에 걸쳐 있는 애매한 욕구를 만족시키는 물건이다. 굶어 죽는 사람, 또는 당장의 굶주림에 괴로운 사람이 없다는 것과 같은 의미에서 본다면 주택 문제는 없다고 할 수 있다. 굶어 죽는 사람의 이야기를 듣지 않는 바와 같이 얼어 죽는 사람의 이야기를 우리는 듣지 않는다. 그런 의미에서 정책 담당자의 입장에서 주택 문제는 의식(衣食)의 문제만큼 긴급한 것이 아닐 수 있다. 사실 주택 문제는 최소한도의 생존의 문제가 아니라 최소한도의 행복의 문제이다. 위에서 우리는 생존의 문제를 행복의 추구라는 범주에 포함해서 말했지만, 사실 행복은 생존 이상의 어떤 삶의 신장에 관계되는 인간소망의 대상이다. 1980년대에 와서야 '행복의 추구'라는 것이 국가적 또는 공적인 인정을 받았다는 점을 위에서 지적하였지만, 이것은 1980년대에 와서야 경제가 생존에서 행복의 마련을 위한 활동으로 바뀌기 시작했다는 것을 말한다. 그런데 생존에 비하여 행복은 긴급성이 적고 선택이 넓어지는 영역에 성립하는 것인 까닭에 훨씬 더 조심스러운 선택의 원칙, 조화와 균형의 원칙이 필요한 것이다. 이때 선택의 원칙은 긴급한 생존의 필요를 넘어선 삶의 가능성에 대한 진실된 이해로부터 나와야 한다. 이것은 한편으로는 사회의 조화된 질서를 느끼는 정치 감각에 이어져 있고, 다른 한편으로 인간의 삶의 조화된 개화(開花)를 향하는 문화 감각에 이어져 있다. 외면적이고 물량적인 경제 발전의 추구만으로 얻어질 수 없는 감각이 이것이다. 지난 20년 동안의 산업화는 이제 생존에서 행복의 단계에 이르렀다고 말할 수 있을는지 모른다. 그리고 지난 20년 동안의 산업화는, 이미 말한 바와 같이, 한편으로는 국가주의적 이념에 의지하면서, 다른 한편으로는 개인적 물질 추구에 의지했던 만큼, 사회의 특정 분야와 특정 계층에 있어서는 이미 오래전부터, 경제는 생존으로부터 행복의 단계로 들어서 있었다고 할 수도 있다. 그러나 위에서 비친 바와 같이, 이 행복의 경제가 참다운 의미에서 행복의 구현에 기여했는지는 크게 의문되는 바 있다. 다시 말하여 얼어 죽는 사람이 없다는 점에서 주택 문제는 해결되었다고 할 수 있다. 그러나 사람다운 삶의 영위를 위한 적절한 공간의 확보란 의미에서의 주택의 문제는 아직 해결되지 못하고 있는 것이다. 이미 비친 바와 같이 이것은 일차적으로는 단순한 공간의 문제이면서 보다 좋은 공간, 사람다운 삶을 위한 공간의 문제이다. 사람다운 삶의 공간의 개념은 사회적으로 문화적으로 여러 가지로 정의될 수 있다. 이렇게 볼 때, 이미 확보된 공간에도 문제는 남아 있다. 절대적 주택 공간의 부족을 잠시 덮어 둘 때 우리의 주택이나 공공건물들이 지난 20년 동안에 많이 바뀐 것은 사실이다. 농촌에 있어서 새마을 운동은 주택의 모양과 구조를 극적으로 바꾸어 놓았다. 그로 인하여, 주택 생활이 많이 개선된 것도 사실이나 참으로 근본적인 의미에서, 그것이 향상되었는가 하는 것은 더 생각해 보아야 할 문제이다. 적어도 추상적으로 우리가 말할 수 있는 것은, 주택의 변화가 내적인 삶의 필요와 삶의 창조적 인식에서 나온 것이라기보다 밖으로부터 부과된 것이라는 것이다. 단순히 관의 요구만이 아니라 상업적 이익과 경쟁적 개인주의의 욕심을 포함한 외부적인 원인이 우리의 건축의 원리로서 작용했던 것이다.

일반적으로 우리의 행복은 관이 과하는 규격화된 모델과 상업주의와 경쟁적 개인주의에 의하여 결정된다. 이것은 우리의 모든 생활에 있어서 가장 폭발적인, 또 다분히 조화된 삶의 이상에 대하여 파괴적인 세력이 되었다. 이것은, 위에서 말한 바와 같이, 경제가 생존의 단계에서 행복의 단계로 넘어감에 따라 생겨난 결과이기도 하지만, 그것보다도 산업화가, 모든 국가주의적 강조에도 불구하고, 물질주의적 추구를 향한 이기적 욕망의 에너지에 의존해 왔던 데 기인한 당연한 결과이다. 한국인은 경제 성장의 경험을 통하여, 비록 은밀하게일망정, 역사상 처음으로 인간의 욕망의 정당성을 인정하게 되었다. 그리고 이 욕망의 실현을 보는 동안에 이 욕망에 제약이 있을 수 있다는 것을 받아들이지 않게 되었다. 그리하여 우리는 지난 20년 동안에 가히 욕망과 기대의 혁명을 보게 되었다. 이것이 자유와 평등을 준비하고 실질적 경제 활동을 항진시켰다는 점에서는 좋은 일이었지만, 거기에 따르는 긴장과 마찰은 사회를 내면적 붕괴의 직전까지 몰아갔다. 이러한 붕괴의 위협은 의식적으로, 무의식적으로 정부나 국민이 다 같이 느낀 것으로서 '모리배', '정상배', '삼분 폭리', '부동산 투기', '큰손', '복부인', '독점 기업', '한탕주의' 등에 대한 주기적인 사회적 분노의 폭발은 이러한 위기의식의 표현이었다. 그러나 이 위기의식은 죄의식의 다른 면이거나 아니면 선망 의식의 한 표현이란 면이 강했다. 모든 사람이 욕하는 것과 모든 사람이 원하는 것은 무의식 속에서 일치하는 경우가 더 많았던 것이다. 그러나 무엇보다도 중요한 것은 구조적으로 갖가지 수단을 통한 욕망의 항진이 경제의 필수적인 요건처럼 되었다는 것이었다.

20년 전에 한국을 방문한 알베르토 모라비아(Alberto Moravia)는, 한국의 인상을 요약하여, '가난의 깨끗함이 있는 나라'라고 한 바 있다. 사람들의 행동은 생존의 필요에 따라서 움직였고, 거기에는 필연이 부여하는 동기의 단순함이 있었다. 이에 대하여, 1980년대의 오늘을 특징짓고 있는 것은 한마디로 소비주의라고 할 수 있다. 1970년대의 공화당이 발명한 말에 '소비가 미덕'이란 말이 있었지만, 이제야 소비는 우리 사회의 중요한 특징이 된 것이다. 여기서 소비주의란 필요를 위한 소비보다도 소비를 위한 소비에 의하여 특징지어지는 생활 경향을 지칭하는 말이다.

이러한 소비에서 광고는 필수적인 것이다. 필요한 것의 소비는 광고가 있든 없든 일어나지만, 필요 없는 것의 소비는 설득을 필요로 한다. 여기에 광고와 대중 매체의 발달이 필요하다. 소비와 대중 매체와의 관계는 서로 주종의 관계에 있기도 하고 평행 관계에 있기도 하다. 광고가 소비욕을 자극하는 방법은 여러 가지이지만, 그것이 주로 사용하는 것은 행복의 암시이다. 행복의 암시는 어떤 생활 유형이나 생활 수준에 관계되어 있다. 이 생활 유형은 소비를 많이 하는 생활 유형으로서 제시된다. 또 그것은 어떤 격식을 가진 것으로도 인식되어야 하기 때문에, 일정한 계층의 일정한 인간형이 삶의 전형으로서 투사된다. 이때, 이 인간형은 말할 것도 없이 소비적이고 공격적이며 상층 계급적인 인간이다.

그런데 우리나라의 광고의 경우, 행복의 약속과 바람직한 삶과 인간은 외국의 매력에 이어져 있다. 그리하여 상품 판매에 있어서 피에르 가르뎅이나 지방시와 같은 외국의 유명 상표는 필수적인 것이 되었다. 이와 더불어 개인적 아름다움의 원형도 점점 서구인에서 찾게 되었고 삶의 스타일까지도 서양적인 것을 모방하게 되었다. 물론 이러한 서양 지향은 단순히 광고에 자극된 표면적 현상만은 아니었다. 그것보다 더 실질적인 의미를 가진 것은 국제적 연결 관계를 가지고 국제적 스타일의 삶을 사는 경영자, 지식인, 관료 계층이 성장해 가고 있다는 사실일 것이다.

소비주의는 인간 행복의 이상을 물질과 완전히 일치시킨다. 그리하여 그것이 광고에 자극된 것이든 아니든 생활의 모든 국면을 물질화시킨다. 그런데, 여기에서 극복할 것은 이 물질이라는 것이 그 자체로 생각되는 물질이 아니라 상품적 가치의 면에서 파악되는 물질이라는 점이다. 어떻게 보면 생활이 물질에 의하여 변형되는 것이 아니라, 상품적 관계 속에 있는 생활에 의하여 물질이 변형되는 것이라고 할 수도 있다. 사람은 어느 시기에나 세계가 제공하는 물질의 기반 위에서 생존을 유지해 왔다. 그러나 소비주의와 상업주의가 지배하는 삶의 질서 속에서 이 물질은 사람과의 본래적인 관계를 상실하고 단지 시장에서의 상품적 가치만을 소유하는 것으로 이해된다. 즉 모든 물질의 자산화가 일어나는 것이다. 가령, 집은 사람이 땅의 불안정 속에서 땅에 뿌리를 내리는 물질적 근거이다. 그러나 집은 어느 사이에 '집'이기를 그치고 '부동산'으로 변모하였다. 땅은 삶의 근거가 아니라 주로 매매의 대상, 투기의 대상이 된다. 집을 짓는 것도 내가 살기 위하여서보다도 팔기 위하여서 짓는 것이 된다. 1960년대에서 1980년대 사이에 한국 사람들은 세계에서 가장 자주 이사하는 국민이 되었다. 부동산을 사고파는 일이 가장 손쉽게 자산을 늘리는 방법이 되었기 때문이다.

자산화는 물질 분야만이 아니라 정신 분야에도 일어난다. 1970년대에 있어서의 유한 계층의 성장은 미술품과 골동품 경기를 가져왔다. 물론 이것은 미적 감각의 세련화보다는 자산 확보의 동기와 과시욕에 의하여 자극된 것이었다.

자산화는 생활과 문화의 모든 표현의 수단화·간접화라고 할 수도 있는데, 모든 것이 물질 추구를 위한 수단이 되어 그 자체로서의 의미를 상실하고 궁극적인 상업 가치에 의하여 정당화되는 간접적 의미만을 지니게 되는 것이다. 사랑이나 결혼이나 교우, 또는 그 밖의 인간관계들이 자산적인 관점에서 보이지 않는 재평가를 받게 된다. 지식 추구는 지위 향상의 중요한 수단으로서 주로 의미를 갖는다. 성은 쾌락의 수단이 되고 결혼 시장이 성립하고, 향우회, 동창회가 유리한 인간 조직을 만들어 준다. 일류 학교를 향한 집념은 질 높은 교육에의 의지를 나타내는 것이 아니라 자산으로서의 지식과 지식에 대한 증명을 확보하자는 욕구를 드러내 주는 것이다.

무한정한 자산적 이익의 추구는 이미 말한 바와 같이 인간관계에도 나타난다. 그리하여 나에 대하여 다른 사람은 수단적 의미만을 가지게 된다. 한 사람 한 사람의 인간 그 자체를 존중하는 관계는 희귀하게밖에 성립하지 아니한다. 사람의 사람에 대한 관계는 이용하고 이용당하는 관계이거나 경쟁적 투쟁 관계가 된다. 이렇게 보면 사람들은 극히 자기중심적이고 이기주의적인 인간이 된다고 말할 수밖에 없다. 과연 이것이 소비주의와 상업주의 사회의 전형적 인간인 것처럼 보인다. 그러나 이러한 이기주의적 개인이 참으로 개인적인 인간이라고 말할 수는 없다. 상업주의 사회에 있어서 계속적으로 진행되는 것은 삶의 전체적 사회화이다. 시장과 광고와 획일화된 상품 소비는 점점 많은 사람들을 점점 많아지는 상업적 끄나풀에 얽어 하나의 사회 공간으로 끌어들인다. 이들이 행복을 추구한다면, 그들은 스스로 판단하고 규정한 행복을 추구하는 것이 아니라 시장이 파는 행복을 추구하는 것이다. 그들의 경쟁적 이기주의는 이러한 사회화·획일화의 다른 면을 이룬다. 사람들이 참으로 독자적인 것을 추구한다면, 거기에는 비교의 기준이 성립할 수 없기 때문에 경쟁적 이기주의 또는 개인주의가 성립할 수 없을 것이다. 소비주의 사회가 풀어놓는 욕망은 유니크한 대상의 추구와 창조에 의하여 충족되는 것이 아니라, 사회에서 부과하는 획일적 상품에 의하여 충족된다. 여기에서 비교와 과시와 나쁜 종류의 경쟁이 발생한다.

이렇게 말하는 것은 결국 소비 사회에 있어서의 인간이 자기를 잃어버린다는 것을 말하는 것이다. 흔히 이야기되는 인간 상실은 자아의 상실로부터 온다. 소비주의의 인간은 자신의 판단 중심을 갖지 않는다. 그의 내면은, 외부로부터 들어오는 자극에 압도되어, 주체적 탄력성을 잃어버린다. 이것은 대인 관계에 있어서의 수단주의와 짝을 이루게 된다. 다른 사람을 수단으로만 보는 것은 상품 사회의 확실화·평면화·간접화의 한 종속 현상이지만, 내면적 동기의 관점에서 볼 때, 자신의 독자적인 내면생활을 지니지 아니한 사람이 다른 사람을 독자적인 인격체로 인정하기는 어려운 것이다.

물질적 행복의 맹목적 추구가 가져온 여러 가지 사태에 대하여는 그동안 계속적으로 우려와 경고가 표현된 바 있었다. 그리고 그러한 사태에 대하여 '인간 회복'이나 '가치관의 정립' 등의 필요가 주창되어 왔다. 그러나 이러한 우려와 경고 또는 주창이 얼마나 효력을 가졌는지는 알 수 없는 일이다. 그리고 역설적인 것은 흔히 가치의 옹호를 위한 주장까지도, 소비 사회의 다른 물질적·정신적 자원들처럼, 수단화·간접화될 수 있다는 사실이다. 가령 한때 많이 이야기되었던 '인간 개조'나 '충효 사상'이나 '새마음 갖기 운동'은 그 자체로서 진지하게 받아들여지기보다는 어떤 종류의 권력 체계와 그에 편리한 도덕적 태도를 수립하려는 전략적 움직임으로 받아들여진다. 이것은 모든 것을 수단화하려는 힘의 논리에 의하여 도의적 가치가 뒤틀리는 예이지만, 위에 말한 바와 같이 상업주의적 왜곡에도 관계된 것이다. 어떤 회사의 광고에서 정직과 봉사가 이야기될 때, 그 광고의 독자들은 그것을 회사의 제품을 팔려는 의도에 의하여 수단화되고 있는 도덕적 가치의 타락으로 본다. 또한 전통 문화재는 그것의 정신적 교훈들과 문화적 가치로 인하여 존중되는 것 같으면서 사실은 관광 자원 개발의 일환으로 분장 전시된다. 어쨌든 모든 것이 수단시되는 권력주의와 상업주의 세계에서, 그 의도에 관계없이 도의의 회복이란 어려운 것으로 보인다. 그러나 이것은 필연적인 왜곡으로 인하여 그렇게 되는 것만은 아니다.

많은 도의적인 주장과 가치의 옹호가 그 효과를 발휘하지 못하는 것은 그것이 현실에서 너무나 유리되어 있기 때문이라고 말할 수도 있는 것이다. 새로운 도의는 이미 이루어진 세속화 혁명, 행복에의 열망을 포용하면서 이를 개인적·사회적 조화 속에 거두어들일 수 있는 기율이 될 수밖에 없을 것이다. 이것은 표면적인 뜻에서가 아니라 참으로 조심스럽고 깊은 뜻에서 인간의 삶에 대하여 새로운 물음을 묻는 것을 뜻한다. 과시를 위한 문화가 아니라 모든 것을 비판·김토하는 문화의 성숙을 통해서 이러한 물음은 다시 열릴 수 있을 것이다. 또 이 물음은 공동체적 관심과 기율에 연결되는 것일 것이다. 도의가 현실과 관계없이 추상적 원칙에서 주어지는 것이 아니라 행복과 물질을 포함하는 것이라야 한다면, 그것은 또한 다른 한편으로 시민들의 상호 작용의 현실에서 시민적 기율의 일부로서 성장해야 한다는 것을 뜻한다. 그리고 이러한 내면적이고 시민적인 도의는 주어진 근대화와 행복 추구의 과정을 비판적으로 검토하고 이것의 제도적 수정을 할 수 있는 능력을 부여받을 때, 사회의 중요한 동력이 될 것이다. 이러한 도의는 위정자와 사회 지도층의 참으로 진지한 노력 —— 즉 다른 것을 수단으로 이용하지 않는 노력으로 시작되고, 문화적 작업으로 심화되고, 민주적 사회 질서의 수립 속에 현실로 정착될 것이다.

(1984년)

역사와 사회 비판 세력

역사는 과거를 돌이켜보며 있었던 일을 재구성하고자 한다. 그리하여 이 재구성의 노력에서 과거와 역사는 있었던 일로만 이루어진다. 그러나 현재의 시간 속에서의 사람의 삶은 있었던 일로만 이루어지지는 않는다. 그것은 있을 수 있는 일 — 있을 수 있는 일을 있게 하려는 무한한 노력을 포함하고 이것이 우리의 현재의 삶을 지나가 버린 삶과 궁극적으로 다르게 하며, 그것을 희망과 애씀과 실망으로 차게 하는 것이다. 역사에서 건져지지 못하는 것은 이러한 있을 수 있는 일을 향한 온갖 노력의 자취이다. 그리고 이러한 노력은 그것이 결국에 가서 이루어지지 못하고 말 가능성을 향한 것이었을 때, 부질없는 노력, 역사의 막힌 골목에서의 부질없는 애태움처럼 보인다. 실패한 노력에서 보는 이러한 허망함은 어느 정도는 인간 현실에 대한 냉혹한 판단을 담고 있는 것이다.

그러나 다시 생각해 볼 때, 눈에 보이고 손에 쥐어지는 사실로 이루어진 것이 아닌 인간의 노력들이 반드시 부질없는 것은 아니다. 이루어진 일들이 이루어진 바와 같은 모습을 취한 것은 그것을 향한 노력에 의하여서만 그렇게 된 것이 아니라, 이루어지지 아니하였으면서도 수많은 사람의 소망과 노력과 희생이 투입된 일들에 밀려서 그렇게 된 것이기도 하다. 즉 역사는 긍정만이 아니라 부정의 소산이다. 이것은 물리의 세계에 있어서 이루어지는 일이 작용과 반작용의 종합의 소산임과 마찬가지다. 다만 사실적 역사는 이러한 사실을 간과하기 쉬운 것이다. 이것보다 중요한 것은, 사실적 역사가 범할 수 있는 오류보다도 이러한 사실 —즉 역사의 일이 작용과 반작용, 긍정과 부정의 종합으로 이루어진다는 사실이 제도적으로 정착되지 못했다는 점이다. 지난 30년간의 역사의 큰 허점은 다시 말하여, 긍정과 부정이 다 같이 중요한 역사의 원동력으로 작용할 수 있는 공존의 테두리를 만들어 내지 못한 사실에 있다 할 수 있는 것이다.

어느 사회에나 사회의 기존 제도 또는 기성세력에 반대하는 의견과 세력이 없을 수는 없다. 이 기존 제도 자체가 새로운 형태로 바뀌어 갈 때, 이에 대항하는 의견과 세력은 더욱 강한 것이 될 수밖에 없다. 새로운 지배적 세력의 형성은 사회의 어떤 부분을 단순히 불우한 위치에 남겨 두는 것이 아니라 더욱 적극적으로 희생시키는 결과를 가져올 수 있기 때문이다.

지난 30년간의 역사의 어느 시기에 있어서도 지배적인 세력에 대한 비판이 없었던 시기는 없었지만, 대체적으로 이 비판이 중요한 대항 세력으로 형성된 것은 30년간의 역사적 과정을 통하여서라고 말할 수 있다. 그것은 비교적 단순하고 관념적인 것으로부터 복합적이고 현실적인 것으로, 국부적 현상에 대한 것으로부터 전체적, 구조적 연관에 대한 것으로 바뀌었고, 막연히 확산된 비판 의식으로부터 집단적 세력으로 응축되었다. 이러한 변화는 사회 변화의 가속화, 사회 변화가 즉 단순히 정치의 표면으로부터 생활의 구체적 기초에까지 이르는 변화로 심화, 확산되고 또 그것이 점점 빠른 속도로 진행된 것과도 관계있다. 또 하나의 중요한 원인은, 이미 지적한 바와 같이, 지배적 세력의 체제 유지와 사회 개조 정책에 대한 비판이 계속적 좌절에 부딪치고 제도적으로 역사 형성의 동력의 하나로 인정되지 못했다는 점에서 찾아질 수 있다.

비판은 그때그때의 정치적·사회적 상황에서 나오는 것이고 비판의 동기는 여러 가지의 것일 수 있다. 따라서 비판의 흐름에 대하여 일정한 규정을 내리는 그것은, 어떤 경우에나 단순화의 어리석음을 범하는 것이다. 그러나 지난 30년간의 비판 활동에 있어서 중심적 비판의 척도와 가치 기준이 되어 왔던 것은 아무래도 민주주의였다고 말할 수 있다. 물론 이것도 그 이념이 적용되는 구체적인 상황의 정치적·경제적·사회적 성격, 그 이념을 떠받드는 세력의 계층적 기반, 또는 더 구체적으로 비판 활동에 참가한 개개인의 심리적 동기 등에 따라서, 그 내용을 달리하는 것임은 말할 것도 없다. 그리하여 흔히 민주주의의 내용으로 이야기되는 여러 요인, 자유, 평등, 우애, 또는 민권, 인권, 정치 참여, 의회 제도, 언론 자유, 결사나 집단 행위의 자유 등 여러 가지 다른 내용들은 그때그때의 상황의 추이에 따라서 다른 역점을 받게 되고 그것은 민주주의의 내용을 다르게 만든다. 또 다른 한편으로 민주주의의 이념은 그 자체의 내용상의 역점에서 다를 뿐만 아니라, 다른 이념과의 관계에서 그 내용을 달리하게 된다. 지난 30년간 민주주의와 더불어 주요한 비판적 이념으로 흔히 등장한 것은, 그 가장 중요한 것으로 민족주의와, 여러 가지 형태를 띠기는 했으나 한마디로 도덕주의라고 부를 수 있는 것이다. 그러나 이러한 이념들은 여러 가지 형태로 민주주의와의 연계 속에서 존재하여 왔다. 지난 30년간의 변천을 돌이켜 볼 때, 우리가 민주주의라는 하나의 이념을 들기는 하였지만, 비판 이념의 전개는, 이 이념의 내용이 다양하고 복합적이 되고 다른 이념 내지 개념과의 다기한 연계 관계를 만들어 나간 역사라고 말할 수도 있다.

1950년대에 있어서의 민주주의 이념에 의한 체제 비판은 비교적 단순하게 이해되었다. 그것은 1950년대 초기에 있어서 공산주의에 대립되는 개념으로서 공산주의, 전체주의에 대하여 개인의 자유를 옹호하는 이념이라고 생각되었고, 이 점에 대해서는 집권 세력이나 비판적 집단이나 서로 입장을 같이하고 있었다. 물론 이것은 이념적 일치이면서, 다른 한편으로 해방 후의 좌우 대립과 투쟁 6·25 전쟁을 겪는 동안, 대결의 한쪽 진영이 제거되고, 거기에 대립되는 한쪽 진영만이 잔존해 있다가 거기에서 다시 분파가 생기게 된 사정에도 관계되는 일이다. 그리하여 전쟁의 먼지가 가라앉아 가기 시작할 무렵부터의 여야의 분극화는 사회 문제나 경제 문제보다도 주로 정치 과정에의 공정한 참여를 쟁점으로 하여 이루어지고, 그중에도 의회 민주 제도의 확립이 투쟁의 중심이 되었다. 1950년대의 정치적 갈등은 일단 4·19를 통한 민주 세력의 승리로 끝나거니와 이러한 전기가 이루어지는 데 있어서, 구체적인 쟁점이 부정 선거의 문제였다는 것은 극히 상징적이다. 그리고 사실상 3·15 선거 이전에 있어서도 부정 선거의 문제는 야당에 의하여 국회에서 가장 빈번히 거론되었던 문제였다.

물론 4·19에 이르는 1950년대에 문제가 된 것은 선거의 공정성이나 의회 제도만은 아니었다. 이러한 것들은 오히려 광범위한 의미에 있어서의 민주적 사회 질서 또는 생활 질서에 대한 대중적 소망의 부분적인 표현이었다. 사회생활과 경제 활동에 있어서의 관권의 전횡, 정치적 참여와 사상과 언론의 자유에 가해지는 여러 가지 제약 등이 이승만 정권의 성격은 독재적 정권이라고 규정하게 하는 근거가 되었고 자유 민주주의 제도를 향한 소망을 더욱 절실한 것이 되게 하였다.

그런데 주목할 만한 것은, 결국 1950년대의 정치적 갈등이 4·19라는 혁명적 단절에까지 치달았다고 하지만, 정부 비판적이든 정부 변호적이든, 정치적 대립의 문제가 어느 정도까지는 정치 과정 속에 흡수될 수 있었다는 점이다. 이 당시의 쟁점이 정치적 민주주의에 집중되어 있었고, 또 국회나 사법부 또는 행정부에까지 적어도 정치적 대화의 기능을 어느 정도 수행하고 있었다는 것은 어느 쪽이 원인이고 어느 쪽이 결과인지는 가릴 수 없는 채로 서로 관련이 있는 일로 볼 수 있을 것이다. 자유당 말기에 있어서 야당인 민주당이 선거 운동을 통하여 불러일으킬 수 있었던 대중적 열기는 좋든 나쁘든 대중의 정치적 에너지를 정당 제도, 국회, 선거 등이 흡수하고 있었다는 증거이다. 야당은 또 국회에서 주로 선거를 비롯한 민권에 관계되는 문제와 경제면에서의 부정부패를 상당한 정도로 공개적으로 다룰 수 있었다. 사법부는 선거 관계나 기타 정치적 논의가 될 수 있는 사건에 있어서 반드시 일방적인 판결만을 내리지 아니하였다. 6·25 이후 계속 문제되어 온 쟁점 가운데 가장 중요한 것의 하나가 언론의 자유라고 하겠는데, 가령 1959년 4월 30일자로 정부는 《경향신문(京鄕新聞)》의 발행 허가를 취소하였으나, 이 결정은 서울고등법원의 결정에 의하여 번복되고 정부는 다시 이 법원의 결정에 승복하여 그 조치를 발행 정지로 바꾸지 아니할 수 없었던 것이다.

주로 정치에 집중되었던 정치적 논쟁에도 불구하고, 1950년대의 한국 사회의 문제는 더욱 광범위한 것이었을 것이고, 정치는 이 문제가 초점화되는 한 방법에 불과하였다. 그 원인이 어디에 있든지 간에, 대부분의 한국민에게, 그들이 사는 사회와 생활의 질서가 결코 바람직한 상태에 있다고 느껴진 것은 아니었다. 생활 질서에서 오는 불행 의식은 주로 사람들의 정의감을 매개로 하여 나타난다. 자유당 통치 아래의 질서는 대다수 민중에게 정의가 없는 질서로 생각되고, 이 느낌은 정치 무대에 있어서의 부정에 대한 비판으로 나타났다. 그것이 국민의 구체적인 생활에서 무엇을 의미하든, 선거 부정, 사사오입 개헌, 민의 조작, 정치 공약에 대한 배신, 관권 탄압, 깡패 동원, 데모 학생의 살해 등은 사람들의 사회에 대한 신념을 흔들어 놓는 일들이었다. 4·19 학생 혁명의 이념은 민주주의이지만, 거기에서 더욱 뿌리 깊은 심리적 동기로 작용한 것은 정의로운 사회에 대한 갈망이었다고 할 수 있다.

말할 것도 없이 대중의 생활 질서의 근본은 경제이다. 이것은 빈곤과 부유라는 면에서 이야기될 수 있고, 또 경제 활동에 있어서의 정의라는 면에서 이야기될 수도 있다. 자유당 정권 아래에서의 비판적 논의가 주로 정치에 집중되어 있었음에도 불구하고, 사회적·경제적 문제는 방금 말한 두 가지 면에서 모두 다 심각한 것이었다. 5·16 군사 혁명은 일시적으로 한 단계 앞으로 나아간 듯했던 민주주의의 진전에 종말을 가져왔다. 그리하여 이 점에 있어서 또 정상적 정의의 질서를 향한 국민적 소망이라는 관점에서, 5·16은 커다란 단절과 후퇴를 의미했다. 그럼에도 불구하고 어떤 계층에게, 또 일반적으로 이러한 단절과 후퇴를 받아들이게 한 것은 군사 정부의 사회적·경제적 문제에 대한 주목으로 인한 것이었다. 5·16의 주체 세력은 그들의 혁명 공약에서 "이 나라 사회의 모든 부패와 구악을 일소하고 퇴폐한 국민 도의와 민족 정기를 다시 잡"을 것과 "절망과 기아선상에서 허덕이는 민생고를 시급히 해결하고 국가 자주 경제 재건에 총력을 경주"할 것을 약속하였다. 그러나 자의반 타의반의 양해에도 불구하고, 1950년 이후의 민주주의를 위한 투쟁이 그대로 사라질 수는 없는 것이었다. 5·16 이후에도 민주주의라는 이념 아래서 비판 활동은 계속되었고 또 그러니만큼 역사의 진전에 어떤 교정 작용을 하였다.(가령 1963년 봄의 군정 연장 시도가 좌절된 것은 다른 요인도 있으나 다분히 민주 비판 세력의 맹렬한 반발에 관계되는 것이었다.) 그러나 상황이 달라진 만큼 민주주의를 위한 비판과 투쟁은 그 양상을 달리하고 또 그 내용을 달리할 수밖에 없었다.

우선 5·16 이후의 정치 상황 속에서는 민주주의를 위한 투쟁은 크게 불리해진 여건 아래서 이루어질 수밖에 없었다. 대체적으로 군사적 성격을 띤 정권 아래서의 정치 활동이 어려워진 것은 이해할 만한 일이다. 그러니만큼 비판 세력의 투쟁은 어느 때보다도 격렬해지고 개인적인 위험을 무릅쓰는 것이 되었다. 그런데 이 어려움은 단순히 외부로부터 가해진 제약만이 아니라 상황 자체의 변화로 인한 것이기도 하였다. 5·16 군사 정권과 그 자기 변모로 성립한 공화당 정권의 정책적 중심은 경제에 있었다. 이러한 정책이 가져온 한국 사회의 경제적 변화 또는 성장은 모든 사회 문제의 콘텍스트를 바꾸어 놓았다. 국민들의 생활 속에 느껴지는 여러 비리의 문제도 정치보다는 경제의 관점에서 이해되기 시작하였다. 그리하여 비판 세력의 중심도 단순히 정치적 민주주의를 이야기하는 것으로부터 사회 경제 문제를 이야기하는 것으로 옮겨 가게 되었다. 그러나 사회 경제의 관점을 포함하는 민주주의 이념을 표현할 수 있는 정치적 세력이 국회나 또는 다른 정치의 장내에 존재하지는 아니하였다. 이러한 사정은 정부의 정치 활동에 대한 강력한 제동과 더불어 비판 세력을 점차적으로 정치 제도 밖으로 몰아냈다. 그리하여 새로운 상황 속에서의 비판 세력은 오히려 제도 밖으로 쫓겨난 재야 정치인, 지사, 행동적 지식인에 의하여 구성되었다. 그리고 이들의 관심은 의회 민주주의나 자유 민주주의를 넘어서는 광범위한 것이 되었다. 그러면서도 이것은 1950년대로부터의 민주주의 운동의 전통을 버리는 것은 아니었다. 다만 이러한 운동은 좀 더 광범위한 원근법으로 확대되었을 뿐이다. 그 말이 정확히 언제부터 사용되었는지는 더 조사해 봐야 하겠지만, 이러한 광범위한 관점에서 파악되는 민주주의 운동을 포괄적으로 표현한 것이 민주화라는 말이었다.

　사회 경제적 관점을 포함하는 민주주의, 또 민주화는 민주주의의 내용을 자유로부터 평등에로 옮겨 놓았다. 경제 성장과 더불어 부의 축적이 이루어지고 부와 소유의 과시가 가능해짐에 따라 여기에 참여하지 못한 사람들의 비참성은 한층 두드러진 것으로 느껴지게 되고, 분배의 문제는 모든 비판적 논의에서 중요한 우려의 대상이 되었다. 그리하여 민주주의는 분배의 공정에 기초해야 하는 것으로 생각된 것이다. 그런데, 여기에서 주목할 것은 빈부의 문제가 단순히 이성적 배분의 문제로 생각되기보다도 사회적 갈등의 관점에서 생각되기 시작했다는 점이다. 분배의 불균형은 도시에 의한 농촌의 희생, 그리고 자본가에 의한 근로자의 착취의 결과로 파악되고, 그러니만큼 이 시정도 정책적 배려보다도 투쟁에 의하여서 가능할 것으로 생각되었다는 말이다. 적어도 이러한 투쟁의 입장에 선 사람들이 비판 세력의 예각적 선봉을 이루었다.

이 관점에서, 비판 세력은 단순히 사회의 이성 중재자가 아니라 불우한 계층에 자신을 일치시키거나 또는 바로 그 계층에 속하는 사람이었다. (이것은 1950년대의 민주주의자들 또는 민주적 지식인이 스스로를 자유 부유하는 입장에 있는 것으로 생각하던 것과는 크게 대조되는 것이다.) 이러한 계층을 포괄하는 이름으로 등장한 것이 '민중'이었다. 그러니까 당대의 정치, 사회, 경제의 문제는 민중의 관점에서, 민중의 편에서 생각되어야 한다는 것이 강하게 주장되었다. 이것은 정치 행동에 있어서만이 아니라 지적 작업에 있어서도 주장되었다. 민중적 문학, 민중 사회학, 민중 신학, 민중의 관점에서 쓰인 사학 등이 강력하게 요구되었다. 민중적 지식인의 등장과 더불어 민중적 지식 작업의 발달은 1960년대 이후의 사회 문화에 있어서 가장 주목할 만한 현상의 하나일 것이다. 대체로 민중의 새로운 발견은 많은 사회 분야를 활성화하는 데 공헌하였지만, 특히 그것이 가져온 지적 활동의 활성화는 근대화기의 중요한 한 특징이 된 것이다. 한국 기독교의 사회 문제에 대한 관심과 그것에의 참여, 모든 학문 분야와 문학 분야에서의 민중적 전통의 재확인 등이 모두 여기에 이어져 있는 것이다.

1960년대 이후 민중과 더불어 중요한 가치어로 많이 쓰인 말 중의 하나가 민족이라는 말이다. 그것은 민중이라는 말과 거의 같은 뜻으로 쓰이는 경우가 흔했다. 즉 민중적 관심이 짙은 문학은 민족 문학이라는 슬로건을 내걸었고 민중의 삶을 중시하는 사학은 민족 사학으로 불리었고, 민중적 경제는 민족 경제로 불리었다. 이러한 현상은 비판 세력의 의식에 있어서의 한 중요한 국면을 나타내는 것이었다. 민족이라는 말이 흔히 사용된 까닭은 민중이라는 말이 불러일으킬 수 있는 어떤 종류의 반감을 피하자는 데 있었을 수도 있다. 어떤 경우에나 민족은, 제국주의 세력의 위협 아래 놓여 있던 한국 사회에 있어서, 거역할 수 없는 지상의 가치를 표현하는 말이었다. 많은 사람들은 그들의 행동과 정책에 민족이라는 말의 당위성을 빌려 오고자 하였다. 5·16 이후 정부가 내걸었던 '한국적 민주주의', '조국 근대화'와 같은 슬로건도 '민족'이라는 말을 쓰지 않으면서도 위기에 처한 민족 집단의 위엄을 그 정치적 강령에 부여하려는 노력에서 나온 것일 것이다. 물론 비판 세력의 '민족'이 단순히 이러한 계산에서 나온 것은 아니다. 그것은 그 나름의 당위와 현실의 이해에 연결되어 있는 것이다. 비판 세력에 의한 '민족'이라는 말의 사용은, 그들의 자세의 당위성을 강조하는 외에 두 가지 의미를 갖는 것으로 보인다. 하나는 당대적 현실을 분열적인 것이라고 보는 판단에 관련되어 있다. 경제 성장은 빈부간의 격차와 계층간의 균열의 심화를 가져왔다. 이것은 민족의 공동체적 단일성을 파괴하였다. 따라서 형제애에 묶인 공동체로서의 민족은 강조될 필요가 있는 것이었다. 민족은 민중의 집단적이고 공동체적 이념을 나타낸다. 이에 더하여 민족은 남북 분열을 초월하는 통일된 집단으로서의 민족을 의미한다. 이러한 의미는 1970년대에 들어선 이후 특히 강조되어 왔다. 그러나 이것은 앞의 의미와 다른 것이 아니고 그것을 연장, 확대한 것이라고 할 수 있다. 민중의 삶은 정치 체제적 분단을 넘어선 단일체를 이룬다는 생각이 여기에 들어 있는 것이다. 그리하여 민족은 한편으로는 민중적 삶의 단일성을 지칭하고 또 이 단일성을 통하여 남북의 정치적 통일의 당위성을 나타내는 것으로 생각되었다.

말할 것도 없이 민족은 흔히 민족 내의 공동체적 결속을 의미하기보다는 대외적으로 다른 민족이나 국가에 대항하여 주장되는 집단적 정체성을 가리키는 말이다. 1960년대 이후에 비판적 개념으로 등장한 민족이라는 말에도 이러한 뜻이 들어 있음은 말할 필요도 없다. 즉 그것은 외부 국제 세력에 대하여 민족의 위엄과 자주성을 주장하는 말이다. 그러나 이것은 한국 현대사에서 나오는 당위임과 동시에 1960년대 이후의 근대화의 상황에 대한 분석에서 나온 이념이었다. 1960년대 이후의 근대화는 외국의 차관에 의지하는 것이었고, 또 수출을 그 주된 전략으로 채택함으로 하여 해외 지향적인 사회 변화를 의미했다. 어떤 경우에 있어서나 근대화는 소위 서양의 선진국을 모델로 하여 사회를 개조하자는 것이고 또 더 구체적으로는 선진 자본주의 국가들이 이루어 놓은 국제 경제 질서 속에 한자리를 차지하자는 것이었다. 이것은 민족적 긍지를 손상하는 것으로 간주될 수 있었고, 또 민족 경제의 입장에 있어서, 대외 의존적 근대화는 국내의 경제 질서와 사회 발전에 중요한 왜곡을 가져오는 것으로 생각되었다. 국내적 사회관계 속에 성립한 민족 자본에 대하여, 국제적 이해관계에 종속되는 것으로 생각되는 매판 자본에 대한 논의는 5·16 직후로부터 등장하기 시작하였다.

그런데 이러한 관련에서 살펴볼 수 있는 것은 비판의 도구로 근래에 등장한 제3세계라든가 종속 이론이라든가 하는 개념들이다. 이것은 얼핏 보아 민족주의론에 직접 관련이 없는 것처럼 보일 수도 있으나, 근대화에 대한 비판으로서의 민족주의에 곧장 이어지는 개념들이다. 그것들은, 서구적 경제 발전 또는 근대화를, 민족주의가 요구하는 민족적이고 민중적이며 자생적인 발전에 대립하는 것으로서 이해하고 나아가 민족주의를 단지 세계의 어느 특수한 지역에 한정되는 것이 아니고 서구적 경제 발전에 대항하는 세계적 현상으로서 파악하는 데에서 나오는 개념들인 것이다. 말하자면 자립적 또는 민족적 사회 발전의 연합의 가능성 속에서 제3세계를 하나로 보고 그것이 선진국의 국제 질서에 종속되어 있음을 이야기하는 것이다. 이것들은 후진국이나 중진국의 자기 보호를 위한 이론이라 할 수 있지만, 시각을 조금 달리하면, 그것들이 서 있는 관점은 곧 오늘날의 선진 국가들이 구현하고 있는 정치 사회 체제 자체를 비판하는 관점이 된다. 1970년대로부터 1980년대로 심화되는 비판적 이론에서의 서구 사회 또 그것이 나타내는 어떤 종류의 사회 유형에 대한 재검토, 자본주의적 사회 질서의 비인간성에 대한 비판은 이런 맥락에서 보아질 수 있다.

그러나 서구적 사회, 자본주의 사회 또는 산업 사회에 대한 비판이 모두 민주화 운동, 민족주의, 제3세계주의의 연장선상에 서 있는 것은 아니다. 또 그것이 반드시 행동주의적 비판 세력에 일치하는 것도 아니다. 서구 사회가 대표한다고 보여지는 사회의 모델에 대한 비판은 여러 근거에서 나올 수 있다. 그러나 그 근거를 단순화하여 보건대, 두 가지로 줄일 수 있지 않을까 한다. 하나는 신문화 초기에까지도 소급할 수 있는 것이지만, 토착주의적 성향을 띠는 것이다. 이것은 사실 민족 심리의 한 기층을 이루는 것으로서, 서양 문화를 받아들이는 입장이든 그것을 탐탁하게 여기지 않는 입장이든, 잠재적으로 많은 사람들의 마음속에 자리 잡고 있는 것이라고 할 수 있다. 서양화는 표면적으로 계속되어 가는 현상이면서, 토착주의적 반발에 의하여 늘 역진행될 수도 있는 현상이다. 물론 토착주의가 큰 정치적인 이념으로 결정화된 것은 아니다. 그러나 그것은 간헐적으로 개인적인 표현을 얻는다. 어떤 종류의 한국 문학에 있어서, 그것은 강한 배타적 민족주의적 정서로서 나타나고, 또는 최근에 보이는 바와 같은 전통적 민중놀이에 저항적 젊은이들이 보이는 열렬한 관심 등에서도 증거된다.

서구적 자본주의 또는 산업 사회에 대한 다른 또 하나의 비판적 입장은 삶의 질에 대한 의식에 이어져 있는 것이다. 이것은 한편으로는 주로 문화적인 관점에서 산업 사회를 비판하는 것으로서, 서구의 프랑크푸르트의 학파에서 행하는 비판과 비슷하게, 산업 사회의 비인간화, 삶의 조직화, 소외 등을 대상으로 한다. 그리고 이에 비슷한 또 다른 비판은 주로 산업 주의 또는 상업주의 문화의 비속성을 대상으로 하는 것이다. 이것은 대중 화된 문화의 질적 저하를 개탄하는 엘리트주의에서 나오는 것일 수도 있고, 상업주의가 팽배케 하는 소비주의의 문화적 조작과 대중 조작을 폭로 하는 엘리트주의이면서, 또 민중주의적인 입장에서 나오는 것일 수도 있다. 이러한 산업 사회 비판에 추가하여, 또 생각하여야 할 것은, 보다 더 직접적인 의미에서의 삶의 질적 저하를 우려하는 사회 비판이다. 가장 직접적으로는 환경주의의 비판이 그러한 것이다. 이것은 산업화가 가져오는 환경 파괴 또 그와 함께 일어나는 인간관계와 정서의 황폐화를 개탄하는 것이다. 여기에는 한편으로는 서양의 환경주의 대체기술론(alternative technology)의 영향이 있지만, 다른 한편으로는 오염된 공기와 식수, 농약의 독성이 주는 피해의 위협이 더욱 직접적으로 작용하고 있다. 여기에서 생겨나는 산업화된 생활 방식에 대한 위구는 다시 동양적 안분지족(安分知足)의 이상에 대한 향수를 낳기도 한다. 그러나 대체로 지금의 상태에서는, 전통적 삶에 대한 혹은 민중주의적인, 혹은 귀족주의적인 향수가 정치적 세력으로 발전할 수 있는 가능성을 완전히 배제할 수는 없지만, 삶의 질의 관점에서의 사회 비판은 비판 세력의 구성에 실제적 역할을 맡고 있는 것으로 보이지는 않는다.

한국 현대사의 어느 대목이 그렇지 않았을까마는 지난 30년간, 그중 특히 1960년대 이후 근대화 기간은 격동적 변화의 시기였다. 이 변화가 특히 컸던 것은 그것이 단순히 제도의 표면에 한정된 것이 아니라 모든 사람의 삶의 방식과 질을 송두리째 바꾸어 놓으려는 사회적·경제적 변화였기 때문이었다. 그것이 어떤 방법으로 진행되었든지 간에, 변화의 고통은 엄청나게 큰 것일 수밖에 없었을 것이다. 그러니만큼 변화에 저항하고 또는 변화의 방향과 모습을 비판적으로 대하게 되는 세력이 커지는 것도 당연한 일이다. 그러나 저항과 비판을 단순한 반작용으로 처리해 버리는 것은 바른 사회의 건설이라는 관점에서 매우 불행한 결과를 가져올 수 있다. 설령 어떤 변화가 필요했고 불가피한 경우라고 하더라도, 변화에 대한 저항과 비판은 사회의 상황과 방향에 대하여 중요한 정보를 제공하고 새로운 가능성을 열어 놓는 역할을 한다. 그것은 변화가 구체적인 인간의 삶에서 어떻게 작용하고 있는가를 알려 준다. 또 그것은 새로운 가능성을 제시함으로써 만일의 경우의 대안을 제공하고, 무엇보다도 다양한 인간의 다양한 가능성의 포용이 좋은 사회의 한 특징이라고 할 때, 보다 좋은 사회를 위한 사회의 전진에 중요한 힘이 된다.

지난 30년 동안 우리 사회의 비판적 세력은 그 나름의 중요한 역할을 담당해 왔다. 그러나 유감스럽게도 그 역할은 1950년대로부터 시작하여 갈수록 정치적 제도 밖으로 밀려나서 수행된 역할이었다. 이것은 사회의 건전한 발전을 위하여 집권층으로나 저항 세력으로나 크게 손해를 보는 일이었다. 집권층은 그들의 정책의 현실에 대한 끊임없는 '피드백'과 수정을 얻는 기제를 잃은 것이었고, 저항 세력은 계속적인 좌절을 통하여 점점 과격한 입장으로 또 상당 정도로 사회 현실에서 유리된 경직된 이데올로기적 입장으로 떨어질 수 있는 위험을 무릅쓰게 되는 일이었다. 그러나 건설과 비판, 긍정과 부정이 공존할 수 있는 제도의 미발달에서 오는 손해는 무엇보다도 국민의 차지가 되었다. 지난 30년간의 정치적 진로 속에서, 자유와 평등과 안정과 사랑은 영원한 신기루처럼 되어 버린 듯한 느낌이 있기 때문이다. 마치 이러한 것은 이성적 계획과 토의가 아니라 소신적 강행군과 투쟁과 대결만이 사회 발전의 모습인 것처럼 되어 버린 것이 지난 30년의 한 역사적 결과인 것이다.

(1984년)

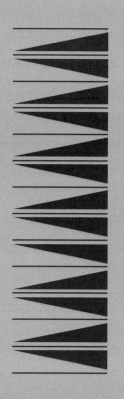

2부

말과 힘

말과 힘의 진실

　말의 본령은 진실을 이야기하는 데 있다. 그러나 오늘의 말은 진실에서 분리되고 허약한 핑계나 진실의 은폐 수단이 되었다. 하기야 진실과 거짓을 가리기가 늘 쉬운 것은 아니다. 사람의 삶은 좋거나 싫거나 모호한 것이다. 이에 대한 우리의 판단이 일목요연한 것일 수는 없다. 그것은 판단을 내리는 사람이 서 있는 자리에 따라 여러 가지로 달라지기가 쉽다. 그러나 현실의 모호성을 핑계로 하여 진실과 거짓의 결단을 회피할 수 없게 하는 일들이 있다. 그 하나는 어떤 일이 일어나고 안 일어나고 한 간단한 사실의 경우이다. 두 사람이 싸움을 했을 때 그것을 본 사람에게는 누가 잘했고 누가 못했는지를 떠나서 누가 먼저 때렸고 누가 다쳤는지는 자명한 것일 수밖에 없다. 태평양 전쟁이 일본의 진주만 공격으로 시작됐는지 미국의 동경만 공격으로 시작됐는지도 토론의 여지가 없이 자명한 것이다. 여기서 문제가 되는 것은 판단의 문제가 아니라 일어난 것을 일어난 대로 전달하는 일이다.

　이와 같이 어떤 종류의 사실, 어떤 철학자의 구분에 따르면 "마음의 눈으로 본 것이 아니라 육체의 눈으로 본 사실"은 너무나 분명한 것이라고 할 수밖에 없기 때문에, 그것을 제대로 말하느냐 말하지 않느냐에 관하여 는 아무런 모호성이 있을 수 없다. 그런데 이처럼 눈으로 본 사실과는 달 리, 도덕이나 정신의 진실은 주관의 개입을 불가피하게 하고 그런 만큼 이 론의 여지가 없는 자명함을 가질 수는 없다. 이를테면 어떤 원시 사회에서 한 의무로서 정하고 있고 또 현대의 많은 사람들이 은밀히 받아들이는 '눈 에는 눈, 이에는 이'라는 복수의 윤리는 사람에 따라서는 여러 가지로 다르 게 판단될 수밖에 없는 것이다.

그러나 사실의 자명함에는 이르지 못하면서도 얼마만큼의 현명함을 가 진, 모든 사람이 받아들이는 도덕규범이 없는 것은 아니다. 이성적인 윤리 학이 추구하는 바는 이러한 규범을 발견하는 일이라고 할 수가 있다. (칸트 의 윤리적인 명제, 곧 도둑이 자기가 훔친 물건을 자기 자신들은 온전하게 가지고 있기 를 꾀한다는 점에서 자가당착을 범한다는 명제는 이성적인 전제에서 출발하여 보편적 인 윤리 규범에 이르려고 한 노력의 소산이라고 할 수가 있다. 물론 이것이 완전히 이 성적인 원리에서 얻어진 것인지에는 문제가 있고 또 그 얻어진 결과가 빈약하다는 것 에 우리가 실망할 수는 있다.) 아무튼 엄격한 철학적인 사고의 시험에 통과할 수는 없을지 몰라도 사람이 살아가는 데에는 받아들이지 않을 수 없는 도 덕규범이 있는 것은 사실이다. 이를테면 '살인하지 말라'와 같은 규범이 이에 속한다. 물론 사람에 따라서는 모든 살인을 부도덕한 것으로 보지 않 을 수는 있다. 전쟁 중에 나라를 위하여 적군을 죽이는 것이 오히려 도덕적 인 행위로 생각될 수도 있고 법의 집행 과정에서 발생하는 살인도 당연한 것으로 치부될 수가 있다. 그러나 그것은 특례가 되는 경우에 지나지 않으 니 국토 방위나 공공질서의 필요성 같은 이유가 없이도 사람을 죽이는 것 이 바람직한 행위라고 말할 사람은 없을 것이다. 이유 없는 살육에 대한 혐 오감은, 비록 형이상학적인 정당성이 없는 것이라고 할 수는 있겠지만, 사람이 두루 지닌 윤리 감각의 일부가 된다. 또 어린 생명에 대한 자연스러운 보호 본능, 송장의 훼손 행위에 대한 혐오감 — 이러한 것들도 인간성 안에 깊이 스며 있는, 거의 육체적인 감각의 차원에 존재하는, 윤리적인 감정으로 꼽힐 수가 있다. 그 밖에도 사람들이 대개 직감적으로 동의할 수 있는 도덕적이거나 윤리적인 사람들이 있을 것이다. 여기서 말하려는 것은 이러한 기본적인 도덕적 사실이 모호성으로의 도피를 허용하지 않는 자명한 상태로 있는 것이며 여기에서 말의 기능은 단순히 있는 그대로를 전하는 것 외의 다른 것일 수 없다는 말이다.

오늘날 우리의 언어는 그러한 기본적인 사실들 곧 "마음의 눈이 아니라 육체의 눈으로 본 사실"과 거의 우리의 창자 속에 배어 있는 윤리적인 사실들을 말하는 데 실패하고 있다. 물론 이러한 사실적인 진실의 소멸은 어제오늘에 일어난 일이 아니다. 말 가운데에 사실을 담는 일은 극히 간단한 일이면서도 건실한 사회와 문화의 테두리 속에서만 가능한 것이고 그러한 테두리가 무너져 내리기 시작한 것은 이미 오래전의 일이다. 그렇기는 하나, 오늘날 우리의 말은 어느 때보다 진실에서 더 멀어져 있는 것으로 생각된다.

이를테면 오늘의 한국인은 도저히 모호할 수가 없는 진실에 이르는 결단을 곧바로 내릴 것을 요구받으며 살아왔다고 할 수가 있다. 그것이 우리 사회가 윤리적인 요구의 드높은 소리로 가득하게 되는 원인일 것이다. 요구되었던 것은 직접으로 주어지는 사실에 충실하는 일이었으며, 또 사람이 사람에 대하여, 같은 민족의 한 사람이 다른 한 사람에 대하여 어떻게 행동해야 되는지에 관한, 가장 기본적인 결단이었다. 이것은 가장 기본적인, 가장 원초적인, 사람다움에 관계되는 요구였다. 우리는 사람과 사람이 극단적으로 또는 죽음으로써 맞서는 경우에도 사람이 지키지 않을 수가 없는 사람다움이 있고 또 그 사람다움은 같은 민족의 테두리 안에서 특히 강화되는 것이라고 믿는다. 물론 사람이 사람에 대하여 이리가 될 수 있다는 것도 예로부터 사람이 지녀 온 두려움의 하나이다. 그럼에도 불구하고 그것은 다른 하나의 인간다움의 믿음을 완전히 뒤엎을 수는 없는 것이었다. 그리고 설령 사람이 사람에 대하여 이리가 될 수 있다고 하더라도, 사람이 구성하는 공동 사회의 테두리가 그러한 야만 상태에 대한 보호가 되고 최소한도의 사람다움을 위한 보장이 된다고 믿어 왔다.

이미 말한 바와 같이 말의 구실은 진실을 이야기하는 데 있다. 그런데 이 진실은 어떠한 조건 밑에서 말 속에 담길 수가 있을까? 또는 어떤 조건 밑에서 말은 진실이 아니라 핑계와 거짓의 그릇이 될까? 두 번째 물음에 대한 답변은 더 용이하다. 그리고 그것은 처음의 물음에 대한 간접적인 답변이 되기도 한다.

누구나 알다시피 진실은 이해관계와 이권에 약하다. 자신이나 어떤 특정한 사람들의 이해를 마음에 깊이 걸고 있거나 이권을 목표로 하는 사람의 말이 불편부당하게 사실을 있는 대로 밝히는 것이 되기 어려움은 새삼스럽게 언급할 필요도 없다. 그러나 어떤 이해관계가 진실에 절대적인 장애가 되는 것은 아니다. 한 사람의 말이 개인의 이해 때문에 뒤틀린 것이 되고, 말이 다른 사람이나 사회 일반에 어떤 불이익을 가져오는 경우에, 다른 사람 또는 사회 일반을 대표하는 다른 사람들이 다른 종류의 말, 다른 종류의 진실을 가지고 나타날 것이라고 생각할 수가 있다. 그리하여 하나의 진실은 다른 하나의 진실과 맞서게 되고 그러한 맞섬의 과정을 통해서 왜곡되었거나 부분적인 진실은 더 보편적인 진실을 낳을 수가 있는 것이다. 설사 그렇게 하여 진실이 태어날 수 없다고 하더라도 잘못이나 거짓에서 오는 불이익을 사회가 참고 견뎌 내야 할 필요는 없다. 그래서 여러 가지 다른 이해관계의 절충과 타협이 얼마만큼은 사회적인 진실에 가까이 갈 수 있다는 생각이 서구 민주 제도의 이념의 내용이 되어 있는 것이다.

그런데 이해관계의 경우보다 조금 덜 분명하게 알려진 것은 진실이 권력과 양립할 수가 없다는 점이다. 진실을 말한다는 것은 있는 것을 있는 대로 말한다는 것이다. 그것은 '육체의 눈'으로 본 것을 그대로 말한다는 것이고 또 — 이것은 단순히 이성적인 것이기보다는 믿음이 좀 필요한 실천이성의 문제라고 할 수가 있는데 — 사람이 같이 사는 일에서 기본적이고 보편적인 약속을 이야기한다는 것이다. 그런데 그러한 진실들은 정도를 달리하여 우리의 삶에 관계되는 진실들이다. 그리하여 우리의 삶의 이해관계는 그것을 있는 그 모습대로 파악하고 말하기 어렵게 한다. 진실을 보고 말하는 기본적인 조건으로 불편부당하다거나 명경지수의 마음을 가져야 한다거나 하는 이야기들은 그렇기 때문에 나온 말들이다. 진실을 위한 마음의 상태를 갖는 것은 스스로 제 이익을 죽이고, 자기를 내세우는 의지를 죽이고, 더 나아가 자기의 힘을 유보하는 것을 뜻한다. 권력은 바로 그러한 힘과 의지의 주장을 한껏 내세우려고 한다. 권력은 그러한 것들을 내세울 뿐만이 아니라 그것에 맞서는 세력을 허용하지 않으려고 한다. 단순히 자신의 이해관계에서 나온 말은, 위에서 말한 바와 같이, 진실을 흐리게 할 요인이 되는 것이면서도 다른 종류의 진실이 등장하는 것을 막지는 아니한다. 따라서 더 다른 진실의 가능성을 완전히 배제하지 않는다. 그러나 권력은 권력이 주장하는 사실이나 진실 밖의 다른 사실의 존립 가능성을 인정하지 않으려고 한다. 그것은 진실의 가능성을 원천부터 억제한다.

모든 권력이 진실을 억제한다고 볼 수는 없을지 모른다. 물론 그렇다. 그러나 권력을 가진 자가 진실을 말한다고 하여도 그 진실성을 보장할 방도가 없다. 진실의 실천을 내세운 권력이 없었던 것은 아니다. 그러나 그러한 권력의 역사적인 결과는 대부분의 경우에 진실의 타락, 왜곡, 소멸이었다. 위에서 비친 바대로 권력의 조건과 진실의 조건은 서로 다른 것이며 양립하기 어려운 것이다. 다시 말하여, 권력은 모든 것으로 하여금 권력 주체의 의지에 봉사케 하려는 경향을 지닌다. 그런데 진실은 진실이 아닌 다른 것에 봉사하는 자에게 스스로 자신을 나누어 주지 아니한다.

진실에 봉사한다는 것은 사심이 없이 본 대로의 진실을 말하는 것이다. 그러나 본 대로의 진실이 여러 사람에게 전달될 수 있다고 할 때 그 진실성은 어떻게 보장될까? 또 가장 기초적인 사실 말고 목격자의 증언에 의해서만 확인될 수 있는 것들은 그다지 많지 않다. 증언의 효력은 증언자의 도덕적인 품격에 따라서 얼마만큼 보장된다.(이 품격이 어떻게 확인되느냐가 다시 문제가 될 수는 없다.) 또 다른 하나의 보장은 사실을 확인하는 절차에서 온다. 이 절차는 증거 확인의 법률 절차와 제도이기도 하고 역사학자의 고증 방법이기도 하고 과학자의 실험적이고 이론적인 검증 방법이기도 하다. 그러한 모든 절차에서 중요한 것은 진실 밖의 모든 영향을 제외하는 것이다. 다시 말하여 진실은 진실 밖의 어떤 힘도 작용하지 않는 자유로운 공간이 보장한다. 거기에서 모든 사실은 다른 사실과 맞부딪칠 수 있어야 한다.

또 이 사실들은 질문의 대상이 되고 또 답변이 될 수 있어야 한다. 그리하여 하나의 진실로 집약될 수 있어야 한다. 이 과정은 대화의 과정이라고 할 수 있다. 그렇다는 것은 질문과 답변의 연속은 한 사람의 마음속에서 일어나는 것일지라도 대화의 과정이라고 할 수가 있기 때문이다. 그러나 이러한 과정이 진실의 검증 절차를 이룬다고 할 때 그것은 다른 대화자들을 포함할 때보다 더 확실한 보장을 주는 것이 될 수가 있다. (실제로 우리의 내면 속의 대화, 내면 대화의 과정으로서 생각 자체가 발생적으로 다른 사람과의 대화의 체험에서 온 것이라고 하는 것이 더 옳다.) 찰스 퍼스는 자연과학의 진리까지도 과학자들의 공동체에서 이루어지는 상호 작용에서 그 진리성을 보장받는다고 하였거니와 마침내 모든 진실의 보장은 자유로운 공동체의 대화에서 찾아진다고 말해서 틀림이 없다. 그러한 공간은 권력 의지를 가장 작게 줄이며, 다른 사람의 다른 견해를 들을 것을 요구한다.

그러니까 되풀이하건대, 경쟁 없는 주체적인 의지의 확대 과정으로서 권력은 진리의 조건으로서 자유의 공간을 파괴하게 마련이다. 그러나 사실과 진실은 사람의 개인적인 삶에서나 집단적인 삶에서나 반드시 필요한 것이다. 마침내, 사람이 산다는 것은 그의 세상에 산다는 것이다. 사람은 그의 세상을 있는 바대로 확인하여야 한다. 그것 없이는 사람은 자신의 삶의 터전에서 떨어져나가게 된다. 세상에 대한 진실은 사람에 대한 진실, 여러 사람이 같이 사는 일에 대한 진실 — 이러한 것들이 없이, 사람은 그의 삶의 터전에 발붙이고 목숨을 지탱해 나갈 도리가 없다.

이것은 권력을 가지고 있는 사람들의 경우에도 마찬가지다. 권력의 추구도 삶의 한 양상이지만, 그것이 과대해질 때 파괴되는 진실도 삶의 한 양상이며, 또 구극적으로는 힘인 것이다. 그렇기 때문에 역사적으로 권력은 그것이 다스리는 구역 안에서 진리가 버티어 나갈 수가 있는 장치를 설치하였었다. 그것은 권력이 스스로 자신을 제한함으로써만 성립할 수가 있는 제도였다. 제도적으로 통치자에게 바른 말을 하는 것이 요청되었던 조선 시대의 사간 제도, 연구와 교수의 자유를 누렸던 서구의 대학, 보도의 자유를 보장하는 언론, 독립된 사법 기구 — 그러한 것이 권력자가 스스로 세우고 스스로 힘의 행사를 제한한, 진실의 보존을 위한 제도로서 군림하게 된 것이다.

그러한 제도가 진리와의 관계에서 매우 제한된 기능밖에 수행하지 못할 수는 있다. 구극적으로는 그러한 제도는 대개 권력이 정하는 테두리 속에 남아 있을 수밖에 없다. 진실의 추구에 끼치는 권력의 압력은 직접적인 간여의 형식으로 나타날 수도 있지만, 지극히 간접적인 영향과 암시로써 작용할 수도 있다. 아마 가장 개명된 권력이 할 수 있는 것은 진실이 있는 그대로 나타날 수 있는 자유의 공간을 보호하는 일일 터이다. 그러나 그 경우에도 권력의 보호 자체는 진실의 진실성에 티가 되는 것이다. 그런 만큼 진실에 대한 가장 큰 보장은 민주적인 사회 공간이다. 그 공간만이 서로 갈등하는 사실로부터 사실이 태어날 수 있게 하고 다시 그것으로부터 이성적이며 보편적인 삶의 질서를 계획할 수 있게 한다.

진실은 가냘픈 것이다. 그것은 부와 권력의 일부가 될 때 타락하고 파괴된다. 또 그것은 부와 권력에 부딪칠 때 깨어지고 침묵 속으로 밀려나 버린다. 그런 뒤에 세상은 암흑 속에 떨어지고 사람의 삶은 공포와 괴로움에 차고 비천한 것이 된다. 그러나 진실에 대한 갈구도 사람의 본성의 깊이로부터 우러나오는 인간성의 일부이다. 위에서 말했듯이 진실은 사람이 세상에 발붙이고 살 수 있게 하는 근거이며 그런 만큼 사람의 그런 삶을 향한 충동을 억제할 수가 없다. 그리하여 어둠의 시대에도 진실의 언어가 완전히 사라지는 법은 없다. 그것은 나중에 예언자나 의사나 순교자로 부르는 진실한 인간의 입에서 말하여진다. 그들의 생존은 세상에 진실이 존재하는 방식을 극명하게 드러내 준다. 어둠의 색상에 대하여 진실을 드러내 줄 수 있는 유일한 것이 그들의 생존 자체이기 때문에 그것은 당연한 것이라고 할지도 모른다. 그 진실한 인간의 생애는 한편으로 진실의 세속적인 의미에서의 연약함을 절감하게 하면서 다른 한편으로는 그런 연약함에도 불구하고 사람의 삶과 세상의 근본이 되는 진실의 힘을 뚜렷하게 증언해 보여 준다.

진실의 예언자는 흔히 세속 권력 그리고 세속화되어 있는 교회의 권력과는 아무런 관계가 없거나 그것과 적대 관계에 있는 사람이다. 그는 오히려 눌리며 박해받는 사람들 사이에 있는 사람이다. 다시 말하여 그는 세속 권력의 비호를 전혀 받지 못하는 사람이다. 그렇다고 하여, 여느 사람과 같이 어둠의 세력이 강요하는 무력함과 침묵 속에 빠진 사람이란 것은 아니다. 그의 세속의 무력함은 그가 말하고자 하는 다른 힘 곧 진실의 힘을 드러내는 데 필요한 예비 조건일 뿐이다. 예언자적인 생존의 중심은 그가 증언하는 진실에 있다. 그것은 사람이 같이 사는 진실에 관한 것이다. 그는 이 진실을 동료 인간들에게 깨우치게 하려고 한다. 그것이 어떤 특별한 사실보다는 공존의 진실에 관계될 것이라는 것은 그가 진실을 보여 주는 방식에 나타난다. 그는 그의 삶을 진실에 던지며, 그것을 극적으로 공동체에 묻는다. 그의 진실은 그의 실존과 아울러 공동체의 보장 속에만 존재한다. 중요한 것은 예언자의 내용보다는 그것을 보여 주는 방식 또는 그것의 실존적인 구현이라고 할 수도 있다. 그가 진실을 이야기하는 데에는 비상한 도덕적인 용기가 필요하다. 그것은 세속의 힘과 고통과 죽음으로써 맞서는 용기이다. 그 용기가 우리로 하여금 사람과 사람을 묶고 있는 공통의 바탕을 깨닫게 한다. 그런데 우리에게 그러한 바탕을 깨우치게 하는 것은 담력이나 완력이란 뜻에서의 용기가 아니다. 그것은 고통과 죽음을 무릅쓸 수 있는, 그것도 모든 사람의 삶의 진실을 위하여 고통과 죽음을 무릅쓸 수 있는 용기를 말한다. 예언자적인 인간의 고통과 죽음을 무릅쓸 각오는 한편으로 우리의 마음에 동료 인간의 고통과 죽음이 불러일으킬 수밖에 없는 근원적인 공감과 공포를 일으킨다. 그러면서 그의 고통과 죽음이 진실을 위한 사심 없는 용기로써 스스로 감당하려고 하는 것인 만큼, 그의 수난은 우리로 하여금 직감적으로 그가 전하려고 하는 진실의 엄숙성을 깨우치게 한다.

진실의 그러한 실존적인 구현은, 앞에서 말한 바와 같이 예언자나 의사나 순교자의 삶에서 볼 수가 있다. 그중에서도 진실이 어두운 세상에 나타날 수 있는 방식을 실존의 드라마로 보여 주는 데 가장 뚜렷한 전형이 되는 것은 순교자의 경우이다. 여기에서 우리는 세속 권력으로부터 초연해 있으며 죽음의 용기로써 대체적인 힘을 드러나게 하는 삶을 뚜렷이 본다. 그리스 말로 '순교자'를 가리키는 '마르티르'의 본디 뜻 '증인'은 바로 순교자의 삶의 진실이 나타나는 모습을 잘 나타내 준다고 할 수가 있다.

그런데 어두운 시절의 진실이 그러한 극단의 경우에만 나타나는 것은 아니다. 그것은 정도를 달리하여 누구나가 견뎌 내야 하는 부당한 고통 속에 나타난다고 할 수가 있다. 미국의 인권운동가였던 마틴 루터 킹이 되풀이하여 말한 것은 사람들이 그럴 만한 이유가 없이 받아야 하는 고통과 괴로움이 구원을 가져온다는 생각이었다. 그 생각은 흑인의 인권 의식을 높이는 데 그가 주된 수단으로 삼았던 비폭력 저항의 바탕이 되었다. 달리 말하여 흑인 역사 체험이나 비폭력 민권 운동에서 생기는 부당한 고난은 흑인의 인간적인 지위의 회복을 가져온다는 것인데 그것은 부당한 고난이 사람의 근원적인 유대감이나 정의감을 자극하여 피해자나 가해자 양쪽이 다 같이 인간적인 화해에 접근해 가게 하는 데 방편이 된다는 뜻일 것이다. 그런데 마틴 루터 킹의 운동에서와 같이 체계 있게 주체화되지는 아니한 고난의 체험도 적게나마 비슷한 효과를 낸다고 할 수가 있다. 곧 동포나 동료 인간이 겪는 부당한 고통은 우리로 하여금 그러한 고통이 있어서는 안 되겠다는, 그것이 인간이 공존하는 진실일 수는 없다는 깨우침을 가져오게 된다. 우리 자신이 겪는 고통의 경우도 결과는 비슷하다. 그것은 우리를 동료 인간의 고통으로 이끌어간다. 시인들이 이야기해 온 고통의 교육적인 의의도 그러한 사실을 가리키는 것일 것이다.

그런데 다시 한 번 마틴 루터 킹의 행동 계획에서 부당한 고통은 고통받는 사람들의 유대만을 빚어내는 것이 아니라는 점에 눈을 돌릴 필요가 있다. 부당한 고통은 고통을 가하는 사람들의 보편적인 인간성의 자각도 가져오는 것으로 생각된다. 그것은 단순히 마틴 루터 킹의 감상적인 생각만이 아닐 것이다. 그것은 우리의 표면적인 감정 또는 의식보다는 훨씬 더 깊은 곳에 놓여 있는 인간의 유대감에 관계하여 작용한다. 역사를 돌이켜 보면, 권력자들도 그들이 박해하는 자의, 고통까지는 아니더라도, 적어도 죽음을 존중하였다고 말할 수는 있다. 중세에 사람을 처형하는 것은 대개 공개 장소에서 벌어지는 기억할 만한 사건이 되었는데, 그것은 일벌백계의 본보기를 보여 주자는 속셈에서만 나온 일이 아니지 않은가 한다. 처형된 사람의 죽음이 다수 민중의 마음에 당연한 것으로 생각되는 경우에만 그것은 참다운 뜻에서 본보기의 효력을 가졌을 것이다. 그러나 그렇지 않은 경우에 죽음은 오히려 권력자의 불의를 직감적으로 확인시키는 구실을 했을 것이다. 권력자는 처형되는 자의 죽음을 기억할 만한 사건이 되게 함으로써, 비록 현실 권력의 차원에서 그렇지 않을지는 모르지만, 적어도 진리의 차원에서는 하나의 도박을 하는 셈이었을 것이다. 실제로 권력자는 한편으로 범법자의 죽음을 통하여 법의 정의를 어긴 사람들에게 경고를 하고 다른 한편으로는 자신의 정의를 시험할 기회를 가졌다고 할 수가 있다. 곧, 그는 처형된 자의 정의 또는 부정의가 죽음을 통하여 돌아올 수 있는 기회를 준 것이었다. 실의도가 어떠한 것이었거나 진리의 역사적인 변증법의 관점에서 볼 적에 예수의 죽음이나 로마 제국에서의 예수교도의 죽음이 증명해 보인 것은 수난자의 진실이었다.

그렇게 생각해 보면 오늘의 세계에서 사람의 생존이 보여 줄 수 있는 진리의 가능성은 옛날보다도 못한 상태에 있다고 해야 할지도 모른다. 현대의 익명과 비밀과 통제는 한 사람의 죽음을 단순한 생물학의 사건 또는 추상화된 뉴스의 화젯거리 또는 안 일어난 것과 똑같은, 없었던 사건이 되게 한다. 진실이 사회적인 사건이 될 가능성이 이런저런 방책에 따라 박탈되어 버린다. 그리하여 진실은 사회 제도의 일부로도, 용기 있는 삶에 드러나는 역설적인 힘으로도 존재할 방도가 없어져 버린다.

순교자의 죽음을 통해서 빛나는 진실의 모습은 우리로 하여금 우리의 삶을 더없이 엄숙한 것으로 느끼게 한다. 그것은 우리에게 또 진실 없는 삶의 비참함을 깨닫게 한다. 그러나 우리 모두에게 그렇게 엄숙한 삶만이 유일한 삶이라고 한다면, 우리는 그러한 삶의 긴장을 얼마나 견뎌 낼 수 있을 것인가? 또 삶이 삶답게 되기 위해서 진실이 필요한 것이라고 할 때 죽음으로써만이 진실이 얻어진다면 살아야 할 삶은 어디에서 되돌려받을 것인가? 우리 현대사의 영광과 고통은 그것이 죽음에 대한 끊임없는 도전으로만 삶을 가능하게 하는 역사적인 데에 있다. 우리는 가장 높은 형태의 용기를 스스로 자신에게 요구한 선인들의 모습에 감동하고 그와 함께 그러한 요구의 절대성에 절망한다. 그러면서 우리가 다시 한 번 생각하는 것은 삶은 살아야 할 것이고 버려야 할 것이 아니라는 사실이다. 진실을 죽음으로써 드러내는 것은 위대한 일이며, 그것이야말로 참으로 사는 것일 수는 있다. 그러나 고통과 죽음, 순교자적인 실존, 그러한 것이 그 자체로서 추구될 것은 아니다. 그것은 어디까지나 삶을 삶답게 하는 한 방법에 지나지 않는다. 가장 좋은 것은 주어진 삶을 자연스럽게 살며 그와 함께 진실을 지키는 일이다.

그것은 어떻게 가능할까? 여기에 대한 답변은 이미 위에서 시도한 바가 있다. 진실이 살 수 있는 것은 자유로운 공간에서이다. 그것은 사회 속에 제도적으로 확보되어야 한다. 그리고 여기에 뿌리와 줄기가 되는 것은 민주주의이다. 과연 우리 현대사의 긍정적인 주제 하나는 민주 사회의 형성이었다. 그것은 진리를 위한 위대한 거부의 다른 하나의 선택을 이루는 역사의 충동이었다. 그리고 여러 가지 차원에서 민주화는 우회와 기복이 있는 대로, 우리 역사가 뻗어 나가고 있는 방향으로 보였다. 그런 역사의 내용이 되고 진실을 담을 수 있는 말은, 곧 삶과 인간의 기본적인 진실을 매개해 주는 말은 사회의 과정에서 점차로 더 중요한 자리를 차지하게 되는 것으로 생각되었다.

그런데 오늘의 상황에서 분명하게 드러난 것은 정치의 세계가 순전한 힘의 세계라는 사실이다. 모든 것은 힘에 따라서, 힘의 균형에 따라서 결정되는 듯하다. 그렇다면, 서로 같이 사는 원리, 같이 사는 데 따르는 진실을 확인하여 그것에 따라서 실천하는 원리로서 말은 헛되고 부질없는 것일 수밖에 없다. 아직도 말이 있다면 그것은 힘을 거짓 꾸미기 위해서만 있는 말일 것이다. (그러한 꾸밈도 사람이 힘에 따라서만은 움직일 수가 없으며, 말이 필요한 곧 로고스가 필요한 사회적인 존재라는 사실의 증거가 된다고 할 수는 있을 것이다.)

되풀이하건대, 오늘에 우리가 뼈아프게 깨닫는 것은 말의 부질없음이다. 그러나 그것이 어쩔 수 없는 느낌인 것은 사실이지만, 그러한 느낌 속에 빠져 있는 것은 그야말로 부질없는 짓일 것이다. 지금 우리가 할 수 있는 가장 작은 일 하나는 그러한 느낌으로부터 빠져나오는 일이다. 그리고 따지고 보면, 힘만이 모든 것이며 말은 쓸데없는 것이라고 생각게 하는 현상은 필연적이고 항구적인 것이라기보다는 우연적이고 일시적인 것이다. 궁극적으로는 정치의 힘은 비록 복잡한 우회를 포함하는 변증법을 통하여 물리적인 힘만이 아니라, 사회 안에서의 모든 정서적인 힘, 이성적인 힘을 포함하여 형성된다. 그리고 순전한 물리적인 힘도 정치에서는 기계적인 힘과는 다르게, 사회의 여러 요인에 따라서 생긴다.

어떤 사회가 물리적인 힘에 따라서 다스려진다면 거기에는 그럴 만한 이유가 있을 것이다. 그렇다는 것은 그러한 힘은 거기에 맞서는 힘에 비례하여서만 증가된다는 말이다. 그 맞서는 힘은 단순히 사회 혼란의 증대일 수도 있고, 더 적극적인 뜻에서 다스림을 받는 쪽의 동의의 철회 또는 저항일 수도 있다. 어쨌거나 여기에서 요점이 되는 것은 힘은 힘에 비례해서 생긴다는 사실이다. 그것은 자명한 일이면서, 중요한 의미를 갖는 것이다. 곧, 원칙적으로 억압의 상태란 균형을 유지하고 있는 힘이 그 한쪽으로 좀 치우쳐 있음에 지나지 않는다. 그리고 그 치우침이 너무 큰 것일 수는 없다. (다시 말하여, 모든 존재하는 것은 그럴 만한 까닭이 있어 존재한다는 것, 헤겔식으로 말하여 "모든 존재하는 것은 이성적이다."라는 말을 떠올릴 일이다.) 그런 까닭으로 말미암아 사회를 다스리는 힘은 순전히 물리적인 힘, 인간의 공존의 진실을 완전히 무시한 자의적인 힘일 수는 없다. 따라서 어떠한 자의적인 권력도 피통치자의 동의를 얻으려는 노력을 멈추지 않는다. 그리고 실제로 그러한 동의가 없이는 그것이 오래 지속될 수가 없다. 극도의 억압 상태에서 일어나는 혁명적 전환의 가능성도 힘의 자연스러운 균형 원리에서 생겨난다. 억압이 크다는 것은 반작용의 힘이 크다는 것이고, 따라서 균형의 전도 가능성이 크다는 것을 말한다.

그러나 그러한 힘의 등식은 한 나라의 내부만을 볼 때 성립한다. 한 나라가 공적으로 동원할 수 있는 힘은 여러 나라와의 관계에서 크게 불어날 수가 있다. 실제의 또는 가상의 외적이 있을 때 그것에 비례할 수 있는 힘이 불어나는 것은 당연하다. 그러나 그 힘은 밖으로도 안으로도 한꺼번에 쓰일 수가 있다. 그러면서도 밖에 있는 힘의 위협이 사실화될 때 이 힘의 작용은 두 가지가 된다. 한쪽으로는 밖에 있는 힘은 이미 말한 대로 안에서 순전한 물리적인 힘이 크게 자라도록 하지만, 다른 한쪽으로는 안에 있는 힘의 사용을 매우 억제하게 된다. 또는, 다른 경우에, 그 힘은 통치자의 힘이기도 하고 피통치자의 힘이기도 하여, 순식간에 해방의 힘으로 바뀔 수도 있다. 그런 착잡한 이유로 말미암아 여러 나라의 관계에서 발생하는 힘은 위에 말한 사회 안에서의 힘의 등식에 절대적인 영향을 줄 수는 없다고 해야 할 것이다.

물론 여기에 또 한 가지 생각할 것은 현대에는 안과 밖과의 힘의 관계는 두 나라 사이에서만이 아니라 착잡한 동맹 관계에 따라서 결정된다는 사실이다. 그 동맹 관계 속에서 한 나라의 물리적인 힘은 안을 향하여 풀려 나가기가 쉽게 되기도 하고 어렵게 되기도 한다. 그리고 그것이 나라 안에서 힘의 등식에 큰 요인으로 작용할 수 있다. 물론 그 밖에도 힘의 불균형을 일으키게 하는 요소는 많다. 밖에 있는 힘이 안에 있는 힘에 제약을 가한다고 하여도 그것은 사람이 합리적인 계산에 따라서 행동한다는 것을 전제할 때이고 어느 경우에나 있는 힘은 쓰이는 힘으로 바뀔 가능성이 있다. 그 밖에도 개인의 집념, 부자연스러운 국가주의의 이념, 집단 히스테리아, 사회 안에서의 사회 — 경제적인 갈등의 심화 같은 모든 것들이 사회 안에서 힘의 균형을 크게 깨뜨릴 수가 있다.

지금 그러한 힘의 계산서를 작성해 보는 것은 사회 공간에서 또 역사의 순수한 물리적인 힘만이 절대적인 것임을 말하려는 것이 아니다. 우리가 말하려고 하는 것은 절대적인 것으로 보이는 물리적인 힘도 그것이 사회 속에서 통치의 힘으로 작용하는 동안에는 근본적으로 매우 위태로운 균형 속에 있다는 것이다. 정치학자들은 물리적인 힘이 일시적인 힘의 근거를 만들어 낼 수는 있으나 긴 눈으로 볼 적에는 통치의 바탕이 될 수는 없음을 지적한다. 그뿐만이 아니라 어떠한 물리적인 힘도 힘의 균형의 일시적인 파괴에 지나지 않는다. 따라서 거기에 맞서 버티는 힘과의 차이가 지극히 작은 힘일 뿐이다. 구극적으로 사회를 형성해 나가는 힘은 복합적인 것이다. 거기에는 물리적인 힘이 있고 말하여지지 않는 국민의 욕구와 소망과 의지가 있고 그것을 보편화하고 승화시키는 진리의 움직임이 있다. 그리고 얼른 보기에 무력하게 여겨지는 보이지 않는 소망과, 말하여지기도 하고 감추어지기도 하는 진실의 힘은 더 근원적인 뜻에서 사회 공간의 필연적인 법칙을 이룬다. 다만 그러한 것들이 역사의 힘으로 전환되어 가는 변증법은 한 가지 차원이 아닌 복합적 차원에서 전개될 수가 있다.

그런 뜻에서, 오늘의 여러 어두운 전망에도 불구하고 우리 사회에서 민주적인 진보는 틀림없이 진행되어 온 것이라고 하여야 한다. 구극적으로 그것이 힘과 진실과 언어의 변증법이 나아가는 마지막 방향이다. 그리하여 물리적인 힘 말고 진실과 말의 힘이 우리에게 점차로 넓은 공간을 확보해 주고야 말 것이다.

(1987년)

문화의 다양성과 사상의 자유

아직도 어떤 종류의 서적의 출판이 금지되고, 관계된 사람들이 수사 기관의 수사 대상이 되고 있는 것으로 보아, 우리에게 완전한 사상과 표현의 자유가 있다고 말할 수는 없을는지 모르겠으나 2년 전의 막혀 있던 상황 또는 지난 30~40년간의 상황에 비해 보면, 오늘날 사상의 자유는 어느 때보다도 크게 확대되었다고 하여야 할 것이다. 그리고 지금의 추세로 보아 정치적인 의미에서의 사상에 대한 제한은 불원간에 대체로 견딜 만한 정도까지 줄어들 것으로 생각된다.

물론 완전한 자유는 더 많은 시간을 요구할 것이고, 어쩌면 아주 얻어질 수 없는 것으로 남아 있을는지 모른다. 제도적인 의미에서의 사상의 자유에 대한 억압이 없어져도 간접적이고 비공식적인 억압은 오래 지속될 수 있다. 뿐만 아니라 사상의 자유는 권력에 의해서만 제한되는 것이 아니다. 경제력을 통한 현실적 봉쇄가 있을 수도 있고 사회적·집단적 압력에 의한 위협이 있을 수도 있다. 또 사회적 압력은 반드시 지배 세력이나 그 권력의 확산에서만 오는 것이 아니고 다른 여러 집단, 반지배 세력의 집단을 포함한 여러 집단에서 올 수도 있다. 그러나 이러한 모든 요소에도 불구하고, 오늘날 우리가 근래에 누리지 못했던 사상의 자유의 가능성을 생각할 수 있게 된 것은 부정할 수 없는 사실이다.

사상의 자유의 중요성은 새삼스럽게 말할 필요도 없는 것이다. 스스로의 느낌과 생각대로 느끼고 생각하겠다는 것은 사람의 기본적 요구이다. 오관으로 감각하고 팔다리로 움직이는 것과 같이, 자기의 마음을 마음대로 사용하지 않고 사람으로서 살았다고 할 수 있겠는가. 느낌과 생각의 자유는 인간 존재의 바탕을 이루는 요소이다. 그러나 이것은 자명하면서도 쉽게 인정되지 않는 자유요 권리다. 느낌과 생각은 사람이 세상으로 나가는 통로다. 이 통로의 존재 이유의 하나는 세상과의 바른 교환을 가능하게 해 주는 데 있다. 그런데 우리의 모든 느낌과 생각이 반드시 이러한 교환의 기준에 맞아 들어가는 것은 아니다. 그리하여 바른 느낌과 바른 생각만이 허용되어야 한다고 주장될 수가 있다. 그러나 가장 높은 의미에서의 바른 느낌과 바른 생각의 조건은 바로 그러한 느낌과 생각의 자유다. 진리의 조건은 진리 이외의 아무런 외부적인 강제력이 없는 진리의 과정이며, 이 과정에의 강제력 없는 승복이다. 도덕적 인간의 도덕적 결단의 숭고함은 그것이 완전한 자유로부터 나온다는 사실에 기초해 있다. 사상의 자유는 단순히 인간의 인간다운 생존의 최소한으로만이 아니라 가장 높은 인간적 위엄을 실현하는 조건으로 필요한 것이다.

한 사회가 살아남고 발전하는 데에도 그 자신과 세계에 대한 바른 이해가 필요하다. 이 바른 이해는, 오관의 자연적 기능만으로도 이미 생존에 필요한 인식의 기능을 수행하고 있는 개인의 경우에 있어서보다 인위적 구조물인 사회에 있어서 훨씬 더 절실하다. 사회에 있어서도 진리의 기능이 자유로운 상태에 있어서 가장 잘 작용하는 것은 개인의 경우에나 다름이 없다. 그리고 마음의 자유로운 행사 또 그것의 자유로운 표현은 —— 개인의 경우에도 생각과 표현은 불가분의 관계에 있지만, 사회적인 심성의 경우 표현은 자유 그것과 하나가 된다. ── 단지 진리의 조건으로서만이 아니라 생존의 조건으로서도 필요한 것이다.

그런데 자기와 세계에 대한 바른 이해는 몇 개의 고정된 명제로 표현될 수 있는 것이라기보다는 끊임없이 변화하는 세계에 대한 새로운 이해로써만 성립한다. 더구나 현실 사회의 특징은 그 변화의 속도에 있다고 할 수 있겠는데, 오늘날에 있어서 폭넓고 유연하게 생각할 수 있는 능력은 어느 때에 있어서보다도 중요한 것이 되었다. 서양에 있어서도 사상의 자유가 중요해지는 것은 고정된 사회 질서가 변화하기 시작하는 현대의 시작으로부터였다. 그리고 더 나아가 유연한 사고는 변화하는 세계에 대한 바른 인식이 필요한 때문만이 아니라, 변화를 발전과 향상의 계기로 구축해 나가는 데 필요하다. 흔히 이야기되듯이 새로운 발전의 원동력이 되는 것은 창의력과 상상력이기 때문이다.

사상의 자유가 이와 같이 개인적으로나 사회적으로나 생존과 발전을 위한 필수불가결의 조건이라고 하더라도 그것은 대부분의 사회에서 확실하기보다는 위태로운 지위만을 누리고 있다. 우리의 경우에도 오늘날 어느 정도 사상의 자유가 있게 되었다고 하더라도, 인권을 비롯한 다른 모든 민주적 권리와 함께, 그것은 어느 순간에라도 다시 되밀릴 수 있는 허약한 상태에 있다. 이 점에 대한 불안은 오늘의 정치 기상에서 매우 중요한 요인이 된다. 확보된 자유, 앞으로 확보해야 할 자유는 계속적 투쟁을 통하여서만 지켜질 수 있을 것이다. 더러 말해지듯이 자유의 대가는 경계다.

사상의 자유가 위태로운 특권이며, 투쟁적으로 지켜져야 하는 것은 사상이 사회에 대하여 가지고 있는 문제적인 관계로부터 연유한다. 자유롭게 생각하고 말하는 것이 기존 질서에 대한 위협이 되는 것임은 사람들이 잘 알고 있는 일이다. 모든 사상은 목전의 현실을 다시 보는 데에서 시작한다. 그중에도 주어진 현실 질서를 전면적으로 새롭게 보려는 혁명 사상은 사상의 자유가 현실을 위협하는 가장 극단적인 경우다. 보수 지배 세력이 혁명 사상, 자유 사상을 강제적 권력에 의하여 통제하려고 하는 것은 이해할 수 있는 일이다. 그런데 사상의 자유는 진보주의자에 의하여서도 그대로 받아들이기 어려운 면을 가지고 있다. 또는 더 일반적으로 그것은 그 본질에 있어서 매우 위태로운, 극히 불안정한 화합물로서만 존재한다고 말해야 할는지 모른다. 이 불안정한 상태에 대한 분명한 인식은 사상의 자유를 수호하는 데 매우 중요하다.

이미 말한 바와 같이 자연 발생적인 느낌과 생각은 사람의 기본적 생존의 조건이다. 그러나 이 느낌과 생각의 참 의의는 바르게 느끼고 생각한다는 데 있다. 사회적인 관점에서, 바르게 생각한다는 것은 특히 커다란 비중을 갖는다. 모든 사상 또는 의견을 똑같이 존중한다는 것은 논리적 모순의 가능성을 개의치 않겠다는 것을 말한다. 더 중요한 것은 모순된 의견들이 똑같이 존중되는 한, 현재의 사실을 정확히 헤아리고 미래의 계획을 위한 사회적 행동의 가능성을 만들어 내는 것은 불가능한 일이다.

그러나 바른 사실적 판단, 바른 미래의 계획이 어떻게 가능할 것인가? 그러한 판단과 계획을 위한 가장 좋은 조건이 자유롭고 폭넓은 의견의 개진을 보장하는 사상의 자유이다. 존 스튜어트 밀의 고전적 자유론이 사상의 자유의 근본적 근거로서 강조하고 있는 것도 이 점이다. 다시 말하여, 사상의 자유는 진리에 의해서 정당화된다. 진리의 기준이 없는 사상의 자유가 가치의 혼란, 냉소주의, 허무주의 또는 기타 퇴폐에 이르는 것은 자유주의 사회에서 흔히 보는 바다. 그러나 진리를 말하기 시작하면, 그것은 곧 사상의 자유를 제안하는 억압의 직전으로 나아가는 것이다. 왜냐하면 진리는 오류를 허용하지 않는 그 나름의 비관용성을 가지고 있기 때문이다.

사상의 자유는 진리를 필요로 한다. 또 진리는 사상의 자유를 어머니로 한다. 그러면서 그것을 부정하려는 경향을 가지고 있다. 사상의 자유가 허용되는 풍토에서 가능해지는, 진리를 향한 움직임으로서의 혁명적 사상이 바로 그러한 자유를 부정하는 전체주의가 되는 것은 사상의 자유의 변증법 속에 이미 예견되어 있는 것이다. 논리적으로 볼 때, 사상의 자유에 대한 더 큰 적은, 아마 폭력적 수단에 의한 억압보다도 비관용적 진리에 의한 억압일 것이다. 그러나 사상의 자유의 그 자체의 무조건적 추구는 자유주의 사회에서 보는바 사상과 가치의 니힐리즘에 이르는 일이기 때문에, 여기에 있어서의 선택이 용이한 것은 아니다. 기껏 말할 수 있는 것은 사상의 자유와 진리 사이에 존재하는 공생적이며 모순된 모호한 관계일 뿐이다. 사상의 자유는 진리에 귀착되어서 비로소 완전히 정당한 것이라고 할 때, 정직하게 따져 보면, 이 진리의 체험은 간단명료한 논리적 진술로서 표현될 수 없는 착잡한 계기들을 가지고 있다.

모든 생각은 이미 비친 바와 같이 눈앞에 보이는 것을 부정하는 데서 출발한다. 그리고 그 자리에 보이지 않는 어떤 것을 가져다 놓는다. 생각하는 사람은 대낮에 허깨비를 보고 그것에 끌려가는 사람에 비슷하다. 이 허깨비를 보는 일은 지금의 나를 떠받치고 있는 모든 것을 버리는 일이다. 더 어려운 것은 이 허깨비를 허깨비로 보며 그것이 불러일으키는 메스꺼움을 견디는 일이다. 그러나 이 사상의 허깨비는 새로운 신념의 원천이 되기도 한다. 왜냐하면 그것이 드러내 주는 것은 눈앞의 현실이 허위의 허상에 불과한 것이며, 보다 확실한 것은 이 현실을 넘어가는, 이 현실의 숨은 원리라는 사실이기 때문이다. 그리하여 처음의 회의는 믿음이 된다. 이것은 불가피하게 단편적인 목전의 사실을 넘어가는 것이기에 또 나의 노고를 통하여 얻어진 것이기에 우리의 주어진 현실 지각보다도 더 탄탄한 믿음이 된다.

그러나 이러한 믿음은 정말로 탄탄하기만 한가? 사상의 모험이 우리에게 보여 주는 것은 주어진 현실이 요지부동의 것이 아니라는 것, 그것이 새로운 진리에 의하여 바꾸어질 수 있는 것이라는 사실이다. 그러나 새로운 진리에 의하여 바꾸어지는 현실 — 이것이 또 바꾸어질 수 없다는 보장이 있는가? 그렇다면, 오늘의 현실이 유일한 현실이 아니듯이, 내일의 현실이 유일한 현실일 수는 없다. 오늘의 현실의 이론이 진리가 아니듯이, 나의 대체적 이론이 진리일 수 없다. 또는 나의 이론과 경쟁하는 모든 다른 이론도 그 나름의 타당성을 주장할 수 있다. 한 사상의 부정은 모든 사상의 부정으로 나아간다. 결국 사상은 이렇게 될 수도 있고 저렇게 될 수도 있는 놀이에 불과하다. 그리하여 사상과 진리의 변증법이 있는 것이 아니라 진리 없는 순수한 사상만이 있을 뿐이다. 서양에 있어 '포스트모더니즘'의 발견은, 사상의 모험 속에 들어 있는 이러한 근본적 허무주의적 계기를 새삼스럽게 확인한 것이다.

순수한 사상의 놀이 — 이것의 가능성을 인정하는 것은 사상의 자유를 생각하는 데 있어서, 매우 중요한 의미를 갖는다. 그것의 의미는 양의적이다. 사상의 작업을 심각하게 받아들일 때, 놀이는 즐거움보다는 절망을 주는 것이어서 마땅하다. 그것은 절망의 경험이요, 심연의 경험이다. 우리가 어떠한 사상적 체험에 있어서 우리의 믿음이 새로이 태어나고 새롭게 굳어지는 것을 경험한다면, 그것은 심연으로부터의 반작용이라는 측면을 가지고 있는 것인지 모른다. 믿음에 대한 필요가 절실한 만큼, 우리의 믿음은 광신적이 되는 것이다. 강한 믿음 속에는 절망이 숨어 있다.

그러나 다른 한편으로, 사상을 순수한 놀이라고 할 때, 그것이 그 나름의 즐거움의 근거가 될 수 있는 것도 사실일 것이다. 그리하여, 자크 데리다의 말을 빌려, "니체적 긍정, 세상의 놀이, 미래의 무근거성에 대한 환희의 긍정"을 이야기할 수도 있다. 다만 이 긍정은, 현실에 있어서, 니체의 경우에 그러했던 것처럼, 투쟁과 갈등, 궁극적으로 허무주의적 비극과 표리의 관계에 있다. 근거 없는 긍정은, 우리가 제한된 자원으로서의 현실 속에 사는 한, 사상과 사상, 신념과 신념, 사람과 사람의 무한한 투쟁을 말하는 것이거나, 아니면 현실에 대한 사상의 철저한 무관련, 무력을 말하는 것이 될 것이기 때문이다.

그러나 그것이 절망을 주든 희망을 주든 사상의 놀이적 성격과 함께 부정할 수 없는 것은, 이 놀이와 같은 사상이 현실에 대하여 가지고 있는 깊은 연관이다. 자유로운 사상의 모험의 결과인 과학 기술이 세계를 얼마만큼 변형시켰는가 하는 것은 지적할 필요도 없는 일이다. 파시즘과 공산주의와 자유주의가 똑같은 타당성을 가진 놀이에 불과하다고 말할 수 있는가? 이론적으로 그러하다고 하더라도, 그것들이 인간의 현실에 대하여 갖는 의미의 면에서 똑같은 것일 수 있는가? 가장 순수한 놀이에 가까운 예술의 실험이, 우리가 세계를 지각하고 경험하는 방식을 바꾸어 놓는다는 것은 딱 부러지게 증명할 수 있는 사실이 아닐는지 몰라도 아마 맞는 말일 것이다. 어떻게 하여 놀이로서의 사상이 현실에 개입하여 들어가는가 하는 것은 더 연구되어야 할 과제다.

지적 놀이에서 더 쉽게 지적할 수 있는 것은, 아무리 놀이라고 하더라도, 그것이 현실에 의하여 제한되고 규정된다는 것이다. 놀이는 근거 없이 허공에서 태어나는 것이 아니다. 허황된 현실을 넘지 못하며, 현실에서 태어난다. 대체로 놀이는 주어진 현실을 주제로 하여 그것을 변주시키는 형식을 취한다. 연극이 그렇고 스포츠가 그렇고 우리의 백일몽이 그렇다. 놀이의 주제나 모티프는 가장 현실에 얽매이는 부분일 것이다. 현실을 벗어나 자유롭게 노는 부분은 변주의 부분이다. 그러나 그것도 현실의 가능성을 들추어내는 것이지 무제약적인 것은 아니다. 놀이는 현실의 현실성의 뒤에 있는 가능성에 관계된다. 그것이 놀이로 하여금 현실을 떠나 허공에 존재하는 것처럼 보이게 한다. 사상이 놀이이면서, 현실에 관계되는 것은 그것이 현실의 가능성 속에서 벌어지는 놀이이기 때문이다. 그것을 통하여, 현실은 가능성의 모습을 드러내 보인다. 발전적 현실은 이 가능성에서 나온다. 그러므로 생각의 자유로움은 개인과 사회의 발전을 위한 조건이 되는 것이다. 이렇게 하여 생각은 다시 현실로 돌아온다.

그러나 되풀이하여 말해야 할 것은 생각이 활발한 것은 그것이 일단 현실로부터 거리를 유지할 때라는 점이다. 여기에서도 우리는 생각과 현실 사이에 존재하는 합일과 모순의 관계가 평면적 논리에 의하여 처리될 수 없는 것임을 본다. 생각은 현실을 위하여 존재하는 것이 아닌 양, 그것은 행동을 위하여 존재하는 것이 아닌 양 존재한다. 그것은 수단이 아니라 목적이다. 사상의 자유는 그것 자체가 긍정된다.

그러나 다시 한 번 가능성의 생각은 어떻게 현실 속에 개입하여 들어가는가? 추상적 사고는 현실을 그 자신에 의하여 대치하고자 한다. 그것은 현실성으로서의 현실을 가능성의 현실로서 대체하고자 한다. 그러나 보다 구체적이고 반성적인 사고는 현실의 현실성과 가능성의 접합점을 추적하고자 한다. 현실이 현실적일 뿐만 아니라 가능적이라고 할 때, 어떠한 가능성이 어떠한 계기에서 현실 속에 구현되는 것일까? 모든 책임 있는 실천의 철학이 관심을 가지고 있는 것은 이러한 질문에 대한 답변이다.

마르크스는 역사적 물질주의의 법칙으로서 그 답변을 시도했다. 역사의 물질적 발전은 주어진 사회 현실 속에 일정한 가능성을 배태하고, 사회의 진보는 이 가능성의 실천적 포착으로 이루어질 수 있다는 것이다. 그러나 20세기의 마르크스주의 사상의 발전은 이 역사 법칙의 현실성에 대한 깊은 회의로서 특징지어진다. 사회 구조의 법칙적 파악의 불가능을 이론화하려고 한, 그러니까, 어떤 의미에서 그것을 가능한 것으로 하려고 한, 알튀세르의 노력은 그 가장 극적인 예이다. 현실의 현실성과 가능성의 접합점을 찾을 수 없는 것이라면 적어도 그 접합이 하나의 일관된 구도 속에서가 아니라 우연적 해후에서만 이루어지는 것이라고 한다면, 현실의 두

면은 다시 한 번, 다시 별개의 영역으로 되돌아가는 수밖에 없을 것이다. 가능성의 세계는 유토피아의 폼으로 남아 있으면서, 계시나 은총 또는 폭력을 통하여서만 현실의 순간이 된다.

그러나 더 두드러진 것은 생각에 대한 현실의 절대적 우위성이다. 현실은 제멋대로의 길을 가고 우리의 생각은 현실의 전진 앞에서 전혀 무력한 것이 되는 것이다. 아니면, 우리의 생각의 스타일은 조금 더 현실적이 되고, 경험적이 될 것이다. 이것은 의식의 존재로서의 사람의 위엄을 유지하고, 그의 생각을 보다 쓸모 있는 것이 되게 하는 한 방법일 것이다. 현실적 사고가 대담한 구성적 사고 — 현실을 구조적 전체성 속에서 파악하고 그것을 대체 현실로 재구성하는 사고를 배제하는 것은 아니다. 현실을 철저하게 생각하는 데에는 오히려 그러한 구성적 사고가 필요하다. 다만 그것이 근거 없는 심연 속으로의 도약이란 점을 잊어서는 아니 될 것이다.

부분이 전체를 규정한다는 것은 그 나름의 중요성을 가진 관찰임에 틀림없다. 현실은 우리에게 부분적 경험으로만 나타난다. 그 부분적 경험과의 씨름을 통하는 것만으로 우리는 결코 전체에 이를 수 없다. 전체는 우리를 늘 미리 한정하고 규정해 버린다. 이것은 단순히 이론적인 문제가 아니다. 그것은 부분적 개혁의 노력의 좌절에 부딪치는 많은 현실적 일꾼의 절실한 경험에서 잘 드러나는 사실이다. 결국 전체적 비전이 없이는 현실은 이론으로나 실천적으로나 접근되지 않는 면이 있는 것이다.

그러나 전체를 투사하는 사고가 경험적 현실과 양립할 수 없는 것이 아니다. 그것의 가치는 바로 경험적 현실과의 관련에서 나온다. 당초에 그것은 경험적 현실로부터의 귀납으로 성립한다. 또는 적어도 그러한 귀납으로부터의 도약으로 성립한다. 이것은 이론적으로도 그렇고 실천적으로도 그렇다. 그리고 다시 한 번 그것은 경험적 현실에 의하여 끊임없이 시험됨으로써만 정당화된다. 하버마스가 "정당한 혁명은 '피드백'에 의하여, 경험적 현실로부터 되돌아오는 정보에 의하여 통제되는 혁명이라야 한다." 라고 한 것은 이러한 관련을 사회 과정 속에서 지적한 것이다.

현실과 경험에 대한 존중의 다른 면은 당연히 현실에 대한 어떠한 이론적 정식화에 있어서도 겸손해야 한다는 것이다. 현실의 우위에 직면하여, 우리의 이론은 가설적 성격을 면치 못한다. 이것은 이론과 현실의 대결이 강요하는 결과이기도 하지만, 이론이 늘 자기반성적이어야 한다는 요청을 말하고 있는 것이다. 인식이 인식 주관에 대응하여 일어난다는 것은 철학적 명제이고, 이것 자체가 이미 인식의 비판의 필요를 말하는 것이지만, 이 인식 주관은 경험의 현실에 있어서는 철학이 생각하는 순수 주관이라기보다는 모든 실존적, 경험적 약점을 그대로 가지고 있는 주관이다.

우리는 이미 위에서 사상의 모험이 무의 체험을 포함한다는 것을 말했다. 그것은 우리의 모든 지적 정식화가 실존적 선택의 성격, 그 자의적인 성격을 가지고 있다는 것을 드러내 준다. 거기에다 우리를 편벽되게 하는 심리적·경험적 장애 요소는 얼마나 많은가. 생각에 작용하는 이러한 모든 요소들은 그것이 만들어 내는 이론을 주관적 놀이로 또는 기껏해야 방법적 가설로 만들어 버리는 것이다. 사상의 자유, 단지 우리만의 사상의 자유가 아니라 모든 사람의 사상의 자유가 있어야 할 중요한 근거도 여기에 있는 것이다.

그러나 사상의 자유가 정상화되는 것은 이러한 소극적인 근거에 있어서만이 아니다. 이론의 가설적 성격은 생각과 현실과의 불가피한 차이에서 오는 것이기는 하지만, 반드시 우리의 생각이 오류에 이르게 마련이라는 것만을 뜻하는 것은 아니다. 하나의 가설적 이론이 아니라 여러 개의 가설적 이론이 있을 수 있다는 것은 세계가 반드시 논리적으로 통합될 수 있는 것이 아닌 가능성으로 이루어진 것이기 때문에 아니겠는가. 정상적 과학의 정상적 절차가 논리적이라고 해도, 그러한 과학의 새로운 패러다임에 의하여 전적으로 새로운 것으로 바뀔 수 있다는 것은 물리적 세계 자체가 필연적 법칙의 덩어리로 되어 있는 것이 아니라는 것을 말해 준다. 이것은 가치와 사회의 세계에서도 비슷하다. 또는 더욱 그러하다 할 수 있다. 결국 사람을 특정짓고 있는 것은 창조성이며, 이 창조성은 현실에 대한 전혀 새로우면서 다른 작용의 가능성을 나타내는 것이기 때문이다.

진리의 관점에서, 정치적 선택은 반드시 절대적인 것이 아니다. 어느 정치적 선택이, 그 절대적인 진리값에 관계없이 대중적 호소를 갖는다는 것은 그것이 현실 파악에, 한 가능한 형태를 나타낸다는 것을 말한다. 그러면서 그것은 다른 현실 파악, 그러니까 정치적 선택을 절대적으로 배제하는 것은 아니다. 이것은, 다시 말하여, 현실이 한 개 이상의 기획을 가능하게 하기 때문이다. 그러면서 다시 소극적인 관점에서 볼 때, 각각 다른 정치적 선택은 각각 다른 오류의 가능성, 즉 다른 희생과 대가의 가능성을 선택하는 것이기도 하다. 결국 이것은 사람이 하는 일에서, 한 번의 선택으로 모든 것이 다 좋아지는 일은 있을 수 없다는 것을 말한다.

사람의 선택은 좋은 것과 나쁜 것, 더 좋은 것과 덜 좋은 것, 더 나쁜 것과 덜 나쁜 것 사이의 선택이며, 종종 이러한 것들은 모두 하나의 선택의 여러 다른 면을 나타내는 것이기 때문에, 선택은 괴로운 것이고 또 어떤 경우에는 거의 무의미한 것이기도 하다. 그렇다고 하여 모든 선택이 모든 경우에 있어서 이래도 저래도 좋게 똑같은 것이 아니다. 오히려 모든 선택이 ─기대되는 성과와 대가에 대한, 모든 선택이 절대적일 수 없다는 것은 우리의 선택이 조심스러워야 할 것을, 또 계속적인 것이어야 할 것을 요구한다.

필요한 것은 이러한 섬세하고 지속적인 선택을 계속할 수 있는 생각의 힘이다. 이것은 변화하는 경험적 현실과 더불어 움직일 수 있는 주체적 힘이다. 이 힘의 작용은 주어진 현실 세계를 파악하는 일뿐만 아니라 현실의 일부로서의 주어진 자신의 현실과 그것의 주체적 가능성을 되돌아보는 일을 포함한다. 그것은 주관과 객관을 동시에 반성적으로 포착할 수 있어야 한다.

그러나 처지의 변화와 함께 하면서 확연하게 주체적인, 유연하고 능동적인 현실 파악, 그것에 따른 최선의 선택은 타고난 능력만의 문제가 아니다. 우리가 현실을 두고 생각하는 것은 무수한 가설과 가설의 수정의 연속적 교환 작용이다. 이 가설은 큰 것이기도 하고 작은 것이기도 하다. 그리고 그것은 우리 스스로 만드는 것이라기보다도 과거의 지적 전통과 동시대인들의 공동 작업에서 오는 것이다. 이 가설은 오늘날에 있어서 사회와 인간의 역사의 전체를 이성적으로 파악하고 개조하려는 노력 ─ 좋은 의미에서건 나쁜 의미에서건 이데올로기적 기획을 포함할 수 있다.

그러나 어떤 일관된 기획도 경험적 현실의 검증을 피할 수는 없다. 그것 없이 그것은 현실을 왜곡하고 인간을 억압하는 수단에 떨어져 버리고 만다. 어떤 시점에 있어서의 경험적 현실의 총체는 거의 일회적인 '게슈탈트'로만 존재하고 이것은 그때그때의 이성적 숙고로서만 인지될 수 있는 것이다. 그것은 총체적 가설과 경험적 현실과 둘 사이의 연결에 포함되는 인간적 용기와 희생의 대가의 전부를 경험적으로 파악한다.

모든 정신 작용의 조건이 자유임은 위에서 이미 말한 바 있지만, 이러한 유연한 생각은 오로지 자유 속에서만 가능하다. 사상의 자유는 이것을 위하여 필요하다. 그러나 사상의 자유가 자유로운 생각을 보장해 주는 것은 아니다. 그것은 사상의 자유 속에서 진행되는 가장 폭넓은 의미에서 진리의 과정의 마지막 열매이다. 사상의 자유는 오히려 이데올로기적 광신의 갈등을 심화시키고, 다른 한편으로는 혼란과 퇴폐의 온상이 될 수 있다. 그러는 한, 자유로운 사상의 의미는 바르게 이해되지 않을는지 모른다. 그러나 그러한 것들은 우리에게 허용되는 한에 있어서의 진리 또는 최선의 선택이 우리의 삶을 이끌어 가게 하기 위하여 지불해야 하는 대가일 것이다. 새로운 자유 속에서, 우리는 어느 때보다도 자신의 느낌과 생각을 말하기 시작했다. 그러나 이 느낌과 생각이 참으로 자신의 것 ── 자신의 주어진 상황과 자신의 가능성에 밀착한 것이 되는 데는 더 많은 시간과 연습이 필요할 것이다.

방금 말한 바와 같이, 이미 전통적으로 존재하는, 집단적 언어의 습관을 통하지 않고 느끼고 생각하고 말한다는 것은 지난한 일이다. 오늘의 말은 반공주의의 경직된 슬로건의 거죽을 입고 있기도 하고, 한풀이의 감정 양식의 모양을 하기도 한다. 그중에도 사회주의와 공산주의에로의 열림은 가장 큰 이해의 틀과 언어를 제공해 주기 시작하고 있다. 이러한 틀과 언어의 위력은 오늘날 가장 현저한 것이다. 그리하여 그것은 새로운 계시로도 새로운 위험으로도 느껴진다. 사회주의적 사상은 인간의 현대적 경험과 그것의 초월을 위한 투쟁을 이성적으로 파악하려는 위대한 사상적 모험을 대표한다.

오늘의 혼미 속에서 여기에 어떠한 실마리를 찾으려 하는 것은 너무나 당연하다. 그러나 사회주의 전통은 사상적 기획뿐만 아니라 현실에 있어서의 그것의 좌절과 고통을 체험으로서 간직하고 있다. 우리는 아직 그것에 대해서는 충분히 알고 생각할 여유를 가지고 있는 것으로 보이지는 아니한다. 그러나 중요한 것은 그것을 더 알고 생각하는 것보다 모든 전통적 언어, 과거의 언어를 생각하면서 ── 그것이 사회주의의 전통에서 나오는 것이든 또는 다른 어느 전통에서 나오는 것이든, 이러한 것들에서 배우면서, 스스로의 현실을 스스로 깊이 생각할 수 있는 스스로의 생각과 언어를 길러 나가는 것이다. 이제 조금 더 넓어진 사상의 자유는 이 성숙의 과정에 있어서의 첫 시작을 나타낸다.

(1989년)

관료적 질서와 자유의 언어

10대의 젊은이가 40대의 장년에게 담뱃불을 달라고 하였다가 그것을 아니꼽게 본 장년의 거부에 화가 나서 그를 구타한 사건이 신문에 크게 보도되었다. 이것은 말할 것도 없이 끊임없이 일어나는 폭력 사건들의 한 작은 사례에 불과하다. 다만 그것이 크게 보도될 만큼 주목을 끈 것은 한편으로는 갈수록 빈번한 폭력 사건, 그것도 극히 사소한 막힘에도 참지 못하고 터져 나오는, 자제력의 결여에 관계되어 있는 폭력 사건이기 때문이고, 다른 한편으로는, 그것이 전통적 장유유서의 질서에 어긋나는 반윤리적 행동이기 때문이다.

10대의 40대에 대한 폭행 사건은, 날로 증가하는 엄청난 폭력과 범죄 사건들 가운데 그야말로 가장 사소하고 중요치 않은 일이라고 할 수 있다. 그리고 이러한 사건이 없어지려면 다른 폭력과 범죄가 일어나지 않는 사회가 되는 것을 기다릴 도리밖에 없을는지 모른다. 크고 작고를 가릴 것 없이 폭력은 폭력적 사회 조건에서 나온다. 그것은 어떤 방식으로든지 삶의 조건과 구조가 폭력적 폭발을 불가피하게 할 만큼 억압적이란 말이며, 다른 한편으로는 이러한 구조적 억압이나 폭력에 대한 대응 조치도 폭력적 또는 폭력 지향적이란 말이다. 그렇기는 하나 앞에서 말한 사소한 폭력 사건은 반드시 이와 같이 모든 것을 싸잡아서 이야기하는 설명으로만은 분명히 들추어낼 수 없는 원인과 결과를 가지고 있는 것으로 생각된다. 그것은 사소한 것이면서 또 우리 사회 전체의 심층적 구조에 관계되어 있고, 앞으로 설명하는 바와 같이, 특히 문화나 문학하는 일에 무관한 일이 아닌 것으로 여겨지는 것이다.

10대가 40대를 때린 사건은 한 사회의 모든 행위가 그러하듯이 단순한 폭력 행위가 아니라 복잡한 사회 규범, 사회 규범의 위반에 관계되어 있는 사건이다. 40대에게는 10대가 담뱃불을 빌리자고 말을 붙인 행위 그 자체가 신성한 사회 규범을 범하는 행위였을 것이다. 그에게도 그 규범에 규정되어 있는 자신의 위엄이 존중되지 아니한 것이 처음부터 불쾌의 원인이 되었을 것이다. 10대의 젊은이에게는 담뱃불을 빌리자는 간단한 요청에 대하여 불쾌하게 반응하는 40대의 행동이 자존심을 손상하는 것이었을 것이다. 그에게 낯선 사람과 낯선 사람의 관계는 연령의 위계질서에 관계없이 더욱 평등하게 또는 더욱 간단하게 맺어질 수 있는 것이었을 것이다. 이것은 보다 사실적이고 평등주의적인 태도의 자연스러운 표현이었는지 모른다. 그러나 그렇다고 하더라도 우리 사회의 사정 속에서, 그러한 태도에서 나온 행위가 무언의 규범에 어긋나고 그 규범 속에 있는 40대의 분노를 살 것이라는 것을 모르고 있었던 것은 아니었을 것이다. 그에게 담뱃불을 빌리는 행위는 이 규범을 의도적으로 파괴하는 행위이고, 그러니만큼, 구타 사건이 터지기 전에 이미 *그것은* 일종의 폭력 행위였던 것이다.

그런데 조금 간단히 말하여, 여기에서 보는 것은 사회관계에 대한 두 개의 다른 전제이다. 이 두 개의 전제는 적어도 잠재적으로 폭력적인 충돌이 없이 만날 수 있는 것일까? 사회 규범은 본래 한 사람의 다른 사람에 대한 행동을 원활하게 하려는 의도를 가지고 있다. 공동의 규범이 존재하지 않을 때, 사람과 사람의 간격은 무규범적으로 또는 다분히 폭발적으로 건너뛰어질 수밖에 없다. 과도한 감정이나 폭력은 그러한 건너뜀의 두 방법이다.

사람은 사람에 대하여 잠재적으로는 언제나 폭력적이다. 이것은 반드시 사람의 본성이 포악하고 이기적이기 때문만은 아니다. 사람의 사람에 대한 폭력성은 사람의 이기심 또는 자기중심성에 못지않게 사회성에서 나온다. 사람은 끊임없이 다른 사람을 의식하면서 사는 존재이기 때문에 다른 사람의 일거수일투족이 모두 호오 평가의 자극제가 된다. 그리하여 사람과 사람의 주고받음 — 인상, 감정, 행동, 물건의 주고받음을 규정하는 예의범절, 행동, 작법, 규범 들이 필요하게 된다. 물건 하나 건네주는 데도 그것을 왼손으로 하느냐, 오른손으로 하느냐, 한 손으로 또는 두 손으로 하느냐, 바로 서서 하느냐 모로 서서 하느냐 하는 것까지도 중요해지는 것으로 보아 이러한 행동의 규범은 한없이 복잡해지고 세련될 수가 있다. 이러한 규범의 매개가 없을 때, 우리의 기분, 자존심, 상황 의식은 쉽게 손상되고 잠재적으로 폭력의 근원이 되는 것이다. 우리 사회의 폭력화는, 물론 더 직접적인 원인들이 없는 것은 아니지만, 사회 규범의 파괴와 소실에도 그 원인이 있는 것이다.

그런데 이것은 우리 사회의 전통적 사회 규범의 성격으로 하여 더욱 악성적인 것이 되는 것이 아닌가 한다. 즉 전통적 사회 규범의 권위주의가 커다란 문제의 근원이 된다는 말이다. (뒤에 다시 말하겠지만 사실은 권위주의 자체가 문제된다기보다 그것이 본래 가지고 있는 어떤 잠재적 위험성으로 하여 일어나는 권위주의의 왜곡이 문제가 된다고 해야 할는지 모른다.) 이 권위주의 속에서 사람과 사람은 어떤 위계에서의 상하 관계로서 규정된다. 지위의 높고 낮음, 재산의 많고 적음, 나이의 많고 적음이 사람의 자리매김을 하는 것이다. 제일 분명한 것은 정부 기관이나 회사의 관료 조직에서의 순서이지만, 순서가 분명치 않은 곳에서도 순서를 정해 놓아야만 우리는 속이 시원하다. 그리하여 장유, 남녀, 선후배가 사회관계의 기본 기준 노릇을 한다. 이것이 무시되거나 분명해지기 어려운 상황에서는 폭력이 발생한다. 군대에서의 기합, 감방에서의 신고식이라는 민간 의식, 여성에 대한 폭력, 짝사랑하는 남자의 애인 살해 등등. 특이한 것은 이러한 폭력이 위계가 분명한 곳에서 일어나는 것이 아니라 그것이 모호한 데에서 일어난다는 것이다. 가령 군대에서 기합 중의 폭력으로 사람이 죽었다 하면 그것은 장교와 사병 사이에 일어나는 것이 아니라 6개월, 1년, 2년의 간격을 두고 선후가 정해지는 고참과 신참 사이에 일어나는 일이다. 서로 같은 처지에 있기 때문에 상부 상조의 느낌이나 동료 의식이 생기는 것이 더 자연스러운 것이라고 할 수도 있는데(사실상 다른 사회에서 이러한 유대감은 그 반대보다도 자연스러운 것으로 보인다.), 오히려 그 반대 현상이 생기는 것이다. 이것은 감방의 동료 사이에서도 그렇고, 보수주의자든 진보주의자든 정치 의식에 관계없이, 학생 선후배 사이에서도 그러하다.

상하의 자리매김이 이와 같이 문제적인 상황에서만 행해지는 것이 아님은 말할 것도 없다. 윗사람을 윗사람으로, 아랫사람을 아랫사람으로, 적절하게, 가리고 모시고 다루는 일이야말로 우리 사회의 윤리 훈련의 가장 기본적인 강령을 이룬다. 이것은 적극적인 면이지만 그 소극적인 면, 부정적인 면, 즉 상하의 자리매김이 잘 이루어지지 아니한 것으로 느낄 때의 우리의 반응을 보면 이 상하 자리매김의 윤리가 우리의 사회적 심성 속에 얼마나 깊이 박혀 있는가를 알 수 있다. 어떤 사람에 대한 느낌으로서 우리 사회에서 가장 흔한 것은 '건방지다'는 느낌이다. 비록 그렇게 분명하게 언표되지는 아니한다 하여도 대학에서까지도 '건방지다'는 판단을 받아 취직이 아니 되는 경우가 비일비재함을 보거니와, 다른 데서도 이러한 판단이 매우 중요한 인물 평가의 기준이 됨은 새삼스럽게 지적할 필요가 없는 일이다. 또는 거꾸로 우리는 '건방지다'라는 말을 듣지 않기 위해, 얼마나 전전긍긍 많은 정신과 시간을 소비하는가? 건방지거나 건방지지 아니함의 중요성이 우리 사회에서만큼 큰 경우도 흔하지 아니할 것이다.

건방짐이 좋은 것은 아니다. 건방지지 않은 것, 제자리나 분수를 지키고 더 나아가 겸손, 겸허한 것은 중요한 덕성의 하나이다. 문제는 그것이 내적인 수양의 결과로 생기는 것이 아니라 두려움에서, 다른 사람에 대한 눈치에서, 그것도 자기가 높게 대접받느냐, 낮게 대접받느냐를 인생의 유일한 관심사로 삼는 사람들, 즉 부정적 덕성의 소유자, 덕성이 없는 사람들에 대한 자기 방어책의 결과로서 위장된다는 데 있다. (외양상 가장 겸손한 사람이 지극히 난폭하게 자신을 폭발시키는 광경을 목격하는 것은 드문 사건이 아니다.) 그리하여 겸손은 명실히 다른 위선의 표현에 불과하게 된다. 이보다도 더 큰 문제는 보편적 권위주의 — 그보다는 관료주의, 즉 모든 것에 일정한 상하, 고저의 순위가 있다고 생각하는 관료주의가 인간의 내부와 외부를 분리시키고 더 나아가 어떤 경우는 내부를 공동화할 수도 있다는 데 있다.

이미 말한 바와 같이, 어떤 조건 아래서, 겸손이나 겸허는 높은 덕성이 아니라 — 사실 모든 도덕적인 수양의 정점은 자신을 낮추고 자신을 없애고, 더 높은 질서에로 귀의하는 데 있는 것이 아니겠는가. — 자신의 가장 세속적인 보존을 꾀하는 보신지책으로 변하게 한다. (도덕이나 애국심이나 마찬가지로 높은 덕목도 교활한 이기주의의 수단이 될 수 있다.) 그러나 이러한 변화를 이중적 겸손의 실행자가 반드시 의식하는 것은 아니다. 그런데 이러한 무의식은 그에게서 그치는 것이 아니다. 다른 사람에게 겸손한 태도를 요구하는 사람도 그 겸손의 이중적 의미를 알지 못하는 것이다. 처음부터 그에게 중요하였던 것은 겸손이 아니라 존경의 표시 또는 상하의 인정의 표시였다. 그것을 통하여 그는 자신의 중요성을 확인하고자 한 것이다. 한편으로 그에게는 상대방의 내적 상태는 중요하지 않고, 다른 한편으로는 자신의 가치 — 자신이 참으로 본질적인 의미에서 존경할 만한 가치를 가진 사람인가 하는 것도 중요치 않다. 그에게 사람의 값은 스스로의 값이고, 그것은 자발적이고 자유로운 다른 사람에 의하여서만 인정되고, 그 인정이 기쁨의 근원이 된다는 생각은 일어나지 아니한다.

관료주의의 세계에서 모든 것은 보편적인 자리매김에 의하여 정해진다. 높은 자리에 있으면 높고, 낮은 자리에 있으면 낮다. 높은 자리의 높은 사람은 참으로 높은 가치, 덕성, 인격을 지녔는가? 자리가 부여하는 높음은 참으로 높은 것인가? 이러한 질문은 일어나지 아니한다. 그것은 가치에 대한 주체적이고 자발적인 판단의 과정을 요구하는 질문이다. 그런 경우 높은 사람은 스스로가 참으로 높음에 값하는가를 반성적으로 물어보고, 낮은 사람의 존경이 스스로의 믿을 만한 그리고 자발적인 판단에 기초한 것인가를 물어보아야 한다. 낮은 사람은 스스로의 존경이 온당한 가치 판단과 도덕적 근거에 기초한 것인가를 물어보아야 한다. 간단히 말하여, 높고 낮음과 존경의 판단은 관계된 사람들의 주체적 작용을 통과하여 성립해야 하는 것이다. 그러는 한 권위주의적 위계질서도 그 나름의 실질적 의미를 갖는다. 그리하여 전통적 유교 사상에서 임금의 임금다움, 윗사람의 윗사람다움, 사람의 내면적 수양이 강조된다. 그러나 엄격한 의미에서 윗사람다운 윗사람이 보장되는 권위주의 질서를 유지하기란 얼마나 어려운가?

윗사람다운 사람이기 때문에 윗사람이 되는 것이 아니라, 윗사람이기 때문에 윗사람다운 사람으로 생각되고 생각되기를 강요하기는 너무나 쉬운 것이다. 그리하여 자리에 의하여 사람의 값을 정하는 질서는 너무나 쉽게 성립하게 된다. 그 대표적인 것이 관료 제도이다. 관료 제도 속에서 중요한 것은 되풀이하여 말하건대, 사람의 값 매김의 근거로서의 자리이다. 값있는 사람이 되려면, 훌륭한 사람이 되려면 자리를 높여야 한다. 그러나 관료주의적 문화는 사회 전체에 만연될 수 있다. 이 문화에서 어떤 자리에서 앞에 서는가 뒤에 서는가, 신문이나 잡지에 이름이 앞에 나는가 뒤에 나는가가 지대한 관심사가 된다. 어느 기구에 6개월 또는 1년 앞에 들어왔는가 뒤에 들어왔는가 하는 것이, 어떤 경우에는 생사에 관계될 수도 있다. 가장 보편적인 관료 체제 —— 가난한 사람이나 힘없는 사람에게도 일정한 자리와 또 승진의 위안, 따라서 자기 값어치의 향상을 허용하는 보편적 관료 체제는 나이이다. 누구나 나이가 많아짐에 따라 자신의 값이 올라감을 보장받는다. 그리고 어떤 부류의 젊은이들을 건방지다고 생각할 수 있는 권한을 얻게 된다.

이러한 보편적 관료 문화, 특히 나이의 관료 체제가 나쁜 것만은 아니다. 나이 많은 사람에 대한 존경은 인생의 경험 또는 단순히 인생의 역정의 엄숙성에 대한 경의를 나타낼 수 있다. 이것은 존경하는 사람이나 받는 사람들을 다 같이 삶의 엄숙성의 보편적 인식 속에 포용한다. (관료 제도에 있어서의 상관에 대한 존경도 개인의 값에 대한 평가 또는 교활한 보신책에 관계없는, 공적 질서와 공적 책임의 엄숙성에 대한 보편적 인식에 의하여 매개될 수 있다. 그런 만큼 그것은 의미 있는 도덕적 체험일 수도 있을 것이다.) 그리고 그것은 우리를 실존적 허무감으로부터 보호해 줄 수 있다. 관직이나 사회적 지위 또는 선후배 의식이 우리들에게 우리 자신이 아무것도 아닌 것이 아니라 무엇인가 중요한 존재라는 느낌을 준다. 그러한 아무것이 없더라도 단순히 나이가 든다는 사실만으로 우리가 실존적 중요성을 가질 수 있다는 것은 얼마나 다행한 일인가.

그러나 실존적 관료 체제는 우리의 주체성을 손상시키고 말살시키기도 한다. 저절로 주어지는 것이 없다고 한다면 우리는 우리의 노력으로서만 어떤 가치를 창조할 수 있어야 한다. 우리에게 값을 주는 것은 우리 스스로가 창조하는 값이다. 사회적 자리나 나이가 우리를 자동적으로 정당화하여 주지 아니한다. 또는 정당화되는 경우도 그 정당화는 우리 스스로 책임지지 아니하면 아니 되는 것이다. 다른 사람과의 관계도 미리 마련된 질서에 의하여 정해지는 것이 아니다. 다른 사람의 존경을 얻는 것은 외적 강제력에 의하여서가 아니라 내가 그것에 값하는 사람이 됨으로써이다. 다른 사람의 사랑은 저절로 주어지는 것이 아니다. 내가 그것에 값하도록 노력하는 데에서 한편으로는 나의 업적으로서 다른 한편으로는 고맙기 짝이 없는 은혜로서 얻어지는 것이다.

실존적 관료 체제의 가장 큰 폐단은 사람들로 하여금 노력으로 얻어지는 인간관계에 대한 이해를 상실하게 한다는 것이다. 스스로의 노력으로 얻고 그에 대한 화답으로 저절로 생겨나는 사랑의 기술을 상실한 사람들은 다른 사람과의 관계를 강제력으로 만들어 낼 수밖에 없다. 그것은 도덕의 이름 아래의 강요일 수도 있고 적나라한 폭력일 수도 있다. 그 원인을 하나로만 국한할 수는 없는 일이지만 요즘에 빈번히 보도되는 성폭력은 힘이 아닌 다른 방법으로 여성의 환심을 살 방도를 알지 못하는 젊은이들의 일이다. 우리 문화가 그들에게 폭력적 또는 강제력을 통하지 아니한 인간관계의 통로를 보여 주지 못한다는 데 그 일부 원인이 있다고 생각할 수 있다.

관료 체제는 우리의 사고에까지 침범해 들어간다. 이 체제 아래서 생각은 현실을 이해하고 분석하고 개선할 방도를 강구하는 살아 움직이는 주체적 작용이 아니다. 그것은 밖으로부터 주어지는 관념들을 습득하는 과정이다. 관념들은 현실 또는 다른 관념들로 표현된 현실의 정오를 분류하는 데 사용된다. 또는 그것들은 현실이나 현실을 구성하는 인간들의 자리매김의 수단이며, 그 자리매김에 따라 그것들을 재단하는(근본적으로 나와의 관련에서 건방진가, 건방지지 아니한가를 가려내는) 수단이다. 이렇게 사용되는 관념들은 어떤 불변의 체계를 구성하는 것으로 생각된다. 생각하는 사람이 하는 일은 이 체계에 따른 관료적 분류 작업이다. 불온 분자를 가려내고, 이들을 A급, B급, C급 등으로 분류하는 수사 당국자들처럼.

살아 움직이는 생각, 느낌, 인간관계, 생생한 실존을 마비시키는 관료주의의 생존 체제의 원인은 무엇인가? 전통적 권위주의, 제국주의의 체험, 독재 정치, 군사 문화 — 이러한 것들이 여기에 관계되어 있다고 할 수 있다. 그러나 동시에 그것이 본래의 원인이든 아니든, 이미 앞에서 언급한바 일상생활의 권위주의, 관료주의의 문화가 스스로를 보강하여 온존하는 것이 되게 한다고 할 수도 있다.

원인인지 결과인지 분명히 알 수 없는 문화의 책임을 논한다면, 문화 현상 가운데도 언어는 중요한 요인으로 작용하는 것으로 생각된다. 교과서에나 반교과서에나 가득한 이데올로기적 언어는 비교적 자명한 경우이다. 또는 텔레비전의 연속극 등에서 상사가 부하에게, 아버지가 아들에게, 남편이 아내에게, 또는 남자가 여자에게 구사하는 강압적이고 비대칭적인 언어는 관료 문화의 결과이면서 그것을 장려하는 모범 노릇을 하는 것일 것이다. 그러나 이러한 언어는 통속적인 상황 설정 속에만 등장하는 것은 아니다. 우리의 가장 뛰어난 단편 작가의 작품에 나오는 다음과 같은 대화를 예로 들어 보자.

"일찍 오셨네요, 늦는 줄 알았는데?"

여자가 그의 옆에 주저앉으며 말했다.

"윤 선생님 부인은 한 달에 만 원씩 주고 요가를 한대요. 건강에 아주 좋은가 봐요. 그리고 윤 선생님도 아침 5시에 일어나서 삼십 분씩 달음박질을 한대요. 당신도 무슨 운동을 좀 해야겠어요. 정구 좋지 않아요, 운동도 되고, 사고도 되고?"

"어머님이 지금도 단식 요법을 원하셔?"

"아까도 기도원 얘기를 꺼내셨어요. 위장병 같으면 몰라도, 신경통에 단식이 무슨 효험이 있다고 그러시는지 모르겠어요. 저녁은 잡수셨지요?"

"있으면 줘 봐."

"김 선생님하고 같이 안 했어요? 술만 하셨어요?"

"김태호 씨한테 아들이 여럿이던가?"

"딸만 셋일 텐데? 막내가 나하고 고등학교 동기예요. 가서 밥 먹어요. 배 안 고파요?"

그들은 거실로 나갔다.

위의 장면에 등장하는 부부의 관계가 불평등하고 비대칭적인 것은 우리의 관습 책임이다. 두 사람 사이에서 한 사람은 높임말을, 다른 한 사람은 낮춤말을 쓴다. 그건 그렇다고 하더라도 위에서 남편은 아내의 의견이나 질문에 답을 하지 않고 이를 무시함이 역연하다. 물론 남편은 그 나름의 생각에 사로잡혀 있으며, 아내의 중산 계급적 천박한 견해들을 못마땅하게 생각하고 있다. 이 못마땅함은 바른 비판적 관점에 입각해 있는 것이라고 할 수도 있다. 그러나 아내의 비속성에 대한 비판은(그러한 비판적 견해를 가지고 있는 것이 사실이라고 한다면) 아내와 자신 사이에 있는 억압적이고 비대칭적 관계에까지 미치지는 아니한다. 남편에게 적어도 최소한도의 인격적 존중이 두 사람 사이의 관계의 기초가 될 수 있다는 생각은 없는 것이다. 두 사람의 관계는 두 독자적인 주체적 가치와 주체적 반성을 가진 사람의 관계가 아니다. 그것은 사회 규범의 위계질서에 의하여 규정되어 있다. 남편은 이 억압적 규정을 그대로 받아들인다. 그것이 그의 일방적이고 자의적인 행동을 가능하게 한다. 이러한 점에 대한 의식은 아내의 경우도 마찬가지다. (동문서답의 퉁명스러운 남편의 대화 또는 독백에 대하여 아내는 전혀 화를 내지 않는다.)

이러한 무의식은 작가의 경우에도 마찬가지가 아닌가 여겨진다. 적어도 그에게 이 장면의 부부 사이에 존재하는 비대칭적 관계가 문제적인 것으로 비친 것 같지는 아니한 것이다. (말할 것도 없이 작가가 우리 문화와 사회의 관습을 마음대로 바꿀 수는 없는 일이다. 그는 그것을 정직하게 기록할 뿐이다. 단지 우리가 말할 수 있는 것은 그 기록이 무자각적인 것일 수도 있고 자각적이고 비판적일 수도 있다는 점이다.)

그런데 인간관계를 자유로운 주체의 관계가 아니라 외면적으로 주어지는 관료적 질서에 의하여 규정되는 것으로 보는 태도는 우리 언어의 더 깊은 곳으로부터 연유하는 것인지도 모른다. 우리말에 있어서의 높임말·낮춤말의 존재야말로 그러한 상하의 관료적 태도와 의식의 형성에 기본적 계기가 되는 것이 아닌가 여겨지는 것이다. 우리는 대화자의 높낮이에 대한 자리매김이 없이는 어떠한 말도 할 수 없다. 우리말에 있어서의 발언은 발언의 대상에 대한 것이면서 그 대상과 듣는 사람과 발언하는 사람의 사이에 존재하는 위계 순위에 대한 자리매김의 행위이다. 그런데 더욱 중요한 것은 이러한 자리매김의 훈련이 언어를 습득하기 시작하는 단초로부터 행해진다는 점이다. 아이들이 말을 배울 때 맨 먼저 주의받는 것은 어른에게 존대어를 써야 한다는 것이다. 이것은 언어 습득과 훈련의 가장 중요한 강조점이다. 이것은 상징체계로서의 언어의 습득에 특별한 문제를 제기할 것으로 생각된다.

자크 라캉에 의하면, 갓난아이가 스스로를 자아로 의식하는 것은 생후 6개월에서 1년 반 기간 동안의 '거울의 단계'에서이다. 그러나 이때 생기는 자아는 소외된 자아이다. 어린아이는 거울에 비치는 육체를 통하여 또는 다른 사람의 육체를 통하여 자신을 하나의 통일된 존재로 인지한다. 그러나 그 존재는 하나의 객관적 사물이다. 그것은 그의 인지를 통하여 구성한 것이기도 하고 또는 다른 사람의 눈을 통하여 구성된 것이기도 한다. 아이는 이 객관물에 스스로를 일치시키기도 하고 또는 그것의 소유를 위하여 그것과 공격적으로 관계하기도 한다. 이렇게 일치와 공격의 대상이 되는 객관물은 진정한 의미에서 주체적인 자아가 아니다. 그것은 외면적으로 파악된 물체이다. 어린아이가 주체적 자아를 얻게 되는 것은 언어의 습득을 통해서이다. 언어는 어린아이로 하여금 욕망의 주체로서의 자아나 욕망의 대상으로서의 사물이 고정된 객관물로서가 아니라 여러 가지의 유동적이고 모호한 관계 속에 존재하는 것임을 배우게 한다. 말은 눈앞에 없는 것이 존재함을 표현해 주고, 눈앞에 존재하는 것이 반드시 눈앞의 존재 그것으로 충만한 전부가 아님을 말하여 준다. 고유 명사의 '나'가 아니라 대명사로서의 '나'는 나의 나일 뿐만 아니라 다른 많은 사람의 나를 나타낼 수 있다. 그리하여 '나'는 언어의 상징 질서, 더 나아가 사회 질서 속에서 무한히 바뀔 수 있는 상징적 기호에 불과한 것이다. 사물과 자아는 상징 질서 속에 움직여 가는 의미 창조의 능력에 불과하다.

이러한 학습의 과정은 그 나름의 희생과 억압을 수반하는 것이지만, 적어도 자아를 주체적 작용의 고정시키기 어려운 에너지 속으로 해방하는 데 중요한 역할을 하는 것이다. 이 습득의 과정의 한 의미는 사물이나 자아가 대칭적이고 치환 가능성 속에 있음을 깨우치는 데 있다. 그런데 존대어의 존재는 이 대칭과 치환의 유동성에 적지 않은 제동을 가한다. 나의 다른 사람에 관한 관계는 다른 사람의 나에 대한 관계로 대칭적으로 옮겨져서는 아니 된다. 같은 대명사는 누구에게나 고르게 적용되는 것이 아니다. '나'를 말하는 사람이 있고 '저'를 말하는 사람이 있다. '너'가 있고, '당신'이 있고 너도 당신으로도 지칭되어서는 아니 될 사람이 있다. 존대어의 존재는 이러한 여러 가지 제약을 통하여 어린아이가 거울의 단계에서 상징 질서로 옮겨 가는 것을 방해한다. 아니면 적어도 그것을 여러 우회적 경로를 통하여서만 가능하게 한다. 그리하여 어떤 경우에는 주체적 자아는 탄생되지 아니하고, 객관화된 자아 — 자기 눈에 의하여 또는 다른 사람의 눈에 의하여, 궁극적으로는 사회의 일정한 자리매김의 질서에 의하여 객관화, 객체화된 자아가 성인의 자아로서 남게 된다.

물론 이것이 진상의 전부는 아닐 것이다. 우리말의 정신 분석은 이 자리에서 간단히 처리될 수 있는 것이 아니다. 그것은 더욱 면밀하게 연구될 필요가 있다. 이미 비친 바와 같이 우리말의 존대어로 인하여 어린아이는 그 주체적 자아 형성에 방해를 받는 것이라기보다는 불어나 중국어를 사용하는 문화와는 다른 경로를 통하여 주체의 해방에 이르게 되는 것일 것이다. 그리고 이 우회로가 존재하는 만큼 상징 질서에의 도달은 더욱 어렵거나 복잡하게 될 가능성이 있다.

그러나 아마 모든 것이 언어의 몇몇 특징으로 결정되는 것은 아닐 것이다. 앞에서 나는 권위의 질서가 반드시 비주체적이고 외면적 질서가 되는 것은 아니며, 그렇게 되는 것은 대체로 사회로부터 주체의 창조적·자발적 발휘를 북돋는 문화가 쇠퇴하는 때문이라고 비친 바 있다. 경어의 존재가 어린아이의 성장을 거울의 단계에 고정시킨다고 한다면, 그것도 다분히 언어의 필연성에 의하여서라기보다 사회에 있어서의 여러 가지 주체적 과정의 쇠퇴에 의하여 그렇게 되는 것일 것이다. 경어가 강조되는 언어 세계는 다른 어떤 경우에서보다 강한 주체성의 문화에 보충될 필요가 있다.

문학은 인간의 다른 어떤 의식 또는 언어 활동보다도 인간을 내면으로부터 파악하려 하는 것으로 말할 수 있다. 그러니만큼 그것은 사람을 스스로의 현실을 만들어 내고 이것을 스스로 평가하는 것으로 보는 관점에서 인간 현실을 보려는 편견을 가진다. 여기에서 문학의 수단인 언어는 형성적 의미를 갖는다. 그것은 주체 작용의 가장 자유로운 표현이 될 것을 지향한다. 그리고 정해진 틀과 관념과 감정의 기계적이고 상투적이고 관료적인 언어를 혐오한다. 이런 때에 경어의 존재가 어떤 방해가 되는 것은 아니다. 그것은 하나의 함정이 될 수 있다. 그러나 모든 어려움과 함정은 그것을 극복하고 선용할 때 새로운 가능성이 될 수도 있다. 오늘날 우리 사회는 그것이 처한 특이한 조건들로 하여 관료적 체제의 경직성 ― 표면적인 자유와 진보 또는 그것을 표방하는 구호에도 불구하고 이러한 경직성에 사로잡혀 있는 것으로 보인다. 이것이 적어도 어느 정도는 폭력적 현실의 한 원인을 이룬다. 유감스럽게도 문학도 그러한 경직성을 드러내는 경우가 많다. 그러나 그것은 그 주체적 자유로부터의 출발로 하여 그러한 경직성을 풀어 나가는 데 하나의 충동이 될 수도 있다. 문학이 그 주어진 언어와 문화의 조건을 제 마음대로 초월할 수는 없다. 그러나 인간은 어떤 조건 아래서도 창조적으로 또는 적어도 그 잠재적 지향에 있어서 창조적으로 존재할 수 있다. 문학은 주어진 언어와 문화 속에, 사람은 주체적 자유 속에 있으며 사람과 사람이 이 주체적 자유를 통하여 맺어짐을 보여 줄 수 있다. 그러기 위하여 그 언어는 가장 자유로워야 한다. 거꾸로 그러한 자유로운 언어가 우리 모두가 대망하는 위대한 문학을 만들어 낼 수 있다.

(1990년)

언어·진리·권력

오웰의 『1984』를 중심으로

1. 국가 권력과 사상의 통제

사람의 권력을 향한 의지 — 다른 사람을 지배하고 재화를 마음대로 사용하고자 하는 의지가 무한하고 또 본능적인 것이라고 하는 것은 요즘 우리 사회의 신화 중의 하나이다. 이러한 의지의 표현은 우리 주변 도처에서 볼 수 있는 것이기 때문에 그것이 오늘의 현상이란 것은 부인할 수 없는 것 같다. 다만 그것이 일시적인 사회 현상인지 아니면 인간성의 깊이에 뿌리박고 있는 것인지는 좀 더 생각해 볼 문제이다.

모든 인간 현상이 그렇듯이 권력 현상도 사람의 본성에 — 이 본성이란 것이 있다고 전제하고 — 그 근거가 없는 것은 아닐 것이다. 그러나 요즘 생각되는 것처럼, 또 우리 사회에서 볼 수 있는 것처럼 이상적으로 항진된 권력 현상이 정상적인 것이라고 할 수는 없을 것이다. 사람의 삶 그 자체가 삶에의 의지와 일치되는 것이라고 볼 만한 이유가 있는 한, 권력에의 의지가 사람에게 완전히 없는 상태는 생각하기 어렵다. 그러나 이것이 삶과의 관련에서 존재하는 것이라고 한다면 삶의 기능이 원활히 움직이고 있을 때, 권력 의지만이 무한히 항진될 수는 없을 것이다.

삶의 의지로서의 권력 의지는 삶을 막는 것에 비례하여 커진다고 말할 수 있다. 그것은 장애물과 좌절 속에서 커진다. 그러니까 권력에의 의지는 역설적으로 우리의 삶에 팽배해 있는 무력감의 다른 표현이라고 할 수 있다. 여하튼, 사람의 권력욕이 어떤 근거에서 나오며 어떻게 조장되든지 간에, 그것을 사람과 사람의 관계를 규정하는 당연한 속성으로 말하고 받아들이는 것이 평범한 사람의 삶을 살벌하게 한다는 것은 틀림이 없다. 권력 현상의 현실은 어찌할 수 없다고 하더라도 그 필연성, 당위성에 대한 주장은 일단 검토해 보아 마땅할 것이다.

2. 전체주의 체제의 권력 행사

권력욕의 가장 강력한 표현은 국가 권력이라고 생각된다. 국가가 참으로 권력 행사를 주목적으로 하는 조직체인지, 이것도 생각할 문제이지만, 국가 조직이 권력의 집약적 표현이 될 수 있는 것은 사실이다. 그러나 이 경우에도 권력의 표현으로서의 국가의 성립은 사회 질서의 붕괴에 관련된다. 사회 질서는 사람이 살아가는 일을 처리해 나가는 방법의 총체란 면을 가지고 있고, 이것이 붕괴될 때 권력의 작용은 그것을 대치할 수 있는 유일한 방법이 되기 때문이다.

동기와 원인이 어떤 것이든지 간에, 권위주의적 정치 체제는 권력 국가의 대표적 경우이다. 여기에서 국가는 무엇보다 권력 행사의 조직으로 존재하는 것으로 보인다. 최근에 미국인들이 유명하게 만든 구분을 빌려 이야기하자면 전체주의 국가는 국가 구성의 토대로서 권력의 요소가 두드러지는 또 하나의 정치 체제이다. 다만 명분에 있어서 전체주의 체제는 보다 공리적인 삶의 목표에 의하여 권력의 행사를 정당화하려고 한다. 전체주의자는 붕괴된 삶의 질서 또는 모순된 삶의 질서를 대신할 보다 정의로운 삶의 질서를 위하여 독재적 권력의 행사가 불가피하다고 말한다. 그리고 이 권력은 이러한 질서의 수립과 더불어 소멸될 수도 있다고 말한다.

그러나 내세울 수 있는 목표나 이유에 관계없이, 일단 성립한 전체주의 조직은 스스로를 항구화하며 계속적인 권력의 행사를 도모하는 것으로 보인다. 이것은 유토피아적 계획에서 출발한 사회 혁명의 과정들에서 자주 보는 바이다. 이 경우, 그것이 본래 삶의 전체적인 개혁을 목표로 하였던 만큼, 권력에 의한 삶의 통제는 더 가혹한 것이 될 수 있다. 국가 권력은 사회의 공적인 공간과 국가 성원의 사생활을 통제하고 나아가 성원들의 마음속에 든 생각 자체를 통제한다. 이렇게 국가 권력에 의한 삶의 통제는 안팎으로 절대적인 것으로 군림한다.

권력에 의한 생각의 통제는 어느 때에 있어서나 지배 체제의 유지를 위한 중요한 방편의 하나였다. 그러나 이것은 근대 국가에 올수록 심한 것으로 보인다. 대체로 근대적 삶이 합리적인 형태를 취할 수밖에 없는 것에 관련되어 있기 때문일 것이다. 경제가 발전될수록 이것을 운영하는 데는 훈련된 노동력이 필요해진다. 그러나 이러한 훈련은 불가피하게 합리적 사고의 확대를 가져오고, 합리적 사고는 경제와 지배 체제의 유지에도 봉사하지만, 다른 한편으로는 모든 일에서 이성적 정당성을 요구하고 새로운 가능성을 시험해 보고자 하는 정신 경향을 낳는다. 여기에서 역설적으로 현대의 권위주의 국가 또는 전체주의 국가는 합리성의 발달을 조장하면서, 또 이것을 어느 때보다도 억압하여야 할 필요에 빠지게 된다.

물론 다른 사람에 대한 지배가 하나의 본능적인 근거를 가진 것이라고 한다면, 사람의 사고의 통제야말로 사람을 지배하는 데 있어서 최종 목표를 이룬다고 말할 수 있다. 또 어느 때에 있어서나 생각은 사람이 주어진 한정된 시공간을 넘어가는 초월의 수단이다. 따라서 일체의 초월을 봉쇄하려는 기존 질서의 관점에서 생각의 통제는 빼놓을 수 없는 자기 보호책의 하나이다. 이것은 위에 말한 바와 같이 현대 국가의 조건으로 인하여 더욱 절실한 것이 되었다.

3. 이중사고와 모순의 일치

현대의 혼란에 대처하는 방법으로서의 국가 권력의 체계적 강조는 20세기에 와서 권위주의적 또는 전체주의적 체제를 낳았다. 그리고 보기에 분명한 권력 국가가 아닌 경우에도 국가 또는 사회 조직에 의한 삶의 통제 내지 조종은 널리 볼 수 있는 현상이 되었다. 권력에 의하여 조직된 사회의 있을 수 있는 모습을 조지 오웰은 『1984』에서 상상적으로 그려 내고자 하였다. 말할 것도 없이, 현실적인 근거가 있든 없든 오웰은 이 소설에서 삶의 모든 면이 통제된 사회를 보여 준다. 그런데 통제 사회에서 가장 중요한 통제 대상이 되는 것 중의 하나는 생각하는 자유이다.

『1984』의 세계에서 사실 사상 통제가 엄격하게 적용되고 있는 것은 권력 체제의 기간 요원에 대해서이다. 그러나 다른 부류의 인간, 즉 노동 계급이나 감시원 계층에 이러한 통제가 적용되지 않는 것은 그들이 생각의 기능을 갖지 않는 것으로 간주되어 있기 때문이다. 그러니까 『1984』의 세계에서 생각의 통제는 전면적인 것이다. 생각을 통제하는 방법은 직접적인 것과 함께 간접적인 것을 포함한다. 간단없는 일상생활의 감시를 통한 사생활 공간의 박탈은 전체적으로 사사로운 사고의 간극을 허용하지 않는다.

일상생활의 군대식 조직화 또한 사고의 기능을 마비시킨다. 여기에다 감정의 통제 — 사실상 증오와 같은 부정적 감정의 조장을 통하여 다른 종류의 있을 수 있는 감정을 통제하는 일은 생각의 자유로운 전개를 억제한다. 증오와 같은 긴박한 감정은 사람의 생각을 집중화하며, 다른 한편으로는 넓은 안목의 생각을 불가능하게 한다. 자유로운 생각은 여유 있는 감정 상태와 병행하는 것이기 때문이다. 직접적인 사상 통제의 방법은 인간 사고의 근본을 원천적으로 혼란시키는 일이다. 말할 것도 없이 사람의 사고는 두 가지 다리를 딛고 앞으로 나아간다. 그것은 사실과 논리이다.

『1984』의 세계에서 모든 사실은 국가에 의하여 통제된다. 이것은 사실에 대한 정보를 억제하고 선택적으로 배포하는 것으로부터 이것을 왜곡하는 것까지 포함한다. 『1984』의 나라 오세아니아에서는 어떠한 사실도 시민이 자유롭게 알아보고 확인할 수 없다. 정치적 사건은 전혀 알려지지 않거나 혹은 국가가 필요하다고 결정하는 만큼 알려진다. 사실의 통제는 단순히 오늘의 사실에만 한정되지 않는다. 오세아니아의 '진리성(眞理省, ministry of truth)'이 하는 중요한 작업의 하나는 그때그때의 편의에 따라서 과거의 역사를 고쳐 나가는 일이다. 진리성은 과거와 현재와 미래의 모든 사실을 국가의 편의에 따라서 만들어 낸다.

사실의 조작은 자연스럽게 논리적 사고의 기능을 마비시킨다. 왜냐하면, 오세아니아에서 국민은 어제와 오늘의 다르게 조작된 사실들을 다 같이 옳은 사실로서 받아들일 것을 요구받는 것이다. 그러니까 이 사실과 저 사실의 논리적 일관성을 생각하는 것은 금기 사항이 된다. '이중사고(double think)'는 국가가 요구하는 의무이다. 그리고 여기에서 더 나아가 사람들은 모순된 것을 일치시키는 법, '흑백(black white)'법을 배워야 한다. 가령 '전쟁은 평화'이며 '자유는 노예 상태'이며 '무지는 힘'이라는 국가적 슬로건은 흑백을 일치시키는 모순 사고법을 통해서만 받아들여질 수 있는 것이다.

4. 헌 말과 새 말

이러한 원천적인 사실과 이성의 혼란에도 불구하고 사람의 생각이 만들어 내는 모든 것을 다 없애 버릴 수는 없는 일이다. 진리성은 과거와 현재와 미래의 모든 사실을 선택, 왜곡 조작하여 국민에게 배포한다. 그러나 근본적으로 사상의 통제는 '사상 경찰'의 물리적인 방법에 의하여 가능하여진다.

사람들이 말하고 쓰는 일은 사상 경찰에 의하여 감시된다. 그러나 누가 사상 경찰인지는 알 수 없기 때문에 모든 사람은 모든 사람을 의심하여야 한다. 그리하여 사람과 사람 사이에서 터놓고 하는 말은 사라져 버린다. 말조심, 나아가 생각 조심은 모든 시민의 필수적인 습관이 된다. 급기야 이러한 조심은 다른 사람과 함께 있을 때만이 아니라 혼자 있을 때도 작용하는 정신 습관이 된다. 그리하여 '범죄 중지(crime stop)'——즉 '위험한 생각이 일어나기 일보 전에 생각을 중단하는 방법'인 범죄 중지는 보편적 정신 기율이 된다.

자신의 마음에 이는 생각에 제 스스로도 놀라고, 일어나려는 생각을 미리 막아 버리고——여기에서 한 발자국 더 나아가는 것은 반체제적 생각을 일체 일어나지조차 않게 해 버리는 일이다. 여기에 관계되는 중요한 일이 '언어 순화 운동'이다. 그 결과 생겨난 것이 '헌 말(old speak)'에 대한 '새 말(new speak)'이다. 새 말은 단순과 간결을 그 특징으로 한다. 단순과 간결은 일체의 불규칙성과 애매모호함을 배제하는 과학적 방법으로 가능해진다. '좋다'라는 말이 있으면 이에 유사한 일체의 유의어, 동의어, 또 반대어까지도 불필요한 것이 된다. '나쁘다(bad)'는 '안 좋다(ungood)'로 대치된다. '훌륭하다', '뛰어나다'라는 말들도 불필요해진다. 그러한 것은 '두 배로 좋다(double good)', '두 배 이상으로 강하게 좋다(double plus good)' 등의 말에 의하여 과학적으로 표현될 수 있다.

문법도 최소한으로 간소화된다. 가령 품사의 구별 같은 것은 폐지되고 가장 간결하고 직설적인 말들이 두루 쓰이게 된다. 축어나 약어의 빈번한 사용도 '새 말' 문체의 특성이다. '영국 사회주의(English Socialism)'는 '영사(Engsoc)', '전쟁성'은 '평화성(Ministry of peace)' 다시 '평성(Minipax)'이 된다. 쉽고 간단한 말에의 편향은 '노동자 먹거리(prole feed)', '재미 놀이터(joycamp)', '배알 느낌(belly feel)'과 같은 쉬운 말을 만들어 낸다.

이러한 간결화의 의의는 그것이 첫째는 생각을 단순화하거나 또는 억제하는 데 도움을 준다는 데 있다. 가령 당원이라면 정치적으로나 윤리적으로나 바른 견해를 마치 '기총 소사하듯' 쏘아 놓을 수 있어야 하는데, 이러한 능력은 생각을 필요로 하지 않는 말들에 의하여 훈련 조장된다. 둘째, 말의 간결화는 말에서 일체의 뉘앙스를 없애 버린다. 그런데 말의 뉘앙스란 무엇인가? 뉘앙스는 개개인 체험의 차이에 관계되어 있다. 우리는 우리의 체험의 역사로 하여 같은 말, 같은 의미, 같은 사물을 조금씩 다른 명암을 가지고 있는 것으로 느낀다. 또 이러한 명암은 우리의 개체적 역사에서 일정한 무늬를 이루게 된다. 그러니까 뉘앙스의 표현을 가능하게 하는 언어의 특성들, 동의어 유의어 문법적 변형 등등은 완전 통제의 사회에서 사라져서 마땅하다. 오세아니아의 통제된 사회에서 언어는 개인적 체험의 뉘앙스를 표현해서는 안 된다. 언어는 공식적 슬로건을 자동적으로 생각 없이 되풀이하는 데에만 사용되어야 한다.

5. 끊임없는 전쟁의 위협

'새 말'의 가장 큰 특징은 불필요하거나 위험한 생각을 담은 단어를 일체 배제하고 있다는 점이다. '진리성'에서 이루어지고 있는 작업에는 사전 편찬 작업이 있는데, 이 작업의 가장 중요한 부분은 불온한 말들을 '새 말'의 어휘로부터 제거하는 일이다. 그리하여 종국에 가서는 명예, 정의, 도덕, 국제주의, 민주, 과학, 종교와 같은 단어들을 없애 버리자는 것이다. 위험하고 불온한 말이 없어짐과 동시에 그러한 생각 자체가 일어나지 않게 한다는 것이다. 그리하여 원천적으로 자체에 불편한 생각은 존재조차 하지도 않고 또 그러한 생각을 하는 사람도 존재치 않게 하자는 것이다. 물론 오세아니아의 국가 체제 전체의 근본이 권력 행사와 지배에 있다면, 국가 정책에 완전히 순응만 하는 국민을 갖는다는 것도 국가가 의도하는 일이 아닐 것이다. 지배의 의미가 억압에서 확인되는 것이라고 한다면, 억압할 것이 없는 상황은 이 의미를 없애 버리는 결과를 낳을 것이다.

그러므로 지배 체제는 억압할 필요가 없을 만큼 순종적인 인간을 만들어 내려고 하면서 또 동시에 억압할 대상을 필요로 한다. 따라서 그것은 순종적 인간을 만들어 내는 동시에 인위적으로라도 반항적 인간을 만들어 낸다. 국가나 사회가 그 법질서를 확인하기 위하여 범죄자를 만들어 낸다는 것은 사회학자들이 더러 지적한 바이지만, 이러한 모순적 충동은 오세아니아에도 그대로 해당한다고 할 수 있다. 또 권력은 그 자체로 추구되는 것이라 하더라도 그 행사를 위한 정당성을 필요로 한다.

이 정당성은 오세아니아에 있어서 끊임없는 전쟁을 통하여 강조되는 외침의 위험에서 찾아지지만, 국내적으로는 사회 질서를 문란케 하는 불온 분자들의 존재도 이 정당성의 근거를 제공해 준다. 그렇기 때문에, 오세아니아의 역사적 진로는 국가 권력에 의한 완전한 국민의 통제와 그것을 통한 완전한 사회 평화의 달성을 향하고 있는 것처럼 보이지만, 다른 한편으로 그것은 항구적 위기 상태를 겨냥한다고 해야 할 것이다. 오세아니아는 항구적인 위기 국가이기 때문이다.

6. 국가의 조직화와 진리의 조직화

『1984』에 그려져 있는 바와 같은 국가가 실제 있을 수 있느냐 하는 데 대해서 우리는 의문을 가질 수 있다. 그것은 어디까지나 머릿속에서 생각해 본 구성물에 불과하다. 아마 사람의 본성이라는 것도 상당히 집요한 것이어서, 이렇게 구성된 국가에서도 오웰이 주인공의 저항을 통해서 보여 주고 있는 이상으로 인간적 혼란은 그 비인간적 체제를 인간화할 것이다. ── 우리는 이렇게 믿어 볼 수 있다. 그러나 말할 것도 없이 오웰의 전체주의 국가가 순전히 가공적인 것은 아니다. 오웰의 모델이 된 것은 소련의 공산주의 체제이지만, 전체주의적 경향은 소련의 경우가 아니더라도 20세기 정치의 흐름에서 중요한 특징의 하나였다.

위에서 말한 대로 이것은 시대적 혼란에 대한 한 반응이라는 면을 가지고 있다. 그러니만큼 전체주의적 경향은 공산 세계 또는 다른 독제 체제만이 아니라 어느 곳에나 있는 것이고, 어느 사람의 경우에나 혼란과 좌절의 대중 요법으로 쉽게 생각되어질 수 있는 것이다. 『1984』가 계속 문제될 수 있는 것도 이러한 전체주의적 경향과 사고가 우리 주변에 늘 잠재적으로 현재적으로 존재하고 있기 때문일 것이다.

전체주의적 사회에 반대되는 사회로서 우리가 생각할 수 있는 것은, 최근에 우리나라에서도 흔히 사용되는 개방 사회이다. 이것은 하나의 전체적인 계획 ── 그러니만큼 극도로 이성적인 것 같으면서 궁극적으로는 삶의 비이성적 왜곡에 봉사하기 때문에 극도로 비이성적인 계획에 의하여 조직화되는 사회에 대하여, 부분적이고 즉흥적인 인간의 이니셔티브를 존중하는 사회를 말하는 것이지만(개방 사회란 말을 만들어 낸 카를 포퍼의 정의는 대개 이러한 것이다.), 이것이 무조건적으로 모든 것에 열려 있는 사회 또는 오늘날의 자본주의 사회의 현상을 의미하는 것이라고 한다면, 그러한 사회는 그러한 사회대로의 문제를 가지고 있지 않는 것이 아니다.

『1984』의 보이지 않는 교훈의 하나는(오웰 자신이 이러한 교훈을 의도한 것이라고는 말할 수 없지만), 국가의 조직화는 진리의 조직화도 의미한다는 것이다. 『1984』의 세계의 문제는 진리의 조직이 너무나 철저하다는 것인데, 어떤 경우에 있어서나 사람이 사회생활, 일정한 조직이 있고 제도가 있고 질서가 있는 사회생활에 들어간다는 것은 진리의 사회화, 조직화, 제도화, 질서화를 받아들인다는 것을 의미하는 것이다.

상투적으로 말해지듯 진리는 오로지 고고하고 오묘하기만 한 것은 아니다. 사회적인 관점에서 사람의 협동적 삶과 작업은 공통된 사실 확인과 진리 해석이 없이는 성립할 수가 없다. 진리는 사회생활을 땅 위에 발붙이게 하는, 일반적으로 사람의 삶을 땅 위에 발붙이게 하는 매개체이다. 그러니만큼 사회생활에 있어서 진리의 조직화까지는 아니라도 제도화는 불가피한 것이다. 그러나 진리는 가장 다양한 사실과 다양한 개체적 상황을 포함하며 또 끊임없이 변화할 수밖에 없는 것이기 때문에, 조직이나 제도 속에서 진리 이외의 것으로, 비진리로 변질해 버리기 쉽다. 이상적인 경우, 진리는 여러 가지의 복합적인 사회의 그물 속에서 조심스럽게, 그러나 여러 사람이 동의할 수 있는 분명한 형태로 성립하는 것으로 생각될 수 있다. 이러한 그물, 이러한 의식에 혼란이 올 때, 이를 대치하는 것이 『1984』에서 보는 바와 같은 조잡하고 비인간적인 조직화이다.

우리가 개방 사회를 단순히 모든 것에 대하여 열려 있는 사회라고 하고 또 공통의 진리와는 관계 없이 모든 것이 성립하고 허용되는 사회라고 한다면, 위에서 말한 이유로 하여, 그것이 반드시 사람이 사람으로서 살아가는 데 가장 적합한 형태의 사회라고만 할 수는 없을 것이다. 그러한 사회란 존립하기도 어려울 것이다. 무엇이든지 허용되는 것으로 이야기되는 소위 자유세계에서도 우리가 보게 되는 것은 사람의 삶과 생각을 통제하고 있는 여러 가지 보이지 않는 힘들의 작용이다. 보이는 것이 보이지 않는 것으로, 의식이 무의식으로 대치되는 것이다. 우리는 자유스러운 사회의 전형으로 곧장 드는 서방 사회들이 종종 '관리된 사회'란 말로 특징지어지는 것을 보는데, 이것은 그러한 사정을 말하여 주고 있다. 완전한 자유 사회는 이념형에 불과하므로, 소위 자유로운 사회에도 직접적인 형태로는 아닐망정 검열 제도, 정보 기관 등의 '사상 경찰'의 변형들이 없는 것은 아니다.

그러나 삶과 사상에 대한 관리는 자유 사회에서는 보다 간접적으로 특수 이익에 의한 교육 기관, 광고, 정보 매체, 무엇보다도 대중 매체의 통제를 통하여 이루어진다. 사실의 묵살, 일방적 선택, 왜곡 등이 이 경우 흔히 지적되는 일이다. 그런데 이러한 진실의 변질은, 자유로운 사회에서는 의도적이라기보다는 무의식적인 것이라 할 수 있다. 그렇다고 사회가 책임을 면할 수 있는 것은 아니다. 의도되지 아니한 결과는 사회 내의 부자유, 불평등, 모순에 의한 의식 생활의 집적된 결과이기 때문이다.

7. 사상과 언어의 분리

개방 사회와 관련해서 『1984』로부터 우리가 배울 수 있는 또 다른 교훈이 있다. 그것은 사상과 언어의 궁극적인 통제는 그것의 무력화를 통하여 달성되고, 이 무력화는 생각이나 언어의 현실로부터의 분리를 통하여 일어난다는 것이다. 『1984』의 세계에서, 생각이나 말은 현실을 설명하는 데 아무런 역할도 하지 않는다. 평화는 전쟁을, 진리는 거짓을, 사랑은 증오를 가리킨다. 또는 그러한 것조차도 가리키지 아니할 수 있다.

이렇게 볼 때, 개방 사회에서 볼 수 있는 생각과 현실의 분리, 언어와 현실의 분리도 전체주의 사회에서의 비진리의 지배와 비슷한 효과를 낳는 것으로 생각할 수 있다. 어떻게 보면 정보의 통제보다는 정보의 폭주를 통해서 일어난다고 할 수 있다. 이러한 정보 폭주의 특징은 정보로부터 일체의 경중을 없애 버린다는 데 있다. 무분별한 정보의 폭주는 모든 일을 같은 차원 — 그것도 구체적인 사실과 관련이 없는 이야깃거리의 차원으로 쓸어 붙여 버리고 우리로부터 우리 스스로 사실을 확인하고 또 판단을 내리고 하는 능력을 빼앗아 가 버린다. 이렇게 하여 말과 생각은 — 생각이라야 우리 자신의 문제를 구체적으로 저울질하는 생각이 아니라 무분별하게 끌어들인 기성품 생각이지만 — 현실과는 따로 노는 오락과 잡담의 세계를 형성한다. 말 또는 생각의 현실로부터의 분리는 관리된 사회에서 산다는 사실에 의하여 강화된다. 사람들이 공동체의 삶과 작업에 참여하는 수단은 언어이다. 언어를 통해서 사람들은 공동 목표의 인식과 공동 작업에의 참여로 유도될 수 있다. 그러나 이것이 가능하기 위해서는 사람들의 삶의 질서를 그들 스스로 만들어 낼 수 있어야 한다. 또 이 질서의 창조를 위하여 말이 실천적 도구가 될 수 있어야 한다. 이런 경우에 말과 현실, 또는 생각과 현실은 하나의 순환 회로를 이룰 수 있다.

그러나 오늘날의 삶의 질서는 평범한 사람들의 이니셔티브로부터 완전히 벗어나 있다. 그것은 기술적 행정적 조직으로만 성립하고, 이러한 조직은 이윤 동기가 아니라면 오래전에 갤브레이스(John Galbraith)가 지적한 바 있듯이 '자기 확장의 동기'에 의해서만 움직인다. 여기에서 개인적 또는 소수 평범한 인간들의 발언은 기술 행정의 조직에 아무런 힘을 미칠 수가 없다. 기술 행정적 기구가 가르치는 것에서 따로 떨어져 있거나 거기에 역행하는 독자적인 사고나 말이 살아남으며 또 현실적인 의미를 가지게 될 가능성은 극히 희박하다. 이러한 상황 속에 말과 생각은 상투적으로 유형화되고 또 무력한 놀이로 떨어지게 되는 것은 당연한 일이다.

그럼에도 불구하고 개인주의적 사고와 언어가 번창하는 것은 사실이다. 사고와 언어의 대체적인 유형화가 개인주의를 죽여 없애 버리는 것은 결코 아니다. 어떻게 보면 이론적 획일주의나 실재적 획일 체제는 오히려 개인주의적 경향을 강화시키며, 개인주의적 사고와 언어를 발전시킨다고 할 수 있다. 다만 이것은 획일적 체제가 부과하는 한계와 규율 안에서의 일이다. 그리고 이 밖으로부터의 한계와 규율은 말과 생각의 질 자체를 변화시킨다.

8. 획일화 사회의 언어 양태

말은 이상적 상태에서 진리의 수단이다. 그것은 개체를 넘어서는 로고스에 이르는 길이다. 우리가 의식적으로 이러한 로고스에 이르려고 하지 않는다고 하더라도 말의 적절한 사용은 이 로고스에 참여함으로써 가능하여진다. 물론 말이 개인적인 것의 표현 수단이 되는 것은 사실이다. 그러나 그것은 자기 나름의 진리 속에 있는 개체적인 것을 표현한다. 적어도 개인적 표현이 이러한 상태에 있을 때, 그 표현은 설득력을 가지며 또 우리를 감동시킨다. 그러니까 의사소통의 수단으로서의 말은 바른 상태에 있어서 개체적이면서 보편적이다. 그것은 개체적 체험을 나타내는 동시에 보편적 진리에 나아가려고 한다. 이때의 진리는 개체적인 것과의 긴장 속에 있으며, 다원적인 동시에 하나의 진리의 근거를 향하고 있는 것이다.

획일 시대의 언어도 이에 비슷한 양면적 기능을 보여 주지만, 그 실질적 내용은 전혀 다른 것이 된다. 획일 체제하에서 진리는 공적인 언어, 또는 슬로건에만 표현되어 있다. 이것은 개체적인 삶으로부터 귀납적으로 확인될 필요가 없는 것이다. 개인적 언어는 단지 공적인 슬로건을 반복할 수 있을 뿐이다. 그러나 이 반복은 필요 없는 일이다. 이것은 새로운 진리를 그 나름대로 말하는 것도 아니고 또 말한다고 해 보아야 아무 현실적 효력을 가질 수 있는 것도 아니다. 그것은 곧 존재의 의미를 갖지 않으며, 의미의 직관과 무관함으로써 의미조차 잃어버리게 마련이다. 개인적 언어의 효용은 슬로건의 장악자에게 인정받는다는 의의만을 갖는다. 그러니까 언어의 기능은 여기에서 진리에 있지 않고 권력자의 인정을 얻고 그것으로 존명하며 이익을 얻는 데에 있다.

언어의 의도는 늘 이중적이다. 그것은 진리를 이야기하는 듯하면서 사실은 순전한 이해의 동기에 의하여 지배된다. 이러한 상황은 기술 행정 체제에서도 마찬가지이다. 여기에서 말은 기본적으로 삶의 기본 질서와는 별로 관계없는 것으로 존재한다. 따라서 그것은 공적인 수사를 시험하는 외에는 개인적인 이해관계의 표현에만 사용된다. 이 이해관계는 지배적인 이익 배분 체계 안에 성립하는 이해관계이다. 진리를 겨냥하는 언어가 없는 것은 아니지만, 그것은 이중의 동기, 공적인 것을 표방하면서 그 효과를 통하여 자신이나 자신의 특수 집단의 이익 증대를 노리는 언어의 범람 속에서 제 빛을 발휘하지 못한다.

이중적 목표의 언어의 가장 좋은 예는 선전을 목표로 하는 정치적 언어, 판매를 목표로 하는 광고이다. 광고가 "우리 회사는 양심적 상품을 만든다."라고 할 때, 우리는 그들의 목표가 양심이 아니라 판매라는 것을 안다. 진리는 사실적 삶의 기구에 의하여 소유되고, 말은 진리를 나타내지 못하는 것이다. 말은 전적으로 사사로운 것이 되고, 드디어는 공적인 광장까지도 오로지 사사로운 말이 범람하는 곳으로 된다. 여기에서 공적인 진리를 담은 말이란 순전히 사사로운 이익 간의 힘의 균형에서 나오는 이익의 계약에 관계되는 말이다. 그리고 공적인 면에서 지배적 수사를 좇고 사사로운 면에서는 가장 물질적 이익을 추구하는 사람들은 적절한 물질적 보상을 받는다. 이러한 물질적 보상은 산업 사회의 놀라운 생산력에 의하여 모든 독창적인 진리에의 발돋움을 무화하기에 충분한 것이 된다.

9. 진리의 존중과 문화 전통

되풀이하건대, 『1984』의 의도되지 않은 의미의 하나는 국가 조직은 진리의 조직화를 불가피한 것이 되게 한다는 것이다. 그러나 전체주의 사회에서 진리의 조직화는 진리의 비진리화를 낳는다. 여기에 대하여 자본주의적 또는 기술 행정적 자유주의는 일견 진리의 조직화를 믿지 않는다. 진리는 각 개인의 취향 나름으로 자유로이 추구될 수 있다. 그러나 이것은 한편으로 삶의 체제가 그 나름의 원리에 따라, 즉 의식적 조정을 넘어선 생사실의 영역에 성립한다는 것을 뜻하고, 다른 한편으로는 진리가 공적인 관련을 잃고 결국 공적 공간으로부터 사라진다는 것을 뜻한다.

이미 말한 바와 같이 공적 삶은 삶에 대한 일정한 동의가 없이는 성립할 수 없다. 그러니만큼 이러한 동의 없이 성립하는 삶도 그 나름의 체제를, 의식과 이성의 다스림을 벗어난 체제를 발전시키며, 그것은 비판의 울타리 밖에 성립하는 사실의 무게로서 우리를 짓누르게 된다. 그러나 말할 것도 없이 국가 권력에 의한 진리의 관리는 또 그것대로의 진리의 상실을 가져온다. 그러면 국가와 진리는 어떠한 관계에 있어야 마땅한가. 위에서 우리가 이야기한 것은 진리는 국가의 물리적 힘에 의하여 관리될 수도 없는 것이고 또 국가에 의하여 완전히 자유방임의 상태에 두어질 수도 없는 것이라는 점이다.

플라톤이나 공자와 같은 고대의 철학자가 그들의 이상 사회에 대한 비전에서 핵심적인 과제로 삼은 것도 권력과 진리의 바른 관계였다. 간단히 말하여 그들의 답변은 국가는 진리에 기초하지 않고는 바른 국가로 성립할 수 없다는 것과, 국가가 진리를 지배 관리하는 것이 아니라 진리가 국가를 지배하게 하는 것이 옳다는 것이었다.

그러나 이러한 처방은 현실적으로 실천에 옮기기가 극히 어려운 것이다. 진리는 영향력을 가졌을 뿐, 물리적 힘을 가진 것은 아니다. 또 그것은 구체적으로 진리의 담당자를 통하여 현실에 개입한다. 이 담당자는 쉽게 전문적 소수로 한정될 수 있다. 또 현실에 보다 직접적으로 관계하기 위하여는 이들 담당자가 권력을 장악하여야 하든지 또는 권력자와 상호 의존 관계에 들어가게 된다. 그러한 결과, 진리의 담당자는 곧 스스로의 특수한 이익이나 관점 또는 권력자, 권력 계급의 특수한 이익이나 관점에 매이게 된다. 이것을 교정할 수 있는 것은 공적인 진리와 권력의 밖에 있는 관점일 것이다. 그러나 그것은 권력의 불균형 속에서 어떻게 교정 세력으로 작용할 수 있겠는가? 어떤 경우에 있어서나 진리는 사실의 무게와 위에서 말한 대로 영향이란 힘을 가지고 있다. 이것은 단기적이고 직접적인 의미에서는 약한 힘에 불과하다. 그러나 그것은 다른 힘, 다른 물리적인 힘과 양립을 허용하지 않는 독점성을 가지고 있다.

진리의 힘은 물리적 힘이 배제된 곳에서만 작용할 수 있다. 그것은 불균형한 물리적 힘의 지배를 허용하지 않는 자유롭고 평등한 상황에서만 그 힘을 발휘한다. 다만 이 자유와 평등은 각각의 이익의 추구에 급급한 것이 아니라 공통의 진리를 추구하려는 노력에 결부되는 것이라야 한다. 다시 말하여, 그것은 진리를 위한 자유, 진리를 위한 평등이어야 하는 것이다.

10. 사실과 이성을 가꾸는 풍토

진리의 제도화의 문제는 매우 정치한 배려를 요구한다. 위의 고찰에서 우리가 끌어낼 수 있는 것은 그것이 한편으로는 매우 정치한 균형 속에 성립하며 다른 한편으로 그것에 대한 공동체적 관심 속에서만 성립한다는 점이다. 이것은 조직화된 사회는 진리의 작용에 대하여 제도적인 고려를 하는 것이 마땅하다는 것을 뜻한다.

그러나 이런 고려에서 중요한 것은 한편으로는 진리의 기능이 제도적으로 분산되어서 존재하는 것이 바람직하다는 것이다. 그리고 다른 한편으로 진리의 조직화는 그 통제를 의미하는 것이 아니라 공공연하게 또는 보이지 않게 통제하려고 하는 모든 외부적 세력을 배제 방지하는 장치를 마련한다는 것을 의미한다. 그중에도 경제와 권력은, 그것이 진리에 관계되는 한, 제약될 필요가 있는 것이다. 아니면 경제와 권력의 제도 자체가 진리가 자유롭게 이루어지고 토의되는 생각과 말의 힘이 현실에 작용할 수 있게끔 구성되어지는 경우를 생각할 수도 있다.

그러나 이렇게 말하면서, 우리는 누가 이러한 제도를 현실화할 수 있겠는가 하는 문제를 생각하게 된다. 그리고 그것을 위해서는 다시 권력의 도움을 필요로 하지 않겠는가, 그런 경우 권력은 다시 진리의 왜곡을 가져오지 않겠는가, 하는 생각을 하지 않을 수 없다. 어떤 시인이 말한 바와 같이 역사는 빛 속에서만 아니라 어둠 속에서도 만들어진다. 어떤 제도의 발전에 일직선적인 진로를 설정할 수는 없는 일이다. 그러나 장기적으로 말하여, 우리는 다시 한 번 진리의 힘은 영향력이라는 형태의 힘이라는 것을 상기할 필요가 있다.

사회에 있어서의 진리에 대한 존중 ─ 개체적이면서 보편적이며, 다원적으로 풍부하면서 엄숙하게 일체적인 진리에 대한 존중은 문화 전통으로서만 유지된다. 정치 공동체의 최고의 이념은, 헤겔이 말한 바와 같이, 윤리 문화의 공동체이다. 이것의 성립은 여러 가지 요소를 필요로 한다. 그러나 가장 기본적인 것은 사실 존중이며, 이성적 사고의 존중이다.

오웰은 "둘에 둘을 보태면 넷이 된다는 것이 존중된다면, 모든 것은 여기로부터 저절로 나온다."라고 말하였다. 우리 사회가 우리 자신을 위해서 또 후손을 위해서 사람이 살 만한 사회가 되기를 원한다면, 우리는 오늘의 권력의 향방이 어떤 것이든지 간에, 사실과 이성을 존중하는 풍토를 조금씩이나마 가꾸어 가야 할 것이다. 여기에서부터 우리는 보다 인간다운 삶이 가능한 사회, 모든 사람이 자신의 삶의 진리를 추구하면서, 동시에 풍부하면서 일체적인 공동의 진리 속에 있는 삶을 향하여 나갈 수 있게 될 것이다.

(1983년)

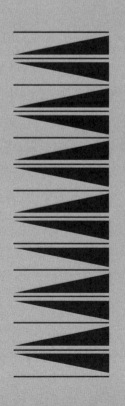

3부

진리의
기구

대중 매체와 진리의 전달

1. 대중 매체의 문제점

근래에 와서 대중 매체의 발달은 새삼스럽게 지적하여 말할 필요도 없는 일이지만, 신문, 방송, 텔레비전의 보급은 국민 모두에게 항시 대중 정보의 홍수 속에 살게 하는 정도가 되었다. 이러한 매체들은 물론 정보만이 아니라 문화의 대중적 전달의 수단이 되는 것으로서, 그것은 레코드의 보급, 음향, 영상, 재생 장치의 보급, 염가 출판의 증가와 더불어 문화의 대중적 확산을 우리 생활의 당연한 일부가 되게 하였다. 이에 따라 이러한 대중 정보, 대중 문화의 확산이 과연 사회와 문화의 발전에 도움이 되는 것이냐 하는 데 대한 논의들이 일게 되었다. 이러한 논의는 우리 사회보다 한 걸음 빨리 대중 매체의 시대를 맞이한 구미에서 이미 활발했던 것이지만, 우리 사회에서도 그러한 문제를 생각하는 논자들이 있었고 또 일반적으로 대중 매체의 문화적 의의에 대한 깊은 우려는 상당히 퍼져 있는 것으로 짐작된다. 또 이러한 논의와 우려는 근거가 없는 것이 아니고, 대중 매체의 엄청난 힘에 비추어 당연히 심각하게 취하여져야 할 것이다.

인간이 될 수 있으면 많은 정보와 문화적 표현에 접하고, 그 의식 생활을 풍부하고 고도한 것이 되게 하는 것이 바람직한 일이라고 본다면 대중 매체의 확산은 잠재적으로 역사상 일찍이 볼 수 없었던 규모로 이러한 일을 가능한 것이 되게 하였다. 그러나 그 잠재력에 대한 이러한 낙관적 전망에 대하여 오히려 많이 표출되는 것은 그 폐해에 대한 우려이다. 성과 폭력을 오락적 가치로 받들어 올리고 그런 경우가 아니라 하더라도, 삶의 비속한 표현을 주 내용으로 하는 오늘날의 많은 텔레비전 프로그램이나 그에 비슷한 가치 기준을 암암리에 받아들이고 있는 간행물 등이 범죄를 조장하고 사회의 도덕적 질서의 붕괴를 가져온다는 주장이 그러한 것이다.[1]

이러한 것보다 어쩌면 더 큰 우려의 근원이 되는 것은 대중 매체의 상업적 동기일 것이다.(매체 내용의 비속성도 따지고 보면 상업적 동기에서 나온 것이다.) 대중 매체를 통한 상업주의, 물질주의, 소비주의의 확산은 자주 비난의 대상이 되어 온 바이다. 그러나 더 두려운 것은 상업주의적 동기가 가져오는바, 사회 전반의 의사소통 체계의 왜곡이다. 또 이 왜곡은 정치적 동기에 의하여 가중된다. 이것은 상업적 정치적 동기에 의하여 움직이는 전달 행위의 냉소적 태도로 야기되는 것이다. 그것은 매체를 전달의 수단으로가 아니라 조종의 수단으로 간주한다. 그리하여 모든 전달 행위를 표면과 내실의 이중적 구조를 가지게 하여 사회 진실의 기초를 흔들어 놓는 것이다.

위르겐 하버마스의 분석대로 바른 의사소통을 기하고자 하는 화자는 알아들을 만한 말로, 진실된(wahr) 것을, 진실한(wahrhaft) 의도를 가지고 적절한(richtig) 표현으로 전달하려고 하여야 한다.[2] 다시 말하여 의사소통

---

1   가령 강현두, 「TV 연예 오락 프로그램과 정서 생활」, 『일렉트로닉스 시대의 대중문화』(현암사, 1984).

2   "What is Universal Pragmatics?", *Communications and the Evolution of Society*, trans. by Thomas

의 기본 요건은 진실, 진실의 태도, 적절한 표현을 포함하는 것인데, 여기에서 핵심이 되는 것은 진실이며, 이 진실은 일단 화자나 청자로부터 그것 자체에 대한 헌신을 요구하고 이 요구가 충족될 때 비로소 바른 의사소통이 가능해지는 것이다. 이윤만을 유일한 가치로 삼는 상업주의 또는 왜곡된 정치적 의도에 집착하는 정치주의는 이 진실에의 헌신을 허용하지 않는다. 물론 적어도 진실에 의한 거짓된 치장이 없이는 아무런 의사소통도 이루어질 수 없다. 그러나 바로 그런 까닭에 상업주의의 세계에서, 진실 ― 흔히 다른 목적에 봉사함으로써 진실이기를 그치는 진실의 위신은 땅에 떨어지고, 모든 의사소통 행위의 진실성은 의심을 받게 되는 것이다. 이러한 의사소통에서의 진실에 대한 의심은, 부분적 이해관계에 의하여 왜곡된 상황 속에서는 다 같이 일어나는 것이다. 이것은 상업주의 속에서 일어나고 전체주의적 정치가 지배하는 곳에서 일어난다. 이때 짐짓 진실된 듯한 언어는 모두 광고나 선전의 위치로 전락하고 만다.

상업적 정치적 동기들이 대중 매체를 왜곡하고 그것의 사회적 문화적 효과를 부정적으로 보게 하는 것은 이해할 만한 일이다. 그러나 이러한 부정적 측면은 어떻게 보면 쉽게 개선될 수도 있는 것이라고 말할 수도 있다. 실제에 있어서는 엄청난 일이면서, 적어도 이론적으로는 대중 매체에 있어서 왜곡적인 상업적 정치적 힘을 제거함으로써, 대중 매체의 엄청난 문화적 잠재력은 해방될 수 있을 것이기 때문이다. 그러나 이러한 것이 가능하다고 하는 경우, 순수한 사회적 발전을 위한 대중 매체의 내용과 형식은 어떠한 것이 되어야 할 것인가? 여기에 대한 해답은 찾아지기 어려운 것으로 보인다. 그간의 논의들에서는 대중 매체의 교훈적 내용의 비율을 높이고 보급 문화적 내용을 더욱 많이 주입하는 정도의 시정책들이 이야기되

McCarthy(Boston: Beacon Press, 1979), pp. 5~6.

는 것이 아닌가 한다. 그러나 쉽게 이야기되는 교훈적 성격의 강조가 참으로 발전적 사회와 문화를 위한 구제책이 될 수 있을는지는 극히 의심스러운 것으로 보인다. 말할 것도 없이 교훈은 주는 사람에게는 좋은 것일는지는 모르지만 받아야 하는 사람에게는 극히 괴로운 것이고, 대체적으로는 청중의 소외에 의하여 긍정적 효과는 상쇄되기 쉬운 것이다. 또 고전의 재생이나 과학적 논의가 인위적 기계적 접근을 통해서 참으로 살아 있는 전달의 흥분을 만들어 낼 수 있는지도 의문이다.

어떤 경우에나 오늘의 매체에 있어서 오늘의 살아 있는 전달이 진행되어야 마땅한 것은 당연히 생각할 수 있는 일이다. 그렇긴 하나 어떤 경우에나 오늘의 대중 매체의 강력한 힘이 어떤 식으로 발전적 해방을 얻을 수 있을는지 쉽게 처방을 내릴 수 있는 일은 아니다. 본고에서 시도하고자 하는 것은 이러한 적극적 내용과 방식에 대한 고찰의 선행 작업으로서 대중 매체가 가질 수 있는 전달의 성격을 생각해 보는 일이다. 여기에서 우리의 고려의 초점은 대중 매체와 진실 또는 진리의 관계에 놓일 것이다. 결국 이미 비친 바와 같이 모든 의사소통의 기본 요건은 진실을 중심으로 하여 성립할 것이기 때문이다. 대중 매체는 진실 또는 진리의 수단이 될 수 있는가? 또 그것은 어떤 종류의 진실 또는 진리를 전달할 수 있는가 — 이것이 우리의 근본적인 질문이 될 것이다.

2. 진리의 조건과 대중 전달

대중 매체는 진실 또는 진리의 매체일 수 있는가? 이것이 불가능한 일이라고 우리가 답한다면 우리는 대중 매체를 이러나저러나 광고와 선전 또는 교훈을 조종하는 악마의 손에 맡길 수밖에 없다는 비관론에 귀착할 수밖에 없는 것이다. 그러나 대중 매체의 전달은 일견 진리의 조건에 전혀 맞아 들어가지 않는 것으로 보인다. 진실이나 진리는 그 나름의 조건을 가지고 있다. 현대 사회에 있어서 가장 대표적인 진리의 예로서 우리는 과학적 진리를 들 수 있겠는데, 이것은 그것 나름의 엄격한 기율과 방법을 가지고 있다. 그것은 이 기율과 방법을 존중한다는 조건하에서만 계시된다. 대중 매체의 전달 방식이 이러한 과학적 조건을 존중하는 것이 아님은 새삼스럽게 지적할 필요도 없는 자명한 일이다. 그러나 과학적 진리의 조건을 조금 더 일반화하여 우리는 사실의 명징성과 형식적 논리성은 일반적인 의미에서의 과학적 사고의 특징이라고 할 수 있다.

그렇다면 대중 매체의 전달 방식이 이러한 사고에 의존하고 이를 조장하여 주는 것이 아님은 명백하다. 신문이나 텔레비전의 전달 방식은 적어도 오늘날에 있어서 엄격한 사실적 증거를 존중하기보다는 정서적 연상을 유발하는 이미지에 많이 의존하고 있다.

어떤 경우에나 엄격하고 철저한 의미에서의 논리성은 대중 매체에서는 지켜지기 어려운 것으로 보인다. 대중 매체가 세계에 관한 각종의 정보와 각종의 문화적 표현을 수용해야 하는 한, 그것은 잡다해질 수밖에 없으며 형식적 일관성을 유지할 수 없게 되는 것은 불가피하다. 우리가 저널리즘의 지식들의 피상성과 단편성을 이야기하는 것은 그 나름의 근거가 있는 것이다. 이와 같은 대중 매체의 전달 방식은 사실적이며 논리적이기 어려울 뿐만 아니라 일반 대중의 사실적 감각과 일관된 사고의 능력을 파괴하는 효과를 갖는다고 할 수 있다. 이 후자의 경우, 즉 일관성을 유지하는 능력의 파괴는 조금 더 생각해 볼 필요가 있다. 신문이나 텔레비전이 과학적 정보의 전달 매체가 아닌 것은 말할 필요도 없는 자명한 것이면서, 그 자명한 것을 구태여 이야기하는 것은 과학 그것이 아니더라도 과학의 가능성은 모든 전달의 진실을 보장하는 데 관계되는 까닭이다. 대중 전달의 조건은 일단 이 가능성이 드러내 주는 인간의 근본적인 진리 능력을 손상시키게 되는 것으로 보인다.

이 점을 설명하기 위하여 우리는 과학적 태도의 실존적 연관에 대해 잠깐 언급할 필요가 있다. 과학의 진리는 현상학자들이 말하듯이, 보다 일반적 의미에서의 인간의 진리에 대한 가능성에 기초하여 성립한다. 우선 그것은 '이론적 태도'에 상응하여 나타난 세계의 모습이다.

사람들은 일상적 관심의 도구적 환경적 세계에 살며, 거기에 과학적이 아닌 방식으로 관여하고 움직인다. 과학자는 이러한 세계에 대한 원초적인 정위(定位)로부터 벗어나야 한다. 그리하여 그는 '관찰'하고 '관조'할 태세를 갖추어야 한다. 이러한 세계에 대한 태도의 전환에 상응하여 그가 지금껏 거주하던 세계 자체도 '객관적'인 세계, '손에 잡히는 물건'의 세계에서 '눈에 보이는 물건'의 세계로 바뀌게 되는 것이다.[3]

이러한 이론적 태도에서 나온 과학적 태도는 다시 세계를 형식화, 기능화, 계량화의 관점에서 체계화한다.[4] 그러나 되풀이하여 핵심적인 것은 '이론적 태도'이며, 이 태도가 과학의 세계를 태어나게 한다. 그것은 세계를 일정한 관점에서 '주제화(thematisieren)'한다. 이 주제화는,

우리가 세계 내에서 마주치는 사물을, 순수한 드러남에 대하여 내던져질 수 있도록 풀어내는 것을 목표로 한다. 이때 사물들은 대상이 된다. 주제화가 대상화를 가져오는 것이다. 그로 인하여, 사물들이 정립되는 것은 아니지만

---

3 Joseph J. Kocklemans, *The World in Science and Philosophy* (Milwaukee: The Bruce Publishing Company, 1969), pp. 161~162.

4 Ibid., pp. 162~163.

우리가 그것을 묻고 '객관적'으로 그 속성을 정할 수 있는 자유로운 상태에 들어가는 것이다. 대상화하고 객관화하면서 손쉽게 존재하는 물건들과 함께 있는, 그러한 인간 존재는 특정한 현재화의 방법에 의하여 특징지어지는 존재이다.[5]

과학적 진리가 인간 존재의 특정한 기획으로서 일어난다는 현상학적 실존주의적 발상에서 우리의 관심을 끄는 것은 그러한 기획에 따르는 어떤 심리적 조건이다. 기획은 기획에의 의지를 요구한다. 하이데거의 말에 따라, 그것은 "진리 속에 존재할 수 있는 가능성을 향해서, 스스로를 던지고 기획할 수 있는 현존재의 단호함(die Entschlossenheit des Daseins)"[6]에 기초해 있다. 그러니까 다시 말하여, 사람은 과학적 진리를 위하여 일정한 태도를 취하고 그 태도 속에 지속할 결심을 하는 것이다. 이것은 비단 과학적 진리의 경우뿐만 아니라, 정도는 다르다 하더라도 모든 종류의 진리에 그대로 적용되는 것일 것이다.

이미 말한 바와 같이 대중 매체의 전달 방식의 특징을 이루는 것은 단편성이다. 그것은 어떠한 지속적 기획이나 결심도 불가능하게 하는 것으로 보인다. 어쩌면 송신자의 입장에서는 대중 매체의 메시지도 충분히 지속적 기획 속에 이루어진 것일 수 있는 까닭에 대중 매체의 전달 작용이라고 해서 반드시 단편적이라고만은 할 수 없을는지 모른다. 그러나 수신자의 입장에서 그것은 손쉽게 단편적인 것이 된다. 그의 주체적 기획으로서 재구성되지 않는 한, 일체의 정보는 살아 있는 일관성 속에 받아들여지기 어려운 것이다. 단순히 정보의 과부하(過負荷)도 그것을 살아 있는 마음의 일

---

5   Martin Heidegger, *Sein und Zeit*(Tübingen: Max Niemeyer Verlag, 1972), p. 363. 앞의 책에 언급되어 있다. Ibid., p. 161.

6   loc. cit.

관성 또는 실존적 일관성 속에 흡수하기 어렵게 만드는 요인이 된다. 차고 넘치는 오늘의 정보 폭발 상태에서, 정보들은 단편적 정보로 분해되어 우리의 마음 가운데 부유물처럼 떠돌 뿐이다. 그리고 급기야는 우리의 마음 자체가 일관성을 잃고 단편화한다. 달리 말하여 그것은 사물에 대하여 물음을 묻고 이를 일관된 기획 속에 수용할 수 있는 지속의 힘을 잃어버리는 것이다.

3. 진리, 대화, 주체적 전달

심리적 태도로 추상하여 말하건대, 이론적 지속의 능력이 진리 과정의 조건을 이룬다고 한다면, 이것은 대체로 일체의 대중적 환경에서의 전달이 진리의 전달이 되기 어렵다는 것을 말하는 것으로 보인다. 오늘날의 기계화된 대중 매체의 경우만이 아니라 연설이나 웅변과 같은 전근대적인 대중 전달의 경우도 사정은 비슷하다. 구두 연설은 듣는 사람에게 그 일관성을 검토할 여유를 주지 아니한다. 인쇄 매체의 경우, 일관성의 가능성은 조금 더 커진다고 할 수 있지만 단편적이고 잡다한 정보들이 참으로 일관된 기획 속에 종합되지 못함은 위에 말한 바와 같다. 그리하여 대체로 우리는 우리의 일상적 삶 또는 사회적 삶에서는 여러 관심과 정보에 의하여 지리멸렬된 상태에 있다고 할 수 있다.

진리에 이르는 길은 전래적으로 번잡한, 일상적이고 사회적인 삶으로부터 벗어나는 것을 첫 발걸음으로 한다. 플라톤에게 진리는 대중이 갇혀 있는 동굴을 벗어나서 홀로 광명의 세계로 나아감으로써 볼 수 있는 것이었다. 그때에 비로소 진리를 볼 수 있는 고요한 관조의 마음을 유지할 수가 있는 것이다. 과학적 진리와 상아탑적 은둔의 관계는 우리가 잘 알고 있는 것이다. 과학의 진리는 그것 나름의 필연성 속에서 움직인다. 그러나 이 필연성은, 위에서 이미 비친 바와 같이, 스스로의 방법적 금욕 속에 지속하는 고독한 자아의 의지에 대응하여 드러나는 것이다.

그러나 일관성의 기율이 반드시 개인적 기율 또는 결단에만 의지하여 유지되는 것은 아니다. 서양 철학에 있어서 최초의 진리의 방법이 대화였던 것은 매우 흥미로운 일이다. 플라톤의 『대화편』에서 소크라테스의 방법은 어떤 문제에 대하여 발언하는 사람의 허점을 노출시키는 것이다. 이 허점은 주로 발언자의 입론에 있어서 전제와 결론 사이의 일관성의 결여에 관계된다. 그리하여 발언자는 소크라테스의 중재를 통하여 자신의 말의 앞뒤를 비교하게 되는 것이다. 플라톤의 『대화편』에서 소크라테스는 대체로 다른 대화자들보다 탁월한 논리적 능력을 가지고 있기 때문에, 발언자는 그의 논리적 능력에 힘입어 스스로 일관성 있는 인식에 나아가는 것이다.

그러나 대화의 형식 자체가, 그것이 진리를 향한 의지에 뒷받침되어 있는 한, 일관성의 탄생 또는 로고스의 탄생에 도움이 되는 언어 형식임에 우리는 주목하여야 한다. 혼자 말하는 자의 어려움은 표현되는 내용을 객관적인 형태로 보기 어려운 데 있다. 사실 전형적인 고독한 마음의 상태는 백일몽이다. 백일몽이 아닌 경우에도 단순한 주관적 흐름 속에 있는 생각들을 객관화하여 비교하고 그 적합성을 맞추어 보기는 어려운 일이다. 이 주관적 생각의 흐름이 다른 사람에 의하여 정지될 때 그리고 다른 사람의 표현을 통해서 객체화될 때 우리 생각의 객관적 적합성을 직관하기가 한결 쉬워지는 것이다. 수시로 개입해 들어가는 소크라테스의 심문은 바로 이러한 객체화와 일관성의 가능성을 매개해 준다. 소크라테스의 이성은 이러한 과정에서 중요한 역할을 하지만 또 거꾸로 소크라테스의 이성 그것까지도 진리를 위한 대화의 과정에 의하여 지탱된다. 이런 의미에서 대화는 개체적 사고에 우선하는, 이성적 일관성의 모태라고 할 수 있는데, 사고라는 것 자체도 어떻게 보면 마음속에 벌어지고 있는 대화의 과정을 지칭하는 것이라 할 수 있다. 인간의 사고는 사실상 쓰기의 보조 없이는 제대로 진행될 수 없는데, 그것은 쓰는 것이 사고의 객체적 정지를 가능하게 하기 때문이다. 그러니까 씌어진 생각은 객체화된 형태로서 우리의 주체적 사고의 흐름에 대비되는 것이다. 이러한 쓰기의 보조가 없을 때 대화는 가장 편리한 일관된 사고의 보증이 되는 것이었다고 할 수 있을는지 모른다.

다시 말하여, 대중 전달 수단이 가지고 있지 않는 것은 적어도 수신자의 입장에서, 우리 생각의 일관성을 확보해 주는 길이다. 이것은, 위에 말한 바와 같이, 방법적 사고나 소크라테스적인 주고받음이 있는 대화에 의하여 확보될 수 있다. 그러나 여기의 일관성은 기계적인 것이라기보다는 주체적 결단과 기획을 지속할 수 있는 일관성의 능력을 지칭한다. 이렇게 옮겨 놓고 보면, 문제의 핵심은 형식적 일관성이 아니라 더 넓은 의미에서 인간이 자신의 삶을 일정한 일관된 기획 속에 전개할 수 있는 능력에 있다. 이 점에서, 대중 매체의 전달 방식이 진리의 조건에 맞아 들어가지 않는다고 한다면 그것은 이 능력을 손상시킬 수 있다는 관점에서 그러한 것이다. 그러나 다른 한편으로 단지 형식적으로 일관되고 지속적인 사고를 허용하지 않는다는 것만으로 그것이 진리 또는 진실을 전달하지 못한다고 말할 수는 없다. 형식적 일관성보다 기획의 능력이 여기에 관계된다고 할 때, 이 능력은 피상적인 의미에서 과학적 사고를 할 수 있느냐 있지 않느냐에 관계되어 있다. 이렇게 볼 때, 대중 매체가 과학적인 논리를 지탱하는 데 알맞은 전달 매체가 아니라고 하더라도 반드시 인간의 주체적 능력을 억압하게 되어 있는 전달 매체라고 할 필요는 없는 것이다.

대중 매체를 통한 주체적 전달은 가능한가? 또 이것은 어떻게 하여 가능한가? 여기에 대해서 쉽게 처방될 수 있는 방안을 제시할 수는 없다. 가장 넓게 대답한다면 이것은 다만 대중 매체에서뿐만 아니라 사회 전반에 있어서의 주체적 의식이 높아지고 또 그것에 입각한 의사소통의 발전이 있는 다음에야 기대할 수 있는 것이라고 말할 수 있을 것이다. 그러나 지금에 있어서도 그러한 가능성을 위한 조건을 어렴풋하게나마 생각해 볼 수는 있다.

여기에서 제일차적인 전제가 되는 것은 인간이 주체적 존재라는 것을 인정하는 일이다. 인간은 단지 수동적으로 반응하고 지각하고 적응해 나가고 하는 존재 또는 더 나아가 외부적 힘에 의하여 조정되고 개조되는 존재가 아니다. 그는 적극적으로 주변 환경과 작용하면서, 그의 지각과 감정과 인식을 하나의 일관성 속에 통합하고 이 통합의 중추로부터 행동하고 이 행동을 통하여 세계를 개조하는 적극적 존재이다. 또는 적어도 이러한 적극적 존재로서 살 때, 수동적으로 작용의 대상이 되어 살 때보다 행복한 존재이다. 이러한 사실은 자명하고 진부한 것이다. 그러나 이 사실의 인정이 사회적 실천 속에 구현되는 것을 보는 것은 흔한 일이 아니다. 가령 대중 매체의 문제에 있어서 그것의 질적 향상을 이야기할 때, 이미 비친 바와 같이 우리는 교육적이고 문화적인 내용의 증가가 이야기되는 것을 본다. 그러나 이때의 교육과 문화가 전달의 수신자에게 일방적으로 부과되는 것으로 생각된다면, 그러한 생각은 능동적 존재로서의 인간을 충분히 고려한 것이라고 말할 수는 없다. 교육의 능동적 자기 해방 기능을 강조한 파울로 프레이리가 교육의 지식이나 교훈 전달에 관하여 말한 것은 대중 매체를 포함한 정보 전달 행위 일반에 그대로 해당되는 것이다. 프레이리는 수동적 지식 전달에 있어서 "세상에 대한 지식은 학생에게 운반되어 저장되어야 할 어떤 것으로 생각된다." 그러나 이러한 물건이 되어 버린 지식에 대하여 참으로 "안다는 것은, 어떤 수준에 있어서도, 순응적이고 수동적인 객체가 되어 버린 주체가 다른 사람들이 부여 또는 부과하는 내용을 받아들이는 행위를 지칭하는 것이 아니다."[7] 참다운 앎이란 배우는 사람이 배운 것을 스스로의 것으로 동화, 통합하고, 이를 재발명하며 더 나아가 그가 사는 세계에 작용할 때 이루어지는 것이다. 이러한 주체적 작용의 필요는 대중 매체의 경우에도 이미 말한 바와 같이, 그대로 적용될 수 있는 것이다. 설령 교육적, 문화적 내용이 가득한 신문이나 텔레비전이라고 하더라도 그러한 매체가 주체적 통합 작용에 반드시 도움을 준다고 할 수는 없을는지 모른다. 일방적으로 부과된 높은 수준의 정보 자료가 반드시 수신자의 피와 살이 되지 않는다는 것은 학교의 교양, 교육 계획으로 강요되거나 또는 일반적으로 사회의 도덕적 압력으로 외쳐지는, 고전 읽기 운동의 실패에서 쉽게 볼 수 있는 것이다. 또 고전이 기계적인 시험의 대상의 경우가 되는 때를 살펴볼 일이다. 주체의 능력의 해방이 없이는 아무것도 이룰 수가 없는 것이다.

참으로 의식의 향상을 기할 수 있는 정보의 대중적 전달은 복합적 조건을 전제로 하여 가능하지만 우선 그 형태에 있어서 일방적 부과를 피하는 것이어야 할 것으로 생각해 볼 수 있다. 제일 간단하게 일방적 성격을 교정할 수 있는 것은 대중 매체를 쌍방 통행의 것으로 만드는 것, 독백이나 연설을 대화의 형식으로 만드는 일일 것이다. 대중 매체에 있어서 쌍방 통행적 성격의 필요는 이미 지적된 바 있는 일이다. 베르톨트 브레히트는 라디오의 가능성에 대하여 말하면서, 그 일방성을 지적하고 그것이 쌍방적인 것이 되어야 한다고 주장하였다. "라디오는 순전히 배급의 기구, 순전히 나누어 주는 기구이다." 그는 이렇게 말했다. "라디오로 하여금 배급으로부터 의사소통의 기구로 바꿀 수 있는 적극적 방안을 나는 제안하고 싶다. 그리하여 그것은 수신과 동시에 송신, 듣는 자로 하여금 듣게도 하고 말하

---

7   Paulo Freire, *Educations for Critical Consciousness*(New York: Seabury Press, 1973), pp. 100~101.

게도 하고, 듣는 자를 고립시키는 것이 아니라 관계 속에 끌어들이는 것을 배워야 할 것이다."[8] 대중 매체에 있어서의 이러한 대화의 역할을 우리의 논지와 관련하여 생각해 본다면, 그것은 송신자와 수신자의 힘의 균형을 기하여 줄 뿐만 아니라 쌍방의 참여를 통하여 참여자들의 주체적 일관화를 돕고 동시에 소크라테스의 의미에서 공통된 로고스의 탄생을 가능하게 할 것이다.

그러나 이러한 대화가 현실적으로 가능한가? 브레히트는 라디오가 "공공 생활에 있어서의 가장 훌륭한 의사소통의 기구, 방대한 소통 통로망"[9]이 될 것이라고 하였지만, 적어도 소박한 상식의 관점에서 볼 때, 이러한 기구나 통로망은 조만간에 중구난방의 소음의 벌집으로 바뀌어 버리기 쉬울 것이다. 물론 오늘날의 발달된 컴퓨터 통신 수단은 모든 사람의 소음 없는 자유로운 상호 의견 교환을 가능하게 할 전망을 제시하여 주고 있다. 그러나 이 경우에도 서로서로의 사사로운 의견 교환은 가능하겠지만 공적 문제의 토론을 생각해 본다고 할 때, 단순한 여론 조사의 경우를 제외하고는, 통신 폭주와 마비는 불가피할 것이다. 의미 있는 공적 의사소통은 통계가 아니라 토의를 통한, 하나의 진리의 탄생을 요구한다. 그렇긴 하나 대화에 대한 요구를 무시할 수는 없다. 그것이 소외의 언론을 극복하는 한 지표가 되는 것임에는 틀림이 없다. 문제는 그 요구를 버리는 것이 아니라 더 심각하게 생각하는 일일 것이다. 대화의 요구를 존중하는 경우에 가령, 의사소통의 기구가 분권적이며 지방적인 것이 되어야 할 것이라는 것은 쉽게 받아들일 수 있는 명제가 된다. 소크라테스의 대화 집단은 소수의 친구

---

8   "The Radio as a Apparatus of Communication", *Brecht on Theatre*, trans. by John Willett(New York: Hill and Wang, 1964), p. 52. 브레히트와 엔첸스베르거(Hans Magnus Enzensberger)의 쌍방 통행의 매체 활용에 대해서는 김종철 씨가 논의한 바 있다. 「대중문화, 고급문화, 사회」, 『예술과 사회』(민음사, 1979), 116~119쪽.

9   Bertolt Brecht, Ibid., p. 52.

들의 모임에 불과하고 아테네의 아고라의 집회도 소도시의 시민 집회를 넘어가지 아니한다. 오늘날 이것은 쉽게 실현할 수는 없는 일이다. 그러나 의사소통의 규모의 축소를 위한 노력은 헛된 것은 아니다. 공적인 문제에 있어서 토의의 기본 단위로 하여금 관계 이익 집단 내의 민주적 토의를 가능한 것이 되게 하는 일은 어려운 일이 아니다. 예술적 문화적 전달에 있어서, 즉 연극이나 놀이, 시낭독회 등에 있어서 소규모의 지방 예술 활동을 중시하는 것도 어려운 일이 아니다. 또는 신문, 방송, 잡지들의 경우, 오늘날과 같은 전국적인 체제 대신 될 수 있는 대로 작은 지방 단위 — 도청 소재지 이하로 그것을 확산시키도록 노력하는 것도 있을 수 있는 대응책의 하나이다.

그러나 대화의 문제는 주체적 의사소통의 문제이고, 이것은 이러한 소통 기구의 조정 이외에 더 근본적인 문제를 가지고 있는 것으로 생각된다. 그리고 이 문제를 생각할 때, 우리는 대화의 양식이 갖는 물리적 제약을 우회할 수 있는 방법도 발견할 수 있을는지 모른다. 사실 대화의 요소는 언어의 내부에 들어 있는 것으로서 대화의 현실 조건이 있든지 없든지 이에 상관없이, 다시 말하여, 그것이 혼자 말하여지든지, 여러 사람의 주고받음 속에서 말하여지든지 또는 일방적인 대중 전달의 상황 속에서 말하여지든지 이러한 조건에 크게 관계없이, 언어는 대화적 성격을 띨 수 있기 때문이다. 다른 한편으로 이성적 진리가 대화 및 일반적인 의사전달의 주제를 이루어 마땅하다고 할 때 연쇄적 일관적 사고만이 그 전달 매체가 된다고 할 수만은 없다. 사실상 형식화된 언어로 표현된 진리의 명제는 그보다 훨씬 넓은 콘텍스트 내에 진행되고 있는 이성적 과정의 한 표현에 불과하다고 말할 수도 있다. 그것은 궁극적으로 삶 자체의 이성적 성격에서 나오는 것이다. 그렇지 않다면, 형식화된 진리의 명제가 삶에 대한 정합된 관계를 갖지 못한 것이다. 이러한 사정들을 고려할 때, 대화의 형식을 취할 수 없고, 정확한 형식적 검증의 절차를 적용할 수 없는 대중 전달 수단이 본질적으로 진리 전달의 가능성을 갖지 못하는 것이라고 말하는 것은 너무 성급한 판단일 수 있다. 그러나 이미 살펴 바와 같이, 그것의 심리 조작이나 선전의 성격도 부정할 수 없는 까닭에, 어떠한 조건하에서 그것이 진리에 참여할 수 있는가는 조금 더 자세히 고찰해 볼 필요가 있다.

4. 삶의 세계의 이성

우선 이성의 문제부터 생각해 보자.

이미 말한 바와 같이, 이론적 태도의 에포케(epoché)에서 계시되는 로고스가 무엇이든지 간에, 그것의 근본적 태도는 삶의 세계(Lebenswelt)일 수밖에 없다. 이 세계란 대부분의 사람에게는 매우 평범하면서 잡다한 사물과 사건 또는 인상으로 이루어져 있다. 그러나 이 세계가 반드시 혼란스러운 것만은 아니다. 그것은 "일정한 성질을 가진 비교적 분명하게 한정된 대상들, 우리가 그 안에서 움직이며, 우리에게 저항하고, 우리가 거기에 작용할 수 있는 대상들의 세계"[10]이다. 이 세계에 어떤 엄격한 질서나 일관성이 있는 것은 아니다. 그러면서도 그것이 완전한 혼란일 수 없는 것이, 이 세계에서의 우리의 관심은 압도적으로 실제적이고, 실제적 행동은 행동자나 행동의 대상이 되는 세계의 안정성이 없이는 일어날 수 없겠기 때문이다. 우리가 현실 세계를 현실로서 받아들이는 자체가 "일의 세계의 통일성과 적합성을 받아들일 수 있는 것으로, 그 현실성의 가설을 반박할 수 없는

---

10 Alfred Schütz, "The Life World", *On Phenomenology and Social Relations: Selected Writings*, ed. by Helmut R. Wagner(Chicago: Univ. of Chicago Press, 1970), p. 73.

것으로, 우리의 실제 경험들이 증명하여 주기 때문이다."[11] 일상생활의 질서의 핵심이 되는 것은 아마 그날그날의 생명 유지 —사회적으로 적정선에서 규정되는 생명 유지의 사회 기구일 것이다. 물론 이것은 그 전모에 있어서 우리의 일상생활에 관여되기보다는 단순히 일상생활의 틀을 유지하는 데 관계되는 만큼만 우리의 삶에 관계되는 것일 것이다.

이 일상생활의 틀 속에서 우리는 사물의 의미를 이해하고, 다른 사람들과 접촉하며, 우리 자신의 삶의 일관성을 유지한다. 다른 한편으로 일상생활의 질서는 외부적인 사회·경제 기구로서 우리에게 부과되는 것만은 아니다. 그것이 하나의 질서로서 의미를 갖는 것은 그날그날의 삶을 영위해 나가는 데 있어서의 우리의 실제적 관심 또는 이해관계에 그것이 대응하는 것이기 때문이다. 이 관점에서 우리의 일상생활에 질서를 부여하는 것은 우리 자신의 실제적 행동의 궤적이다. 이 실제적 행동의 장으로서, 사회적으로 규정되는 일상생활의 틀이 열린다고 말할 수도 있다.

그 출처가 우리 자신의 기획하고 실천하는 행동에 있는지 또는 사회 조직의 질서로부터 나오는 것이든지 간에 이와 같이 우리의 자연스러운 삶에도 그 나름의 이성적 성격이 있는 것이다. 그러나 여기에서의 이성적 성격은 매우 한정된, 슈츠의 말로 '손으로 만질 수 있는(manipulatory)' 범위 안에 있는 것이다. 그것은 그때그때의 실제적 관심의 조직 안에 들어오는 사물과 사람에 한정되는 것이다. 그러나 우리의 행동이 —일상적 행동마저도, 그 전제로 하고 있는 이성적 지평이, 직접적인 사물의 세계에만 한정되는 것은 아니다. 다시 슈츠의 말을 인용하여, "우리의 상식적 사고가 당연한 것으로 받아들이는 일상생활의 현실은 우리의 통합 작용을 통하여 파악되는바, 현재적 또는 잠재적으로 우리의 조종 가능 범위에 있는, 물리

---

11 "Transcendence and Multiple Realities", Ibid., p. 255.

적 대상, 사실 사건들만을 포함하는 것이 아니다. 그것은 이러한 자연의 물리적 대상이 사회적인 대상으로 바뀌는 데에 작용하는 낮은 정도의 통합적 표상의 연관을 포함한다."[12] 뿐만 아니라, 우리의 경험 과정이 반드시 종합적 이성의 통일성을 드러내지 않는다고 하더라도, 궁극적 의미에서, 그것은 하나의 통일성의 가능성을 포함한다고 할 수 있다. 슈츠가 다른 자리에서 말한 바와 같이, "모든 '이곳'과 '지금'에는 우리의 경험의 총체적 일관성"[13]이 들어 있다. 이러한 일관성은 비록 잠재적이거나 비주제화된 것이라고 하더라도, 어떤 일상적 행동의 경우에도, 직접적 행동의 범위를 넘어가는 세계와 그 세계의 일관성은 반드시 상정되는 것일 것이다. 그리고 이러한 세계는 흔히 의식적으로 인지되는 '상징 세계'의 전체성을 이룬다. 이 '상징 세계'는 개인적 차원에서 개인적 생존의 통합 과정에도 필요할 뿐만 아니라, 사회적 차원에서 사회의 제도적 통합과 정당성의 규범을 위하여 요구되는 것이다. 이러한 사회적 요구에서 이론적 분석적 성찰을 포함한, "세계 유지의 여러 기구(machineries of universe maintenance)"[14]가 등장하게 된다. 이 기구를 통하여 사회는 "조화되고, 자족적이며, 완벽하게 기능하는 '체계'"[15]가 된다.

여기에서 우리에게 중요한 점은, 세계를 하나로 묶는 상징 세계가 소박한 신화로 이루어지든지 또는 더 세련된 사회 이론으로 이루어지든지 그러한 구조물이 일상적 행동의 연속적 관계 속에 있다는 점이다. 되풀이하여 말하건대 의식적이든, 무의식적이든, 주제화되든, 주제화되지 않든, 우

---

12 Ibid., p. 253.

13 Alfred Schütz, *The Phenomenology of the Social World*, tras. by George Walsh and Frederick Lehnert(Evanston, Ill. Northwestern Univ. Press, 1967), p. 82.

14 Peter L. Berger and Thomas Luckmann, *The Social Construction of Reality: A Treatise in the Sociology of Knowledge*(Garden City, N.Y.: Doubleday & Co., Anchor Books, 1969), p. 105.

15 Ibid., p. 106.

리의 지금 여기에서의 행동은 일단의 세계와 경험의 총체적 일관성을 전제한다고 할 수 있다는 말이다. 더 나아가 이것은 다른 종류의 일관성의 근저에 있으며 그것을 가능하게 하는 것이라고 할 수도 있다. 후설의 말대로, "모든 판단에 선행하는 경험의 보편적 기초가 있다. 그것은 '가능한 경험의 일관된 통일성'으로서 계속적으로 전제된다. 이 일관된 통일성 속에 모든 사가(事家)들이 연결되고 서로 취합한다."[16] 후설에게 이러한 통일성을 보장하는 것은 선험적 주관성일 것이고 세계의 모든 것은 이 주관의 업적으로 간주될 수 있을 것이다. 이때의 주관성은 우리의 일상적인 자아——후설의 말로, '자연적 태도' 가운데 있는 우리의 자아와 일치시킬 수는 없다. 그러나 그것이 이러한 자아에서 완전히 분리되어 존재하는 것은 아니고, 오히려 삶의 세계에 있어서 그 뿌리는 지금 이 자리에서 이런저런 일에 종사하고 있는 일상적 자아에 있고, 선험적 주체란 일상적 자아의 특정한 자세를 통하여 드러나는 것이다.

이렇게 볼 때, 세계의 통일성과 일관성의 궁극적인 근거는 우리의 일상적 자아에 있다. 이 자아는 무엇보다도 그 실제적 관심에 의하여 특징지어진다고 하겠는데, 그것은 끊임없이 사물 속에 움직이며 그것들을 자신의 기획 속에 통합하는 주체적 행위를 계속하는 것으로 생각될 수 있다. 이 주체적 행위 그것이 벌써 세계에 일관성을 만들어 내고, 이러한 일관성의 초월적 확장에 세계의 이성적 구성의 기초가 있는 것이다.

이와 같이 다시 한 번 우리가 확인할 수 있는 것은 잠재적으로 실제적 행위 속의 자아가 이성의 토대가 된다는 사실이다. 그러나 이것은 어디까지나 잠재적인 것이다. 우리의 일상적 자아에게 늘 주체적 행위가 가능한 것은 아니며, 또 그러한 가능성을 스스로 깨닫고 있는 것도 아니다. 또 행

---

16 Edmund Husserl, *Formale und transzendentale Logik*(Halle: Niemeyer, 1929), p. 194.

위의 대상이 되는 객관적 세계가 늘 그러한 행위를 받아들일 상태에 있는 것도 아니다. 거꾸로 말하면, 주체적 행위의 조건은 행위자나 그의 환경이 내적으로나 외적으로나 자유로운 것이어야 한다는 것이다. 이것이 가능하기 위해서는 그에 맞는 개인적, 사회적 또는 자연적 조건이 있어야 하는 것이다. 그리고 이러한 조건은 개인적이나 집단의 자유를 향한, 또 동시에 이성적 질서를 위한 결단에 의하여 강화될 수도 있지만, 다른 한편으로, 그것은 단순한 의지의 문제로만 생각될 수 없고, 역사적 발전의 문제로 생각되어야 하는 면을 가지고 있다. 인간의 사회적 조건의 개선이 역사 발전의 단계에 관계없이 하나의 청사진에 따라 일시적으로 이루어지기가 어려운 것처럼 사람의 주관적·주체적 의식이 그 이성적 가능성 속으로 해방되는 것도 일시적 각성을 통해서라기보다는 역사적 전개를 통하여서 그렇게 된다고 하여야 할 것이기 때문이다. 동서고금의 문화사에서 볼 수 있는 것은 자유로운 정신의 성장을 포함한 여러 복합적 요인들의 발전적 누적과 수렴의 결과로 문득 나타나는 인간 정신의 개화이다.

이렇게 말하는 것은 위에서 주장한 인간의 이성적 가능성을 부정하는 것이 아니다. 내가 말하려는 것은 이 가능성을 현실이 되게 하기 위하여 필요한 조건에 대한 것이며, 이 조건의 성립을 위한 집단적 노력의 중요성이다. 이러한 노력의 누적된 결과로서 비로소 인간의 본래적 가능성은 개화될 수 있다는 말이다. 그리고 이러한 조건은 어떤 특정한 방식의 언어 또는 전달 매체에 관계되어 있다기보다는 사회의 일상적 실천의 관행에 관계되어 있다. 우리는 위에서 이성의 자리를 이론적 세계로부터 일상적 실제의 세계로 옮기고 이 후자가 바로 근원적이라고 하였다. 이것은 한 사회에 있어서의 진리의 가능성이 사회 전체의 삶의 상황에 관계되어 있다는 주장을 불가피하게 한다. 그러니까 진리의 조건으로서의 사회 전체의 삶을 개선하기 전에는 진리의 전달——과학의 세계뿐만 아니라 보통 사람이 사는 일상적 세계에 있어서의 전달은 불가능한 것이 된다. 진리는 매체의 종류, 매체의 향상을 통해서가 아니라 사회의 개선을 통해서 가능하게 되는 것이다.

5. 예술적 진리의 변증법

그러나 여기의 관계는 일반적인 것이 아니고 변증법적인 상호 작용 속에 있다고 보아야 한다. 즉 사회 내에서의 상호 교통에서의 진리의 확보는 문화적 요인들에 의하여 좌우되는 것이기도 하는 것이다. 또 더 나아가 사회의 물질적 제도적 개선은 이 문화적 요인들에 의하여 촉진될 수도 저해될 수도 있다. 한 사회의 문화 또는 상징 세계 구성의 여러 기구가 원활한 통합 작용을 이룩하는 것은 여기에서 매우 중요한 일이다. 이렇게 말하면서, 다시 한 번 잊지 말아야 할 것은 이 통합의 핵심이 실제적 이론적 생활의 주인이 되는 자아의 주체화 과정에 있다는 점이다. 문화의 통합 작용이 여기에 관련되는 한에 있어서만, 그것은 진리와 이성의 작용에 기여한다. 주체화 과정은 한편으로 끊임없는 종합의 활동을 통해서 보편적 지평으로 열려 있는 자아의 주체적 능력을 상정하고 다른 한편으로는 이 활동의 대상이 되는 실제적이고 구체적인 사건과 단편적이거나 체계적인 정보들을 상정한다. 이 양극의 살아 움직이는 진행 속에 하나의 총체로서의 개인적인 삶이 성립하고 또 다른 하나의 총체로서 문화가 성립한다.

개인적인 관점에서나 사회적인 관점에서나 경험의 주체적 통합 작용의 모범이 될 수 있는 것은 예술이 나타내 주는 경험의 방식일 것이다. 또 예술은, 그 효과를 분명하게 측정할 수 없는 채로, 한 사회의 주체적이며 이성적인 의사소통을 위하여 가장 중요한 기능을 수행하는 것이다. 예술 표현의 본질을 설명하기 위하여 헤겔이 사용한 '구체적 보편성'이라는 말은 이성 작용 그 자체는 아니라고 하더라도 실제적인 현실 속에 움직이고 있는 끊임없는 생성 변형 과정 속의 이성의 모습을 적절하게 요약해 주는 말이라고 할 수 있다. 예술은 감각 세계의 구체적인 대상물들을 흡수하고 변형하여 보편적인 이념을 제시하려고 한다. 사실 이것은 우리가 일상적 현실의 행위에서 벌어지는 일과 근본적으로 동일한 것이다. 예술적 체험은 실제적 행위의 주체로부터 나온다. 또 거꾸로 우리의 실제적 행위의 통합, 그것의 보다 넓은 보편적 지평에로의 초월을 도와준다. 그럼으로 하여 예술은 우리의 현실적인 삶을 이성과 자유의 보편적인 지평으로 이끌어 가는 데 중요한 기여를 한다.

이 기여는 예술이 갖는 체험의 구성 방식만이 아니라 그 전달 방식에 의하여 특히 효과적인 것이 된다. 우선 예술 작품의 특이성은 그것이 의사 전달을 목표로 하지 않는다는 데 있다. 예술가는 그의 작품에서 하나의 자족적인 세계의 구성을 의도할 뿐이다. 예술가에게 그의 의사를 전달하려는 의지가 있다면 그것은 작품의 객관성 속에 숨어 간접적으로 암시될 뿐이다. 대부분의 의사 전달 상황에 있어서, 듣는 사람은 말하는 사람의 능동적 의지에 종속되고 수동적 객체의 입장에 놓이기 쉽다. 그러므로 사람의 근본적 충동이 주체성에 있는 한, 이런 의사 전달은 객체화되기를 거부하는 수신자의 저항을 극복함으로써 비로소 이루어지게 된다. 직접적인 전달을 목적으로 하지 않는 예술 작품은 단지 제시될 뿐이고 그 내용은 엿들어질 뿐이다. 그렇다고 하여 전달이 이루어지지 않음이 아님은 물론이다. 예술 작품을 보는 사람은 자기도 모르게 작품 속으로 빨려 들어가는 것을 경험하게 되거니와 이것은 작품의 중심적 관점과 스스로를 일치시킴으로써 일어난다. 말하는 자와 듣는 자가 갈라지는 일이 없이 듣는 자의 주관이 말하는 자의 주관에 일치하는 것이다. 이렇게 하여 예술적 전달은 주관과 객관의 갈등 없이 무제한적으로 이루어질 수 있게 되는 것이다. 이러한 일치의 조건하에서, 듣는 사람은 예술 작품이 드러내 주는 통합 작용에 참여한다. 그리하여, 뛰어난 예술 작품일수록 일체적인 통일성을 가지고 있다고 할 수 있기 때문에, 그는 예술 작품을 통하여 감각과 이성, 일상과 초월—부분과 부분의 주체적 통합 작용을 습득할 수 있게 된다.

그러나 의사소통의 방법으로서의 예술 작품이 가지고 있는 위험을 간과하여서는 아니 된다. 예술 작품이 주관과 주관의 일치를 통하여서 전달에 성공한다고 한다면 이 전달은 하나의 환각에 불과하다. 사실에 있어서 주인공의 입장, 또는 작품의 중심적인 관점이 나의 입장이나 관점에 일치한다는 것은 예술의 마술적 힘이 만들어 낸 환각에 불과한 것이다. 예술의 효과는 자아에 대한 환각이며 진정한 의미에 있어서의 자아의 상실이다. 여기에서 오는 비참한 결과를 말하고 있는 것이 '보바리즘'이다. 에마 보바리는 그녀의 독서에서 얻은 환상을 자신의 현실로 착각함으로써 비극적 종말에 이르게 된다. 해독은, 말할 것도 없이, 에마 보바리에 한정된 것이 아니다. 이러한 것은 모든 문학 작품, 모든 예술 작품이 가지고 있는 일면이며, 사실상 모든 심정적 인간 이해와 의사소통에 따르는 한 효과이다. 그것은 모든 주관적 의사소통에 있어서, 우리 자신을 망각하게 하고 또 그렇다는 것은 자신을 결정하는 객관적 조건을 망각한다는 의미에서, 우리를 에워싸고 있는 현실을 잊어버리게 한다.

그러나 이것은 정도의 문제이다. 환각의 가능성은 예술 작품에 따라서 다르다. 사실상 궁극적인 의미에 있어서의 예술 작품의 우열은 우리를 환각에 남아 있게 하느냐 그것으로부터 깨어나게 하느냐 하는 기준에 의하여 판가름된다. 물론 이미 말한 바와 같이, 예술의 마술은 주체적 체험의 환각을 만들어 내는 데 있다. 그러나 우수한 예술 작품에 있어서, 이 환각은 환각으로부터의 깨우침과 병행하여 일어나는 것이다. 소위 대중 예술은 너무나 피상적인 것이어서 쉽게 간파될 수 있는 것이지만 오로지 아름다운 환상을 만들어 내려고 애쓰는 것으로 보인다. 이 예술 표현에서 모든 것은 우리의 소원대로, 통속적 도덕의 처방대로, 사필귀정으로 끝난다. 여기에 작용하고 있는 것은 매우 얄팍한 감정 또는 감상이다. 이것은 선전 예술에 있어서의 단순한 도덕적 또는 의지적 작용과 별반 다르지 않게 일방적으로 사실을 호도하고 있는 주관성이다. 이에 대하여, 진정한 예술에 있어서, 주관의 환상은 쉽게 허용되지 아니한다. 예술의 교훈은 궁극적으로 사람이 주체적 존재라는 사실에 관한 것이다. 그러나 그것은 현실과의 복합적인 갈등과 투쟁을 통해서 얻어지는 것이다. 간단히 말하여, 고급 예술 또는 참다운 예술의 특징은 어떻게 보면, 그것이 얼마나 많은 갈등의 요소를 포괄하고 있느냐 하는 점에 의하여 결정된다고 말할 수도 있다.

사실상 예술 표현의 전 과정은 변증법적 갈등으로서만 전개되는 것으로 보인다. 위에서 우리는 '구체적 보편성'이라는 헤겔의 공식으로 예술 작품의 근본 기제를 이야기하려고 하였다. 이것은 구체적인 것과 보편적인 것의 기계적인 통합을 뜻하는 것이 아니다. 구체와 보편은 하나이다. 헤겔이 여러 군데에서 되풀이하여 말하고 있는 바와 같이, 구체적인 것은 바로 보편성 속에 존재하는 것이다. 그것도 긴장에 찬 보편성의 통일 속에 존재하는 것이다. 소금은 하나의 단순한 존재로 생각될 수 있으면서, 여러 가지의 속성, 희고 짜고 입방체이고 특정한 무게를 가지고 있고 ──등등의 속성으로 특징지어지는 복합체이다. 그것이 하나로 존재한다는 것은 그것이 다른 것이 아니며, 그것의 복합적인 속성의 어느 것도 아니라는 것을 말한다. 그것은 부정 속에 존재하는 하나의 보편자이다. 소금의 속성들도 다른 많은 물건들에 발견되는 보편적 속성들이다. 이것들은 소금의 단일성 속에 공존한다. 그렇다고 이것들이 서로 관계없이 나란히 있는 것만은 아니다. 그것들은 다른 속성들에 대하여 또 서로서로에 대하여 배타적으로 규정되는 관계에 있다. 그러면서 하나의 통일체를 이루는 것이다. 그러니만큼 소금의 단일성 또는 통일성은 '부정적 통일성(negative Einheit)'이며 '배타적인 통일성(ausschließende Einheit)'이다.[17] 이것은 헤겔이 구체적인 사물에 대한 우리의 지각을 분석한 것이지만, 예술에 있어서의 감각적 대상물, 구체적인 사물의 형상화에도 그대로 해당되는 것이다. 예술 작품에 있어서의 가장 작은 감각적 대상물의 하나도 개별성과 보편성, 단일성과 복합성의 갈등과 긴장에 찬 과정의 소산이 아니고는 성립할 수가 없는 것이다. 예술이 주체적인 통합 작용을 하는 것이라고 할 때 그것은 이러한 지각 작용 자체에 벌써 들어 있는 과정의 연장과 확대로서 이루어지는 것이다. 딜런 토마스(Dylan Thomas)가 그의 시의 이미지는 한 이미지와 그에 모순되는 이미지를 접합함으로써 폭발 작용을 일게 하여 생겨난다고 말한 것이나[18] 초현실주의 시인 폴 르베르디(Paul Reverdy)나 막스 에른스트(Max Ernst)가 얼핏 보아 서로 맞지 않는 두 개의 사물을 이것들에 맞지 않는 상황 속에 결합함으로써 가장 강력한 감정을 유발할 수 있는 시적 현실을 만들려고 한 것[19]은 다같이 예술에 있어서의 구체적 사물의 복합적인 성질을 조금 과장하여 말한 예라고 할 수 있다.

---

17 G. W. F. Hegel, *Phänomenologie des Geistes*(Frankfurt am Main: Ullstein Verlag, 1973), pp. 74~76 참조.

18 토마스는 그의 시작법에 대하여 다음과 같이 말한 바 있다. "나는 하나의 이미지를 만든다. …… 그것으로 하여금 다른 이미지를 부화하게 하고, 그것으로 하여금 첫 번째 이미지와 모순을 일으키게 한다. 그리고 둘에서 생겨난 세 번째 이미지로 하여금 네 번째의 모순된 이미지를 만들게 하고, 이 모든 것이 부과된 형식의 한계 속에서 갈등하게 한다. 하나의 이미지는 그 안에 자기 파괴의 씨를 가지고 있다. 내가 아는바 나의 변증법적 방법은 핵심을 이루는 씨앗 — 동시에 건설하고 파괴하는 씨앗에서 나오는 이미지들을 계속 만들고 부숴 버리는 것이다……." Richard Ellmann & Robert O'Clair eds., *The Norton Anthology of Modern Poetry*(New York: W. W. Norton, 1973), p. 903.

19 Werner Haftmann, *Painting in the Twentieth Century*, trans. by Ralph Manheim(New York: Praeger, 1965), p. 189.

이러한 것은 예술에 나타나는 미세한 지각에 관한 것이지만, 조금 더 큰 관점에서의 구조적 요소들의 경우에도 예술적 현실의 통합이 이루어지는 것은 부정과 모순의 경로를 통하여서이다. 이미 말한 바와 같이, 예술 작품의 전달은 주체의 일치 또 그에서 생기는 환각을 통하여 이루어진다고 하지만, 이것은 단순한 감정적 조화의 환상으로 끝나지 아니한다. 고전적인 문학 작품이 가령 그리스 비극에서 어느 한 가지의 화해로 끝날 수 없는 갈등을 중심으로 전개되는 것임은 새삼스럽게 말할 필요도 없다. 브레히트가 무대 예술이 환각을 만들어 내면서 동시에 이것을 깨뜨릴 필요가 있음을 말하고 적극적으로 '소외 효과'의 추구를 주장한 것은, 어떻게 보면 새로운 각성을 촉구한 것이면서, 동시에 전통적으로 위대한 예술이 필수적으로 내장하고 있던 전면 진실의 기제를 새로운 말로 지적한 것에 불과하다. 어쨌든 진정한 예술은 환각을 만들어 내면서 동시에 이것을 깨뜨리는 작용을 빼어 버릴 수 없다. 그런 의미에서, 모든 진정한 예술은 '소외 효과'를 내재적으로 포함하고 있다고 할 수 있다. 브레히트가 의도하는 소외 장치들은 그대로 예술 작품 일반에서 — 적어도 전면적 진실의 각성을 목표로 하는 예술 작품 일반에서 그대로 발견되는 것이다. 그리고 이것은 대중 전달의 예술에서도 그것이 같은 목표를 가진 한, 그대로 참고되어야 할 요인들이다.

브레히트의 구체적 예를 들어보자.[20] 한 사회가 반사회적인 악당을 사형에 처하여, 다른 많은 생명에 대한 위협을 제거하는 경우를 무대에 올려 놓을 때, 이러한 악당의 생명을 박탈하는 일에 대하여 극작가는 무슨 방법으로인가 이의를 제기할 수 있어야 한다고 브레히트는 말한다. 다른 방법

---

20 여기의 예들과 인용은 다음 글에서 뽑은 것이다. Bertolt Brecht, "Binocular Vision in the Theatre: The Alienation Effect", *Sociology of Literature and Drama*, eds. by Elizabeth and Tom Burns(Harmondsworth: Penguin Books, 1973), pp. 368~374.

은 없었던가? 생명을 보호한다는 명목으로 생명을 함부로 파괴하는 것은 모순이 아닌가?

우리는 이 죽어 가는 사람이 제 목숨을 위하여 필사적이 될 때, 그와 같은 편에 있어야 한다. 단순히 숨쉴 수 있는 권리, 모든 사회적 이익에 관계없이 존재하는 이 권리, 생리 현상, 식물적 생존을 위한 권리를 옹호하여야 한다. 그는 죽고 싶지 않다. 그는 인간이기를 그치고 싶지 않다. 이 최소한도로 위축된 그의 인간됨을 우리는 존중하여야 한다. 우리가 비록 그를 죽이고 싶어함으로써 그의 비인간성에 공범이 된다고 하더라도 우리는 그의 최소한도의 인간됨을 공유하고 있는 것이다.

또는 더 확대하여 말하여, A가 B를 정의대로 다루는 첫 장면이 있고 나중에 B가 A를 정의대로 다루는 장면이 있는 연극이 있다고 할 때, 극작가는 두 장면을 완전히 편견 없이, 공정하게 다루어야 한다. 이 균형에서 첫 장면과 나중 장면 사이에 소외의 균열이 생긴다. 모든 장면은 다른, 있을 수 있는 장면과 관련 속에서 연출되어야 한다. 그러면서 중요한 것은 각각의 장면이나 경우가 그 자체로 완전히 구체적으로 제시되어야 한다는 것이다. 전체적인 의미는 미리 정해진 구도로부터 나오는 것이 아니다. 특수성과 특수성이 모순 속에 부딪치게 하여야 한다. 거기에서 청중은 일반성을 추출해 낸다. "특수성은 일반성의 표지인 것이다." 사회 전체를 다룰 때도 이러한 모순의 관계, 그것에서 드러나는 전면적 가능성의 제시는 중요하다. 극작가는 한 사회가 특수한 사건을 해결하는 것을 보여 줄 때 그렇게 하여 해결되지 못하는 영역이 있음을 잊지 말아야 한다. "한 법의 효력 범위는 그것을 에워싸고 있는 유보 사항의 범위에서 찾아져야 한다." 그러나 다시 한 번 이러한 인간 상황 또는 사회 상황의 제시는 추상적인 분석이나 일반론에 의한 설명이 아니다. 예술의 본령은 바로 구체성 속에 들어 있는 모순을 보여 주는 데 있다. 그것이 예술적 묘사의 방법이다. 브레히트의 예를 보건대, 셰익스피어의 『리어 왕』의 마지막 장면에서, 리어가, "부탁건대 이 단추를 끌러 주시오. 고맙소. 선생!"——이렇게 말할 때 거기에는 이미 그러한 모순에 찬 구체적 실존에 대한 통찰이 들어 있는 것이다. 이런 구절에서, 견딜 수 없는 고통의 삶에 하나의 작은 소원이 끼어들고, 임금의 위엄에 육체를 가진 약한 인간의 아픔이 있고, 분노 속에 호소가 섞이는 것을 우리는 보는 것이다.

이와 같은 예술 작품은, 그것이 소외 효과를 위한 것이든 아니면 더 일반적인 인간 상황에 대한 전면적 진실의 계시를 위한 것이든 그 구체적 지각에 있어서 또 특수한 상황의 전체적 파악에 있어서 갈등과 모순을 노출하게 마련이다. 또는 대화해를 보여 준다고 하더라도, 그것은 구체적인 현실의 모순의 경과를 무시함으로써가 아니라 그것을 꿰뚫고 그것을 초월함으로써 이루어지는 것이다. 그리하여, 그것은 우리를 감동으로 이끌어 가면서도, 일반적인 감상이나 교훈에 안주할 수 없게 한다. 한 상황의 여러 가능한 국면들을 통합하여 보여 주려는 그의 노력에서 배우는 "자신의 얼굴을 지우는 대가로 다른 사람의 표정을 채택하는 데" 그치지 않고 거기에 대한 비판적 조명을 가한다. 그리하여 그는 "두 개의 얼굴의 중복을 보여 준다." 청중이나 독자도 단순히 제시된 극적 상황에 빠져 들어가는 데 그치지 않고 통합적 관점에서—이 통합은 스스로 해야 하고, 한 장면과 다른 장면, 극의 장면과 현실의 장면을 병치하는 것이어야 하기 때문에, 자신의 비판적 관점을 유지하게 된다. 이 비판적 통합의 연습—이것이 예술이 사회의 이성적 발전을 위하여 제공하여 주는 것이다.

6. 대화적 이성

그러면서 강조되어야 할 것은 예술이 보여 주는 바와 같은 특수하고 구체적인 것들의 모순 속에 움직이는 이성의 원초적 성격이다. 즉 이성은 특수하고 구체적인 사항의 밖으로부터 와서 어떤 질서를 부여하는 것이 아니라 그것들의 안으로부터 자라 나오는 것이다. 위에서 말했던 바와 같이 이론적 일관성의 원칙으로서의 이성도 일정한 '에포케'를 통하여 이 구체적인 변증법으로부터 자라 나오는 것이다. 사실 근원적인 의미에서 이러한 구체적 변증법에 뿌리내리고 있는 이성 이외에 다른 초월적인 이성이 없는 것으로 보이기도 한다.

우리가 보는 이성적 원칙이 보편적 타당성을 가지고 있으면서 또 역사적이라는 것은 이러한 변증법으로만 이해될 수 있는 것이다. 즉, 각 시대는 그 나름의 모순을 가지고 있으면서, 이성은 이 모순의 전개와 초월 ─ 인간의 탄생과 창의력과 세계의 변화하는 조건이 새로이 부딪쳐야 하는 한, 최종적 종착역이 있을 수 없으면서 또 당대적 모순의 직접성을 늘 넘어서게 마련인 초월의 과정으로서만 나타난다는 말이다. 그리하여 그것은 다시 말하여 동시에 보편적이면서, 역사적인 제약을 벗어나지 못하는 보편적인 것으로 나타나는 것이다. 예술은 이러한 구체적 보편의 역사적 과정의 복판에 있다. 이것은 예술의 모든 면에서 특징이 되지만, 특히 언어 예술에서 전범적으로 볼 수 있다. 최근에 구미에서 새로이 주목을 받고 있는 소련의 문예이론가 미하일 바흐친의 소설 이론의 핵심에 있는 '이질 언어(raznorecie, heteroglossia)'가 말하고 있는 것도 바로 이런 사실이다.

'이질 언어'는 우리가 사회 내에서의 이성적 진리의 소통에 관심을 가지고 있는 한, 잠깐 언급하고 지날 필요가 있는 개념이다. 그것은 이성적 질서가 어떻게 우리의 일상적 언어의 변증법적 충동 안에서 태어나는가를 잘 지적해 주는 것으로 생각된다.

　모든 정연한 언어 표현이 그러하듯이 피상적인 차원에서 문학은 우리의 경험 또는 경험의 일정 부분에 질서를 부여하는 행위라고 볼 수 있다. 이것은 문학 작품의 내용적 구성에서도 그렇고 문체상에서도 그렇다. 문학은 그 문체를 통하여 경험을 일정한 모양으로 양식화하려는 노력이라고 할 수 있는 것이다. 그러나 바흐친이 말해 주는 것은 이 질서 부여 행위, 이 양식화를 지나치게 일직선적으로 생각할 수 없다는 점이다. 이론적 언어 또는 다른 체계적 언어에 대하여, 문학 언어 특히 소설과 같은 산문의 언어는, 구체적이고 잡다한 사물과 인물과 상황을 포용하여야 하니만큼, 통일된 언어가 아니라 다원적 언어로서만 존재할 수 있다고 바흐친은 말한다. 그것이 경험에 하나의 언어적 통일을 가능하게 한다면, 다층적으로 분열된 "사회적 방언, 집단에 따라 다른 행동, 전문 용어, 장르의 언어, 세대와 연령층에 따른 언어, 경향적 언어, 권위와 권력의 언어, 사교 집단의 언어, 유행어, 그때그때, 또는 그 시간 시간의……언어"[21]를 하나의 통일체로 종합함으로써만 그것은 가능하다. 이것은 문학의 특별한 야심으로 인한 것이라기보다 문학 언어의 원초적 현실에의 밀착으로 그럴 수밖에 없는 것이다. 왜냐하면 우리의 개인적 삶에 있어서나 사회적 삶에 있어서나 이질적 언어 체계의 병존은 언어 현실의 기본적 양상이기 때문이다.

　일단 제일 간단히 생각하여, 문학 언어에서 ── 이것은 시의 경우에 가장 중요한 목적으로 생각되지만 ── 가장 기본적인 일은 사물의 언어화 작업이다. 이것은 물론 어떤 사물을 정확히 언어로 묘사 또는 표출하는 문제이다. 그러나 이러한 노력에 관련되어 있는 것은, 바흐친에 의하면, 단순히

---

21 M. M. Bakhtin, *The Dialogic Imagination*(Austin, Texas: Univ. of Texas Press, 1981), pp. 262~263.

언어와 사물과의 사이에 존재할 수 있는 갈등만이 아니다. 묘사의 대상이 되는 사물은 이미 다른 사람의 언어에 의하여 묘사되고 이야기되고 평가된 바 있는 것이고, 우리가 원하는 묘사에 이른다는 것은 거기에 관련되었던 다른 사람들의 언어와 싸운다는 것을 말한다. 그러나 이러한 싸움을 통하여서도 우리의 언어는 그 대상과의 직접적인 관계 속에 존재하는 것이 아니다. 대상을 향하는 우리의 언어는 이미 있는 말에 대한, 더 나아가 앞으로 있을 말에 대한 도전, 답변──일반적으로 대화의 관계에 들어가면서 사물을 간접적으로 계시할 수 있을 뿐이다. 하나의 대상의 묘사가 그렇다면 이 대상과 여러 다른 태도를 가진 인물의 상호 교섭에서 벌어지는 사건이 이질적 언어의 복잡한 표현 의지에 의하여 관통되는 것임은 말할 필요도 없다.

　문학──특히 소설의 언어는 이러한 이질 언어의 현실을 그대로 재현하려고 하는 것이다. 그러면서 이 현실에 하나의 예술적 통일성을 부여하려고 한다. 그러나 이러한 작업의 전략은 일직선적일 수 없다. 이질적 복합성의 언어에 밖으로부터 접근할 수 있는──객관적이고 초연한 관점이 성립할 수 없기 때문이다. 이것은 아마 인식론적으로나 예술 형상화의 기교의 관점에서나 불가능한 것일 것이다. 소설은 등장인물들의 언어를 안으로부터 재생하여 보여 준다. 그것의 창조적 표현화의 과정은 말하자면, 내적인 동일화 작용을 통해서 직관적으로 파악할 수 있게 된다. 이러한 표현화 과정 속에 움직이고 있는 언어가 문제인 것이다. 그러면서 그것은 하나의 객관적인 대상으로서 파악될 수 있어야 한다. 이것은 다른 사람의 말을 특징 있는 다른 사람의 말로 전할 필요──바흐친이 '언어의 심상'[22]이라고 부르는 것을, 알아볼 수 있는 대상으로 제시할 필요에서도 생겨난다.

22　Ibid., p. 333ff.

특정한 '언어의 심상'이 파악된다는 것은 그것이 벌써 객관화된다는 이야기이다. 뿐만 아니라 재현되는 이질 언어는 이미 작자 자신의 언어와의 대화적 긴장과 통일하에서 이루어지는 것이다. 또 그러함으로써 그것은 작자 자신의 예술적 질서의 창조를 위한 노력의 한 부분이 될 수 있다. 이러한 대화적 관계 —— 주관과 객관의 긴장된 관계는, 같은 과정을 다른 각도로부터 접근하여 말하건대, 작자의 예술적 세계, 하나의 통일된 세계를 창조하려는 과정을 그대로 이루는 것이기도 하다. 작자에게는, 이미 말한 바와 같이, 그를 에워싸고 있는 이질 언어의 복합적 현상을 하나로 통일할 수 있는, 밖으로부터의 관점, 또는 다른 관련에서의 메를로퐁티의 말을 빌려, '고공 비상의 관점'이 존재하지 않는다. 그의 언어도 여러 이질 언어의 하나에 불과할 뿐이다. 그에게 한정된 의도의 테두리로부터 벗어져 나가는 방법은 언어의 대화적 성격을 강화하는 길밖에 없다. 어떤 경우에나 언어는 대화적으로 성립한다. 바흐친이 이것을 설명하는 바와 같이,

> 말하는 사람은 그의 말, 이 말을 규정하는 자신의 사고 체계에 대하여 듣는 사람의 이해를 얻고자 한다. 즉 이해하려는 수신자의 이질적 사고의 지평 안에서 자신의 이해를 얻고자 하는 것이다. 그는 이 이질 체계의 어떤 면과 대화적 관계에 들어간다. 말하는 사람은 듣는 사람의 이질적 사고의 지평을 꿰뚫고 들어가, 이질적 영토에 그 자신과 듣는 사람의 통각적 배경을 뒤로 두고, 자신의 언어를 구축하는 것이다.[23]

이렇게 하여 생겨난 언어의 내부에는 이미 대화 작용이 들어 있다. 그것은 두 사고의 세계로 이루어지면서 그것을 초월하는 것이다. 언어에 있

---

23 Ibid., p. 282.

어서의 스타일이란 것도 이러한 관계에서 생겨난다. "스타일은 유기적으로 그 자신 안에 그를 넘어서는 지표들, 그 자신의 요소와 이질적 콘텍스트의 요소들의 조응을 포함한다."[24] 말할 것도 없이 스타일은 통합적 예술 건축의 구성에 있어서 가장 중요한 요인이다. 이러한 대화적 언어, 대화적 스타일의 대표가 소설인데, 소설은 이러한 언어로써 하나의 통일된 예술 작품을 만들어 낸다. 그리하여 그것은 하나의 작품으로서 "일반적이며, 깊은 뿌리를 가진 지향성이며, 일관된 이데올로기적 개념화"[25]일 수도 있는 것이다.

이렇게 말하면서 다시 한 번 예술의 통일성이 구체적 대화 작용의 확대로서만 성립한다는 점을 기억하여야 한다. 또 이 통일성은 모순과 역설에 찬 것이다. 어떤 언어도 부분적 입장의 이데올로기적 확대라고 한다면, 그러한 언어의 상호 작용에서 나오는 언어도 부분적이며 이데올로기적일 수밖에 없다 할 것이다. 따라서 어떠한 통일성도 일시적인 것이고, 초월되어야 할 어떤 것일 뿐이다. 그리하여 바흐친의 이질 언어의 개념에서, 웃음, 풍자, 역설 등은 중요한 인식론적 의의를 갖는다. 참으로 진실되며, 보편적인 언어는 스스로에 대하여 회의하며 스스로를 우습게 바라볼 수 있는 언어인 것이다.

이러한 복합적인 작용들을 포함하는 언어가 참으로 보편성에 가까이 가는 언어이지만, 우리는 이것이 단일한 감성으로 존재하는 것임에 주목하여야 한다. 조금 높은 차원에서 말하면, 언어의 복합성에 열려 있는 것 ── "다른 사람의 말의 '내적 형식'", "우리 자신의 '내적 형식'의 이질성", "행동, 동작, 말, 표현의 본질적 성격이며, 여러 관점의 요소이며, 언어

---

24 Ibid., p. 284.
25 Ibid., p. 311.

표현과 유기적 일체를 이루는 세계를 보고 느끼는 방법의 요인으로서 존재하는, 질료적 불투명성, 전형성" 등에 민감해지는 것 — 이것은 "상호 조명하는 여러 언어의 보편성(universum)에 유기적으로 참여하는 의식에게만 가능하다." "여기에 필요한 것은 여러 언어가 한 의식에서, 몇 개의 언어에 참여하는, 한 의식에서 교차하는 일이다."[26] 아마 이러한 감성, 이러한 의식이야말로 문학이 우리에게 줄 수 있는 것일 것이고, 이것은 역사적으로 발전하는 문학이 훈련해 내는 것일 것이다. 그러나 동시에 이것은 우리의 일상성 속에도 잠재적으로 존재하는 것이다. 이것이 우리가 여기에서 이러한 문제를 생각해 보는 목적이기도 하다. 바흐친이 예를 들고 있듯이 일자무식의 농사꾼도 다원적 언어 속에서 살고 있다. 기도하고, 노래하고, 가족과 이야기하고, 관리들에게 청원을 내고 할 때, 그는 모두 다른 체계의 언어들을 쓴다. 무의식의 상태에서 이러한 여러 체계의 언어들은 서로 관계없이 공존한다. 그러나 그는 "언어들의 비판적 상호 작용"[27]을 경험할 수도 있다. 그로부터 그는 어느 한 언어의 권위로부터 벗어나고 새로운 창조적인 언어 — 불가피하게 대화적일 수밖에 없는 언어를 찾아 나서게 된다. 더욱 고도한 문학의 언어는(또는 과학의 언어까지도) 이러한 추구의 최종적 소산이다. 그리고 그것은 그것과의 최초의 뿌리를 끊어 버릴 수 없다.(바흐친은 소크라테스의 이성주의가 한편으로는 민중적 웃음과 풍자에서 나오고, 다른 한편으로는 과학적 탐구의 시초가 됨을 말한다.)[28]

---

26 Ibid., pp. 367~368.
27 Ibid., p. 296.
28 Ibid., p. 25 참조.

7. 진리를 위한 언어

바흐친이 그 소설의 이론에서 보여 주는 것은 소설에, 또 우리의 일상적 삶에, 우리로 하여금 보편적 진실과 진리의 평면으로 나아가게 하는 경험과 언어가 들어 있다는 사실이다. 그것은 특정한 형태의 이론적 일관성을 가진 언어 또는 도덕적 교훈적 규범에 의하여 뒷받침되는 언어에 들어 있는 것이 아니다. 바흐친의 생각으로는 이러한 일관성의 언어야말로 매우 위험한 이데올로기적 의도를 가진, 즉 참다운 구체적인 보편성의 가능성을 은폐시키는 언어이기 쉬운 것이다. 이것은 위에서 우리가 본 예술 경험의 분석에서도 드러난 것이다. 그리고 다시 생각해 볼 때 (이미 과학적 탐구의 소크라테스적 근원에 대하여 언급한 바 있지만) 진정한 의미에서의 논술 언어에도 그대로 해당되는 것이다. 일상적 삶이든, 예술 경험이든, 예술 언어이든, 과학의 객관적 언어이든 핵심적인 것은 내용도 형식도 아니고, 세계의 다양성과 그로부터 나오는 변증법적 통일의 가능성에 열려 있는 감성 또는 의식이다. 이것이 이러저러한 내용과 형태를 만들어 내는 것이다. 그렇다면 대중 매체이든 또는 다른 어떤 매체이든 그 매체의 성격으로 하여 진리의 전달이 저절로 배제되는 것은 아니다. 진리의 전달은 하나의 일체적 감수성 또는 보편적 의식으로 훈련되는 청자의 능력에 관계되어 있다. 이것은 누구나 본래부터 가지고 있는 삶의 능력이면서, 보다 주제적이고 의식화된 것으로 훈련될 수 있고, 또 끊임없이 흡수되는 정보 자료의 성격에 의하여 둔화될 수도 있고 예리해질 수도 있는 것이다.

일상생활에 있어서 또는 우리의 의식과 정신의 생활에 있어서 우리는 감각적 인상과 심상과 말들의 끊임없는 포격을 받는다. 도시 생활과 대중 교통수단, 특히 대중 매체의 발달은 우리의 감각과 의식의 생활을 쉴 새 없는 정보 과부하의 상태에 있게 한다. 말할 것도 없이 문제는 인상의 과도에만 있는 것이 아니다. 모든 인위적으로 조성된 환경은, 그것이 분명히 인지되는 것이든 아니든, 인간의 의도로 가득 차 있는 것이다. 대중 매체로 전달되는 상징들이 그러한 것임은 말할 것도 없다. 가장 순진한 인상의 상징적 투영에도 우리에게 영향을 주고 우리를 사로잡으려고 정치적, 상업적, 도덕적, 이데올로기적 의도가 숨어 움직이고 있다. 이러한 상황에서 제대로 정신을 가누고 살아가기가 어렵게 되는 것은 당연하다.

그러나 사람이 반드시 밖으로부터 들어오는 감각적, 상징적 영향들에 무방비 상태에 있는 것은 아니다. 이것은 특히 대중 매체에서 나오는 그러한 영향의 경우 그러하다. 윌버 슈람은 대중 매체 연구의 초기로부터 1960년대까지의 이론상의 변화를 '총알 이론(The Bullet Theory)'에서, '고집불통 청취자(Obstinate Audience)'에 착안한 '능동적 청취자(Active Audience)' 이론으로 이행한 것으로 요약한 바 있다. 즉 수동적으로 대중 매체의 정보 총알에 쓰러지기만 하는 것으로 생각되었던 청취자(가령 라스웰(Harold Lasswell))가 꽤 고집이 세고 밖에서 주어지는 정보에 쉽게 흔들리기보다는 제 스스로 필요한 정보를 적극적으로 취사 선택 활용한다는 것을(가령 라자스펠드(Paul Lazarsfeld) 또는 칼 하브랜드(Carl Hovland)) 알게 되었다는 것이다.[29] 아마 청취자는 순진한 총알받이이기도 하고 고집 센 행동자이기도 할 것이다. 어느 쪽이 되느냐 하는 것은 시간의 길고 짧음의 문제인지도 모른다. 결국은 우리가 살고 있는 일상적 세계의 구성과 움직임에 맞아 들어가는 상징들이 우리에게 의미 있는 것일 것이기 때문이다. 일상성의 세계에 모순되지 않고 맞아 들어가는 대상물과 상징 그리고 이러한 것들과의 끊임없는 상호 작용 속에 있는 우리의 실제적 관심과 행동만이 진리의 검

---

29 Wilbur Schramm, "Mass Communication", *Communication, Language, and Meaning: Psychological Perspectives*, ed. by George A. Miller(New York: Basic Books, 1973), pp. 226~227.

증 기준이 될 것이다.

　말할 것도 없이 일상적 세계와 그것을 넘어가면서 그것의 지평이 되는 보다 넓은 세계를 구성함에 있어서 바른 문화의 존재는 중요한 교정 작용을 제공한다. 이 문화가 어떤 고상한 내용을 일방적이고 외면적인 것으로 부과할 수 없음은 위에서 길게 이야기한 바다. 오히려 그것은 살아 움직이는 마음의 경직화를 초래한다 할 수 있다. 이런 의미에서 맥루언이 고도의 의식의 집중을 요구하는 문자 매체를 억압적이라고 말한 것은 일리가 있는 일이다. 그러나 이에 대하여 청각과 시각에 의존하는 소위 '차가운 매체'가 그가 생각했던 것처럼 '전체성, 참여, 깊이 있는 의식'[30]을 가져올 것이라고 낙관할 수는 없다. 진리를 위한 의사소통은 전통적인 진리의 표지, 이성적이며, 직선적이며, 계기적인 언어를 요구한다. 다만 그것은 외면적 결과가 아니라 유연하게 움직이는 정신의 업적의 하나의 궤적으로 생각될 필요는 있다. 그것은 고급의 문자 문화 속에 있으면서, 우리의 일상적 생활의 끊임없는 실제적 통합 속에 있다. 그것은 원초적으로는 우리의 실제적 삶이 열어 놓는 감각적 세계의 로고스로 존재한다. 그러면서 그것은 무엇보다도 다원적인 인간이 거주하는 생활 공간 속에서 그 의미를 넓혀 간다. 이러한 로고스가 전통의 업적을 수용하며 고도의 형식적 세련화에 이를 때, 우리는 고급문화를 갖는다. 대중 매체는 감각적 로고스와 형식적 로고스를 매개하는 중간 매체로 생각하여도 좋다. 그것은 감각과 이성을 커다란 진리의 과정으로 통합할 수도 있을 것이다.

　진리를 위한 언어는, 그것이 사회적 전달에 관계하는 한, 우선 사회 내에서의 '헤테로글로시아'를 인정하는 데에서 출발하여야 한다. 이것은 사

30　Marshall McLuhan, *Understanding Media: The Extensions of Man* (New York: New American Library, 1964), p. 21.

람의 사회에 관한 근본적 사실이며 또 그 사실이 이성에로 나아가는 첫걸음이다. 이러한 인정은 우리로 하여금 모든 권위주의적 언어, 정치적이든, 상업적이든, 도덕적이든 조종의 언어를 배격하게 한다. 그것은 다양한 언어를 하나의 언어로 몰아가려는 폭력적 또는 간교한 기도를 감추고 있다. 바흐친이 소설에서 발견한 것처럼 참다운 언어는 '대화적'이다. 언어의 복합적 존재를 인정한다고 통일의 가능성을 배제하는 것은 아니다. 언어의 복합적 존재는 갈등을 말하는 것이다. 그러나 갈등은 통일을 위한 투쟁을 나타내기도 한다. 이 통일은 결코 독백의 승리로 종착할 수 없다. 우리의 독백 그것도 여러 가지 언어의 하나에 불과하다는 것을 우리는 너무나 잘 안다. 따라서 우리의 언어는 회의와 자기 풍자와 웃음을 포함한다. 그러나 이것이 허무를 나타내는 것은 아니다. 끊임없이 스스로를 넘어가는 인간의 창조적 변화 ── 이것의 활력이 없이는 회의와 자기 풍자와 웃음도 불가능할 것이기 때문이다. 이러한 언어의 사회적 실천에 있어서 예술 창작은 가장 중요한 기능을 갖는다. 그것은 구체적이면서 보편적인 것에 이르고 특수자이면서 전체에 이르는 인간적 의사소통의 과정을 가장 잘 나타내 주고 있기 때문이다. 그러나 논설적 언어가 중요하지 않은 것이라는 말은 아니다. 사실 가장 직접적인 의미에서 사회적 전달의 교육 매체가 되는 것은 정보를 싣는 논설의 언어이다. 이것이 선전의 언어가 아니라 공정한 보도의 언어이어야 한다는 것은 새삼스럽게 말할 필요도 없다. 공정성은 모든 정보가 다양한 인간의 다양한 입장을 만들어 낸 것이라는 사실에서 정당화된다. 그것은 있을 수 있는 관점과 입장과 방안을 논쟁적 대화 관계 속에 끌어들임으로써 성립한다. 그리하여 그것은 여러 가지를 보여 주며 변증법적 갈등을 통하여 하나를 지향한다.

이 모든 언어의 특성 ── '헤테로글로시아'의 현실과 갈등과 통일에의 초월은 일상 체험의 일부에 불과하다. 인문학적 반성을 위한 언어에서, 대중 매체의 교육적 성과를 높이기 위한 노력에서, 우리는 부질없는 냉소주의를 버리고, 단순한 일상 체험의 진실로부터 출발할 필요가 있다. 거기에는 이미 진리가 들어 있는 것이다. 남은 문제는 이것의 왜곡에 대항하며, 그 역사적 세련의 작업을 추진하는 일이다.

(1986년)

출판과 문화

1

출협(한국출판협동조합) 측에서 받은 과제는 '민족 문화 창조를 위한 출판 문화 운동의 방향'입니다. 그러나 제가 말씀드리려고 하는 것이 반드시 이 주제에 맞아 들어갈지 자신이 서지 않습니다. 주제가 요구하는 바에 따라 민족 문화를 정의하고 출판의 방향을 제시하는 일이 함부로 할 수 없는 일이기도 하거니와 반드시 바람직한 일인가 하는 데 의심이 가기 때문이기도 합니다. 내용을 정의하고 방향을 제시하는 일을 함부로 할 수 없는 것이, 넓은 것을 좁히는 작업을 그것이 뜻할 수 있기 때문입니다. 이에 대하여 문화의 발전은 문화가 넓어진다는 것을 뜻하고, 출판의 발전도 일정한 방향으로 나아가는 데 있다고 하기보다는 넓어지고 다양해지는 데 있다고 말할 수 있는 것이겠습니다. 어떤 일에 있어서나 내용을 규정하고 그 방향을 제시하는 것은 극히 조심스러운 일입니다.

이에 대하여 외형 또는 형식을 생각하는 것은 조금 더 편한 마음으로 할 수 있는 것으로 여겨집니다. 물론 이때 형식이란 가장 다양하고 풍부한 내용을 가능하게 하는 그릇이 어떤 것이겠느냐는 것을 고려할 때 문제되는 것이라고 전제하고 하는 말씀입니다. 이 형식은 더 구체적으로는 문화의 다양한 내용을 담고 촉진할 현실 제도를 지칭합니다. 그런데 형식 또는 제도에 대하여 말한다는 것은, 이 세미나의 다른 주제 발표자인 김병익 사장의 말씀에 중복될 우려가 있기는 합니다. 그렇기는 하나, 어떤 도덕적 지상명령을 독단적으로 내세우는 것보다는 출판이 부딪칠 수 있는 문제의 현실적 범위를 참고하면서, 주어진 주제에 대한 저의 생각을 암시해 보고자합니다.

2

하나의 출발로서 상식론을 펴건대, 출판의 막중한 문화적 사회적 의의는 새삼스럽게 말할 필요도 없는 일이겠습니다. 그것은 본질적으로, 생각하고 느끼고 이를 표시하는 일이 사람의 삶에 극히 중요한 일이라는 데 그 근거를 갖습니다. 생각과 느낌과 표현은 사람의 자연스러운 요구이고, 이것을 풍부하고 넓게 함은 사는 보람의 일부를 이룹니다. 이것은 현실의 삶에 있어서도 매우 중요한 구실을 가지고 있습니다. 그것은 오늘의 삶의 정해진 현실에 대하여 그것을 더 좋게 하고 달라지게 할 잠재적 가능성을 확보해 주는 구실을 합니다. '세상에 일찍이 생각된 바 있고 생각되고 있는 가장 좋은 생각'을 확보한다는 것은 사치일 수도 있으면서 훌륭한 삶을 위한 빼어놓을 수 없는 수단입니다. 이 생각과 느낌과 표현의 풍부화와 확대의 방편을 확보해 나가는 데 가장 중요한 기능을 맡고 있는 것의 하나가 출판입니다. 그러나 세상에 생각할 수 있는 좋은 일이야 많지만, 그것이 현실의 일부가 될 수 있느냐 하는 것이 문제일 것입니다. 이와 마찬가지로 출판의 문제는 그 의도하는 좋은 일이 어떻게 현실로 구현될 수 있느냐 하는 것이고, 다시 그것은 출판이 기업으로 성립할 수 있느냐 하는 것이 될 것입니다. 이것은 오늘의 사회 체제와 기구에 비추어 피할 수 없는 일입니다.

그러나 기업으로 성립하는 것이 초급한 문제로 생각되는 다른 한편으로, 기업으로 성립한다고 하는 경우 또 다른 종류의 문제가 일어나게 됩니다. 즉 출판이 순수한 기업이 될 때, 본래의 문화적 목적이 제대로 추구될 수 있느냐 하는 문제가 일어나는 것입니다. 기업은 말할 것도 없이 이윤의 추구, 나아가서 이윤의 극대화를 그 생명으로 합니다. 그리고 이윤의 추구는 다른 많은 있을 수 있는 목표를 제2차적인 것으로 밀어내리게 됩니다. 물론 제2차적인 목표 ──사람들의 현실적 필요와 행복의 추구에 기여하는 목표 ──들이 무시되고는 제1차적 목표인 이윤도 추구될 수는 없는 것입니다. 이것은 보통 기업의 경우이고 출판에 있어서 사정은 조금 다른 것으로 보입니다.

문화는 삶의 전체성에 이르려는 노력입니다. 그것이 궁극적으로 오늘의 이익과 오늘의 필요에 기여하는 것이라고 하더라도 그것은 일단은 부분적인 것으로부터 초연하여 전체를 바라보고 그에 따라서 모든 것들을 가늠하고 배정하려는 지적 노력을 포함합니다. 이것은, 바른 의미의 정치가 부분적 이익과 현재의 편의에 의하여서만 좌우될 수 없는 것과 같은 일입니다. 진정한 의미에서의 문화적 노력은 정치의 전체적 비전보다 더 근본적이고 더 넓은 근원의 탐색으로부터 사물을 가늠하고자 한다는 점에서 부분적 현상으로부터의 더욱 절대적인 초연성을 요구합니다. 물론 하나하나의 문화적 노력이 다 이러한 전체적이며 근본적인 것에 관계된다고 할 수는 없지만, 그러한 관계에서 나오는 엄정성, 또는 그 사사로운 이익으로부터의 초연함은 모든 문화적 노력에서 의식적으로 무의식적으로 기대하고 있는 일이라 하겠습니다. 하여튼 출판은, 그것이 문화적 목표를 표방하는 한, 삶의 모든 공적인 분야에서 일어나는 일들의 경우와 마찬가지로, 이윤의 추구에 의하여만 생각될 수 없는 공공 분야의 일입니다.

그러면서도 나는 출판은 현실적 이유가 아니라 또 더 본질적인 이유로 하여 이윤을 추구하는 기업적 성격을 버릴 수는 없지 않나 생각합니다. 경제학자들은 더러 "이윤은 자원의 효율적 배분의 지표가 된다."라고 말하거니와, 이것은 출판의 경우에도 해당되는 일일 것입니다. 문화가 봉사하는 것은 결국 보통 사람들이고, 봉사를 잴 수 있는 가장 손쉬운 척도는 수요이고, 수요에 대한 대처는 이윤의 중요한 구성 요소를 이루는 것입니다. 그러나 오늘의 수요는 오늘의 체제가 만들어 내는 심리 상태에 의하여 형성됩니다. 그러나 우리는 우리의 문화적 수요가 오늘에 의하여서만이 아니라, 한편으로 인간성의 본래적인 필요에 의하여, 다른 한편으로 발전적 미래에 대한 예상에 의하여 만들어져야 한다고 생각합니다. 이것은 다시 한 번 문화 행위가 그때그때의 제한된 조건의 관점에서만 생각될 수 없다는 또 하나의 이유가 되겠습니다. 어떤 경우에나 진리가 ― 문화는 결국 삶의 근본이 되게 하려는 노력이라고 하겠는데 ― 대중의 수용과 일치하지 않는 것이라는 것은 우리가 흔히 듣는 이야기입니다.(그렇다고 보통 사람의 진리 능력을 부인하는 것은 보편성으로서 진리를 부정하는 일이 될 것입니다마는.)

이윤과 문화, 이윤과 진리의 양면적 요구의 긴장과 갈등에 대해 언급하면서, 우리가 생각하게 되는 것은 그 양립, 그 조화의 가능성입니다. 말할 것도 없이 문화 가치와 이윤의 추구를 조화시켜 나갈 수 있으면 출판 활동을 위하여 그 이상 바랄 것이 없을 것입니다. 그러나 그것은 위에 말한 이유들로 하여, 또 더 본질적인 이유로 하여 매우 어려운 것이 아닌가 합니다. 우리는 출판업이 아니더라도, 문화와 지성과 양심에의 기여를 표방하는 사업체들을 봅니다. 이런 경우에 사업이 문화화·지성화·양심화하거나,

그 양편의 조화를 이루는 것보다는 문화의 상업화, 지성의 상업화, 양심의 상업화가 일어나는 것이 더 흔한 일이 되지 않나 합니다. 즉 상업적 목표를 위하여 아전인수 격으로 문화와 지성과 양심이 동원되는 것입니다. 설사 그렇지 않은 경우라 할지라도 두 개의 결합은 그러한 의심을 낳기 마련입니다. 진리의 테스트는 그 현실성에 있으면서, 동시에 그보다 더 흔하게 현실과의 갈등에 있습니다. 최소한도로 말하여도, 진리와 이익의 결합은 그것이 정당한 것이든 아니든 금방 진리의 위신을 실추시키는 결과를 가져오게 됩니다.

　이렇게 말하는 것은 결국 출판이 하나의 기업으로 성립하기가 매우 어렵다고 하는 것입니다. 그렇다고 그것이 어떤 다른 형태로 존재한다는 것도 문제입니다.(공영 출판 또는 국영 출판이 독자나 필자와의 다원적이고 탄력성이 있는 관계를 가지기가 어려운 것을 생각해 보면, 되풀이하는 말이지만, 출판의 기업적 성격도 중요한 장점이 될 수 있는 것임을 짐작할 수 있습니다.) 그리하여 이 부분에 대하여 우리가 결론적으로 말할 수 있는 것은, 출판은 기업이며 동시에 기업이 아닌 애매한 형태로 존재할 수밖에 없다는 것입니다. 달리 말하여 그것은 기업 활동이며 문화 활동으로서, 이윤과 대중과 진리의 서로 다르면서 같을 수 있고, 같으면서 다를 수밖에 없는 세 가지 요인들 가운데 엉거주춤하게 존재할 수밖에 없다는 것입니다. 이것은 극히 막연한 말입니다만 다시 말하건대, 출판이라는 사업이 존재하는 방식은 복잡한 사회 제도의 균형과 억제 속에 걸쳐 있는 것이라는 말입니다. 더 적극적으로, 출판은 사회 제도의 있음새에 적극적인 관심을 가지고 그것에 작용하면서 존재하여야 한다는 것이 되겠습니다. 그리고 사회에의 개입은 사회의 문화라는 측면을 통하여 이루어지는 것이 마땅하므로, 출판은 지금까지보다도 더 적극적으로 문화 일반과의 유대를 추구해야 하는 것이 아닌가 합니다.

　그러는 한편, 출판업은 스스로를 문화 활동으로 분명하게 정의하기 위하여 기업적인 측면의 추구를 선택적으로 하거나 자제하는 것이 필요할 것으로 보입니다. 말할 것도 없이, 문화적 사회적 고려가 없는 이윤 추구가 억제되어야 하는 것은 자연스럽습니다. 이윤 추구의 정당한 근거의 하나는 위에서 말한 바와 같이 그것이 능률의 지표라는 데 있습니다. 그러나 이것이 큰 윤리적 목적에 봉사하거나 장인적 완성을 위한 능률이 아니라 이윤 극대화만의 능률이라면, 그것도 문제가 있는 것일 것입니다.

또 여기서 한 가지 더 보태어 말씀드리고 싶은 것은 기업의 성장에 관한 문제입니다. 이윤 추구의 자연스러운 결과로, 또 모든 기업이 그렇다고 하듯이 기업 조직의 자연스러운 충동으로 기업 기구의 확대는 기업 능력의 당연한 증표로 생각됩니다. 대기업과 중소기업의 장단점에 대하여서는 한마디로 무어라고 말할 수 없는 점이 있겠습니다. 그러나 규모가 큰 사업일수록 기업 자체의 논리에 의하여 지배될 수밖에 없으며, 또 유연하고 가변적인 자세를 유지하기가 어렵게 되는 경향이 있습니다. 문화 활동으로서의 출판이 그 문화 목적을 유지하고 문화의 본질인 다양함과 유연함을 유지하려면 규모의 유혹을 심각히 고려해야 할 것입니다. 내 생각으로는 오늘날 우리 출판계의 약점으로 지적되고 있는 영세성은, 동시에 우리 출판계의 독특한 강점을 이루는 것이기도 하지 않나 합니다. 영세성까지는 몰라도 출판의 소규모성이 출판의 유연성을 유지할 수 있게 해 주고 이것이 오늘날 우리 사상계로 하여금 일찍이 볼 수 없었던 다양한 생각과 느낌을 표현할 수 있게 해 주는 것으로 여겨지는 것입니다.(아직 원숙한 상태에 이른 것은 아니라도 지금 우리가 제자백가의 사상적 개화 직전에 있다는 것은 많은 사람들이 느끼고 있는 일일 것입니다.) 우리 출판계가 기업적 충실을 기하는 것이 바람직하다 하더라도 고정 경상비를 과다하게 하고 사상의 다원성과 가변성에 대한 민감도를 떨어뜨리는 거대화의 형태로 그것이 추구되어서는 아니 되겠다는 말입니다.

지금 몇 가지 말씀드린 출판업 자체의 자제는, 아마 마지막 기업의 대규모에 대한 경고 이외에는, 그대로 수긍될 수 있는 자명한 요청이라고 하겠습니다. 그러나 다시 말하여 좋은 말이 그대로 현실적 힘을 가질 수는 없습니다. 무릇 사회의 활동 가운데에서 출판만이 희생적 봉사를 강요받을 수는 없는 노릇이겠습니다. 그러니까 출판이 공익적 성격을 가지고 있다면, 출판의 자제와 희생은 사회에 의하여 보상되어야 합니다. 이 보상은 좁은 의미에서 직접적으로 가령, 세제상의 특별한 고려에 의하여 주어지는 것도 있겠으나, 더 넓은 의미의 사회 제도의 유리한 구성으로 저절로 얻어지는 수도 있겠습니다. 물론 이 광범위한 사회 제도의 문제 ─ 즉 저절로 출판에 도움이 되는 사회 풍토의 조성과 사회 제도의 문제 ─ 는 출판계만으로는 어떻게 할 수 없는 일일 것입니다. 그러므로 출판계가 스스로를 분명하게 문화 활동·공익 활동으로 정의하고 그러한 자세를 견지하며, 문화계 일반과의 유대를 견고히 하는 것이 필요한 것입니다. 그렇게 하여, 우리 사회의 제도적 구성에 관심을 표명할 수 있는 방편들을 갖는 것이 좋겠다는 것입니다. 다음에 구체적으로 출판의 운명에 관계되는 사회 제도의 측면을 간단히 고찰해 보려는 것은 이것이 출판계가 어떻게 할 수 있는 것은 아닐지라도 여기에 대하여 출판계는 관심을 가져야 하며, 그 관심의 표명 대상으로 삼아야 한다는 뜻에서입니다.

3

　문화 활동으로서의 출판을 위하여 사회 속에 확보할 수 있는 것은 우선 출판사, 필자, 독자의 세 가지 요소의 관점에서 고려해 볼 수 있겠습니다. 대부분의 것들은 말할 것도 없는 자명한 것들입니다. 출판이 단순한 사기업이 아니라면, 이미 지적한 바와 같이 세제 등의 제도에 있어서 또 부대 시설의 투자 등에 정부의 특별한 고려가 있어야 한다고 말할 수 있습니다. 물론 이 요구가 정당한 것으로 받아들여지려면, 출판 활동 자체의 공익성 이 분명하게 드러나야 하고, 이것은 이론으로보다 출판 행동에 그렇게 드 러나야 한다고 해야겠습니다.

출판 종사자의 질을 높이는 일도 중요한 일의 하나이겠는데, 여기에 필 요한 조건은 전문성과 직업 안정성을 높이는 일입니다. 내 생각으로는 출판 계의 문제 하나는 우수한 인원을 확보하고 이들로 하여금 지속적으로 자기 의 기량을 펴 나갈 수 있게 하는 직업적 안정과 복지의 보장을 기하지 못하 고 있는 데 있는 것으로 보입니다. 이러한 문제의 해결이 어떤 간단한 아이 디어 하나로 이루어질 수 있는 일은 아니겠습니다. 여기서 이것을 들어 말 하는 것은 단지 이러한 문제를 상기할 필요는 있다는 점 때문입니다. 다만 이러한 문제의 해결은 기업 단독적으로보다 고용자, 피고용자들의 종적, 횡 적 연합을 통하여 이루어져야 하는 것이 아닌가 하는 생각이 듭니다.

출판을 통하여 생산되는 문화의 시발점은 필자입니다. 대부분의 필자 의 경우에 있어서 오늘의 인세 제도, 원고료 제도로는 충분히 좋은 글을 쓸 수 없습니다. 가령 우리 문학의 경우, 우리는 신문학 이후 가장 강력한 문 학적 에너지의 폭발을 보고 있습니다. 그러나 오늘의 활발하기 짝이 없는 문학 활동에서 얼마나 훌륭한 성과가 이루어지고 있느냐에 대하여는 선 뜻 긍정적 답변을 내놓기 어렵지 않느냐 하는 생각이 듭니다. 거기에는 여 러 가지 요인이 있겠으나, 그 요인의 하나는 많은 글을 써내야 하는 양산의 압력을 받고 있다는 점에 있습니다. 작가는 한 작품을 냈을 때, 다음 작품 을 낼 때까지, 가령 약 2년 동안, 다른 일을 하지 않더라도 생활할 수 있어 야 할 것입니다. 물론 모든 작가가 그래야 한다는 것은 아니고(경제의 테스 트도 작가적 역량의 테스트의 하나라고 할 수 있습니다.) 정확한 숫자는 말하기 어렵지만 지금보다는 그러한 여유를 갖는 작가가 훨씬 많아져야겠다는 것입니다. 이러한 작가의 지원 문제도 어떤 출판사가 단독으로 해결하기보다는 정부, 문화 재단, 출판 재단 등의 공동 노력을 통해서 해결되는 것이 옳은 일이 아닌가 하는 생각이 듭니다.

셋째로 독자의 측면에서 출판에 대한 일반적인 지원이 있어야 하겠습니다. 이것은 가장 핵심적인 것이면서, 가장 직접적인 형태를 취할 수 없는 것입니다. 말할 것도 없이 옳은 변별 능력을 가진 독자가 많다면 출판의, 적어도 기업적 측면에서의 문제는 저절로 풀리는 것이 될 것입니다. 그러나 독자에게 어떤 지원이 주어질 수 있겠습니까? 그 지원이 필요하면서도 주어지기 어려운 것인 만큼, 여기의 문제는 적절한 사회 구조 창조의 문제가 됩니다. 또 그러니만큼, 여기에 출판계는 문화계 일반과 더불어 정책적 관심을 촉구하여야 할 것입니다.

사람이 하는 일은 그것이 어떤 것이 되었든 거기에 알맞은 물자와 시간과 공간의 사회적 배정이 있어서 이루어지기 마련입니다. 출판계가 관심을 가져야 하는 것은 물자와 시·공간의 사회적 배정에 관계되는 작고 큰 사회 제도들입니다. 가령 우리의 노동자들의 수입이 책을 살 만한 것으로 볼 수 있을까요? 또 독서를 하려면 시간이 필요합니다. 우리 생활이 과연 독서할 시간을 허용하는 생활이라고 할 수 있겠습니까? 하루 13시간 내지 15시간 노동이 책 읽을 시간을 남겨 주지 않는 것임은 말할 필요도 없습니다. 고등학교 학생들이 아침 7시에 시작하여 밤 10시에 끝나는 수업을 할 때, 교과서 이외의 서적들을 들여다볼 여유가 없다는 것도 말할 필요가 없는 사실입니다. 책을 보는 데 필요한 공간은 어떻습니까? 가령 서울시민으로서 집을 가지고 있는 사람이 반도 안 되고 자가이든 전세이든 적절하다고 할 수 있는 주거 공간을 전혀 확보하고 있지 않은 마당에 조용히 책을 읽을 공간이 집에 없음은 뻔한 일입니다. 사공간(私空間)은 그렇다 치고, 공공간(公空間)은 어떻습니까? 오늘의 학교는 책을 읽을 만한 조용한 공간을 전혀 제공하지 못하고 있습니다. 도서관의 독서 공간을 확대하고, 그것을 쾌적하게 하는 일도 사회 다른 분야의 활동에 비하여 가장 등한시되는 일의 하나가 아닌가 여겨집니다. 우리의 주택들을 독서 공간이 될 만하게 만드는 일은 필수적인 일이면서도 매우 거창한 일입니다. 그러나 독서의 공공 공간의 확대는 조금은 더 쉽게 이루어질 수 있는 일로 생각됩니다. 학교 도서관, 공공 도서관, 직장 도서관 등의 설립은 오늘과 같은 건축의 시대에 있어서 조금 더 주목을 받아 마땅한 일로 보입니다.

시·공간의 문제 외에도 출판물과 책의 활용에 도움이 되는 제도적인 장치들이 많이 있을 것입니다. 가령 도서관의 확충은 그만두고라도 그 내적 충실을 위한 노력도 제대로 경주되고 있는가 하는 점도 의심이 갑니다. 오늘날 가장 높은 수준의 도서관이 되어야 할 대학 도서관으로서 참으로 연구 자료의 확보를 위하여 체계적인 노력을 계속하고 있는 곳이 얼마나 된다고 할 수 있을는지, 또는 공공 도서관으로서 이러한 연구 기능을 수행할 수 있는 곳이 얼마나 될는지 — 이러한 질문에 긍정적인 답변은 쉽게 주어질 수 없는 것일 것입니다. — 또는 기존 자료의 활용을 위하여 각 도서관에서, 또 도서관 연합체에서 하고 있는 일도 향상의 여지가 많을 것으로 생각됩니다. 출판과 직접적인 관계가 있는 일로 신간 서적의 선별적 구매 같은 것도 제대로 이루어지지 않고 있다는 것이 나의 인상입니다.

책방은 또 하나 우리가 고려할 수 있는 기구입니다. 그런데 이 책방은 대부분의 경우 다른 소비재 판매와 똑같은 조건으로 경쟁하기가 어려울 것입니다. 따라서 여기에 요청되는 것도 어떤 정책적 배려입니다. 가령 영국에서는 벽지의 책방에는 지방 자치 단체의 보조를 통하여 그 유지를 돕고 있습니다. 반드시 똑같은 지원이 아니더라도 여러 형태의 정책적 혜택이 연구될 법합니다.

이 밖에도 여러 출판 관련의 제도와 기구에 대한 사회적 배려들이 있을 수 있겠지만, 어떻게 보면 더 중요한 것은 보이지 않는 작용들이고, 보이지 않는 전제들이라고 할 수 있습니다. 우리 사회나 인구나 문자 해독의 수준으로 보아, 도서에 대한 수요가 높지 못한 것은 우리의 생활상과 마음가짐의 보이지 않는 심각한 영향에 의한 것입니다. 대체적으로 우리 사회는 생존 경쟁의 압력이 높은 사회입니다. 아무래도 먹고사는 압력이 높은 사회에서 그것에서 한 발자국 떠나 있는 것으로 보이는 책과 같은 것이 뒷전으로 물러나게 되는 것은 어쩔 수 없는 일입니다. 이것은 절대적인 의미에 있어서 우리 사회의 경제 수준에 기인한 것이기도 합니다마는, 이미 얻어진 경제 수준이 고르게, 즉 생존 경쟁의 압력이 이완되는 쪽으로 조정되고 있지 않은 데에도 그 원인이 있는 일입니다. 도대체 이치가 통하고 말이 통하는 사회가 아직 되지 못하였다는 사실도 거기에 관계됩니다. 이치와 말에 대한 우리의 신념이 약한 것도 자연히 우리 현실의 일부가 됩니다. 말을 믿고 말이 통하는 사회라면 말 잘하는 것이 중요하고, 잘하는 말은 대체로 책을 읽는 데서 훈련되기 쉬운 것입니다. 우리들의 학교가 학생들을 참으로 말의 이치에로 해방시키는 것을 목표로 하고 단지 주어진 정보의 암기와 주어진 문답의 통달을 주안으로 하지 않는다면 학교 공부가 책 읽는 것과 모순될 까닭이 없습니다.

이치의 실천과 이치에 대한 신념에 관련하여 출판계에서 각별하게 관심을 가져야 할 일의 하나는 출판과 표현의 자유의 신장입니다. 모든 문명국에서 인정하고 있는 이러한 자유가 수시로 침해되고 문제시되고 있는 것은 유감스럽기 짝이 없는 우리의 실상입니다. 이 문제에 대한 공동 연구와 대처도 출판계의 과제의 하나일 것입니다. 물론 출판과 표현의 자유는 단순히 누구나 아무 소리나 할 권리를 가진다는 것만을 뜻하지는 않습니다. 그 자유는 사람의 삶이 가장 높고 넓은 이치에 의하여 조정되어야 한다는 요청에서 나오고 또 그 요청이 충족되기 위해서는 불가피하게 누구나 아무 소리나 쉽게 할 수 있는 자유가 있어야 한다는 논리에서 나오는 것입니다. 이것은 출판계가 한편으로 출판과 표현의 자유의 신장을 위하여 노력하며, 다른 한편으로는 스스로 공공 규범을 유지하는 모범을 보이도록 노력해야 된다는 것을 말합니다. 다시 한 번 우리는 맹목적 이윤, 부분적 이익의 추구가 출판 활동 전체의 위신을 크게 손상할 수 있다는 것을 생각하게 됩니다.

4

다시 한 번 중요한 것은 출판계 스스로 이치에 대한 신념을 재확인하고 그것을 보여 주는 것입니다. '세상에 일찍이 생각한 바 있고 생각되고 있는 가장 좋은 생각'을 가지고 삶을 꾸려 나가는 것이 가장 현명한 삶의 방식이며, 이것의 현실적 수단의 가장 중요한 것 하나가 출판이라는 긍지를 잃지 않는 것입니다. 위에서 말씀드린 것은 여기로부터 출발하여, 출판계가 기업의 문제만이 아니고 문화 전반, 문화의 사회 제도에 대하여 관심을 가짐이 마땅하며 ─ 다시 한 번 이 경우에도 단순히 기업과 문화의 조화 또는 기업의 문화적 명분을 편의주의적으로 내세우는 것이 되어서는 아니 될 것입니다. ─ 여기에 대하여 발언을 하는 것이 좋다는 제언이었습니다. 이렇게 말하면서 조심해야 할 것은 출판계의 이러한 관심과 그 발언이 하루아침에 축적되고 무게를 지니게 되지는 아니하리라는 것입니다. 또 하나 생각해야 할 것은 이러한 관심과 발언이 반드시 직접적으로 되풀이되는 외마디 주장 ─ 가령 요즘 유행하는 식으로 하여 데모나 성명서 ─ 등으로 펼쳐질 수 있는 것이 아니라는 점입니다. 참으로 중요한 견해라는 것은 외마디 슬로건으로 존재하는 것이 아니라 제도와 마음에 점진적으로 확산되는 통념과 분위기로 존재하는 것이 아닌가 합니다. 이렇게 말하는 것은, 위에서 제언한 바와 같이 출판계가 광범위하게 문화계와 제휴하고 문화 활동에 참여함으로써 출판의 문화에 대한 견해가 확산될 수 있다는 것을 말하는 것입니다. 이 제휴에 있어서 출판계는 표면의 주역보다도 중재자와 산파역을 맡는 것이 좋을 것입니다. 말하자면 관심과 발언 그 자체보다 그것의 그물을 짜 내는 일을 하는 것입니다.

듣기에 출협에서 한국출판연구소를 설립하였다고 하는데 출협 측에서 생각하는 것이 구체적으로 무엇인지는 알지 못합니다마는 이 연구소는 출판에 집중될 수 있는 다양한 문화 활동의 매개체 역할을 할 수 있을 것입니다. 그러니까 이 연구소 또는 그에 비슷한 연구위원회 — 일정한 기금을 가진 위원회를 통하여 앞에 말한 여러 주제들, 독서 자금, 독서 시간, 독서 공간, 도서관 설립과 운영, 교육 제도, 교육 방법, 말의 정치 문화, 문학 생산의 경제적 기초, 표현의 자유, 그 철학적 정치적 법적 문제 — 는 이러한, 또 그 밖의 문제에 대한 연구를 지원하고 그에 관한 토론회, 청문회 등을 개최하는 일들을 할 수 있을 것입니다.

한국출판연구소는 물론 더 직접적으로 출판에 관계된 연구도 할 것으로 생각합니다. 그중에 말이 나온 김에 제가 제안하고 싶은 연구 과제 한두 가지를 말씀드리고 싶습니다. 한 가지, 나는 우리 인쇄에 있어서 서양어의 이탤릭체와 같은 것이 없는 것을 유감으로 생각하고 있습니다. 우리나라에 있어서도 이것은 자체(字體)에 대한 약간의 연구를 통하여 이루어질 수 있는 발명일 것입니다. 이것은 어떻게 보면 지엽적인 문제입니다. 그러나 서양어에 있어서 이탤릭체 또는 일본어에 있어서의 히라가나, 가다가나의 이원 문자 체제 등이 강조나 외래어 표기 등을 용이하게 하고, 전달의 능률을 적잖이 향상시키고 있는 것이 사실입니다. 다시 말씀드려서 이것은 매우 작은 한 가지 사항에 불과합니다. 그러나 이것을 확대하면 인쇄 매체에 있어서 전달의 능률을 높이기 위한 물리적 개선의 여지가 많다는 것이 됩니다. 한국출판연구소는 인쇄의 자체, 형태, 외래어 표기, 고유 명사 표기 등 전달의 물리적 발전을 위한 연구를 할 수 있을 것입니다. 또 조금 더 일반적으로 각주, 책명, 인용, 구두법 등에 대하여 오늘날 일관되고 합리적인 스타일이 존재하지 않습니다. 이러한 것도 연구의 대상이 될 법합니다. 이 점에 있어서는 제일차적으로 문교부 제정의 방법에 의한 통일을 목표로 할 수 있겠으나, 출판의 실제에서 나오는 경험을 반영시킬 때, 문교부 제정의 방법이 반드시 옳은 것이 아니라거나 부족하다는 것이 발견될 것입니다. 이러한 미비점은, 매우 단순한 서양말에나 해당되는 구두점 사용법을 조금 더 복잡해야 할 우리말에 그대로 적용한 현행 구두점 사용법 같은 데에서도 그대로 발견될 것으로 생각합니다. 사물의 합리적 질서는 학자의 이론에 못지않게 현장에서 나옵니다. 말의 문자적 전달에 있어서 가장 직접적인 경험에 끊임없이 부딪치는 출판계가 이런 분야에 있어서 기여할 수 있는 것은 이러한 것 이외에도 많이 있을 것으로 생각합니다.

앞에서 출판계의 고유 영역을 넘어서 넓은 관심을 갖는 것이 옳다고 한 것도 같은 논리에서입니다. 참으로 살아 있는 합리성은 현장의 무한한 실험을 통하지 않고는 달성되지 않습니다. 결국 출판은 그 실제적 경험을 핵으로 하여 스스로를 참으로 중요한 민족 문화 건설의 추진 세력으로 구축해 나갈 수 있을 것입니다. 이러한 것은 어떻게 보면, 다른 어떤 나라에서도 아직 실현되지 못한 것이라 할 수 있습니다만, 그렇다고 하여 이러한 것을 우리가 해내지 말란 법도 없습니다. 나는 우리가 바야흐로 참으로 주목할 만한 새로운 문화 창조의 문턱에 서 있다는 느낌이 듭니다.

지난 100여 년 동안 우리는 서양의 도전에 면하여 서양에서 배우고 서양을 따라가는 데 정신을 차릴 겨를이 없었습니다. 아직도 더 많은 것을 배워야 하는 것은 사실이지만, 이제 허겁지겁 이것저것 닥치는 대로 배우지 않아도 될 만한 자신은 생긴 것으로 보입니다. 뿐만 아니라 서양의 길이 반드시 인간다운 삶을 얻는 길이 아니란 것도 깨닫기 시작했습니다. 19세기에서 20세기 초에 살았던 중국의 선각자 엄복(嚴復)은 서양에서 견문하고 공부한 다음에 뒤늦게 서양에 대한 그의 견해를 종합하여 "서양 사람들은 300년의 진보를 통하여 네 가지 원칙 — 이기적이며, 사람을 죽이며, 부도덕하며, 부끄러움을 몰라야 한다는 원칙 — 을 달성하였다."라고 말하였습니다. 이 네 개의 원칙이 서양의 전부는 아니지만 그들의 문화에 이러한 면이 있는 것은 사실입니다. 우리는 지난 100여 년 동안 우리 전통의 고루성, 퇴영성, 폐쇄성을 씻어 내기 위하여 무진 애를 썼습니다. 과연 우리 전통의 이러한 면들이 한국 현대사의 고통의 기초가 되었던 것은 사실입니다.

그러나 이제 다시 한 번 우리 선조가 선택하였던 역사와 사회와 개체적 생존의 길이 반드시 허무맹랑한 것만은 아니었던 것을 생각하게 되었습니다. 그 높은 도의적 평화적 이상은 우리 자신만이 아니라 인류의 보편적 이상일 수 있다는 생각들을 하게 된 것입니다. 미국의 한 작가는 일찍이 미국인이 '모든 시대의 상속자'라고 말한 바 있습니다. 오늘날 현대사의 고통을 통하여 우리야말로 모든 시대의 상속자, 모든 문화의 상속자가 될 수 있는 자리에 나오게 되었습니다. 이 상속을 가지고 참으로 인간다운 문화를 만들어 내는 것이 앞으로의 우리의 일입니다. 이제 예로부터의 모든 것을 받아들여 살피고, 모든 것을 새로 실험하여 하나의 새로운 전체를 만들어 낼 수도 있는 일이 아닌가 하는 생각이 드는 것입니다. 출판의 구실은 '세상에서 생각된 가장 좋은 생각'을 오늘에 매개하는 일입니다. 이 생각을 현실의 가능성으로 전환하고 새로운 조화로 구성하면 그것이 새 문화가 될 것입니다. 새 문화의 창조에 출판이 할 수 있는 기여는 막대한 것입니다.

(1986년)

대학의 자율

1. 대학의 자율

이 조그만 고찰의 제목은 연세대학교 100주년 기념 행사 측에서 제안한 것인데, 이 제안은 한국 고등 교육 기관의 상황에 대한, 특히 그 자율적 지위에 대한 위기의식에서 나온 것으로 짐작된다. 이러한 의식은 오늘의 사태에 비추어 볼 때 이유가 있는 것이다. 그러나 고등 교육의 자율의 문제를 논하기 전에 나는 금년에 100주년을 맞고 그 기념 행사를 개최하는 연세대학교 그리고 다른 사립 대학교들의 탄탄한 존재가 이미 고등 교육의 자율에 대하여 가질 수 있는 비관주의를 분명하게 반박하는 물적 증거가 됨을 지적하고 싶다. 이러한 존재야말로 우리가 우려하는 것이 무엇이든지 간에 우리나라에 있어서 사립 대학이 성공적으로 발전되어 온 바 있다는 가장 뚜렷한 증언이 되는 것이다. 이러한 증언의 중요성은 단순히 하나의 대학이 만들어져 온 일에 대한 것이 아니고, 공공 목적을 위하여 힘을 합친 개인들이 무엇을 얼마나 이룩할 수 있는가에 대한 것이라는 데에도 있다. 오늘날은 팽배한 국가주의의 시대로서, 모든 공공 행동과 업적은 국가의 이니셔티브로써만 이루어지는 것으로 되어 있는데, 연세대학교와 같은 교육 기관은 그러한 명제의 허구를 드러내 주고, 자율적으로 결속한 사사로운 개인들이 한데 어울려 일하면서 민족적 발전과 보다 나은 사회의 실현을 위한 값있는 도구를 만들어 낼 수 있다는 것을 증거해 주는 것이다.

대학은 거의 본질적으로 '자유 학문의 연수'를 위한 일반적인 성격의 가치 기관이다.[1] ── 이것은 근년에 대학의 이념을 논한 캐나다의 한 학자가 내린 정의이다. 유럽에서 대학이 옥스퍼드나 파리에 처음 시작되었을 때, 그것은 학문적, 교육적, 실제적 목적을 위하여 자발적으로 모인 학자, 학생의 공동체로 시작된 것이었다. 스스로 모인 집단으로서의 대학인들은 그들의 일들을 자체적으로 결정할 수 있는 권리의 수호에 매우 예민하였다. 그들은 때로 그들의 자치권에 대한 지방 관헌과 지방민들의 침해를 물리적인 힘으로 막아 내려고 하기도 했지만, 차차 왕이나 지방 정부의 특권 인정(charter)을 통하여 그들의 자치를 인정받게 되었다. 이렇게 하여 얻어진 자치의 전통은, 역사적 기복이 없었던 것은 아니었지만, 대체적으로 오늘날까지 서구 대학의 전통의 일부가 되어 왔다.

물론 이것은 대체적으로 그러했다는 것이다. 자치권은 완전한 것이 아니었다. 대학은 어느 시대에 있어서나 주변 사회의 일부로 존재하며, 그러나 그만큼 밖으로부터 오는 여러 세력의 영향을 받게 마련이다. 대학을 외부 세력으로부터 지켜 내고 그 자치권을 최대한으로 확보하는 데 성공한 것은 영어권의 대학들이다. 현대사의 초기에 프랑스와 독일의 대학들은 재편성되어 국가 기구의 일부가 되었다. 그렇다고 하여 프랑스 대학이 정부의 시녀가 된 때가 있었던 것은 아니었다. '가르치는 자유(Lehrfreiheit)'

---

1   J. M. Cameron, *On the Idea of a University* (Toronto, 1978), p. 28.

와, '배우는 자유(Lernfreiheit)'의 이상을 발전시킨 것은 전제 국가 체제 내에 존재하던 독일 대학에 있어서였다. 대학이 외부 권력의 중심과 어떤 관계를 가지고 있었든지 간에, 서구 전통에 있어서 대학은 그 위엄과 권위를 지키고, 자율권을 향수해 왔다.

이 자율은 대학 행정 체제의 외부적 형태에 표현될 수도 있고, 국가와의 관계가 밀접한 경우는, 보이지 않는 권리로서 존재할 수도 있었다. 사실상 대학의 자율은 일정한 외부적 형태보다도 대학이 그 원칙을 살려 나가는 권리, 이성과 문화의 원리로 하여금 그 원리가 되게끔 한 능력에 존재하는 것이다. 다른 한편으로, 대학은 그것이 사립이라고 하더라도 사사로운 기구일 수는 없는 것이다. 그것은 어느 때에나 사회의 공공 기구일 수밖에 없다. 서구에 있어서 고등 교육 기관이 그 위엄과 자치권을 지켜 나왔다면, 그것은 그 운영의 근거가 사립이냐 국립이냐 하는 것에 의하여 결정된 것이 아니라 대학이 이성과 문화의 정신에 의하여 움직여지며, 그 정신을 일반적으로 사회 전체의 중요한 질서 원리가 되게 하는 데 기여했느냐 그렇지 못했느냐에 의하여 결정된 것이다.

오늘날의 한국 대학의 이념은 적어도 그 일부에 있어서 서양에서 왔다고 할 수 있다. 이것은 주로 외부적 형태에 있어서 그렇다. 그러나 아마 외부와 더불어 내적인 정신도 일부는 전승되었을 것으로 생각할 수 있다. 그러나 우리나라의 교육사를 되돌아볼 때, 우리는 거기에도 강한 자율의 전통, 또는 서양의 경우보다 더 강한 자율의 전통이 있음을 보게 된다. 한국의 역사에 있어서, 학교는 대체로 사사로우며, 비공식적인 성격을 가지고 있었다. 설사 사회나 국가가 거기에 관계되어 있다고 하더라도 스승과 제자의 개인적 전수 관계를 절대적으로 중시하는 교육 과정에 어떤 집단주의적 통제가 개입되기는 어려운 것이었을 것이다. 그리고 학문에 있어서 오늘날 흔히 선비 정신이라고 불리는바 기본 정신은 맹렬하게 독립적인 것이어서, 그것을 진리의 길에서 벗어나 시의적 방편에 굴종시키는 일은 매우 어려운 것이었다.

동부 아시아에서 학문 연구나 연수의 제도는 권력 기관과 별 관계가 없이 자연스럽게 발달했던 것으로 생각된다. 공자나 공자 시대의 교사들이 국가가 지원하는 공식적 기구를 가졌었다는 이야기를 우리는 듣지 못한다. 지적인 토의를 위하여 자연스럽게 모인 학자의 모임들이 유학의 기초가 되었다. 『논어』는 기본적으로 공자와 그 주된 제자들이 주재한 여러 작은 모임에서 행해진 토의들을 요약한 것이다. 『맹자』도 대체로 비슷한 성질의 저서이다.[2] 우리나라에 있어서 역사책들은 국가 교육 기관으로서 서기 372년에 세워진 태학이나 조선조 초의 성균관의 설립을 말하고 있다. 그러나 이와 같이 국가에서 세운 교육 기관이 두드러져 보이는 것은 연대기의 편찬자들이 사사로운 사람들의 사사로운 일거리들보다는 국가에 관련된 일들을 선호하는 경향이 있는 것에 관계되는 것일 수도 있다. 어쨌든 조선조에 있어서, 사회의 높은 지적 문화적 수준을 유지한 것은 사실상 서당 또는 서원과 같은 비공식 학문 중심이었지 공공 교육 기관이 아니었다. 이러한 소규모의 비공식적 교육 장소에서는 저절로 최대의 상호 작용과 최소한도의 관료적 조직이 가능하였을 것이다. 하여튼 이러한 곳을 통하여 유지된 학문적 문화적 수준은 고도로 세련되고 정치한 것이었다. 아마 문제는 중국의 고전에 대한 배타적이고 집중적인 학습이고 관심의 협소함과 병행하였다는 것일 것이다. 그리하여 서원이나 서당의 유학은 서양 학문의 충격을 수용하지 못하고 말았다.

그러나 여기서 주목할 것은 서세동점의 형세 속에서 현대적 학교를 세우려는 노력이 없지 않았고, 이것이 민간 주도로 이루어졌다는 것이다. 시

---

2 Ping-ti Ho and T'ang Tsou eds., *China in Crisis* (Chicago, 1968), vol. 1, BK. 1, p. 32.

민들이 세우는 학교들의 확산에 종지부를 찍은 것은 감시를 벗어난 지적 자각을 두려워한 일본의 식민지 정부의 정책이었다. 최초의 학교는 1883년의 원산학교이거니와, 이것을 효시로 하는 사립 학교는 1909년에 2250개에 이르렀다. 그러던 것이 1911년의 「조선교육령」과 「사립학교규칙」 이후, 학교의 기준을 통제한다는 이러한 법령들로 하여 급격한 감소 추세를 보인 사립 학교는 1912년에는 1362개, 또 1919년에는 742개로 줄어들게 되었다.[3] 고등 기관의 경우에도, 연세대학교, 이화대학교, 고려대학교의 전신들로부터, 1920년대 초의 민립 대학(民立大學)에 이르기까지, 주요한 교육 기관들이 시민들의 사사로운 이니셔티브, 공공 목표를 위한 사사로운 노력의 결집으로 이루어졌음은 우리가 다 아는 사실이다.

이러한 간단한 역사적 회고의 목적은 교육 자율의 전통이 유독 서양만의 것이 아님을 확인하자는 것이다. 물론 교육의 자립은 단순한 기정사실이 아니라, 대학의 본질과 기능으로부터 저절로 유도되어 나오는 것인 것이다. 단순화하여 이야기하자면, 교육 과정의 원리는 이성이며, 이성의 조건은 자율이다. 어떤 과학적 연구에 있어서도 최초의 조건은 연구 대상이 되는 것 이외의 어떤 것에도, 또 대상으로부터 저절로 우러나오는 사물의 이치 이외의 어떤 것에도 순응하지 않아야 한다는 것이다. 이때 연구자의 마음, 그의 합리적 기능이 편견을 갖지 말아야 한다는 것은 자명한 일이다. 이것은 자연 세계 연구에서의 일이지만, 인문적인 의미에서, 인간의 인간으로서의 가능성을 실현하는 데 있어서도 이성은 빼어놓을 수 없는 것이다. 이성의 지침이 없이도 사람이 행복하고 자유로울 수 있지만, 오랫동안 행복하고 자유로울 수는 없는 것이다. 자신의 욕망의 여러 순간들을 하

---

3 강만길, 『한국근대사』(창작과비평사, 1984), 281쪽. 『한국현대사』(창작과비평사, 1984), 137~139쪽.

나로 통합하고, 욕망의 충족을 위한 수단을 확보할 방법이 없이는, 다시 말하면 욕망의 조정과 그 충족의 수단의 확보에 이성의 매개가 없이는 인간의 충동과 욕망은 곧 자가당착에 떨어지게 마련이다. 이성에 따라 사는 사람만이 자유인일 수 있다는 스피노자의 명제는 지금도 옳은 것이다.(물론 자유인만이 이성에 따라서 살 수 있다는 역도 진리이다.) 또 이성의 조정과 통합의 매개가 없이는 또 이성으로 하여 가능하여지는 인간의 전체적 가능성에 대한 비전이 없이는, 현재에 주어진 것, 오늘의 상황의 충동과 외적인 제약으로써 주어진 것을 넘어서서 새로운 가능성에로 스스로를 초월할 수도 없다. 적어도 개인에 관계되는 점에 있어서는 교육은 개인의 이성적 능력을 깨우쳐서 통합된 자아의 길을 갈 수 있게 하고, 그의 잠재력을 해방시킬 수 있게 하는 데 그 목적이 있다.

그러나 이성적 능력의 발달은 어떤 개인의 문제라기보다는 사회의 문제이다. 그것은 개인의 경우나 마찬가지로 사회에 있어서도 통합적 기능을 갖는다. 이성은 우리를 이성 자체만을 복종하게 하면서, 동시에 개인의 내면의 소리로 작용하여 그 개체성의 원리가 됨으로써 개체적 자아를 완성하여 주거니와, 사회적 이성은 사회 내에서 이에 비슷한 역설적 기능을 수행한다. 그것은 개인을 순화시키고 그것의 고양을 기하면서, 갈등과 불확실성을 넘어가는 사회적 통합을 가능하게 하고, 사회의 발전적 가능성을 확대하고, 이러한 목표를 위한 수단의 고안과 조정을 가능케 한다. 개인적, 사회적 통합과 발전의 매개체로서의 이성은 단순히 이론적으로 작용하기보다는 많은 실제적인 기회, 장치, 제도들 속에서 작용한다. 고등 학술 기관으로서의 대학이 사회의 이러한 이성의 업적, 특히 이론적 측면에서의 이성의 업적을 보존, 계승, 재창조하는 대표적 기관임은 새삼스럽게 말할 필요도 없다. 오늘날의 대학의 위기, 대학의 자율 기능의 위기는 교육과 과학적 연구에 있어서 이성의 기능이 손상되었음을 말하는 것이다.

2. 대학과 국가

최근의 과거에 한정하여서 이야기한다면 그전에도 이에 비슷한 또 이보다 더한 경우가 있었지만, 우리나라의 대학은 1960년대 이후 그 자율 기능에 점진적으로 증대되는 제약을 받게 되었다. 1960년대 이후에 정부는 대학 기능의 모든 면 — 대학의 설립, 시설 기준, 정원, 입학 절차, 졸업 규정, 교수 임명, 교과목, 학생 생활의 지도 등에 자세한 행정적 규제를 강화하여 왔다. 대학의 학사 운영에 대한 정부의 간여가 전적으로 정치적인 편법의 소산이라고만 해석하는 것은 너무 일방적인 관점의 해석일는지 모른다. 사회 발전의 필요 자체가 사회 전반에 걸친 조직적 맥락을 단단히 할 것을 요구하였다고 말할 수도 있을 것이다. 또 일부 대학에 있어서의 기준과 기율의 이완이 외부 간섭의 구실을 제공해 준 면도 있었다. 간섭의 이유야 어찌되었든, 대학은 그 아래에서 행동의 자유를 제한받게 되었고, 그 제한 아래에서 심한 불편을 느끼게 되었다. 어쨌든 대학에 대한 외부적 통제가 증명해 준 것은, 작은 관료적 명령의 체계를 통하여 관리되는 제도는 그것이 어떠한 것이 되었든지 간에, 죽음의 경직에 떨어진다는 사실이다.

대학의 기능 가운데에서 가장 강한 통제하에 놓이게 된 것은 학생 생활 — 특히 학생의 정치적 활동에 관계되는 부분이다. 정부가 정치 시위를 수용하지 못하는 태도를 보인 것은, 그것이 정치 질서 전체에 관계되는 것인 만큼, 이해할 수 있는 일이다. 그러나 학생 시위는 다른 정치적 표현이 차단된 환경 속에서, 그 나름으로 불가피하며, 당연한 정치 표현의 수단이었다고 말할 수도 있다. 그러나 여기의 문제는, 적어도 대학의 관점에서는 대학이 아무런 재량 능력을 갖지 못한 경찰 수단의 일부로 격하됨으로써, 결과적으로, 말하고 행동하는 힘을 송두리째 잃어버리게 되었다는 것이다. 대학은, 그 이성적 능력 — 공평무사하게, 객관적으로 선입견 없이 생각하고 행동하는 능력에 대한 사람들의 반응이 없이는 아무것도 해낼 수 없다. 대학의 힘은 오로지 그 이성에 있고, 이 이성의 영향력이 행동의 가능성을 열어 주는 것이다. 정부나 또는 다른 외부 기구로부터 오는 지시가 설령 이성의 명령과 부합되는 것이라고 하더라도, 대학이 그의 생각과 행동에서 이성적 기준에 따른다는 믿음을 줄 수 없다면, 그것은 사실상 생각과 행동의 효율성을 잃어버리는 결과가 된다. 뿐만 아니라 사실상 밖으로부터 오는 이성의 명령은 오랫동안 이성적일 수가 없다. 끊임없이 변화하는 상황에 대한 현장에서의 조정이 없이는 어떠한 사태도 이성적으로 처리될 수는 없는 것이다.

이러한 현장의 원칙은, 학사 운영의 기준을 높이고자 하는 선의의 의도를 가진 것이라고 하더라도, 학사의 다른 측면, 입학, 학과 개설, 정원, 졸업 등의 문제에도 다 적용되는 것이다. 조금 더 알아보기는 어려울는지 모르지만 실제 심각한 문제는 정부의 금지 정책 때문이든 아니면 보이지 않는 검열의 공포 때문에 위축되는 학문의 자유이다. 이러한 자유가 학문의 생명을 이루는 것임은 새삼스럽게 말할 필요도 없다. 우리의 학문 생활에 창조적 활력이 없고, 팽창과 풍요를 향한 도약의 정신이 부족하다면, 그것은 우리의 지평이 제한되어 있으며, 그러한 팽창과 풍요를 허용하지 않기 때문이다. 좀 더 구체적으로는 대학 학문의 영역에 보이는 경직성도 이러한 학문의 자유의 제약에서 오는 한 결과라고 할 수 있다. 근년에 학생들은 그들 스스로 일정한 학습 과정을 발전시키고 같은 대상에 대한 기성 학문의 설명을 배격하는 일들을 보게 되었지만, 이러한 것도 같은 맥락에서 살펴볼 수 있는 것이다. 1970년대 이후, 한국 대학의 한 특이한 현상으로 지적할 수 있는, 소위 이념 서클의 번창은 정규 학과 과정의 비탄력성과 함수 관계에 있는 것으로 말할 수 있다. 사회의 비판적 분석을 내용으로 하는, 그들 자신이 선정한 학습 계획에서 지적인 정박지를 찾은 학생들의 관점에서 대학의 표준 메뉴는 부적절하고, 비현실적이며(이것은 서로 주고받는 비난의 형용사에 불과하지만), 이데올로기적 제한 속에 있는 것으로 보였을 것이다. 적어도 정규 교과목은 산업 제도의 탄생에 따른 전통 속에 있는 우리 사회에 대한 자유롭고 폭넓은 설명을 제공해 주지 않는 것으로 보이고, 여기에서 학생들에 의한 대체 프로그램의 필요가 생긴 것일 것이다.

참으로 중요한 일 중의 하나는 행정적 장애물이나 학문적 혼란이 아니라, 이러한 작은 것들이 모여서 생겨나는, 이성적 사고의 자율적 작용의 손상이라고 하여야 할는지 모른다. 대학의 운영에 있어서의 실제적 문제에 대한 여러 가지 통제는 대학의 권위의 실추를 가져왔다. 다시 말하여, 자율적 이성의 기관으로서, 사회의 문화적, 윤리적, 정치적, 과학적 삶에 있어서, 다양한 관점과 대안의 무사공평한 그러면서도 깊이 개입되어 있는 조정자로서의 대학은 그 권위를 상실한 것이다. 그와 더불어 대학 생활의 전체적인 느낌이 달라졌다. 양심과 이성과는 관계없이 현실 정치의 변화하는 요청에 순응하게끔 길들여진 대학은 대학 내에서 공적인 문제에 등을 돌리고 사사로운 이해의 사사로운 관리를 위주로 하는 사적인 영역에로 후퇴하는 경향을 낳았다. 단기적으로 말하여 또 거죽만 보아서는 이것이 대학의 학문적 쇠퇴에 직결되는 일이라고 말할 수는 없을는지 모른다. 산업화와 더불어, 학문적 발전이 이루어진 부문이 있는 것도 사실이다.(이것은 특히 기술과학 분야에서 그렇다 할 수 있다.) 그러나 이러한 과정에서 상실된 것은 사회 전체에서의 이성의 작업에 대한 전체적 느낌이다. 일반적 지성의 확장, 헤겔의 용어를 빌려 '일반성에로의 고양(Erhebung zur Allgemeinheit)'은, 어느 분야에서이든지 간에, 지적인 삶의 보람이며, 사회 전반에 있어서의 인간성의 진전을 나타내는 것이다. 이러한 일반적 확장은 이제 주로 공리적인 쓰임새에 의하여서 값매김이 이루어지는 기술적 주제의 기술적 숙달에 자리를 내놓게 된 것이다. 이에 대하여 전문적이고 기술적 분야도 인간의 가능성에 대한 일반적인 느낌으로부터 방향과 현실성을 얻을 때, 우리는 건전한 학문 풍토가 성립되어 있다고 말할 수 있을 것이다.

대학의 자율적인 발전을 말함에 있어서 맨 먼저 필요한 것은 말할 것도 없이, 오늘의 대학의 운영을 왜곡하고 마비케 하는 정치적 관료적 통제를 제거하는 일이다. 그렇기는 하나, 이미 비친 바 있듯이, 이러한 통제를 전혀 독단적인 것들이라고만 말할 수는 없다. 이미 비친 바와 같이, 이러한 통제는, 최고의 이성적 기능을 자임하는 대학이 그 지적, 학문적, 윤리적 기준에 미치지 못하는 바가 컸다는 데에 관계되어 있다. 이것은 학교의 행정에서 그렇고 학문 활동에서 그러했다. 6·25 전쟁을 전후하여 어떤 대학들이 교육과 시설과 인원에 대한 최소한의 투자로서 졸업장을 제조하는 회사 노릇을 했던 것은 우리가 소문으로 익히 들었던 일이다. 이러한 사정이 통제의 필요에 대한 기초적 감정의 터전이 되었다. 지금도 정부의 통제의 이완이 대학 운영의 기준의 타락을 가져오리라는 우려를 가진 사람들도 있다. 물론 이런 사정이 있다고 하여, 정부의 통제가 지속될 수는 없다. 그것의 마비 효과가 드러난 이상 대학의 수준의 유지는 이러나저러나 대학 자체에 넘겨질 수밖에 없다. 정부의 통제가 완전히 없어질 수 없는 것이라면 그것은 기본적인 테두리만을 지키는 최소한도의 역할로 한정되어야 할 것이다. 결국 마지막 수단은 대학 자체이며, 대학은 이성의 자유롭고 생산적인 기능의 활성화를 기하도록 하여야 한다.

물론 대학에 있어서 이성의 기능과 기준의 유지는 제도적으로 보강될 수 있을 것이다. 제도는, 가령, 자체 점검의 임무를 맡는 대학의 연합 기구 같은 것이 될 수 있을 것이다. 물론 우리의 풍토에서 이러한 기구도 관료적 전횡의 도구나 검열 수단이 되지 않도록 하는 경계를 게을리하여서는 아니 될 것이다. 이러한 자체 점검의 기구는 대학을 넘어서서, 우리 사회에 있어서의 민주주의의 운명에 매우 중요한 의의를 갖는 것일 것이다. 오늘날 우리 사회의 많은 분야가 당면하고 있는 문제는, 정부나 관료 기구의 강제 수단에 의존함이 없이 공공 기능을 수행하는 데 필요한 기율과 기준을 유지하는 사회 제도를 발전시키는 일이다. 민주주의 또는 보다 높은 문화의 구현은 국가 권력에 의존하지 않고, 다원적 사인(私人)의 세계로부터 공공 광장을 만들어 낼 수 있는 능력에 달려 있다. 이것은 교육만이 아니고 상호 작용을 요구하는 모든 인간 활동의 분야에 두루 해당되는 과제이다.

국가의 개입이 환영할 만한 것이 아님은 되풀이하여 말하였지만, 국가와 대학이 완전히 무관한 상태 속에 존재할 수는 없는 일이다. 대학을 정치적으로 통제하려는 것은 불순한 동기를 가진 것으로 볼 수 있다. 그러나 정치적 교육적 요구의 정함은 어느 교육 제도에 있어서나 외면할 수 없는 문제이다. 어떤 교육이든, 교육은 공민 교육을 포함한다. 그 목표는 정치 공동체의 작업을 수행할 수 있는 제2세대의 양성을 포함한다. 1960년대에, 근대화와 산업화를 목표로 세운 정부는 그 목표에 교육을 맞추려 하였다. 그리고 비판을 침묵하게 하고 발전의 공리적 이데올로기를 부과하고자 하였다. 단순화된 합리성의 계획을 실행하고자 하는 사회 변화는 끊임없이 변화하는 인간 진실의 다양함을 왜곡하고 궁극적으로 역기능적 경직성을 재래하게 마련이다. 그것이 인간적 목적에 봉사할 수 있는 것은 끊임없는 현지 점검, 그에 따른 자기 수정을 통해서이다. 위르겐 하버마스는 이러한 것을 '피드백에 의하여 통제된 행동(erfolgkontroliertes Handeln)'[4]이라고 부른 바 있다. 근대화를 추진함에 있어서 비판의 소리를 침묵게 한 정부는 적어도 자기 수정과 피드백의 기회를 없애 버렸고, 그 계획을 좋은 삶에 대한 전체적 도구 속에 포용하는 작업을 방기해 버린 것이었다. 이 과정에서, 교

---

4 Jürgen Habermas, *Knowledge and Human Interests*(Boston, 1968), p. 36.

육은 도구의 위치로 전락해 버렸다. 이미 말한 바와 같이, 완전히 사사로운 교육이란 있을 수 없고, 그것은 언제나 공공 교육이며, 그러니만큼 국가로부터 완전히 해방될 수는 없다. 그러나 1960년대 이후의 국가 간섭에 대한 교정책으로서, 지금 우리가 요구해야 하는 것은 두 동업자 사이에 어떤 타협이 이루어져야 한다는 것이고, 이 타협은 대학에 최대한의 자유를 허용하는 것이라야 한다는 것이다. 말할 것도 없이 대학이 누리는 자유의 폭은 국가가 제안하는 것을 수정하는 반작용의 자유에 한정될 것이 아니고, 국가 목적 자체를 확대하고 재조정하는 자유를 포함하여야 한다. 이러한 폭을 확보하는 것은 쉬운 일이 아닐 것이다. 여기에 문제되는 것은 사실상 교육의 목표와 수단만이 아니고 하나의 사회를 유목적적인 집단체가 되게 하는 데 기초가 되는 개인과 사회의 삶의 근본 의미에 대한 공동 가정이다. 이러한 것을 문제 삼을 때, 거기에는 갈등과 투쟁이 있기 마련이다. 그러나 이것은 국가나 대학이 다 같이 사회 전체의 윤리적 삶의 유지에 정진한다는 맹세 속에서 수용될 수 있는 것이다.

3. 대학과 시장 사회

이성의 독자적 작용을 위한 자율과 자유가 중요하다고 할 때, 대학에 압력을 가하는 것은 정부만이 아니다. 존 스튜어트 밀(John Stuart Mill)이 그의 『자유론』을 썼을 때, 자유에 대한 위협으로 간주된 것은 전제 정치보다도 사회적 관습과 편견이었다. 그러나 이것은 사람의 마음에 영향을 주어 그것을 시장의 세력과 우상에 예속되게 하는 온갖 기술과 수단을 발달시킨 광고술이 도입되기 이전의 일이었다. 이제 우리나라에 있어서도, 우리는 인간성의 통제 수단이 여러 가지로 발달한 자본주의 경제 속에 살게 되었다. 그리고 마음의 통제에 중요한 것은 분명히 그러한 것으로 알아볼 수 있는 상업 설득만이 아니고, 우리 마음속으로부터 작용하는 산업화의 문화, 산업 발전의 이데올로기 자체이다. 이것은 우리로 하여금, 물질주의적 가치의 수락을 우리의 의식 표면상의 발언에 관계없이, 자연스럽게 받아들이게 한다. 이러한 것들이 자유로운 학문의 이상을 왜곡시킨다.

산업에서 시작하여 교육에까지 파급된 성장 열병 같은 것이 그 좋은 예이다. 근년에 와서 대학은, 학생 수, 건물, 토지 등에 있어서, 굉장한 팽창을 이룩하였다. 대학의 발전이라는 것을 부지의 크기, 건물의 높이와 수, 학생 수, 행사 수로 평가하려는 경향은 흔히 보는 일이다. 모든 대학이 한결같이 커지고, 그 부산물의 하나는 작은 규모의 대학이 사라진다는 것이다. 물론 작은 대학이 없는 것이 아니다. 그러나 지금 작은 대학이 있다면, 그것은 작은 규모의 교육적 의미를 생각하여 의도적으로 작은 대학으로 남아 있기 때문에 있는 것이 아니라, 정부나 경제가 부과하는 제약 때문에 작은 형태로 있는 것이다. 이것은 우리 시대를 휩쓸고 있는 성장욕의 증표라고 하겠는데, 여기에서 놓쳐 버린 것은 교육의 질이고, 외형적 성장의 교육적 의미에 대한 진지한 평가의 노력이다.

수업과 연구가 외부의 자극과 재정에 민감해짐에 따라 대학의 학문 활동은 크게 외부 세력에 의하여 변형되게 되었다. 이것은 반드시 개탄할 일이 아닌지도 모른다. 대학이 사회의 필요에 반응하고, 사회가 대학의 도움을 요청하는 것은 당연한 일이다. 문제는 외부와의 관계가 문제의 의의와 영향을 총체적으로 고려·재량할 수 있는, 판단의 여과 장치를 통하여 처리되지 아니한다는 데 있다. 대학 내에 연구 기관이 많이 세워지고 대학의 교직원이 외부 연구비에 의한 연구에 다수 종사하게 되는 일은 불가피하게 대학을 독자적인 지적 기구로서 유지하고자 하는 노력에 영향을 미치게 마련이다. 그것은 혼란을 가져올 수 있는 외부의 힘에 대학을 열어 놓는 일이다. 지금 이 시기에 있어서, 외부에 그 출처를 가지고 있는 연구가 선진 공업국에서 보는 바와 같은 분량에도 이르지 않았고, 또 그러니만큼 그 정도의 위험선에 이르지 않았다고 할는지도 모른다. 대학의 자율에 미칠 수 있는 부정적 영향을 최소한도로 하면서 대학과 정부 또는 산업체와의 상호 협력 방법을 발전시킬 가능성은 아직도 남아 있다고 말할 수도 있다. 이 시점에서 경계해야 할 것은 어떤 구체적 왜곡의 사례보다도 산업 협동의 이념을 무비판적으로 수용하고 나아가 학습 활동의 의의가 마치 경제 발전의 기여에 있는 것처럼 착각하게 되는 일이다. 이러한 관점은 대학을 산업 공장에 비유하여 생각하면서, 대학의 기능을 소위 '고급 두뇌'를 생산하고 경제가 요청하는 산업 기술 또는 소위 '첨단 기술'을 연구하는 데 있는 것으로 보려고 한다. 그리고 여기에 따라 여러 학문 분야에 대한 인적 물적 자원이 배분되는 것이다. 어떤 학문 분야에 대한 가장 좋은 타당성은 그 경제성으로 생각된다. 이 경제성은 은밀히 대학의 수업의 면에서의 경제성일 수도 있지만, 공적인 관점에서는 수출 산업의 이윤 폭을 늘릴 수 있다는 점에서의 경제성이다. 그리하여 유전학 연구가 산업적 가능이라는 관점에서 발족이 되고 영문과는 영어를 말할 줄 아는 관광 요원이나 무역 회사 직원을 양성한다는 의미에서 그 정당성을 찾는다. 이윤의 교육학을 받아들이는 데는 대학과 정부와 산업체들이 의견을 같이한다.

물론 학문을 사업의 관점에서 보는 경향은 세계적 현상이다. 1963년에 캘리포니아 대학교 총장 클라크 커(Clark Kerr)는 다음과 같은 사실에 주목하였다.

대학은 국가 목표의 가장 중요한 수단이 되었다. 여기에 오늘날 우리 대학들을 휩쓸고 있는 변화의 핵심이 있다. 이 변화에 기본이 되는 것은 '지식 산업'의 성장이다. 이것은 이제 정부와 산업계에 침투할 것이고 점점 더 고도화되는 기술 훈련을 받은 사람들을 점점 더 많이 끌어들이게 될 것이다. 각종 형태의 '지식'의 생산, 분배, 소비는 국민총생산고의 29에 이르는 것으로 말하여지고 있다.[5]

이러한 커 총장의 진단은 그 후에 더 확실한 사실이 되었지만, 세계적 경향이라는 것이 정당성의 근거가 될 수는 없는 일이다. 이러한 경향에 대하여서는 세계적인 우려도 있는 것이다. 오늘날 우리나라에 있어서, 교육 발전에 대한 많은 수사도 '지식 산업'이 국가 경제의 발전에 기간산업이 된다는 주장에 근거해 있다. 그것이 사실이든 아니든 이러한 주장이 정녕코 교육이라는 산업의 격을 떨어뜨리는 것임은 분명하다.

정치적 압력과 달리, 산업 정신은 대학의 내부로부터 작용한다. 그것은 교육의 근본 원리에 영향을 끼치고 대학 운영의 일상적 관행에 침투하며, 쉽게 인지될 수 없는 작은 효과들을 집적시켜 궁극적으로 본질적 구조적 변화를 가져온다. 시대의 물질주의는 대기처럼 우리를 에워싼다. 그 관계가 분명치 않으면서, 이러한 시대정신이 사실상 결정적 영향을 끼치고 있는 부문은 대학의 입학 제도 또 대학의 자체 평가 방법의 분야이다. 이러한 평가의 기준이야말로 대학이 존중하는 가치가 무엇인가를 단적으로 드러내 주는 것이다.

대학 입시 제도는 오랫동안 우리나라에 있어서 가장 빈번하게 논란이 되어 온 대상이다. 대학들은 대체로 현행의 제도와 같은 것을 옹호하기보다는 비판해 왔다. 그러나 이 비판의 어느 정도가 교육적 고려에 입각해 있는지는 알 수 없는 일이다. 비판의 큰 동기의 하나는 대학의 고유 권한의 침해에 대한 반발이었다. 그러나 대부분의 비판은 시험의 타당성 ── 책 중

---

5   Clark Kerr, *The Uses of the University*(Cambridge, Mass., 1972), pp. 87~88.

심의, 단편화된, 고등학교 교과서에 한정된 지식의 타당성을 받아들인다. 뿐만 아니라, 국가에서 부과하는 시험 제도의 피치 못함을 전제하고 국가 시험에서 학생들에게 매겨 주는 숫자 표시를 타당성이 있는 학생의 능력과 성적의 증표로서 받아들이는 것이다. 또 신입 학생들의 점수 평균을 학교의 등급 표시로 받아들여, 이 평균이 신문에 예상되고 보도되고 집계됨에 따라 각급 학교의 주가가 오르락내리락하는 것을 우리는 보게 된다. 학력 점수 주가의 등락은 대학과 대학인의 자아의식에까지 깊은 영향을 미친다. 교육의 성패는 고등학교 교과서라는 경전에 의하여 한정되는 17개 과목에 대한 하루나 이틀 동안의 시험 결과에 따라 결정되므로, 중·고등학교에서, 또 그 결과를 측정하고 계속하는 대학에서, 창조적 상상력의 계발은 완전히 뒷전으로 물러나고 또 억압된다. 사람은 생각과 경험을 연결하고 종합하고 여기에서 기쁨을 느끼며, 또 새로운 생각과 일과 경험을 만들어 내는 데에서 발달하는 것이다. 이러한 마음은, 시험 제도의 폐단을 이야기하는 자리에서 한 평자가 말한 구절을 빌려, '시험의 천역(賤役)'을 통해서, 특히 오늘의 시험 제도가 강요하고 있는 족쇄를 쓰고는 발달할 수 없는 것이다. 마음은 기계적 시험의 노역을 넘어서, 정해진 교과서의 한계를 넘거나 또는 그 아래로 자유롭게 많은 것을 섭렵할 수 있을 때 본령을 찾는 것이다. 교과서는 필요불가결한 도구임에는 틀림없으나 참으로 자유롭게 움직이고 창조적인 마음을 기르는 데는 유해한 것일 수도 있는 것이다. 비판을 하면서 또는 비판 없이 받아들이는 오늘의 시험 제도와, 정신과 상상력 성장의 지표로서의 점수는 오늘의 시대의 계량적 문화의 일부로서 성립하는 것이다. 학생의 자질뿐만 아니라 모든 것이 외면적 지표로서 계량되는 것이 오늘의 추세이다. 교수의 자격과 자질도 학위, 출판 논문──이러한 것으로만 이야기되고 이것의 질적인 평가와 의미는 전혀 논의되지 아니한다. 대학은 권력과 부의 세계로 내보낼 수 있는 졸업생의 수, 특히 고등 고시와 같은 국가 고시에 합격하는 졸업생의 수에 의하여 그 사명감과 성취감을 충족하려고 한다.

대학이 이러한 일들을 하여서 아니 된다고 말하는 것은 비현실적이며, 또 바람직한 일도 아니다. 대학은 세상의 문제들과 복합적인 연계 관계가 없이 전공 속에 존재하는 것이 아니다. 위험이 있다면, 그것은 사회의 요구와 관행과 대학의 활동 사이에 직접적 연관이 빚어지는 데 있다. 대학이 사회의 요구에 응하는 것은 당연한 일이나, 다만 그것은 대학의 자기 성찰 기능의 여과 과정을 통하는 것이라야 한다. 대학이 세상에서 행동한다면, 그것은 밖으로부터 침해를 받는 형태가 아니라 대학이라는 중심으로부터 밖으로 나가는 형태의 것이라야 한다. 여기에서 중요한 것은 비판적 지성 또는 비판적 이성이다. 이것이 대학의 특성이며 존재 이유이다.

4. 대학과 비판적 이성

대학의 자율에 가하여지는 제약은 위에서 말한 바와 같이, 정치적이기도 하고 사회적이기도 하다. 이 제약을 막아 내는 데 대학이 가진 유일한 무기는, 대학의 자연스러운 원리인 이성의 힘이다. 대학에 제약이 있었다면 그것은 근본적으로는 자유로운 이성의 기능에 대한 제약이었다. 그러나 대학과 국가와의 관계가 고르지 못했던 것 외에 이성의 실패는 한편으로 대학 문화의 불완전한 발전과, 더 넓게는 우리 사회에 있어서 지적 생활의 혼란에 기인한다고 할 수 있다. 이성은 자유로운 상태에서 스스로를 펼쳐 나감으로써 저절로 발휘된다. 데카르트가 그『방법서설』의 첫머리에서 말한 바와 같이, "양식이란 세계 만물 가운데 가장 고르게 배분되어 있는 것이다. …… 바른 판단, 참과 거짓을 갈라놓는 힘 — 이것을 우리는 양식이라거나 이성이라고 부르거니와, 이것은 자연의 이치상 모든 사람에게 고르게 갖추어져 있는 것이다."[6] 그렇다면 이성적이기 위해서는 만인이 고루 가지고 있는 이 양식 또는 이성을 모든 사물에 자연스럽게 적용하는 것으로 족하다. 그러나 데카르트 자신 잘 알고 있던 바와 같이 사람은 진실보다는 오류 속에 있기 쉽고, 이성의 완전한 행사가 가능한 사람은 그렇게 많지 않은 것이다. 이성의 힘은 비판적 사용에서 가장 잘 나타난다. 그리고 이것은 이미 나타난 이성의 자연스러운 행사로써도 수행될 수 있는 이성의 기능에 가장 가까운 것일 것이다. 그러나 비판적 이성의 활발한 작용이 허용된다는 것은 대학이나 정부 또는 사회의 기성 전제와 진리에 대한 부정적이고 파괴적인 비판을 무릅쓴다는 것을 말한다. 베이컨이 말한 우상의 껍질을 벗겨 내는 일과 데카르트의 회의는 이성의 비판적 기능을 가장 두드러지게 나타낸다. 이때에 문화와 사회의 딱지들을 떼어 낸 다음에 남는 것이 이성의 본래의 모습이라고 할 수 있다. 그러나 사실에 있어서 사물을 이성의 빛으로 보는 데는 장기간의 엄격한 훈련이 필요하다. 이 훈련의 기율을 제공하고 유지하는 것이 대학의 기능이다. 교육은 사물을 명령이나 권위나 전래의 바탕 위에서가 아니라 이성적 근거 위에서 받아들이게 하는 마음의 습관을 길러 내는 과정이다. 오늘의 대학에서 또 교육 일반에서 이루어지고 있지 않은 것이 이러한 과정이다.

그런데 비판적 이성의 다른 면에 이르면, 우리의 실패는 더 크다고 말해야 할 것이다. 무엇을 비판한다고 할 때, 비판하고 있는 것, 비판적 이성의 주체는 무엇인가? 달리 말하여, 판단을 내리고 비판을 수행할 때, 그 기준은 무엇인가? 이때, 그것은 이성의 자명성 또는 『방법서설』의 부제대로 '이성을 올바르게 유도하고 학문에서 진리를 찾는 규칙'이다. 그러나 이성

---

6 René Descartes, *The Philosophical Works of Descartes*, vol. 1 (Cambridge, 1971), p. 81.

이 가장 추상적으로 작용할 때에도 그것이 그렇게 자명한 것일 수 있는지는 문제이지만, 조금 더 구체적인 인간과 사회의 문제에 있어서, 요구되는 것은 단순히 추상적인 의미에서의 이성의 자명성이 아니다. 여기에서 판단의 기초가 되는 것은 여러 가지 인간적 가치에 민감한 마음, 참으로 인간적인 것이 무엇인가, 인간적으로 가능한 것이 무엇인가에 대하여 유연한 태도를 가질 수 있는 마음이다. 판단을 바르게 할 수 있는 것은 이러한 감각을 가진 이성이다. 이러한 이성을 훈련할 수 있는 것은 인문학적 연구이다. 이 연구에서 마음은 인간 활동의 다양한 국면, 특히 전통 속에 살아남은 철학과 예술의 체험을 통하여 반성된 바 있는 인간 활동의 여러 면에 접함으로써 풍부하여지고 유연하여진 이성으로 발전될 수 있는 것이다. 부정적 비판이 그 정당성을 얻는 것도 이러한 인문적 이성의 건설적 가치의 토대에 근거해서이다.

이것은 대학에 있어서 인문적 교육, 자유 교육이 대학의 중심에 다시 놓여야 한다는 말이다. 동양에서나 서양에서나 전통적 학문과 교육에 있어서 교육의 중심은 인문 교육에 있었던 것이다. 인문 교육이 중요하다는 것은 감성의 현학적이고 사치스러운 세련이 중요하다거나 전통적 교양을 부지하는 것이 중요하기 때문이 아니라, 원심적인 세계에서 정신의 온전함을 방어하고, 인생의 가능성에 대한 섬세한 감각을 살려 나감으로써 정신의 탄력성을 확보하는 것이 중요하기 때문이다. 인문 교육의 중요성을 말하는 것은 특수 기술의 연구와 연마를 대학의 교과에서 격하시켜야 한다는 말이 아니다. 이러한 연구와 연마는 우리의 사회 발전이 요구하고 있는 바이다. 다만 기술적, 인간의 정치적, 경제적, 문화적 활동들을 하나의 도덕적 과정으로 통합할 수 있는 인문적 사고의 핵심을 살려 나가는 것이 필요하다는 말이다. 그렇게 함으로써만, 우리는 인간으로서, 인간 공동체로서의 온전함을 유지할 수 있다.

인간의 전체성에 대한 총체적 비전이 교육의 핵심 속에 있어야 한다. 교육 정책은 인간의 필요의 전체를 참조하여야 한다. 우리의 교육 계획은 인간 활동의 전체를 망라하도록 하여야 한다. 대학에 있어서의 학문의 조직도 이러한 원리에 입각하여야 한다. 오늘날, 대학은 유행의 바람과 산업과 정치의 공리적 이해관계에 따라서 정해지는 소비자의 욕구에 비위를 맞추는 지식의 백화점에 비슷해져 가고 있다. 대학은 한 시대의 여러 활동의 밑에 잠겨 있는 인간의 이념을 반영하게 마련이다. 오늘날 대학이 반영하고 있는 것은 단편화되고 객체화된 소비적인 인간상이다. 대학은 그의 활동 속에 보다 온전한 인간의 모습을 비출 수 있어야 한다. 적어도 우리 시대의 활동들을 관류하고 있는 인간상에 일관성과 생명력을 회복해 주는 노력이 필요하다. 대학에 있어서의 지식과 행동의 조직화는 이러한 것을 위한 우리의 노력을 구체화하는 것이라야 한다. 그런 의미에서 대학은 하나의 통일성 아니면 적어도 통일성을 향한 집단적 노력을 나타내는 것이다. 대학의 활동은 이 통일성에 비추어 재어져야 한다. 물론 이 통일성이 그 자체로 중요한 것은 아니다. 그것은 우리 사회의 지적 활동 속에 일어나고 있는 깊은 통합 과정의 지표로서 중요하고 급속한 산업화 속에 있는 사회의 부분적 요구와 필요에 의한 인간의 삶에 대한 왜곡에 대한 인간적 보루로서 중요한 것이다.

5. 대학과 이성의 탄생

우리는 위에서, 대학의 자율에 기본 원리가 되는 것은 비판적이며 인문적인 이성이며, 이성은 인문학 연구의 활발함에서 얻어지는 것이라고 말하였다. 그러면 이 인문적 지성이 사회의 현실 과정 속에서 어떻게 관계될 수 있겠는가? 가장 간단한 것은 대학의 형태에 영향을 줄 수 있는 정책 담당자들이 적극적으로 대학을 인문적 지성의 핵심으로서 가꾸어 나가는 노력을 계속하는 것이다. 그러나 모든 일에는 현실적 계기들이 필요하다. 나는 오늘날 대학을 둘러싼 여러 갈등의 환경 속에도 이성의 탄생을 돕는 요소들이 있음을 지적하고 싶다. 그리고 이것이 대학으로 하여금 참다운 이성의 담당자가 되게 하는 데 한 역할을 하게 하고, 그러한 바탕 위에서 참으로 문화적인 이성을 성장할 수 있게 할 수 있을 것이다.

　대학의 모든 기능을 마비시키고, 대학의 자율을 손상케 한 정부 간섭의 계기가 된 학생들의 정치적 시위는 부정적인 것으로 보아질 수도 있다. 어쨌든, 학생 시위는 정치 공동체의 구성의 근본 문제에 관계되는 것이다. 시위 학생들이 관심을 갖는 문제가 한두 개에 한정된 것은 아니지만, 핵심적인 문제는 권력의 정당성에 대한 것이다. 정당성의 요구는 여러 가지로 충족될 수 있다. 출생, 가문, 관습, 천명 또는 당대의 문화가 받아들이는 다른 허구가 그 조건이 될 수 있다. 그러나 오늘날에 있어서, 그 조건이 되는 것은 피치자의 동의나 민주적 참여의 느낌이다. 정당성의 문제는 지식인의 마음에 특히 중요한 관심의 대상이 되기 쉽다. 지식인의 마음의 관습이 그들로 하여금 모든 것에 대하여 공리로부터 출발하여 이성적 연쇄로써 설명될 수 있는 정당성을 요구하게 하기 때문이다. 따라서 대학에 있어서 권력을 비민주적이라고 보는 경우, 그것은 착잡한 반응을 불러일으킬 수밖에 없다. 이러한 관점에서 볼 때, 학생들의 마음에 걸리는 것은 권력의 구성에 있어서의 이성의 위치이다. 그러나 정부는 정부 나름으로의 이성을 가지고 있다. 정부의 학생 시위에 대한 태도에는 강박적 고집이 있다. 이것은 정부의 신경이 가장 예민한 부분에 이 문제가 관계되어 있다는 증표이다. 실제에 있어서 정부의 걱정은 정치적 사회적 안정과 법과 질서에 관한 것이다. 그러나 정부의 강박적 관심에는 이론적 측면이 있다. 정부는 그 관할 범위 안에 정연한 일관성을 요구한다. 권력의 프라이드가 천의무봉의 권력의 짜임에 차질이 생기는 것을 허용하지 않는 것이다. 이러한 요구 자체가 그 합리성에 대한 주장과 일치한다. 여기서 이성 또는 합리성은 목적과 수단의 합리성의 문제이다. 어떤 특정한 목적에 수단이 맞아 들어갈 때, 그 수단은 합리적이다. 그러나 어떤 경우에나 합리화의 과정은, 수단을 합리적 평가에서 목적에로 옮겨 간다. 그리하여 우리의 목적까지도 합리적 근거에서 정당화될 수 있는 것으로 보이게 된다. 이것이 절대적 이성에 기초한 것으로 생각되는 것이다. 그러나 목적의 선택이란, 객관적으로 볼 때 하나의 가치의 독단적 선택이다. 그것은 독단적이기 때문에 가치의 선택은 막스 베버의 말로, "여러 가지 가운데서 한 가지를 선택하는 것에 그치지 않고, 신과 악마 사이의 투쟁과 같은, 화해가 있을 수 없는 생사의 투쟁의 성격을 띤다."[7] 그럼에도 우리는 우리가 선택한 바의 절대적 정당성, 이성을 우리 편에 가지고 있다는 절대적인 정당성을 확신한다. 이러한 확신은 정부나 대학이나 다 같이 가지고 있다. 말할 것도 없이, 이성은 대학의 고유한 소유물로 생각된다. 이에 대하여, 이성은 권력의 빼어놓을 수 없는 부속물이다. 그것은 최악의 경우에 '국가적 이성(raison d'état)'이라고 불릴 수 있고, 마음의 이성과 똑같은 권위를 부여받을 수 있다. 어쨌든, 국가란 당초에 자신의 성급한 뜻을 이성의 필연성과 혼동하기 쉬운 성급한 존재이다. 그 원천이 어디 있든지 간에 이성 또한 절대적 복종을 요구하는 성질 급한 여왕으로 존재한다. 오늘의 대학과 국가의 갈등은 의지와 의지, 필연성과 필연성, 이성과 이성의 갈등이다. 그러나 이성과 이성이 별개의 것으로 존재할 수는 없는 것이기 때문에 그것은 새로운, 보다 높은 이성이 태어나기 위한 갈등이라고 할 수도 있다. 서로 다른 이성의 여왕의 신민들의 싸

---

7 Max Weber, *The Methodology of the Social Sciences*(New York, 1949), p. 17.

움은 맹렬하고 가차 없는 것이 되겠지만, 그것은 또한 하나의 질서를 위한 싸움이다. 오늘의 갈등의 상황은 이러한 특징들을 지니고 있다.

앞으로 올 것은 두 적수 사이의 화해 또는 휴전이다. 현실 정치 속에서의, 그러면서 또 이론적인 차원을 가지고 있는, 오늘의 싸움이 치열한 것은 사실이나, 화해나 타협을 위한 모색이 없는 것은 아니다. '민주화', '다원화', '자율화'와 같은 말은, 서 있는 자리에 따라 다르게 해석되면서도 오늘날 우리 사회가 가고 있는, 또는 타협이 모색되고 있는 방향을 나타내 주고 있는 말들이다. 이 말들은 다 같이 개인으로서 또 집단으로서의 서로 다른 단위들이 공존할 수 있는 방법에 관계되는 말들이다. 적수들의 신념의 강도가 어떤 것이든지 간에, 오늘날의 항구적 갈등의 상태가 너무 오래 지속될 수 없는 것임은 분명하다. 오늘날 공존의 모색의 증후들은 성숙한 지혜보다는 피로의 징후들일 수도 있다. 그러나 많은 정치적 분규에 있어서 피로는 중요한 제3의 요소의 하나이다. 피로의 가능성이 없이는 어떠한 타협도 협상도 있을 수 없는 것인지도 모른다.

위에서 말한 세 가지 타협의 말 가운데, 아마 가장 핵심적인 것은 자율이라는 말일 것이다. 민주화와 다원화는 다 같이 다수의 공존을 말한다. 그러나 이것이 가능하려면 다수 사이의 잠재적 갈등을 예측하며 그것을 중재하는 규율이 성립하여야 한다. 자율은 단위 개체의 자유를 지칭하면서, 그 어원대로, 어떤 규범적 통제 아래에서의 자유를 말한다. 이것을 집단적 존재에 적용할 때, 그것은 자치 집단이 보다 큰 연합의 테두리 속에 존재하는 것을 말한다. 여기에서 단위 구성 분자들을 하나로 연결하는 것은 독단적 힘이나 의지가 아니고 서로 동의할 수 있는 규범이다. 이 규범들은 이성의 원리에 기초할 수밖에 없다. 여기에서의 이성은 제1원리에서 출발하여 거기에서 연역되는 결론으로 필연적으로 나아가는 이론적 이성일 수는 없을 것이다. 그것은 구체적 삶의 상황에 있어서의 타성과 긴장과, 상충하는 의지 사이를 실용적으로 헤쳐 가는 이성일 것이다. 이것은 이론적 이성의 절대성이나 철저성을 결여할 것이나 보다 많은 구체적인 삶의 사실들을 널리 포용할 수 있을 것이다. 이것은 이성이라기보다는 순리라고 불러야 할는지 모른다.

이 순리의 느낌은 철학적 성찰과 예술의 향수의 체험 속에서 함양되는 인문적 이성에 비슷한 것이다. 따라서 갈등의 상황에서 성장해 나올 실용적 이성, 순리의 느낌은 저절로 보다 강화되는 인문학을 위한 알맞은 토양이 될 것이다. 또는 거꾸로 강화된 인문학적 수련은, 우리 사회에 있어서 민주적·다원적 공존의 원리로서 실용적으로 자라 나올 이성의 원리에 분명한 표현의 양식을 부여할 것이다.

6. 대학과 순리의 문화

이미 비친 바와 같이, 대학은 인간의 총체성과 오늘의 조건과 인간의 가능성과 그 실현 수단에 대하여 인문적 반성을 계속하여야 한다. 인문적 자유 학문을 강화하는 것은 이러한 작업에 기여하는 것이다. 이러한 학문의 핵심이 확고하게 수립되어 있지 않으면, 인간의 지적 에너지는 기술적이며 상업적인 주제의 추구 속에 조각나 흐트러져 버리고 만다. 인문적 학문의 궁극적 목표는 순리의 문화의 창조이다. 이 문화의 핵심은 이성의 기능의 계발을 통하여 이룩된다. 여기에는 타고난 이성의 자명성을 회복하는 것이 필요하다. 그러나 이성은 동시에 육체가 있는 이성으로서 세계와 역사의 구체적이며 반성적인 표현의 경험을 통하여 유연하고 미묘한 것이 되어야 한다. 대학은 현재보다도 더 인문적 이성의 함양에 힘을 기울여야 한다. 그러나 이것은 학문만으로는 되지 않는다. 이것은 이미 말한 바와 같이 현실적이며 심미적인 감성을 포함한다. 따라서 대학의 모든 면이 순리의 문화를 구체적으로 체현해 보여 주는 것이라야 한다. 대학 운영의 모든 면이 순리와 문화의 척도로서 재어질 수 있어야 한다. 대학은 이상적으로 말하여 미적인 일체성의 존재이다. 이것은 이론적 활동에 있어서 그렇고 행정의 관행에서도 그렇고 일상적 생활의 모습에서 그렇고 물리적 환경에서 그렇다. 교육의 관심도 단순히 이론적, 기술적 연구와 수업의 질을 높이는 데에서 그칠 수 없다. 그것은 대학의 환경 일체, 물리적 환경을 미적으로 만족할 만한 것이 되게 하는 데에까지 미쳐야 한다.

여기에서 특히 이야기될 필요가 있는 것은 학생들의 생활 환경의 조성의 문제이다. 오늘날 우리의 대학은 주로 수업의 장소로 생각되고 생활의 터로서는 생각되지 아니한다.(지식을 다만 쓸모 있는 정보의 단편으로, 일정한 크기로 포장하여 주고받을 수 있는 꾸러미로만 생각하는 것에 관계되어 있다.) 생활 환경으로서의 대학에 대한 고려의 부재는 기숙사 시설의 부재 또는 빈약함에 가장 뚜렷하게 나타난다. 그런 시설이 있다고 하여도 그것은 교육적인 관점에서가 아니라 순전히 생활의 최소한의 방편을 메워 가는 일로 생각된다. 문제는 생활의 필요를 대학이 채워 주는 것만이 아니고, 대학이 그 안에 삶의 전체를 포함하여야 한다는 것이다. 교육은 삶의 과정의 일부이다. 이 삶의 일상을 넘어가는 이상과 이론적 확장 속에 있으면서 매일매일의 생활 속에 존재하는 것이다. 대학은 이러한 삶의 전체를 반영하여야 한다. 달리 말하여 그것은 전체 환경을 이루는 것이다. 대학은 지적이며 일상적인 삶의 다양한 국면을 하나로 통일하는 여러 방법을 보여 주고 실천하여야 한다. 이런 목적으로부터 생각할 때, 대학은 학생들을 위한 여러 삶의 마련을 — 그 가운데 기숙사를 — 포함하는 것이 옳다. 물론 대학이 참으로 살아 있는 공동체가 되려면, 그것은 일반적으로 교과목을 넘어가는 미적, 문화적 활동들을 활발하게 조성할 수 있어야 한다.

이렇게 말하는 것은 전체적 공동체로서의 대학의 인위적 성격을 도외시하는 것이 아니다. 대학은 말할 것도 없이 외부 세계가 처리해 주는 생존유지의 작업으로 하여, 그 물질적 요구가 대학 넘어서의 작업으로 충족됨으로 하여, 살아남을 수 있는 가공의 구조물이다. 사회 전체의 삶에 충성을 바침으로써 외부 세계에 관계하고, 보다 넓은 세계가 요청하는 작업을 수행하는 일들은 이런 이유로 하여 대학의 당연한 의무가 된다. 그러나 바로 대학에 있어서의 삶의 가공적인 단순화로 인하여 가능하여지는바, 문화와 순리에 근거한 공동체의 모형의 제시도 대학이 사회를 위하여 할 수 있는 봉사의 일부이다.

위에서 나는 우리 사회에 있어서의 대학의 자율적 발전을 생각하고자 할 때 있을 수 있는 문제와 이념들에 언급하고자 하였다. 그러나 이야기되지 않은 것 가운데에는 가장 중요한 사실 —— 즉 대학의 발전을 가능하게 할 재정의 문제가 있다. 재정적 뒷받침이 없이는 어떤 발전도 이루어질 수 없다. 그러나 이제 새삼스럽게 이것을 논할 수는 없겠고 이 자리에서는 다만 재정의 문제도 공동 목표를 위해서 공동 행동을 취하는 사사로운 사람들에 의하여 해결되는 것이 바람직하다는 것을 말하는 데 그치기로 한다. 물론 국가가 여기에 끼어서는 아니 된다는 말은 아니다. 국가는 틀을 설정하고, 제약과 규제 조항들을 폐지하고, 세제상의 편의를 강구하고, 교육의 내용에 형식적 요건 이외에 어떤 제약도 가하지 않는 예산상의 지원을 마련하는 등의 조치로써, 대학의 자율적 재정의 문제를 쉽게 풀어 나갈 수 있게 도움을 줄 수 있다. 대학은, 사립이든 국립이든, 공공의 광장에 서 있는 것이다. 이 광장은 사사로운 개인과 정부를 포함한다. 다만 민주적 문화와 순리의 원칙들만이 이 모든 것을 묶어 하나의 공공 영역을 구성할 수 있다. 그러나 다시 한 번 되풀이하여, 재정의 문제는 이 경제의 시대에 있어서,

대학의 발전을 포함한 모든 일에 있어서 가장 핵심적인 문제이다. 나로서는 이 문제는 전문가에게 넘겨주는 것이 좋겠다고 말할 수밖에 없다.

(1986년)

대학의 이념과 거부의 정신

1. 현실과 생각

상투적으로 대학을 말할 때, 우리는 '상아탑'이라는 표현을 흔히 쓴다. 이것은 대학과 현실과의 거리를 가리키는 말인데, 이 말이 뜻하는 바와 같이 대학이 현실로부터 반드시 현격하게 떨어져 있다고 할 수는 없을는지 모르지만, 대학은 현실에 대하여 어떠한 거리를 갖는 것으로 파악될 수 있다. 말할 것도 없이 대학에서 주요 관심 대상으로 하는 것은 관념들이고, 이 관념들은 사람의 사고 작용의 소산이다. 그런데 현실은 관념이나 사고를 그 주요 내용으로 하기보다는 사실적 세계에서의 행동으로 이루어진다. 그러니까 대학과 현실은 관념과 사실, 사고와 행동의 대립에 의하여 상거해 있는 것으로 파악될 수밖에 없다. 그러나 대학과 현실이 전혀 동떨어진 영역에서 동떨어진 일에만 관여하고 있다고 한다면, 둘의 거리 또는 차이는 문제조차 되지 않을 것이다. 의미 있는 거리나 차이는 그것이 하나의 공통된 자리 속에 놓일 수 있고 그것으로 하여 서로 단단히 얽혀 있기 때문에 화제가 된다.

우리의 생각은 행동도 아니고 행동 속에 인지되는 사실도 아니다. 그
러나 생각의 소재가 되는 것은 대부분의 경우 현실이거나 아니면 적어
도—현실의 일부로서의 생각 자체이다. 생각은 현실을 있는 그대로 파악
하고자 한다. 그러면서도 그 사이에 간격이 있게 된 한 이유는 우리의 생각
이 오류에 떨어지기 때문이고, 또 달리는 우리의 사고가 사고에 수용되는
사실을 단순화하거나 복합화하기 때문이다. 우리가 사물을 생각할 때, 이
것을 단순화하는 것은 불가피하다. 사물을 그대로 파악한다는 것은 인간
의 능력으로는 불가능한 일이고, 또 그것은 바람직한 일도 아니다. 생각은
늘 사물을 어떠한 관점에서 파악하게 마련이고, 이 관점이 이론적인 것이
든 실천적인 것이든, 이 관점을 떠나서는 사물의 인식은 별 의의를 갖지 못
한다. 즉 사물의 인식은 우리의 기획과의 관련에서만 우리에게 의미를 갖
는 것이다.

사물이 어떤 관점, 또는 기획과의 관련 속에서 파악된다는 것은 그것이
풍부한 관련 조직 속에 들어간다는 것을 뜻한다. 그리고 이 관련 조직은 단
순히 우리의 의도를 강제적으로 사물에 부과하는 것을 뜻하는 것이 아니
다. 그것은 우리의 기획에 이어져 있으면서, 또 사물 자체의 속성의 일부를
이룬다. 사물은 우리의 인식이나 실천 기획을 통하여 그 새로운 양상을 드
러내 보이게 되는 것이다. 그리하여 역설적으로 우리의 생각은 현실보다
도 더 현실을 넓고 깊게 포용하고 있다고 말할 수도 있다. 다시 말하여 생
각을 통하여 현실은 보다 넓은 연관에 이어지고 이 연관은 따지고 보면 얼
른 드러나지 않았던 현실 그것의 일부를 이루는 것이다.

현실은 그때 그 자리에 주어지는 어떤 거부할 수 없는 현장성에 의하여
이루어진다고 볼 수도 있다. 그러나 이러한 현재적이며 현장적 현실은 그
것만으로 존재하는 것이 아니다. 그것은 지금의 현장성의 직접적 내용을

구성하는 것이 아니라고 하더라도 과거의 인과 관계와 미래의 가능성을 그 지평으로 가지고 있다. 즉 현실은 현실과 그 지평으로 이루어진다. 여기서 현실의 지평을 파악하는 것은 우리의 직관이 아니라고 생각된다. 이렇게 볼 때 생각은 사실적 세계에 즉하여 일어나는 것으로 말할 수 있는 감각, 직관, 행동보다도 오히려 현실을 전체적으로 포괄하고 그러니만큼 보다 더 현실적일 수도 있다.

현실과의 관계에 있어서, 생각의 효용은 바로 여기에서 생겨난다. 사람이 사는 현실은 눈앞의 현실과 그것을 결정하고 있는 인과 관계와 (사람의 기획이 사물의 필연적 관계 속에 개입하는 한에 있어서) 미래의 가능성으로 이루어져 있다. 눈앞의 현실은 필연성의 전체와 잠재적 가능성 가운데 일부가 현재화된 것에 불과하다. 우리의 생각은 필연성의 전체적 연관과 가능성을 확인한다. 그리고 사실상 어떠한 의미 있는 인식이나 행동도 이 두 차원에 대한 배려 없이는 불가능하다.

2. 대학과 현실

대학과 현실의 관계도 이러한 맥락에서 고찰될 수 있다. 현실에 깊이 개입되어 있는 입장에서 볼 때, 대학은 현실로부터 저만치 떨어져 있는 곳으로 간주될 수 있다. 그러나 위에서 말한 바와 같은 의미에서 대학이 사람의 사고의 기능을 전문화하여 전담하고 있는 곳이라고 말할 수 있다면, 현실에 대한 대학의 관계는 조금 더 착잡하다. 사람의 사고가 현실에서 떠나서 다시 현실로, 보다 포괄적인 현실로 돌아가는 방법이라면, 대학은 그러한 방법의 사회적 제도화인 것이다. 이렇게 말하는 것은, 대학과 현실의 관계는 단순한 차이나 거리 이상의 긴장과 갈등을 가질 수 있다는 것을 뜻한다.

그것은 현실에 대한 두 비전의 갈등이라는 양상을 띨 수 있다.

위에서 비친 바와 같이, 현실은 목전의 현장을 넘어가는 전체적인 맥락과 잠재적 가능성을 포괄한다. 이러한 포괄적 현실은 목전의 현실을 보족하는 데 그치지 않고 그것을 대치하고 부정할 수 있다. 이것은 단순히 생각이나 관점만이 아니라 이해의 충돌을 야기한다. 사실상 우리는 현실의 와중에 있다고 생각하든, 아니면 이것을 조금 더 넓은 원근법 속에서 파악한다고 생각하든, 일단은 생각을 통해서 현실에 접근하게 마련이고, 이 생각은 대체로 우리의 실존적 상황에 깊이 연결되어 있는 것이다. 그러니까 이미 말한 바와 같이 어느 경우에나 문제가 되는 것은 두 현실의 대결 또는 현실에 대한 두 가지 생각과 태도의 대결이라고 할 수 있는데, 이것을 현실과 사고의 거리나 대결로 파악했을 때, 사실상 우리가 의미하는 것은 흔히 현상 유지를 원하는 세력과 이를 고치려는 세력의 대결과 갈등이다. 한편은 현실을 있는 질서의 관점에서, 또는 이 질서의 확대란 관점에서 파악하고 그러한 것으로 유지하고자 하고, 다른 한편은 현실을 새로운 가능성에서 파악하고 그 관점에서 개조하려고 한다. 물론 이러한 차이는, 이미 말한 바와 같이, 사고가 개입한다는 점에서 완전히 서로 다른 것은 아니다. 다만 사고의 방향이 다를 뿐이다.

현상 유지도 현실 전체의 맥락에 대한 의식을 필요로 하며, 또 미래에의 기획을 요구한다. 현상을 개조코자 하는 경우는, 말할 것도 없이 목전의 현실을 미래의 잠재적 가능성 속에 파악할 필요가 있다. 그러나 이 가능성이 이성적으로 납득할 수 있는 것이 되려면, 그것은 현실의 전체적 맥락에 근거한 것이라야 한다. 다만 전자의 경우는 아무리 그것이 미래에의 기획을 포함하는 것이라고 하더라도 현상의 기본 구조를 유지하려는 것이고, 후자의 경우는 이 기본 구조를 넘어서는 새로운 전체의 구성 가능성을 요구한다는 점에 있어서 두 입장은 서로 다르다. 다시 말하여 전자는 아무리 미래 지향적이라고 하더라도 현실의 전체는 이미 정해져 있다고 생각하고, 후자는 이 전체는 새로운 미래로 열려 있다고 생각하는 것이다. 그렇기는 하나, 이상적으로 말하여, 현실에 주의하고 이에 충실하며, 동시에 이것을 보다 큰 전체성과 가능성 속에서 파악하는 것은 창조적인 삶의 하나의 과정의 두 면을 말하는 것에 불과하다고 말해질 수 있다. 다만 이 두 면은 서로 다른 역점을 가지고 나타날 수 있을 뿐이다.

대학은 사회의 제도 가운데에도 단순히 목전의 현실보다는 보다 넓은 현실을 생각하는 사명을 부여받고 있는 곳이라고 말할 수 있다. 대학의 본질이 사고 활동 속에서 발견된다고 할 때, 바로 그것은 현실을 여러 가지 맥락과 가능성 속에서 본다는 것을 의미한다. 그러므로 대학이 적어도 그 기능에 충실한 만큼, 현상적 현실과 갈등 속에 있는 것은 당연하다. 그러면서도, 이미 비친 바와 같이, 대학이 현실을 넘어가는 것은 보다 넓고 깊게 현실에로 돌아가는 것을 뜻하고, 이러한 우회하는 회귀는 현실의 이성적 질서와 발전을 위하여 필요한 것이다. 이것은 목전의 넘어간 현실을 어떻게 규정하느냐에 상관없이 어떤 경우에나 그렇다. 다만, 이미 비친 바와 같이, 한편은 이 큰 현실, 현실의 전체성을 기존 질서의 연장 속에 한정하려 하고, 다른 한편은 이것을 보다 보편적인 이념에로 계속적으로 나아가는 열려져 있는 전체성으로 받아들이려 한다. 전자는 전체성을 이미 이루어진 이념의 부연 확대로 본다. 또는 더 나아가 이것의 실천에 따르는 수단의 문제만을 전체성의 문제로 보는 데 대하여, 후자는 기존 질서 속에 암시되어 있는 전체성, 그 테두리에서 설정되는 목표와 수단을 모두 다 문제 삼고자 한다. 대학이 현실을 넘어간다고 할 때, 이 넘어감의 한계에 대하여서도 이 두 가지의 태도가 가능하다. 그리하여 두 태도의 차이는 현실 세력과 대학, 또 대학 내에 있어서의 긴장의 요인이 되기도 한다.

그런데 여기서 주목할 것은, 사고를 통하여 인간의 현실을 생각하고자 할 때, 그러한 사고 작용은 본질적으로 현실의 지평에 대한 어떤 한계에도 멈추어 설 수 없다는 점이다. 우리가 삶의 테두리로서 주어진 현실의 지평을 받아들인다고 하더라도, 이것을 우리의 사고 속에 받아들인다는 것은 그것을 직접적인 현실로서 받아들이는 것과는 전혀 다른 것이다. 그것은 이성적 타당성 속에서 받아들인다는 것이고, 전체적 필연성으로서의 그것에 승복한다는 것을 뜻한다. 이것은 주어진 테두리를 넘어감으로써만 가능하다. 어떤 사항의 타당성과 필연성에 승복하는 것은, 그것을 다른 여러 가능성의 맥락 속에서 보며, 또 어떤 경우는 이 가능성을 배제함으로써 생겨나는 확신을 지칭한다.

이러한 과정을 다시 말하면, 삶이나 사고의 주어진 테두리를 사고 속에 받아들이는 일은, 이것을 일단 부정함으로써 가능하다는 말이다. 그리하여 부정은, 어떤 경우에나 사고 작용의 가장 핵심적인 계기가 된다. 이렇게 볼 때 대학은 그것이 이성적 사고의 기관으로 남아 있고자 하는 한, 아무리 현상 긍정적 입장에 있다고 하더라도, 현실 부정의 가능성 없이는 성립하기 어려운 것이다. 이 부정의 가능성이 단순히 사고의 조건으로서의 자유를 지칭하는 것에 불과할 수는 있다. 이것은 도덕적 행위의 조건이 자유인 것과 마찬가지다. 자유가 결코 부도덕의 옹호를 의미하는 것은 아니지만, 부도덕의 가능성이 허용되지 아니한 경우 진정한 도덕은 있을 수 없다. 마찬가지로 사고의 자유는 오류를 옹호하자는 것이 아니면서 사고의 사고됨을 가능케 하는 조건이다.

이러한 연유로 하여, 대학은 다시 한 번 불가피하게 현실과는 긴장 관계 속에 놓이게 된다. 이것은 되풀이하여, 대학이 현실의 기본 질서를 옹호하는 일을 미리 약속하는 경우에도 그렇다. 이러한 질서까지도 부정과 회의를 통하여 재정립될 때 비로소 맹목적 전제가 아니라 이성적 확신의 기초를 얻게 되기 때문이다.

3. 이성과 거부

이성적 확신의 효용은 무엇인가? 어떠한 현실 체제의 전체적 정합성은 이러한 확신을 통해서 확보된다. 이것은 부분과 부분, 부분과 전체의 자유로운 교통을 가능하게 하고, 또 변화하는 상황에서의 질서 있는 적응과 창조적 변용을 가능케 한다. 사람이 사는 세계가 완전히 필연적 법칙에 의하여서만 움직이는 것이라면, 거기에는 주어진 현실의 이성적 정합성을 위하여 어떤 이성적 확신도, 그것에 기초한 이성적 행동도 필요하지 않을 것이다. 그러나 우리의 세계가 사람의 기획과 행동을 허용하고 또 필요로 하며 이것이 여러 가능성 가운데에서의 일정한 선택을 요구하는 한 생각하고 행동하는 인간의 매개를 통하여서만 주어진 현실은 현실의 전체적인 맥락 속에 관계되고 또 미래의 이성적 기획에 편입될 수 있다. 인간의 이성이야말로 변화, 발전, 확산하는 현실의 근본 원리이다. 이것 없이는 현실의 이성적 질서는 경직된 것이 되고 또 붕괴해 버리고 만다.

이러한 관찰은 대학을 포함한 모든 교육 기관에서의 교육이 단순한 지식의 전달보다는 인간의 형성에 관계되는 일이라는 것을 상기시킨다. 다시 말하여, 우리의 현실의 전체적 질서와 바람직한 발전을 기약해 주는 근본 원리는 인간인 것이다. 그리고 이 인간은 무엇보다도 이성적 인간을 말한다. 이성적 인간은 어떤 인간인가? 위에서 우리는 이성의 과정이 필연적으로 부정의 계기를 가지고 있음을 말하였다. 되풀이하건대, 이성은 모든 것을 일단 부정 또는 회의하는 과정을 통해서 스스로를 정립한다.

데카르트의 회의는 이성적 확신에 이르는 과정의 원형을 보여 준다. 그리고 이러한 과정에 있어서의 부정과 회의와 비판은 이론적인 영역에만 한정되는 것이 아니다. 이성의 모험은 실존의 모험이다. 이 과정은 개인적으로나 사회적으로나 사람이 틀림없는 것으로 받아들이며, 또 의지하는 기성의 믿음과 관습들을 일단 의심하고 부정할 것을 요구하는 것이다. 물론 이것은 '일단'의 의심과 부정일 뿐이다. 모든 것이 반드시 끝까지 부정되고 파괴되는 것은 아니다. 많은 경우, 무의식적인 내면화, 사회화를 통하여 흡수된 믿음과 관습과 전통은 새로이 이성적 확신으로 재정립될 뿐이다. 그러나 이 확신에 이르는 것은 참다운 부정과 비판을 거치는 과정을 통하여서이다. 이러한 과정에서 우리의 맹목적 믿음의 어떤 것은 참으로 부정되고 비판될 수밖에 없다.

어떤 경우에나 부정은 참다운 부정의 위험을 포함한다. 이것은 참다운 도덕적 인간의 경우와 마찬가지로 참다운 이성적 인간이 져야 하는 위험 부담이다. 그리하여 여기에는 퇴폐와 허무와 무력화의 위험이 따르기 마련이다. 다만 이러한 위험 가운데 이성적 인간 교육의 결과를 보장하는 것이 있다면, 그것은 부정 회의 비판이 요구하는 높은 정신적 기율이다. 엄격한 자기 기율이 없이는 부정의 길은 불가능하기 때문이다. 이성적 인간의 형성에 있어서 부정되는 것은 단순히 사회적으로 부과된 믿음과 관습에 그치지 아니한다. 이것은 이미 비친 바와 같이, 인간 내부의 실존적 뿌리를 흔들어 놓는다. 그중에도 그것은 사람의 삶을 지탱해 주는 여러 가지 원시적 정서적 유대를 끊어 놓는다. 또 이러한 과정에서 사람은 자신의 삶의 정서적 원천으로부터 차단된다. 그리하여 남은 것은 아무것에도 이어져 있지 않는 메마르고 이론적인 인간일 수 있다. 또는 인간의 다양한 능력들을 하나의 이론적 구도에 예종시키는 이데올로기적 인간일 수도 있다.

그렇긴 하나 이러한 위험은 불가피한 것이다. 사실상 이성적 인간의 훈련은 모든 원시적 또는 원초적인 유대로부터의 소외를, 또는 적어도 이 유대의 이완을 요구하기 마련이다. 그렇게 하여 비로소 우리는 직접적으로 주어진 현실로부터 보다 넓은 현실의 맥락 속으로 들어갈 수 있게 된다. 물론 여기에서도 진실은 원초적 유대의 단절이 아니라 이것의 이성적 지양에서 발견되는 것일 게다. 즉 어릴 때부터 내면화되어 간직하게 된 여러 믿음과 관습은 이성적 질서 속에 새로운 형태로서 포용된 것이다. 그러한 과정 중에 그러한 것들의 강박적 직접성은 사라진다. 또 그런 만큼 어떤 관점에서 보면 그것들의 근본적 변질이 일어난다고 볼 수 있지만, 다른 한편으로 그것들은 현실에 대한 우리의 보다 전체적이고 보다 발전적인 관계의 일부가 될 수 있다. 그럼에도 불구하고 여기에 진정으로 정서의 고갈, 공동체적 유대의 해체, 고향의 상실 등을 경험할 수 있는 것도 사실이다.

이러한 위험에도 불구하고 예로부터 사람들은 이러한 이성적 과정을 통하여 보다 더 완전한 인간의 형성이 가능하다고 보고 이것을 수양이라고 불렀다. 수양은 사람의 천부의 본능과 자질을 이성적 성찰로 닦아 사람의 인격 속에 새로운 통합을 얻는 과정을 말한다. 이것은 위에서 말한 바와 같이 여러 가지 위험을 초래할 수 있는 과정이다. 그러면서도 그것을 통하여 사람은 비로소 직접적인 현실의 강박성으로부터 해방되어 자기 자신과 자신의 상황을 보다 큰 원근법 속에서 볼 수 있고, 또 그것들을 새로운 가능성 속에 재구성하는 자유를 얻을 수 있다. 또 이러한 자기완성의 과정은 당장에 현실적인 의미가 없다고 하더라도 사람에게 커다란 만족과 평온의 원천이 될 수 있다. 이렇다는 것은, 사람의 깊은 실존적 충동의 하나인 자기 초월로 보이기 때문이다.

그러나 이성적 인간의 교육의 의미는 개인적이라기보다는 사회적이라고 할 것이다. 이성의 특징은 그것이 어디까지나 개인적인 것이면서 사회적 또는 보편적이라는 데 있다. 어떤 이치에 동의한다는 것과 어떤 사실이나 법칙을 외부로부터 강제한다는 것 사이에는 깊은 적대 관계가 있다. 이치는 개인적인 이치의 확신을 떠나서 강요되는 한, 적어도 그렇게 강요되는 사람의 관점에서는 이치일 수 없다. 이치는 이치의 확신에 의하여서만 내면적으로 확인된다. 그러나 말할 것도 없이 이성적인 것, 이치에 맞는 것은 어떤 특정한 개인의 편벽된 이익에 합치되는 것이 아니라 모든 사람에게 수긍될 수 있는 것을 말한다. 따라서 이성에의 훈련은 개체적 실존의 깊이로부터 보다 큰 질서에의 순응을 의미하는 것이다. 여러 가지의 인간 훈련의 계획에서 그것은 흔히 소아(小我)에서 대아(大我)에로의 변용으로 생각되어 왔지만, 이 대아는 보편적 규범 또는 사회적 규범을 내면화한 인간을 가리키는 것으로 취할 수 있다.

4. 교육과 대학의 위기

지금까지의 대학 또는 사고 또는 이성 작용의 어떤 측면에 관한 관찰은 사실 자명한 것이고 새삼스럽게 되풀이할 필요조차 없는 것이다. 그럼에도 불구하고 이것을 되풀이할 필요를 느끼는 것은, 오늘날 대학을 에워싸고 일어나고 있는 일들이 너무나 대학의 근본적 존재 이유로부터 동떨어져 있는 것으로 보이기 때문이다.

위에서 누누이 말한 바와 같이, 대학은 현실에 대하여 긴장된 관계 속에 있을 수밖에 없다. 그것이 대학이 현실로 되돌아가고 거기에 기여하는 방법이다. 그러나 오늘날 현실의 압력은 어느 때보다도 강하게 대학의 현실 초월의 기능, 주어진 현실을 넘어서는 가능성과 이념과 이상을 고려하는 기능을 포기할 것을 요구한다. 그리하여 대학은 이미 있는 현실관을 일방적으로 전달 수수하는 곳으로 생각되고, 또 다른 한편으로는 현실 세계가 규정한 목표의 달성을 위한 수단의 제공처로만 생각된다. 이것은 대학이 산업 요원의 훈련처로 변모하여 가는 데에서도 볼 수 있고, 또는 정치와 대학 간의 관계의 일방 통행적 성격에서도 볼 수 있다. 특히 후자는 대학의 위치와 기능을 정하는 가장 중요한 요인이 되어 왔다. 간단히 말하여 현실,

특히 정치 현실과 대학의 관계는 이 현실을 비판하고 그 시정을 요구하는 대학 내의 일부 세력과 이것을 철저하게 봉쇄하고자 하는 정치 세력과의 대결에 의하여 특징지어져 왔다. 물론 문제는 비판의 자유와 억제라는 단순한 관점에서만 논하여질 수 없다. 왜냐하면 더 중요한 것은 대학의 현실 비판이나 이의 억제가 어떤 형태를 취하느냐 하는 것이라고 볼 수 있기 때문이다.

현실에 대한 비판은 현실의 가능성에 대한 현실의 현상과의 대비에서 온다고 할 수 있다. 그런데 아마 모든 가능성을 직시적으로 현실 속에 실현하는 일은 불가능한 일일 것이다. 또 그것은 바람직한 일이 아니라고 할 수도 있다. 어떤 경우에나 변화는 이성적 기획의 차원에서는 쉽게 예견될 수 없는 부작용과 역기능과 고통을 가져오기 마련이다. 그러나 중요한 것은 한편으로 가능성에의 탐구를 개방 상태에 유지하는 것이고, 다른 한편으로 이러한 가능성의 선택을 현실적 상황 내에서 조정할 수 있는 방도를 열어 놓고 있는 일일 것이다. 새로운 가능성에 대한 탐구는 될 수 있는 대로 널리 열려 있을수록 좋다. 그리고 어떤 가능성들에게는 합리적 조정을 통하여 현실화될 수 있는 길이 주어져야 하고, 이 길이 모든 사람에게 가시적인 것이라야 한다.

위에서 우리는 현실의 맥락에 대한 규범적 가능적 탐구가, 거기에 대한 이성적 검토가, 그 나름의 심각한 위험을 가지고 있음을 이야기하였다. 이러한 위험은 개인이 아니라 공동체 전체에 관계될 때 특히 부담하기 어려운 것으로 생각될 것이다. 그러므로 여기에서 사람들이 보는 새로운 가능성과 현실의 조정을 위한 합리적 기구의 분명한 확립이 중요한 것이다.

오늘날 우리에게 결여되어 있는 것은 이러한 조정의 기구이다. 이것은 우리의 최근사의 어떤 발전의 결과이지만 다른 한편으로는 새 가능성의 탐구와, 거기에 따르는 비판과 부정에 대한 우리 사회의 관용성이 부족한 것에도 관계되는 일이다. 우리 사회는 급기야 모든 비판적 사고를 수상스러운 것으로 간주하는 경향마저 띠는 것으로 보인다. 비판적 사고의 제거가 사회의 이성적 발전이나 ── 그때그때의 무반성적인 발전 목표가 아니라 참으로 인간의 본질적 행복에 기여하고 또 인간의 여러 욕구를 조화하는 발전 ── 이러한 발전과 높은 차원의 개인적 완성과 사회적 요구를 조화한 인간의 교육을 포기하는 일임은 새삼스럽게 말할 필요도 없다.

　물론 대학이 생각하고 지식인이 생각하는 것이, 비판적이든 아니든 참으로 보편타당성이 있고 무사공평한 것이냐 하는 게 문제될 수 있다. 그리하여 그러한 보장이 없는 한 그러한 사고는 억제되어 마땅하다고 하는 의견도 있을 수 있다. 그러나 어떤 견해의 타당성은 강제력에 의하여서는 긍정될 수도 부정될 수도 없는 것이다. 물론 문제되는 것은 어떤 견해의 타당성 여부만이 아니다. 사람은 아이디어의 세계에 살기 전에 현실에 살며, 어떤 사람에게 어떤 종류의 아이디어는 그의 현실 세계에 대하여 직접적인 위협이 된다고 느껴질 수 있다. 이런 경우에 일어나는 것은 아이디어와 아이디어의 충돌이 아니라 현실 세력과 현실 세력의 충돌이다. 이러한 충돌이 인간 세계의 한 양상을 이루고 있음을 부정할 수는 없다.

　그러나 하나의 공동체가 공동체로서 세력의 상충과 균형에 의지하여서만 부지해 나갈 수 없다는 것도 사람 사는 세계의 또 하나의 국면이다. 세력과 세력의 충돌이 현실과 현실의 가능성에 대한 이해의 차이와 조정으로 옮겨지는 것은 공동체의 자기 보존을 위해서도 절대 필요한 것이다. 이 공동체가 이성적인 것이려면 그 핵심을 이루는 것은 현실의 이성적 이해의 가능성을 열어 놓는 일이다. 이것은 소극적으로는 사회가 부정적 사고를 수용할 수 있어야 한다는 것을 뜻하지만, 더 적극적으로는 이성적 과정을 그 인간 형성의 핵심으로 삼아야 한다는 것을 뜻한다. 그리고 대학은 그 연구나 교육을 통하여 이러한 기능을 수행하는 것을 주업무로 한다고 생각할 수 있다.

그런데 이것과 관련하여 생각할 것은, 대학이 이러한 이성의 기능에 충실한다는 것이 단순히 주어진바 학문과 기술의 훈련에 충실하다는 것만을 의미하지 않는다는 사실이다. 그것은 무엇보다도 모든 것에 대하여 물음을 제기하는 능력의 함양을, 그러한 능력을 통해서 이성적 확신에 이르는 것을 말한다. 이것은 본질적으로 이성에의 자발적인 각성을 의미한다. 그러나 현실은 교육을 그러한 자발적 능력의 촉발이 아니라 일정한 지식과 태도의 습득이라는 입장을 취하기 쉽다. 그리하여 이 목적을 위하여 어떤 외부적인 강제력 또는 자극제를 사용할 수 있다고 생각된다. 아마 우리 교육은 맨 아래에서 맨 위까지 이러한 생각에 의하여 지배되고 있는 것이 아닌지 모른다.

듀이는 학교의 커리큘럼을 논하면서, 학교에서의 상벌의 사용에 대하여 의문을 표현한 바 있다. 교육이 인간의 자발적인 성장에 관계되고, 자발적이고 창조적인 능력의 계발에 관계된다면, 학생들은 학습 대상 자체와 학습 자체에서 기쁨을 발견할 수 있어야 한다. 그런 관점에서 볼 때, 외부적인 요인으로서의 상벌은 이러한 자발 능력의 성장에 역행하는 것이 아니겠느냐 하는 것이 듀이의 생각이었다.

아마 세상 일이 전혀 외적인 제약이 없이 이루어지기는 어려운 일일 것이다. 그러나 그러한 제약의 조종이 삶의 가치와 위엄을 현격하게 떨어뜨리게 되는 것도 사실이다. 이것은 특히 교육에서 그렇다. 스스로 이성적인 인간을 길러 내는 데에 이성 자체의 힘이 아닌 비이성적인 외적인 힘을 사용한다면 교육의 목적이 수단에 의하여 전도되어 버리는 것이 아닌가? 물론 모든 것이 이상적인 상태에서 이루어지기만을 기대할 수는 없는 일이다. 문제는 정도에 있고 균형에 있다.

어떤 경우에나 교육은 스스로 이치에 따라 스스로를 완성시켜 가는 인간의 이념을 완전히 포기할 수 없다. 그러나 오늘날 우리 사회, 우리 대학에서 이러한 이념은 완전히 사라져 가는 것이 아닌가 하는 느낌을 준다. 즉 교육은 그 스스로의 이념에 의하여서가 아니라 밖으로부터 주어지는 목적에 의하여 수단으로서만 생각되어지고, 또 비교육적인 방법들을, 가령 상대평가제 졸업정원제 등등의 방법들을 주는 대로 받아들이고 있는 것으로 보인다. 또는 오늘날의 교육은 이성 속에 승화되어야 할 여러 감정, 부모 자식의 감정이라든지 사제의 정이라든지, 이런 것까지도 그 자체가 아니라 하나의 밖으로부터 부과되는 조종의 수단으로 동원한다.

모든 증후로 보아 우리가 이성적 과정, 그 자유와 위험, 그 가능성과 혼란에 대하여 깊은 공포증을 가지고 있는 것은 분명하다. 이러한 공포를 극복할 때까지 우리는 학문의 발전과 문화의 개화를 기대할 수 없다. 또 높은 수준의 인간의 전형이 우리 시대의 인간 속에 구현될 것을 기대할 수도 없다. 대학이 이러한 발전과 개화와 인간 구현의 핵심이 될 날은 멀기만 한 것으로 보인다.

(1983년)

사람의 객관성과 주관성
입시 제도에 대한 반성

1

우리 사회에서 대학 입시 제도만큼 들끓는 논란의 대상이 되어 온 사회 제도도 많지는 아니할 것이다. 그 열기를 바라보면서 도대체 이것이 그렇게 대중 매체와 사회 일반의 관심사가 되어서 옳은 일인가 하는 데에도 회의가 간다. 대학 입시의 문제가 이와 같은 큰 논란의 대상이 되는 데는 그럴 만한 이유가 있기는 할 것이다. 우리 사회에 전통적 사회 계급이 있는지 없는지는 모르지만, 대학에 가고 안 가는 일, 어느 대학에 들어가고 못 들어가는 일이 최소한도의 안정된 생활을 누리느냐 그러지 못하느냐 하는 것을 판가름하는 역할을 하는 것은 분명한 일이기 때문에, 우리 사회의 격렬한 생존 투쟁의 최전선의 한 가닥이 대학 입시에서 형성되는 것은 이해할 만한 일이고, 이 가장 중요한 생존 투쟁 또는 일종의 계급 투쟁에 많은 관심이 쏠리는 것도 당연한 일이다.

백인백색으로 자신의 의견 또는 자신에게 유리한 입장을 뒷받침해 줄 의견을 절규하는 마당에 제정신을 가지고 근본 문제를 생각한다는 것은 극히 어려운 일이다. 그리고 오늘날의 백가쟁명의 혼란은 바로 근본 문제에 대한 올바른 시각을 유지하기 어려운 데서 비롯된다고 할 수도 있다. 가장 크게는 이미 비친 바와 같이, 입시 제도의 문제가 우리 사회에 있어서의 밥의 배분 문제에 연결되어 있다는 점이다. 따라서 입시 제도의 합리적 정립은 궁극적으로 밥의 배분 문제의 합리적 정비에 의하여서만 가능할 것이다. 그러나 이러한 큰 문제를 떠나서도 많은 논의가 근본 문제에 대한 — 여기에서 근본 문제라는 것은 교육을 말하는 것인데, 이것에 대한 시각을 놓치지나 않고 있는 것인지 의문이 가는 경우가 많다. 아마 필요한 일의 하나는 이것을 단단히 지켜보면서 문제를 따져 가는 것이 되겠다.

2. '눈치'와 '배짱'도 시장 원칙인데……

가령 오늘날의 대학 입시 제도에서 파생된 문제점으로 대중 매체에서 많이 이야기되어 온 '눈치'와 '배짱'이라는 것을 생각해 보자. 냉정하게 볼 때, 이것이 교육의 관점에서 왜 그렇게 문제가 되어야 하는 것인지 이해하기 어려운 점이 있다. 주어진 자산을 가지고 최대의 결과를 기하는 데 눈치가 작용하고 배짱이 효과를 내는 것은 어쩌면 당연한 일이다. 우리가 받아들이고 있는 시장 원칙의 기본이 바로 눈치와 배짱의 원리가 아닌가.

물론 어떤 일에서나 조용한 처리는 시끄러운 싸움판보다는 바람직한 것이다. 우리가 적어도 모든 것이 합리적으로 처리되기를 바라는 교육에 있어서는 특히 그러하다. 눈치와 배짱이 나쁘다면, 그 자체로 문제되는 것이 아니라, 교육의 관점에서 옳지 못한 것이기 때문이어야 할 것이다. 시장에서는 가장 합리적인 자원 배분의 원칙으로 받아들여지는 원칙이 왜 교육에서는 합리적 선택의 원리가 되지 못하는가? 모든 물건이 상품 가격으로 단순화되듯이(이것도 문제될 수 있는 경제 원칙이지만) 인간이 하나의 척도로 단순화될 수는 없는 일이고, 인간의 적성과 재능과 성취가 사람마다 다를 수 있으며, 인간 행동에 있어서 주체적인 동기가 중요하다는 것을 전제할 때 비로소 그것은 문제가 되는 것이다.

'눈치'의 잘못된 근본이 동기와 적성과 취미 무시에 있다고 한다면, 다른 종류의 지망은 이러한 것들을 다 참조하였단 말인가? 315점의 학력고사 성적을 가지고 서울대학교 법과대학에 가는 학생은 동기와 적성과 성취에 대한 충분한 고려가 있었던 것일까? 오늘날의 입시 경쟁에서 가장 높은 학력고사 성적을 요구하는 법학, 의학, 경제, 경영 등의 학과는 농학이나 지질학보다 높은 학업 성취도를 그 전제 조건으로 하여 비로소 공부될 수 있는 것일까? 도대체 오늘날의 고등학교 학생들이 그들이 선택하는 학과와 학문 또는 학교의 성격이나 직업적 가능성에 대해서 얼마나 합리적인 고려를 할 수 있는 준비가 되어 있을까? 또 그들은 자기 자신에 대하여 얼마나 알고 있으며, 자기 자신을 발견할 기회를 얼마나 부여받고 있는가? 또 이와 관련해서, '눈치'의 교육적 효과가 두렵다면 대학에 입학하는 청소년들이 스스로를 발견하고 학문과 직업적 가능성에 대하여 발견할 기회를 대학에서 갖게 하자는 주장이 받아들여지지 않는 것은 무슨 이유일까?

3

'배짱'의 문제를 생각해 보자. '배짱' 지원은 주관적 욕구가 객관적 평가를 거부하고 우연에 의해서라도 주관을 관철하려는 경우를 두고 말하는 것이다. 주관적 욕구와 객관적 현실의 간격은 늘 불행의 원인이 된다. 이것은 근본적으로는 개인적인 불행이지만, 개인의 불행에 대하여 너그러운 관심을 갖는 것이 살 만한 사회의 특징이라고 할 때, 낮은 성적의 학생이 배짱으로 높은 점수의 학과를 지원하는 것을 나무라는 것은 잘못된 일이라 할 수 없다. 또 개인의 불행도 다수의 개인적 불행이 될 때, 그것은 사회 문제가 아니 될 수 없다. 그리고 배짱으로, 다시 말하여 우연으로 이루어지는 일이 많다는 것은 그 사회가 합리성을 결하고 있다는 증표가 된다.

그런데 우리의 경우 주관적 욕구에 맞서는 객관적 현실은 받아들일 만한 것인가? 오늘의 대학 입학생 선발 제도에서 객관적 현실을 이루는 것은 거의 전적으로 학력고사의 성적이다. 그런데 이것이 선발의 기준으로 얼마나 믿을 만한 것인가? 거기에는 '눈치'와 '배짱'이 타매하는 우연의 요소, 도박의 요소는 없는가? 281점이면 합격이고, 280점이면 낙방이 되는 것은 정당한가? 이렇게 각각 다른 점수를 받은 학생들 사이에는 건너뛸 수 없는 '실력'의 차이가 있는 것인가? 우연적 요소가 없는 것일까? 또는 시험이 나타낼 수 있는 어떤 학력의 차이가 여기에 정확히 표시된다고 하더라도, 그것이 수학 능력의 평가에 다른 요인들을 제외한 유일무이한 필수적 근거가 되겠는가? 그렇다고 280점과 281점의 차이를 완전히 무시할 수는 없을 것이다. 그것을 무시할 경우, 적어도 학력고사 점수만을 선발의 척도로 삼는다고 할 때, 질서 있는 선발은 불가능해질 것이다. 그 차이의 의미를 무시할 때 입학 전형은 자의와 부패와 싸움이 난무하는 마당이 될 것이다.

여기에서 280점과 281점의 차이는 교육적인 의미를 갖는 것이 아니라 사회적인 질서의 유지에 필요한 허구로서의 의미를 갖는다는 사실이 분명해진다. 이 점수의 차이는 출제 위원의 기분, 수험자의 우발적인 사정들에 의하여 정해진 우연을 표시하는 것에 불과하지만 사회적 평화의 수단으로 짐짓 의미 있다. 차이로서 받아들여지고 있는 것이다. 그런데 이러한 차이의 허구는 어느 폭까지 해당되는 것일까? 280점과 290점의 차이는 참으로 교육적 의미가 있는 것일까? 그렇다고 하더라도 가정 환경의 차이, 성장 속도의 차이는 참고할 값어치가 없는 것일까? 가령 어떤 학생이 270점을 받았지만, 온갖 악조건 속에서 그 점수에 이르렀다면? 교육의 궁극적 의미가 오늘의 입학생이 스스로의 재능을 연마하여 보람 있는 삶을 살고 이웃과 국가와 인류에 봉사하는 데 있다고 한다면, 어느 만큼의 점수 차가 참으로 의미 있는 차이가 된다고 할 수 있을까?

그러나 이러한 의문에도 불구하고 객관적 기준을 포기할 수는 없다. 다만 필요한 것은 그것의 참 의미를 아는 일이다. 그것은 '눈치'와 '배짱'의 요소가 이미 들어가 있는 사회적 필요의 허구라는 점을 다분히 지니고 있는 것은 사실이다. 그럼에도 불구하고 객관적 척도가 모든 것을 재지는 못하더라도 그것이 목표하는 바의 것은 잰다고 말할 수 있을는지 모른다. 그러나 우리는 위에서 말한 우연적 요인들 외에 객관적 척도가 무엇을 재고 무엇을 재지 못하는가를 정확히 알 필요가 있다.

4

오늘날의 입학 전형의 기초가 되는 대학 학력고사는 소위 객관식의 시험이다. 이것의 객관적이란 것도 교육적 의미에서보다는 사회적 의미에서의 어떤 특성을 지칭하는 것이다. 그러나 이 필요에서 나온 이른바 객관성이 교육적으로 반드시 좋은 측정의 척도가 아님은 이미 여러 가지로 지적된 바 있다. 그리하여 금년에는(비록 대부분의 대학에서 그 권한을 실질적으로는 포기하였지만) 소위 주관적 능력을 시험하기 위한 논술 고사를 실시하여 그 폐단을 시정하고자 하였다.

이미 지적되어 온 바와 같이 객관적 테스트는 수험생의 정보에 대한 수동적 인지 능력을 검사할 수 있을 뿐이며, 이것은 고등학교 교육에 막대한 영향을 미쳐 그러한 능력만을 계발 인정하는 결과를 가져왔다. 여기에서 무시되는 것은 전체적으로 능동적 지속적 창조적 종합 능력이며, 수동적 기능보다 이러한 능력에 뛰어난 인재들이다. 수동적이고 기계적인 능력의 존중은 다른 요건들로 하여 특히 과도한 것이 된다. 가령 시험에 있어서 시험 범위를 교과서에 한정한 것은 한정된 자료를 완전히 암기하는 일에 특별한 프리미엄을 준다. 학력고사의 고득점자가 거의 만점에 가까운 점수를 맞는다는 것은 시험이 얼마나 제한된 범위 내의 암기에 편중된 역점을 두고 있는가를 말하여 준다. 보편적 능력이나 성취도의 테스트인 경우 이러한 점수가 일반화되는 것은 있을 수 없는 일일 것이다. 또 시험 방식이 단편적 지식 위주의 것이 되기 쉽다는 점과, 시험 과목이 서로 다른 성질을 가진 16개 또는 17개 과목에 걸친 것이라는 점을 생각할 때 오늘의 시험이 골라내는 것은 어떤 특정한 분야에 대한 체계적 기억력이라기보다는 잡다한 사실을, 또는 의미 체계 속에 통합되지 않는 단편적 사실들을 암기하는 재능이다.(물론 오늘날의 광범위하고 방대한 학문의 전 분야에서 여과되어 나온 고등학교의 전 과정을 일이관지(一以貫之)하여 투시할 수 있는 천재가 있을 가능성을 배제해서는 아니 되겠지만.)

이와 같이 오늘의 시험 제도는 특정한 재능과 성취를 가진 학생들을 편파적으로 선호하게끔 되어 있다. 물론 이 제도가 골라내는 부분적 수동적 암기력, 또 그것의 훈련을 위한 기율을 받아들이는 극기력과 지구력, 위에서 비친 바와 같이 드물게는 모든 것을 종합 정리할 수 있는 천재적 구성력 ─ 이러한 것들은 그 나름으로 값진 것이다. 그리고 어떻게 보면, 어떤 제도에서도 가장 우수한 자들은 그 제도를 우회하여서가 아니라 그 제도를 뚫고, 그것을 초월하여 우수성의 경지에 이른다고 할 수도 있다. 그렇기 때문에 오늘의 선발 제도에서 배출되는 재능들의 진가를 과소평가할 필요는 없는 일이다.(또 제도의 일부 기능은, 어떤 제도의 경우이든, 그것을 극복해 내는 힘, 계획된 도전과 시련의 기회를 마련해 주는 부정적 기능을 가지고 있는 것으로 생각된다.)

그렇긴 하나 개인적으로나 국가적으로나, 우리는 오늘의 제도에 의하여 낭비되고 좌절되는 재능과 인생도 계산해 보아야 할 것이다. 교과서로 한정된 오늘의 암기력 테스트에서 제외되는 학생은 우선 어떤 특정 부문에 대한 특출한 자질을 가진 학생들일 수 있다. 오늘의 시험이 강조하는 것은 말하자면 수평적 능력이고, 이에 대하여 수직적 능력은 완전히 억압되는 것이다. 흔히 지적되듯이 현행 제도는 아마 모차르트도 아인슈타인도 낭비된 재능의 소유자가 되게 하기 쉬울 것이다.

5

오늘날의 입시 제도의 문제는 뛰어난 재능의 낭비에만 있는 것이 아니다. 사회와 문화의 실질적 발전은 어쩌면 뛰어난 의미에서가 아니라도 특정한 재능을 깊게 발달시킨 사람들에 의하여 이루어지는지 모른다. 이러한 사람들은 그들의 강한 호기심으로 하여 특정한 분야에 대한 특출한 기량을 획득한 사람들인데, 그들의 기량과 호기심 등은 그 인격적 핵심에 강하게 용접되어 있어서, 외부적으로 강요되는 획일적 교육에 잘 견뎌 내지 못하기 쉽다.

현행 제도는 넓고 높은 차원에서든 좁고 낮은 차원에서든, 개성적이고 자발적인 인간, 어쩌면 본연의 자연스러운 성향에 따라 행동하고 공부하는 인간형을 배제한다. 그 대신 외적인 기율 또는 소외된 노동과 학업에 잘 견디는 인간형을 선호한다. 오늘날 소위 우수하다는 학생들이 대체로 법, 경제, 경영, 의학 등 부귀의 학문에, 물질주의 사회의 획일화된 기준으로 좋다는 분야로 몰려드는 것은 매우 당연한 귀결인 것이다. 그리하여 사회는 더욱 단일 가치 속에 획일화하고, 획일화된 가치를 추구하는 인간들의 상호 경쟁은 날로 살벌해진다. 다른 한편으로, 삶의 다양한 내용이 빈곤화되는 우리 사회의 현상을 볼 때 그 어느 쪽이 원인이고 어느 쪽이 결과인지를 구분해 내기가 심히 어려운 것이다.

이 객관적 테스트 방식을 교정하는 방법으로 주장되는 것이 소위 주관식 출제에 의한 시험이다. 이것이 객관식의 폐단에 대한 하나의 교정이 될 수 있는 것임은 말할 것도 없다. 아무리 짧은 문장이라도 그것을 쓰는 데는 ○, ×의 기호를 쓰는 것이나 단어만을 인지 또는 나열하는 것보다는 판단하고 종합하는 사고의 능력을 필요로 한다. 더구나 한 편의 정돈된 논설을 쓰는 것은 상당한 정도의 종합적 사고의 능력을 요구하는 일이다. 그러나 주관식 출제 또는 논술식 출제 자체가 깊은 의미에서 그러한 능력을 보장해 줄 수 있는 것은 아니다. 금년도 입시에 도입된 논술 고사가 기계적 훈련을 통하여 마치 암기 과목처럼 접근되었다는 논평을 한 이가 있지만, 논술과 같은 소위 주관식 문제도 기계적인 시험으로 전락할 수 있는 것이다.

논술 고사에 있어서 전개의 정연성에 평가 기준을 두는 것은 자연스럽다. 그러나 이것은 쉽게 서론 본론 결론 또는 기승전결의 기계적인 단락에 전적으로 의지하는 조립 작업이 되어 버릴 수가 있다. 또 이번 논술 고사 채점에서 분명하게 드러난 것이지만, 논술은 상투적 관념과 상투어, 획일적이고 시류적인 생각과 말들을 그럴싸하게 늘어놓는 일이 되어 버릴 수도 있다. 역설적인 것은 이러한 껍데기만을 꿰어 놓은 글일수록 정연한 글이 되고 점수도 높을 수 있다는 사실이다.

6

상투적이고 획일적 생각이 아니라, 자기 나름의 생각일수록 표현하기 어려운 것은 글을 써 본 사람이면 다 아는 일이다. 또 다른 사람의 생각을 가지고 논의하는 경우에, 본래의 사고의 체험을 적어 놓은 것보다는 사고의 윤곽을 적어 놓은 것이 읽기에 훨씬 쉬운 것을 본다. 가령 헤겔 자신의 글보다는 그것에 대한 해설 — 그것도 메마른 교과서적인 해설일수록 읽기에 쉬운 것이다. 그렇다는 것은 제 나름의 생각을 가지고 글을 쓴 사람의 글보다는 그것을 희석화해 놓은 글을 보고 다시 재생하는 글일수록 쉬워진다는 것을 말한다.

주관식 문제를 가지고 시험을 본다는 것은 언어 능력과 사고 능력을 측정한다는 것이다. 사고한다는 것은 하나와 다른 하나의 사항에 대한 정합 관계를 논리적으로 검토한다는 것이고, 이 정합의 연쇄의 기초 전제를 검토하는 일이다. 다른 한편으로는 이 기초가 되는 전제에 따라 달라질 수 있는 가능한 대안들의 함축적 의의를 이성적으로 검토한다는 것을 말한다. 이것은 기본적으로 논리적 작업이지만, 머리만을 써서 해낼 수 있는 것은 아니다. 적절한 사실적 정보와 다른 사람들의 사색의 모범들을 참조하여서만이 비로소 원활한 수행이 가능한 일이다. 달리 말하여 단일 관점에 지배되기 쉽고, 문제의 골조만을 압축하여 제시하는 교과서 이상의 자료에 접한 사람만이 해낼 수 있는 일이라는 말이다. 또는 교과서 위주의 교육에 따르기 마련인 주입 암기 세뇌 훈련으로가 아니라, 방법적 회의와 검토와 논증 등 탐색과 평가를 요구하는 지적 훈련과 체험을 통하여 비로소 가능한 일이기도 하다. 이럴진대 어찌 논술 고사의 답안 작성자들이 전적으로 상투적 수사에 피난처를 찾지 않고 다른 방도가 있었겠는가?

주관적 시험이 성공하는 데는 그에 맞는 교육 체제 또는 적어도 준비 상황이 있어야 한다. 이미 말한 바와 같이 단순한 교과서 위주의 주입식 교육을 벗어나 광범위한 정보 자료에 접하게 하는 교육이 있은 연후에야 주관식 시험이 의미를 가질 수 있다. 학생은 한정되지 아니한 많은 자료에 스스로 접하고 이것을 하나의 논리적 체계 속에서 종합할 수 있어야 한다. 이것은 고등학생이 지금보다 어쩌면 공부를 더 하여야 한다는 것을 뜻한다.

그러나 광범위한 자료 조사나 실험, 그리고 이것을 종합하는 기율은 어떤 절대적 통제보다는 자유롭고 자발적인 탐색의 과정을 통해서 이루어지는 것이다. 이렇게 볼 때 학교 교육의 양적 증가가 중요한 것은 아니다. 결국 중요한 것은 주어진 자료를 흡수하는 것보다 스스로 탐색하고 스스로 생각하는 방법을 스스로에게 하나의 과업으로 부과할 수 있는 인간을 기르는 일이다. 그러나 이러한 요구는 많은 자료를 스스로 본다는 것과는 모순되는 것이다. 왜냐하면 자발적 탐색과 사고는 자유로운 시간이 있어야 비로소 가능하고, 또 이 자유로운 시간은 최단 시간에 최대 효과를 겨냥하는 능률의 목표와는 맞아 들어가지 아니할 수도 있기 때문이다.

7

종종 자유 시간은 공부하는 것이 아닌 — 실제적인 일을 돌보거나 단순히 해찰스럽게 허비하는 시간을 포함한다. 상호 보완적이면서 모순되는 공부와 자유의 긴장은 쉽게 해결할 수 없는 영원한 숙제이다. 그러나 고등학교 교육까지의 목표가 수용하여야 할 것은 편벽된 지적인 인간보다는 스스로 생각하는 체험을 가진, 통합된 인격의 현실 인간일 것이다. 따라서 대학 진학을 목표로 하는 학생의 경우에도, 중요한 것은 개인이나 국가의 삶에 있어서의 지적인 작업의 의미에 대한 기초적인 체험이지 전문적 지식인의 분석력이나 정보의 집적은 아닌 것이다.

이런 관점에서 오늘날의 고등학교 학생들의 교육 상황을 생각할 때, 그들은 보다 더 단축된 학교 생활과 보다 많은 자유 시간이 요구되는 것일 것이다. 이것은, 방금 말한 바와 같이 자유로운 지적 탐색을 하는 데에 요구되는 것이지만, 배운 것을 내면화하는 데에 있어서, 또 그것을 실제 생활에 연결하는 데에 있어서도 다 필요한 것이다. 되풀이하건대, 스스로 내면화할 수 없고 실생활에 연결할 수 없는 지식이야말로 소외 교육의 근본이며, 사고 능력 퇴화의 근본 원인인 것이다.

대체로 실제 체험을 경시하는 우리 교육의 편향은, 이와 관련하여 매우 중요한 의미를 갖는 것으로 생각된다. 우리의 교육 제도와 시험 제도는 지나치게 정보 — 특히 학교에서 또 책에서 배우는 정보만을 중시하는 경향이 있다. 조금만 생각해 보면 온전한 인간의 성장이 머리로 배우는 정보를 통하여서만 이루어질 수 없다는 것은 너무나 자명하다.

가장 쉬운 예로 우리 문교 정책에서 중시하는 충효라는 것을 생각해 보라. 새벽부터 밤늦게까지 하루의 모든 시간을 학교에서 교과서와 씨름하는 데 보내는 고등학교의 고급반 학생이 효도를 배우는 것은 교과서를 통하여서일 수밖에 없다. 그러나 효도가 명령을 집행하는 것이 아니라 자연스러운 감정과 이성적 이해에 기초한 것이 되려면, 그것은 청소년이 부모의 직업과 문제와 상황을 이해하는 데에서부터 시작되어야 옳을 것이다. 그러나 그들이 가까이서 부모의 고민과 노력을 살펴보고 이해할 시간이 어디 있는가? 말하자면 그들은 교과서의 효도를 배우느라고 부모를 가까이 알 시간이 없고, 오히려 부모의 시중을 받지 않으면 안 되는 것이다. 충성의 경우도 이와 비슷하다. 아마 참으로 깊은 의미에서 나라에 대한 충성의 기틀을 마련해 주는 것은 공소한 이론보다도 이웃과 지방 행정 기관들의 문제들을 가까이서 보고 생각해 볼 수 있는 기회를 갖는 것일 것이다.

이런 예에서 보듯이 책 보기의 시간은 보다 직접적인 교육의 시간을 모두 빼앗아 버리게 되어 있는 것이 오늘의 교육이다. 또 모든 시험 제도는 청소년이 실제적으로 얻는 체험 기술 지식에 대해서 평가할 수 있는 방법을 가지고 있지 않으며, 이 사실을 아무렇지도 않게 생각한다. 그리하여 공부한다는 것은 실제적인 경험을 쌓으며, 관찰하고, 생각하는 일과는 동떨어져 책 외기에 집중된다.

8

물론 인간 형성의 이러한 다양한 요인들은 쉽게 측정될 수 없다. 그러나 이러한 것들을 측정하는 일을 포기한다는 것은 참다운 인간 교육, 지식 교육을 그만두는 것과 같은 일이다. 단편적 지식 정보 이외의 것들은 주관적으로 측정될 수밖에 없다. 그러나 주관이라는 것이 아무 척도도 없는 개인의 자의를 말하는 것은 아니다. 그것은 할 수 있는 한은 객관화될 수 있어야 한다. 그렇다고 소위 객관식 시험과 일치되어서는 아니 된다. 인간을 평가함에 있어서, 또는 더 나아가 객관적 사물의 세계를 논함에 있어서도 가장 믿어야 하는 것은 주관적 판단이다. 결국 사람이 사람을 알아보고 사람이 사람의 일을 아는 것이다. 다만 그러한 사람의 판단은 끊임없이 객관적인 설득력을 가질 수 있어야 한다. 이 객관화될 수 있는 주관성, 이것이야말로 모든 교육과 수양의 지상 목표가 아닌가.

오늘날 소위 객관식 테스트에 모든 것을 맡기는 것은 우리 사회에서, 대학에서 객관화된 주관성으로서의 문화가 완전히 붕괴되었다는 것을 말하고, 이러한 주관성에 의한 판단의 책임을 기피하고 있다는 것을 말한다. 물론 이것은 단순한 도덕적 결단의 문제도 아니고 하루아침에 마음만 새로

먹으면 시정될 수 있는 일도 아니다. 오늘의 우리의 문화와 사회가 주관적 판단의 권위를 믿을 수 없는 것이 되게 하고 있기 때문이다. 오늘의 상태에서 주관적 판단은 사사로운 자의의 전횡에 불과하고, 이러한 판단의 난무는 사회의 분규와 혼란만을 자극한다. 그러나 사람을 알아보는 것은 사람이며, 알아봄의 과정이 가장 보편적 타당성에 이르도록 노력하는 것이 문화와 교육과 시험의 핵심이라는 기본 이념을 재확인할 필요는 있는 일이다. 그리고 주관적 주체적 판단과 보편성이 일치하게 되는, 또는 일치하려는 노력이 중시되는 문화가 이룩될 때까지, 우리 사회의 개인적 국가적 재능의 다양한 자원을 최대한도로 건져 낼 수 있는 차선의 다양한 방법에 대하여 연구해 나가야 할 것이다.

이렇게 이야기하면서, 우리는 이 재능의 구조 작업이 무엇을 뜻하는가를 간단히 살펴볼 필요가 있다. 이 재능은 한 가지 재능만을 의미하는 것이 아니다. 수학을 잘하는 사람이 있고, 언어 능력이 뛰어난 사람이 있다. 이론적 학문에 자질이 뛰어난 사람이 있고, 그 실용적 연장에 머리가 잘 도는 사람이 있다. 그런가 하면 이론보다는 행동적 자질, 사람 사이에서 움직이며 그들의 잠재적 능력을 집단적 활력으로 바꾸는 일에 능한 사람이 있다. 또는 머리보다는 손재주가 더 눈에 띄는 사람이 있는가 하면, 남달리 반사신경이 발달하고 신체 조직의 균형이 좋은 사람이 있다. 이러한 모든 재능, 이 이외의 모든 재능이 다 본령을 찾을 수 있게 하는 것이 개인적으로나 국가적으로나 인간 자원을 가장 적절히 활용하는 것이다.

더 나아가 좁은 의미의 재능이야 있든 없든 삶 그 자체는 얼마나 큰 재능인가. 목숨의 작업에 들어가는 엄청난 생물학적 정보의 축적에 비하면, 의식적으로 습득되는 지식이나 기량은 얼마나 하찮은 것인가? 자원의 최대의 활용은 궁극적으로 모든 사람의 삶의 재능을 그 본령에 이르게 하는 일을 말한다. 우리는 일단 이와 같은 넓은 관점으로부터 입학 시험과 같은 선발 제도를 살펴보아야 한다.

9

위에서 우리가 말한 것은 우수한 자질을 가진 학생의 선발에 관한 것이었다. 우리가 현행 제도에 대하여 비판적 반성을 시도했다면, 그것은 이 우수성의 척도가 너무 좁고 편벽되고, 어떻게 보면 진정한 우수성을 배제해 버린다는 것을 지적하는 것이었다. 그러나 이러한 논의는 우수성에만 초점을 맞추고 있기 때문에 우수하지 못한 사람은 안중에 두지 않기 쉽다는 것을 우리는 알아야 한다. 이것은 옳은 태도인가?

국가 전체로 볼 때 우수한 인재를 뽑는 일에 못지않게 또는 그보다도 더 중요한 것은 자라나는 모든 청소년을 적절한 훈련과 직업의 길로 인도하는 일이다. 그리고 위에서 비친 바와 같이, 재능은 참으로 다양한 것이고, 더구나 국가 전체의 유기적 삶의 관점에서 볼 때 이 재능들은 모두 다 필수적인 것이다. 그렇지 않은 경우에도 국가는 모든 청소년의 진로를 적절하게 마련해 줌이 마땅한 것이다. 국가와 사회 정책의 가장 큰 차원에서는 사실상 '선발'이라는 말 자체가 부적당한 것이다. 입학 시험은 차라리 재능의 '배치'를 위한 마련의 일부로 간주되어 마땅하다.

오늘날 우리의 대학 입학 시험에 대한 안목은 전적으로 위쪽만을 향하여 있다. 그리고 꼭대기로부터 내리뻗는 점수의 사다리 밑으로 깔리는 사람들은 완전히 버려져도 좋은 것처럼 생각된다. 국민 전체의 관점에서 볼 때 오히려 대다수를 차지하는 것은 일류 대학 일류 학과에 가지 못한 학생이며, 대학에 가지 않거나 가지 못한 학생이다. 높은 점수의 대열에 끼지 못한 청소년은 버려진 음지에서 열등 시민의 상처를 어루만지며 제 살 대로 살라는 말인가?

물론 선발이 없을 수는 없다. 그러나 우리는 그것의 참뜻을 생각하여야 한다. 사람이 사람의 능력의 최대한의 발달을 존중하는 한 우수성에 의한 사람의 차등이 생기는 것은 불가피하다.(이것은 인간의 참다운, 허위의식에서 나온 것이 아닌 탁월성의 추구에서 나오는 것이어야 함은 새삼스럽게 말할 필요도 없다.) 국가나 사회가 필요로 하는 인재가 원하는 진로에 모여드는 개인의 수와 일치하지 않는 한 선발은 불가피하다. 교육상 성향과 자질을 달리하는 사람들을 따로따로 가르쳐야 할 필요도 인정하지 않을 수 없다.(그러나 서로 다른 성향과 자질이 적절하게 섞이는 데서 오는 교육적 효과를 경시하여서는 아니 된다.) 또 무엇보다도 시설의 제약으로 하여 주어진 시설을 가장 효율적으로 이용할 수 있는 사람에게만 시설을 개방하지 않을 수 없는 사정도 있다. 이러한 요인들이 '선발'을 정당화한다.

그러나 그것은 그 자체로서 추구되어야 할 선(善)이 아니다. 그것은, 사람이 제약을 받아들이면서 살아야 하는 한, 유감스럽지만 수락하여야 하는 비극적 현실의 조건이다.(이렇게 볼 때, 일부 대학에서 시설에 여유가 있음에도 불구하고 학교의 명성을 위하여 입학 자격을 제한하는 것은 납득이 가지 않는 일이다. 학력고사 성적이 60점이나 50점이라는 것은 수학 능력의 부정적 지표가 된다고 하는 이유를 내걸고 있으나. 3년 동안 20개 가까운 학과를 공부하고 그만큼 교육 내용을 소화해 냈다면, 공부를 잘한 것이지 못한 것인가? 학자의 3년 동안의 독서에서 어느 정도가 머리에 남는 것일까?)

10

선발은, 흔히 느끼듯이, 최고선이 아니라 기껏해야 필요악인 것이다. 최고의 선발 대상이 안 된 청소년도 그 나름의 교육을 받아야 한다. 뿐만 아니라, 가장 넓은 의미에서 모든 청소년의 기여는 사회의 작업의 유기적 총체를 이룰 것이고 그 어느 것도 빼놓을 수 없는 것이다. 그런 의미에서 다시 한 번 중요한 것은 선발이 아니라 배치이다.

그러나 오늘날 우리 사회는 마치 최고의 선발 이외는 안중에 없는 것처럼 행동한다. 정책이 그렇고, 당사자 개인이 그렇다. 더욱 가관인 것은 대학 자체가 그렇게 생각하는 것이다. 대학은 학력고사 점수가 높은 학생을 받아들이는 것을 일류 대학이 되는 양 착각한다. 대학이 대학에서 얼마나 잘 교육시키느냐, 학문 활동을 어떻게 하느냐 하는 것에서 스스로의 존립 이유를 찾지 않고, 학력고사 고득점자의 확보에 의한 세속적 평가에 영합하는 것은 대학이 교육과 연구의 그 책임을 회피하고 있다는 것을 말한다. 입학 지망자들이 대학을 고를 때에 대중적 평가에 의존하지 않고 어느 대학이 참으로 무슨 교육을 하며, 무슨 시설을 가지고 있는가를 고려한다면, 지망자들의 관점에서도 분야에 따라서는 세평의 일류 대학이 반드시 일류 대학이 아니라는 것이 드러날 수도 있을 것이다. 대체로 우리는 모든 분야에서 물신주의자가 되어 가고 있거니와 대학 입학 전형에 있어서도 점수의 신화 속에서 생각의 능력을 잃어 가는 것으로 보인다.

그러면 어떻게 하여야 할 것인가? 위에서 제기한 모든 문제에 대하여 어떤 쉬운 답변이 있는 것은 아니다. 다만 근본적인 관점 — 눈치냐 배짱이냐 객관식이냐 주관식이냐 하는 지엽을 떠나서, 근본적인 교육과 인간과 국가의 관점에서, 다시 말하여 교육의 원점으로 돌아가서 생각해 보는 것이 중요함을 필자는 지적하고자 했을 뿐이다. 우리가 말할 수 있는 것은 어쩌면 입시 제도의 문제점에 대한 획일적인 해결 방안은 없으며, 또 없다고 상정하는 것이 좋으리라는 사실이다. 이 비관적 견해는 우리로 하여금 입학 시험을 대학에 맡기는 것이 좋을 것이라는 결론에 이르게 한다. 그것은 대학이 그 권리를 행사하여야 한다는 의미에서가 아니라 — 인간의 정신과 사회의 필요를 결정하는 독점적 권리를 누가 가질 수 있겠는가? — 다원적인 인간의 재능과 필요를 다원적인 기구를 통하여 해결하는 것이 좋다는 뜻에서이다. 물론 여기에 대학이 최대한도의 보편적 기준을 획득하려고 노력한다는 보장이 있으면 좋을 것이다. 이 보장을 위하여, 대학 연합체의 자발적 노력과 정부의 정책적 고려가 있어야 하는 것도 사실이다.

하여튼 어떤 극적인 처방보다 깊은 반성이 우선 필요한 것이 아닌가 한다. 그리고 이 반성은 오로지 청소년의 정상적인 성장과 발전, 그리고 미래에 있어서의 인간적 사회의 실현이라는 관점에서 이루어져야 할 것이다. 그다음에야 구체적인 방안이 문제될 수 있을 것이다.

(1986년)

인간의 지적 형성

오늘의 교육 문제에 대한 몇 가지 생각

1

교육계에 있어서 작년에 있었던 큰 사건의 하나는 서울시 교육감의 수뢰 사건이었다. 교육의 사범이 되어야 할 교육감이 뇌물을 받고 학교의 인가나 이전을 허용하고 인사를 처리했다는 것은 우리 교육의 타락상을 그대로 예증해 주는 것이었다. 대중 매체에 표현된 비판은 한결같이 이러한 점에 대한 공분을 토로하는 것이었다. 그러나 냉정히 생각해 볼 때, 꼭 그것이 대중 매체나 여론이 표현한 바와 같이 교육계 전체의 실상을 드러내 주는 상징적인 독직으로 간주되어야 하는 것인가. 어느 사회에나 물질적 유혹 앞에 굴복하는 인간이 없을 수는 없고, 교육계라고 그러한 인간 통례에서 완전하게 예외일 수는 없다. 더구나 도처에 부패가 서려 있는 우리 사회의 과도기의 혼란 속에서 교육계만의 고고한 청결을 기대하는 것이 현실적인 것인가.

서울시 교육감 사건이 유감스러운 사건이기는 하지만, 이것보다 더 놀라운 것은, 내 생각으로는, 지난 연말에 신문에 보도된바 서울 어느 구역의 학부형의 90퍼센트가 교사에게 금전 봉투를 준 일이 있다는 사실이다. 오늘과 같은 물량의 시대에서, 몇 천만 원, 몇 억 원이 관계되는 교육감 수뢰 사건에 비하여 이러한 보도가 덜 주목을 받고 덜 공분의 대상이 되는 것을 이해할 수 있는 일일는지 모르지만, 신문 보도의 통계는 실제 우리 교육의 현실에 대한 훨씬 풍요한 지표로 생각된다. 그것은 어떤 개인의 부덕성에 관계되는 일이 아니라 수많은 사람, 적어도 조사 대상 지역에 있어서의 많은 교사와 90퍼센트의 학부형이 관계되어 있는 일이어서, 두루 만연되어 있는 현상임에 틀림이 없다. 먼 행정 계통의 꼭대기에서 일어난 일이 아니라, 그것은 교육의 최전선, 현장에서 일어난 그리고 일어나고 있는 일이기 때문에, 그 교육적 영향은 훨씬 더 심각한 것이다. 학생들이 그러한 부패를 모를 리가 없다. 뿐만 아니라 그들은 부패의 당사자를 매일매일 스승으로 모시면서 공부를 하고 있는 것이다. 그러한 것으로 알고 있는 스승에게서 그들이 무엇을 배울 것인가.

그런데 우리의 교육에 대한 매우 중요한 사실을 드러내 주는 것은, 이러한 부패, 교육의 왜곡보다도 더 놀라운 일로, 바로 이러한 부패와 왜곡을, 관계된 모든 사람들이 커다란 회의 없이 받아들이고 있다는 사실이다. 도덕적으로 신뢰할 수 없는 교사로부터 도덕적으로 신뢰할 수 없다는 것을 알고 있는 학생이 배울 수 있다고 생각되는 것이 무엇일까? 학생이나 학부형이 정녕코 도덕적 감회라고 생각하지 아니할 것임은 분명하다. 물론 피상적으로 그들이 기대하고 있는 것은 쉽게 생각할 수 있다. 그것은 좋은 점수이고, 성적이고, 또 나아가 중학교나 고등학교, 또 대학에 들어가는 데 필요한, 또 그 후에 좋은 직장에 취직할 수 있게 되는 데 필요한, 어떤 요령이다. 이 요령의 습득, 요령을 습득했다는 증명을 위하여, 그 중간 과정에서 도덕적 냉소주의나 허무주의의 태도를 익히게 되는 것은 학부형에게 아무런 걱정거리가 되지 않는 것이다. (그리고 그것이 교육감의 부패의 상징인 거액의 금액에 미달하는 한 아무에게도 큰 문젯거리로 생각되지 않는 것이다.)

교실에 있어서의 학부형과 교사 간의 금품 수수는 우리 교육의 근본 문제를 전형적으로 드러내 준다. 가장 쉽게 말할 수 있는 것은 도덕성의 문제이다. 그러나 어쩌면, 더 큰 문제는 도덕성의 문제를 빼놓더라도 존재하게 되는 교육에 대한 어떤 근본 전제이다. 오늘의 교육을 이야기하려면, 이 근본 전제를 생각하는 것으로부터 시작하여야 한다. 어떤 관점에서는 금품 수수에 오염된 교육계에 대한 우리의 해석을 조금 지나치게 냉소적이라고 할 수 있다. 도덕적 손상에도 불구하고 학교의 교육 현장에서 이루어지는 것이 있기는 있다. 냉정한 현실적 동기의 면에서 사회적 특권에의 참여를 위한 요령과 증명을 획득하는 것이 교실에서 이루어진다고 하겠지만, 비록 도덕적으로 오염된 환경에서일망정, 보다 긍정적으로 말하여, 학교 교육에서 이루어지고 있는 것은, 지식의 수수와 습득이라고 할 수 있다.

더 일반화하여 말하건대, 오늘의 교육을 정당화하고 있는 것은 지식의 습득이다. 그리고 오늘의 교육의 문제는 비록 의식적으로 정립된 것은 아닐지 모르나, 실제적으로 교육의 존재 이유가 되어 있는 지식 위주의 교육의 문제이다. 그것은 지식 위주의 교육으로 인하여 등한시되는 도덕 교육의 문제이기에, 사실상 문제는 지식 교육 가치에 있는 것이 아니라고 할 수 있을는지 모른다. 그러나 실제에 있어서, 도덕성의 문제는 지식 위주의 교육 과정에서 불가피하게 일어나는 것이다. 그것은 지식 교육에 대한 제재 속에 들어 있다. 우리가 생각하여야 할 것은 바로 이 문제이다.

지식이 교육의 목표로서 그 나름의 정당성을 가지고 있는 것은 말할 필요도 없다. 그러나 지식 편중의 교육의 폐단도 자주 지적된 바이다. 그리하여, 이것을 시정하기 위해서는 도덕 교육이 보강되어야 한다고 이야기된다. 그러한 노력들은 윤리 과목들의 보강으로 나타나기도 한다. 더 나아가 전통적으로 교육 목표의 근본을 구성하였던 인격 도야 또는 인간 형성의 재강조가 주장되기도 한다. 그러나 이러한 보강과 재반성 등이 옳다고 하더라도 그것은 우리 교육의 현실이 표현하고 있는 지식에 대한 이해가 그대로 남아 있는 한 성공하기가 어려운 것일 것이다. 사실상 우리 교육의 많은 문제는 적어도 관념의 차원에서 지식 교육의 성질에 대한 오해와 또 그것이 이루어지는 사회적 조건의 불건전성으로 인하여 생기는 것이다.

아마 우리의 이상과 이론이 그러한 것은 아닐 것이나, 다시 말하여 교육의 실제에 있어서 우리의 교육은 지식의 습득에 집중되어 있다. 이것은 각급 학교에서 무수히 시행되는 시험 제도에서 가장 단적으로 구현되어 있다. 그러나 주목해야 할 것은 이 지식의 습득이 어디까지나 지식의 습득이며, 그것에 연결되어 있는 것으로 생각할 수 있는 지적 훈련이 아니고, 더 나아가서는 지성의 계발이 아니라는 점이다. 습득의 대상이 되어 있는 지식의 특징은 그 단편성이다. 객관적 시험의 단편적 지식에 대한 요구로 인하여 이러한 성격이 강화되기는 하지만, 그것은 설사 그러한 객관적 시험이 없다고 하더라도 단편적일 수밖에 없다. 그렇다는 것은 학생에게 요구되는 것은 일정하게 한정된 테두리 속의 지식의 덩어리를 흡수하는 것이기 때문이다. 이 지식의 덩어리는 사회적으로 구성된 지식 체계 속에 자리잡고 있다. 그것은 어떤 경우에 있어서나 관습화된 지식 체계에 의하여 정당화된 것들이지만, 더 직접적으로는 출세라는 사회적 보상 체계에 의하여 한정된다.

한 사회의 지식 체계, 특히 교육의 자료로서 제공될 수 있는 지식의 덩어리는 한정되게 마련이다. 그러나 교육의 목표는 이러한 지식의 습득에만 한정되지 아니한다. 그것보다 중요한 것은 그러한 습득 과정이 제공해 주는 지적 훈련이며, 궁극적으로는 지적 능력의 계발, 지성의 탄생이다. 이 지적 능력은 반드시 일정한 대상과의 관계에만 한정되는 것이 아니다. 한정된 지식의 자료가 중요하다면, 그것은 지성 작용의 무한한 많은 대상 가운데, 한 대표적 범례들에 지나지 않는 것이다. 목표가 되는 지성은 살아 있는 원칙이며, 또 삶 자체에서 나오는 원칙이다. 그러니만큼 그것은 한없이 유연하고 무한한 운동으로만 존재한다.

교육이 주어진 지식 덩어리의 습득으로 이루어지는 데 대하여 걱정이 표현되지 않는 것은 아니다. 객관적 고사에 대한 비판이라든가 사고력 시험의 부재에 대한 우려 등이 빈번히 이야기되는 것은 우리가 자주 듣는 바이다. 그러나 이러한 비판과 우려가 참으로 철저한 검토를 거쳐서 나오는 것 같지는 않다. 더구나 교육 현실에 깊이 박혀 있는 철학은 그것과는 전혀 관계가 없는 것이다.

위에서 말한바, 교육 현장에서의 금품의 수수에 들어 있는 교육에 대한 전제도, 따지고 보면, 지식의 작용에 관한 특정한 이해이다. 그것은 인간의 지적 작용과 도덕적 판단이 서로 다른 영역을 구성하고 있다고 생각한다. 그리하여 도덕적 판단의 능력에 관계없이 지식의 습득, 또는 궁극적으로 지적 훈련이 이루어지고 지성이 연마되어 나올 수 있다고 생각하는 것이다. 지적 능력이 밖으로부터 주어지는 한정된 지식에만 관계되는 것이 아니라 인간의 삶 가운데 끊임없이 작용하고 있는, 산 능력이라고 한다면, 두 가지 능력은 분리될 수가 없는 것이다. 사람 속에 내재하며 그와 더불어 숨 쉬고 있는 것이 어떻게 하여 인간 행위의 한 영역에서 작용하고 다른 영역에서는 그 작용을 정지하겠는가? 도덕적 판단의 손상이 지적 판단에, 또는 지적 판단의 손상이 도덕의 판단에 영향을 미치지 아니할 수 있겠는가? 그렇지 않다고 생각하는 것은 지적 능력, 그것의 연마된 산물인 지성을 우리의 삶 속에 살아 있는 원리로 보지 않고 주어진 지식의 덩어리를 습득 소유하는 원리로 보기 때문이다.

이러한 발상은 기계적 학습에 덧붙여 강행하는 원리 교육에도 들어 있고 그에 비슷한 교육 개선 방안들에도 알게 모르게 들어 있다. 이것이 가장 단적으로 드러나는 것은 학교의 질에 대한 통념적 평가에서이다. 가령 내 생각으로 우리나라에서 가장 이해하기 어려운 것은 각급 학교의 우열에 대한 평가이다. 극단적인 예로, 서울의 학교와 지방의 학교의 대비를 보자. 서울의 학교는 좋고 지방의 학교는 나쁘다고 한다. 그리하여 아이들의 교육을 위하여 서울로의 이사가 불가피하다고도 한다. 그러나 서울에 있고 시골에 없는 것은 무엇인가? 얼핏 생각하기에는 서울은 우선 시골보다도 보고 듣는 것이 많을 성싶다. 그러나 서울의 경우, 아이들은 안심하고 길거리를 다니며, 보고 묻고 할 수 있는가? 오히려 시골에서 아이들은 그들의 모든 환경을 지적인 호기심과 정서적인 교감의 대상으로 삼을 수 있을 것이다. (서양 문명의 한 정점에 있는 아테네에는 학교는 없었으나 도시의 모든 것이 그대로 교육의 재료가 되었다. 루이스 멈퍼드(Lewis Mumford)가 말한 것처럼 그곳에서는 "삶의 어떤 부분도 감추어지거나 잊혀지지 아니하였다. …… 사람이 하는 모든 것은 시장에서, 일터에서, 회의장에서, 경기장에서 열람 가능하게 개방되어 있었다." 아테네는 그 문화를 낳은 교육의 현장이었던 것이다.)

아마 서울에서는 시골에서보다도 보다 많은 시간을, 보다 경쟁적인 분위기에서, 보다 지식을 많이 가지고 있는 교사로부터 배울 기회가 있을는지 모른다. 이것이 사실이라고 하더라도 그것은 인간의 자연스러운 감각적, 정서적, 지적 에너지의 박탈을 대가로 지불하여 가능해지는 것일 것이다. 학교 내에서 보내지는 긴 공부 시간이 이미 이러한 박탈로 인하여 가능한 것이다. 바로 이러한 박탈 위에 성립하는 일정한 범위의 지식 덩어리의 습득 ─ 이것이 목표가 된다.

이러한 고찰을 떠나서도 우리 사회의 어떤 열병에 오염되지 않는 사람이라면, 학교, 학교 환경, 교사 학생의 비율, 이러한 것들만으로도 서울 학교가 시골 학교보다 좋다는 판단을 이해하지 못할 것이다. 이러한 이해할 수 없는 판단은 인간의 지성을 살아 있는 원칙으로 생각하지 않기 때문에 생기는 것이다. 휘트먼은 성장하는 아이와 외부 세계와의 교감을 다음과 같이 시로 읊었다.

> 날마다 나아가는 아이가 있었다.
> 그가 눈으로 본 첫 사물, 그는 그것이 되었다.
> 그리고 사물은 아이의 일부가 되었다.
> 그날, 그날의 얼마 동안,
> 또는 여러 해 동안 또는 뻗어 가는 긴 세월의 주기 동안.
>
> 이른 라일락은 이 아이의 일부가 되었다.
> 그리고 풀, 희고 붉은 나팔꽃, 희고 붉은 클로버꽃……

휘트먼이, 또 시인들이 보고하는 바로는, 모든 감각적 요소가 삶과 의식의 성장에 요소가 된다. 이것은 다시, 보다 더 지적인 사물과의 교환, 체험의 집적, 관념 세계의 흥분된 탐색이 되고, 여기에서 지적 기율이 얻어지고 지성의 원칙이 이루어지는 것이다. 책에서 얻는 지식은 중요한 것이지만, 그것은 이러한 자연스러운 환경과 섞여서만 살아 있는 지성 작용의 일부가 된다. 또 책은 스스로의 자연스러운 탐색의 욕구에 연결되어야 한다. 이러한 자연스러운 욕구에 연결되지 아니할 때(인간은 알려고 하는 동물이다.), 아무리 중요한 의식도 참다운 지적인 성장에 도움을 주지 못한다.

1989년도 서울대학교 입학 시험에 수석을 한 학생은 중학교 2학년 때, 헤밍웨이의 『노인과 바다』를 본 이후는 교양 독서를 하지 못했다고 한다. 그 학생은 합격 후 생활 설계에 답하면서, 이런 사실을 밝히고, 책을 좀 읽겠다고 말하였다. 좋은 일이다. 그러나 자신의 감각적, 정서적, 지적 욕구의 자연스러운 발로에 따라 스스로의 읽는 일을 중단한 학생이 대학의 수석 합격을 해도 좋을 것일까? 정상 사회라면 중학교 2학년 때 『노인과 바다』를 읽은 후 교양 서적을 읽지 않은 학생은 마땅히 수석 입학은커녕 입학되지 말아 마땅하다. 기껏해야 그러한 학생이 필요로 하는 것은 어떤 종류의 교정 교육일 것이다. 한 특정한 학생을 두고 하는 말이 아니다. 자연스럽고 총체적인, 그리고 자발적인 성장을 억제할 것을 강요하는 입시 제도가 옳은 것이겠느냐 하는 것이 근본 문제인 것이다. 우리의 시험 제도가 알고자 하는 것은 자연스러운 삶의 원리 ─ 삶의 많은 것에 반응하고 이것을 하나의 의미 있는 질서로 통합하는 지적 능력이 아니다. 그것은 사회가 처방하는 어떤 기호와 정보를 받아들였느냐 하는 것을 검증하려고 한다. 시험의 중요성은 여기에서 온다. 자기의 독자적인 능력은 시험하기도 어렵고 또 그것이 중요하다면 시험될 필요도 별로 없다. 어떤 특정한 지식의 덩어리를 내어놓고 그것을 습득했느냐 하는 것을 검증하는 데는 과연 시험이 중요한 수단이 될 수 있을 법하다. 그러니만큼 시험에서 보다 자연스러운 지적 능력을 알아내야 한다는 것은 무리일는지 모른다.

2

시험의 문제는 좀 더 길게 고려해 볼 필요가 있다. 시험은 오늘날 모든 사회 계층의 사람들의 지대한 관심사로, 수많은 사람들을 끊임없이 또 주기적으로 괴롭히는 사회의 현실이다. 그것은 위에 말한 비지적(非知的), 지적(知的) 과정(過程)의 소산이기도 하고 또 역으로 그것을 순환적으로 보강해 주는 가장 중요한 제도적 장치이기도 하다. 그러니만큼 이것의 개선 또는 폐지는 교육의 문제를 풀어 나가는 데 있어서 핵심적인 고리를 이룬다.

어떠한 교육 제도에 있어서도 평가와 측정은 교육 행정의 중요한 기능을 이룬다. 그러나 그것은 어떠한 조건에서 필요하게 되는 보조적인 기능이지, 교육의 지상 목표이며 내실일 수는 없다. 교육의 초보 단계에서 그것은 학습자의 발전을 헤아리는 데 필요할 수 있다. 학습자의 수와 사회의 크기가 커짐에 따라 그것은 학습자의 성취도에 대한 일종의 증명으로 필요하다. 수의 증가는 체험적 평가보다는 형식화된 시험을 통한 평가를 등장하게 한다. 이것은 교육 외적 의미를 갖는다고 하겠는데, 특히 학습자의 성취도의 증명과 같은 경우에 그렇다. 그것은 교육 현장 이외의 세계에 대하여 판단의 기준을 제공해 주는 것이다. 이 외부적 관련이 측정, 평가, 그리고 증명을 긴요한 성격을 띠게 하는 것이다. 흥미로운 것은 교육 외의 비본질적 요소가 추가될수록 평가 증명의 긴요성이 커진다는 점이다. 어떤 사람의 성취도나 자격을 알아내려고 하는 것은 사회가 요구하는 어떤 일에 맞는 사람을 찾으려는 데에서 나온다. 그것을 아는 것은 사회에서 일을 찾으려는 개인에게도 필요한 것이다. 그러므로 평가 그리고 그 증명은 필요성의 상호 정합성을 확인하는 절차이다. 거기에는 본질적으로 우월성의 인정도, 열등성에 의한 배제도 있을 필요가 없다. 그러나 수요와 공급의 균형이 깨질 때, 이러한 상호 발견의 과정은 경쟁적 성격을 띠고 우열을 낙인하는 역할을 하게 된다. 판정의 결과가 사회의 특권과 이익에, 참여하고 참여하지 못하는 것을 결정하는 면허증의 역할을 하며, 그 중요성은 극도로 커질 수밖에 없다. 그리하여 그것 자체가 절대적인 것이 된다. 그리하여 그것은 교육에 있어서나 사회에 있어서의 본질적 의미와 관계없는, 인간의 서열화나 특권 참여의 기회 배분에 결정적인 의미를 갖게 된다.

가령 대학 입시에 있어서의 시험은 이것을 가장 잘 나타내 주는 사례이다. 본래 입학 시험은 한 가지 기능에 있어서만 의미를 갖는 것이다. 그 기능은 교육 시설과 자원의 제한으로 인하여 최소한도의 수업 불가능자를 배제하는 역할을 한다. 수업 불가능자로 하여금 수업을 받게 하는 것이 무슨 죄가 되는 것은 아니다. 그러한 사람으로 하여금 그 나름의 지적인 개안을 할 수 있게 한다면, 그 이상 좋은 일이 어디 있겠는가. 수학 능력이 제한되어 있는 사람의 배제는 오로지 수업의 능률성 — 동료 학습자의 관계에 있어서의 능률성에서만 정당화될 수 있다. 그것은 교육 내적인 것이 아니라 사회적 연대에서 나오는 불가피한 책임일 뿐이다. 그런데도 우리는 고등학교 3년 과정에 대한 시험에서 반 또는 삼분의 이 이상을 알고 있다는 기록을 보여 주는 학생들을 낙방시키는 것을 무슨 학문적 수준과 양심에 기여하는 행위처럼 생각하는 대학들을 본다. 정원이 미달되어 수용 능력이 있다는 것이 분명할 때도 그렇다. 그것도 국민의 세금으로 유지되는 국립 대학에서. 그러나 입학 시험의 성적을 절대적인 물신의 위치에 놓고 최고의 경배의 대상으로 삼고 있는 것은 어느 대학이나 마찬가지이다.

시험의 본질에 대한 이러한 왜곡이 교육의 왜곡을 가져오는 것임은 말할 것도 없다. 시험 위주의 교육은 살아 있는 지적 발전에 관계되는 높은 인간 경영이기를 그치고, 기계적인 지식 소유의 행위로 전락한다. 날로 가중되는 시험의 압력은, 청소년에게서, 바깥의 현실 세계와 자신의 성장하는 내면세계와 상호 작용하고 교감하는 기회를 박탈해 버린다. 그것은 경쟁적이고 옹졸하고 경직된 인간형을 만들어 낸다. 그것은 인간을 별 근거 없이 서열화하여, 어떤 사람에게는 쓸데없는 우월감을 심어 주고, 대부분의 다른 사람에게는 열등 인간의 낙인을 찍어 극복하기 어려운 상처를 안겨 준다. (사실 오늘날의 교육 제도와 시험 제도는 사람의 우수성을 계발하는 쪽보다는 대다수의 학생들에게 열패감을 안겨 주는 기능을 한다.)

이러한 사회적 효과들보다도, 이미 지적된 바이지만, 오늘의 평가, 측정, 시험 제도의 가장 큰 폐해는 많은 사람에게서, 또 우리 사회 전체에서 참다운 지성이 개화할 기회를 없애 버린다는 점에 있다. '방법이 만들어 내는(methodogenic)'이란 말이 있지만, 사실을 다루기 위하여 생겨나는 방법은 거꾸로 사실을 제한하고 사실을 만들어 낸다. 시험은, 시험의 내용이 되는 지식과 교육, 그리고 지적 능력의 성격을 규정하고, 만들어 낸다. 시험은 시험 가능한 것만을 시험한다. 그리고 시험 가능한 것만이 시험할 만한 것이 되게 한다. 즉 교육의 내용을 선택하는 것이다. 위에서 이미 말한 바와 같이, 지적 훈련에서 형성되는 것이 살아 있는 지적 능력이어야 한다면, 이것은 유동적이고 무한한 것인데, 이것을 어떻게 시험할 것인가? 이에 대하여 정지 상태에 있고 한정된 지식의 덩어리, 그것을 시험하는 것은 얼마나 쉬운 것인가? 뿐만 아니라 이것은 바로 기존 권위와 특권을 강화하는 데 안성맞춤인 것이다. 종잡을 수 없는 삶의 양태보다도 정지되어 있는 지식의 덩어리는 쉽게 외부적으로 규정되고 한정될 수 있다. 이 지식은 고정되어 있는 것인 까닭에 관습적이고 상투적이다. 이것의 동적인 인상은 그것의 조작적 성격에서 온다. 이 지식은 주로 세계와 인간에 대한 외면적이고 조작의 기술에 관계된 것이다. 이때 조작의 관점과 조작의 대상은 고정되어 있다. 살아 있는 지적 작용이 관여되는 인간과 세계의 끊임없는 상호 작용보다, 고정된 변수들의 관계를 다루기는 쉬운 것이다. 이때 교육의 방법은 주로 주입과 기억에 의존하게 마련이다. 일정한 물건처럼 몸 밖에 존재하는 지식을 그대로 내면으로 운반하는 역할을 하는 것이 교사의 관점에서는 주입이고 학습자의 관점에서의 기억이 되기 때문이다.

억제되고 제약되는 것은 살아 있는 지성의 계발이다. 그것은, 이미 말한 바와 같이, 끊임없이 움직이며 창조적이며 개성적인 것이다. 그것은 근본적으로 사람과 세계와의 조응, 융합, 긴장의 상호 작용에서 일어나는 것이기 때문에 움직이고 있을 수밖에 없으며, 그 움직임의 모습은 늘 새로운 사건이기 때문에, 또 그 사건의 게슈탈트는 독특한 것이기 때문에 창조적이며 개성적인 것이다. 이러한 것이 어떻게 하나의 기준으로 평가 시험될 수 있는가? 시험은 이러한 것을 획일화하고 삭제해 버리려고 한다.

물론 일정한 기준에 의한 시험은 사회적 필요이다. 그것은 정당하다. 다만 그것의 절대화가 문제인 것이다. 그러나 일정한 기준에 의한 평가와 시험은 분명하게 규정된 작업과의 관련에 있어서만 시행되어야 한다. 그것이 한 인간의 전체에 대한 우열 규정이 되어 버리는 것은 부정확한 확장이다. 다만 교육의 과정에서, 위에서 말한 바와 같이, 제한된 자원이나 기회의 사회적 연관으로 하여, 그러한 필요가 생길 수는 있다. 그러한 경우도, 시험은 최고의 능력을 시험하고 최고의 특권을 부여하는 것이 아니라 최저선의 한계를 설립하는 것이라야 한다. 최고는 이미 본래 획일적 척도를 벗어나는 것이다. 그리고 모든 사람은 이에 획일적 척도로 잴 수 없는 자기만의 장점을 가지고 있을 수 있기 때문에 어느 면에선가는 최고의 능력의 가능성을 가진 것이라 할 수 있다. 일반적인 능력의 평가 시험에 있어서, 거짓된 객관성, 거짓된 정밀도를 부여하여, 사람의 능력에 획일적인 뚜껑을 씌워서는 아니 된다. 참으로 사람의 능력이 100점의 스케일에서 1점, 2점 차로, 또는 10점, 20점 차로 정밀하게 규정될 수 있는가? 존재하지 않는 정밀의 척도를 가지고 사람을 자기 발전의 기회에서 제거하고자 하는 것처럼 숫자의 사기성을 보여 주는 것은 없다. 마지막으로 시험은 근본적으로 약점의 시험이어서는 아니 된다. 그것은 강점의 시험이어야 한다. 어떤 사람을 척도에 못 미치는 것으로 하여 어떤 지위와 특권으로부터 배제하는 일이 제한된 자원의 세계에서 불가피한 일일는지 모른다. 그러나 더욱 건설적인 것은 모든 사람으로 하여금 자신의 강점, 자신의 독특한 재능과 성취를 깨닫게 하고 그것을 통하여 자기를 실현하고 동시에 사회에 봉사하게 하는 것이다.

이렇게 이야기하는 것은 교육의 주체 또는 중심으로서의 개인을 너무 강조하는 것으로 보일는지 모른다. 그러나 오늘과 같은 집단주의의 압력이 강한 시대에 있어서 이것은 강조할 필요가 있다. 개인의 능력과 실현으로 교육의 역점을 옮길 필요가 있는 것이다. 이것은 반드시 개인이 절대적으로 중요하기 때문이 아니다. 위에서 비친 바와 같이, 개인의 자유롭고 창조적인 지성의 계발은 개인의 자기실현을 뜻하는 것일 뿐만 아니라, 사회 전체의 지적 능력을 풍부하게 하는 것이다. 어떤 경우나, 집단주의도 삶의 가장 중요한 극의 하나인 개인을 없애 버릴 수 없다. 그것은 개인의 암시장을 만들어 낼 뿐이다. 그리하여 집단의 명분은, 개인의 이익과 공격성을 위하여, 여러 가지로 조종되게 마련이다.

여기에 대하여, 각자가 자신의 강점과 창조성을 가지고 자기실현을 할 수 있는 사회는 결국 상호성과 협동으로 나아가게 마련이다. 인간의 사회적 본능도 개인주의적 성향만큼 강한 것이다. 그것은 행복한 개인에 의하여 보다 건설적으로 발휘될 수 있다. 우리가 가진 사회적 이데올로기가 집단주의인 것은 아니다. 그러나 그것이 모든 사회적 획일성의 압력을 아무 제한 없이 수용하고 있는 것임은 틀림이 없다. 시험은 그러한 획일주의의 표현이고 또 그 수단이 된다.

3

오늘의 교육을 참으로 교육적인 것이 되게 하려면 무엇을 어떻게 할 것인가? 여기에 대하여 구체적인 답변을 일목요연하게 제시할 수는 없는 일이다. 그러나 위의 비판 — 인간의 지적 능력의 정태적인 이해에 입각한 시험 위주의 교육에 대한 비판은 얼마간의 시사를 던져 준다.

첫째, 이루어야 할 것은 시험 제도의 폐지이다. 이것의 전면적 그리고 즉각적인 폐지는 현실적으로 불가능할 것이다. 평가, 측정, 시험, 증명 등의 사항은 보조적이고 주변적인 위치로 격하되고, 교육의 실질이 교육 목표와 관심의 중심에 놓여야 한다는 것은 대원칙으로서 철저하게 확인될 필요가 있다. 교육 과정의 정당성은 시험에서 오는 것이 아니며, 시험과 증명으로 끝맺지 않는 교육이 낭비되는 교육은 아니다. 교육적 의미에서 시험이 불가피하다면, 그것은 객관적 시험의 경직성을 최소한도로 하는 것이라야 한다. 더구나 객관적 시험의 정밀성의 허상을 만들어 내어서는 아니 된다.

무엇보다도 입학에 있어서의 시험 제도는 폐지되어야 한다. 물론 이것도 당장에 현실화할 수는 없을 것이다. 그러나 적어도 목표로서의 여기에 접근하도록 노력할 필요는 있다. 교육 시설의 수용 능력과 지망자의 조정은 최대한으로 시험 이외의 방법으로 고려하여야 한다. 학교 시설을 서울과 지방에 균등하게 향상하여 경쟁을 약화시키도록 할 수 있을 것이다. 그러나 학교가 특권에 접근하는 자격을 증명하는 기능을 하지 않게 된 후에도 학교 교육에 대한 수요가 지금의 수준을 유지하지는 아니할 것을 우리는 예상할 수 있다. 시험은 시험을 낳는다. 시험이 최소화되고 교육과 사회적 지위나 보상과의 연계 관계가 끊어진다면, 학교 교육은 교육에만 봉사하게 될 것이고, 그런 경우 지금의 학교에 대한 열망은 상당히 식을 것이 아니겠는가. 입학과 관련하여 시험이 필요하더라도, 그것은 객관적 점수로, 학생들을 획일적으로 서열화하는 시험이어서는 아니 될 것이다. 그것은 특정한 정보를 소유하고 있는가를 테스트하는 것이 아니라 지적 능력 일반, 그것의 개성적 표현의 여러 통로들을 확인하는 시험이어야 될 것이다. 시험에서는 지망자가 어떤 창조의 능력, 개성적 봉사의 업적을 가지고 있는가, 중학교 2학년 이후에 스스로 하는 교양 독서를 그만두었는가 아닌가 ─ 이런 것들이 대체적으로 참고 될 수 있어야 할 것이다.

시험에 의한 능력의 확인은, 사실, 교육 자체에서보다 사회적 관계에서 필요한 것인데, 이것은 될 수 있는 대로 교육 종료 후에 수행되어야 할 구체적인 작업과 직업의 요구 사항에 맞추어 이루어져야 할 것이다. 어떤 경우에나 — 학교에 있어서의 선발이나 직장에 있어서의 채용이나, 시험은 엘리트를 선발하고 나머지를 버리는 증명과 낙인의 요소를 최소한으로 하고, 각자로 하여금 스스로의 진로를 찾아가게 하는 자기 발견의 수단으로서의 역할을 하여야 할 것이다.

시험이 문제가 되는 것은, 그것이 여러 가지 개인적 사회적 폐해를 가지고 오기 때문만이 아니다. 더 적극적으로 그것은 궁극적으로 참다운 지적 능력, 삶의 능력의 훈련하는 교육을 밀어내어 버리게 되기 때문에 문제가 되는 것이다. 시험은 정태적이고 경직된 지식 위주 교육에 연결되어 있다. 시험의 폐지 또는 그것의 최소화는 우리의 교육을, 죽은 지식 편중의 교육에서 보다 살아 있는 교육으로 옮겨 가게 하는 일의 일환으로서만 참다운 의미를 갖는다. 교육과 삶의 다른 부분이 분리되어 존재할 수 있다는 것을 전제한다. 따라서 개선이 필요하다면, 지식의 양과 질, 그것이 전달되는 통로를 개선하도록 노력하면 된다. (이것이 쉽다는 것은 아니다. 그러나 개선의 대상은 분명하게 한정될 수 있다.) 그러나 살아 있는 지성은 사람과 책, 사람과 교사의 교수 행위 사이에서만 작용하고 계발되는 것이 아니다. 그것은 사람과 그의 환경과의 모든 교환에서 작용하고 형성된다. 여기에서 말하고 있는 것은 인간의 전면적 발전 형성 이외의 다른 것이 아니다. 그것이 어떻게 이루어질 수 있는가 하는 것은 쉽게 말할 수 없는 것이다. 그러나 전면적 발전 형성은 개체가 처하게 되는 환경과의 전면적 교섭을 통하여 일어난다고 말할 수 있다. 그렇다면, 그것은 학교 내의 사정만을 가지고 이야기할 수 있는 것이 되지 못한다. 전면적 교육을 위해서는, 학교도 개선해야 하겠지만, 그와 동시에 학생이 다니는 길, 물건을 사는 상점, 찾아갈 수 있는 관청, 가정, 이 모든 것이 적절한 상태에 있어야 한다. 다시 말하면, 사회 전체가 교육의 현장일 수 있는 상태에 있어야 하는 것이다.

이렇게 말하는 것은 교육의 개선이 불가능하다는 것이 아닌가. 작업을 너무 크게 정의함으로써, 작업의 엄두도 못 내게 하는 결과가 되는 것이다. 그러나 작업의 엄청난 크기는 일단 강조될 필요가 있다. 사회가 전부 교육적 환경이 될 만한 상태가 되지 않고는 교육이 제자리에 있을 수 없다는 것을 우리는 상기할 필요가 있는 것이다. 우리의 아이들을 행복하고 훌륭한 사람으로 키우는 작업은 우리 사회를 사람이 살 만한 사회로 만들려는 작업과 별개의 것이 아니다.

그러나 교육이나 학교의 범위 안에서도 생각해야 할 것들이 없는 것은 아니다. 가령 학교는 (꼭 학교 교육이 필요하다면) 학생에게 생생하고 흥미 있는 상호 작용의 장이 될 수 있어야 한다. 이러한 장은 어떤 곳인가? 오늘날 우리의 학교의 특징은 그것이 사회의 실생활로부터 단절되어 있다는 점이다. 학교의 건물, 운동장부터 그렇다. 오늘날 보통의 생활 환경과 확연히 구분되는 가장 살벌한 것이 학교의 건물과 운동장이다. 이런 점에서 옛날의 서당과 비교해 볼 일이다. 그것은 너무나 자연스럽게 우리의 삶에 이어져 있는 물리적 환경을 제공해 주는 것이었다. 이것은 수업의 과정에서도 그러했다. 서당에 있어서 교사와 학생은 확연하게 관료적 구분을 가지고 맞서는 두 대칭적 기능 집단이 아니었다. 그리고 무엇보다도 중요한 것은 수에 있어서의 교사와 학생, 학생 간의 관계인데, 그것은 사람과 사람의 정상적 상호 관계로 조정될 수 있는 것이었다. 오늘날 우리의 학교에서 사람의 관계는 정상적인 상호 작용이 일어날 수 있는 그러한 것이 아니라 다중(多衆) 사이의 열정과 비개인적 규칙에 의하여 지배될 수밖에 없는 비정상적인 것이다.

사물과 사물, 사람과 사람 사이에 정상적이고 활발하고 교육적인 상호 작용이 일어나게 하는 데 있어서 규모의 문제는 가장 간단히 지적할 수 있는, 그러면서 가장 중요한 점이다. 오늘의 학교는 모든 면에서 비인간적 규모가 되어 있다. 학교는 시설이나 수에 있어서, 사람의 생활 규모로 축소되어야 한다. 서당은 적정한 규모의 학교였다. 여러 가지 사정으로 하여, 그러한 규모의 학교는 비현실적일 것이다. 그러나 오늘의 학교의 규모가 괴물의 크기인 것은 분명하다. 이것은 수업이 진행되고, 교사와 학생, 학생과 학생의 상호 작용이 벌어지는 무대인 학급의 경우에도 마찬가지이다. 많은 나라에서 한 반에 30명 정도의 수가 있어도 너무 많다는 비판의 대상이 되는 경우를 본다. 도시에 있어서 50명에서 70명에 이르는 학생이 붐비는 학급에서 사람의 감각과 감정 그리고 지능의 자연스럽고 원만한 개화를 기대할 수 없는 것임은 분명하다.

인간적이며, 가능하다면, 섬세한 주고받음이 있을 수 있는 학급 규모를 보장하는 것이야말로 참다운 교육이 일어날 수 있게 하는 첩경이다. 이것은, 이미 말한 바와 같이, 학급의 규모를 줄이는 것으로부터 시작되어야 한다. 물론 교사의 준비 상태, 교실의 환경 등등의 문제도 있을 것이다. 그러나 이것은 이차적인 문제일 수 있다. 학생의 지적인 성장은 밖으로부터 주어지는 것을 받아다 그의 마음의 창고에 쌓아 놓는 것이 아니다. 그것은 세상과 스스로의 상호 작용 속에서 스스로를 발전시키는 일이다. 교사는 학생 스스로 지성이 태어나게 하는 일에 산파 역을 할 뿐이다. 다른 교육 자료의 경우에도 마찬가지이다. 환경의 모든 것은 학생으로 하여금 그 자신 안에 이해와 생각과 그리고 궁극적으로 스스로의 마음이 탄생하게 하는 데 산파가 될 뿐이다.

여기에 붙여서 말할 것은, 이렇게 볼 때, 사실 학교 교육이 꼭 필요한 것이 아닐 수도 있다는 가능성이다. 사회 환경 전부가 교육적이라면 구태여 모든 사람에게 학교 교육이 필요하겠는가? 그것은 사회 전체가 살아 움직이는 지성의 표현이어야 한다는 말이기도 하지만, 사회의 교육 기능을 널리 강화할 것을 욕구하는 일이기도 하다. 도서관, 박물관, 미술관이 시설되어야 하고(전시용이 아니라 실제 생활의 일부가 될 수 있는 소규모의 시설들이 많아져야 한다.) 사회의 모든 기능이 호기심 많은 학생들을 위하여 개방되어야 하고, 그곳에서 일하는 사람들이 교육적 관심을 가지고 자기가 하는 일을 친절하게 설명할 수 있는 용의를 갖게 되어야 한다.

이 글에서 말하고 있는 것은 교육을 경직된 틀에서 풀어 더 자유롭고 다양하고 개성적인 것으로 바꾸어 놓아야 한다는 것이다. 이러한 자유화는 우려의 대상이 될 수가 있다. 그나마라도 이룩해 놓은 업적을 해체하라는 말인가? 우려나 근거가 없는 것은 아니다. 많은 것을 더 생각해야 하고 조심스럽게 한 발자국씩 앞으로 나아가야 한다. 그러나 우리가 보다 좋은 사회, 보다 행복한 인간이 있는 미래를 원한다면, 근본적인 개혁을 생각하고 그것을 향해 나아갈 준비를 해야 한다.

오늘날 우리가 어느 정도 경제 발전의 과실을 향수하고 있다면, 그것은 교육에 힘입은 바 크다. 이것은 반박할 수 없는 주장일 것이다. 그러나 많은 사람들이 개인적 경험의 차원에서 이념의 차원에서, 우리의 교육이 커다란 문제점들을 안고 있다고 느끼는 것도 부정할 수 없다. 적어도, 지금 단계까지의 경제 발전에 필요한 만큼의 교육 효과는 이루었다고 할는지 모르지만, 참으로 만족할 만한 지적, 인간적 수확을 얻어 들이지는 못한 것이 오늘의 우리 교육의 현상이라고 많은 사람들이 느끼는 것이다.

경제 발전과의 관계에서 우리 교육의 업적은 군대 생활과 현대적 조직 생활에 필요한 기본적인 기율을 부과할 수 있었다는 데 있을 것이다. 문자 해독은 그 자체로 합리적 사고와 행동의 습관을 익히는 기초가 된다. 그런데 우리나라에 있어서 문자 해독의 작업은 거대한 집단적 동원을 통하여 이루어지기 때문에, 이 국민 교육의 동원 체제 자체가 조직 행동의 기율에 기여하였을 것이다. 즉 거대한 규모의 비인간적 지식 교육도 그 나름의 기여가 있었다는 말이다. 이러한 것이 경제 발전을 위한 국민 동원의 기초가 되었다. 그러나 위에서 지적하고자 한 바와 같이, 이것이 참다운 지적 인간을 형성해 내지는 못한다. 사회 발전의 어느 단계에 이르면, 이 실패는 그 사회에 커다란 장애 요인으로 작용할 것이다. 어느 단계 이후에는 정태적 지식의 대규모 집단 수수의 방법은 그 효력을 잃을 뿐만 아니라, 오히려 사회를 정체 상태에 머물게 하는 역할을 하게 될 것이다.

그러나 무엇보다도 중요한 것은 그러한 방법으로 사람다운 사람을, 사람이 살 만한 사회를 만들 수 없을 것이라는 사실이다. 자기의 삶을 스스로 파악하고 사랑과 일의 보람을 아는 인간이 그러한 교육에서 생겨날 수 있느냐 하는 것이 문제인 것이다. 또 그러한 인간의 형성을 불가능하게 하는 사회가 좋은 사회 또는 힘 있는 사회가 될 수 있겠느냐가 문제인 것이다. 빌헬름 라이히는 사람의 삶이 살 만한 것이 되게 하는 기준으로 앎과 사랑과 일, 이 세 가지에 있어서의 행복을 말한 바 있다. 여기에 기본이 되는 것은 모든 사람이 주어진 자질에 따라서 스스로 깨우치며 세상과 지적 교섭을 가질 수 있게 하는 능력을 기르는 것이다. 교육은 무엇보다도 이 기능에 봉사하여야 한다.

(1989년)

4부

사회 공간의
창조

사회 공간과 문화 공간

1. 문화와 삶

우리가 바라는 문화가 어떤 것인가 하는 것은 문화를 어떻게 정의하는가 하는 데에 달려 있다. 문화를 정확히 정의하는 일은 자리를 달리할 수밖에 없는 일인데, 여기에서 간단히 가설을 생각해 보면, 그것은 우리가 우리의 삶을 원하는 모습으로 살고자 하여 행하게 되는 일체의 행위와 그 결과라고 말해도 무방하지 않을까 한다. 원하는 모습의 삶이란 우리 자신의 삶 그것을 말하기도 하지만, 그에 못지않게 또는 그보다도, 우리의 삶을 바람직한 모습이 되게 하는 외적인 수단과 요건을 갖춘 삶을 말한다. 우리가 사는 환경이 주어진 그대로보다 더 아름답고 더 편리하게 만들어졌을 때, 우리는 그것을 문화적이란 형용사를 써서 말한다. 이러한 환경을 만들어 내는 데는 그를 위한 내적 외적 보조 수단이 필요하므로 그러한 수단에 드는 것들을 문화의 표현으로 볼 수 있는 것이다.

이렇게 소박하게 문화를 정의하는 이점은 그것이 문화를 우리의 삶과 분리해서는 생각할 수 없는 것으로 정의한다는 점이다. 물론 문화가 삶에 대하여 불가분의 관계에 있다고 하여, 그 두 개가 일치한다는 것은 아니다. 간단히 말하여, 문화 없는 삶이(여기에서 문화는 인류학의 개념으로서의 문화보다는 조금 더 세련된, 고급문화적인 문화를 말한다고 하여야겠지만) 있을 수는 있다. 그러나 위의 정의에 따르면, 삶 없는 문화는 있을 수가 없다. 문화 없는 삶이란 생존만의 삶을 말한다. 그러나 사람들은 곧 이 목숨만 부지해 나가는 삶은 살 가치가 없다고 느낄 것이고, 그리하여 그들의 삶을 생존 이상의 것으로 바꾸어 놓으려 할 것이다. 이것이 문화의 시작이다. 다시 말하여, 문화는 삶의 충동에서 나온다. 그러나 그것은 단순한 생존보다는 조금 더 남아나는 삶의 충동 또는 에너지에서 나온다. 그것은 보다 나은 삶에의 발돋움이다. 이렇게 볼 때, 문화는 우리의 삶을 원하는 모습으로 바꾸되, 그것을 단순한 생존보다는 조금 더 여유 있는 차원에서 바꾸려는 것이다. 그리하여 그것은 주어진 삶을 치장하고 장식하려는 노력으로 나타날 수 있고 삶에 대하여 단순한 장식적 첨가물로 전락할 수도 있다. 그러나 되풀이하건대 그것은 삶과의 관련에서만 의의를 갖는다.

이것은 자명한 일이면서도 생각해 보면 중요한 의의를 갖는 것이다. 우리는 문화라는 것을 하나의 독립된 영역으로 생각하는 경향이 있다. 문화가 단순히 삶의 장식에 불과하다고 생각하는 경우는 오히려 소박한 예이다. 더 문제가 되는 것은 문화가 다른 인간 활동과 분리해서 성립할 수 있다고 보며, 그렇게 발전시키도록 계획할 수 있다고 생각하는 태도이다. 이에 대하여 문화가 우리의 삶 — 우리가 사는 삶, 우리가 살고자 하는 삶에 대하여 불가분의 관계에 있다고 한다면, 그것은 문화의 발전이 우리의 삶의 전체적인 발전의 일환으로서만 논의될 수 있다는 것을 뜻하는 것이다. 다시 말하여 문화의 발전은 사회 발전과의 관련에서만 논의될 수 있고, 문화의 계획은 사회 계획과 같은 테두리에서만 고려될 수 있다.

물론 이러한 상호 연관성은 인간 활동의 모든 분야에 해당되는 것이라고 할는지 모른다. 그것은 옳은 이야기이다. 그러나 문화 분야에서 이것은 특히 그렇다. 위에서 우리는 문화가 삶의 현실을 떠나서 성립할 수 없는 것으로 말하였지만, 사실 문화는 그 자체로서 현실 능력을 결여하고 있는 것이다. 가령 음악당이나 극장은 문화의 영역에 속하는 일이라고 하겠지만, 그것을 짓는 일 자체는 전적으로 현실 세계의 요인에 의하여 이루어진다. 음악당이나 극장은 경제적, 기술적 능력이 없이는 지어질 수 없다. 또 오늘날에 있어서, 이러한 문화의 전당은 정치적인 결정에 의하여 뒷받침되지 않고는 지어질 수 없다. 그러나 현실 요인이 모두 집성된다고 하여, 그 결과가 반드시 문화적으로 만족할 만한 것이 되리라는 보장은 없다. 물론 좋은 건축가가 있다면, 이러한 문화의 전당은 조금 더 아름다운 것이 될 수 있을 것이다. 이 경우에도 건축가 한 사람은 아주 작은 요인에 불과하다. 건축에 참여하는 많은 기술자와 기능공과 노동자가 의식적이든 무의식적이든 문화적 또는 심미적 이해를 가지고 있지 않다면, 결과로서 아름다운 건축이 이루어지기를 기대할 수는 없다. 건축은 언제나 한 사회의 전체적인 기술과 심미 감각의 결정으로서만 역사적 기념비가 될 수 있었다. 이것은 사실상 한 사회 전체의 문화 수준을 전제하는 것이다. 그런 데다가 건축이란 관점에서만, 음악당이나 극장이 문화의 요인이 될 수 있겠는가. 중요한 것은 거기에서 이루어지고 있는 활동이다. 이 활동은 또 그것대로 여러 가지의 재능과 의식과 대중적 참여로 가능하게 된다.

　　이러한 문화적 업적의 복합성은 저작 활동이나 음악이나 미술에 다 같이 적용되는 것이다. 다시 말하건대, 문화의 현실적 결정은 경제와 정치에 의하여서만 이루어질 수 있다. 또 그것은 복합적인 사회 활동으로서만 성립한다. 그런데, 이 두 경우에 다 문화는 사회적 삶에서 저절로 우러나오는 문화 의식으로서 시작하여 여러 가지 활동으로 표출된다. 경제적, 정치적 결단이 문화 창조에 중요하다면 그것 자체가 문화적 충동과 이해에 깊이 배어 있는 것이어서 비로소 그 결단의 순정성이 보장될 수 있다. 직접적으로 문화에 참여하는 주역이나 보조역이나 심부름꾼의 경우에는 이러한 충동과 이해가 특히 중요한 것임은 말할 것도 없다.

이러한 사정은 다시 한 번 문화와 삶의 불가분성을 확인하게 한다. 그러나 문화는 수단의 결여 때문만으로 삶에서 떼어 낼 수 없는 것이 아니다. 더 중요한 것은 문화가 보다 나은 삶을 위한 삶의 변화라는 기본 명제이다. 그것은 나은 삶을 위한 우리의 소망을 만족시켜 주고 또 어떤 경우, 그것은 단순한 생존을 넘어서는 잉여 에너지, 어떤 경우 생존의 관점에서는 전혀 불필요한 잉여 에너지이기 때문에, 무상의 활동 속에 해소시켜 줄 수 있어야 한다. 그러니까 문화를 이야기하려면 문화가 아니라 삶과 삶의 조건을 이야기하여야 한다.

2. 개인과 사회

보다 나은 삶을 위한 삶의 변화 — 이렇게 말할 때, 삶은 누구의 삶인가. 가장 자명한 것으로부터 시작하건대, 원하는 모습으로 살고자 하는 삶은 나 자신의 삶이다. 보다 나은 삶은 나 자신의 힘으로 나 자신을 위하여 확보될 수도 있다. 그러나 이러한 것은 극히 예외적인 인간의 경우에만 가능하다. 대부분의 사람들은 그 스스로의 힘으로 나은 삶을 확보할 처지에 있지 못하다. 그들은 그럴 만한 돈이나 권력을 갖지 못한다. 또는 그러한 것을 가진다고 하더라도 스스로의 삶을 안으로부터 보다 낫게 할 능력을 갖지 못한다. 그러나 홀로의 삶을 만족하게 살 수 있는 힘을 가진 사람의 경우에도, 한 사람의 삶이 자족적일 수 있다는 말은 아니다. 보다 나은 삶을 위하여, 사람은 다른 사람의 노동력이나 지식이나 재화의 도움을 필요로 한다. 이것이 힘에 의하여 얻어진다고 하더라도, 힘만으로 얻어질 수는 없다. 어떤 경우에나 의지를 가진 존재인 사람은 의지가 순응하지 않는 한, 다른 사람의 힘에 쉽게 굴하지 않는다.

이런 사정 이외에도 사람이 그 욕망의 대상으로 하는 것은 단순히 물질이 아니다. 그것은 다른 사람을 포함한다. 이 다른 사람은 한 사람일 수도 있고 사회 일반의 여러 사람일 수도 있다. 이 사람들이 우리의 욕망의 대상이 될 때, 이들에 대한 우리의 관계는 헤겔이 '주종의 변증법'으로 옛날에 설명한 바와 같이 이율배반적이다. 이들이 욕망의 대상인 한, 이들은 다른 사물에 비슷한 객체적 존재이다. 그러나 우리는 이들을 사물로가 아니라 사람으로서 원한다. 그러니만큼 이들은 주체적 존재로 남아 있어야 한다. 이 경우, 그들은 우리의 지배를 벗어나게 된다. 이렇게 하여 우리는 어쩔 수 없이 여러 사람과 함께 사는 데에서 오는 긴장과 갈등, 그리고 화합과 기쁨을 받아들일 수밖에 없다. 정도의 차가 있기는 하겠지만(그렇다는 것은 고립된 존재가 사람의 참모습이 아닌 것처럼 완전한 사회적 존재도 사람의 참모습이 아니기 때문에) 사람의 삶은 사회적인 것이다.

그러나 더 근본적인 의미에서 사람은 사회를 필요로 한다. 어떤 종류의 것을 욕망하고 어떤 종류의 삶을 살고자 하는가, 나는 누구인가? 따지고 보면 나의 욕망이나 나의 삶은 그 근본에 있어서 사회에 이어져 있다. 우선, 우리 자신이 사회에 의하여 형성된다는 뜻에서 그렇다. 우리가 원하는 것은 다분히 사회에 의하여 암시된 것이다. 우리가 살고자 하는 삶은 사회가 가르치고 또 수많은 당대적 역사적 모범을 통하여 우리에게 그 시나리오가 사회적으로 마련된 삶이다.

그러나 이렇게 우리가 사회에 의하여 형성된다는 의미에서보다 더 적극적인 의미에서 우리의 생존은 사회적일 수밖에 없다. 사회적인 자극이 없다 하더라도 사람에게 기본적인 생물학적 충동을 가려낼 수는 있다. 이 충동은 단순하고 조잡한 것이다. 그러나 사람이 원하는 것은 소박한 의미에서의 욕망의 충족이 아니다. 사람의 욕망은 세련되고 발전될 수 있다. 이것은 사회적으로 이루어진다. 소박한 욕망의 경우에도 원시적 상태로 나타나는 것과 사회적으로 변형되어 나타나는 것이 같을 수는 없다. 가령 우리가 상상해 볼 수 있는 원초적 인성과 문화적 세련화에 의하여 변형된 남녀 관계가 같은 것일 수는 없다. 이것은 사람의 생물학적 필요와 문화 의식에 모두 다 해당되는 것이다. 여기에서 한 발자국 더 나아가면, 과학, 기술, 예술 등에 있어서의 사람의 관심과 추구는 적어도 발전된 형태에 있어서는 사회적 문화적 자극이 없이는 생각할 수 없다.

19세기 프랑스의 유토피아 사상가 샤를 푸리에(Charles Fourier)는 사람의 정서적 유형에는 810가지가 있는데, 이 사람들이 서로 자유로운 조화 속에 연합함으로써 비로소 사회적 조화가 이루어질 수 있다고 하였다. 그의 생각으로는 한 사람의 영혼은 본래에 존재하는 하나의 영혼의 극히 미세한 부분에 불과하다. 인간의 능력의 모든 것을 포용하는 영혼은 모든 인간적 결합의 결과 생겨나는 것이다. 푸리에의 기괴한 생각에 동의하든지 안 하든지 간에, 우리들 하나하나는 인간의 모든 가능성 가운데 제한된 일부만을 대표한다. 다른 사람과의 접촉, 또는 다른 가능성과의 접촉을 통해서, 우리는 비로소 다양한 인격으로 형성되어 가는 것이다. 물론 사람이 모든 것을 다 쉽게 하는 전인간적인 존재가 될 수는 없다. 또 그것은 사회 전체의 유기적인 발전이란 관점에서 바람직한 것이 아니라고 할는지도 모른다. 아마 편향에 따라서, 제한된 가능성을 깊이 있게 발전시키는 것이 사람이 발전하는 방법일 것이다. 그러나 그런 경우도 본래의 생물학적 자질은 문화가 제공하는 기예와 모범을 통하여서 하나의 개성으로 발전할 수 있는 것일 것이다. 또 이 경우 개성적 발전은 다른 발전된 개성과의 상호 관계에 의하여 가능하여진다. 또 그것은 잠재적으로는 그러한 개성적 가능성을 스스로 안에 거두어 갖는 것이다.

개인과 사회의 이러한 상호 의존성에 대한 강조는 사람의 삶이, 적어도 최소한도의 동물적 생존을 넘어가는 차원에서는 문화의 자양을 받아서 비로소 개화한다는 것을 말하는 것이다. 개인은 다른 사람의 삶과의 상관관계 속에서 스스로의 삶을 정의하고, 또 다른 사람들의 예로부터 자신의 삶을 사는 방법을 배운다. 이것은 다른 사람과의 접촉과 교섭이 원활한 사회 속에서만 가능하다. 사람은 물리적인 의미에서도 서로 작용 반작용의 관계에 들어갈 수 있지만, 이러한 관계가 원활하게 유지되는 것은 상징적 상호 작용을 통하여서이다. 상징 유지의 기능이 문화적인 것임은 새삼스럽게 말할 필요도 없다. 그리고 상징적 상호 작용은 사회가 복잡하고 커질수록 중요해진다.

그런데 여기에서 하나 주목할 것은 이 상징 작용은 단순히 한 시대의 사회 안에서의 원활한 관계에만 한정된 것이 아니란 점이다. 그것은 한 문화 전통이 가지고 있는 상징 세계를 다 포함할 수 있다. 우리는 사람들과의 교섭에서 직접적으로 어떤 조화에 이르기도 하고 배우기도 한다. 그러나 이러한 조화와 배움이 높은 이성적 통일성을 갖는 것은 삶의 방식과 사람들의 상호 작용의 여러 모양이 언어라든가 음악이나 미술이라든가 또는 기타 문화의 양식으로 고정된 표현을 얻었을 때이다. 즉 우리는 문화유산을 통하여, 나의 삶과 인간 일반과 세계에 대하여 보다 이성적으로 배울 수 있는 것이다. 이성적이라는 것은 상징적 표현으로 번역된 삶이 생생한 삶 그것보다 의식적으로 보다 높은 통일성, 일관성에 이를 수 있기 때문이며, 다른 한편으로는 상징적 매개를 통하여 우리는 우리 자신과의 일관성을 더 잘 유지할 수 있기 때문이다. (문화유산과의 대화는 그것 나름으로 다른 사람과의 대화이다. 그러나 그것은 직접적인 것이 아니라 간접적인 대화이다. 이 대화에서 다른 사람은 내 마음속에 다시 되살아남으로써만 나에게 말을 할 수 있다. 그런 의미에서 여기에서의 대화는 나 자신과의 대화라고 할 수도 있다. 그것은 나와 내가 행하는 대화이며 나의 독백이다. 그렇기 때문에 나는 나 자신과 더 일관된 관계 속에 있을 수 있다.)

3. 문화 공간으로서의 사회

문화로 하여 바꾸어지는 삶은 나의 삶이다. 나의 삶은 사회 공간에서만 개성적으로 또 그 다양한 가능성 속에 펼쳐질 수 있다. 그리고 이 사회적 공간은 문화적 표현으로 양식화된 모범들과 전통적 문화의 유산을 포함함으로써 참으로 풍부한 것이 된다. 나 자신의 삶과 상징적 또는 내면적 문화를 잊어서는 안 되겠지만, 사람이 보다 나은 삶을 영위하고자 할 때, 가장 중요한 것은 이와 같이 사회 공간이다. 이것은 그 자체로서 우리의 삶의 장이 될 뿐만 아니라, 적절한 구성을 통하여 개인의 개인적 삶과 문화적 유산에의 개방성을 유지해 준다.

이렇게 볼 때, 사실 문화의 발전을 이야기하는 일은 매우 구체적인 뜻에서, 사람이 사는 사회 공간을 어떻게 설계하느냐를 이야기하는 것이다. 이때 이 사회 공간은 사람의 모든 능력을 개체적으로나 사회적으로나 조화로운 상태에 있게 할 수 있는 공간이다. 그런데 이러한 공간은 대개 공동체적 공간──사람과 사람 사이의 상호 작용이 사람다운 차원에서 이루어질 수 있는 공동체적 공간을 의미하였다. 가령 미국의 도시 사상가 머레이 북친(Murray Bookchin)이 중세적 사회 기구들을 다음과 같이 이야기할 때 이것은 바로 이러한 문화 공간으로서의 공동체를 이야기하는 것이다.

개체적 자아의 온전함은 인간 생활의 여러 면──일과 놀이, 이성과 감정,

정신과 감각, 사적인 것과 공적인 것을 통합하여 일체적인 것으로 빚어내는 능력에 달려 있다. 이러한 통합 작용은 사사롭고 개인적인 행위로 성립하는 것이 아니다. 대부분의 사람에게 자아를 일체적인 것이 되게 하는 일은 일상 생활 속에서 사회가 어떻게 일체적인 실존의 조화를 얻고 있느냐 하는 데 달려 있다. 씨족, 마을, 중세 공동체는 인간적인 규모를 가지고 개인적으로 알아볼 수 있는 전체성을 이루고 개인이 그 안에서 자신의 삶의 모든 면을 충족시킬 수 있었다. 이 혈연 조직과 사회 단위 속에서 사람들은 자신의 짝을 찾고 아이들을 기르고 일하고 놀고 생각하고 꿈꾸고 신을 경배하고 사회생활의 관리에 참여하였다.

이러한 삶의 어떤 면도 서로 분리되고 모순된다는 느낌이 없이 그럴 수 있었다. 여기에서야말로 진정으로 개체적 소우주는 사회의 대우주를 비추고, 개별적인 것은 일반적인 것을 반영한다고 말할 수 있었다. 씨족과 마을과 공동체에서 분리된 개체는 곧 위축되었다. 그러나 이렇다는 것은 개인이 집단에 종속되는 것을 뜻하는 것이 아니다. 그보다, 개체적 자아는 개별적인 것에 나타나는 전체였다. 개체는 전체적 삶의 통일성과 다양성을 구현하고 있었던 것이다. 개인을 큰 사회 기구와 초개인적인 목적에 예종시키는 전체주의적 사회와 달리, 씨족, 마을, 공동체는, 그중에도 도시(Polis)는, 다양한 사회 목표와 가능성을 개체적 가능성으로 결정화시킴으로써 개체의 온전성을 함양하였다.[1]

온전하고 풍부한 삶을 창조하는 것이 문화의 본령이라고 할 때, 이와 같은 중세적 공동체는 그 자체로서 이미 문화적인 것이기 때문에 다른 별도의 문화가 필요한 것이 아니라고 할 것이다. 그러나 단순히 공동체적 일체

---

[1] Murray Bookchin, *The Limits of the City* (Harper & Row, 1974), pp. 76~77.

성만이 문화의 최대 가능성 — 최소한이 아니라 최대한을 보장해 준다고
할 수는 없다. 그것은 삶의 근본으로서의 조화, 통일, 일체성 또는 적어도
낱낱의 삶에 대한 지원을 줄 뿐이다. 공동체적 사회 공간은 문화의 근본 테
두리가 됨에 불과하다. 이 공간 안에서 문화적 활동은 활발할 수도 있고 저
조할 수도 있다. 가령, 고전 시대의 아테네는 공동체적 조직의 기반 위에서
그리고 그것을 넘어서 활발하고 적극적인 문화가 개화했던 좋은 예이다.
아테네의 특징은 그 시에 일어나는 모든 활동이 시민들에게 열려 있고, 시
민들이 거기에 적극 참여할 수 있었다는 점이었다. 따라서 도시에 사는 것
은 곧 삶의 다양한 활동에 참여하고 그를 알며, 이를 개인적, 집단적 삶의
일체성으로 지닌다는 것을 의미했다. 루이스 멈퍼드가 인간 교육의 의미
를 가장 구체적으로 표현하고 있는 공동체로서의 아테네를 설명하는 바에
의하면,

　　초기의 희랍 도시의 특징을 이루던 것은 도시 생활의 어떤 부분도 시각이
　나 의식의 밖으로 벗어나 있지 않았다는 사실이다. 삶의 모든 부분이 눈에 보
　였다는 뜻에서 그러했던 것은 아니다. 가장 미천한 일만이 시민이 해서는 안
　되는 일이었다. 대부분의 직업에 있어서, 자유인은 노예와 나란히 일하였고,
　의사는 기술공과 꼭 같은 보수를 받았다. 사람이 하는 모든 일은 시장에서나,
　일터에서나, 법정에서나, 회의실에서나, 운동장에서나 사람들의 눈에 볼 수
　있게 열려 있었다. 무엇이든지 자연스러운 것은 받아들여졌다. 그리하여 그
　들은 벌거벗은 육체를 운동 경기에서 자랑스럽게 내보였다. 가장 더러운 육
　체의 기능도 의식에서 완전히 배제되는 법이 없었다. 이런 의미에서 희랍인
　은 완전히 개방적인 마음을 가지고 있었다. 페리클레스의 시기까지, 모든 면
　에서 사람에 맞는 규모가 유지되었다. 도시 활동의 모든 얼개가 눈에 보이는

형식과 관계를 가지고 있었다. ……[2]

이렇게 생활과 직업의 면에서 도시가 도시민의 견식을 저절로 넓혔지만, 아테네에 있어서 시민들은 보다 적극적으로 각종의 활동에 참여할 수가 있었다. 특히 시민들은 공적인 기능에 최대한으로 참여함으로써 그들의 공적 성격이 강화되었다. 다시 멈퍼드에 따르면,

아테네의 업적 중 가장 중요한 것은 공공 생활과 사생활의 중용을 기할 수 있었던 것이었다. …… 시민은 필요에 따라 자기가 마련한 장비를 가지고 군에 복무하고 회의와 법정에서 일했다. 운동 경기에 선수로 나가거나, 극장에서 공연하거나 합창단에서 노래하지 않는다면, 적어도 시민은 자기 차례에 따라 아테네 전시의 축제 행진에서 제자리를 지켰다. 거의 모든 아테네의 남자 시민은 시민 회의의 참가자로서, 언젠가는 공공사에 참가하고 자신의 결의 사항이 지켜지도록 감시하는 일을 했다. …… 오늘날 행정 관리, 고등 서기, 감사원, 지방 관리들이 하는 것으로 되어 있는 일들을 50명씩의 반으로 나누어 보통의 시민 자신들이 행했다.[3]

이렇게 생활과 직업, 그리고 정치의 자유스러운 연계 관계에 기초하여, 비로소 문화적인 일이 성립했다. 그리고 이 문화적인 일도 말할 필요도 없이 모든 사람에게 열려 있고 모든 사람이 참여할 수 있는 것이었다.

예술 활동에의 참여는 6000명의 판사가 있는 도시에서 시 회의나 법정에

---

2   Lewis Mumford, *The City in History* (Penguin Books, 1966), p. 197.

3   Ibid., p. 196.

복무하는 일이나 마찬가지로 시민 활동의 일부였다. 봄마다 축제가 있고 여기에 비극 작가들의 경쟁이 있었다. 이것은 해마다 열두 개의 새 연극과 180명의 코러스 가창자와 무도자의 참여를 필요로 했다. 희극 경연은 매년 열여섯 편의 새 연극과 144명의 코러스 가창자와 무도자를 필요로 했다. 아테네 제국의 100년 동안 정선된 수준의 2000개의 연극이 쓰이고, 상연되었고, 6000개의 새 악곡이 작곡되고 공연되었다.

이 예술 활동은 중세의 신비극이나 기적극의 경우보다 더 많은 사람들의 참가를 필요로 하였다. 매년 2000명 정도의 아테네의 시민들이 대사를 외우고 서정 합창이나 극 무용의 음악과 무용만을 연습해야 했다. 이것이 가장 높은 미적 체험이었을 뿐만 아니라 높은 지적 훈련이었다. 그러한 결과 청중에는 일반 관객뿐만 아니라 그 전의 공연자, 전문 비평가가 들어 있었다.[4]

이렇게 하여, 아테네의 문화는 생활과 정치 그리고 예술의 공동체적 교환과 상호 작용 속에 저절로 이루어졌던 것이다. 멈퍼드가 요약하는 대로,

아테네 시민의 공적 생활은 이렇게 그의 끊임없는 주의와 참여를 요구하였고 이러한 활동들은 그를 사무실이나 제한된 구역으로부터 풀어놓아, 그로 하여금 사원에서 시민회의장으로, 시의 광장에서 극장으로, 운동경기장에서 무역이나 해군에 관계되는 일을 처리할 필요가 있는 피라이우스의 항구로 돌아다니게 했다. 아테네의 시민들은 철학자들이 잘못 말하듯이 냉정한 사고와 관조를 통해서만이 아니라 강한 감정에 자극된 행동과 참여를 통하여, 근접 관찰과 직접적인 대인 교섭을 통하여, 그들의 삶을 영위해 갔다.[5]

4   Ibid., p. 197.

5   loc. cit.

위에서 잠깐 살펴본 희랍의 도시나 중세적 공동체가 오늘의 사회와 문화에 그대로 살아날 수는 없는 일일 것이다. 그러나 그것이 오늘에 적용이 될 수 있든지 없든지 간에, 이러한 범례들은 문화와 사회 공간의 구성이 불가분의 것임을 확인하여 주기에 충분하다. 그리고 그것은 우리가 문화의 발전을 생각한다면, 이러한 기본적인 사실을 잊지 않는 것이어야 한다는 것을 확인하여 준다.

4. 문화적 사회 공간의 크기: 소집단과 그 테두리

오늘날 문화 공간으로서의 사회 공간은 어떤 것이어야 하는가, 또 그것은 어떤 것일 수 있는가? 우선 이 공간의 크기는 얼마만 한 것이어야 하는가? 위에서 간단히 예를 들어 본, 중세적 사회 조직이나 아테네의 경우 문화적인 생산적 공동체는 하나의 지역 공동체 또는 도시로 생각되었다. 그러나 이 공동체의 크기도 어떤 것이 적절하다고 딱 잘라 말하기는 어려운 것이다. 구체적으로 아테네의 인구는 약 30만이었는데, 그중 시인은 약 4만이었다.[6] 피터 래슬릿(Peter Laslett)에 의하면, 산업 이전의 영국 촌락의 평균 인구는 200명이었다.[7] 산업 도시의 혼란을 수정하여 인간의, 일의 필요와 자연환경에 대한 요구를 조화시켜 보고자 한, 에버니저 하워드(Ebenezer Haward)의 '전원도시(Garden City)'로 설계된, 레치워스(Letchworth)의 인구는 1만 7000이다.[8]

굿맨 형제에 의하면, 현대 자본주의 소비 도시의 이상형은 500만 정도

---

6 Ibid., p. 181.

7 Peter Laslett, *The World We Have Lost*(Methuen, 1971), p. 56.

8 Paul Goodman and Percival Goodman, *Communitas*(Vintage Books, 1960), p. 32.

의 인구 집중이 있어야 비로소 능률적이 될 수 있다.[9] (물론 이 소비 도시는 도시의 희화(戱畵)로서 제시된 것이고, 사람의 창조적 발전을 마멸케 하는 군집 형태이기 때문에 무시하는 것이 좋을는지 모른다.) 조금 색다른 예는 위에서 언급한 푸리에가 제시하는 공동체의 크기이다. 그는 최소한 1600명 정도가 있어야 개성을 가진 하나하나의 인간이 스스로의 개성을 발전시키면서 동시에 하나의 조화된 공동체를 이룰 수 있다고 하였다.[10]

이러한 예는 별로 참고가 되지 않는 것일는지 모른다. 제시된 크기는 서로 너무 큰 간격을 가지고 있을 뿐만 아니라, 우리가 흔히 생각하는 테두리와 너무나 맞아 들어가지 않는 것이기 때문이다. 우리가 흔히 이야기하는 것은 민족 문화나 보편적 의미에서의 문화이며, 우리가 실제 살고 있는 문화는 도시나 지역보다 훨씬 작은 소집단의 문화이다. 따라서 생각해 보아야 할 것은 특정한 크기보다 원칙이다. 그것이 어떤 크기이든지 간에, 적정한 크기의 도시 내지 지역 공간이 문화적 응집력의 중심이 된다는 것은 옳은 이야기일 것이다. 그러나 이것이 안팎으로 완전히 폐쇄된 공간일 필요는 없다. 그것은 밖으로는 보다 넓은 지평에 이어지며 안으로 보다 작은 집단적 단위를 유기적으로 포용하는 것이라고 생각되어야 한다. 또 그것은 시간적으로도 오늘 이 자리를 중심으로 하여 과거와 미래에로 열린 것이어야 한다. 오늘날 이미 말한 바와 같이 우리가 문화의 발전 또는 그 계획을 이야기하는 것은 대체로 국가적 차원에서이지만, 또 우리는 문화가 단순히 국가나 민족에 한정되지 않고 인류 전체의 것일 수 있는 가능성을 배제하지 않는다. 문화의 보편적 의미는 '세계 문학'과 같은 이념에 이미 표현되어 있다. 어쨌든 지구 위의 모든 인간이 하나로 합치될 수 있다면, 단

---

9   Ibid., p. 125.

10 Charles Fourier, *Harmonious Man*(Doubleday Anchor Books, 1971), p. 124.

순히 외면적으로만이 아니라 내적으로 합치될 수 있다면, 그것은 무엇보다도 문화의 보편성의 매개를 통하여서가 아니겠는가?

그러나 다른 한편으로 우리는 위에서 문화가 구체적인 삶으로부터 유리되어서는 아니 되며, 이 삶에 대하여 외면적 첨가가 아니라 내면적 활성화의 원리 또는 삼투와 확산의 관계에 있을 때, 문화는 건전한 것이 된다고 말했다. 구체적인 삶의 현장이라는 관점에서 볼 때, 인류나 세계, 그리고 국가나 민족은 물론 지역 공동체, 도시 공동체까지도 지나치게 크고 추상적인 조직체로 보인다. 사르트르는 오늘의 사회가 '잡히지 않는 전망 (perspective de fuite)'을 이룬다고 설명한 바 있다. 즉 오늘날의 사회에 있어서 어떠한 사람도 또는 단순한 집단도 독자성을 가지고 있지 않으면서 다른 사람들, 다른 집단과의 관계에 의하여 제약을 받게 되어 있지만, 이 관계의 정확한 포착은 우리 손을 벗어나 계속적으로 도망가게 마련이라는 말이다.

> 이렇다는 것은 주어진 조건하에서 사람과 사람 사이의 직접적 관계는 다른 개별적 관계에 달려 있고, 이것은 또 다른 관계에 달려 있고, 또 이것은 다른 것에 달려 있고 ― 이러한 연쇄 속에 있기 때문이다. 이러한 것이 구체적 관계 내에서 제약으로 작용한다. 이 제약은 다른 사람이 있어서가 아니라 부재하기 때문에, 사람과 사람이 합치되어 있기 때문이 아니라 갈려져 있기 때문에 생기는 것이다.[11]

이렇게 우리의 구체적인 삶을 제한하면서 우리에게 구체적으로 잡히지 않는 현대 사회의 기괴한 조직은 도시에서 잘 나타난다. 다시 사르트르의

---

11 Jean-Paul Sartre, *Critique de la raison dialectique*(Gallimard, 1960), p. 56.

말을 빌려, 도시는 "그 실체의 부재로부터 실체를 얻는 물질적 사회적 조직이다."[12] 구체성을 결하고 있으면서 우리의 삶을 누르고 있는 조직 ── 이러한 것이 사르트르의 말대로 오늘날의 사회와 도시라고 한다면, 그리고 문화의 참 생명력이 우리의 구체적인 삶의 향상, 그것의 해방과 풍요화에서 온다면, 우리의 문화에 대한 생각도 '잡히지 않는 전망'을 넘어가는 것이라야 한다. 이렇게 생각할 때, 참으로 핵심적인 문화 공간은 인류나 민족이나 도시보다도 더 작은 집단이어야 할 것처럼 보인다. 즉 우리가 보고 듣고 이야기하는 것이 구체적으로 가능한 집단, 사회학자들이 '대면 집단'이라고 부르는 사회 공간이 우리의 문화적 성찰의 대상이 되어야 하는 것처럼 보이는 것이다. 그러나 뒤에서 다시 생각해 보게 될 이유로 하여, 이것만으로 문화적 공간이 성립할 수는 없는 일이다. 오히려 문화 공간은 하나의 확정된 물리적 구획으로보다는 여러 집단의 유기적인 상호 관계 속에 구성되는 것이 아닌가 한다. 그것은 대면 집단을 중심으로 하여 한편으로는 개인적 자아의 내면 공간에 이어지고 다른 한편으로는 지역 또는 도시로 번져 나가고 그 밖에 국가나 민족 그리고 세계의 지평으로 둘러싸인다. 그러나 달리 보면, 역시 문화 공간의 중심은 밖으로는 지역이나 도시에 있는 것으로 생각되고, 안으로는 그보다 작은 소집단, 대면 집단이 중요한 것으로 생각된다.

소집단이 중요한 것은 그것이 구체적 삶의 공간으로서 구체적 인간관계가 성립할 수 있는 공간이기 때문이다. 이에 대하여 지역이나 도시는 이 소집단에 다양성과 객관성을 부여하는 요인으로 필수적인 것이다. 다만 도시든, 지역이든, 국가든, 이러한 것들은 소집단의 구체성의 원리가 확대될 수 있는 것으로 성립되어야 한다. 그렇게 함으로써만, 우리의 삶을 둘러

---

12 Ibid., p. 57.

싸고 있는 테두리는 '잡히지 않는 전망' 또는 제약으로서만 작용하는 부재의 조직이기를 그칠 것이다.

이런 경우 우리가 생각할 수 있는 것은 큰 조직을 향하여 개방되어 있는 형태의 소집단이다. 인간 상호간의 구체적인 교섭을 위하여 이상적인 것이 대면 집단과 같은 소집단이고 다른 한편으로 현실적 이유와 다양화를 위하여 민족과 같은 큰 집단이 필요하다고 할 때, 그 타협점은 사회를 대면 집단의 집합 또는 연합으로 생각하는 데에서 찾아질 수 있지 않을까 하는 것이다. 즉 사회 내의 대면 집단은 푸리에의 친화 집단처럼 자유롭게 구성되고 자유롭게 다른 형태로 바뀔 수 있는 형태를 취할 수 있다. 또는 작은 집단들은 하나의 연합체를 구성할 수도 있다. 사실상 우리는 이미 여러 작은 집단들에 속해 있다. 직장에서, 동네에서, 취미의 모임에서 또는 친족의 모임에서, 작은 대면 집단에 속해 있고 이 사이를 유연하게 움직여 다닌다. 우리가 생각하는 사회는 이러한 사회 현실의 형식화라고 할 수 있을 것이다. 어떤 경우에 있어서나 사회의 큰 기구의 성립이 그 안에 있는 소집단의 해소를 의미하는 것은 아니다. 가령 국가 안에 여러 가지 집단들이 유기적 인간관계의 그물로서 존재할 수 있는 경우가 그것이다.

소집단이 유동적인 방식으로 또는 연합체의 그물 속에 존재하는 것은 현실적으로 요구되며 또 바람직한 것이다. 현실적이라는 것은 소집단이 경제적으로나 문화적으로나 하나의 자족적 단위가 될 수는 없기 때문이다. 넘쳐 나는 삶의 표현으로서의 문화가 가능하기 위해서는 일정한 한도 이상의 경제적 잉여가 있어야 하고 이러한 잉여는 얼마간 이상의 규모의 사회에서만 축적될 수 있기 때문이다. 그러나 이러한 경제 기반의 문제를 떠나서 문화 자체의 관점에서 보더라도 문화는 일정한 크기 이상의 인간 집단을 요구한다. 문화는 결국 서로 완전히 투명할 수 없는, 또는 완전히 일체가 될 수 없는, 사회에 있어서의 통합 작용으로서 발생한다고 할 수 있기 때문이다.

다시 말하건대, 문화는 통합 작용이다. 그러나 이 통합은 다양화를 전제로 하여 요청되는 것이다. 그러니까 달리 말하면 문화는 한편으로 다양화의 촉진이면서, 다른 한편으로는 그 조화와 통일성이다. (이것은 사실적 상징적 매개 작용으로 하여 이루어진다.) 이렇게 볼 때, 인간의 다양한 개화와 또 그궁극적 조화는 완전한 일체성에 의하여 결합된 집단에서는 기대하기 어렵다고 해야 한다. 문화가 대면 집단 이상의 큰 사회 공간을 필요로 하는 것은 어쩌면 이러한 것보다 더 근본적인 이유에서라고 해야 할는지 모른다. 우리는 위에서 살아 있는 문화는 구체적 인간에 뿌리내리고 있어야 한다는 취지의 말을 되풀이하여 강조하였다. 그러나 이것은 문화의 한 면만을 지나치게 부각시킨 혐의가 있다. 동서양의 전통 어느 쪽을 보든지, 문화는 일반적인 것으로 나아가는 과정을 의미한다. 헤겔은 문화의 개인적 표현인 교양을 '일반성에로의 고양(Erhebung zur Allgemeinheit)'이란 말로 설명하였다. 동양에 있어서도 교육받은 인간의 특징은 불편부당하고 공평무사한 것에서 찾아졌다.

문화적 수련은 개인이나 사회로 하여금, 개체적 특수성을 떠나 일반성의 원리 아래 행동하게 한다. 이것은 다양한 개성에 대한 요구에 배치되는 것이 아니다. 문화 공간 내에서의 개성의 발전이 단순히 주어진 자아에 고집하는 것이 아니라 사회가 암시하고 또 보여 주거나 가능하게 해 주는 자아의 가능성을 선택적으로 내면화하고 발전시키는 것이라고 할 때, 그러한 개성적 발전은 주어진 직접적 자아와 현실로부터 일반적 가능성에로의 도약을 요구하는 것이다. 이것은 사회의 경우에도 마찬가지이다. 성숙한 사회일수록 그것은 개성적이면서 인간과 사회의 일반적 가능성에 대하여 열려 있는 것으로 생각될 수 있는 것이다.

5. 이성의 진전

그런데 소집단들의 연합체로서의 사회를 생각해 볼 때, 이러한 연합체가 가능하기 위해서는 저절로 개인이나 사회의 '일반성에로의 고양'이 있어야만 한다. 다시 말하여 소집단의 연합체적 존재 방식은 이성적 문화의 발달을 필요로 하고 또 촉진하는 것이다. 혈족 집단이나 농촌 공동체에 있어서의 인간의 유대는 흔히 이야기되듯이, 비이성적인 정서와 관습 또는 의식(儀式)에 기초해 있다. 이러한 요소들은 대개 보수적이고 폐쇄적이게 마련이다. 그것은 쉽게 형성되고 해체될 수 있는 것이 아니다. 위에 이야기한 바와 같은 쉽게 형성 해체되는 집단은 불가피하게 이러한 보수적 요소의 약화와 그것을 대치하여 인간관계를 조정할 수 있는 원리 또는 문화를 필요로 한다.

이 원리란, 이미 이야기한 바와 같이 이성이라고 하겠는데, 이성적인 것을 너무 좁게 해석할 때, 그것은 사회에 있어서의 인간관계를 너무 메마른 것이 되게 할 수 있다. 사실 현대에 있어서 합리화의 진전이 비인간적 관리 체제를 가져온 것은 널리 지적된 바이다. 그리하여 이에 대한 보완책으로서 소집단의 중요성이 대두한다고 할 수 있다. 이성적 질서의 메마른 정서나 몰가치성을 소집단의 정서로써 극복하자는 것이다. 그런데 이렇게 말하면서, 우리는 이성적 문화에 대하여 그것이 반드시 도구적 합리성을 지칭하는 것은 아니라는 것을 말할 필요가 있다. 이것은 인간성의 근본과 가능성을 잊지 않는 것으로 생각되어야 한다. 물론 이것은 일시에 선천적으로 또는 자연 상태에서 주어진 인간성만을 뜻하지는 아니한다. 그것은 인간의 자연을 포함하면서 끊임없는 인문적 인간 성찰에 의하여 정교해지고 또 망각으로부터 지켜지는 어떤 것이다. 이 문제는 후에 다시 언급하여 이야기할 것이다. 그러나 여기에서는 간단히 이성적 발전은 인간성의 근본에 이어져 있는 것이어야 한다는 것과 다른 한편으로는 동료 인간에 대한 형제애의 발전과 보조를 같이하는 것이라는 것을 언급하는 데 그치기로 한다. 이 후자는, 다시 말하건대, 보편적 이성의 진전은 사랑의 보편화와 일치되어 마땅하다는 말이다.

이러한 일반적이고 보편적인 이성의 진전 또 이성의 문화는 말할 것도 없이 단순한 정신적 문화 현상으로 이루어진다고 말할 수는 없다. 그것은 현실적 삶의 상황 속에서 이루어지고 또 지속된다. 즉 소집단들이 보다 큰 공동체의 공간 속에서 — 정치적, 경제적, 문화적 이유로 하여 성립하게 되는 지역 또는 도시 공동체 내에서 서로 마찰하고 화합하고 하는 사이에 그것들의 관계를 조정하는 원리로 이성의 진전이 이루어진다는 말이다. 그리고 이러한 진전은 정치적, 경제적, 생활의 이성적 질서와 병행하여 이루어지고 또 그것에 의하여 보장된다. 여기에서 정치와 경제의 이성적 질서란 자유와 평등 그리고 자원의 낭비 없는 배분에 의하여 특징지어진다. 그런데 이것은 이념적 차원에서 또는 추상적 전체성으로서 그렇다는 것이 아니라, 시민 하나하나의 구체적인 생존 속에 현실적으로 또는 적어도 잠정적으로 구현되어 존재한다. 그리하여 이 구체적 구현은 사회의 어떤 부분도 부재의 조직으로서 사람을 억압하는 요소가 되는 것을 방지해 준다.

6. 국가와 세계

소집단이 어떤 종류의 것일 것인가는 조금 더 자세한 연구가 필요할 것이다. 여기서 그것은 여러 가지 성질의 것으로서, 혈연, 직업, 지역, 취미, 그때그때의 작업 등에 의하여 묶이는 모든 집단일 수 있다고 말하는 데 그치기로 한다. 사람의 다양한 가능성을 개인적인 관점에서 또 사회 전체의 관점에서 발전시키는 데는 다양한 집단들이 다 같이 동등한 힘을 가져 마땅하나, 그런 가운데도 경제 활동의 단위에 일치하거나 또는 적어도 거기에 관련하여 발생하는 집단이 전략적 핵심에 놓일 것이다. 이것과의 관련에서 정치적 권력의 조직이 또 그에 비슷한 중요성을 가질 것이다. 그러니만큼 이러한 문제에 대하여서는 우리의 내면적 관점을 넘어서서 더 면밀한 실증적 고찰이 필요할 것이다.

위에서 이미 말한 바와 같이 소집단은 그 자체만으로는 자족적 단위가 되지 못한다. 그것은 구체적 인간의 삶의 장으로서 실체를 갖는다. 그러나 이 삶의 장은 형성되면서 또 사라질 수 있다. 한 개체의 삶은 한 소집단 속에서만 영위될 수 없다. 그것은 그것을 중심으로 이루어지는 한 소집단으로부터 다른 소집단으로 옮겨 간다. 뒤집어 말하면, 하나의 소집단은 개체의 삶의 움직임에 따라 생겨나고 또 사라지는 것이다. 사회의 관점에서 볼 때, 소집단들은 한편으로 끊임없이 변한다. 그러나 다른 한편으로는, 일상적 삶의 유지에 필요한 경제나 정치의 소집단을 비롯한 비교적 지속적인 소집단들은 하나의 유기적 조화와 통일을 이룬다. 이 유기적 조화와 통일의 외연이 사회이다.

이 사회는 두 가지로 생각될 수 있다. 한 가지는 개체적 생존의 관점에서 보는 것인데, 이때 우리는 개체적 생존의 다양한 발전이 완전한 상보, 또는 공생의 조화 속에 이른 상태를 생각할 수 있다. 이상적으로는 평형점이 지역 사회 또는 도시 공동체와 일치하게 되는 것이다. (위에서 든 푸리에식으로 말하면 1600명의 공동체가 일단 그러한 평형점이 될 것이다.) 다른 한 가지 사회는 국가이다. 이것은 개인적 실존의 관점에서 또 문화의 다양성이란 관점에서 하나의 지역 공동체를 넘어서는 또 다른 가능성의 총체로 생각될 수 있다. 그러나 그보다 중요한 현실적 근거는 경제적 상보 관계와 오늘날과 같은 민족 국가의 시대에 있어서의 국방의 필요와 같은 것일 것이다.

그런데, 국가와 관련하여 우리가 덧붙여 생각할 것은 국가가 전유하는 것처럼 보이는 역사이다. 즉 역사가 국가를 문화적 공간의 중요한 테두리가 되게 한다는 말이다. 이것은 민족 국가가 지속적 집단 조직의 단위로서 역사 속에 존재하여 왔다는 사실만을 두고 하는 말이 아니다. 이보다 중요한 것은 거의 모든 문화적 업적이 귀속되는 것이 국가였다는 사실이다. 사람이 전통 문화에서 배운다면, 그리고 이것이 인간적 생존의 중요한 차원을 이룬다고 한다면, 그 전통 문화는 대개 지역 공동체보다는 민족 국가에 널리 공유되는 것이다. 이것은 문학이나 철학 또는 다른 학문적 전통일 경우 특히 그렇다. 그 이유는 근대사에 있어서, 인간 생존의 집단적 범주로서 국가가 중요한 위치를 점유해 왔다는 데에도 있고, 고급문화의 가장 중요한 매개체인 언어가 규정하는 공동체와 민족 국가가 흔히 일치한 데에도 있을 것이다. 또는 그런 이유보다도 고급문화와 민족 국가 사이에는 무엇인가 확연히 여기서 밝힐 수는 없지만, 친화 관계가 있는 것처럼 보이기도 한다.

이외에도 우리가 생각할 수 있는 것은 이미 앞에서 비쳤듯이, 보편적 세계 문화이다. 이것은 점점 좁아져 가는 세계에서 우리가 바라보아야 할 미래의 이상이며, 또 현실의 일부가 되어 가는 것이라고 하여야겠지만, 아직은 그렇게 구체적인 실감을 가지고 이야기할 만한 것은 아닌 것처럼 보인다. 다만 보편적 세계 문화가 민족 문화를 부정하는 것이 아니라는 사실은 생각하여야 한다. 문화는 어떤 차원에서나 특수성과 보편성의 두 계기를 가지고 있고, 이것은 민족 문화의 경우에도 마찬가지다. 말하자면 민족 문화는 특수성을 가지고 그대로 세계 문화에 등장하는 것이다.

우리가 문화라는 말을 쓸 때에, 이미 그것은 특수성과 일반성의 차원을 동시에 가지고 있다. 가령 인류학자들이 사람은 자신의 문화를 통해서 사물을 본다거나 어떤 일이 한 종족 사회의 문화적 특징이라거나 할 때 문화는 일반적, 보편적, 이성적인 것에 대립하는 특수한 제약으로 생각된다. 그러나 다른 한편으로 문화는 '문화의 우리'를 의미하는 것이 아니라, 이미 비친 바와 같이 일반성에로의 고양을 의미한다. 이것은 특히 고급문화의 중요한 기능이다. 그것은 사람으로 하여금 자신의 실존적 특수성을 넘어서서, 더 넓은 지평에로 나아갈 수 있게 하는 매개체로서 중대한 의의를 갖는다. 그것은 어떻게 보면, 인간의 보편성에로의 형성과 보편적 인간이념에 대한 끊임없는 성찰을 그 사명으로 한다. 그리고 여기에서 우리가 주목할 수 있는 것은 문화적 노력이 보편성에 이름에 따라 하나의 민족 문화가 세계 문화에 등장한다는 점이다.

이러한 과정은 물론 문화적 업적만의 결과가 아니다. 문화가 민족 국가의 삶의 빼놓을 수 없는 일부를 이룬다는 의미에서, 그것은 그러한 국가의 총력의 표현으로 이루어지는 결과이다. 대체로 오늘날 서양 문화가 세계적 우위에 있는 것은 서양 사회가 이룩한 국제 정치상의 위치에 대응하는 것이다. 그러나 이렇게 이야기하면서 우리가 잊지 말아야 할 것은 오늘날 서양 문화가 세계 문화의 위치에 가 있다면, 그것은 다른 한편으로, 그것이 이룩한 보편성에 힘입고 있다는 사실이다. 다시 말하여 문화는 사회의 총체적 역량의 표현으로서 성립하면서 동시에 그 보편성에 의하여 세계 문화에 등장하는 것으로 보이는 것이다.

이것은 민족 문화의 전개의 한 면이다. 그러나 이것은 한 면일 뿐이다. 한 사람이 또는 한 사회가 문화의 매개 작용을 통하여 보편성의 차원에 존재할 수 있게 된다고 하여, 그것이 그 사람의 구체적 실존 또는 한 사회의 역사적, 문화적 특수성을 버리는 일이라거나 이를 완전히 초월해 버리는 것은 아니다. 보편적 인간은 세계 시민이라는 추상적 차원에서가 아니라 구체적 인간으로 산다. 그는 한 개체이며, 여러 소집단, 지역 공동체, 한 국가 사회의 일원으로 산다. 미국의 문화 또는 독일의 문화가 세계적으로 확산되고 또 세계적인 의의를 얻는다고 하여 그러한 사회가 미국이나 독일이기를 그치는 것이 아니다. 그러니까 문화에 있어서의 보편성은 반드시 개념적 보편성과 일치하는 것이 아니다. 아마 그것은 사람의 생존에 있을 수 있는 한 가능성을 제시해 주는 범례와 같은 것일 것이다. 그 범례는 하나의 모범이 되면서, 나의 삶과 일치할 수도 없고 그것을 포괄할 수도 없다. 이것은, 가령, 위대한 인간의 삶이 갖는 것과 같은 의미를 갖는다고 할 수 있다. 위대한 인간의 삶은 우리에게 하나의 모범, 하나의 귀감이 된다. 그것은 개인으로서 또는 보다 큰 지역 공동체 또는 인간 공동체의 일원으로서 가장 구체적으로 충실하게 산 삶일 수 있다. 그러나 동시에 그것은 인간적 위대성의 가능성을 우리에게 보여 줌으로써 보편적 호소력을 갖는다. 위대한 인간은 사람의 삶을 여느 사람의 삶에 비하여 한층 더 높은 보편적 차원으로 끌어올린 삶이다. 이러한 것은 국가 사회의 문화의 경우에도 마찬가지이다. 그것은 하나의 구체적인 사례이면서 보편적 가능성을 제시할 수 있는 것이다. 그것은 특수성과 일치할 수도 있으며, 여러 특수성의 끊임없는 종합에 의하여 비로소 가능하여지는 구체적 전체성이라고 할 수 있다. 민족 문화의 보편성 또는 세계성에로의 도약의 경우만 보더라도, 이것은 특수한 민족 문화들의 경쟁적 공존 관계 속에서 이루어지는 것으로 보인다.

서구에서 발달한 근대·과학은 인간 이성의 가장 보편적 표현이라고 할 수 있을 것이다. 이것은 서양의 민족 국가의 경쟁적 공존 속에서 발달하였다. 중국 과학기술사의 과학사가 조지프 니덤(Joseph Needham)은 근대사에 있어서 서양 과학의 우위성을 비교사적인 관점에서 설명하면서, 서양 과학이 국가 공동체의 환경에서 성장한 것을 지적하고 있다. 다원적 국가 공동체가 제공하는 서로 참조하고 경쟁하는 테두리와 보호 아래서, 비로소 여러 가지 다른 과학적 사상들이 시험될 수 있었던 것이다. 이것은 과학뿐만 아니라 철학 사상, 정치 사상, 정치 사회 제도의 경우에도 해당될 수 있는 것이다. 니덤에 의하면, 중국 과학이 가지고 있지 않았던 것은 이러한 다원적 사회와 문화였다.

이러한 관찰은 보편적 인류 문화의 발전이 결코 추상적 일반성의 문제가 아니라는 것을 생각하게 한다. 그것은 개별적 민족 문화의 다원적이고 경쟁적인 존재로부터, 그것의 보편성에의 발돋움으로부터 나온다. 마찬가지로 민족이나 국가 사회의 문화는 지역 공동체의 다양한 차이와 융합으로 이루어지고, 이 지역 공동체는 다시 구체적 인간들의 상호 작용의 장의 다양한 연합으로 이루어진다.

7. 지역 공동체의 구성: 인간적 규모

문화는 사람이 모여 사는 여러 가지 집단적 장을 관류하는 어떤 삶의 방식이고, 또 각 차원의 집단적 삶에 고유한 삶의 방식이다. 그러나 문화를 사회 공간으로 생각할 때, 가장 핵심적인 것은 지역 또는 도시 공동체라고 할 수 있다. 여기에서 유동적인 소집단의 연합체가 일단의 균형을 이룰 뿐만 아니라, 지리적, 경제적, 정치적으로 자족적인 근거를 얻기 때문이다. 그러한 의미에서, 이러한 지역 또는 도시 공동체의 구성에 대하여 조금 더 구체적으로 생각해 보기로 하자. 이것은 가장 구체적으로 말하면 도시 계획이나 지역 계획의 문제로 귀착된다고 할 수 있다. 사실 어떤 문화에 대한 인상은 도시 공간이나 지역 공간의 구조물, 구조, 쾌적감에서 온다. 이것은 관광객들이 맨 처음 얻게 되는 인상과 비슷하다. 이러한 것은 외면적이고 피상적인 문화 이해에 불과하다고 생각될 수도 있다. 그럼에도 불구하고, 많은 피상적인 것도 따지고 보면, 더 심각한 것에 이르는 원인에 이어져 있듯이, 이 경우도 이러한 문화 이해를 전적으로 무시할 것은 아닌 것이다. 위에서 말한 그러한 이유들로 하여, 도시 계획 또는 지역 계획은 한 사회, 한 시대의 문화의 종합적 표현으로써 성립한다. 따라서 그것은 가장 주의 깊고 전문적인 식견에 입각한 것이어야 할 것이다. 우리가 여기에서 하려는 것은 단순히 우리의 문화가 어떠한 형태로 있어야 하겠는가를 구체적으로 상상해 보는 방편으로 바람직한 도시 또는 지역 공간에 대한 기본적인 소망을 표현해 보는 것에 불과하다.

문화 공간으로서 어떠한 지역 공간이 바람직한 것인가에 대한 기본적인 지침은 위에서 우리가 말한 것들로부터 저절로 나온다. 맨 먼저 우리는 문화와 삶의 비분리를 말하였고, 여기로부터 공동체의 공간은 모든 사람이 서로 다양한 개성을 발전시키면서 구체적인 관계를 가질 수 있는 공간이어야 한다는 원리를 추출해 내었다. 그것은 또한 그것을 초월하는 외부적인 요인에 대한 관계를 최소한도로 가지고 있어야 한다고 말하였다. 적어도 일상적인 차원에서의 이러한 관계는 부재의 조직으로서 구체적인 삶을 제한, 제약하는 요인이 되기 쉽기 때문이다. 다시 말하여, 문화 공간으로서의 사회 공간은 다양하며 일체적이며 자족적인 것이 바람직하다. 이것을 물리적인 관점으로 옮겨 말하면, 도시나 지역 공간은 다양성을 확보할 만큼은 커야 하며, 부재의 조직의 소외를 방지할 만큼 작아야 하고, 또 성원들의 일체성을 기약할 수 있을 만큼 활발한 상호 작용이 있을 수 있어야 한다는 말인데, 제3의 조건 이외의 두 조건은 모두 크기에 관계되는 것으로서, 이를 아울러 적정한 크기의 원리, 다른 말로 인간적 규모의 원리라고 부를 수 있을 것이다.

그런데, 다른 한편으로 인간적 규모는 사람이 감각적으로 존재하면서 그를 넘어가는 추상적 호기심을 가진 존재라는 사실에 기초해 있다. 다시 말해서 그것은 한편으로 사람이 최소한도의 생물학적 생존에 만족할 수 없는 정신적 방랑성을 가지고 있으면서 다른 한편으로 육체적 존재라는 사실에 관련되어 있는 것이다. 모든 생존 이상의 문화적 욕구는 전자의 측면에서 나오지만 구체적인 의미에서 인간의 그 환경에 대한 관계는 후자의 측면에, 즉 그가 육체적 존재라는 사실에 의하여 결정된다. 따라서 무엇보다, 즉 사람이 감각적이며 육체적인 존재라는 것을 확실하게 인정하는 것이 모든 사회 공간의 계획에서는 첫 출발점이 되어야 할 것이다.

그러니까 가장 기본적으로 사람은 그의 몸에 어울리는 공간에 살아야 한다. 이것은 원칙적으로 걸어다니면서 그의 생활의 문제를 해결할 수 있는 공간에 살아야 한다는 말이다. 물론 공간적으로 사람은 기계화된 교통수단의 도움으로 상당히 광범위한 범위에 걸쳐 살면서, 그것을 자신의 생활의 영역으로 삼을 수 있지만, 그러한 생활이 곧 낭비와 피로를 가져오리라는 것은 우리가 쉽게 예상할 수 있는 일이다. 따라서 기본적이고 핵심적인 생활의 분야에 있어서, 지역 공동체의 공간은 걸어다닐 수 있는 범위의 지역에 한정되는 것이 바람직한 것이다. 이것은 물론 생활의 핵에 관계되는 이야기이고 완전히 격리된 지역을 말하는 것이 아니다. 또 기계화된 교통수단을 완전히 배제하자는 것도 아니다. 여러 가지로 연합된 지역 간의 교통수단은 존재하는 것이 옳다. 이러한 것은 경제적인 이유뿐만 아니라 심리적인 이유로도 정당한 일이다. 사람은 주기적으로 일상적 공간으로부터 풀려나와 예외적인 흥분을 찾아야 할 심리적 욕구를 느낀다. 광역 교통수단은 이러한 욕구를 충족시키기 위하여서도 필요한 것이다.

지역 공동체의 크기의 문제는 단순히 피로를 방지한다든지 또는 오늘날 대도시에서 보는 바와 같은 혼잡과 낭비를 피한다는 뜻만을 가진 것이 아니다. 그것은 보다 알찬 삶을 위하여, 그러니까 문화의 관점에서 중요한 의미를 갖는 것이다. 오늘날의 대도시는 그 크기와 움직임의 속도로 하여 완전히 추상화된 공간이 되었다. 그러한 결과, 흔히 생각하는 것과는 달리 대도시인의 내적 경험은 극히 빈약한 것이 되었다. 사람은 자기가 사는 공간을 내면화하게 마련이다. 이 공간은 사람의 내면 깊이 잠겨 정신적 안정을 제공해 준다. 그러나 그것은 그러한 공간이 우리의 감각적 경험의 능력에 알맞은 것일 때 가능한 일이다. 즉 밖으로부터 들어오는 감각적 자극의 크기와 빈도가 적당한 것이고, 그것들이 일정한 유기적 일관성을 가지며 우리의 미적 감각에 호소하는 것일 때, 그러한 감각적 체험의 총체는 우리에게 의미 있는 환경을 이루게 된다. 시인들이 노래해 온 고향의 마을과 도시와 산천들은 모두 이러한 유기적 환경의 의미를 가진 고장들이었다. 오늘날 대도시는 한편으로 우리에게 공허한 잿빛 공간이며, 다른 한편으로는 그 맥락을 알 수 없는 단편적 자극들의 집적이다. 이러한 대도시 공간은 추상적이고 몽환적이며, 우리에게 하등의 실감 나는 체험의 내용이 되지 못한다. 우리가 매일매일 일터나 놀이터를 향하여 가면서 통과하는 도시, 공간이나 그러한 통과 중에 마주치는 사람들이 우리들에게 얼마나 실감 나는 것들인가. 그것들은 우리의 소외의 변두리를 꿈처럼 스쳐 갈 뿐이다. 보들레르가 파리를 "대낮에도 허깨비가 부르는, 몽환에 찬, 잡담의 도시"라고 하고, 엘리엇이 이러한 보들레르의 느낌을 연상하면서 런던을 죽음의 행렬이 흘러가는 "비현실의 도시"라고 한 것은 납득이 가는 일이다. 여기에다가 그것의 현대적 문화의 결여로 인하여 야기되는 일상적 시달림으로 하여, 서울은 단순히 허깨비의 도시라기보다는 작은 몽마(蒙魔)들의 도시가 된 것으로 말할 수도 있을 것이다.

　지역 공동체의 공간적 규모가 인간적인 것이라야 한다면, 공동체 내부의 계획에 있어서도 이러한 규모는 유지되는 것이 바람직하다. 이것은 어느 정도는 공동체의 외연적 제약에서 저절로 나온다. 기본적인 생활이 일정한 넓이의 공간에서 자족적으로 영위된다면, 그 안에서의 계획과 활동의 규모는 저절로 비인간적으로 커질 수가 없을 것이다. 우선 공동체 내의 지리적 또는 생활상의 구역의 문제로 일과 놀이와 가정은 서로 가까운 거리에 있어야 한다. 이것도 공동체의 외연의 문제에서 그랬던 것처럼 단순히 편의상의 고려에만 관계된 것이 아니다. 사람의 삶에 있어서 삶의 이 세 영역은 하나의 유기적 일관성 속에 있어야 한다.

이것은 현대 생활에 있어서의 이 세 가지가 존재하는 방식을 통하여 부정적으로 추출해 낼 수 있는 명제이다. 오늘날 우리의 일과 놀이와 가정생활은, 그것이 같은 사람에 의하여 담당되는 것이기 때문에 하나로 묶여 있을 뿐, 모두 원심적으로 우리의 삶으로부터 이탈해 나가려는 것처럼 보인다. 일은 오로지 우리의 가정 내에서의 삶을 유지하고, 일로부터 해방된 시간의 놀이에 자금을 벌어들이는 수단으로만 의의를 갖는다. 그런가 하면 놀이는 일로부터의 도피로서 의의를 갖는다. 그리하여 놀이에서 찾아지는 것은 단순한 휴식이거나 일의 고역과 권태를 보상해 줄 강력한 자극제이다. 가정 또한 일로부터의 도피처이며, 일을 위한 준비 장소, 새로이 시작해야 하는 일의 고역을 감당하기 위한 회복의 장소로서만 의의를 갖는다. 일이나 놀이나 가정이나 어느 것도 그 자체로서 별 의미를 갖지 못하고, 더구나 그것들이 유기적 전체성을 갖는다는 것은 기대할 수도 없는 일이다. 그리하여 우리의 나날은 서로 다른 방향으로 잡아당기는 세 고역(苦役) 사이를 미친 듯 돌아가는 쳇바퀴가 된다.

일과 놀이와 가정의 근접은 이러한 쳇바퀴 인생의 미친 회전을 조금은 느리게 할 것이다. 적어도 소외 공간을 횡단해야 하는 시간의 절약은 우리에게 자신의 삶을 일관성 속에 모으고 정리할 수 있는 여유를 줄 것이다. 그러나 말할 것도 없이 이것이 우리 삶의 단편화에 대한 가장 좋은 처방이 될 수는 없을 것이다. 더 필요한 것은 우리의 일과 놀이 그것 자체가 보람 있는 것이 되고 쾌적한 조건에서 이루어지는 일이다.

8. 삶과 사회적 상호 작용

일과 놀이와 가정의 근접에서 오는 이점은 아마 제1세대의 편의보다도 제2세대의 교육에서 생기는 것일 것이다. 오늘날 대부분의 청소년들은 그들이 노동의 중하 밑에 놓인 것이 아니면, 일의 현장이 줄 수 있는 배움의 기회를 박탈당하고 있다. 근로 청소년의 경우, 그들은 그들의 일로부터 배우기에는 너무나 그것으로부터 현실적 정신적 거리를 갖고 있지 못하다. 이에 대하여 학교의 청소년들에게 모든 것은 추상적인 정보이며 이론에 불과하다. 위에서 언급한 바 있는 아테네의 시민들처럼 인간적 규모의 공동체에서 청소년들은 일과 놀이와 가정의 깊이를 일상생활의 자연스러운 과정으로 배우게 될 것이다.

이러한 배움과의 관계에서 또 한 가지 중요한 것은 지역 공동체에서 많은 삶의 과정이 공동체적으로 행해질 수 있다는 점이다. 일과 놀이, 그리고 가정이 하나의 연속적 궤도를 이룬다고 해서 이것이 개인이나 가족의 고립을 의미하는 것은 아니다. 어떻게 보면, 이러한 삶의 세 국면이 가장 일체적인 덩어리를 이루고 있는 것은 고립된 농장에서의 삶이라고 할 수도 있다. 그러한 고립되고 자족적인 농촌은 그 나름으로의 매력을 가지고 있는 것이지만, 문화의 관점에서 자연 속에서의 외딴 생활이 마르크스가 말한바 '시골의 백치병'을 낳는 것도 사실일 것이다. 이러한 백치병은 의미 있는 상호 작용을 통해서만 극복될 수 있는 것이다. 문화적 세련은 밀도 있는 상호 작용의 환경에서만 이루어질 수 있다.

위에 말한바 삶의 세 가지 국면에서 일은, 특히 현대적 기술을 요하는 일은 집단적 환경에서 이루어진다. 다만 이러한 환경의 작업이 조금 더 정신적으로 만족할 만한 것이 되기 위해서는 작업자는 단순히 위로부터 내려오는 명령을 수행할 것이 아니라, 그가 해야 하는 일의 기획과 수행에 창조적으로 참여할 수 있어야 한다. 다시 말하여 민주적 협동을 통한 작업이 필요한 것이다. 그렇게 함으로써만 일은 마지못해 해야 하는 의무로부터 사람의 정신을 풍부히 하고 개성의 실현을 가능하게 해 주는 창조의, 협동 적 창조의 기회로 바뀌게 된다.

가정은 다른 어떤 집단적 단위보다 자기 폐쇄적인 것으로 보인다. 사실 그것은 공적 생활의 부담으로부터 사적인 위안으로 들어갈 수 있는 휴식 과 사사로움과 이완된 정서의 공간이다. 말할 것도 없이 가정의 보다 근본 적인 기능은 인간의 생물학적 생존의 보존이다. 사람이 낳고 자라고 짝을 얻고 병들고 죽는 일의 구체적 터전이 되는 곳이 가정이다. 그러나 이러한 가정의 사사로운 또는 생물학적인 기능은 이미 상당한 정도로 사회에 개 방되어 있다. 그럴 수밖에 없는 것이 사회의 궁극적 의의도 생물학적 생명 의 연속성 이외의 다른 것에서 발견하기 어렵기 때문이다. 사람의 생물학 적 연속성의 문제는 개인의 문제이면서 사회의 문제인 것이다. 그러므로 예로부터 관혼상제와 통과 의식들은 사회적인 의식이었다. 오히려 오늘날 대도시에서 이러한 의식은 외견상의 사회성과는 관계없이, 완전히 사사로 운 것이 되어 가고 있다. 우리는 조금 더 평형을 찾은 사회에 있어서 이러 한 삶의 단계를 표하는 의식들이 좀 더 사회적인 것이 되고, 그렇게 함으로 써 본연의 정신적, 교훈적 깊이를 회복할 것으로 기대해 볼 수 있다.

사람의 생물학적 과정에 관계된 것으로서 성장은 아마 가장 사회화된 부분일 것이다. 그중에도 정신적 성장, 즉 교육은 학교라는 제도를 통하여 가장 사회적인 것이 되었다. 그리하여 교육은 개인의 영역인지 또는 가정 의 영역인지 또는 사회의 영역인지 가리기 어려운 것이 되었다. 그러나 교 육의 사회화는 사회화의 외관에도 불구하고 극히 외면적인 것이거나 또 는 피상적인 것에 불과하다. 외면적이라는 것은 오늘의 사회가 교육에 개 입한다면, 그것은 사회가 요구하는 규범이나 규율을 밖으로부터 부과하는 방식을 취하는 데 그치기 때문이다. 오늘의 교육이 성장하는 정신의 내면에 호소하여 참으로 사회적인 인간을 만들어 내는 데 얼마나 성공하고 있는가 하는 데에는 큰 의문이 있다고 할 수밖에 없는 것이다. 다른 한편으로, 교육의 사회화가 피상적이라는 것은 그 표면적 대중화에도 불구하고 오늘날의 학교가 극히 개인주의적인 장소라는 것을 두고 하는 말이다. 오늘날 학교는 그것도 가장 좋은 뜻으로 볼 때, 재능의 경쟁을 위한 장소이다. 이 경쟁은 한편으로 개인의 능력의 발휘를 위한 기회를 주고, 더 세속적으로는 개인적 영달의 기회를 부여하기 위한 것이다. 다른 한편으로, 사회는 이 재능과 영달의 경쟁의 기준을 정하여 줌으로써 사회에 필요한 인재를 길러 내고 이를 활용할 수 있게 된다. 그러니까 사회는 위에서 말한 바, 사회 규범의 외면적 부과와 이기심의 은밀한 조종을 통하여 은밀한 사회 계획을 실천하는 것이다. 이러한 과정에서 등한히 되는 것은 진정한 의미에서의 사회적인 인간이다. 이상적인 상태에서 학교 교육은 한편으로 개인의 개성적 가능성을 개발하면서 그러한 발달의 일부로서, 인간의 사회적 사명 그리고 연대감과 운명에 대한 깨우침을 부여하는 것으로 생각될 수 있다. 이것은 사람과 사람 사이의 협동적이고 경쟁적인 상호 작용이 가능한 학교의 환경에서 이루어진다. 물론 교육의 내용으로는 인문적 전통과 과학과 실제적 지식이 주가 되겠으나, 이것은 활발한 인간 상호 간의 작용에 의해서만, 단순한 이론적 기술적 지식을 넘어서서, 사람이 사는 데 있어서 필요한 지혜 '희랍의 프로네시스(phronesis)', '로마의 프루덴티아(prudentia)'가 되는 것이다.

오늘날의 학교가 삶을 풍부하게 하는 인간적 주고받음의 장소가 되지 못하는 것은 우리 사회의 지배적 에토스 — 위에서 말한 대로 외면주의적이며 나쁜 의미에서의 개인주의에도 기인하지만, 그것은 또 순전히 물리적인 의미에서의 학교의 거대화에도 기인한다. 오늘날의 수천 명, 수만 명의 학교에서 학생들은 군중의 바다에 사라져 버리거나 자신의 외로운 자아 속으로 숨어 들어가 버리거나 할 도리밖에 없다. (대중이 되는 것과 외톨이가 되는 것은 비슷한 일이다.) 오늘날의 많은 학교 교육의 문제는 사실 학교의 인간적 규모의 문제라고 할 수 있다. 위에서 이미 비친 바 있듯이, 거대한 군중 속에서 사람은 아무 생각 없는 집단주의자가 되거나 극단적인 개인주의자가 될 도리밖에 없다. 이것이 소외 공간의 정신병적 불안으로부터 자기를 방어하는 유일한 방법이다.

그러나 개인주의적이고 경쟁적이며 공격적 인간의 탄생이 소외 공간으로서의 학교의 유일한 문제는 아니다. 말할 것도 없이 교육의 주된 내용을 이루는 것은 지식의 전수에 관계되는 것이다. 그런데 이 지식의 전수와 사회 속에서 인간이 존재하는 방식에는 밀접한 관계가 있다. 사람의 지식은 사회적으로 얻어진다. 이것은 간단하게는 책을 통하여 지식을 얻는 것과 교사와 동료 학생과의 상호 관계에서 그것을 얻는 것과 어느 쪽이 쉬운가 하는 것을 생각해 보면 알 수 있다. 후자가 쉬운 것은 그러한 방법으로 보다 지식 획득이 많은 사람의 도움을 받을 수 있기 때문만이 아니다. 사람은 무엇보다도 사람과의 관계에 민감하다. 따라서 지식은 서로 인간적 교섭을 주고받는 일에 짜여 들어감으로써 생생한 느낌을 얻게 되는 것이다. 이것은 우연한 것이 아니다. 교육의 요체는 특수한 것으로부터 보편적인 것에로 나아갈 수 있게 된다는 데 있다. 보편적인 것에로 나아간다는 것은 다른 사람들의 관점을 취해 볼 수 있는 능력을 갖는다는 것과 거의 일치한다. 그리고 다른 사람과의 다양하고 자유로운 교섭을 통하여 우리는 우리의 개별적 관점을 초월하는 훈련을 얻는다. 모든 지적 추구가 이러한 것은 아니지만, 이러한 과정이 지적 엄밀성과 보편성에 이르는 기초 과정임에는 틀림이 없을 것이다. 오늘날 과밀 교실에서의 주입식 교육에 문제가 있다면, 그것은 단순히 교육의 외적 조건에 관계되는 문제가 아닌 것이다.

학교 교육이 오늘날 외관상의 사회화에도 불구하고 단순히 대중적으로 거대화하고 또 개인주의화하였다면, 이러한 현상은 사람의 생물학적 진로, 또는 발달심리학의 용어로 '라이프 사이클'의 모든 단계에서 두루 관찰할 수 있는 것이다. 그보다는 차라리 학교를 제외한 모든 삶의 영역은 대중화, 거대화 속에 그대로 방치되어 있다고 말하는 것이 옳을는지 모른다. 유치원이 있기는 하지만, 일반적으로 학령 전의 아이들이 그 나이에 맞는 보호를 받으면서 동시에 다양한 교섭과 관찰을 가질 수 있는 공간이 우리 도시의 어디에 있는가. 또는 더 적극적으로 아이들로 하여금 사회적 습관을 기를 수 있게 하고 부모의 극히 개인적인, 따라서 극히 직접적이고 매개되지 아니한 보호가 아니라 일반화된 사회의 보호를 받을 수 있게 하며, 어른들로 하여금 가정의 밀실 상태로부터 풀려나 숨 돌릴 수 있는 여유를 가질 수 있게 할 시설 ─ 가령 탁아소 같은 것도 우리 사회에서 볼 수 없는 것의 하나이다.

이러한 공간과 시설의 결여와 결부하여 주목할 수 있는 것은 우리 사회에 있어서의 여성의 완전한 사인화(私人化)이다. 사람의 행복이 사적인 영역에 있는가, 아니면 공적인 영역에 있는가 하는 것은 잘라 말하기 어려운 것이고, 또 관점과 취향에 따라서 이것은 여러 가지로 말하여질 수 있는 것일 것이다. 그러나 완전히 공적인 영역에서의 생활이 비인간화의 요소를 갖는다고 한다면, 완전히 사적인 생활이 완전히 만족할 만한 삶이 되지 못함은 인정하지 아니할 수 없는 삶의 진실일 것이다. 이런 관점에서 우리 사회의 여성들이 공적인 기회를 가지고 있지 못함은 말할 것도 없다. 그런데 이것은 단순히 사회의 공식 기구에 진출할 기회가 없다는 것만을 두고 하는 말이 아니다. 어쩌면 이보다 중요한 것은 여성들이 비록 사사로운 영역의 일 ─ 가장 기본적인 생존 유지에 들어가는 작업은 사사로울 수밖에 없다고 하겠는데, 이러한 일에 종사한다고 하더라도, 이러한 일을 사회의 인정 속에서 협동적이고 창조적 작업으로 승화시킬 아무런 사회적 공간을 갖지 못한다는 사실이다. 그들은 사회의 공적 직위에 나갈 수 있어야 할 뿐만 아니라 가사에 관계된 일을 사회적으로 논의하고 사회적으로 조직화할 수 있는 기회와 공간을 가져야 한다. 이것은 가사와 같은 일만 아니라 삶의 사사로운 모든 사건에 다 해당하는 것이다. 사사로움을 보존하는 것은 중요한 일이다. 그러나 다른 한편으로 사람이 사사로운 삶의 무정형으로부터 벗어나 객관적 명증화를 얻을 수 있는 중요한 수단은 사회적 공간으로 나아가는 일이다. 이것은 우리의 극히 사사로운 관심의 경우에도 그렇다. 이것은 여성들이 공적인 사회 참여와 가사의 사회화 이외에도, 여성의 '라이프 사이클'에 맞는 교육과 문화적 추구와 사회적 봉사의 궤도를 발전시킬 수 있어야 한다는 말이 될 것이다.

　사람의 생물학적 지속에 있어서 제일 중요한 것은 건강과 질병과 노쇠와 죽음의 문제이다. 새로운 공동체가 이러한 문제에 대한 적절한 사회적 대책을 포함하는 것이어야 함은 말할 것도 없다. 건강과 질병의 문제는 이미 개인적이고 가정적인 영역을 넘어서서 병원을 비롯한 공적 의료 제도에 의하여 다루어지고 있다. 뿐만 아니라 이러한 제도의 폐단도 이미 우리 사회에서 논의가 많이 되어 온 바이다. 여기서 우리가 지적할 수 있는 것은 인간 규모의 공동체에서 의료 혜택은 좀 더 많고 고르게 주어질 수 있고 또 흔히 불평의 대상이 되는 불친절의 문제 같은 것도 일어나지 않을 것이라는 사실이다. 사실 병원 같은 곳에서의 불친절의 문제는 더 심각하게는 인간의 존엄성의 문제이다. 즉 의료 혜택의 균등한 배분도 중요하지만, 오늘날에 있어서 우리가 병원 시설 같은 데에서 느끼는 것은 사람이 그의 위엄을 잃지 않으면서 사회적 도움을 받을 수 있어야겠다는 것이다. 작은 규모의 공동체에서 한 사람의 건강과 질병과 죽음은 여러 사람의 관심과 걱정의 대상이 될 수가 있다. 사람의 위엄을 이루는 것은 공동체의 적절한 관심과 존경이다. 작은 규모의 공동체에서, 다른 곳에서나 마찬가지로 병원에서도 금전과 권위의 오만만이 사회관계를 규정하는 조건이 되지는 아니할 것이다. 여기에서 또 한 가지 지적할 수 있는 것은 오늘날과 같은 금전과 권위주의의 제도 아래에서 경시되는 보건의 문제 또는 예방의학의 문제는 조금 더 중요한 사회적 관심의 대상이 될 것이기 때문에, 병원의 이용에 대한 요구도 줄어들 것이라는 사실이다. 작은 규모의 공동체에서, 노인에 대한 사회 대책은 그렇게 중요한 것이 아닐는지 모른다. 이것은 모든 소규모의 전통 사회에서 노인의 문제가 크게 문제되지 아니한 것과 마찬가지일 것이다. 결국 잘 짜여진 사회의 인간적 관심의 그물은, 문제화되었을지도 모를 많은 작은 일들을 큰 충격 없이 흡수할 것이다. 그러나 우리가 마음에 적어 두어야 할 것은, 오늘날 우리 사회에서 그렇듯이, '인간적'이라는 사사로운 감정을 핑계 삼아 사회적 책임을 기피해서는 아니 된다는 것이다. 좋은 사회는, '인간적'이면서도 그 '인간적'인 것에 의존하여야 하는 굴욕도 강요하지는 않는 사회일 것이다.

9. 사회의 공적 공간: 정치와 문화

지금까지 우리가 살펴본 것은, 근본적으로 사사로운 것일 수밖에 없는 또는 적어도 거기에 기초할 수밖에 없는 생물학적 존속의 사회화에 관한 문제들이었다. 이에 대하여 참으로 사람의 삶의 사회적인 공간은 정치와 문화에 의하여 이루어진다. 우리는 지금까지 사회가 인간의 구체적 상호 작용의 공간으로 성립하여야 한다는 점을 강조하였는데, 정치나 문화야말로 거의 순수하게 그러한 공간으로 성립할 수 있는 것이다. 물론 이것은 정치나 문화가 보통의 삶의 밖에 성립한다는 말이 아니다. 이것은 이미 삶과의 비분리라는 원칙으로 위에서 강조한 바 있는 것이다. 그러면서도 그것들이 사람이 사는 데 있어서 삶 속에 있어서 삶을 넘어가는 것으로서 성립하는 면이 있다는 것도 놓쳐서는 아니 될 것이다. (물론 우리가 여기에서 말하고 있는 것은 완전히 차안적(此岸的)이며, 세속적인 사회적 생존의 테두리에 한정된 것이다.) 정치나 문화는 일상생활의 작은 결과 매듭 속에 배어서 존재한다.

그러나 이러한 구체적 결이나 매듭을 결정하는 것은 전체적 맥락이다. 이 전체는 구체의 자연스러운 역사적 전개의 총화로서 이루어지지만 ─ 이러한 자연스러운 전개가 인정되지 않는 체제는 억압적이게 마련이다. ─ 다른 한편으로 이것은 정치와 문화의 의식적인 조정으로 성립한다. 또는 앞에서도 말한 바와 같이, 문화는 현실 능력을 가지고 있지 못하다고 할 때, 의도적 총화로서 사회의 전체를 결정하는 것은 정치이고, 역사적 발전의 결과로서의 전체를 하나의 일관성 있는 상징체계로 세련화하는 것은 문화라고 할 수도 있다. 그러나 정치든 문화든, 그것들의 의의는 단순히 그 사회적인 실용성에만 있는 것이 아니다. 위에서 우리는 문화의 실용적 의미를 강조해 왔다. 그러나 그것은 쉽게 실용성 이상의 것으로 생각될 수 있다. 이에 대하여 정치는 실용적으로만 생각되기 쉽다. 그러나 우리는 그것이 공동체적 의식(儀式)으로서의 문화적 의의를 갖는다는 것도 잊지 말아야 한다.

정치는 말할 것도 없이 여러 가지 이익 ─ 개인적이거나 소집단적인 이익이 조정되는 공간이다. 여기에서 공정성의 원칙은 모든 사람과 이해관계가 민주적으로 대표될 것을 요구한다. 소규모의 공동체에서 이것은 그렇게 어려운 타협을 요구하는 것이 아닐 것이다. 여기에 알맞은 공동체의 정치 체제는 적어도 기본적으로 공동체의 성원 모든 사람이 동일한 관리와 의무를 갖는 직접 민주 체제일 것이다. 그러나 공동체의 민주 체제는 개인주의적 이해관계의 갈등의 투쟁적으로 조정되는 기구에 그치지 아니할 것으로 생각된다. 소규모의 공동체는 구체적 인간관계에 기초해 있기 때문에 여기에서 적나라한 이익의 동기만이 최종적 질서의 원리가 되지는 아니할 것이기 때문이다. 거기에는 구체적 인간관계에 따르게 마련인 모든 인간적 고려가 보이게 보이지 않게 작용할 것이다. 그리하여 사람들은 모든 사람의 삶과 행복에 대한 권리에 근거한 동등권을 인정할 것이고, 다른 한편으로 개인적 취향과 재능과 사회적 분업에 따라서 일어나는 차이가 상호 보완 관계에 있음을 시인하면서, 궁극적으로 동등하면서 차이 있는 공동체 성원들의 유기적 일체성을 깨닫게 될 것이다.

집단의 민주적 삶은 사회 평화를 보장하는 데 필요한 극히 실용적인 방편이지만, 그것은 또한 중요한 교육적 문화적 의의를 갖는 것으로서 모든 사람의 삶의 역정에 새로운 초개인적 차원을 부여하고 그것을 고양하고 풍부하게 하는 수단이 된다. 착잡한 이해관계의 조정 기구로서의 민주적 사회생활은 개체적 사항들의 정합성의 원리로서의 이성 또는 합리성의 원리를 낳는다. 이것은 내면화되어 우리의 이성적 자각의 한 계기가 된다. 여기에서의 이성은 단순히 사실적 필연성에의 승복을 의미할 수 있다. 그러나 우리의 공동체 안의 생활이 유기적 일체성의 깨우침이 될 때, 그것은 이이성에 고양된 내용을 부여한다. 그것은 외적인 필연성이 아니라, 인간의 삶의 내적 진리, 즉 인간 유대감의 진리의 수락이 되는 것이다. 여기에서 우리는 개체적 관점의 제약으로부터 보편적 인간성의 관점으로 나아갈 수 있는 계기를 얻게 된다. 그리고 공동체의 정치의 원리도 이렇게 하여 개인적 이익을 넘어선 또는 공정한 분배마저도 넘어선 인간 생존의 진리에 입각한 것이 되고, 공동체의 인간관계는 권리의 평등성이 아니라 봉사와 사랑 또는 희생에 의하여 특징지어질 수 있게 된다.

이렇게 말하고 보면, 우리는 예로부터 정치가 단순한 일상적 문제의 사회적 조정이라는 차원을 넘어 인간의 집단적 운명이 실현되고 시범되는 제의(祭儀)의 성격을 가지고 있었음을 상기하게 된다. 종교적 의의를 가지

고 있던 임금을 둘러싼 여러 의식으로서의 고대 정치나 헤겔 철학의 영향
을 받은 국가관을 받아들이지 않더라도, 정치에 초속적(超俗的)인 요소가
있는 것은 오늘날에 있어서도 인정할 수 있는 일일 것이다. 다만 이 초속적
인 요소는 국가의 지배 체제를 정당화하는 신화로 생각될 것이 아니라 인
간이 공적으로 행동할 때 드러나는 어떤 위대성의 광채로 생각되어야 할
것이다. 사회적 인간의 위대성의 표현으로서의 정치에 대하여 현대의 서
양에서 가장 집요한 성찰을 계속한 한나 아렌트는 희랍에 있어서의 정치
공동체로서의 도시(polis)를 다음과 같이 설명한 바 있다.

폴리스는 국가 형성 이전의 희랍적 경험으로부터 또 사람이 같이 산다는
것, 즉 '말과 행동을 나누며 산다는 것'의 의미를 깨달은 데에서 나온 것인데,
그것은 두 가지 기능을 가지고 있었다. 첫째, 그것은 가정을 떠나서, 특별한 일
로서 또 드물게만 할 수 있는 일로서 해 볼 수 있던 일을…… 늘 할 수 있게 하
는 기능을 가지고 있었다. 폴리스는 사람들에게 '영원한 명성'을 얻을 기회를
증대시켜 주는 것으로 생각되었다. 그것은 모든 사람들이 뛰어난 일을 하고
자신의 특유한 사람됨을 말과 행동으로 보여 줄 수 있는 계기를 증대시키는
것이었던 것이다. 아테네에 있어서 재능과 천재가 유독히 개화하게 된 적어도
한 이유는 — 또 이것은 도시 국가가 급격히 쇠퇴한 이유가 되기도 하지만, 폴
리스의 제일 목표가 어디까지나 특출한 일이 일상사가 되게 하는 데 있었다는
것이었다. 폴리스의 두 번째 기능은 — 이것은 인간 행동의 불안정성과 관련
되어 있는 일인데, 두 번째 기능은 행동과 언어의 허무에 대하여 어떤 보호책
을 강구하는 일이었다. 왜냐하면 길이 칭송되어야 할 행동이 잊히지 않는 것,
그것이 '불후의 명성'이 될 가능성은 별로 큰 것이 아니었기 때문이었다.[13]

---

13 Hannah Arendt, *The Human Condition*(Doubleday Anchor Books, 1959), pp. 175~176.

이렇게 정치적 공간에서의 인간 행동의 '위대성과 광휘'를 말하면서, 기억하여야 할 것은 이것이 인간의 개체적 위대성을 무시하는 것이 아니면서 공동체적 공동 행위이며 그 칭송 가운데 이루어지는 행동이라는 것일 것이다. 또 이와 아울러 이러한 위대한 행동은(아렌트의 생각은 이 점에 관해서는 극히 불분명하지만) 공동체와 그 성원들의 극히 기초적이면서 또 심각한 삶의 문제 ─ 실존적, 사회적, 경제적 현실 문제를 풀어 나가는 일과 별개의 것이 아닐 수 있다는 사실을 우리는 강조하여야 할 것이다.

하여튼 공동체의 정치적 조직을 두고, 우리가 말하고자 하는 것은 그것이 사람의 생물적 생존을 포함한 여러 가지 생활의 문제에 대한 극히 현실적인 마련이라는 면을 가지면서 동시에 그것을 넘어가는 초월적 고양의 요소를 가지고 있다는 점이다. 그것은 사람의 공동체적 보편성에로의 확대와 개체적이며 집단적인 위대성에로의 상승의 계기를 가지고 있는 것이다. 그런데 이러한 초월적 기능을 참으로 담당하고 있는 것은 문화라고 말할 수 있다. 그것은 개체적 생존의 총화를 넘어가는 공동체적 통일의 원리이고 그대로의 삶을 살 만한 것이게 하면서 그것을 넘어서는 삶의 충일 또는 과잉을 제시하는 축의(祝儀)라고 할 수 있는 것이다. 그러므로 우리가 생각하는 공동체는 그 삶의 모든 면이 문화적인 것이 되는 공동체인 것이다. 그리하여 그것은 그 삶의 복판에 문화의 축제를 위한 공간을 요구한다.

되풀이하여 말한 바와 같이 문화는 보다 나은 삶의 필요에서 나온다. 이것은 일차적으로는 생활을 향상하고 그것의 구석구석에 색채를 주는 일을 한다. 그러나 그것은 보다 의식적인 삶의 장식과 찬미에서 가장 빛나는 광채를 낼 수도 있다. 다만 주의하여야 할 것은 삶의 구체적 현실로부터 유리된 문화가 거짓되고 우스꽝스러운 것이 되며, 또 궁극적으로는 삶의 자양을 공급받지 못함으로써 시들어 죽게 된다는 사실이다. 그러나 사람은 역시 스스로의 삶을 양식화하고 미화하며, 이를 관조하며, 이것을 새로운 것으로 만들어 내는 데 기쁨을 느낀다. 사람은 어느 동물보다도 기쁨의 에너지를 넘쳐 나게 가진 존재이다. 사람은 이 에너지를 삶의 찬미에 바친다. 그리고 이 찬미는 한편으로는 아름다운 것의 찬미가 되고 다른 한편으로는 공동체적 축제가 된다.

이러한 문화의 자의식적인 표현은 삶의 유지가 현실적 일에 의하여 지탱될 수밖에 없는 한, 놀이의 영역에서 주로 나타나게 마련이다. (일 자체가 창조적이고 보람 있는 것이 될 수 없다는 게 아니다. 여기에서 말하는 것은 삶과 일치한 문화를 넘어가는 의도적인 문화이다.) 우리가 말하고 있는 공동체는 적절한 놀이의 공간을 가져야 한다. 이것은 휴식과 놀이와 예술의 관조와 창조, 그리고 공동체의 축제를 수용할 수 있는 공간이라야 한다. 휴식과 놀이를 위해서는 적절한 크기의 공원과 운동 시설이 필요하다. 여기에서도 우리는 다시 한 번 인간적 규모의 중요성을 상기하여야 한다. 이러한 시설들은 거대하고 중앙 집중적이기보다는 작고 분산적인 것이 좋다. 예술의 관조와 창조는 한편으로는 개인적 창의성의 영역에 속하면서, 공동체적 상호 작용과 예술적 분위기에 의하여 크게 자극될 수 있는 것이다. 개인적인 예술 활동을 용이하게 할 만한 공간과 시간과 여유가 가정에 있어야겠지만, 과거 예술의 업적에 접할 수 있는 공공장소, 자유로운 연합에서 생겨나는 소그룹의 동호가들이 모일 수 있는 장소, 또 예술 활동에 필요한 인적, 물질적 도움을 받을 수 있는 공공장소 등이 공동체 기획의 일부로서 마련되어야 할 것이다. 단순히 개인의 노력을 통해서만이 아니라 공공 복지 시설의 일부로서 자료나 공간의 대여 및 사용이 가능해짐으로써, 개인적 경제력의 제한이 예술 표현의 기회를 제한하지 아니하게 될 것이다.

이러한 개인적인 휴식과 활동 이외에 공적인 모임과 축제가 있음으로써 비로소 한 사회의 문화적 통합은 완성된다. 이것은 주로 정기적인 축제와 기타 공적인 기념 행사를 말한다. 이러한 것은 지역 공동체의 중앙부에 있는 광장 같은 곳에서 행해질 수도 있고, 또는 더 좁은 단위의 동네에서 행해질 수도 있다. 이것은 에너지의 발산을 위한 놀이의 성격을 띨 수도 있고 예술적 표현을 위한 공동 노력의 전시회와 같은 것일 수도 있다. 어느 경우에나 여기에서 확인되는 것은 높은 공동체적 성취감과 더불어 집단적 일체감이다. 이러한 공적인 것과 사사로운 놀이의 모임 중간쯤에 있는 것으로서, 세대별, 취미별의 사교 모임들이 있다. 여기에서 특히 중요한 것은 젊은이들이 서로 모여 즐기고 짝을 만날 수 있고 하는 일을 가능하게 하는 무도회라든지 소규모의 운동회라든지 하는 것일 것이다. 오늘날 우리 사회에서의 이러한 기회의 부재는 사회 불안의 작지 않은 요인의 하나가 되어 있는 것으로 보인다.

지금까지 우리가 이야기한 것은 모두 삶에의 몰입과 그 고양에 관한 것이었다. 그러나 문화의 중요한 기능의 하나는 우리로 하여금 삶으로부터 물러나, 이를 초연하고 냉철한 눈으로 바라볼 수 있게 하는 것이다. 그리하여 삶을 보다 큰 테두리, 삶의 이 면과 저 면, 사람이 삶과 다른 생명 현상, 당대를 넘어선 삶의 연속성, 또 삶을 에워싸고 있는 우주 ─ 이러한 것들의 테두리에서 볼 수 있게 하는 것이다. 이것은 삶에 몰두하는 방식으로서의 문화 속에도 이미 들어 있는 것이다. 위에서 살펴본 바와 같이, 그것은 삶 속에 있으면서 삶을 넘어가고, 특수자의 자리에 있으면서 보편자로 넘어가고자 하는 충동에 이어져 있는 것이다. 이러한 충동을 좀 더 일반적으로 발전시켜 관조적이거나 이론적인 태도로 정립하는 것이 가능한데, 이러한 태도의 정립은 문화의 한 중요한 영역을 이룬다. 그리고 삶의 한 중요한 방식으로서 이러한 태도를 정립하는 일 또는 적어도 사회의 일부 성원으로 하여금 습관적으로 이러한 태도를 가질 수 있게 하는 일은 가장 조심스러운 양성을 필요로 하는 것이다. 여기에서 우리가 말하는 것은 과학, 사회과학, 종교, 철학 등의 학문 분야인데 이것들은 주지하다시피 전통과

연륜, 좋은 환경 조건에서만 성장 발달한다.

말할 것도 없이, 보다 나은 삶을 창조하고자 하는 사회에는 이러한 관조적 이론적 활동에 대한 마련이 있어야 한다. 그런데 여기에서 한 가지 주의할 것은 얼핏 보아 이러한 활동이 사회의 긴급한 삶에 아무런 관계가 없는 것처럼 보일 수도 있다는 점이다. 이것은 관조적 이론적 태도가 일단 우리로 하여금 모든 특수자의 입장 — 나 자신의 실존적 특수성은 물론 나의 공동체적 사회적 이해관계마저도 떠날 것을 요구하기 때문이다. 과학 기술의 실용성은 누구나 인정하는 바이다. 그러니만큼 어느 사회나, 그것이 현대적 발전을 지향하는 한, 과학 기술을 위하여 자원을 할애하는 데 그다지 인색하지는 않을 것이다. 그러나 과학 기술마저도 그 근본에 있어서는 특수한 실존적 계박(繫縛)으로부터 벗어져 나감으로써 가능하여진다. 모든 지적 연구는 일단 특수한 이익이 아니라 이성에의 순응을 전제로 한다. 과학에서도 베이컨이 말한 것처럼, "자연은 복종함으로써 정복된다." 그리하여 목전의 긴급한 문제에 매여 있는 눈으로 볼 때, 이론적 태도는 매우 유장하고 또 어떤 경우 전혀 현실과 관련이 없으며 따라서 무용한 것으로 보이는 것이다.

그런데 문제는 이러한 이론적 연구가 무용해 보인다는 데만 있는 것이 아니다. 그것은 더 적극적으로, 우리의 있는 대로의 삶에 대하여 적대적인 것으로, 그것을 부정하는 것으로 보일 수도 있다는 것이다. 이것은 사회과학적 사고나 철학적 성찰의 경우 특히 그러하다. 모든 지적 사유는 부정의 계기를 포함한다. 그렇다는 것은 목전의 것의 현실성 내지 자족성을 부정하는 곳에서 사유 활동이 시작된다는 말이다. 그런데 자연을 대상으로 하는 경우, 우리가 부정하는 것은, 이 대상에 불과하지만, 사회나 삶을 우리의 성찰의 대상으로 하는 경우 부정되는 것은 우리의 입각지(立脚地) 자체, 우리의 사회 또는 삶 자체일 수 있는 것이다. 이것은 불가피하다. 관조적 이론적 지혜의 종착역은 어쩌면 오늘 우리에게 주어진 삶이 절대적이 아니라는 인식일지 모른다. 종교적, 철학적 예지의 핵심은 우리의 삶이 죽음의 일부라는 진리라고 할 수도 있다. 마찬가지로 사회의 경우에도 우리가 가지고 있는 사회가 있을 수 있는 사회 또는 없어질 사회의 한 양식에 지나지 않는다는 것은 쉽게 생각할 수 있는 것이다.

다시 말하여, 이것이 삶의 궁극적인 진리인지도 모른다. 그러나 이것이 죽음과 파괴만을 위한 진리인 것은 아니다. 종교나 철학에 있어서 죽음의 깨우침의 다른 한 면은 오늘 이 자리의 삶의 의미를 높여 주는 것이다. 이 높은 의미의 깨우침으로부터 창조적 삶이 시작될 수 있다. 이것은 사회의 경우에도 마찬가지이다. 오늘의 사회적 삶이 있을 수 있는 또는 없을 수도 있는 삶의 방식의 하나라고 할 때, 우리는 비로소 오늘의 삶을 개선하고 새로운 삶의 방식을 창조할 수도 있다는 깨우침을 가질 수 있다.

이렇게 말하고 보면, 사실 부정을 통하여 태어나는 것은 사람의 마음이다. 부정을 통하여 사람은 비로소 주어진 사실들의 무게를 벗어나고 자발성과 창조성을 터득한다. 이것들이 마음의 속성이 아니고 무엇이겠는가. 자유로운 마음은 우려의 대상이 될 수 있다. 그것의 창조에의 갈구는 극히 파괴적일 수 있다. 마음은 창조에 못지않게 파괴에 신바람이 나는 어떤 자발성의 충동이다. 그러나 사람의 주체성 확인과 창조의 기쁨은 모두 여기에서 온다. 우리가 하는 일과 놀이가 자유로운 마음에 의하여 매개되지 아니한다면, 그것들은 얼마나 따분하고 지겨울 것인가. 마음이 없는 곳에 모든 노동은 노예 노동자이고 모든 놀이는 꼭두각시 놀음이 된다. 그리고 마음이 없이는 새로운 창조와 수정에 의한 새로운 상황의 적응은 불가능한 것이 된다. 마음 없는 삶은 완전히 죽음의 경직 속으로 떨어져 버리고 말 것이다.

우리는 마음의 획득 과정에서 과거의 문화적 예술적 유산의 중요성을 강조할 필요가 있다. 우리가 마음을 얻는 것은 이러한 유산과의 교섭을 통하여서이다. 그것들이 과거의 삶에 반응했던 창조적 마음의 흔적이기 때문이다. 그것들이 말하고자 하는 것을 우리 스스로의 깨우침이 없이는 우리는 들을 수 없다. 그러나 다른 한편으로 문화적 전통의 교훈은 우리에게 겸손을 가르쳐 주는 데 있다. 그것은 사람들이 여러 가지의 가능성을 스스로의 자유로운 의지로 선택할 수 있고 창조할 수 있는 것을 보여 주면서, 동시에 어떤 특정한 삶의 방식이 선택됐고 창조됐다는 것을 보여 준다. 그리고 최선의 전통에 있어서, 이미 선택되고 창조되었던 것은 그것이 포함하고 있는 지혜의 무게로 하여 우리 자신의 선택과 창조의 경박성을 제한하게 된다. 그것은 외적인 압력으로서가 아니라 내적인 승복으로서 그렇게 하는 것이다. 자유로운 마음은 경박하다. 그러면서 그 경박성은 그 창조적 자유의 표현이다. 그러나 그것은 역사적 선례를 통하여 삶의 무한한 가능성과 더불어 위험을, 또 전통적 선택에 대한 외경을 배우는 것이다. 문화는 정신의 모험과 아울러 지나간 정신의 모험에 대한 외경을 우리에게 가르쳐 준다.

10. 문화의 도시

위에서 대강 살펴본 문화적 공간으로서 사회 공동체를 구성하는 데 필요한 요인들을 고려해 보았다. 마지막으로 이것들을 간단하게나마 하나의 구체적 청사진 속에 모아 놓을 때, 우리의 이야기는 더욱 분명한 인상을 줄 수 있을 것이다.

우리의 공동체는 대체로 기계적 교통수단을 별로 필요로 하지 않는 지역 사회일 것이다. 이것은 농촌적, 전원적, 도시적 환경, 어느 것일 수도 있지만, 편의상 도시를 상상해 보기로 하자. 공동체의 중심은 시 광장에 있을 것이다. 이 광장이나 공원은 시민들이 휴식을 취하거나 모일 수 있는 건조물들을 가질 수도 있고 또는 공원을 포함할 수도 있을 것이다. 이 중심부에는 도시의 상호 작용의 핵심에 관계되는 시설들이 놓일 것이다. 정치와 문화의 시설들이 시 광장 부근에 모이는 것은 당연하다. 정치 시설은 사회와 시 행정부를 포함하고, 문화 시설에는 공연 예술의 전당, 체육 시설 이외에 자율적 소그룹들이 문화 활동을 전개하는 데 시설과 기재를 제공할 수 있는 공회당을 포함한 것이다. 또 여기에는 미술관, 박물관, 도서관 등이 있어야 할 것이다. 물론 시 광장의 주변에는 시민의 휴식과 즐거움을 위하여 다방이나 음식점이 그리고 중요한 상품 교환을 위한 상점들이 있어야 한다. 이러한 시의 중심부로부터 방사선으로 주택과 소규모의 상점과 수공업소들이 늘어설 것이다. 대규모의 공업 시설은 시의 외곽에 자리 잡을 것이고, 대학이나 연구소도 다른 외곽에 자리 잡게 될 것이다. 병원과 휴양소도 외곽에 있거나 자연 속에 있어서, 육체적 정신적 회복의 과정은 내면의 고요를 얻고, 고요 속에 자연을 수용할 수 있게 될 것이다. 건조물이 끝나는 곳으로부터는 농촌과 산수가 펼쳐져, 도시의 삶을 생산적 관조적 자연으로 연결시켜 줄 것이다. 말할 것도 없이, 우리의 도시 공동체는 그 자체로서 완전히 자족적인 것이 아니기 때문에, 도시 외곽으로부터 뻗어 나가는 도로와 철도가, 이를 다른 지방으로 연결해 주어야 할 것이다.

(1984년)

문화 도시의 이념

1. 서론에 대신하여

1. 경제 발전과 도시 발전

　낙후된 곳으로 일컬어지는 목포와 같은 도시가 그 낙후성을 떨쳐 버려야 한다는 것은 필연적 요구이지만, 그것을 위하여 무엇이 필요한지는 분명치 않다. 낙후라는 말 자체가 경제적 개념이라고 한다면, 목포가 필요로 하는 것은 경제 발전이라고 말해야 할 것이다. 그러나 경제 발전의 한 세대가 지난 지금에 와서 경제 발전이 반드시 모든 의미에서의 발전, 인간적 삶의 전면적 신장에 일치하는 것이 아님은 자주 지적되는 점이 되었다. 새로운 발전의 계획을 생각할 때 이 점은 반드시 참고되어야 할 것이다. 그러나 여기에서 중요한 것은 경제 발전과 도시 발전이 일치하지 않는 것이며 오히려 서로 모순될 수도 있는 것이라는 사실을 유념하는 일이다.

　간단히 말하여 경제 발전의 한 형태는 공장을 많이 세우고 산업 능력을 높이는 것이다. 그런 경우에 도시의 발전은 그러한 산업 시설을 뒷받침하기 위한 이차적 의미밖에 갖지 않는다. 그것도 도시의 발전이 중요해서가 아니라 도시를 정비하지 않음으로써 발생하는 여러 문제를 해방하거나, 더 흔히는 이미 발생한 문제들을 처리하는 방편으로 도시의 발전 또는 계획이 문제되는 것이다.

어떤 경우에나 공장 도시 또는 산업 도시가 이상적 도시가 아닌 것은 지난 30년 동안 우리나라 여러 도시들의 상황들을 보면 자명한 일이다. 또는 어떤 특정한 산업을 위주로 하여 발전한 것은 아니면서, 특별한 이상적 비전이 없이, 주로 경제적, 정치적 요인으로 하여 제 마음대로 퍼져 나간 서울이나 부산과 같은 대도시의 팽창을 보아도 그러한 도시 발전이 반드시 좋은 도시적 발전 ─ 쉽게 말하여 살기 좋은 도시, 세계적으로 우러러볼 만한 도시에로의 발전을 이룩하는 것과 일치하지 않음은 쉽게 알 수 있는 일이다. 오히려 세계적 도시 경험은 산업화와 그 사회적 변화의 결과로 생겨나는 도시의 팽창이 삶을 향상하기보다는 도시를 문제적인 것이 되게 하는 것임을 말하여 준다. 위르겐 하버마스가 그의 짧지만 날카로운 현대 건축론에서 지적하고 있는 것처럼, 현대 도시 계획의 문제는 "디자인의 문제가 아니고, 실패를 조절해 나가는 문제이고, 도시의 삶의 세계를 침범하고 도시의 실체를 말살하려는 익명의 체제 명령을 통제하고 관리하는 문제이다."[1] 서양의 경우, 일단의 도시적 균형을 이루었던 바로크 시대의 도시들이 자본주의적 산업의 발달로 흔들리기 시작하면서부터 도시는 계속적인 문제가 되었다. 도시의 문제에 있어서 자본주의적 산업의 발달은 "형성된 삶의 세계와 돈과 권력을 통하여 전달되는 여러 지상 명령들의 모순"[2]을 가져왔고, 도시 계획은 주로 이 모순을 극복하려는 끝없는 그리고

---

1 Jürgen Habermas, "Modern and Postmodern Architecture", *The New Conservatism: Cultural Criticism and the Historian's Debate*(Cambridge, Mass.: MIT Press, 1989), p. 16.

2 Ibid., p. 16.

해결을 찾지 못하는 노력이었다.

궁극적으로 중요한 것은 도시의 디자인 또는 외형이 아니라 그것이 우리의 삶에 미치는 영향이다. 도시가 문제적이 되면서 일어난 것은, 다시 한번 하버마스의 말을 빌려 "고삐에서 풀려난 인간 행동의 경제적, 행정적 체계에 의한, 삶의 세계의 식민지화"[3]이다. 이 식민지화의 상태에서 사람들은 자유롭고 주체적인 인간이 될 수가 없다. 이것은 건축이나 도시 디자인의 문제보다 사회 문제라고 할는지 모르지만, 그리고 그것이 도시와 건축을 결정한다고 말할 수도 있지만, 건축이나 도시가 인간의 행동 방식과 사회관계를 조건 짓는 것도 부정할 수 없는 일이다. 건물이나 공간의 디자이너가 그들의 작업을 심각하게 생각한 이유의 하나는 이러한 점을 의식했기 때문이다. 한 독일의 건축가의 말대로 "어떤 목적을 위해서나 건물을 사용하는 사람들은 건물의 구조를 통하여 그들의 상호 관계에 있어서의 행동을 좋게 하도록 종용될 수 있다. 그리하여 건축은 새로운 행동 관행의 창조가 될 수 있다."[4] 건물이 이러하다면, 도시가 인간 행동을 조건 짓게 되는 것임은 더욱 확실한 것일 것이다. 오늘날에 있어서, 집과 도시는—특히 우리의 집과 도시는 이러한 사회적 기능을 상실하였다. 그것은 인간적 고려가 없는 산업화 또는 근대화의 결과—적어도 그 결과의 일부이다.

물론 이렇게 말하는 것은 사태의 일면을 말하는 것에 불과하다. 어떠한 종류의 발전이든 재정적, 경제적 뒷받침이 없이 이루어질 수 없음은 말할 것도 없다. 도시의 발전이 경제 발전에 모순될 수 있는 것과 마찬가지로 도시의 발전은 경제의 발전 없이는 있을 수 없는 일이다. 다만 두 발전 사이의 불일치, 모순의 가능성에 유념할 때 두 발전의 궤도는 조화, 균형이 되

3 Ibid., p. 20.

4 Bruno Taut, *Modern Architecture*(1929), p. 9. David Watkin, *Morality and Architecture*(Chicago: University of Chicago Press, 1984), p. 40에서 재인용.

도록 조정될 수도 있다. 1960년 이후 한국의 발전에 있어서 경제 발전은 모든 것의 우위에 있었다. 그것은 다른 종류의 발전과의 균형을 허용하지 않았다. 그것은 어쩌면 그럴 수밖에 없었을는지도 모른다. 그러나 우리 사회의 지금의 발전 단계에서 그 불가피성은 많이 완화된 것으로 보인다. 특히 국가 발전의 책임을 져야 하는 입장에 있는 것이 아닌 목포와 같은 지역에 있어서 도시 또는 지역 발전이 경제 발전의 필요에 희생될 필요는 없는 것이고 더 나아가 도시 또는 지역의 균형 발전이 경제 발전에 우선하여도 좋은 것으로 보인다. 이 균형 발전을 위한 경제적 토대를 어디에서 구하느냐 하는 관점에서 경제 발전의 문제는 고려될 수 있다. 그것이 반드시 불변의 진리로 받아들여질 필요는 없지만, 경제 발전 또는 성장이 도시의 건전한 발달을 돕기보다는 문제를 야기하는 것은 그 규모나 속도가 지나치게 클 때 심각한 것이 되는 것으로 보인다. 더 나아가 도시의 정상적 발전에 문제를 만들어 내는 것은 미국의 도시 사회학자 제인 제이콥스(Jane Jacobs)가 '사태 난 돈(cataclysmic money)'이라고 부른 갑작스러운 재정 투자라는 경고에 유의할 필요가 있는 것이다.[5] 되풀이하건대 돈 없이 도시 건설이 가능할 수 없다. 가난이 도시의 적임은 틀림이 없다. 그러나 제3세계의 도시에서 보는 도시의 가난과 지역의 건전한 발달 또는 정착은 부와 빈곤에 관계없이 오랜 세월 동안의 인간과 공간의 상호 적응에서 생겨난다. 다만 이러한 상호 적응이 적절한 돈의 뒷받침을 가질 때, 그 결과가 더 좋은 것이 될 것이라는 것은 말할 필요도 없는 일이다. 문제는 돈의 뒷받침이 적절한 방식으로 이루어지는 것이고, 이 적절함의 원칙은 도시를 경제의 우위에 두면서 경제를 부추기는 데에서 확보된다.

---

5 Jane Jacobs, *The Death and Life of Great American Cities*(New York: Knopf, Vintage Books, 1961), pp. 291~320.

2. 계획과 성장

도시 계획을 우위에 놓는다고 할 때, 그것은 좋은 도시의 이념을 가장 중요한 기준으로 삼으면서 여러 가지 계획을 그것에 부차적인 것이 되게 한다는 말이다. 좋은 도시는 간단히 정의하여 살기 좋은 도시이다. 다만 그 것을 위하여서는 여러 가지 도시 기능이 확보되어야 하고, 또 그것이 가능하기 위하여서는 그러한 기능의 수행을 위한 시설을 만들고 유지하여야 하며, 그를 위한 경제력이 필요하다.

좋은 도시가 어떻게 하여 가능한가는 쉽게 답할 수 있는 질문이 아님은 말할 필요도 없다. 그러나 그것이 극히 다양한 요인들의 결합과 균형으로 가능하여진다는 것은 사실일 것이다. 그리고 이 다양한 요인들은 단순히 산술적으로 집적되는 것이 아니라 상호 작용의 과정 속에서 다른 결과를 빚어내는 동력학의 전체를 이루는 것으로 보는 것이 좋다. 도시는 어떤 단일한 구도보다도 유기적 상호 작용과 성장 속에서 생겨나고 균형을 얻게 된다. 그리하여 좋은 도시는 적어도 한 측면에서는 인위적 계획으로 만들어지는 것이라기보다 요인들의 운수 좋은 결합으로 발생하는 것이라고 할 수 있다. 물론 이미 우리나라의 도시들에서 보는 바와 같이 도시의 실패는 계획의 과잉보다도 그 부재에서 생겨나는 것이 분명하기 때문에, 유기적 성장만을 주장할 수는 없는 것이다. 다만 계획만으로 좋은 도시가 될 수 없다는 것을 상기해 둔다는 것은 중요한 일이다. 다시 한 번, 도시의 외양보다도 사회생활의 공간으로서의 측면을 중시한 제이콥스는 이렇게 말하고 있다.

새로움이 사라진 다음에도 지속하는 힘을 가진 모든 도시 건설, 길거리를 살아 있는 것이 되게 하고 시민의 자율 경영을 허용하는 모든 도시 건설은, 그 지역이 적응하고, 새로워지고, 재미있어지고, 편리해질 수 있는 능력을 지니게 해야 한다. 이것은 점진적이며, 계속적이며, 뉘앙스가 있는 변화를 수없이 허용해야 한다는 것을 말한다.[6]

오늘날 목포시와 같은 도시가 이상적인 도시가 되지 못한 것은, 되풀이하건대, 계획의 과잉보다도 자유방임의 성장 때문이라고 할 수 있다. 위에 말한 계획에 대한 경고도 그것이 의미를 갖는 것은 바로 계획이 필요 없는 것이 아니라 절실히 요망되기 때문이다. 다만 계획은 자연스러운 도시의 성장과 그 구성 요인들의 상호 작용을 허용함은 물론 지금까지의 성장에서 배우는 바가 있는 것이라야 한다. 최근의 한 보고서는 목포시의 시가지 패턴의 양호함을 지적하면서 그 원인을 급속한 팽창이 없었던 데에서 찾고 있다.[7] 이것만도 과거로부터 오는 중요한 교훈이다. 계획을 논하면서, 경계해야 할 것은 그것이 어느 것이든 그것 자체의 중요성에 심취하는 것이고, 특히 거대한 구상에 정신을 빼앗기는 일이다.

계획과 자연스러운 성장, 이 두 가지는 서로 반대되면서 또 서로 조화되도록 조정되어야 하는 두 항목이다. 도시 공간의 형성은 전적으로 새로운 계획으로부터 시작할 수 있다. (이것은 도시 재개발 계획에서 보듯이 부분적인 것일 수도 있고, 도시 전체를 완전히 새로 설계하는 것일 수도 있다.) 그러나 도시를 유기적인 것으로 볼 때, 계획은 이미 있는 도시에 질서를 부여하고 그 기능을 명료화하는 것으로 이해될 수도 있다. 물론 이것은 단순히 사후 처리적인 것일 수만은 없다. 이미 비친 바와 같이 도시 공간은 사회적 행동의 제도화의 결과라고 할 수도 있지만, 다른 한편으로는 새로운 사회관계, 인간관계 또 행위를 촉진하고 조성하는 역할도 한다. 사회적 행위의 후위에 있으

---

6   Ibid., p. 294.
7   박종철·이종화, 『발전의 대전환을 위한 행정 구역 확장』(목포상공회의소, 1988), 39쪽.

면서 그것을 미리 규제하는 전위이기도 한 것이다. 그렇긴 하나, 좋은 도시가 사람이 살기 좋은 도시를 의미한다고 한다면, 도시의 계획은 인위적 계획을 밖에서 부과하는 것이라기보다는 자연스럽게 성장해 온 도시의 여러 면모에 일관성과 명료성을 부여하는 행위로 보는 것이 옳다. 그것은 소극적으로는 도시 계획의 경제적, 인간적 대가를 최소한으로 하게 할 것이며, 보다 거시적으로는 도시적 삶의 원활성과 심미적 효과를 확보하는 결과를 가져올 것이다. (이것은 소규모의 계획에 있어서도 쉽게 볼 수 있는 것이다. 나는 신안 비치호텔의 위치에 대하여 그전에도 언급한 일이 있지만, 신안 비치호텔은 호텔 뒷면의 전통적 마을과의 관계를 고려하지 않고 지어져 있는, 아마 '인터내셔널 스타일'이라고 불러야 할 현대 스타일의 거대한 건물이다. 이것은 뒷면의 전통적 마을의 시각적인 또는 생활상의 바다에 대한 접근로를 완전히 차단해 버린다. 동시에 이 호텔이 마을의 전통적 특권을 존중하면서 산 위로 자리 잡았더라면, 마을이 살게 되었음은 물론 호텔도 마을과의 유기적이고 흥미 있는 관계를 발전시켜 그 일대의 관광지, 휴양지, 생활 근거지로서의 가치를 높였을 것이다. 이것은 호텔에게도 좋은 일이었을 것이다. 방문객의 다양한 관심을 흡수하기에는 호텔은, 그 크기에도 불구하고 너무 좁고 단순하고 무미건조하다. 좋은 계획이란 풍요하고 다양한 삶으로서 완성되며, 이것은 계획과 유기적 삶의 결합으로만 가능하다는 것을 우리는 여기에서 생각하게 된다.)

3. 생활과 아름다움

결국 이러한 관찰들은 좋은 도시란 두루두루 살기 좋은 도시여야 한다는 기초적인 말을 되풀이하는 것이다. 자본주의적 산업화에 있어서 도시가 문제적인 것이 된 것도 일차적으로는, 피상적인 의미의 편의 수단의 증대에도 불구하고, 도시가 살기 어려운 곳이 되었다는 것을 말한다. 그러나 도시의 의미가 생활의 편의에서만 발견되는 것은 아니다. 세계에서 인구에 회자되는 도시는 실용적인 의미에서 살기 좋은 도시라기보다는(물론

이 점이 있어야 되지만) 아름다운 도시를 말한다. 물론 이 아름다움은 시각적인 것에 한정되는 것이 아니고 아름다움을 만들어 내는 모든 행위, 즉 예술 활동이나 문화 활동이 활발하고 더 나아가 일상적 삶까지도 절로 아름다움 속으로 승화시켜 주는 분위기 일체를 말한다. 어떻게 보면 도시의 영광은 이 점에 있다고 말할 수도 있다. 살기 편한 것만을 추구한다면, 그것은 한 칸의 모옥(茅屋)에서도 발견되고, 또는 완전히 기계화한, 가령 우주선의 캡슐 속에서도 발견될 수 있을 것이다. 도시에 있어서의 심미적 기준의 추구는, 한편으로 단순하고 조촐한 조화에서도 이루어질 수 있고, 또는 보다 화려한 투자를 통하여 이루어질 수도 있다. 그러나 어느 경우에나 다소간의 차이는 있겠지만 희생과 대가가 없을 수 없다. 보다 화려한 투자를 통한 미의 추구가 그러할 것임은 말할 것도 없다. 그런데 대체적으로, 그것이 참다운 의미에서의 미이든 아니든, 미의 추구가 생활의 필요와 공리적 추구에 모순될 수 있는 것임은 도시 계획을 궁리함에서 일단 짚어 볼 필요가 있는 점이다. 판잣집 철거나 도시 재개발 등의 모순이 드러내 주는 것은 생활의 희생에서 추구되는——또는 관료주의의 강제 수단으로 집행되는 심미적 이상이다. 또는 박정희 시대에 우리는 보기 흉한 것을 감추겠다는 의도로서 판자촌 둘레에 높은 담장이 쳐지는 일을 본 일이 있지만, 이러한 것은 실제적인 의미에서 생활은 손상시키지 아니한다 하여도 저임금자들의 자존심을 손상시키고, 사회 일반의 현실 인식을 왜곡시키는 결과를 초래한다. 이러한 사례는 구체적인 경우를 지칭하는 것이지만, 일반적으로 거창한 도시 계획의 발상에는 자칫하면 이에 비슷한 폐단이 숨어 있게 된다. 기존 시설들을 쓸어 버리고 모든 것을 백지로부터 새로 시작하겠다는 발상은 기존의 시설만이 아니라 기존의 생활과 생활 방식에 위협을 가하고, 이미 있는 것 그리하여 많은 사람들의 자존심의 일부를 이루고 있는 것을 손상케 할 가능성을 갖는 것이다.

이러한 데에서 보는 것은 아름다움과 실용적 기능 사이에 존재하는 모순 또는 갈등인데, 상식적 입장은 일단 후자가 더 우위에 있어야 할 것임을 요구한다. 우선하여야 하는 것은 절실한 생활의 필요이다. 사람이 살고 보아야 한다는 데에는 재론의 여지가 없다. 그러나 이 생활의 필요는 경제적 실용성과 구분되어야 한다. 현대의 도시를 혼란에 빠트리는 것은 경제의 기능주의에 의한 생활 세계의 교란이다. 시장 원리 또는 시장 원리의 맹목적 혼란에 의하여 움직이는 경제력이 오늘의 서방 도시의 거대한 '상자 건축(container architecture)'을 만들어 내고 거대한 사무 빌딩 틈의 인간을 왜소하고 고독한 모래알이 되게 하였다고 할 수 있다. 그러나 우리나라의 경우에 더 분명한 것은 자본에 의한 모든 토지와 건물들의 부동산화이다. 부동산화한 토지와 건물은 구체적인 인간의 개인적, 사회적 생존과 아무런 관계가 없이 투기 원리로 움직이면서 이 생존을 지리멸렬한 것이 되게 한다. 그것이 사업 편의를 위한 도시 발전이든, 부동산 투기에 의한 도시의 황폐화이든, 필요한 것은 '황폐한 생활 세계의 탈식민지화'[8]이다. 그렇다고 이러한 경제의 힘 —— 구체적 인간의 직접적인 필요와 관계없이 움직이는 경제의 힘이 무시되어야 한다거나 무시될 수 있다는 것은 아니다. 그러나 모순의 가능성을 유념하고 우리의 판별력을 분명히 하고 우선순위를 생각하여야 한다. 실용성은 생활의 필요와 경제적 공리성을 포함한다. 이 둘 사이에 모순이 있을 때 생활의 필요가 우선해야 한다는 것은 심미 원칙과 생활의 갈등의 경우에서와 마찬가지이다. 그러나 생활의 필요도 절실성의 정도에 따라 여러 가지로 달리 생각될 수 있다. 절실의 정도에 따라서는 경제적 공리성도 미적 이상도 수용할 수 있는 것이다. 중요한 것은 생활의 필요가 다른 요인들에 의하여 압도 왜곡되지 않고 그 중심을 유지하며 다른 요

---

8   Habermas, op. cit., p. 7.

인들을 그것의 신장과 자기 초월의 계기로 흡수한다는 것이다. 또 경제 발전이 가능케 하는 에너지와 자원 그리고 미적 이상이 보여 주는 삶의 자기 초월이 없이는 삶 그 자체도 온전한 것일 수 없다. 최소한도의 생존은 시간이 지남에 따라 많은 사람에게 살 만한 삶이 아닌 것으로 느껴지게 마련이다. 삶은 보다 살 만한 삶으로서만 의미를 갖는다. 살기 좋은 도시가 아니라 아름다운 도시는 삶의 확장적 에너지에서 나오는 자연스러운 요구이다.

무엇이 아름다운 도시인가 하는 것은 간단히 답하여질 수 있는 질문이 아니다. 우리의 경제 발전과 더불어 우리나라의 도시들의 미적 외관은 많이 개선되었다. 짓는 건물이 그렇고 길거리의 단장과 배치가 그러하다. 그러나 이러한 개선의 성과의 많은 것이 무엇인가 불안한 느낌, 순정성(醇正性)을 결여하고 있다는 느낌을 주는 것도 사실이다.

아름다움이란 순박한 정의를 시도하건대, 조화의 결과이다. 그것은 부분과 부분을 전체에 조화시킨다. 또 중요한 것은 내면과 외면의 조화이다. 형상의 조화가 갖는 호소력은 그것이 어떤 정신적인 것의 표현으로서 느낌을 주기 때문이다. 이데아의 감각적 세계에의 출현이라는 헤겔적인 아름다움의 정의는 우리의 심미적 체험의 한 진상을 설명하는 것임에 틀림없다. 우리 도시들의 새로운 아름다움이 결여하고 있는 것은 내면성이다. 그것은 내면적으로 이해된 아름다움의 표현이 아니다. 그것은 대체로 표면에 한정되고 모방적이거나 장식적이다. 말하자면 현학적 인간의 학문, 졸부의 사치에 비슷한 것이다. 내면의 결여 또는 정신의 결여는 새로운 도시의 아름다움의 부분성으로 연결된다. 하나의 건물, 하나의 구역에도 미추가 공존하고 있는 것이 오늘의 도시의 실정이다. 그리하여 아름다움이 곧 조화라고 한다면, 부분적인 아름다움은 저절로 부정되어 버리고 만다. 이 부분성은 경제력의 부족의 결과이고 사회 내의 계급적, 계층적 갈등의 결과이다. 그러나 동시에 그것은 정신 부재의 증표라고 말할 수도 있다. 결국 정신은 움직임이며 이 움직임에서 전체성이 태어나기 때문이다. 그리하여 오늘날의 아름다움은 정신이 아니라 물질의 또는 그보다는 물질에 정신이 사로잡힘으로써 유래하는 물질주의의 소산이다. (물질주의적 아름다움은 자기모순에 빠진, 그리하여 그 반대의 것으로 변해 버린 아름다움이다.) 이것은 아름다움이 전적으로 물질 또는 경제력과의 관계에서 생각되는 데에서 단적으로 나타난다. 그것은 소유와의 관계에서만 존재하는 것으로 받아들여진다. 건물이나 예술품이나 소유의 대상으로서 만들어지고 소유욕의 표현으로 평가된다. 그런데 아름다움을 탐욕과 사치의 대상이며 표현이라고 비판하는 사람들에 있어서도 아름다움에 대한 물질주의적 이해는 변함이 없다. 이들 비판자들은 아름다움과 경제적 동기와의 밀접한 관계를 분석하고 차단하려는 것보다 아름다움 그 자체를 부정한다. 그들에게 전통적 아름다움의 표현, 미술품이나 건축물 등도 그 사회적 근원에 관계없이 어떤 의미를 가질 수 있다는 생각은 일어나지 아니한다. 그 결과의 하나가 일체의 건축물에 적용되는 가장 졸렬한 실용성의 원칙이다. 외면적 장식으로의 아름다움의 추구와 협량한 실용주의 사이에서 건축과 도시의 진정한 아름다움은 질식될 수밖에 없다. 어느 정도의 생활 여유가 생기는 경제 발전의 단계에서 확인되어야 할 것은, 비록 그것이 소유와의 밀착으로 그 반대의 것이 될 가능성이 있다고는 하지만, 아름다움에 대한 갈망도 진리나 선을 향한 인간의 발돋움처럼 인간의 근원적인 지향이며 존중되어 마땅한 삶의 보람을 표현한다는 사실이다. 건축물과 도시의 아름다움은 사람의 사람다움의 중요한 표현이며 완성인 것이다. 집을 짓고 도시를 건설하는 것은 당대의 소유자나 필요를 넘어서는 아름다움을 창조하는 것이기도 하다.

사람다움의 표현으로서의 아름다움은 물질 소유에 의하여 왜곡된 인간이 아니라 물질로부터 해방된 또 그것을 제어한 자유로운 정신의 표현이다. 그러나 그것이 순전한 정신의 표현만일 수는 없다. 그것은 온갖 의미에서의 사람의 사람다움의 표현이다. 이것은 단순한 정신으로서가 아니라 정신과 물질의 조화에서 얻어진다. 이것은 실용성에서 출발하면서 동시에 그것을 넘어서는 아름다움으로 발돋움하는 건축과 도시의 디자인에서 그렇다. 그것은 사람의 생존과 실용적 사업과 정신적 이상을 아울러 나타내야 한다. 헤겔은 희랍의 신전을 설명하면서, 그 인상이 "단순하며 거대하고 동시에 밝고 개방적이고 쾌적한 것이다."[9]라고 하고, 그것은 "깊은 진지함"을 가능하게 하면서도 그것을 지나치게 엄격하게 요구하지 않는 태도를 나타낸다고 말한다.[10] 쾌적에서 영원에 이르는 희랍이나 고딕 사원들의 특성들은 사실 모든 건축물이나 도시가 나타낼 수 있는 것들이다. 그것은 모든 사람들이 추구하는 좋은 삶 이외의 다른 것이 아니다. (헤겔은 그 정신적이면서도 비정신적인 요소로 인하여 건축을 최고의 예술에 미치지 못하는 것으로 보았다.)

건축이나 도시의 발전과 계획을 규정할 수 있는 복합적인 요인과 원리를 다시 정리하여 말하건대, 그것은 가장 실용적인 목적에 봉사하면서 정신성의 표현에까지 나갈 수 있다. 빈곤의 경제 속에서, 생존의 필요가 이것을 지배하는 것은 불가피하다. 그러나 여기에서 생겨나는 공리주의는 빈곤이 극복되는 단계에까지도 계속될 수 있다. 그리하여 사람의 거주 환경은 무제한적인 경제 원칙에 내맡겨진다. 이 단계에서 확인되어야 하는 것은 다시 한 번 생존 또는 생활의 필요 — 보다 높은 차원에서 통합되는 삶의 원리이다. 여기에서 추구되어야 할 것은 쾌적성이다. 그러나 이것은 미구에 좀 더 고양된 정신적 실현을 요구하게 될 것이다. 이 실현에 이르러 건축물과 도시는 참으로 아름다운 것이 된다.

---

9   G. W. F. Hegel, *Ästhetik*, III(Frankfurt am Main: Suhrkamp, 1970), p. 321.

10 Ibid., p. 331.

4. 발전의 시간: 현재와 미래

여기에서 마지막으로 생각되어야 할 것은 모든 것이 한 번에 이루어지는 것으로 생각하여서는 아니 된다는 것이다. 도시 발전 또는 경제 발전 또는 더 일반적인 발전에 있어서 실용성, 쾌적성 또는 심미성의 원리들이 추구되어야 한다고 하면, 그것은 국민 생활의 경제적, 문화적 향상 일반과 더불어 단계적으로 실현될 것이다. 이것은 자명한 일이다.

그런데 발전 계획에 있어서의 문제는 이러한 단계적이고 점진적인 진보의 문제보다 이것을 미리 예견할 수 있어야 한다는 점이 더 주목될 필요가 있다. 오늘의 긴급한 필요에 따라 집을 짓고 거리를 조성한다고 하더라도 거기에는 이미 앞으로의 보다 나은 단계를 향하여 나아갈 가능성이 들어 있어야 한다. 그런데 대체적으로 말하여 오늘날까지 우리의 건축과 건설은 지나치게 현재의 필요에만, 그것도 극히 부분적이고 한시적인 현재의 필요에만 집착한 것으로 보인다. 원래부터 집을 짓는다는 것은 ─ 특히 공공건물을 포함하여 기념비적인 건물을 짓는다는 것은 자손만대까지는 아니라도 적어도 200~300년의 가능성을 내다보는 것이다. 적어도 서양에 있어서 사원이나 시청이나 학교 건물 또는 개인 주택까지도 이렇게 지어졌고, 그리하여 그러한 것들은 미적 기념물이 되고 또 지금도 사용이 되는 것이다. (우리나라에 있어서 사원 건물도 마찬가지이다.) 오늘의 목적과 오늘의 소유는 일시적인 것이다. 이것은 물론 기본적 비전에 있어서 또 디자인에 있어서 복잡한 문제를 제기하는 일이다. 그러나 이것은 현재의 수준을 넘어가는 경비를 요구하는 것일 수 있다. 그러나 그것은 정성과 완성의 문제이기도 하다. 큰 완성과 마찬가지로 작은 완성도 있는 것이다.

발전을 말하고 발전의 미래적 가능성을 말하면서 추가하여야 할 것은 모든 것을 계획하고 모든 것을 예상할 수는 없다는 자명한 사실에 대한 강조이다. 이것은 도시나 구획을 전체적으로 계획한 것이 반드시 이용도에 있어서나 또는 대체적인 쾌적도의 향상에 있어서 성공적이지 못하다는 세계의 여러 도시 계획의 사례들을 유념하여야 한다는 말이기도 한데, 앞에서도 말한바, 점진적이고 자연스러운 발전은 이런 면에서도 계획의 공급과 수요를 가장 현실적으로 조정할 수 있는 방편이 될 것이다. 그러나 이것보다도 더 중요한 것은 변화하는 세상에서 미래의 필요를 완전히 예측할 도리는 없고, 변화하는 필요를 수용하는 새 계획의 여지를 남겨 두는 수밖에는 이 변화에 대한 최선의 대책이 있을 수 없다는 것이다. 그런데 사실, 오늘날 우리가 오늘의 필요가 무엇이고 그 필요를 충족시켜 줄 도시나 지역 계획이 무엇인가를 알고 있는가 하는 점 자체를 검토하여야 한다고 해야 할는지도 모를 일이다. 그것이 무엇이든지 간에 1990년대와 2000년대 — 특히 우리나라의 경제와 사회의 발전이 일정한 전환점에 이르렀다는 느낌이 강한 오늘에 있어서, 새로운 도시나 지역 계획, 특히 목포와 같은 곳의 계획을 생각하면서, 1960년대에서 1990년에 이르는 시기의 발전 모델을 되풀이하는 일에 대해서는 철저한 검토가 필요하지 않나 한다. 그러한 모델 그 자체의 장단점을 떠나서, 그것이 오늘과 내일의 현실과 가능성에 맞아 들어가는 것인가를 생각할 필요가 있는 것일 것이다.

2. 문화적 도시

1. 삶과 문화

위에서 이미 말한 바와 같이, 사람 사는 모습 그대로 높은 의미에서 문화가 되는 것은 아니다. 상식적으로도 그것은 미적 가치, 가치의 기념비적 표현에서 발견되는 것으로 생각된다. 이것이 도시와 같은 경우 특히 가시적 조형물로서 대표되는 것은 이해할 만한 일이다. 그러나 그것은 기념비적일 것도 극적일 것도 없는 삶의 현실로부터 유리되어 존재할 수 없다. 그런 경우 그것은 부조화가 되고, 외면적 장식에 떨어지게 마련이고 그러니만큼 아름다움의 반대가 되어 버린다. 아름다움 또는 사람의 고급문화적 표현은 삶으로부터 나와야 한다. 어느 시인의 말대로 모든 자신에 충실한 것은 자신을 넘어간다. 문화적 표현은 스스로에 충실한 삶의 자기 초월이다. 사람의 일상적 삶은 그 문화적 초월의 바탕이 되고, 그것의 주제적 존재(figure)에 대한 배경(background)으로 있으며, 그 일부이면서 그 자체 문화적이고 아름다울 수 있는 것이다. 전통적 건축에 있어서의 아름다움과 실용성, 형식과 기능 그리고 사회적, 계급적 분리에 반기를 든 모더니스트들이 강조한 '정직성'은 이러한 일체성을 말한 것이다. 그것은 적어도 그 동기의 일부에서도 "삶 전체에 퍼지는, 사회적 문화적 목적의 일체성"[11]을 회복하자는 것이었던 것이다. 모던 스타일 또는 인터내셔널 스타일의 공과가 어떤 것이든지 간에, 이것은 적어도 원칙으로서는 어느 때나 존중될 만한 것이다. (대체적으로 말하여, 우리나라의 해방 후의 건축물들은 인터내셔널 스타일의 일종의 변종이 주류를 이루어 왔다고 할 수 있겠는데, 이것은 그 심미적, 사회적 의의에 대한 깊은 사유에서 나온 것이라기보다 순전한 경제 원칙 — 생존의 절실한 필요와 동시에 가장 맹목적인 부동산 투기라는 좋고도 나쁜 경제 원칙에서 나온 것이다.)

이러한 고려는 문화적 도시가 얼마간의 기념비적 조형물과 건축물 또는 외면적인 장식의 도입으로 만들어지는 것이 아니라는 것을 상기하게 해 준다. 문화적 도시는 도시 전체가 문화적이라야 한다. 거기에서 의도적으로 문화적이거나 심미적인 부분과 일상적 부분은 같은 음악의 다른 부분, 레시터티브와 아리아를 이룰 뿐이다. 문화적 도시는 볼만한 건물과 거

---

11 J. L. Martin et al., *Circle International Survey of Constructive Art*(1937). P. V. Watkin, p. 49에서 재인용.

리가 있으면서, 생활 전체가 그 나름의 미적 균형을 유지하여야 한다. 그러나 정책적 선택이 있어야 한다면, 그것은 생활의 아름다움의 선택에서 시작하여야 한다. 그리고 그것이 스스로를 초월하기를 기대하는 것이 옳다.

2. 삶의 질서

도시는, 특히 오늘날 한국에 있어서, 인구와 산업과 인간 활동의 자장의 중심이지만, 그것은 다분히 우발적인 팽창의 결과이며 사회 혼란의 대표적 증후이다. 그러나 도시는 오랫동안 이상적 인간 생존의 터전이며 물리적 상징으로도 생각되었다. 영어에서의 도시라는 말 'city'는 도시 국가(civitas)에서 나오고, 도시 국가는 시민(cives)의 집단이다. 문명(civilisation)이라는 말도 여기에서 나온다. 어원적으로 도시란 외형적인 것일 뿐만 아니라 내면적인 의미를 갖는 것으로서 이성적 삶의 질서를 받아들이는 개인들이 구성하는 사회를 말한다.[12] 도시는, 파크(Robert E. Park)의 말을 빌려, "문명된(civilized) 인간의 자연스러운 거처"[13]라고 할 수 있는 면이 있는 것이다. 궁극적으로 도시의 이상적인 성격은 그 문화 또는 그 문명성에서 오는 것이라 하겠는데, 이것은 심미적 이상에 구체적으로 나타나지만, 그것보다 더 근본적인 것은 그 이성적 질서에 드러난다고 해야 할 것이다. 도시에 아름다움이 있다면 그것은 자연의 아름다움이 아니라 이성적 질서의 아름다움이다. 그것은 도시의 다수성이나 밀집성 때문에도 필수적이다. 이러한 것으로 인하여 이성의 도움을 받지 않는 도시는 혼돈으로 떨어질 수밖에 없다. 이성이 만들어 내는 질서는 도시의 아름다움뿐만 아니라

---

12 Monroe K. Spears, *Dionysus and the City: Modernism in Twentieth Century Poetry* (New York: Oxford Univ. Press, 1970), p. 70.

13 Robert E. Park, Ernest Burgess, Roderick D. McKenzie, *The City* (Chicago: Univ. of Chicago Press, 1925), p. 4.

기본적 삶을 위한 필수 조건이다. 도시의 미는 이 삶의 이성적 질서의 자기 초월에서 생겨나는 것으로 말할 수도 있다.

우리 도시의 현실만을 들여다보아도, 거기에 이성적 질서를 부여하는 일이야말로 도시의 — 인간적 삶이 가능할 수 있는 기본 조건이라는 것은 너무나 분명하다. 도시의 밀집 조건에서든 아니든 또는 개인적 삶이든 집단적 삶이든 거기에 질서를 부여한다는 것이 쉬운 일이 아님은 물론이다. 그것은 사람의 삶의 형식, 구조, 그 구성 요인들을 앎으로써 가능하고, 이 앎은 책상 위의 계획으로서보다도 역사적으로 — 지혜의 퇴적과 더불어 진전하는 역사를 통하여서만 주어질 수 있다. 따라서 도시에 있어서의 삶의 질서화는 계획과 철거와 건설의 관점에서보다도 역사적으로 진화하는 삶을 분절화하고 명증화하는 작업으로 생각하는 것이 옳을 것이다.

도시의 생활 질서를 형성하는 데에 있어서 최소한도의 것은 도시적 삶의 구역을 분별하고 이 분별과 외형적 도시를 일치시키도록 하는 것일 것이다. 물론 이것은 대부분의 도시에 이미 보이고 있는 것이다. 도시에는 주거 지역이 있고, 공공 지역이 있다. 또 공공 지역은 행정, 경제, 문화 등의 활동의 성질에 따라 나누어질 수 있다. 도시 발달의 가장 오래된 전통적인 원인은 시장이다. 그러고는 정치권력의 중심지 또는 행정의 중심지가 도시 성장의 핵이 되었다. 대사원이나 학교의 소재지 또는 기타 문화 활동의 장소 등도 도시 발달의 원인을 제공한다. 이러한 원인이 되는 활동이나 기능을 공공 또는 사회 기능이라고 한다면, 이러한 기능들이야말로 도시가 제공하는 집중성을 요구하기 때문에 도시의 핵심을 이루는 것이라 할 수 있다. 19세기 서양에 있어서 산업의 발달은 도시 인구 집중의 또 다른 원인이 되었으나, 교통 통신의 발달은 제조업들이 도시에 있어야 할 이유를 줄이게 되었다. 산업과 관련하여 도시에의 집중이 일어난다면, 그것은 산업을 지휘 조정하는, 장 고트만(Jean Gottmann)이 '제4차 활동(quaternary activities)'이라고 부른 "추상적 업무 활동들(abstract transactions)"[14]이 상호 긴밀한 상관관계 속에 집중적으로 이루어져야 하기 때문이다. 그러나 현대 도시의 거대화 ── 특히 우리나라의 여러 도시의 거대화와 혼란은 이러한 도시의 집중적 기능 자체 또는 그 비대화에서 생겨나는 것이라기보다 그러한 기능, 특히 그중에도 경제적 기능이 매개하는 인구 집중으로 인한 것이다. 도시의 화급한 문제는 증가하는 인구의 생활 지원의 문제이다.

주택 문제가 우리나라 도시의 가장 급한 문제의 하나인 것은 주지의 사실이다. 그런데 이것이 단순히 최소한도의 생존의 문제가 아닌 것은 다시 한 번 상기할 필요가 있다.(이 점에 대해서 나는 달리 언급한 바 있다.)[15] 잠잘 자리가 있고 얼어 죽는 사람이 없다는 의미에서는 우리나라에는 주택 문제가 없다고 할 수 있다. 오늘날 부족한 것은 최소한도의 가구 단위의 주택이 부족하다는 것인데, 이것이 필요의 기준에서의 최소 단위를 나타내는 것에 우리는 주목할 필요가 있다. 주택의 의미는 이 필요가 쾌적의 기준으로 옮겨 갈 때 상당히 달라질 것이다. 이것은 단순히 최소한도의 쾌적한 공간, 즉 주택의 크기만을 두고 말하는 것이 아니다. 우리는 오늘날 그러한 크기를 분명히 알고 있지 못할 뿐만 아니라 일정한 크기 안에서의 구성 요소와 그 구조를 알지 못한다. 소위 양옥이라고 불리는 우리의 주택 모양이나 내용을 보면, 그리고 그것이 전통적 가옥 형태와 어떻게 다르고 같은가를 보면 우리가 모호한 과도기에 있음을 새삼 깨닫지 아니할 수 없다. 주택 구조의 변화는 매우 복잡한 사회적, 심리적 변화를 반영한다. 지금의 과도기적 주택 구조가 대가족에서 핵가족으로 또 위계적 가족 구성에서보다 공동체적인 가족 구성에로의 변화를 반영하는 것임은 분명하다. 이에 부수하여

---

14 Jean Gottmann, *Since Megalopolis*(Baltimore: Johns Hopkins Univ. Press, 1990), p. 47ff.

15 김경동 외, 『한국 사회 변화 한 세대』(서울대출판부, 1985)에 수록된 졸고, 「근대화의 이데올로기와 행복의 추구」.

주택 내의 구획들은 개인의 독자성을 한편으로 강조하고 한편으로는 생존의 여러 기능(가령 목욕, 식사, 접객, 취침 등)을 보다 분절적으로 또 일체적으로 생각해 가는 심리적 변화를 표현하고 있다고 할 수 있다. 또는 전통적 가옥이 옥내 공간과 옥외 공간을 합쳐서 주거 공간 또는 생활 공간으로 파악한다고 하면, 아파트뿐만 아니라 다른 단독 주택의 경우까지도 오늘날의 주택은 모든 것을 네 벽 안으로 끌어들이는 경향이 있다는 점을 주목할 수도 있다. 이러한 것들은 저절로 주택의 크기나 형태에 변화를 가져올 것이다. 아직도 모든 것은 유동적인 상태에 있다. 여기에서 구태여 이러한 것들을 언급하는 것은 주택의 구조나 형태에 대한 고려가, 우리의 발전에 대한 요구가 필요에서 쾌적으로 또 미적 이상으로 옮겨 갈 때, 그것이 어떻게 되어야 할 것인가에 대한 고려가 조금 더 의식적으로 행해질 필요가 있다는 것을 지적하려는 것이다. 주택이 중요하다고 하더라도 그것을 독립적으로 파악하는 것은 잘못이다. 그것은 보다 큰 삶의 질서의 문제 — 도시민의 일상적 삶에 질서를 부여하는 문제의 일부에 불과하다. 사람의 삶에서 집은 거점에 불과하다. 그것은 집 밖과의 질서 있는 관계를 통하여 비로소 의미 있는 생활의 거점이 된다. 보통 사람의 일상적 삶의 질서의 최소한도 단위는 동네이다. 동네는 단순히 정서적 공동체 또는 조금 더 실용적으로 공동 안전 보장의 단위만을 말하는 것은 아니다. 그것은 보다 구체적으로 일상적 생활의 문제를 해결해 주는 자족적 생활 영역으로 생각되어야 한다. 오늘날 우리 도시의 교통 문제와 혼란은 상당 정도로 이러한 생활 영역으로서의 동네가 없는 데에 기인한다. 동네는 매일매일의 생존을 위한 일용품을 공급하고, 아이들을 안전하게 기르고 가르치는 기구를 갖추어야 하며 초보적인 건강 관리를 위한 시설을 유지하여야 한다. 또 오늘의 도시의 거대함에 비추어, 작은 도시에서라면 집중적으로 수행될 수 있을 정치적, 문화적 기능의 소규모 배분 기구도 갖추어야 한다. 가령 동네의 아이들이나 노인들이 쉽게 접근할 수 있는 동네 도서관이 있어야 하고 동네의 공공 활동의 중심이 될 공회당 같은 것도 있어야 한다. 접근이 어려운 시내 중심지의 공공 도서관보다는 이러한 동네의 도서관이나 공회당이 훨씬 더 중요한 의미를 가질 수 있는 것이다. 동네는 그 여러 가지 생활의 기능을 그 물리적 외형에 구현하는 것이 바람직하다. 주택 구역, 공공 구역, 문화와 휴식의 구역들이 구분되고 알아볼 만한 모양을 갖추는 것은 실용적, 심미적 효과 면에서 좋은 일이다. 가령 주택 구역은 어린아이나 어른들이 안심하고 다닐 수 있게끔 자동차 교통으로부터 보호되는 내면 공간으로 설계될 수 있다. 그것은 물론 안으로 향하는 것이면서도 합리적 방안에 기초함으로써 동네 안에의 접근과 보다 넓은 도시의 다른 지평으로의 연결을 용이하게 하는 종류의 설계여야 할 것이다.

'알아볼 만하다'는 것은 대체로 합리성을 가지면서도 부분이 개체적 특성을 보유할 때 생겨나는 성질이다. 동네의 알아볼 만한 형태는, 이미 말한 바와 같이, 여러 가지 실용적 의미를 갖지만, 그것은 또한 심리적 의미를 갖는다. 알아볼 만한 도시는 도시의 풍경에 질서와 개별성을 부여함으로써, 대도시 특유의 방향 감각 상실 — 풍경의 아노미를 줄이게 될 것이다. 물론 이러한 것은 심미적 효과에도 관계되어 있다. 알아볼 만하게 꾸며진 도시야말로 아름다운 도시의 기본이다.

3. 공공 구역의 질서

오늘날 우리나라 도시들의 문제점이 주거 환경에 집중된다고 하더라도 도시의 참기능이 여기에 있지 아니한 것은 말할 필요도 없다. 그것은 다른 도시 기능의 부차적인 현상에 불과하다. 위에서 말한 바와 같이 시장, 행정, 경영 관리, 산업, 문화, 정치 등의 기능이야말로 도시적 집중을 요구하는 것들이다. 이러한 기능을 위한 도시 시설이나 계획에 대하여서는 일단 걱정할 필요가 없다고 하여야 할는지 모른다. 여기에는 비교적 제한된 수의 건설 단위에 대하여 최선의 계획과 최대의 자금의 동원이 될 가능성이 크기 때문이다. (도시미학이나 도시사회학의 수준이 낮은 상황에서 모든 것은 관료적으로 또 가장 단순한 경제적, 공학적 관점에서 생각되기 쉽다. 그런 때 최선의 계획이 자연스럽게 동원될 것이라고 말할 수는 없다.) 그러나 몇 가지 다시 확인할 점들이 없는 것은 아니다.

방금 도시의 집중성을 가져오고 그것을 필요로 하는 도시의 기능 — 그 공공 기능들을 열거하였지만, 사실 이러한 집중성이 도시의 형태나 도시에 대한 이해에 있어서 늘 자명한 것은 아니다. 그것은 우리나라 도시의 대부분(목포도 예외는 아니다.)이 유기적 구조를 가지고 있지 아니하기 때문이다. 그리하여 도시의 고밀도는 질서보다는 모든 에너지 차이가 사라져 버린 엔트로피의 상태를 드러낸다. 도시의 집중적 기능은 외형적으로도 표현되는 것이 마땅하다. 이것은 기능의 효율을 위해서도 그러하지만, 심미적인 관점에서도 그러하다. 우리나라 도시에서 도심이란 상가이기가 쉽다. 이것은 시장으로서의 도시의 의미를 강조해 준다. 그러나 상업 활동이 활발해져 가고, 사업체의 규모가 커지며, 또 그것의 추상적 관리 체제가 중요해짐에 따라 도심은 점점 거대한 사무용 건물들이 차지하게 된다. 물론 보다 정치적, 행정적 사무에 관계된 건물들도 도심에 위치하기 쉽다. 이러한 발전의 이점은 도심의 중요성이 조형적으로 알아볼 만한, 어떤 경우는 조각적인 성격을 절로 띠게 된다는 것이다. 그러나 다른 한편으로 지나치게 추상적 기능에 쏠리게 되는 도심부는 그 건축 양식, 계획 또 활동의 형태에 있어서 인간적 내용이 빈약한 것이 될 수 있다. 강조되어야 할 것은 도시의 중심부로 하여금 추상적 행정적인 성격이 아니라 공적, 시민적 성격(civic character)을 띤 것이 되게 하는 일이다. 도시는 평등하고 자유로운 자격으로 시 정치에 참여하는 시민들의 집합체이고, 도시의 중요 부분은 이러한 시민성을 나타내는 실제적, 상징적 건축물과 공간으로 채워져야 한다. 그러나 이것은 시민적 문화에서 생겨나고, 우리나라에 부족한 것이 이러한 시민적 전통이다. 그리고 오늘의 대중적 산업 사회에서 도시에서 정연한 시민성을 기대하는 것도 지나친 것인지도 모른다. 그러나 그것을 위한 노력이 없을 수는 없을 것이다. 이것은 여러 가지로 표현될 수 있다. 가령 시청의 건물을 도심에 놓이게 하고, 건물의 외형이나 구조에 있어서 시민에 대하여 우호적인 느낌을 주며 접근이 용이한 것이 되게 할 수 있다. (모든 건물의 외형은 그 기능을 표현하는 것이 바람직하다고 할 수 있다. 공공건물의 공공성은 그 설계에 나타나서 마땅하다.) 또는 시민이 이용할 수 있는 공공 문화 시설, 도서관, 미술관, 음악당 등을 도심부에 위치하게 하고 이것을 적절한 휴식 공간으로 둘러싸이게 할 수도 있다. 또는 시민의 조용한 사교와 교류를 위한 상점가를 여기에 곁들일 수도 있다. 문화는 한 도시를 내적인 일체성으로 묶는 데 가장 중요한 요인의 하나인 것이다. 이것은 도시의 외형과 디자인에 표현되어야 한다. 그렇게 하여 도시는 아름다운 것이 되고 또 궁극적으로 원활하고 만족스러운 공동체의 공간이 될 수 있다.

4. 일터의 질서

위에서 비친 바 있듯이, 오늘의 도시를 만들고 동시에 그 혼란과 병폐를 가져온 것은 현대 산업이다. 그리하여 산업과 살기 좋은 환경 사이에는 피할 수 없는 갈등이 있다. 이것은, 살기 좋다는 것은 소비 중심의 관점에서 생겨난 관념인 데 대하여, 여기에 생산의 기구가 맞아 들어가기 어려운 데에 기인한다. 그것은 편안함과 노동의 영원한 대립에서 온다. 그러나 노동의 성격과 방식에 따라서는 이러한 대립은 극단적인 것이 아닐 수 있다. 가령 농업 노동은 힘이 드는 일임에 틀림이 없지만, 사는 조건과 환경을 악화시키지는 아니한다. 살기 좋은 곳 자체의 존립을 위협하는 것은 산업 — 그것도 아무런 계획도 없이 제 마음대로 생겨나고 커 가고 퇴화하는 자유 방임 산업의 발달이다. 오늘날 우리나라의 도처에서 보는 것은 이러한 산업의 혼란과 추함이다. 오늘날의 대부분의 도시 또는 도시의 어느 부분은 그곳에 밥줄과 운명에 의하여 매어 있지 않는 한, 누구도 스스로 선택하여 살고자 하지는 아니할 곳이 되어 있다. 이것은 어쩌면 계획 없는 자유주의적 산업 발달의 초기에는 불가피한 것인지도 모른다. 산업주의의 발상지인 서양에서도 그것은 그러했다. 서양에 있어서 산업 지역의 참혹상은 무수히 기록되고 이야기된 바 있지만, 가령 미국 알리게니 지방의 모습에 대한 루이스 멈퍼드의 서술을 인용해 보자.

> 강의 하류만이 큰 공장이 설 만한 공간을 제공했으므로, 자연 구역화에 의한 듯, 그곳에 공장이 섰다. 그러나 이러한 배치는 공장의 독한 발생물들이 최대로 피어올라 언덕 위의 집들에 퍼지게 했다. 그리고 주거지는 공장과 창고와 철도창 틈에 들어가 있었다. 먼지, 소음, 진동 등에 신경을 쓰는 것은 부녀자의 연약함으로 생각되었다. 노동자의 집들, 흔히 중산 계급의 집도 철 공장, 염료 공장, 가스 공장, 철로에 바짝 대어 지어졌다. 대지는 흔히 재와 깨진 유리와 쓰레기로 매운 매립지여서, 그곳에서는 풀도 자랄 수 없었다. 바로 옆에는 쓰레기 버리는 곳, 석탄과 쇠 찌꺼기 등의 산이 있었다. 날이면 날마다 오물 냄새, 굴뚝에서 쏟아져 나오는 시커먼 연기, 두들기고 돌아가고 하는 기계 소리가 일상생활의 일부를 이루었다.[16]

이러한 환경 속에서 수많은 사람들이 씻지도 먹지도 못하고 새우잠을 자면서 장시간의 노동에 견뎌야 했다. 이러한 19세기 유럽이나 미국의 이

---

16 Lewis Mumford, *The City in History*(Hamonsworth: Penguin Books, 1966), p. 524.

야기는 그대로 우리 도시의 이야기이다. 이것이 언제 바꾸어질는지는 기약할 수 없지만, 적어도 이러한 환경과 삶을 개선하려는 노력들이 점점 강해지는 것은 고무적인 일이다. 이 환경과 삶의 조건의 개선에서 다시 한 번 되새겨야 할 것은 단순한 생존이 아니라 적어도 쾌적이 그 척도가 되어야 한다는 사실이다. 사람은 단순한 생존에는 오래 견디지 못한다. 공장에서나 주거지에서나 일정한 공간, 일정한 청결, 깨끗한 공기와 햇빛과의 접촉 그리고 최소한도의 유기적 자연, 조금 더 장기적으로는 문화적 충족이 없이는 삶은 살 만한 것이기를 그친다.

산업 생산의 성질로 보아 그것이 주거 지역이나 다른 생활 기능 또는 정치·경제 기능으로부터 분리되는 것은 불가피한 일인지도 모른다. 적어도 19세기적 도시의 혼란 ── 그러면서 아직도 우리의 것인 혼란은 그런 분리를 통하여 어느 정도 제어될 수 있을 것이다. 산업 생산의 활동의 장이 모두 그렇게 분리될 수도 없고 분리되어서도 아니 되지만, 대불공단과 같은 대규모 공단 지역의 설치가 그 한 방법임에는 틀림이 없다. 물론 그러한 공단이 노동자나 일반 시민의 안락을 위해서보다는 기업가와 산업의 편의를 위해서 조성되는 것이긴 하다. 또 이 원인 행위는 중요하다. 그것은 공단의 디자인이나 운영이 일방적인 것이 되기 쉽다는 것을 말하기 때문이다. 이러한 점을 생각하지 않더라도 공단 지역에의 산업 생산 활동의 격리는 장점을 가지면서 문제점을 갖는다. 좋은 점이란, 정리된 구역이 조금 더 이성적 공간 계획을 수용할 수 있다는 점이다. 이것은 능률을 위해서나 인간적 편안함을 위해서 매우 중요한 발전을 의미한다. 그러나 생산 활동이 보이지 않는 곳으로 유배되는 것이 옳은 일인가? 삶을 전체적으로 느끼고 생각하려는 심리의 관점에서도 그것이 옳지는 아니할 것이나, 보다 현실적으로 공장과 생활과 관리 지역의 거리는 사회적 계급 간의 거리를 그대로 나타내는 것이 되기 쉽다.

공단의 대규모성도 이러한 수직적 질서를 강화시켜 준다. 공단의 산업 시설은 그 물리적 형태, 배치가 벌써 지극히 추상적, 기술 행정적, 심지어는 병영적인 것이 되어 자본의 권위주의, 운영의 관료주의를 강화해 주고, 그 안에서 생활하는 사람의 심리적, 사회적 소외를 심화한다. 이러한 경향을 완화시키기 위해서 필요한 것은 모든 시설과 조직의 최대한도의 분권화이다. 이 분권화는 건축물의 설계의 문제이기도 하고, 공장의 단위 규모와 배치의 문제이기도 하다. (공장은 아니지만, 가령 프랑스 세브르의 아파트 건물은 어떻게 거대성과 소규모의 자유가 디자인으로 해결되는가의 예가 될 수 있다. 지크프리트 기디온의 설명은 다음과 같다. "이 프로젝트에서 높이가 다른 아파트의 슬라브 평면들이 서로 120에서 교차하면서, 산호초처럼 여기저기로 가지를 쳐 나간다. …… 끊임없는 방향 변화는 빌딩군과 형태를 개방하여, 거주자가 갇혀 있다는 느낌을 받지 않게 한다. 사사로운 주거 속의 개인의 자유가 이 구성의 주테마이다. 이런 이유로 각 층은 접합점에서 양방향으로 퍼져 나가고 슬라브가 맞물릴 때의 폐쇄감을 피하게 한다. ……")[17]

거대 조직이나 구조물 속에서의 소외감을 줄이는 데는 유기적 자연의 존재도 중요하다. 아무래도 산업 시설을 지배하게 될 합리적 구도는 저절로 거대 조직을 시사한다. 자연은 이것을 완화시켜 준다. 심미적 요소 또한 자연에 비슷한 역할을 할 수 있다. (미적인 것의 감각성은 소외의 한 증후인 감각적 마비에 대한 치료를 제공해 준다.) 결국 산업 단지의 디자인에는 생활과 일을 자연환경에 밀착시키려는 전원 도시의 이념이 참고되어 마땅하다고 할 수 있다. 이것은 오늘의 환경 보존 의식에도 맞아 들어가는 것이다.

---

17 Siegfried Giedion, *Architecture and the Phenomena of Transition* (Cambridge, Mass.: Harvard Univ. Press, 1971), p. 283.

5. 또 다른 일터의 질서

말할 것도 없이 공장에서의 제조 작업이 경제 활동의 유일한 형태는 아니다. 그리고 모든 사람이 제조업에서 일하는 것은 아니다. 뿐만 아니라 미래 예측자들은 입을 모아 제조업의 중요성이 앞으로 감소될 것이라고 말한다. 목포와 같은 도시가 발전하는 데에 경제적 에너지가 있어야 한다는 것은 부정할 수 없는 사실이지만, 그 에너지가 반드시 대불공단 또 그에 유사한 공단의 계속적인 확대를 통해서 공급되어야 하는가, 또 그렇게 하는 것이 바람직할 것인가는 심각하게 생각하여야 할 문제이다. 대규모 생산에의 계속적인 의존은 지금의 시점에서 자칫하면 너무 늦은, 시대착오적인 발전 방안이 될는지도 모른다. 그 경제적 실익에 대한 매우 조심스러운 계산이 필요하다. 그런데 다른 것은 제쳐 두고, 살기 좋은 도시라는 관점에서는, 그러한 발전을 대체할 수 있는 다른 방안이 분명 바람직하다. 한편으로는 수공업, 중소기업, 다른 한편으로는, 대규모 공장의 설립을 필요로 하지 않는 하이테크, 또는 수공업과 하이테크의 결합의 가능성 등이 탐색될 필요가 있다.

특히 생각해 볼 만한 것은, 이미 자주 지적된 바 있지만, 관광 산업의 개발이다. 목포와 다도해 지방이 그 풍광에 있어서 또는 지금까지 후진성의 증후처럼 생각되어 온 전통적 농촌과 도시의 상존(尚存)이라는 면에서 중요한 관광지가 될 가능성이 있다는 것은 새삼스럽게 지적할 필요가 없을 것이다. 그런 데다가 생활 수준의 향상은 국민의 여가 시간을 증가시키고 이 여가를 보낼 수 있는 관광지의 확장에 대한 수요를 확대하였다. 이것은 전국의 어느 관광지에 가 보나 너무나 분명한 일이다. 관광지 또는 휴양지라고 하면 우선적으로 설악산과 같은 곳을 생각한다. 또는 경주와 같은 역사 유적지를 생각한다. 그러나 곧 사람들은 그러한 것보다 더 편한 마음으로 대할 수 있는 곳을 요구하게 될 것이다. 남녀노소 누구에게나 등산과 견학이 휴가를 보내는 최선의 방법은 아닌 것이다. 목포는 산보다 편한 바다와 전원이 있고, 가벼운 유람지로 발전시킬 수 있는 문화 유적들이 있다. 힘든 노동이 되는 등산을 통해서가 아니라 평지를 거닐면서 휴양하고 보고 놀 수 있는 시설들이 개발될 수 있는 것이다.

이러한 가능성들이 목포의 최대의 자산이 될 수 있다. 이러한 가능성으로써, 생산업에 투자하고, 여기서 얻어지는 경제 잉여를 써서 목포를 살기 좋은 터전으로 발전시키자는 발상 대신에 전국을 하나의 경제 구역으로 보고, 한국의 동부에서 버는 돈이 서부에서 쓰이게 하는 방안을 연구해 볼 수도 있는 것이다. 얼마 안 있어 한 지역 전체가 다양한 휴식과 오락의 가능성을 제공해 주는 지역이 될 것을 요구하는 때가 있을 것이다. 가령 남불(南佛)의 지중해 연안 전부와 같은 것이 필요할 수도 있을 것이다.

일본 북해도의 유바리(夕張) 같은 곳의 이야기는 하나의 참고 사항이 될 수 있을 것이다. 유바리는 1874년에 탄광이 발견된 이후 탄광 도시로 발전하기 시작했다. 1950년대에 그곳에는 80개의 탄광이 열려 있었고 인구는 12만 명이었다. 그러나 에너지원으로서 석탄의 중요성이 줄어듦에 따라 도시는 쇠퇴하기 시작하여 오늘의 인구는 2만 4000명밖에 되지 않는다. 그러나 1979년 4월에 나카타라는 사람이 시장이 되면서, 유바리는 달라지기 시작했다. 그 맨 처음 생각은 개발 회사들을 설득하여 광산을 박물관으로 개수하고 관광객을 유치하자는 것이었다. 그러니까 사람들이 지하 갱도로 안내받아 모형처럼 개수해 놓은 광산과 광산 작업, 광부들을 구경하는 것이다. 1989년에는 광산 박물관을 찾은 사람이 60만 명이었다. 유바리 시는 이 외에도 관광객 유치를 위한 시설을 설립해 나갔다. 박제 동물원을 세워 남극의 펭귄으로부터 케냐의 얼룩말까지 전시하였고, 로봇 박물관을 세워, 25미터 크기의 로봇이 가냘픈 국화를 조심스럽게 들어올리는 것을 보여 주기도 하고, 로봇으로 하여금 방문객의 사진을 찍어 주게도 하였다.

또 멜론 재배의 모든 것을 보여 주고 멜론주의 견본들을 맛보게 할 수 있는 멜론성도 지었다. 근처에 스키장을 개발하여, 유바리로 하여금 그 기지가 되게 하였다. 이러한 시설에 추가하여 관광객을 유인하는 것은 철쭉 축제를 비롯하여 연중 계속되는 축제이다. 가장 최근의 행사는 1990년의 '국제 환상모험영화축제'였다.[18]

유바리의 이야기는 먼 사례에 불과하다. 그러나 도시가 그 활기를 회복하는 길이 여러 가지임을 보여 주는 한 예가 될 수는 있을 것이다. 목포의 자원은 온화한 기후, 해안선, 다도해의 섬들, 그리고 바다이다. 이미 향토 문화관, 남농기념관, 신안 유물처리장 등이 계속되는 해안 지역만도, 문화적 개발의 가능성을 시사한다. 해양박물관, 해양연구소, 마리나 등도 문화적이면서 관광의 대상이 될 시설들이다.

3. 도시 안의 문화 시설

일상생활과 그것을 지원하는 활동과 그 공간으로서의 도시와 도시의 문화가 연속적이라는 것은 이미 위에서 언급하였다. 문화 시설이 있든 없든 도시는 이미 문화적이거나 문화적이 아니거나 한다. 따라서 위에서 생활의 터전으로서의 도시에 대해 언급하면서 우리는 이미 도시의 문화적 측면을 살펴보았다. 도시 안의 문화 시설은 그것을 조금 더 주체적으로 만드는 일이다.

다시 확인될 필요가 있는 것은 도시의 도시됨은 그 문화에 있다는 점이

---

18 Daniele Heymann, "Why Yubari is no longer the Pits", *The Guardian Weekly*, vol. 143, no. 6(August 12, 1990), p. 14.

다. 도시가 단순히 생활의 터전 또는 경제 활동의 관점에서 생각된다면, 그것은 지금까지 세계적으로 좋은 도시라고 말하여지는 도시들의 가장 중요한 부분을 빼놓은 것이 될 것이다. 도시(civitas)는 예의(civility)와 문명(civilisation)의 산출지이다. 도시는 위에서 말한 바와 같이 단순히 실용적인 의미 이상을 갖는다. 따라서 도시는 경제성, 실용성 이상의 기준에 의하여 계획되고 평가되어야 한다. 이 초월적 기준, 즉 미적 이상 또는 문화의 이상은 가장 직접적으로는 문화의 시설에 표현된다.

그러나 거꾸로 문화는, 이미 말한 바와 같이, 삶의 현실을 떠나서는 아무런 의미를 갖지 못한다. 그런 경우 그것은 피상적인 장식이 되고, 얄팍한 허영심을 만족시켜 줄지 모르나 참다운 의미에서 비문화 또는 비속성 속으로 떨어지고 만다. 따라서 문화 그리고 문화 시설에서의 가장 중요한 원칙은 그것이 삶의 실체와 쓰임에 밀착해 있으며 그것에 섬세하게 대응하여야 한다는 것이다. 그것은 그것이 사람의 필요에 맞고 사람들의 삶에 쉽게 가까이 있을 수 있는 것이라야 한다는 것을 말한다. 다시 말하면, 문화에 있어서 삶과의 조응, 인간적 규모, 접근 용이성 등이 다 중요한 기준이 되는 것이다.

가령 도시의 문화 시설로는 도서관, 미술관, 박물관(자연사 박물관, 과학사 박물관) 등이 있을 수 있다. 이것들은 도심지 또는 일정한 구역에 가능한 한 가장 높은 미적 기준에 적합하게 세워져야 한다. 말할 것도 없이 이러한 것은 도시의 어느 곳에서나 쉽게 접근이 가능한 곳에 있어야 한다. 그러나 다른 한편으로, 적어도 도서관 같은 것은 중앙의 집중과 동네에의 분산을 아울러 가진 도서관 체계로 존재하여야 한다. 그렇게 하여 정보량이나 연령에 따라서 필요가 다른 여러 시민에게 널리 친숙한 것이 될 수 있을 것이다. (동네 도서관은 학교 교육이 주입식, 암기식에서 벗어나는 데 중요한 역할을 할 것이다.) 도서관에서 운영하는 이동 도서관 같은 것도 더욱 적극적으로 접근

용이도를 높이는 방법이다.

문화 시설의 운영도 이것을 용이하게 하는 방향에서 생각되어야 한다. 도서관과 함께, 미술관이나 박물관 등도 아동 또는 성인 교육 프로그램을 운영하기도 하고 자료를 빌려 주기도 하면서 시민의 참여를 촉진하도록 하는 여러 방법을 강구하여야 한다. 학교도, 초중등 교육의 경우, 접근 가능성을 고려하여 설립되어야 한다. 그 대부분을 대중교통수단을 이용하지 않고도 접근할 수 있게 설립되는 것이 마땅하다. 크기도 아동들로 하여금 군중 속에 고독한 원자들이 되지 않게 할 수준으로 작아야 한다. 극단적으로는 우리의 전통적인 서당이야말로 가장 이상적인 크기라고 말할 수도 있다.

인간적 규모의 문제는 학교의 건축 스타일이나 시설에도 적용되어야 한다. 서당의 또 다른 장점은 그 건축 양식이나 규모가 사람들이 사는 주택과 크게 다르지 않다는 점이다. 우리나라에 있어서 학교 건물(또 일반적으로 공공건물)과 사건물 사이의 양식적 단절은 그럴 만한 원인들이 있는 것이기는 하지만, 심리적 소외의 원인이 되고 비민주적이고 관료적인 심리의 형성에 적지 않은 역할을 하는 것이라 할 수 있을 것이다.

보육 시설, 탁아소, 놀이터, 양로원, 병원 등의 존재는 한 도시의 문화 정도의 척도가 된다. 사람의 생물학적 생존의 문제를 서로 책임을 지고 이것을 공동으로 해결하려는 것은 그 사회가 최소한도의 생존의 수준을 넘어섰다는 것을 나타내 주는 것이다. 이러한 문제들은 위에 열거한 것 외에도 여러 가지로 변주 발전할 수 있다. 선진 사회에는 시에서 조직하는 방문 간호원, 문제 해결사 등이 있음을 우리는 알고 있다. 이러한 발전은 단순히 외면적으로 갖추어야 할 것을 갖추어야 한다는 의식을 넘어서, 인생의 역정의 모든 면을 사회적으로, 인도적으로 보다 높은 쾌적의 원칙으로 해결해 나가는 것이 수혜자로나 시혜자로나 보다 높은 윤리적 삶의 실현이 된다는 내적 자각이 있음으로써 가능한 것이다. 이러한 자각이 있어서 비로소 형식적이고 굴욕적인 복지 방안이 부끄러운 것임이 드러날 것이다.

공원이나 기타 휴식과 오락의 공간이 현대 도시의 필수적인 구비 사항임은 새삼스럽게 말할 것도 없다. 여기에서도 인간적 규모, 접근도 등이 새삼스럽게 강조될 필요는 있다. 공원은 여러 사람이 일과 의무로부터 풀려나 자유로운 사회적 교류를 갖는 곳이기도 하고, 다른 한편으로는 사회로부터 풀려나 자연의 고독으로 돌아가는 것이 가능한 곳이기도 하다. 그것은 할 일 없이 사람들이 모였다 흩어졌다 할 수 있게끔 적절하게 설계된 도시의 여백 공간이기도 하고, 도시 안에 있으면서 도시의 사회적 성격을 벗어나는 자연 공간이기도 하다. 그리하여 그것은 여러 종류의 것 또는 넓은 규모의 것일 수 있다. 물론 또 어떤 것은 쉽게 접근할 수 있는 것이어야 한다.

여기에 관련하여 주목할 사항의 하나는 우리의 도시의 공원이 대체로 산을 중심으로 설정되어 있다는 사실이다. 이것은 목포시의 경우도 마찬가지이다. 접근이라는 면에서 볼 때 이것은 문제를 가지고 있다. 어떤 공원은 병약자에게도 접근할 수 있는 것이라야 한다. 공원 또는 도시의 자연 공간은 운동의 목적을 위하여서만 존재하는 것이 아니다. 우리나라의 산이 피정지(避靜地)가 아니라 행락의 장소가 되는 것은 접근에 지불하는 노력에 대한 자연스러운 보상 때문이 아닌가 모른다. 공원에 있을 수는 있지만, 그것은 그 안에 별도의 구역으로 존재하는 것이 바람직하다. 공원이 어떤 특수한 목적, 문화재 보존, 예술 전시, 놀이터를 주제로 하여 조성되는 것도 꼭 바람직한 것은 아니다. 또는 관광을 주제로 하여 설치되는 것도 반드시 좋은 것은 아니다. 공원은 우리에게 목적 없이 존재하는 자연을 돌려준다. 그것은 도시의 여백으로 도시의 복판이나 가장자리에 편하게 존재하여야 한다. 이러한 이유에서 공원이나 녹지 지역이 현재보다는 조금 더 적극적으로 평지에 존재하면 어떨까 하고 생각해 낼 수 있는(평지에 주택이 있고, 산에 공원이 있는 모양은 서로 엇바뀌는 것이 바람직하다. 공공 지역은 물론 평지에 있어야 할 것이다.) 목포의 경우 이 평지 공원은 시내에도 있어야 하지만, 바다에 열린 지역에 있다면, 천혜의 조건을 적절하게 살리는 것이 될 것이다. 그것은 경제적으로도 적은 토지를 들여 바다라는 넓은 공간을 확보하는 이점도 있을 것이다. 이 점에서 향토문화관, 남농기념관 근처의 해안선은 우리나라 도시 가운데 가장 좋은 해안 공원을 이루고 있다. 그런데 대체적으로 필수적인 경제적 또는 공적 이유가 있는 경우를 제외하고는 해안은 시민의 접근이 가능한 것으로 남겨 두도록 하여야 할 것이다. 해안선은 시민 공유로 하고 이의 개인 점유 또는 무계획한 개발 등을 제한하는 조치가 필요하다.

4. 몇 가지 덧붙이는 말: 아름다운 도시를 위하여

도시의 다른 모든 문제나 마찬가지로 아름다운 도시를 만들어 내는 것이 쉬운 것은 아니다. 그러나 그것은 적극적인 노력을 통하여 추구되어야 한다. 건축이나 도시의 아름다움은 어떻게 보면 어떤 실체를 만들어 내는 것이라기보다는 이미 있는 실체에 부여하는 또는 저절로 생겨나는 스타일의 문제이다. 그리고 아름다운 스타일이라고 알아볼 만한 것이 건축이나 도시의 역사상 그렇게 많은 것이 아니다. 우리나라의 도시는 우리의 전통과 세계적 스타일의 조합에서 새로운 스타일을 만들어 내야 한다. 그것이 하나의 분명한 정형성을 얻을 때 비로소 우리나라의 도시가 볼만한 것이 되고, 세계의 아름다움의 역사에 새로운 기여를 할 수 있게 될 것이다. 건축과 도시의 스타일은 오랜 전통에서 나온다. 우리에게 이 전통은 한국 고유의 것과 세계건축사 전부를 포함하는 것이어야 한다. 그것의 성숙, 통일은 기다릴 수만은 없다. 건축사의 교육과 연구가 적극적으로 추진되고 현실 계획 속에 투입되게 하는 노력이 필요하다.

다른 한편으로, 건축이나 도시의 계획은 주어진 삶에 이성적 질서를 부여하려는 노력이다. 이러한 계획의 진전은 우리의 삶과 사회에 있어서의 이성의 진전에 연결되어 있다. 그러므로 하루아침에 완성된 계획이 생겨날 것을 기대할 수는 없다. 그러나 다른 한편으로, 이성의 작용은 탁상 위에서 연역적으로 전개되는 것이 아니라 주어진 자료와 여건에 밀착하여 움직이는 것이다. 그리하여 그것은 주어진 자료에서 스스로 태어나는 질서의 모습을 띤다. 건축이나 도시의 스타일은 자연 발생적인 민중의 삶의 모습에서 태어난다. 그것은 양식화의 문제이다. 건축에 있어서 현지 자재, 현지의 관용 양식(vernacular)의 중요성도 이러한 맥락에서 생각될 수 있다.

모든 아름다움이 그러하듯이 도시의 아름다움도 통일성과 다양성의 종합에서 온다. 오늘의 우리나라 도시의 문제는 한편으로 관료주의적, 부동산주의적 획일성이고 다른 한편으로는 무지각한 개인주의의 혼란이다. 그러나 무엇보다도 중요한 것은 건축, 건축 양식, 시가지 계획에 있어서의 무지각한 개인주의의 억제이다. 단순한 공리적 동기의 경쟁적 표현으로서의 여러 건축물들이 하나의 조화된 도시 조형으로 발전할 가능성은 거의 없다. 그러나 이에 대하여 관료주의나 군사주의적 통제가 해결책이 되는 것이 아니다. 조형적인 관점에서 또 다른 의미에서 공통 교양과 공통 감각의 성립, 시민적 기율에의 순응 등이 생겨나는 것을 기다릴 도리밖에 없다. 물론 이것도 교육을 통하여 진흥될 수 있는 것이다. 그러나 그 이전에도 행정적으로 시가지를 더 합리적으로 하고 건축물의 규격, 용도, 양식을 일정한 규범 아래 두는 것은 계속되어야 할 것이다. 그러나 그러한 것의 최종적 해결은 결국 공통된 문화의 성숙에서 찾아질 수밖에 없다. 우리나라의 도시를 추하게 하는 작은 요소 중의 하나는 간판과 광고의 범람이다. 이것은 행정적으로 또는 공동체적으로 규제될 수도 있을 것이다. 그러나 이러한 광고의 혼란의 근본 원인은 알아볼 만한 공동체의 소멸과, 기능에 대한 형식적 해답을 주지 못한, 건축과 도시 디자인의 실패에 있다. 공동체의 성원이 많은 것을 알고 있고, 건물이나 거리의 모양이 그곳에서 행해지는 일들을 적절하게 표현하고 있다면, 대단한 광고가 필요하지 않을 것이다. 간판과 광고 하나만을 보아도 근본적 해결은 결국 집단적 시민 문화, 조형 문화의 발전에서 이루어질 수 있음을 알 수 있다.

건축과 도시는 자연의 인간화를 위한 노력이다. 그러나 근본적으로 그것은 자연에 순응함으로써 완성된다. 아무리 훌륭한 건조물도 그 주변의 자연이 완성하여 주지 아니하면 아름다운 건조물이 될 수 없다. 우리의 전통은 원래 자연과 인간의 조화를 중요시하는 것이었다. 그러나 오늘날의 자연 훼손, 직접적인 의미에서만이 아니라 산과 바다와 하늘의 모습을 차단하고 일그러뜨리는 거대하고 추한 건물들이 가져오는 미적 자연 훼손은 이러한 전통을 부끄럽게 한다. 목포시의 경우에도 이것은 예외가 아니다. 목포시가 유달산을 살려 낸 것은 잘한 것이지만 목포의 시가지, 특히 해안이 자연의 아름다움을 인위적 계획 속으로 성공적으로 편입했다고 할 수는 없다. 그리고 이 점에서의 실패는 앞으로도 계속될 가능성이 크다.

대체적으로 목포의 발전은 바다를 어떻게 성공적으로 개발하느냐에 달려 있다고 할는지 모른다. 물론 이 개발은 훼손이 아니라 조화이고 순응이다. 건축물과 시가지의 계획은 바다를 최대한으로 풍경의 일부로 끌어들이는 데 역점을 두어야 한다. 이것은 심미적 관점에서도 그렇고 이미 말한 바와 같이 관광의 목적을 위해서도 그렇다. 목포를 바다를 주제로 하여 발전시킨다면 해안의 공원, 해양 박물관, 해양 연구소, 해양 교육 기관 등은 모두 적절한 바다의 풍경을 배경으로 하여 배치되어야 할 것이다.

도시와 도시의 아름다움의 의의는 쾌적한 생활 환경을 만들어 내는 데 있다. 그러나 도시의 아름다움은 생활의 요구를 넘어가는 것이다. 그것은 사람이 발돋움하여 이르고자 하는 어떤 조화된 삶의 이상을 구현할 수 있기 때문이다. 모든 것은 삶이라는 절대적인 목적에 봉사하여야 한다. 그러나 삶을 넘어가는 이상에 봉사하지 않은 삶이 살 만한 값이 있는가? 도시는 아름다움 또는 그것의 더 복합적인 표현인 문명성과 세련을 표현해 줄 수 있다. 도시의 초월적 기능은 그 교육적 가능성에 있다. 자연의 모습이 사람의 인격에 형성적 영향을 준다는 지혜는 우리 전통 속에 강하게 들어 있던 것이다. 아름다운 도시는 자연에 비슷한 그러면서 그것보다도 복합적으로 훈련된 형성적 영향을 행사한다. 필요와 욕심에 쫓겨 임시변통의 집을 무의식적으로 짓고 헐고 하던 시대에 하직을 고할 때가 왔다. 이제 우리의 도시는 인간성을 위하여, 아름다움을 위하여, 항구성을 위하여 집을 짓고 도시를 건설할 수 있어야 한다.

(1990년)

환경과 기술의 선택

엑스포, 과학 기술 문명, 과학 기술의 문제점

1. 엑스포, 과학 기술 문명, 과학 기술의 문제점

최초의 세계 박람회인 1851년의 런던박람회는 당대의 최선진 산업 국가였던 영국의 과학 기술의 발전을 집약하고 세계에 자랑하고자 하는 의도를 가진 것이었다. 그것은 또한 영국의 과학 기술뿐만 아니라 일반적으로 인류의 장래를 위한 과학 기술의 약속에 대한 무한한 신뢰, 한 평자의 말로는, 거의 종교적인 신뢰를 표현하는 것이었다. 1993년의 대전박람회는, 그 성격이 일반적인 것이 아니고 전문화된 것이기는 하지만 적어도 과학 기술에 있어서 한국이 성년기에 들어섰다는 것을 기념하는 박람회라고 말할 수 있다. 또 과학 기술 또는 과학 기술이 그 모체가 되는 경제적 성숙성이 현대 국가의 기본 조건이 되는 만큼, 이것은, 한국이 세계 국가 공동체에 성숙한 구성원으로 참여한다는 것을 말하기도 한다.

물론 이것은 이미 이루어진 사실을 확인하는 것이라기보다 그러한 확인에 이르려는 마지막 노력이라고 말하는 것이 옳을는지도 모른다. 뿐만 아니라, 이제 대전박람회는 과학 기술에 대한 무한한 신뢰를 표명하는 것일 수는 없다. 그것은 과학 기술에 대한 인류의 신뢰가 150년 전과 같을 수 없는 때문이다. 그리고 이 같은 신뢰의 동요는 한국의 산업화의 경험에서도 충분히 확인된 바이다. 한국은 19세기 말 처음으로 외부 세계에 대하여 그 문호를 개방하고, 서구에서 시작된 여러 문물들을 받아들이기 시작하였다. 그리고 지난 한 세대 동안 특히 격렬한 노력을 통하여 근대화와 산업화를 추진하였다. 이것은 힘들면서도 자랑스러운 과정이었으나 동시에 여러 가지 새로운 문제들을 의식하게 되는 과정이었다. 그리하여, 한편으로, 한국 사회는 선진 산업국 진입의 과제를 새로운 결의로 받아들이면서, 다른 한편으로, 그간의 산업화에서 얻은 문제의식을 재점검할 필요를 느끼는 것이다. 이러한 점검을 통하여 한국 사회는 과학 기술의 발전을 추구하면서 그것을 참으로 인간적인 미래의 건설에 이바지하게 할 수 있게 할 것이다.

1851년에 런던에서 개최된 대박람회는 그간의 과학 기술의 업적과 그것으로 가능하여진 경제적 풍요를 기념하고 그에 대한 신뢰를 표현하는 축제였다. 그러나 동시에 그러한 발전이 그 당시에도 이미 문제를 만들어 내지 않았던 것이 아니다. 19세기 산업화에 지불한 사회적, 인간적 고통은 역사가들이 자주 지적한바 그대로 19세기를 역사상 가장 잔인한 세기의 하나가 되게 한다. 그러나 이러한 문제는 19세기 사람들에게 해결 가능한 것으로 보였다. 그렇다는 것은, 그것이 아무리 크고 깊은 것이라 하더라도, 예로부터의, 또는 산업화로 생겨난, 사회적 인간적 고통은 궁극적으로 과학 기술의 발전, 산업화의 진전에 의하여 해결될 수 있는 것으로 생각되었기 때문이다. 이에 대하여 오늘의 산업화는 그것의 진전과 더불어 문제가 심각해져 가게 되는 모순의 과정을 이룬다. 자연 자원의 고갈, 생태계 파괴, 환경 오염 등이 산업화의 결과임은 새삼스럽게 말할 필요도 없다. 산업화는, 또 그 보이지 않는 효과로서, 도처에서 사회 공동체를 와해시키고 자연과 사회 그리고 자신의 본성으로부터의, 인간의 소외를 가져왔다. 이러한 것은, 산업화가 세계사의 거의 불가항력적인 추세라고 할 때 지구상의 모든 사회가 직면하는 문제이지만, 유독 새로이 산업화를 시작하거나, 그 길에 들어서 있는 사회들에게 특이한 부담을 안겨 준다. 부담이란 산업화와 동시에 그 엄청난 대가 — 인간의 자연과의 관계, 동료 인간과의 관계, 또 스스로의 본성에 있어서 엄청난 대가를 지불하기를 요구한다는 말이다. 아니면 이것을 피할 수 있는 전혀 새로운 길이 있을까? 오늘의 위기는 새로운 기회를 열어 주는 측면도 가지고 있다. 기회란 참으로 새로운 길을 개척함으로써 종래의 대가를 지불하지 아니하며 산업화 또는 사회 발전을 기할 수 있을지도 모른다는 기회이다.

1993년의 대전엑스포는, 산업화의 업적과 더불어, 그 부담과 기회를 아울러 보여 주는 박람회가 되기를 희망한다. 이러한 의미의 엑스포가 한국에서 열린다는 것은 오늘날 한국이 처해 있는 특별한 산업 발전의 위상으로 매우 적절한 것이다. 한국은 선진국이나 개발도상국의 산업 발전에 있어서의 긍정적이고 동시에 부정적인 맥락을 대표적으로 드러내 보여 줄 수 있는 발전의 단계에 있다고 볼 수 있기 때문이다.

2. 경제 발전과 그 문제

문제의식이 없는 것이 아니면서, 한국이 보여 주는 것은 경제 성장의 소득이다. 1960년 이후 한국의 발전은 세계의 이목을 놀라게 하였다. 그 기간 중 한국은 1인당 국민소득 200여 달러에서 5000달러에 이르는 성장을 이룩하고, 농업 경제로부터 시작하여 섬유 제품의 수출 단계를 거쳐 자동차를 수출하고 컴퓨터를 만들고 하이테크 산업에 발돋움하는 공업 국가로 발전하였다. 이에 대하여 덜 알려진 것은 그러한 발전이 가져온 풀기 어려운 문제들이다. 그것은 모든 산업 발전에 따르는 피할 수 없는 대가라고 할 수도 있으나, 한국이 추구한 특정한 발전의 전략으로 인한 것이라고 할 수도 있다.

지난 30년간의 한국의 발전은 국민의 저력, 무엇보다도 높은 교육열로 인하여 가능하여진 높은 교육 수준을 자랑하는 국민의 힘에 기초한 것이다. 이것은 학문을 숭상하고 그 나름으로 실사구시(實事求是)를 존중한 유교의 전통으로부터 나온 것이다. 더 넓게는 유교의 세속적 도덕의 규율은 쉽게 현대적 작업 윤리에 연결되었다. 물론 유교에 현대화를 가로막는 요소들이 없었던 것은 아니다. 그러나 일본 식민 통치하에서의 독립 투쟁, 해방 후의 토지 개혁, 전쟁의 파괴 등 — 긍정적, 부정적 요인들은 합쳐서 유교 사회의 계급적 경직성을 이완시켰다. 그러나 전통과 현대의 경험으로 준비된 한국 사회의 힘을 경제 발전으로 집중시킨 것은 1960년 이후의 정부의 강한 이니셔티브였다. 널리 알려진 바와 같이, 이 이니셔티브는 주로 수출 산업 육성을 주안으로 하는 것이었다.

이것은 그 나름의 열매를 결실하게 하였지만, 그에 못지않게 좋지 않은 왜곡을 낳는 원인이 되었다. 어느 경우에나, 산업화를 포함한, 급속한 사회 변화는 무리스러운 것이 되기 쉬운 것이지만, 정부 주도의 수출 지향 경제는 권력과 경제력의 집중화와 유착을 가져왔다. 이것은 급속한 사회 변화에 불가피한 여러 가지 사회 구조상의 적응을 보통 이상의 고통스러운 과정이 되게 하였다. 한국에 있어서, 그간의 민주화 투쟁의 격렬성은 이러한 사정을 단적으로 반영한 것이다.

그 이외에도 한국 사회의 산업화 과정에서 드러난 문제는 이미 비친 바와 같이 우선 주로 사회적인 측면에서 이야기될 수 있는 것이다. 산업화의 급속한 사회 변화는 사회 여러 부분 또 사회 성원들에게 새로운 적응을 요구한다. 그리고 급격한 추진력은 제대로 적응하지 못하는 여러 부분에 혼란, 분규, 갈등을 가져오게 마련이다. 산업화가 추진한 도시화로 인하여 야기된 여러 문제들은 그 대표적인 것들이다. 또 수천년래 모든 사람의 생존 기반을 이루었던 농촌의 붕괴에 따른 사회적, 도덕적 문제는 그러한 추세의 다른 면을 이룬다. (한국이 국제 무역 질서에 참여함에 따라 요구되는 농산물 시장의 개방은 이 시점에서 한국 농촌의 마지막 — 적어도 전통적 형태의 농업에 의존하는 농촌의 종언을 고하는 일이 될 것이다.)

이러한 사회 격변의 적응 문제를 떠나서, 산업화 자체를 보더라도 문제가 되는 점들은 쉽게 지적할 수 있다. 그 한 가지 문제는 급속한 산업화가 채택한 과학 기술 발전의 방법으로서 외국 기술의 수입과 이전에 의지한 결과로 생긴 것이다. 즉 최근에 많이 지적되고 있듯이, 선진 제국은 어느 수준 이상의 과학 기술의 이전을 기피하고 있는 데 대하여, 독자적인 연구 발전에 투자하는 것을 등한히 해 온 한국은 이제 어느 정도 이상의 산업화 추진에 있어서 중요한 장벽에 부딪치게 되었다. 또 다른 중요한 문제는 한국이 다른 산업 사회들과 공유하고 있는 문제로서, 환경 오염과 생태 파괴의 문제이다. 산업화 초기에 별로 중요치 않았던 공해의 문제는 이제 중요한 정치 문제가 되고 모든 국민의 일상생활을 위협하는 문제가 되었다.

3. 대체 기술과 총체적 기술

이러한 문제들은 모두 해결되어야 할 문제들이고, 바라건대, 당초부터 발생하지 아니하였던 것이 좋았을 문제들이다. 오늘날 이미 산업화에 깊숙이 들어가 있거나 새로 그 과정에 진입하려고 하거나, 어느 쪽에 있든지 간에, 산업화의 여러 부작용들을 이 시점에서 돌이켜보는 것은 우리 사회로나 지구 전체로나 매우 의미 있는 일이다.

가장 근본적인 관점에서는 산업화가 참으로 인간과 사회의 발전과 행복을 위하여 꼭 필수적인 것인가도 한 번쯤 생각해 볼 수 있는 문제이다. 그러나 산업 발전을 기하면서 거기에 따르는 부작용이 없을 수 있다면, 다시 말하여, 자원과 공해의 면에서 환경에 우호적인 기술이 있다면, 우리에게 그 이상 바랄 것이 없을 것이다. 이러한 환경에 우호적인 녹색 과학 기술은 세계적으로 적극 개발되어야 할 기술이다. 녹색 과학 기술의 변종으로서, 우선 우리가 고려할 수 있는 것에 적정 수준의 기술(appropriate technology) 또는 중간 정도의 기술(intermediate technology) 등이 있다. 제3세계 여러 사회의 개발 노력과 관련하여 그러한 사회들이 선진 산업 사회의 기술을 사회적 경제적 지역적 여건 또는 환경적 영향을 고려하지 않고 도입하는 것은 무모한 일이라고 말하여진다. 그것을 대체할 수 있는 것이 이러한 기술들이다. 1988년에 유네스코의 한 보고서("Engineering Schools and Endogenous Technology Development")가 언급하고 있는 자생적 기술——주로 전통적 기술의 집중적 개선에 기초한 자생적 기술도, 한편으로 지역 사회의 필요, 다른 한편으로 환경 보전의 필요를 중시하는 기술이다.

사회와 환경에 우호적인 이러한 기술, 또 그러한 기술에 기초한 발전의 가능성들을 고려하는 일은 중요한 일이다. 그러나 그와 동시에 그러한 기술에 대한 강조가 내포하고 있는 다른 부정적 의미 함축을 무시하는 것은 어리석은 일이다. 아마존이나 인도네시아 또는 말레이시아의 열대림의 보호는 오늘날 세계적으로 중요한 문제이다. 그러나 그 보호에 대한 요구는 산업화의 이익을 최대한으로 누리고 있는 (그러면서 사실상 세계의 자원 고갈과 환경 파괴에 절대적인 책임을 지고 있는) 선진 산업 국가들에 의한 이기적 요구——한편으로는 후발 국가들의 산업 개발을 억제하고 다른 한편으로는 이들 국가들로 하여금 세계 생태계 유지의 책임을 지게 하려는 극히 이기적인 요구라는 면을 가지고 있다. 이에 비슷하게 후발 산업 사회들에게 그들의 산업화의 야심을 적정 수준의 또는 중간 정도의 기술에 한정하라거나, 힘들고 값비싼 녹색 기술을 통하여서만 그것을 추구하라고 하는 것은 매우 적절한 충고 —— 어느 특정한 사회가 아니라 세계 인류의 복지가 관련되어 있는, 또 해당 국가의 건전한 발전을 위해서도 절대로 필요한 충고임에도 불구하고 매우 아이러니컬한 의미 함축을 가질 수 있다. 오늘의 세계 질서 —— 결코 이상적이라고도 이상주의적이라고도 할 수 없는 세계 질서 속에서 아름답고 작은 기술에 만족하는 일은 영원히 2등 국가 3등 국가로서 제3세계라는 회색 지대에 남아 있는 일이 될 수도 있는 것이다.

오늘의 세계에서 전통적 농업 사회로 남아 있기를 택하지 않는 한(사실 이것은 이미 가능한 선택이 아닐 수 있다.), 새로이 산업화를 추진하는 사회는 위와 같은 사정으로 인하여 쉽게 극복할 수 없는 딜레마에 부딪친다. 무분별한 산업 기술의 추구를 통한 산업화를 추진하고 선진 기술이 지배하는 세계에 진입하든지 아니면 아름다운 적정 수준의 기술을 추구하여 제3세계에 남아 있든지 하나를 선택해야 하는 것이다.

또 하나의 선택은, 오늘날 하나의 이상에 불과하지만, 여기에서 우리가 총체적 기술(total technology)이라고 부를 수 있는 기술 발전이다. 그것은 한편으로 사회 공동체와 환경 보전에 우호적인 기술과 선진 기술을 동시에 추구하는 것이다. 물론 여기에서의 선진 기술은 환경에 우호적이거나 스스로 환경 피해에 대한 교정 능력을 가진 기술이다. 이러한 기술이 단순히 후발 산업국들에 의하여 개발될 수 없는 것임은 물론이다. 이것은 선진국 기술 속에서 또는 선진국이 스스로의 사회적 또는 세계적 기능을 재정립함으로써 생겨날 수 있는 것이다. 이렇게 볼 때, 후발 산업국에서 대체 기술(alternative technology)이 활용될 수 있게 되는 계기는 그러한 나라에서

보다 선진국에서 온다고 할 것이다.이러한 선진국 스스로의 지구 공동체적 방향 정립 없이 제3세계의 대체 기술을 이야기하는 것은 불평등의 영속화를 위한 제국주의적 전략으로 받아들여질 가능성이 크다.

그러나 현실에 있어서, 소위 제3세계의 후진국들은, 그것이 분별이 있는 것이든 없는 것이든, 환경과 사회에 도움이 되든 안 되든, 가장 빠른 속도로 국제 사회에서 어떤 힘을 가지게 할 산업화의 전략을 추구하게 될 것이다. 이에 대체할 수 있는 또는 이를 보완할 수 있는 현실적 방안은 총체적 기술의 전략을 한시 바삐 연구해 내는 일이다. 그러나 현실에 있어서, 이것은 어떤 이상적 구도로부터 현실을 조성해 내는 일이라기보다 자생적 기술로부터 선진 하이테크 기술에 이르는 다원적 다발적 발전의 현실에 환경적 고려를 포함하는 모양, 컨피규레이션(configuration)을 부여하는 일이다. 의미 있는 역사는 전적으로 새로운 구도 속에서 설계 실천되는 것이 아니라 움직이는 현실에 비유적 변형을 부가하는 것이라고 말한 어느 역사철학자의 관찰은 여기에도 해당되는 것일 것이다.

4. 전통 기술과 산업 기술

현대의 산업 기술과 전통 기술의 관계도 앞에서 본 바와 같은 테두리에서 생각되어 마땅하다. 즉 그것도 어떤 의미에서든 열등한 지위에 있는 사회가 만족해야 하는 기술이 아닌, 열려 있는 기술 발전의 지평 속에서의 현명한 선택으로서 그 존재 의미를 유지하고 찾아야 한다는 말이다. 전통 기술은 다른 소규모의 대체 기술들에 유사하지만, 사실상 기술 발전의 문제에 있어서 더 중요한 의미를 갖는다. 그것은 다른 것이나 마찬가지로 환경 우호적일 뿐만 아니라 역사적인 적응을 통해서 사회 공동체와 완전히 유기적 일체성을 이루고 있는 것이다. 그것은 삶의 일부분으로 존재하는 기술이다.

어느 사회에서나 전통 기술은 벌써 그 규모에 있어서 환경의 부담력(carrying capacity)을 초월하는 것이 아닐 확률이 크다. 이것은 단순히 기술적 제약으로 인한 것이 아니라 환경 우호적 의식에 의하여 뒷받침되어 있기 때문이다. 이 의식이 오늘의 과학적 또는 공리적 성격을 가진 것은 아니다. 원시 사회에서 식량을 제공하는 동물이 토템 신으로 숭배되고, 이 종교적 관계가 자원에 대한 존중으로 연결되는 것과 같은 것이 그러한 의식의 예이다. 『논어(論語)』에는 고기를 낚을 때 그물을 쓰지 않고 낚싯대를 쓰는 것이 군자의 도리라는 말이 있지만, 한국의 전통적 믿음에는 고기를 잡을 때 그물코가 큰 그물을 써서 어린 고기가 빠져나갈 수 있게 하여야 한다는 것이 있다. 이것은 어린 생명에 대한 연민의 인도적 감정을 표현한 것이지만 환경적 고려도 담고 있는 것이다.

도덕적 종교적 이유는, 분명히 그렇게 의식되지 않는다고 하더라도, 물론 기술적 지식, 기술의 성격 또한 물질적 기초에 이어져 있다. 농업에 있어서 트랙터보다는 말이나 소의 이용이 땅을 덜 굳히는 효과를 낳는 것은 우연적인 결과라고 할 수 있으나, 지형에 맞춘 둑 쌓기, 다품종 농작, 윤작(輪作)의 관행 등 현대의 거친 농업 방법에 우월한 수많은 농업의 습관들이 오랜 지혜의 집적에서 온 것임은 더러 지적된 바 있는 일이다.

어떠한 전통 기술의 특성은, 그것이 채굴 기술의 미발달로 인한 것이든 또는 자원의 근본적 부족에 기인한 것일 수 있다. 전통 사회에서의 물질 부족은 그 사회의 기술로 하여금 브리콜라주(Bricolage, 끼워 맞추기)의 성격을 가지게 한다. 이것은 저절로 자원 재활용의 한 방법이기 때문에, 전통 사회의 환경 조화의 한 면을 이루는 것이다.

전통 기술의 특성은, 환경과의 관계에 못지않게, 그것의 개인적 생활에 대한, 섬세하고 유기적인 관련에 있다. 전통 기술은 사회적 공동체적 필요에 의하여 지배되는 기술이다. 그것은 여러 정서적, 지적, 기능적 유대로 엮여 있는 공동체의 유기적 통일의 일부이다. 그것은 공동체를 강화하는 데 기여한다. 또 전통 기술은, 가령 어셈블리 라인(Assembly Line)의 단편적 조립 작업과는 대조적으로, 작업의 전 과정이 하나의 연속된 과정이 되어 작업자의 최소한도의 완성감을 충족시켜 줄 뿐만 아니라, 개인적 능력에 묶여 있음으로 하여, 작업자의 창조적 자기실현의 과정이 된다. 물론 전통 기술의 공동체적 성격 또 전통적 인격의 보수성들이 기술과 인격의 자유로운 전개에 대한 제약으로 작용하는 것도 사실이다. 요점은 공동체와 개인, 실용성과 창조성의 적정 수준에서의 조화이다. 이러한 조화가 늘 확보되는 것은 아닐망정, 전통 기술 속에서 또는 그 모체가 되는 전통 사회 속에서, 그것은 더 쉽게 근접될 수 있었던 것으로 보인다. 이것이 오늘의 인간으로 하여금 이 '우리가 잃어버린 세계(the world we have lost)'에 대한 향수를 버리지 못하게 하는 것이다.

전통 기술의 보존 또는 계승이 쉬운 것이 아님은 말할 것도 없다. 그것은 한편으로 그 가치에 대한 높은 의식과 그것의 보존을 위한 굳은 결의를 필요로 한다. 산업화의 초기에 비하여, 과학 기술의 오만은 오늘에 이르러 훨씬 수그러들었다고 할 수 있다. 자연 세계의 사람들에 비하여(전통 사회는 보다 넓은 의미에서 자연 세계의 사회의 일부이다.) 산업주의의 인간이 참으로 더 인간적인 가능성의 실현에 가까이 가 있는 것인가를 의문시하는 근본적 질문은 오늘날 상당한 동조를 얻고 있다. 그러나 국제적으로나 국내적으로나 권력의 근본이 산업에 있는 한, 과학 기술의, 이론적인 오만은 아니더라도, 현실적 오만은 오늘날에도 조금도 줄어들었다고 말할 수 없다.

이러한 사정이 아니라도 어떠한 전통적 형식이나 내용은 당대적 생존 조건 속에 적응하지 않고는 살아남을 수 없다. 전통 기술이 살아남으려면 그것은 오늘의 시대의 생존 능력(viability)을 얻어야 한다. 오늘날에 있어서 전통 기술의 문제는 어떻게 현대 경제 속에 생존하느냐 하는 문제이다. 기술과 경제적 측면에서 보다 나은 기술이 이미 있는 것이라면 전통 기술은 문화 보존의 의미를 떠나서, 유용한 기술로 살아남기 어려울 것이다. 살아남는다고 하여도 그것은 중간 정도 또는 적정 수준의 기술이라고 분류될 수 있는 현대적 적응을 거쳐야 할 것이다. 변형된 형태로 살아남는 전통 기술도 물론 강한 의식과 결단의 틀을 전제로 하는 것이다. 그리고 그것은 단순히 정치적 사회적 노력만이 아니라 생산과 소비의 경제학에 편입됨으로써만 살아남는 것이 될 것이다.

일정 수준 이상의 경제 체제 아래에서는 전통적 공예품에 대한 수요는 계속될 것이다. 적어도 외면적으로는 전통적 공예품에 비슷한 물건들을 생산하는 데 현대적 산업 기술이 사용될 수도 있을 것이다. 보다 유망한 그러나 널리 시험된 것이 아닌 가능성은 공예와 하이테크 기술의 결합이다. 최근에 눈부신 발전을 이루고 있는 정보 조종의 기술은 재래의 산업 기술이 요구했던, 제품, 작업 과정, 장소, 사람의 집중화와 규격화 등, 산업 생산의 조건을 폐지할 수 있는 것으로 보인다. 그리하여 이것이 소량의 개성적 물건의 분산 생산의 — 바로 전통적 수공 생산의 특징을 이루는 이러한 생산의 조건을 다시 실현시켜, 수공 생산의 생존 능력을 새로운 기술 시대 속에 확보해 줄 수 있을지도 모른다.

전통 기술의 의미는 어쩌면 도덕적인 것이라고 할 수도 있다. 그것은 일정한 땅, 일정한 규모의 사회, 그리고 주어진 인간성의 요구에 섬세하게 맞아 들어가는 기술의 도덕적 의미이다. 전통 기술은 공동체 중심, 인간성, 환경과의 조화를 저절로 구현해 준다. 그리고 그것은 오랜 세월의 경험 속에 거둬들여진 지혜를 지니고 있다. 그것은 기술의 면에 있어서도 결코 지나가는 시대 속에 소멸케 해서는 아니 될 귀중한 것이다. 좋든 나쁘든 현대적 산업 발달의 엄청난 압력을 받고 있는 오늘의 세계에서 전통의 기술 사회의 인간적 의미와 기술적 섬세성을 유지 계승하는 일은 우리의 행복한 미래에 커다란 의미를 가지고 있다.

5. 한국의 발전과 전통

되풀이하여, 한국은 지난 100년 또는 30년 동안에 놀라운 산업 발전을 이룩하였다. 그러나 이것은 전통 기술은 물론 전통적 가치와 제도의 총체적 붕괴를 가져왔다. 그것은 근대화와 산업화 ─ 성공적이든 아니든 이것은 대체로 서구화를 말한다. ─ 의 불가피한 결과이다. 더구나 한국처럼 자기 스스로의 삶의 방식을 방어할 수 없는 엄청난 국제적 여건하에서 급속한 성장을 이룩해야만 하는 경우 전통의 파괴는 특히 극심할 수밖에 없다. 그러나 다른 한편으로 이것은 오늘의 엄청난 변화 속에 휘말려 있는 사람들의 협소하고 단기적인 관점일 수도 있다. 긴 안목으로 볼 때 문화의 연속성은 그렇게 쉽게 사라지는 것이 아니라고 할 수도 있기 때문이다.

한국을 포함한 아시아의 신흥 산업 사회의 급속한 성장을 설명하기 위하여 유교의 유산이 이야기되는 것은 문화의 거시적 관점에서 이들 산업 사회에 전통의 유산이 남아 있음을 말하는 것이다. 또는 일본을 포함하여 동북아시아의 특수한 기업 경영의 방식이 이야기되는 경우도 무형의 문화 전통의 현실적 힘을 말하는 것이다. 한국의 높은 교육 수준 그것을 뒷받침하는 교육열이 급성장의 한 요인이 된 것은 틀림이 없는 일일 것이다. 이것은 물론 유교 전통에 연결되는 것이다. 이러한 학문을 숭상하는 전통은 그 자체로뿐만 아니라, 그것이 촉진하는 세속적 진리의 가능성에 대한 신뢰를 통하여, 과학적 기술적 현대화에 곧장 이어진다. 유교는 세속적 합리주의이다. 그리고 여기에 더하여 우리는 한국 특유의 과학 정신 ─중국 과학기술사를 쓴 조지프 니덤이 동아시아에서 중국인 다음으로 가장 과학적인 민족이라고 말한 바 있는 한국인 고유의 과학적 구시(求是) 정신을 생각할 수 있다.

그럼에도 전통 기술과 전통적 가치와 제도가 산업화 중의 한국에서 잘 유지 계승되어 있다고 말하기는 어렵다. 물론 문화 유적에 추가하여 전통 기술이나 공예를 무형문화재로 또 그것의 전수자를 인간문화재로 지정한 것은 한국인의 전통 보존의 의지를 분명하게 보여 준 정책의 표현이었다. 이에 관련하여 지적할 것은 산업화를 통한 성장이 이러한 보존의 노력에 중요한 역할을 했다는 점이다. 성장이 가져온 자신이 과거 유산을 되찾으려는 노력을 낳은 것이다. 이것은 어느 정도는 어느 사회에서도 비슷한 것이다. 융성한 현재만이 과거를 보존하고, 또 거꾸로 현재의 필요에 적응하는 과거만이 보존되는 것이다. 다만 한국에서와 같은 근본적 변화에 있어서, 과거는 더 많이 파괴되고 또 살아 있는 현재로서보다는 박물관의 골동품과 같은 상태로 보존될 가능성이 높다. 보존되는 과거가 살아 있는 현재의 살아 있는 일부가 되는 것은 좀 더 강력한 현재의 포용력을 기다려서 가능할 것이다.

산업화 과정에서 유지 계승되지 못한 것은 적어도 지금의 시점에서는 전통 기술 사회가 가지고 있던 여러 인간적 가치인 것으로 보인다. 산업화는 무계획적인 도시의 확대를 가져왔고 다른 한편으로 농촌의 공동화를 가져왔다. 그리하여 한국의 농촌은 이 시점에서 경제적으로, 사회적으로, 또 문화적으로 완전히 괴멸하기 직전에 있다. 그것은 환경과 사회와 인간적 실현의 구체적 토대가 소멸하는 것을 말한다. 물론 농촌이 전통적 형태 그대로 남아 있다는 것은 불가능한 것이다. 만족스러운, 인간 행복의 균형 조건은 새로운 형태로 추구되는 수밖에 없을 것이다. 행복의 형태는 여러 가지 창조적 변용을 허용하는 것인지도 모른다. 그러나 적어도 지금까지는 자원과 생산과 소비가 자족적 균형을 이루는 지역 사회는 변할 수 없는 인간의 이상으로 보인다. 오늘날 한국은 국내 산업 발전의 한 결과로 또 지금에 와서는 우루과이 라운드로 대표되는 농업 시장의 국제화의 압력으로 인하여 이러한 원형은 전혀 살아남을 수 없는 것이 되어가고 있다.

다만 다시 한 번 전통은 소멸되는 것처럼 보이면서도, 살아남는 것이라는 점을 상기할 필요가 있다. 오늘의 농촌의 위기는, 다른 전통적 가치와 제도의 위기나 마찬가지로, 일시적인 것인지 모른다. 전통 사회 그리고 모든 자연 세계의 사회들이 보여 주는 것은 구체적인 지역적 배경을 벗어나서 개인적으로나 사회적으로나 참으로 만족할 만한 인간 실현의 터를 갖기 어렵다는 사실이다. 오늘의 삶의 방식이 영원한 것은 아니다. 사람들은 이 영원한 공동체적 이상으로 돌아가고자 하는 노력을 버리지 아니할 것이다.

6. 새로운 질서와 철학

산업화의 세력은 불가항력인 것처럼 보인다. 그러나 그 세력의 테두리 안에서도 선택이 전혀 없는 것은 아니다. 산업화할 것인가 아니할 것인가 하는 것도 선택의 대상이 되어 마땅하지만, 어떤 종류의 기술을 택하고 어떤 종류의 산업화를 택할 것인가 하는 것은 훨씬 더 집단적 고려의 대상이 될 수 있는 것이다. 불가항력적 필연을 선택으로 바꿀 노력이 필요한 것이다. 그것은 의식의 문제이고, 또 이 의식을 집단화하고 행동화하는 정치의 문제이다. 이 정치는 맹목적 상업성에 봉사하는 경쟁적 생산과 소비의 체제를 인간적 목적에 봉사하는 것으로 바꾸는 것을 목표로 하는 정치이다.

이 정치는 국내뿐만 아니라 국제적으로 효과적일 수 있어야 한다. 오늘날 환경과 사회의 파괴는 산업 체제의 국제화에 많은 원인을 가지고 있다. 다국적 기업 또는 다국적 기업이 아니더라도 국제 무역에서의 경쟁적 이점을 노리는 산업들이 오늘의 세계의 환경 사회의 파괴에 가장 큰 책임이 있는 것은 더러 지적되는 일이다. 국내에 있어서 기업에게 요구되는 문화적, 사회적, 환경적 고려를 국제 산업 체제는 쉽게 무시할 수 있다. 그리하여 자본과 공장과 사람을 그 사회적 토대에서 유리시키며, 그것은 국경을 넘어, 경쟁적 이익만을 자유롭게 추구할 가능성을 가지고 있다.

국내적으로나 국제적으로나 — 특히 후자의 경우, 인간적 목적에 봉사하는 산업 체제의 정치적 수립이 어떻게 가능할 것인가는 분명치 않다. 현실 정치나 경제가 좋은 목적만으로 효과적일 수 없다는 것은 말할 필요도 없다. 문제는 인간적 목적과 경제의 기구가 어떻게 수긍할 만한 균형의 지점을 찾느냐 하는 것이다. 여기에서 경제 기구란 명령 경제(Command Economy)보다는 시장 경제를 의미할 수밖에 없다. 적어도 이 시점에서 시장 경제의 능률은 특히 잘 증명되었다. 그런 의미에서 그 능률은, 과열된 경쟁적 생산 체제에 대하여 책임을 짐과 동시에 오늘의 많은 지역에서의 물질적 복지의 창조의 원인이 되는 것이다. 어떤 경우에나, 고전 경제학의 경제 인간(Homo Economicus)은, 그 비인간적 단순화에도 불구하고, 정책 결정의 요인으로서, 가장 믿을 만한 인간학적 전제라고 할 수 있다. 이 최소한도적 인간학의 전제를 넘어갈 때 불확실성은 커지게 마련이고, 이 불확실성은 여러 가지 명령과 통제의 제어 대상이 된다.

환경의 정치학과 경제학이 어떤 것이 되어야 할 것인가는 앞으로 연구 발전되어야 할 과제이다. 그것은 오늘의 위기 의식 또 여러 가지 시정책으로부터 서서히 발전되어야 할 것이다. 그러나 그것은 또 전체적인 방향과 구도로서 끊임없이 생각되어야 하는 것이기도 하다. 사람이 하는 일로서, 기계나 제도 어떤 것도 끊임없는 보수를 필요로 하지 않는, 영구 기관, 영원한 제도란 없는 것이지만, 어느 정도는 자동적으로 일정한 방향으로 움직이는 기본 장치와 토대가 없는 곳에 보수와 유지는 별 의미를 가질 수 없다. 이런 관점에서 한 캐나다의 보고서는 환경의 정치학과 경제학의 기초로서 다시 상기해 볼 만한 가치가 있다. 캐나다의 과학회의(Science Council)에서 위촉한 연구 결과를 보고하고 있는 「환경 보존 사회로서의 캐나다: 자원의 불확실성과 새로운 기술의 필요(Canada as a Conserver Society: Resource Uncertainties and the Need for New Technologies)」(1977)는 "자원의 낭비와 환경 오염 거부를 원칙으로 하는 자원 보존 사회"를 설정하고 그것을 위한 여러 가지 정책을 제안하고 있는데, 그중에 환경 보존 사회에 필요한 가격 제도는 그 제안의 핵심을 이루는 것이다. 이 보고서에 따르면, 오늘의 대규모 생산에 있어서의 환경과 사회의 혼란은 그러한 생산의 비용을 철저하게 계산하여 생산자로 하여금 이를 부담하게 하지 않는 데에 관계되어 있다. 환경 보존 사회의 가격 체제는 사사로운 비용만이 아니라 사회적 비용 ── 에너지, 사용될 물질 재료, 환경적 영향, 사회적 고려를 포함하는 사회적 비용을 반영하여야 한다. 이러한 가격 체제는 장기, 단기의 사회적 필요를 반영하는 방향으로 자원을 배분하는 시장 체제를 성립하게 할 것이고, 이것은 기술적 혁신과 경제적 발전, 그리고 환경적 고려를 아울러 지닌 경제 체제를 가능하게 할 것이라는 것이다. 이런 지적을 통해서 우리가 깨닫게 되는 것은 오늘날 대규모 생산 체제의 비용이 극히 부분적으로밖에 계산되지 않고 있다는 사실이다. 그리고 생산에 들어가는 많은 비용 ── 자원과 환경뿐만 아니라 양산 체제가 필요로 하는 도로, 항만, 학교, 병원, 주거 등의 사회 하부 시설과 복지 시설 등에 대한 비용은 그대로 사회에 전가되고 있는 것이다. 이러한 간접 비용의 실체를 그대로 인정하고 그것이 양산 체제에 결부된다면, 오늘의 산업화에 대한 인식 그리고 산업화의 방향은 크게 달라질 것이다.

대규모 생산 체제의 비용이 제대로 평가될 때 생기는 이점의 하나는 지역 공동체 중심의, 수공예를 포함하는 소규모 생산의 경쟁력이 그렇게 약한 것만은 아니라는 것이 드러날지도 모른다는 사실이다. (여기에서 수공예적 생산은 전통적인 것일 수도 있고 하이테크에 매개되는 것일 수도 있다.) 사회 전체로 볼 때, 수송 수단이나 새로운 주거 단지의 건설을 위한 투자에 있어, 소규모 생산이 더 경제적일 수 있는 것이다. 그러나 이것이 스케일의 크기를 주안으로 하는 생산 체제를 배제하는 것은 아니다. 다만 그것은 경쟁적인 경제성의 유지를 위한 강한 압력을 받을 것이다. 그리고 이 압력은 단순한 생산가의 절가만이 아니라 환경·사회 비용의 절감을 촉구하는 쪽으로 작용하기 때문에, 환경과 사회에 대한 부정적 영향을 줄이는 결과를 낳을 것이다.

총체적 가격 체제의 문제는 국내만이 아니라 국제적 관점에서 생각되어야 한다. 단기적으로 볼 때, 국외로부터 들어오는 환경 파괴적인 상품들은 국내의 환경 문제에 관계가 없을 뿐만 아니라 오히려 좋은 해결이 될 수도 있다. (선진국들은 공해 산업을 제3세계로 옮기고 그러한 산업 제품의 직접적 간접적 이익은 그들 자신이 거두어들이고 있다.) 그러나 그러한 상품들의 국내 산업에 대한 그리하여 사회에 대한 영향은 피할 도리가 없다. 이것은 지역 공동체 중심의 생산 활동의 경제성을 빼앗아간다. 다른 나라에서 들어오는 대량 생산 제품에 대응하여 그것을 수입하는 나라도 경쟁적 대규모 생산 내지 경제 체제를 유지 발전시킬 수밖에 없다. 그러므로 국내의 총체적 가격 체제는 국제 협약을 통하여 국제적으로 적용되는 것이 되어서 비로소 바른 효과를 낼 수 있다.

위에서 생각해 본 것은 환경 우호적 또는 인간적 경제 기구의 모색에 도움이 될 수 있는 하나의 작은 아이디어에 불과하다. 이미 말한 바와 같이 그러한 경제 기구의 형태는 극히 불확실하다. 그러나 어떤 경우에도 그러한 경제 기구를 고안해 내는 일은 물론 그것을 유지하는 일 자체가 완전한 자동 조정의 장치가 되지는 못할 것이다. 모범적 시장 경제도 보이지 않는 손만으로 움직이는 것이 아님은 말할 것도 없다. 이 조정은 궁극적으로 사람들의 집단적 의지에 의하여 지탱되는 수밖에 없을 것이며, 이 의지는 새로운 도덕적 결단에 기초하는 것이 되어야 할 것이다. 그것은 무한한 물질적 추구가 인간적 행복의 전부가 아니라는 것을 받아들이기로 하는 결단이다. 물론 이것은 단순한 관념적 동기에서 생겨나는 것은 아닐 것이다. 성장에 한계가 있다는 인식은 로마 클럽의 보고서 이후 눈에 띄게 퍼져 나가고 있는 세계적 의식이다. 인류는 불원간에 무한한 성장이 현실적으로 불가능한 것이라는 것을 스스로 깨우치거나 아니면 재난들을 통하여 깨우치게 될 것이다. 물질의 무한한 생산과 소비가 아니라 그것의 적절한 제한이, 자연의 무한한 인위적 변형이 아니라 그것에의 적응 또는 그것과의 조화가 참으로 만족할 만한 삶의 방법이라는 것을 말하는 도덕적 태도는 이러한 외면적 제약 조건의 대두와 병행하는 것이다.

그러나 일거에 자연 세계의 철학 속에 모든 사람이 귀의하기를 기대할 수는 없다. 지금껏 경제 활동, 산업 활동에 쏟아 넣어지던 에너지가 정적주의의 평화 속에 들어갈 수는 없는 일이고, 지금까지의 활동에 대체되는 새로운 출구를 찾아야 할 것이다. 여기에서 예술적, 문화적 고안력의 창조적 힘은 중요한 역할을 담당할 수 있을 것이다. 물론 새로 발전되어야 할 문화는 단순히 고독한 내면적 완성에 귀착하는 것일 수는 없을 것이다. 산업 활동의 사회적 경쟁, 물질의 획득과 권력 조종의 인간관계는 다른 문화적 경쟁과 협동의 활동으로 흡수될 수 있어야 할 것이다.

이러한 문화적 발전은, 예술과 문화의 특성이 그러한 바와 같이, 구체적 인간의 구체적 체험으로부터 생겨나야 할 것이다. 그러나 그것이 하나의 통일된 철학적 중심을 갖는 것은 그러한 문화의 발전을 보강하는 일이 될 것이다. 환경과 사회와 인간성에 충실한 기술과의 관련에서 문화가 이야기되는 경우 이것은 특히 그러하다. 이 관련에서 필요한 것은 단순히 새로운 도덕과 문화의 자연스러운 성장이 아니라 강력한 교육과 선전의 프로그램이기 때문이다. 예술적 문화적 충동보다 철학적 원칙은 더욱 쉽게 조직적 활동으로 옮겨질 수 있다.그리하여 다시 한 번 우리는 철학적 태도 정립의 필요성에 부딪치게 된다. 그러나 그것이 무엇이라고 하는 것은 어려운 일일 뿐만 아니라 여러 풍부한 가능성을 미리 막는 일이 될 것이다. 어느 경우에 있어서나 중요한 것은 과거의 유산들을 재검토하는 것이다. 모든 자연 세계의 사회는 생태적 조화에 입각한 인간의 생존에 대해서 중요하고 섬세한 예지들을 가지고 있다. 이 시점에서 산업 문명에 뒤진 사회들은 새로운 인류 문명을 위하여 중요한 기여를 할 수 있는 기회를 가질 것이다. 한국을 비롯한 동양의 사상은 기본적으로 자연과의 조화의 철학의 정교화이다. 그것은 오늘날의 세계에 대하여 중요한 의미를 가질 수 있을 것이다. 다만 앞에서도 비쳤듯이 과거는 오늘의 창조적 풍요 속에서만 살아남는다. 그것은 새로이 변용되어서만 살아남는 것이다. 다른 자연 세계의 지혜들이나 마찬가지로 그것은 아직까지는 앞으로 심오한 의미를 가질 수도 있는 유산일 뿐이다.

아무튼 바람직한 방향에 대한 한국의 구상은 그리 명료하지 않다. 한국은 한때 모방의 대상으로 삼아 왔던 여러 나라들과 여러 분야에서 경쟁적 관계에 놓이게 되었다. 그런데 앞으로의 발전 방향에 대해서 이들이 줄 수 있는 영감이나 교훈은 그리 많지 않은 것으로 보인다. 지난 수십 년간 과학과 기술을 바탕으로 한 팽창주의적 산업 문명은 이미 쇠퇴 변모하고 있다. 그 쇠퇴는 한갓 우연적 역사적 사실들의 탓이라기보다는 서구 문화의 핵심에 자리 잡고 있는 문화적 가치들에 내재하는 긴장과 모순에 기인한다는 생각이 우세해지고 있다.

그럼에도 이 시점에서 절실히 요청되는 것은 창의성과 독창성에 바탕을 둔 문화적 종합이다. 이러한 문화적 종합은 물론 물질세계가 포용하고 있는 모든 기회와 가능성을 인간다운 삶의 실현을 위하여 포착하고 확대해 나갈 수 있는 것이라야 한다. 서양에서 시작된 과학 기술 문명은 이제 세계의 문명이 되었다. 그와 더불어 서양의 윤리적, 도덕적, 정치적, 문화적 이상들도 세계의 이상이 되어 가고 있다. 이러한 사실들을 받아들이면서 우리는 모든 자연 세계의 사회가 가져왔던 전통적 가치, 또 동양 문화와 한국 문화가 지녀 왔던, 보다 그윽한 가치들이 오늘의 시점에서 한국을 위하여서만이 아니라, 온 세계를 위하여 커다란 의의를 가지고 있음을 의식한다. 그것은 오늘의 지배적 가치에 대하여 또는 그를 보완하여 분명 어떤 종류의 인간의 보편적 이념 — 인간과 인간, 인간과 사회의 보다 조화된 관계의 이상을 간직하고 있다. 뿐만 아니라 그것은 오늘의 세계 속에도 실현될 수 있는 가능성을 가지고 있다. 그러나 이 모든 현실적, 문화적 자원들은 새로운 종합 속에 통일되어야 할 것이다. 그것은 한국의 전통 문화에 토대하고 있든 외래 문화의 어느 부분에 근거하고 있든 또는 전혀 새로운 창의적 발상의 산물이든 현대 산업 문명이 마련한 물질적 삶의 가능성과 문제들을 인간다운 삶의 실현을 위하여 가장 유효하고 적절하게 실현하고 중재하고 극대화할 수 있는 것이라야 한다.

그러나 지금의 시점에서 인간적 번영을 실현시킬 수 있는 문화가 어떤 것이며, 그것을 실현하기 위하여 필수적인 문화적 가치들에 대하여 적어도 예시적으로는 말할 수 있을 뿐이다. 배분, 또는 사회 정의의 문제, 개인과 공동체 간의 적절한 관계 설정에 관한 문제, 인간과 자연과의 관계, 또 사적인 삶과 공적인 삶의 조절에 관련된 원칙들이 모두 연관된 핵심적 문제들이다.

그러나 이러한 사상적, 문화적 가치들이 오늘날의 갈등과 위기를 극복하고 보다 인간적 삶의 실현을 위하여 어떻게 기여할 수 있을지를 명시하는 것은 쉬운 일이 아니다. 그러나 이것들을 추구해 나가는 진지하고도 개방적인 시도 없이는 우리 삶에 있어서의 과학 기술의 위상 정립은 맹목적 암중모색에 머무를 수밖에 없다. 한국이 이러한 문화적 종합에 성공한다면 그것은 새로운 보편적 문화의 바탕이 될 수도 있을 것이다. 궁극적인 열매는 배타적으로 동양적인 것도 서양적인 것도 한국적인 것도 이국적인 것도 아닌, 인간 번영을 실현할 수 있고 보편적 문화의 틀이 될 것이다. 이것이 우리가 희망하는 것이다.

(1993년)

지방의 활성화를 위하여

1. 서울과 시골

우리나라가 서울과 지방으로 확연히 나뉘어 있고 지방에 비하여 서울이 비대하고 그 비대함으로 인하여 많은 문제가 일어나고 있음은 누구나 인정하는 일이다. 그러나 이것이 문제라는 것을 알면서도 그 문제의 원인이 어디에 있는가 그리고 그 원인을 제거하는 길이 무엇인가에 대한 답변은 그렇게 분명한 것 같지 않다. 간단히 말할 수 있는 것은, 사람의 하는 일의 근본이 정치와 경제에 있다고 할 때, 서울의 비대와 지방의 수척함은 권력과 경제력의 서울 집중으로 일어나는 것일 것이기 때문에, 이 힘의 분산을 꾀하는 것이 시정책이라고 하는 것이다. 다만 이 분산의 구체적인 방법이 무엇인가는 분명치 아니하다. 물론 그것도 간단하다면 간단하다고 할수도 있는 일련의 행정 조치일 수 있으나 정책의 현실화는 선형(線形)의 운산(運算)을 통하여 이루어지기보다는 관계 사항 모두의 상호 작용으로 이루어지기 때문에 현실의 변화를 바라는 방향으로 유도할 방안이 무엇인가를 고안해 내기란 쉽지 않은 일일 것이다.

뿐만 아니라 서울과 지방의 불균형에는 합리적으로 설명하고 계산될 수 있는 것이 아닌 여러 요소 — 문화적이라고 요약할 수 있는 요소가 중요한 역할을 한다. 이것은 방금 말한 바대로 불합리적인 것이기 때문에 정책적 행동의 대상이 되기 어렵다. 그러면서도 이것은 그것 자체로 중요한 것일 뿐만 아니라 모든 합리적 정책을 굴절시켜 다른 모습으로 변형시킬 수 있는 것이다. 어쩌면 우리의 생각의 출발은 여기에 있어야 하는 것인지 모른다.

2. 소용돌이의 문화: 교육의 예

거시적인 관점에서가 아니라 일상적 삶 속의 느낌으로써 느끼는 서울과 지방의 문제를 예를 들어 생각해 보자. 사람들은 서울로 서울로만 모여들지만 서울에 사는 사람으로서 서울이 살 만한 곳이라고 느끼는 사람은 별로 많지 아니한 것으로 보인다. 주택 문제, 교통 문제, 이웃의 문제, 범죄의 문제 — 이런 것들이 서울 살기를 괴롭기 짝이 없는 것이게 한다. 이러한 문제들은 시골에 가면 저절로 사라져 버린다. 그런데도 사람들은 서울로 오는 것이다. 서울이 험한 곳이라는 것을 모르는 것은 아니다. 서울로 오는 이유의 하나는 자명하다. 그것은 경제적 이유이다. 그것은 누구나 부정할 수 없는 이유가 된다. 그러나 그다지 자명하지 못한 것은 서울에서의 취업이 경제적 목적을 해결하지 못할 가능성이 많은데도 불구하고 사람들이 시골을 버리고 서울로 온다는 것이다. 경제적 상승의 기회를 보면 서울이 보다 더 높은 가능성을 보여 주는 것은 사실이다. 그러나 그러한 기회가, 보이는 것과는 달리, 쉽게 모든 사람에게 열리는 것은 아니다. 그렇다고 하더라도 서울이 시골에서보다는 더 많은 돈을 벌 기회가 많은 것은 틀림이 없다. 그러나 돈을 버는 목적이 적절한 삶의 조건을 확보하려는 것이라고 한다면 서울에서 버는 돈의 의미가 액면가로 생각할 만한 것인가 하는 것은 분명치 않다. 사람들은 서울의 이점이 그 문화적인 혜택에 있다고 한다. 시골의 문화적 빈곤이 사람들로 하여금 서울에 모이게 한다는 것이다. 그러나 서울 사람들의 생활에서 연극이나 음악 또는 국립도서관의 책이 중요하다는 말은 별로 듣지 못하니 서울의 혜택은 결국 교육에 귀착된다고 할 것이다. 참으로 서울의 교육 혜택이 그렇게 큰 것인가? 이것은 조금 자세히 생각하여 볼 필요가 있는 일이다. 교육의 문제는 우리 문화나 사회의 상황을 상징적으로 대표하는 것이 될 수 있다.

교육의 관점에서 서울이 좋은 곳인가? 서울의 학교에는 이른바 실력이 있는 교사가 있다고 한다. 또 학교 공부란 같은 또래의 학생들과의 우호적이고 경쟁적인 교환 작용에서 이루어지는 바가 많은 것이니 서울에 그러한 점에서 상대가 될 만한 학생들이 많다고 할 수는 있다. 그러나 이러한 이점은 다른 악조건으로 상쇄되고도 남는 것이 아닌가 한다.

교육이 지식이나 정보의 전달만을 내용으로 한다고 한다면 오늘과 같은 세상에 교사를 능가하는 지식과 정보의 출처는 얼마든지 달리 있을 수 있는 일이다. 우수한 정보의 교사는 우수한 정보의 저작물에 비할 수 없다. 책의 결점은 그것을 상대로 묻고 답하는 상호 작용이 불가능하다는 것이다. 그러나 이것은 컴퓨터로 해결될 수 있다. (물론 컴퓨터가 쉽게 구하여질 수 있는 것은 아니나 여기에서는 여러 가능성을 생각해 보고 있는 것이다.) 그럼에도 불구하고 교사의 역할이 남아 있다면 그것은 교사가 제공할 수 있는 인격적 관계로 인한 것이다. 보이고 헤아릴 수 있는 것만을 계산하는 세상에서 잊어버리는 것이 이러한 보이지 않는 질적 요소이다. 그러나 교육의 핵심은 바로 이러한 인격적 요소에 있다. 대부분의 지식의 흡수에 있어서 정보는 복합적인 통로를 통하여 수용된다. 이런 의미에서 시각에 작용하는 극히 추상화되어 있는 글씨보다는 더 많은 감각에 구체적으로 작용하는 전달 방법이 더 효과적이리라는 것은 쉽게 생각할 수 있는 일이다. 다양하고 유연한 전달 경로를 제공할 수 있다는 점에서 대체적으로 살아 있는 인간 이상의 전달자를 찾기는 쉽지 않은 일이다.

그러나 교사의 중요성은 이러한 전달의 공학으로 설명될 수 있는 것이 아니다. 어떠한 일이든지 사람의 하는 일은 인간 상호 관계 속에서 이루어질 때 한층 고양을 얻게 마련이다. 이것은 사람의 어릴 때부터의 성장 방식 또는 일반적 사회성에 기인한다. 그러나 교육에 있어서 더 중요한 것은 이러한 점이 아니다. 여기에서 우리가 말하고 있는 것은 아직도 지식과 정보의 전달을 핵심으로 하는 교육의 효율성이다. 그러나 교육의 가장 중요한 부분은 지식의 습득이 아니라 지식 습득의 방법 또는 예술이다. 이것은 얻어진 지식이나 정보의 문제가 아니라 그것을 얻는 데 있어서 하나의 주체적 능력이 어떻게 움직이고 있느냐 하는 문제이다. 이것을 시범해 줄 수 있는 것이 교사이다. 더 나아가 교사는 지식, 정보, 표현, 기예, 또 사람과 사회 그리고 환경 일반과의 이성적이고 창조적인 상호 작용의 인격적 범례가 된다. (이것은 교사가 가장 고매한 인격자여야 한다는 것을 전제하는 것이 아니다. 교사는 지식의 전달자이면서 그것의 인간적 컨텍스트를 보여 줄 수 있는 사람이 되는 것으로 족하다. 교사는 여러 인간적 환경의 요인과 상호 작용하는 주체적 지성이다.)

그런데 서울에서 얻기 어려운 것이 살아 움직이는 교사의 모습이다. 사람이 제대로 자연스러운 일체성 속에서 움직이려면 그 환경이 적절한 것이라야 한다. 그 조건으로 가장 중요한 것은 규모의 적절성이다. 과밀 학급, 거대 학교, 거대 도시가 이 조건에 맞는 것이 아님은 말할 것도 없다. 복잡하고 거대한 환경 속에서 사람은 자신의 수용적 기능의 일부를 차단하고 자기 안에다 적정 규모의 환경을 만들어야 한다. 그것이 최소한도의 자기 보호책이다. (사람이 한 번에 주의 대상으로 할 수 있는 사물을 일곱 가지 내외가 된다고 하는 심리학자가 있다.) 서울 사람들은 많은 것에 대하여 지각과 생각, 행동적 관심을 닫아 버려야 한다. 이것은 서울의 교사의 경우에도 마찬가지다. 이렇게 볼 때 가장 우수한 서울의 교사가 학생들에게 줄 수 있는 것도 사실상 더 인간적인 환경에서의 자신의 모든 것을 자연스럽게 줄 수 있는 교사에 못 미칠 가능성이 큰 것이다.

교사의 다양한 기능과 의미를 말하는 것은 교육의 과정이 저절로 좁은 테두리 — 책이나 기타 정보 전달의 수단을 넘어간다는 것을 말하는 것이다. 존 듀이의 저서에 『학교와 사회』라는 것이 있지만, 진정으로 중요한 교육이 학교에서 이루어지는 것이 아니라 사회 어디에서나 이루어지는 것이라는 것은, 듀이의 지적을 상기하지 않더라도 쉽게 인정할 수 있는 일이다. 그것을 마음에 다짐하며 일관성 있게 생각하고 행동하지 않을 뿐이다. 서울에서 자라고 있는 아이들, 청소년의 교육적 환경이 문제적인 것은 새삼스럽게 말할 필요가 없다. 이것은 물리적 위험과 도덕적 사회적 일탈의 유인들이 도처에 산재해 있다는 것만을 말하는 것이 아니다. 그러한 판단을 떠나서 서울과 같은 곳에서의 아이들과 환경 사이에 있을 수 있는 상호 작용의 다양성과 성격만을 생각해 보아도 엄청난 문제가 있을 것이라는 것은 분명하다. 사람들은 서울에서 자라는 아이들은 보고 듣는 것이 많을 것이라고 말한다. 사실은 서울의 아이들처럼 감각적으로 박탈된 환경에서 사는 경우도 드물 것이다. 서울 살기의 복잡성과 위험은 대부분의 아이들을 극히 좁은 집과 거리와 사람들 사이에 갇혀 사는 죄수가 되게 한다. 거기에서 일어나는 감각과 사고와 감정의 교환 작용은 극히 빈약하고 상투적인 것일 수밖에 없다. 다른 한편으로 걱정해야 되는 것은 그것이 극히 피상적이게 마련이라는 점이다. 상점과 집과 사람이 넘쳐나는 서울이 사람의 여러 기능에 제공하는 감각적 자극 요소의 총계가 적다고 할 수는 없다.

오히려 문제는 그것의 과부화로 인하여 저절로 감각이나 느낌의 문을 닫게 된다는 데 있다고 할 수도 있다. 그러나 결과는 마찬가지의 박탈된 환경이다.

이것은 갇혀 사는 사람이나 풀려 사는 사람이나 마찬가지이다. 그리고 또 하나의 문제는 사람과 환경과의 상호 작용의 성격에 있다. 그것은 사실 상호 작용이라고 할 수 없는, 말하자면 일방적 흡수나 이용의 성격을 가지고 있다. 서울은 충분히 깊이 있고 지속적인 관계를 수립할 수 없는 자극 요소들의 제공처이다. 여기에서 사람들은 자기가 필요로 하는 것만을 선택적으로 취하게 된다. 말하자면 주변 환경은 우리의 여러 기능이 요구하는 자극의 슈퍼마켓이 되고 우리는 소비자가 되는 것이다. 이 소비의 대상에는 물건뿐만 아니라 사람이 포함된다. 지식이나 정보도 마찬가지이다. 그것은 우리가 세상과 교섭하는 데 필요한 도구이다. 교육이 사람의 삶의 참다운 과정에 깊이 관계되는 총체적 과정이 아니라 지식 백화점의 안내계가 되고 물건과 권력과 명성의 시장의 화폐가 되는 것은 이상한 일이 아니다.

물론 서울에 교육적 이점이 전혀 없다고 하는 것은 지나친 말이겠으나 (문명을 말하는 영어 civilization의 기원은 도시(civitas)에서, 세련(urbanity)은 도시(urbs)에서 나왔거니와, 인간의 물질적 진보와 인격적 섬세화가 도시에 관계되어 있는 것은 사실이다.), 위와 같은 것이 서울의 교육 환경인 것이다. 여기에 비하여 시골은 어떠한가? 일반적으로 시골에는 없는 것도 많지만, 없는 것에는 없어서 좋은 것들도 포함되어 있다. 적어도 이론적으로는 시골의 학교는 도시 학교가 지니고 있지 않은 적정 규모의 인간적 환경을 가지고 있는 것으로 말할 수 있다. 지식이나 정보의 면에서 다소 부족한 것이 있더라도 시골의 교실은 자연스러운 교육 환경이 되어 교사와 사물의 상호 작용은 풍부하고 일체적인 것이 될 수 있다.

도시에는 없는 자연의 존재는 가장 큰 교육적 자산이다. 사람은 그 성장의 과정 속에 자연이 결여되어 있던 사람까지도 자연과의 접촉에서 기쁨을 느낀다. 자연에 대한 사람의 향수는 5000년이나 1만 년의 도시화로도 없앨 수 없는 수백만 년의 진화의 유산이다. 자연과의 교섭이 없이는 사람이 온전할 수가 없다. 그것이 주는 기쁨, 기율, 시련이 커다란 교육적 의미를 가진 것임은 인류의 시적 유산이 끊임없이 증언해 온 것이다. 다만 그것의 교육적 의미의 항목화가 어려울 뿐이다. 그러나 오늘의 조종과 이용의 세계, 개인적 욕망의 소비주의적 충족의 시대에 있어서, 보다 중요한 자연의 교훈은 그 자족적이며 영원한 존재의 교훈이다. 그것은 실러의 표현을 빌려 "제 뜻으로 있음, 사물들의 절로 있음, 그 스스로의 불변의 원칙에 따라 있음에 다름 아니다." 이것은 그것 자체로 아름다운 것일 뿐만 아니라 우리의 사물과 사람에 대한 태도에 커다란 영향을 끼칠 수 있는 것이다. 우리 밖에 있는 것을 있는 그대로 존중하며 우리 스스로 있는 대로 있는 것, 그러한 절로 있음을 손상하지 않는 것은 객관적이고 공정한 마음가짐, 윤리적인 태도의 기본을 이루는 것이다. 자연이 보여 주는 것은, 욕망과 소비의 대상으로가 아니라 스스로 있음으로 값이 있는, 존재의 모습이다. 모든 것이 인공의 소산인, 따라서 사람의 의지의 표현인 도시에서 사는 사람들이 자연을 그리워하는 이유의 하나도 바로 이러한 존재의 충족감에 있다.

물론 시골의 이러한 점은 잠재적으로 그러하다는 것이다. 그것이 어떠하든지 간에 사람들은 서울로 서울로 몰려온다. 그리고 실제에 있어서 시골의 교육 환경이 위에서 말한 이상화와는 너무나 거리가 있을 가능성이 크다. 말할 것도 없이 지나친 이상화는 거리의 함수이다. 우선 시골 상황의 비참성은 건물과 시설의 황량함에서 드러난다. (경제 성장에도 불구하고 아마 제일 투자가 이루어지지 아니한 곳이, 대학의 일부를 제외하고는, 학교가 아닌가 한다.) 시설의 개선은 물론이려니와 학교의 행사를 위한 어떤 재정적 기반이 오늘의 시골에 있을 리가 없다. 교사를 두고 말하더라도 흔히들 말하는 바

대로 도시에 더 우수한 교사가 몰려 있다는 생각을 뒤엎을 만한 증거가 많
지 아니할 것이다.

지금까지 교육에 대하여 말한 것은 그 이상적 가능성에 있어서나 현실
에 있어서나 삶의 터전으로서의 시골 일반에 그대로 해당되는 것일 것이
다. 인간적 규모, 공동체적 충만감, 자연과의 균형 있는 곳이 시골이라고
하는 것은 시골의 이상을 말한 것이고, 마르크스가 말한바 '시골 생활의 백
치성'이야말로 우리 시골 현실에 맞는 것일는지 모른다. 마르크스의 투박
한 표현은 19세기 유럽을 두고 한 말이지만, 19세기는 또한 시골과 자연의
이상화로 특징지어지는 낭만주의의 시대이다. 이러한 이중성은 도시와 시
골의 격차가 생기고 사회의 중심이 도시로 옮겨 갈 때 흔히 보는 일이다.
이와 같이 같은 현상에 대한 서로 다른 두 가지 진술이 가능하게 되는 것은
심상한 일이 아니다. 부질없는 지적 유희라는 감도 없지 않지만 어찌하여
시골이 좋은 곳이며 나쁜 곳인가. ── 그러나 특히 어째서 그것이 갑자기
나쁜 곳이 되는가에 대하여 한번 생각해 볼 필요가 있다.

3. 시골과 서울의 현상학

아직 충분히 연구되지 아니한 산업화에 따르는 이상한 현상 중의 하나
는 도시의 성장과 번성과 더불어 시골이 ── 그때까지 별 불편이 없던 시골
이 문득 견딜 수 없이 답답하고 정체되어 있는 곳으로 바뀐다는 사실이다.
이것은 19세기 구미 문학의 가장 빈번한 주제의 하나이다. 가령 발자크의
『잃어버린 환상』, 에드윈 알링턴 로빈슨의 자신의 고향 사람들에 대한 시
들은, 생활의 중심을 도시에 빼앗긴 시골이 어떻게 저절로 실의와 상처와
편견의 고장으로 바뀌게 되는가 그리고 다른 한편으로는 알 수 없는 도시

에 대한 갈망으로 시골을 벗어나서 도시로 나오는 시골 청년이 어떻게 도시에서는 도시대로 참기 어려운 시련과 환멸을 겪게 되는가를 기록한 수많은 이야기들의 일부에 불과하다. 도시의 발달이 저절로 시골을 낙후 지역으로 만들게 되는 현상 — 다시 말하여 크게 불만족의 원인이 아니던 것이 매우 불만스러운 것으로 바뀌는 현상, 이른바 발전된 것이라고 간주되는 대안의 존재로 하여 갑작스러운 불행 의식이 움트게 되고 그에 따라 삶의 의욕이 저하되고 실상의 삶의 조건의 퇴화가 일어나게 되는 현상은 어떻게 생기는 것일까?

절대적 의미에서 살 만한 경제가 무엇이냐를 떠나서, 사람의 마음은 일단 이 시골과 도시의 역학에 사로잡히게 되면, 한 고장에 뿌리내리는 삶은 불가능한 것이 된다. 이것은 한 고장에 대한 자부심의 문제이고 또 삶의 바탕에 대한 근본적 결정의 문제이다. 시골이 앉은 자리에서 낙후 지역이 되는 것은 상대적 비교에서 비롯할 수 있다. 이것은 개인의 형편에 있어서 사회적 비교가 가져오는 상대적 박탈감과 같은 것이다. 이러한 박탈감은 어떻게 보면 그다지 떳떳지 못한 것으로 말할 수도 있다. 순환적 논리에 떨어지는 것이기는 하지만 그것은 개인으로서나 사회적으로서나 자신감 또는 자존심의 결여를 나타낸다. 우리식대로, 내가 필요하고 충족한 상태로 살면 되는 것이 아닌가? 물론 여기에서 어떻게 해서라도 앞으로 나아가고 발전하는 것이 제일이라는 관점에서 본다면, 이러한 현상적 비교의 선망과 불행 의식이 발전의 동기가 된다고 할 수도 있다.

그러나 이웃 사람들의 것에 대한 선망이라는 그러면서도 사실상 민주화에 큰 동력이 되는 심리적 동기의 문제를 떠나서 자동적인 낙후화에는 인간의 상황 인식의 방법 안에 들어 있는 어떤 불가항력적인 기제가 작용하고 있다. 사람의 인식적 노력은 끊임없이 가장 근본적인 원리를 지향해가는 경향이 있다. 과학에서의 통일장의 원리, 종교에서 신 또는 최고의 존재자, 철학에서의 바탕과 근원, 제일 원리에 대한 탐구가 가장 핵심적인 사고의 주제임은 다 아는 사실이다. (적어도 이론의 세계에서, 순수 이론이든 현실의 이론이든, 근본 원리로부터의 설명과 답변을 주지 못하거나 그것의 가능성을 의심하는, 프래그머티즘은 늘 속 시원한 느낌을 줄 수 없다.) 이것은 인간의 사고가 가지고 있는 자연스러운 성향이면서, 자기가 처해 있는 상황을 끊임없이 또 전체적으로 판단하면서 한순간 한순간의 기획을 수행하며 살아야 하는 인간의 실존적이고 생물학적 필요에 깊이 이어져 있는 것이라고 할 수 있다. 사람이 한 사회 속에 산다는 것은 자신의 사회적 위치의 판단에 있어서 그 사회 전체를 판단의 지평으로 한다는 것을 말한다. 그의 판단하고 선택하는 일은 저절로 이 지평 전체에 대한 판단, 주제화되는 것이 아니라 막연한 지평 의식으로 들어오는 전체에 대한 판단 그리고 그 안에서의 대안적 선택의 가능성에 대한 검토를 포함하게 마련이다. 그러니까 시골 사람이든 서울 사람이든 자신과 고장의 삶을 생각함에 있어서 서울과 시골에 대한 상대적 평가는 피할 수 없는 인식론적 강박성을 가지고 있다고 할 수 있다.

그러면서도 어찌하여, 부분적인 장단점에 상관없이, 최종적 가치 판단은 서울의 우위가 되는가? 그것은 우리의 상황 판단이 단지 공간적, 시간적, 이론적 확산이 아니라 이것에 추가하여 에너지와 총체와 근원을 포함하고자 하는 것이기 때문일 것이다. 결국 작게든 크게든 사람의 세계에 대한 관계는 실제적, 행동적인 것이다. 이론적 의미의 근원적 문제에 있어서도 탐구의 대상이 되는 것은 주로 작용하고, 형성화하고, 움직임의 목표가 되는 최종적 원인, 인과 관계의 연쇄에 있어서의 근본에 있는 것이 문제가 되는 것이다. 이 에너지의 장에서 서울은 모든 것을 빨아들이는 소용돌이의 중심이다.

다시 말하건대 사람은 눈앞에 보이는 구체적인 것을 생각하더라도 보편적 에너지의 근원을 포함한 총체적인 지평에 비추어 생각한다. 그런데 말할 것도 없이 우리가 인지하고 생각하는 구체적 대상인 경우도 그러하지만, 그 보편의 지평에 대해서 늘 바른 인식을 갖는 것이 아니다. 대체로 그것은 시대의 풍조에 의하여 좌우된다. 그리고 시대의 사고가 반드시 최후의 진리를 가지고 있는가 하는 것에 대하여는 아무런 보장이 없다. 신앙의 시대에 무신론적 생각을 하기 어렵고(유명한 뤼시앵 페브르의 라블레 연구는 라블레의 무신론이 얼마나 신학의 세계 속에 있는가를 보여 주는 연구이다.), 사회주의 속에서 자본주의적 행위를 또는 자본주의 속에서 사회주의적 행위를 상상하기는 지극히 어려운 일이다. 이것은 최근의 동유럽의 변화에서 보듯이 어떠한 계기로 세상이 바뀐 다음에야 문득 깨달을 수 있는 것이다. 깨닫는다는 것은 모든 것을 지배하고 조건짓고 있었던 근본이 세계 그 자체는 아니라는 것, 우리가 세계라고 알았던 것을 넘어가는 더 큰 세계 속에서 그것은 세계의 하나의 존재 방식에 불과하다는 것, 우리가 보편자로 알았던 것이 최후의 보편자가 아니라는 것을 알게 된다는 것이다. 이 깨달음은 현실적으로 우리가 절대적이라고 믿었던 세계가 현실적 작용과 효율을 잃었을 때 가장 쉽게 일어날 수 있다고 하겠지만, 개인적 체험과 반성적 노력을 통해서도 그것에 도달하는 것이 불가능한 것은 아니다. 종교는 명상적 정진을 통하여서 자기가 살아온 세계가 마야에 불과하다는 것을 깨닫게 한다. 여러 종류의 이데올로기 비판은 보다 이성적 방법으로, 우리가 살고 설명하는 세계가 어떤 이해관계에 의하여 구성된 허구임을 드러낼 수 있다.

이러한 삶의 바탕으로서의 세계 또는 지평 의식의 구성과 타파는 시골과 서울의 변증법에서도 작용한다. 시골에 살던 사람은 어느 날 그것을 넘어가는, 또 그것의 가치관과 삶의 방식을 넘어가는 것이 있음을 깨닫는다. 시골은 이제 그에게 하나의 세계가 아니다. 그것은 더 큰 다른 세계의 일부, 그것에 의하여 영향받고 조종되는 일부일 뿐이다. 그는 다시 그의 시골의 자족적인 세계로 돌아갈 수 없다. 의식과 지식은 불가역적이다. 그가 시골에 계속 남아 있다면, 그것은 그가 그의 세계의 중심에 있기 때문이 아니며 적어도 거기에 뿌리를 박고 있기 때문은 아니다. 그는 마지못하여 거기에 남아 있을 뿐이다.

이것은 사람의 생활권 안에 중심부와 주변부가 있는 한, 다소간에 피할 수 없는 현상이다. 다만 현대의 산업 문명이 이를 극단화한다. 대규모화, 표준화, 획일화가 오늘의 산업의 특징이다. 그것은 모든 것 개인이나 공동체나 일용품이나 사람의 활동까지를 하나의 자로 보고 재게 한다. 그러면서 물건이나 활동 또는 거기에 관계되어 있는 생각까지도 중심부로부터만 공급될 수 있게 한다. 그리고 주변부는 완전히 이 공급품에 대하여 수동적인 위치에 놓이게 한다. 사회를 움직이는 정치와 경제와 생각의 힘이 중심부에서만 온다는 것을 제외하고도 비근한 예로 바가지는 플라스틱 그릇이 되고 떡은 포장된 과자가 되고 제기차기는 전자 게임이 되고 동리의 소문들은 텔레비전의 연속극이 된다. 세계의 모든 필수품과 오락 수단이 다른 곳에서 오니 시골이 그러한 세상의 변두리에 있음은 분명한 것이다. 도시의 유혹은 불가항력의 것이고, 그러한 유혹에도 불구하고 시골 사람이 시골에 남아 있는 것은 마지못한 사정 때문인 것이 당연하다.

그가 시골로 돌아갈 수 있으려면 그것은 시골의 삶으로부터 삶의 에너지를 앗아가 버린 세계를 극복함으로써만 가능하다. 힘의 중심부에 진출한 다음이거나 아니면 현실적으로든 이념의 세계에서든 더 큰 세계를 얻는 사람만이 다시 자신의 시골로 되돌아갈 수 있다. 이러한 귀향의 손쉬운 예는 도시에 나가서 돈을 벌고 출세한 사람의 경우에서 볼 수 있다. 그는 바깥 세상을 자기의 것으로 하였기 때문에 자신을 가지고 옛 고향으로 돌아올 수 있다. 물론 그가 진정으로 완전히 돌아온 것은 아니다. 그는 자신의 집을 그리고 더 나아가 자기의 고장을 새로이 치장하고 재건하지만 그것을 가능케 하는 힘은 전적으로 보다 넓은 세계에서 온다. 그의 명성도 물론 상당 부분 밖의 세계에서 빌려 오는 것이다. 그의 귀향이 하나의 돌아가는 방식이면서 또 시골에 도움을 줄 수 있는 것이기도 하지만 그것은 진정한 귀향 또는 고향에 뿌리박고 사는 일이 아니다. 그것은 그곳에서 참으로 삶—물질적 정신적 삶—의 힘을 나오게 하는 일은 아닌 것이다. 시골의 밖에 있는 세상을 포함하거나 넘어가는 세계를 알고 그 관점에서 밖의 세상을 비판하고 삶의 중심으로서의 시골의 의미를 깨닫고 또 그것에 적정한 삶의 물질적, 사회적, 정신적 수단을 만들어 낼 수 있을 때, 비로소 진정한 귀향, 창조적이며 생산적이며 항구적인 귀향은 가능하다. 이것은 현실의 문제이기도 하지만 생각의 문제이기도 하다. 도시를 아는 사람이 시골의 가치를 안다. 자연의 삶을 예찬하는 낭만주의의 시인들은 대체로 도시의 문제를 체험한 사람들이다. 물론 이러한 것들은 낭만적 허위에 속하는 면이 있다. 그것은 현실 문제를 직접적으로 해결해 주는 것은 아니다. 그러나 적어도 그것은 특수자의 의미는 보편의 지평 속에서만 그 의미를 드러낸다는 것을 보여 준다. 이 명제는 우리의 생각과 느낌의 작용에 있어서 그리고 문화의 변증법에서 그러니만큼 사회 문제에 있어서 고려해야 하는 명제임에 틀림이 없다.

4. 지방의 정치와 문화

현상학적 관점에서 시골과 서울이 어떻게 성립하느냐 하는 것은 실제적인 문제를 논하는 데에 있어서 오활하기 짝이 없는 일처럼 보인다. 결국 문제는 또는 해답은 정치와 경제에 있다. 다만 위의 조금 상궤를 벗어난 고찰은 정치와 경제를 생각하는 데에 있어서 약간의 뉘앙스를 첨가해 줄 수 있을지 모른다. 그리고 인생의 많은 문제에 있어서 뉘앙스는 전부일 수도 있다. (물론 지방 발전의 문제에 있어서 그러할 수는 없을 것이다.)

서두에 이미 말하였지만 두루 알고 있는 바와 같이, 서울의 비대, 지방의 쇠퇴는 정치와 경제의 집중에서 온다. 이의 시정책이 분산에 있다고 생각하는 것은 자연스러운 일이다. 지난번에 실시된 각급 지방 의회 선거, 지방 의회의 구성은 그 나름으로 오늘날 우리 사회의 중요한 문제와 시정책에 대한 의식을 나타낸 것이다. 물론 그것은 그것대로 문제투성이인 것은 말할 필요도 없다. 선거 과정에서의 여러 문제점 또 지방 의회들의 운영에 있어서의 문제점은 하루가 멀다 하고 신문에 보도된 바 있다. 주로 그것은 선거 과정이나 의원들의 부정과 부패인데, 더 문제가 되는 것은 설령 그러한 부정부패가 없다고 하더라도 지방 의회와 같은 것이 참으로 지방의 활성화에 대한 답변이 되겠느냐 하는 점이다. 말할 것도 없이 지금의 상태에서 의회가 할 수 있는 일은 기껏해야 정부의 지역 대상의 정책 시행에 비판적 제동을 가하는 방어적인 일을 하는 것 이외에 다른 일이 있을 수 없는 것으로 보인다. 모든 것이 집행 기구에 집중되어 있는 오늘과 같은 역동적 사회 변화의 상황에서 집행부에 대한 하등의 실질적 통제의 기능을 가지지 않는 회의 기구가 무슨 힘을 가지겠는가. 말할 것도 없이 집행 기구 자체가——특히 의미 있는 정책 수행의 단위 즉 도나 시의 집행 기구들이 참으로 자치적인 기구로서 구성될 때에 지방 자치에 대한 생각과 현실은 크게 달라질 것이다. 그때는 오히려 어떻게 하여 지방의 원심적 경향을 국가적 조화 속에 통합하느냐 하는 것이 과제가 될지도 모른다.

그러나 지방 정부들이 참으로 할 수 있는 일이 무엇인지는 지금 단계에서 분명치 않다. 중앙에서 내려오는 정책에 대하여 방어적인 기능을 수행할 수 있는 것은 쉽게 생각할 수 있는 일 중의 하나이다. 지역 내의 정치적 사회적 경제적 이점의 배분에 있어서 한편으로는 갈등이 깊어질 것이나 다른 한편으로는 갈등이 가져오는 억제와 균형으로 하여 조금 더 공정성이 생겨날 수도 있을 것이다. 그리고 오늘날 지방이 필요로 하는 공정성이 생겨날 수도 있을 것이다. 그러나 오늘날 지방이 필요로 하는 것이 기존하는 유형 무형의 자원의 배분이 아니라 발전이라고 할 때 지방 정부들의 능력은 극히 제한된 것일 수밖에 없을 것이다. 자본, 기술, 경영, 그리고 자원의 모든 것을 가지고 있는 중앙과의 협력 없이는 지방이 효율적 발전을 기대할 수는 없을 것이기 때문이다. 그러나 적어도 중앙의 일방적인 결정과 지시가 아니라 협력 또는 협상의 단계가 끼어들게 되는 것은 지방의 이익과 독자성을 위하여 크게 도움이 되는 일임이 틀림이 없다. 여기에서 중요한 것은 한편으로는 지방 정부가 진정으로 지방의 관점을 대표하여야 하는 것이고 다른 한편으로는 중앙 정부가 공정한 대화의 상대가 될 수 있어야 한다는 것이다. 이러한 협력, 협상, 대화의 관계가 하루아침에 이루어질 수는 없을 것이다. 이것은 오랜 긴장과 시행착오의 기간과 제도의 정착을 통하여 자리 잡을 수 있을 것이다.

그러나 지방의 힘이 아무리 커진다고 하더라도 힘의 불균형은 오랫동안 또는 언제나 존재할 수밖에 없을 것이다. 중요한 것은 힘의 불균형에도 불구하고 지방이 발언권을 가지고 있다는 것이다. 이에 따라 중앙은 지시 명령하는 것이 아니라 상의하고 원조하는 태도를 발전시키게 될 것이다. 이상적으로는 이것은 중앙이 그 힘의 사용을 유보하여서 그런 것이 아니라 적극적인 정책의 이니셔티브가 지방에서 나오기 때문에 그렇게 되는 것이어야 할 것이다. 그리하여 지방이 그 정책에 대한 원조를 중앙에서 구하고 중앙이 그 타당성을 검토하고 하는 관계가 생겨날 것이다.

중앙과 지방의 관계에서 중앙 정부는 한편으로 지역의 구체적인 사정에 귀 기울이면서, 다른 한편으로 나라 전체의 균형과 이익을 대표할 것이다. 오늘날의 사정에 비추어 중앙 관서와 관리들의 명령 하달의 습관이 쉽게 고쳐질 수 없는 것이 어려움의 한 가지일 것이다. 또 중앙 집권이든 지방 분권이든 오늘날에 있어서도 정부와 관료가 참으로 국민의 이익을 대표하고 있느냐에 대하여 회의가 많은 것이 사실이다. 사사로운 이익과 관심이나 어떤 특정 이익 집단, 어떤 회사들의 이익을 넘어가는 관료의 공익에의 헌신이 의심을 받고 있는 것이 오늘의 사정인 것이다. 더구나 이것은 중앙 관료들의 특정 지역의 특정 그룹에 의한 독점으로 더욱 복합적인 양상을 띠고 있다. 지방의 발전은 무엇보다도 중앙 권력의 공정하고 보편적인 구성을 요구한다. 그것은 지방의 발전을 위하여서만이 아니고, 분권적 발달과 국가적 일관성의 유지라는 서로 모순된 또 분쟁적인 것이 될 수도 있는, 목표를 추구하는 데 절대적으로 요구되는 것이다. 오늘날 문제가 되어 있는 지방 감정이라는 것도 그것이 심각한 양상을 띠게 되는 것은 여러 이익과 특권의 배분이 권력에 장악되어 있기 때문이다. 이 문제가 완화되기 위해서라도 권력이 이익 배분의 중심이기를 그쳐야 할 것이다.

지방 정부의 공직자도 높은 공정성과 보편성의 자질을 갖추어야 함은 물론이다. 여기에서도 그들은 사사로운 이익 또는 특정 경제 그룹의 영향이나 압력에 좌우되지 않고 지역민 전체의 이익과 관심을 대표할 수 있어야 한다. 이것은, 민주주의 기초 상식에서 말하여지듯이, 선거를 통한 국민적 통제와 기타 다른 정치 과정의 공개를 통하여 어느 정도 보장될 수 있을 것이다. 그러나 다른 한편으로는 우리가 그간 부족한 대로 시험한 민주 제도의 경험은 제도만으로서 그것이 확보될 수는 없는 것이 아닌가 하는 의심을 갖지 아니할 수 없게 한다. 민주 제도는 어떤 경우에나 집단적 삶의 많은 문제들을 정치 또는 국가 기구를 통하여서가 아니라 사회적으로 풀어 나가려는 제도라 할 수 있다. 권력의 뒷받침을 반드시 필요로 하는 것이 아닌 사회적 관습 관행의 총체를 우리는 문화라는 이름으로 부를 수가 있을 터인데, 지방 정부가 참으로 공명정대한 정부가 되기 위해서는 그것을 가능케 하는 문화가 있어야 한다. 물론 이것은 오늘날 중앙이나 지방이나를 막론하고 우리 정치 일반에서 많은 사람이 느끼고 있는 것을 말한 것에 불과하다. 보편적 문화 규범의 보장은 한편으로는 문화 자체의 힘 이외의 다른 것에서 나오는 것이 아니라고 하겠지만 현실적으로 그것은 사회의 여러 엉클어짐에 의하여 지탱된다. 여기에 기여하는 중요한 요인의 하나가 공동체의 감시의 눈이라고 할 때 보다 좁고 직접적인 지역 사회에서 그것은 조금은 더 쉽게 얻어질 것이라고 할 수는 있을 것이다.

여기에 관련하여 우리는 문화 담당자들 ── 지식인들의 역할을 생각할 필요가 있다. 결국 문화란 한 사회에서의 사회관계와 행동의 관습 일체라고 하겠지만, 그들의 일이 현실적 효율성을 발휘하든 아니하든, 문화의 핵심 부분을 의식적으로 구성하고 손질하고 유지하는 일에 관심을 갖는 것이 지식인이다. 이것은 한편으로는 보다 좁은 의미의 문화와 도덕에 관계하는 지식인을 말하는 것이지만, 현실의 문제가 보다 직접적으로 관계되는 분야에서도 그것에 합리적 표현을 주어 민주적 여론을 형성하고 문제의 궁극적 해결을 위한 기초 작업을 하는 것은 지식인이다. 서울의 비대는 이러한 일들에 필요한 문화적 지적 자원까지도 서울에 집중시켜 놓았다. 앞으로 지방이 서울에 맞설 만한 문화적 지적 자원을 어떻게 확보하느냐 하는 것은 매우 중요한 과제가 될 것이다. 그러나 더 긴급한 것은 지방 정부가 확보할 수 있는 현실 지식인 ── 정치 경제 사회 기술의 여러 현실 과제를 풀어 갈 테크노크라트 및 기타 현실 지식인의 문제이다. 가령 지방과 중앙의 협의·협상 과정에서 참으로 지방의 입장이 대변되기 위해서는 그것을 대변할 수 있는 지적 기술적 능력이 지방에 준비되어 있어야 한다. 이것 없이 중앙의 정책에 대하여 비판하고 수정하고 대안을 제시하고 하는 일이란 허망한 것이 될 것이다. 독자적 발전의 경우 이것은 더욱 그렇다. 지방의 독자적 발전에는 독자적 발전의 방안이 있어야 하고 이 방안의 작성에 —— 대중과의 민주적 상호 작용과 아울러 —— 이러한 능력이 요구됨은 말할 것이 없다.

물론 이러한 능력이 반드시 특정 지방에 뿌리를 내리고 있는 지식인 기술인으로부터 나올 필요는 없을는지 모른다. 그러한 사람들을 장기적으로 든 단기적으로든 다른 곳으로부터 빌려 올 수가 있을 것이기 때문이다. 르네상스 이탈리아에서 도시 국가들의 전문가들이 반드시 자기 도시의 사람이 아니었다고 하여 도시의 발전에 지장이 있었던 것은 아니다. (가령 레오나르도 다빈치는 피렌체, 밀라노, 로마, 앙부아즈 기타 여러 곳에서 여러 가지의 천재적 업적을 남겼다.) 여기에는 또 그 나름의 이점이 있다고 할 수도 있다. 이러나저러나 진정한 지방의 독자적 발전은 경쟁적 에너지를 불러낼 가능성이 있지만(이것은 좋은 면과 더불어 나쁜 면을 가질 것이다.), 이것은 수월성을 위한 능력의 경쟁을 가져올 수도 있고, 아마 이보다 더 중요한 것은 이로 인하여 지방의 발전 계획에 저절로 보편적 요소가 들어갈 수 있다는 점일 것이다. 여러 곳을 주유하는 전문가는 그 나름의 종합적 체험도 가지겠지만 아마 저절로 보편적 관점에서의 설득을 습관화하게 될 것이기 때문이다. 중요한 것은 단초의 이니셔티브와 마지막의 결정과 실천적 결심이 독자적인 지방의 판단에서 나온다는 것이다.

그런데 이 지방의 이니셔티브는 진정으로 지방의 독자적인 그리하여 독창적인 것이 되면 좋을 것이다. 지방의 정치가 지방의 구체적인 사정과 필요에 맞아 들어가야 한다는 것은 지방 자치의 최소한도의 의의가 되겠지만 보다 적극적으로 지방에서 이루어지는 일이 나라의 다른 곳에서도 관심의 대상이 될 수도 있는 일이다. 이것은 그 지방을 위해서도 좋은 일이지만 나라 전체를 위하여도 좋은 일이다. 오늘날의 여러 발전 계획들은 다른 나라에서 시행되었던 것을 제외하고는 국부적으로 시험될 기회를 갖지 못한다. 지방의 독창적인 정책들은 이러한 사회 실험적인 의의를 가질 수 있다. 이것은 사람의 경우에도 해당되는 일이다. 오늘의 체제하에서 사회와 정치의 지도자는 실제적 경험과 업적의 증거 없이 중요한 공직에 선출될 수 있다. 지방이 참으로 독자적이고 독창적인 정치를 가지게 된다면, 지방은 민중적 기반과 현실 정책의 업적을 아울러 가진 지도자를 산출하는 터전이 될 것이다. 또 이것은 정치 활동 내지 정당 활동의 경우에도 어느 정도 해당될 수 있을 것이다. 정당도 한정된 지역에서 활동하게 될 때 전국적인 문제 또는 이념적인 문제만이 아니라 그 지역의 필요에 응하는 구체적인 사회적 프로그램을 그 정치적 활동의 일부로 삼지 아니할 수 없을 것이다. 오늘날 우리가 보는 바와 같이 구체적인 문제들에 대한 연구를 거대한 슬로건 속에 단순화하여 결과적으로 정치와 현실 생활을 유리시키고 정치를 부질없는 정열 낭비가 되게 하는 일도 상당 정도 방지될 수 있을 것이다.

시골의 이점은 이상적으로 말하여 모든 것을 집중과 과장과 집중의 소용돌이 속으로 끌어들이는 대도시의 삶에 대한 근본적 비판을 제공해 줄 수 있다는 데 있을는지 모른다. 모든 것의 항진 — 이것이 도시의 특징, 특히 서울과 같은 도시의 특징이다. 이것은 사람과 사람의 부딪침과 인위적인 환경으로 이루어진 도시의 기능이다. 여기에서 사람들은 이러한 것들을 활용하여 — 제도와 편의 시설 무엇보다도 사회관계 또 사람들을 조종하여 많은 원하는 것을 해낼 수 있다. 도시 문명의 활기는 이러한 항진에서 온다. 그러나 도시의 복잡한 사회적 얼크러짐 속에서는 가장 기본적인 필요의 충족이나 소망의 달성이 오히려 수많은 장애물에 의하여 좌절되기 쉬워질 수도 있다. 그러니만큼 도시의 인간은 한편으로는 자신의 능력과 필요에 대한 무한한 확대를 경험하고 다른 편으로 이러한 새로이 확대된 인간의 정의에 미치지 못하는 사람 — 누구도 밀집된 인간의 총체적인 가능성에 미칠 수는 없는 일이다. — 또 기본적인 소망의 달성을 이루지 못한 사람은 무한한 열등감, 소외감, 패배감을 경험한다. 여기에 대하여 시골은 단순화된 인간 생존의 상황을 제시한다. 거기에서 사람의 생존은 모든 것의 모태이며 한계인 자연과 고독한 자아의 관계로 규정된다. 고독하다는 것은 사회관계에 의해서 생겨나는 힘이 아니라 주어진 대로의 육체적 정신적 능력 —— 삶을 살아갈 수 있는 생존 능력이 문제가 된다는 뜻에서이다. 시골에서도 사회관계가 —— 특히 봉건적 토지 제도, 노예 제도 또는 그에 유사한 수탈 관계가 기본적 상황을 상당한 정도로 변형할 수가 있다. 그러나 궁극적으로 문제가 되는 것이 사람 하나하나의 생물학적 자질이라는 사실은 완전히 감추어져 버리지 않는다.

물론 시골에 협동적 관계가 존재하지 않는 것은 아니다. 농촌 또는 관점을 좀 더 확대하여 채취·수렵 사회에 있어서의 협동 관계는 오히려 그 특징으로 자주 이야기되는 바이다. 그러나 그것은 단순한 집단적 움직임이 아니라 상호성에 입각한 집단적 움직임이다. 거기에서 사람들은 자신의 필요와 다른 사람의 필요를, 그것의 대칭적 교환 가능성을 자발적으로 인정하면서 자신의 능력에 기초하여 집단적 또는 협동적 작업에 참여하는 것이다. 그러면서 중요한 것은 이러한 사회적 협동이 인간의 능력을 무제한적으로 확대하지는 아니한다는 점이다. 그것은 개인의 생물학적 능력, 상호성에 입각한 협동의 범위의 한계, 자연 조건의 한계 등으로 하여 일정한 범위를 넘을 수 없다. 그러니만큼 인간의 능력에 대한 인식, 개인의 자아의식도 겸손을 지닐 수밖에 없다. 무한한 사회적 힘, 무한한 물질적 소유의 가능성에 들뜬 과대망상이 일어날 현실적 조건이 별로 없는 것이다. 어쨌든 시골은 사람의 생존 조건을 극히 단순화한다. 그리하여 무엇이 사람의 가능성이며, 한계이며 또 본성에 따른 —— 그렇다는 것은 어떤 짧은 시대 상황 속에서 일시적으로 지니게 된 어떤 특징이 아니라 장구한 진화의 시간 속에 형성된, 인간의 필요와 욕구와 소망에 따른 행복인가를 보다 잘 알 수 있게 한다. 예로부터 사람이 자연을 즐기고 자연으로 돌아가기를 갈망하고 또 어지러운 시기에는 으레껏 자연으로 돌아가라는 말이 나오고 하는 것은 그것이 사람의 삶의 기본적인 조건, 그 진리를 보다 쉽게 보여 주기 때문일 것이다. 과열된 오늘의 시대에도 자연의 지혜는 같은 역할을 수행할 수 있다. 그리고 지방의 삶은 조금 더 쉽게 여기에 가까이 있을 수 있다.

물론 이러한 관점은 낭만적 환상으로 받아들여질 가능성이 크다. 모든 것은 현실의 동력학 속에서 움직인다. 현실은 위에서 비쳤듯이 사회 에너지의 총체적 장이 구성한다. 오늘날 모든 창조적 또는 더 구체적으로는 생산적 에너지는 도시에 집중되어 있다. 그러는 한 그것과 더불어 움직이지 아니하는 모든 행위와 사고는 허황한 낭만주의의 꿈으로 보인다. 그러나 현실의 일부이다. 현실을 전체적으로 파악하는 일은 현실의 밑에 잠겨 있는 억압된 꿈을 포착하는 일을 포함한다. 물론 꿈도 현실성을 갖기 위해서는 현실적 이성에 의하여 구출되어야 한다. 즉 그것은 보다 넓은 현실의 이성적 구성의 가능성으로 제시될 수 있어야 하는 것이다. 이것은 단순히 이론적 작업이 아니라 현실적 변화의 문제이다. 그러나 주어진 현실에 대한 보다 높은 보편성의 관점에서의 비판은 그 나름의 현실적 의의를 지닌다.

위에서도 비친 바와 같이 시골의 문화는 지방적인 자리매김에 만족할 것이 아니라 스스로를 사회 발전, 국가 발전의 핵심으로부터 파악할 수 있어야 한다. 그것은 서울의 잔여분이나 아류가 아니라 서울의 파행적 존재 방식에 대하여 보다 온전한 삶의 방식 또는 대체 방안을 나타내는 것이 될 수 있다는 자부심을 가지고 있어야 한다. 그것은 서울의 사회와 문화 또 오늘의 세계사의 전개 속에서 자신의 의미를 이해하여야 한다.

시골은 철학적으로 정치적으로 경제적으로 기술적으로 오늘의 보편적 지평을 수용하는 문화를 필요로 한다. 이것은 위에 말한 바와 같이 지방 자체가 전국적인 인력 동원 또는 극단적으로는 독자적인 국제적 연락망을 통하여 오늘의 가장 높은 인문적, 사회적, 기술적 지식의 도움을 받도록 함으로써 가능하다. 그러면서 필요한 것은 물론 자신의 확립이다. 당대의 지적인 현실적 보편성의 지평 속에 있다는 것이 자신감의 한 내용을 이룬다. 그러나 고유한 전통과 문화에 대한 인식과 그것의 현대적 해석을 위한 노력, 그것의 현대적 삶 속에의 유기적 편입 ── 이러한 주체의 기억과 현실의 상호 작용이 자신감의 중요한 요소가 되는 것임은 새삼스럽게 지적할 필요도 없다. 지방의 유형 무형의 문화재를 보존하고 되살리는 일은 관광 사업의 관점에서라도 이미 중요한 일로 간주되고 있다. 표가 나는 일이 아니라도 물질적 자취로서, 제도로서, 관습으로서 새로 돌아보아야 할 일이 많을 것이다. 오늘과 같은 교육 제도의 혼란이 극도에 달한 시기에 옛날의 서당 제도에서 새로 배울 것은 없는가. 소비 문화의 광고와 통속적 TV 오락물과 정치적 슬로건에 의하여 규범적 문화가 결정되는 시대에 있어서 지역 사회의 지적 기준의 담보자로서 서원이 들어설 자리는 없는가. 또는 지방의 공예적 전통으로서 새로운 경제적 기술적 도움을 얻어 활력을 되찾게 될 만한 것은 없는가. (현대적 양산 체제는 근본적으로 생활의 편의에 관계되는 제품을 만들어 내는 체제이다. 편의의 욕구가 충족된 다음에 사람들이 원하는 것은 그들의 미적 욕구를 만족시켜 줄 수 있는 것들이다. 오늘날의 양산 체제는 이것까지도 자신의 영역으로 하려고 안간힘을 하고 있다. 그러나 본질적으로 미적 대상물의 제작은 공예의 영역이다. 사람들의 미적 욕구는 물질적 매체를 통한 사람의 능력 ── 개성적 능력에 조우하고자 하는 욕구이기 때문이다.) 어쨌든 한국 사회의 생활 기반은 수백 년 또는 수천 년간 농촌에 있었다. 자연 경제 속의 삶의 지혜는 고급 문화로나 사회 관습 또는 설화와 이야기로서 전승되게 마련이다. 이러한 것들은 새로운 지평 속에 돌이켜져 지방 문화의 주체 의식의 일부가 될 것이다.

5. 덧붙이는 말: 사회의 도덕적 기초

이러한 논의를 하면서 우리가 생각하는 것은 어쩌면 우리 사회의 문제는 정치적 논의, 정책의 결여, 아이디어의 빈곤, 심지어는 정치적 추진의 힘 그리고 그 추진을 위한 집단의 부재 ── 이러한 것들에 있는 것이 아닐지도 모른다는 것이다. 오늘날 많은 사람들이 느끼듯이 정치 이전에 문제 삼아야 할 것은 도덕적 기율의 완전한 붕괴인지도 모른다. 이것이 부재하는 곳에서는 어떠한 정치적 프로그램도 그 논의와 시행 과정에서 변질되고 무화되어 버리고 만다. 모든 것은 그 자체의 액면의 의미를 지니지 아니하고 특정한 집단이나 개인의 이해의 전략 속에서 새로운 의의를 부여받는 술수가 된다. 무엇을 그대로 받아들이고 행동에 옮기려 하고 다른 사람들이 그에 따라 행동할 것으로 기대하는 사람은 천진난만한 천치에 불과하다. 어떠한 정치적 계획도 토의도 개인이나 집단의 이익 관계의 맥락을 알지 않고는 그 참다운 의미를 알 수가 없다. 그리고 그것은 그 이익 관계에 의하여 엉뚱한 뒤틀림을 겪게 된다. 총체적 왜곡의 상황에서 무슨 정치적 프로그램이 현실의 질서로 옮겨질 수 있겠는가.

오늘의 도덕적 붕괴의 원인은 정치에 있다고 이야기된다. 도대체 정치가 모든 미사여구의 명분에도 불구하고 작고 큰 이해관계의 싸움이라고 할 때 그리고 그 정치의 싸움이 여기에 결정적인 것이라고 할 때 삶의 구석구석에서 사회를 그런대로 사람이 사는 질서로 얽어매고 있는 모든 도덕적 가닥이 흐트러지게 되는 것은 당연하다. 그러나 다른 한편으로 제대로 된 정치가 있기 위하여는 또는 제대로 된 경제, 제대로 된 사회, 제대로 된 문화가 있기 위해서는 이 모든 것에 선행하여 기본적 도덕이 있어야 하는 것이 아닌가 하는 생각이 들기도 한다. 어쩌면 오늘날 우리 사회를 휩쓸고 있는 단순한 물질주의적 또는 현실주의적 사고(우파든 좌파든 가리지 않고)가

전제하는 것처럼 도덕은 이데올로기도 상부 구조도 아니고 하부의 기초를 이루는 것인지도 모른다. 나는 여기에 대하여 다른 글에서도 언급한 일이 있지만, 미국의 사회학자 에드워드 밴필드는 그의 이탈리아 남부 사회의 연구에서 사회에는 도덕적 기초라는 것이 있고 이것이 무너져 사람과 사람의 관계를 규정하는 것이 냉소적 이기주의가 될 때 어떠한 정치적 행동도—기독교 사회주의도 공산주의도 무의미한 것이 되어 버린다는 것을 밝힌 바 있다. 이미 많은 사람이 오늘 우리 사회에 퍼지고 있는 정치 허무주의에 대하여 경고한 일이 있지만 오늘의 상황은 바로 이러한 허무주의를 정당화할 만한 것으로 보이는 것이다. 그 원인은 정치에만 있는 것이 아니다. 정치는 오늘날 도덕적 신뢰를 받을 수 있는 것이 되지 못한다. 그러나 도덕적 신뢰는 정치 이외의 다른 분야에서도 찾을 수 없다.

그러나 도덕성 회복을 부르짖어서 사정이 시정될 수 있는 것인가? 도덕에 대한 냉소주의, 그것을 오로지 보다 거창한 정치적 경제적 조건에 종속하는 변수로서 취급하는 태도도 사태를 바르게 이야기하는 것은 아니지만 그것이 현실적 조건과 별개의 것으로서 확립되고 붕괴하고 있는 것으로 말하는 것도 별 의미를 갖는 것은 아닐 것이다. 그렇다고 모든 것을 조화시키면서 현실 교정의 효력을 발휘할 수 있는 방안을 쉽게 제시할 수 있다는 것은 아니다. 내가 여기에서 할 수 있는 것도 문제의 어려움을 지적하는 것 이외의 다른 일일 수가 없다. 지방의 정치와 문화의 발전을 말하면서도, 여기 말하는 것이 옳든 그르든, 정치가 제대로 성립할 수 없는 조건하에서의 일체의 정치적, 사회적, 문화적 논의가 무용한 것이라는 느낌을 씻어 버릴 수 없기 때문이다. 그러나 순환론을 피할 수 없는 채로 지방의 독자적 발전은 사회의 또 정치의 도덕성을 되찾는 데 하나의 계기가 될 수도 있을 것이라는 생각도 든다.

오늘날 흔히 도덕적이란 사회적 의무를 위하여 대단한 자기 억제와 희생을 요구하는 것으로 생각된다. 그리하여 가장 큰 도덕적 행위는 나라를 위하여 집단의 이익을 위하여 정의를 위하여 목숨을 내놓는 일에서 나타나는 것으로 여겨진다. 또는 더 비근하게는 내 욕심을 줄이고 남의 욕심을 단호하게 제어하고 하는 일이 도덕적인 것으로 생각된다. 이러한 일들이 도덕적인 행위에 속하는 것임은 틀림이 없겠으나 이러한 일은 모두 힘들고 괴로운 일이다. 그러나 어쩌면 도덕은 대체로는 더 쉬운 일이 아닌가 한다. 그것이 사람 사는 데 꼭 필요한 일이라면, 보다 쉬운 것이도록 되어 있을 가능성이 크다. 어쩌면 그것은 단순한 삶의 균형에서 나오는 것이 아닌가 하는 느낌이 드는 것이다. 그리고 지방의 삶에서 사람의 삶이 균형을 찾는다면 그것은 결국 도덕적 삶, 도덕이 현실 속에 기능하는 삶으로 가는 길이 될 수도 있을 것이다.

물건 욕심을 지나치게 내는 일이 ─ 요즘 이야기로는 350만 원짜리의 외국제 드레스를 입고 싶어 하는 이른바 과소비의 행위가 부도덕하다고 한다. 그런데 도덕 부도덕을 따지기 전에 그것이 사람의 행복에 참으로 도움이 되겠는가를 물어보면 어떨까? 과소비를 위한 것이든 아니든 사람들은 천문학적 숫자의 돈을 버는 것이 소망스러운 일이라고 한다. 그러나 그것이 참으로 행복에 필요한 것인가. 참으로 좋은 옷이 좋고 내 이름의 은행 잔고에 0이 늘어 가는 것이 무한한 만족감을 줄 수도 있겠지만(그런 사람은 그러한 행복의 추구를 계속할 수밖에 없다.), 이러한 사치와 돈의 추구는 그 자체로 심미적 의의를 가진 것이 아니라 사회적 의의를 가진 것일 것이다. 그것은 다른 사람에게 과시하고 다른 사람을 부리고 하는 데 관계되어 있거나 적어도 그러한 사치와 돈으로 하여 생기는 다른 사람과의 차이를 즐기는 데에도 관계되어 있는 것일 것이다. 그런 의미에서 그것은 권력의 일종이다. 그런데 권력은 무엇인가. 개인이 해낼 수 없는 집단의 과제를 수행하는 데 어떤 권력이 필요할 경우가 있는 것은 사실이다. 그러나 권력은 ─ 특히 일과의 관계에서 생겨나는 것이라기보다는 단순히 권력 조직 내의 지위에서 생겨나는 권력은 그것대로 과소비 과소유에 비슷한 것이다. 그것은 다른 사람의 우러르는, 위축된 눈을 통하여 또는 적어도 거대 조직의 신비성을 통하여 자신을 확립하려는 행위라는 면을 가지고 있다. 과시적 소비이든 소유이든 권력이든 그 자체가 반드시 나쁘다고 할 수만은 없을는지 모른다. 문제는 그것의 지나침에 떨어지기 쉬운 경향이다. 그것은 모두 다른 사람을 통한 나의 확대이다. 그것은 다른 사람과의 경쟁 관계, 다른 사람의 대상화 또는 예속화를 요구하는 것이기 쉽다. 사람의 관계에 상호 투쟁적 긴장이 생기는 것은 어느 정도 피할 수 없는 일이겠으나 그것이 생존의 이유처럼 되는 일은 곤란한 일이다. 또 소유와 권력을 통한 자기 확대는 사람이 많고 사람 사이의 소통의 매체가 발달할수록 무한히 뻗어 나갈 가능성을 가지고 있다. 사람이 사람으로서 하여야 할 일이 자기의 이미지의 무한한 확대에만 있을 수 있는가. 옳고 그름을 떠나서 인간의 행복이 인간성의 고른 충족과 신장에 있다고 한다면 그러한 편향된 인간의 확대가 정상적인 것일 수는 없을 것이다. 그리고 이러한 인간 확대의 결정적인 문제는 그것이 자신의 힘의 다른 사람에의 확대이면서 동시에 자신의 다른 사람에의 무한한 예속을 뜻한다는 데 있다. 이러한 편향되고 뒤틀린 인간의 확대는 반드시 개인적으로나 사회적으로나 병집을 일으키고야 말 것이다. 도덕이 과대한 사치와 소유 추구를 옳지 않게 본다면(사실은 같은 논리로 과도한 권력 추구도 비판의 대상이 되어야 할 터인데 군사적 방법 이외의 권력 추구가 비판되는 것은 별로 없는 것 같다.), 그것은 단순히 반사회적 행동을 두고 말하는 것이 아니라 그러한 행동의 주인 자신의 행복을 두고 말하는 것이다. 도덕은 행복의 추구에 대한 반대 명제가 아니라 그것의 원리이다. 어떤 시인이 말했듯이 도덕적 지혜는 사람이 살기 위해서 필요한 고급 정보인 것이다.

도덕은 사람과 사람의 관계를 규정한다. 그런 의미에서 그것은 소유나 권력에 비슷하다. 그러나 그것은 한편으로 소유나 권력에서처럼 비대칭적 인간관계를 요구하지 않는다. 한쪽이 다른 한쪽을 높이 올려보거나 다른 사람에 대하여 내가 대상이 될 필요가 없다. (높은 도덕적 행위를 통하여 우리가 다른 사람을 높게 올려볼 수는 있지만 그것이 도덕적 행위의 구성 요건이 되는 것이 아니다. 그렇게 되었을 때 그 행위의 도덕적 성격은 크게 손상된다.) 그러니만큼 도덕은 인간 존중을 그 성격으로 한다고 할 수 있으나, 동시에 역설적으로 도덕적 행위는 자기중심적인 면을 가지고 있다. 그것은 다른 사람을 필요로 하지 않는다. 나의 도덕적 행위는 나의 마음에서 우러나오는 나의 판단으로 하는 일이지 남에게 인정을 받기 위하여, 남의 눈치를 보느라고 하는 행위가 아니다. 또는 남의 올려보는 눈을 강요하려는 것도 아니다. 물론 나의 마음, 나의 판단으로 한다는 것은 내 기분대로 한다는 말이 아니다. 나의 도덕적 행위는 나의 판단과 나의 실존적 결단에 나타나는 보편적 도덕 원리이다. 도덕적 행위를 위해서는 이미 나는 이 보편성 속에 있어야 한다. 그러나 이것은 반드시 나의 삶을 외부에서 부과하는 규칙으로 제한하는 것을 뜻하는 것은 아니다. 그것은 왜곡되지 않은 상태에서 또는 우리의 인간성이 고르게 신장되었을 때 나타나는 나의 마음의 자연스러운 표현이다. 그것은 나의 완성이며 확대이다.

　이러한 도덕적 행위는 한편으로 나의 마음이 나의 생존에 굳게 뿌리박고 있을 때 용이하다. 또 그러면서 나의 삶은 인간의 원초적 또는 반성적으로 습득된 보편성 속에 있어야 한다. 이것은 개인적 생존과 수신의 문제이기도 하지만 공동체 문화의 문제이기도 하다. 위에서 비친 바와 같이 지방이 지방으로서 독자적인 발전을 하는 것은 바로 이러한 삶의 움직임 ── 구체적인 삶의 바탕으로, 직접적으로 주어진 것이 아니라 보편성 속에서 반성적으로 매개된 바탕으로 돌아가는 움직임을 이룩해 냄으로써이다. 이러한 돌아감은 보다 용이하게 도덕적일 수 있는 삶의 근본으로 돌아간다는 것을 말한다. 그것이 자동적인 도덕성의 회복을 의미하지는 아니할 것이다. 그러나 적어도 시골로 돌아간 삶은(바른 상태에서 서울도 또는 어떤 도시도 시골이 될 수 있다.) 사회적 잡답 속에서 일방적으로 병적이고 허황하게 항진되지는 아니할 것이다. 사회성이 도덕성인 것이 아니다. 일면적으로 항진된 사회성은 생존의 병적인 상태이다. (내면적 수양에서 나오지 않는 외면적으로 강요되거나 수용된 의무가 도덕으로 행세하는 시대란 대개 어지러운 시대이며 그러한 도덕은 — 대체로 일방적 사회성의 강조를 외치는 도덕은 — 그러한 사회의 한 증세이지 그것에 대한 처방이 아니다.) 도덕적 삶이란 자연스러운 균형 속에 있는 삶 이외의 다른 것이 아니다. 이것은 우리의 마음과 몸의 상태에 관계되어 있지만 우리가 사는 고장에 관계되어 있다. 그리고 서울보다는 시골이 이러한 고장이 되기가 쉬운 것이다.

(1991년)

문화의 중앙과 지방

지방 문화에 대한 관심은 요즘 눈에 두드러지는 현상의 하나이다. 사회의 여러 분야에서 표현되는 이러한 관심은 다분히 우연적으로 자극된 것으로 보인다. 그러나 동시에 지방 문화 또는 지방에 대한 관심이 보다 커다란 역사적 추이를 드러내는 것으로 볼 수도 있기는 하다. 피상적으로는 근대화로 인하여 자극된 쾌락 충동은 다양한 물질적 충족의 수단을 요구하게 되고 이 다양한 충족에의 요구는 관광 자원의 다양화와 함께 문화의 다양화를 촉구하게 되었다. 다른 한편으로 근대화가 촉발한 것은 자기실현의 욕구이다. 이것은 두드러져 가는 개인주의적 성향(좋은 의미이든 나쁜 의미이든)에서도 보이지만, 개인보다 큰 각종의 사회 단위에 있어서의 자율에 대한 요구에서도 나타나는 일이다.

하나의 독립된 정치적, 문화적 단위로서의 지방에 대한 인식의 대두도 이러한 맥락에서 생각해 볼 수 있는 일이다. 대체로 이러한 인식은 지방에 대하여 긍정적인 의미를 부여한다. 생활의 다양한 충실에 대한 요구나 자율적 발전에 대한 요구는 정당한 것이다. 이 짧은 글에서 우리가 의도하는 것은 이 요구의 정당성의 근거를 생각해 보는 일이다. 그리고 그렇게 함으로써, 지방 문화가 발달하여야 한다면, 그 발달하여야 할 방향에 대한 지침을 얻어 보려는 것이다.

2

우선 지방 문화라는 것이 무엇을 말하는가부터 생각해 볼 필요가 있다. 그럴 때 우리는 이 말이 어쩌면 자기모순적이지 않을까 하는 깨달음을 가지게 된다. 왜냐하면 지방이란 중앙에 대하여 또 일반적인 것에 대하여 편벽된 것, 궁벽한 것, 특수한 것을 나타내고 문화는 이러한 궁벽진 것이나 특수한 것을 극복하여, 한편으로는 우리의 삶으로 하여금 삶의 복판에 자리하게 하고 또 보편성의 넓은 지평에 나아가게 하는 어떤 것을 말하는 것이기 때문이다. 매슈 아널드 식으로 말하여, 문화는 사람으로 하여금 "세상에서 가장 훌륭하게 생각되고 알려진 것"에 따라서 생각하고 알게 하는 사회적 분위기를 지칭한다.

사실 그러하든 안 그러하든 적어도 좋은 문화가 몸에 배어 있는 사람은 그 자신이 최선의 사고와 행동의 지표에 따라서 행동한다고 느낀다. 그것은 그가 모든 부분적 편견을 극복하고 사고와 지식의 보편성에 이르며, 삶의 중심적 원리로부터 생각할 수 있다는 자신을 갖는 것과 같은 일이다. 그러니까 우리의 지리적 위치가 어디에 있든지 간에, 우리의 지식과 취미와 판단, 우리의 사고 작용이 어느 치우친 지점에 있다는 것을 자인하는 것은 벌써 참다운 문화적 의식으로부터 벗어나 있다고 하는 사실을 말하는 것이다.

그러면 지방 문화란 무엇인가? 말할 것도 없이 자기모순의 개념임에도 불구하고 그러한 것이 존재하는 것은 사실이다. 그리고 또 자명한 이야기로 그것은 중앙 문화에 대하여 상대적으로 존재하는 것이다. 그것은 중심적이며 보편적인 중앙 문화에 대하여 궁벽되고 특수한 것으로 존재한다. 위에서 말한 바대로 문화라는 것이 보편성에 대한 지향으로 정의될 수 있다면, 지방 문화는 매우 특이한 형태의, 또는 더 나아가서 왜곡된 형태의 문화라고 하여야 할 것이다. 이 특이성 또는 왜곡은 다분히 시각의 문제에 관련되어 있다. 나의 의식의 관점에서 볼 때, 나는 내 세계의 중심에 있고 또 어쩌면 모든 세계의 중심에 있다. 그러나 다른 사람의 시각으로 볼 때, 나는 세상의 작은 지점에 치우쳐 있는 객체에 불과하고 세계의 중심에 있다는 나의 의식은 하나의 망상에 불과하다.

또 이러한 밖으로부터의 나에 대한 인식과 평가는 다시 나 자신에게 돌아와 나 스스로 나를 객체로서 생각하지 아니할 수 없게 하기도 한다. 그러나 나의 나 자신에 대한 인식이 완전히 객체적일 수는 없는 것이어서, 나의 나에 대한 의식은 나를 중심으로 하는 주관적 관점과 밖으로부터의 눈을 중심으로 하는 객관적 관점 사이를 갈팡질팡하게 된다. 그리고 이것은 단순한 동요나 균형이라기보다도 투쟁의 양상을 띠고 있다. 즉 그것은 나의 의식과 객관적 의식과의 갈등이며 투쟁인 것이다. 지금 이야기한 이러한 갈등의 관계는 문화 상호간에도 성립한다. 문화 의식은 우리가 자연스럽게 가지고 있는 중심 의식 또는 보편 의식으로서의 자의식의 집단적 확대라고 볼 수 있는 것이다. 다만 이것이 집단적이니만큼, 또 사실적 상황에 맞는 것이어야 하니만큼, 문화는 참다운 의미에서 개인 의식보다는 더 믿을 만한 보편적 내용을 갖는 것이다.

그러나 어떠한 문화도 삶의 해석과 행동을 위한, 완전한 보편성의 체계로서 자처할 수는 없다. 언제나 하나의 문화 체계에 대하여 다른 문화 체계가 대립할 수 있는 것이다. 이 대립은 개인 의식의 관계에 있어서처럼 갈등과 투쟁의 관계이다. 한 문화는 보편적 체계임을 자신한다. 그러나 다른 문화와의 갈등 관계에 들어갈 때, 그것은 스스로의 제약, 스스로의 특수성을 인정하지 않을 수 없게 된다. 지방 문화는 중앙 문화에 대하여 보편성이 손상된, 그 손상되어 있음을 자인한 문화이다. 이렇게 볼 때, 단순히 객체적으로 파악된 구경거리로서의 위치를 벗어난 지방 문화가 성립하려면, 그것은 그 손상된 보편성에의 지향을 회복한 것이 되어야 할 것이다. 이것은, 다시 말하여 삶의 모든 것을 자신의 주체성 속에 파악할 수 있는 또는 적어도 그러한 바람을 버리지 않는 것이라야 할 것이다. 따라서 어떻게 보면, 모든 지방 문화가 중앙 문화가 될 때, 참다운 지방 문화가 태어나는 것이다.

3

물론 지방 문화와 중앙 문화의 관계는 절대적인 것이 아니다. 가령 호남 지방의 문화가 서울의 문화에 대하여 지방 문화라고 인정한다고 하더라도, 서울의 문화는 참으로 중앙 문화인가? 오늘날 일본 문화에 의한 우리 문화의 침해를 우려하고 미국 물질문명에 의한 오염을 말한다는 것은 우리 문화의 종속적 상태를 이야기하는 것이다. 또 과거에는 우리 문화가 중국 문화에 대하여 다분히 종속적 위치에 있었다고 할 수 있다.

조선 문화는 중국 문화에 대하여 지방 문화였다 할 수 있다는 말이다. 세계의 문화적 판도라는 관점에서 말할 때 대체로 문화 상호 간에는, 전면적인 것은 아니더라도, 주종의 질서가 성립하는 경향이 있는 것으로 보인다. 종속 이론에서 말하는 바와 같은 예속을 뜻하지는 않더라도, 가령 구미 문명권 속에서도 북유럽의 문화는 서유럽의 문화에 대하여 중심을 맴도는 주변의 관계에 서 있다고 말할 수 있다. 서유럽에 있어서도, 가령 19세기를 볼 때, 독일은 다른 나라에 비하여 주변적인 위치에 있었다. 그러나 또 같은 시대의 독일은 어떤 특정 분야에 있어서, 가령 음악이나 철학에 있어서, 또 나중에는 과학에 있어서, 중심적 위치를 점하고 있었다고 할 수도 있다.

대체로 말하여 의식적이든 아니든, 세계의 여러 문화 사이에는, 특히 오늘날과 같이 좁아진 세계에 있어서는, 패권의 투쟁이 벌어지고 있는 것으로 볼 수 있다. 이렇게 볼 때, 서울의 문화라고 하여 그것이 반드시 중앙 문화라고만은 할 수 없는 것이다. 그러니까 우리의 지방 문화에 대한 논의는 어떤 점에 있어서는 서울의 문화에도 그대로 해당되는 것이다.

위에서 우리는 문화를 보편 의식과 관련시켜 말하였다. 그러나 우리는 문화가 제한된 인간 집단의 관습과 전통을 말하는 것으로 쓰이는 것을 알고 있다. 이러한 관점도 부당한 것은 아니다. 서로 모순된 문화의 의미는 사실상 하나의 과정 — 패권 투쟁 속에 있는 문화 상호 간의 관계의 양면에 불과하다. 갈등 속에서, 한 문화는 대체로 스스로를 보편 의식의 담당자라고 생각하고 다른 문화를 미숙하고 제한된 의식의 표현이라고 규정하려고 한다. 여기에서 문화를 단순한 종족적 관습, 미신, 비이성적 전통의 답습 등으로 보는 견해가 탄생한다. 이러한 관점에서 문화는 극복되어야 할 제약으로 간주된다.

서양의 인류학자들은 '문화의 감옥'이라는 말로써 인간의 문화 피구속성을 표현하거니와, 이것은 사실에 있어서는 일반적으로 적용되기보다는 늘 객체적 평가의 대상이 되는 문화에 적용되는 것이다. 그리하여 다른 문화의 사람은 그것이 부과하는 인식론적, 실천적 제약 속에 있는 것으로 파악되고, 나 스스로는 이성적 결정의 자유를 가진 보편적 인간으로 파악된다. 이것은 다른 문화의 주체적 성격과 그 나름으로의 타당성을 잘못 파악하는 것이 되기도 하고 스스로의 제약을 알아차리지 못하게 되는 것을 뜻한다. 이에 대하여 주변의 문화는 오히려 경우에 따라서는 보다 넓은 보편성으로 나아갈 수 있는 가능성을 갖는다.

스스로의 제약을 알며, 나아가서 중심 문화의 허점을 안다는 것은 보다 넓은, 진정한 보편성으로 나아가는 기초가 되는 일이다. 중앙의 문화는 그 나름으로서의 지방성을 가지고 있다. 모든 보편주의는 미숙한 면을 가지고 있는 법이다. 무반성적이고 유치한 의식에게 자신은 당연히 세상의 중심에 있으며 또 자신에게 옳은 것은 모든 사람에게 옳은 것으로 생각된다. 이것이 소아병적 보편 의식이라는 것을 깨닫고 모든 개체의, 모든 문화의 부분성을 깨닫는 것이야말로 새로이 얻어져야 할 보편성으로 나아가는 첫발인 것이다.

4

중앙 문화와 지방 문화를 이야기함에 있어서 이러한 중앙과 문화의 변증법적 관계를 생각해 보는 것은 중요한 일이다. 지방 문화는 이미 말한 바와 같이 우선 문화로서 ── 그 스스로 보편에의 지향을 가진 문화로 생각될 수 있어야 한다. 그러면서도 그것은 여전히 지방에 근거를 가진 것이어야 한다. 그리하여 지방 문화를 말할 때의 우리의 문제의 하나는 어떻게 하나의 문화가 중심적이면서 또 동시에 지방적일 수 있는가 하는 것이다. 우리는 위에서 설명하려고 한 중앙과 지방의 변증법을 생각하면서, 이러한 문제들에 대하여 답변을 시도해 보려 한다.

지방 문화의 발달은, 되풀이하여 말하건대, 그것의 중심성을 회복해 나간다는 것을 뜻한다. 중심성을 회복한다는 것은, 달리 표현하여, 자기의 삶을 살아간다는 것 이외 다른 것을 말하는 것이 아니다. 이에 관련하여 얼핏 생각할 수 있는 것은 다른 사람 또는 다른 지방을 위하여 살지 않는 삶, 밖으로부터의 억압이 없는 삶이다. 더러 지방과 지방 간의 관계를 설명하는 데 '내적 식민주의'란 말이 사용되는 수도 있지만, 이러한 현상이 오랫동안 특히 우리나라와 같은 좁은 국토 안에 존재하기는 어려운 것일 것이고, 또 그러한 것이 있다고 하더라도 오늘날의 민족 국가의 통합 이상 아래에서 그것은 매우 섬세한 분석을 통하여서만 드러나는 간접적인 형태를 취할 것이다.

그렇긴 하나 밖으로부터의 눌림은 자명한 것이라 할 수 있다. 여기에 대하여 자명하지 않은 것, 그리고 문화의 관점에서 중요한 것은, 우리의 의식 속에 원천적으로 침투해 있는 타자의 의식이다. 오늘날 우리는 얼마나 내 삶을 사는가? 우리가 별로 우리 스스로의 삶을 살지 못한다면, 그것은 우리가 밖으로부터 오는 힘에 예속되었기 때문만은 아니다. 우리의 욕망, 우리의 의지 자체가 이미 예속 상태에 있는 것이다. 여기에 크게 작용하는 것이 문화를 통한 의식의 조작이다. 위에서 문화는 보편성에의 지향이라는 말을 한 바 있지만 이 보편성이란 흔히 중앙 집권이 부과하는 전체적 질서 이외의 다른 것이 아니다.

다만 이러한 질서의 부과는 우리로 하여금 이 질서를 안으로부터 수락하게 하는 통신과 설득의 형태를 띨 수도 있는 것이다. 또 이러한 설득은 아주 원천적으로 우리 스스로 갈구하는 욕망 그 자체와 일치하기도 한다. 이러한 기능을 맡아 온 것이 전통적으로 여러 종류의 문화 활동이며 교육이었다. 그런데 오늘날에 있어서 설득과 욕망에 대한 원천적 간섭은 매체의 발달로 하여 극히 용이한 일이 되었다. 반복 강화되는 정치 구호, 상투 정형화된 방송 드라마, 범람하는 광고, 특히 가장 직접적인 교육 매체 또는 세뇌 매체라고 할 수 있는 광고 사진 또 각종 이미지는 마음 깊숙한 곳으로부터 우리를 소유해 버린다. 다시 말하면 우리의 욕망, 마음 자체를 한 지배적인 중심, 한 지배적인 체제에서 제조하여 분배하여 주는 것이다.

5

이러한 마음의 중앙 집권화는 가장 좋은 경우에도 우리의 삶을 우리의 손으로부터 빼앗아가는 일을 한다. 최선의 경우, 그것은 전국적으로 문화 수준, 심미 수준을 높여 준다. 그러면서 우리의 문화적 예술적 창의력을 감퇴시키고 우리에게 문화 창조에 있어서, 또는 일반적으로 수동적 마음가짐을 갖게 한다.

예를 들어, 중앙 무대의 음악가가 있다면, 그 사람의 지나치게 잦은 연주 여행, 또는 그보다도 방방곡곡에 판매되는 그의 음반은 좋은 음악을 지방 구석까지 보급시켜 주면서 지방 음악가를 무용지물이 되게 하고, 우리 스스로 음악을 해 보겠다는 의욕과 필요를 없애 버리게 된다. 이것은 다른 분야에서도 마찬가지이다. 그리하여, 결과적으로 문화의 전문화(지나친)를 가져오고 문화 기술자의 특수 계층화를 촉진하고 대다수 지방민의 문화 소외를 가져온다. 설령 지방인 또는 일반 대중이 중앙의 세련된 문화에 자극되어 이에 비슷한 것을 만들어 내기 위한 노력을 스스로 한다고 하여도 이미 그것은 그에 비슷한 것도 아니게끔 된다.

아무리 좋은 것이라도 모방되었을 때, 그것은 어디까지나 모방이며 아류이며 가짜의 성격을 떼어 버릴 수 없다. 사실 우리는 문화의 많은 분야에서 이미 이러한 느낌을 경험하고 있다. 그것은 우리의 지방 문화만이 아니라 중앙 문화까지도 너무나 아류적인 성격이 강하기 때문이다. 음악가 하면 카라얀이고 정경화라고 할 때, 우리의 연주자는 위축될 수밖에 없다. 문화 분야나 학문 분야에서도, 우리가 자신을 가지고 스스로의 생각, 스스로의 느낌, 스스로의 창조력을 완전히 장악하고 있는 분야가 얼마나 되는가. 지방 문화를 말할 것 없이 우리 문화의 모든 것이 오늘에 있어서 지방 문화적인 성격을 가지고 있는 것으로도 느껴지는 것이다. 최선의 경우에도 이렇다고 할 때, 제 나름의 삶을 사는 것에는 별 관심이 없는 소비 문화의 확산—중앙에서 지방에로, 세계의 소비 중심에서 주변지에로의 확산의 경우는 새삼스럽게 말할 필요도 없다. 그것은 우리를 우리의 삶의 창조적 원천으로부터 소외하며, 엉성한 복사판인 생을 살게 하기 십상인 것이다.

그러므로 중앙 문화로부터의 유출에 대한 자기방어는 지방 문화의 발달을 위한 중요한 전략이 된다. 그러나 다른 한편으로 문화는 폐쇄적인 것만으로는 번성할 수 없는 면이 있다. 폐쇄성은 스스로의 보편성을 포기했다는 것을 뜻한다. 보편성이란 한계 없는 의식을 말하기 때문이다. 보다 중요한 것은 중앙 문화의 유출에 대한 방어보다 더 적극적으로 스스로의 삶을 살아가는 일이다. 이것은 단순히 스스로의 중심성을 회복하고 스스로의 위엄을 지켜 나가는 일이라고 할 수도 있다. 세계의 중심에 있는 방법의 하나는 세계를 나의 힘에 굴복시키는 것이다. 그러나 또 다른 방법은 자신의 필요를 잘 알며 그것에 안주하며 다른 것을 필요로 하지 않는 것이다.

알렉산드로스는 세계의 정복자로서 세계의 복판에 서 있었다고 할 수 있다. 그러나 그의 과시에 전혀 움직이지 않았던 디오게네스도 그에 못지않게 또는 그보다도 오히려 자신의 삶의 한복판에 있었고 세계의 한 중심에 있었다. 또 그는 삶의 필요와 향수에 대한 정확한 깨달음으로부터 알렉산드로스를, 또는 세계를 저울질할 수 있는 관점을 얻었음으로 하여 또 하나의 보편적 의식에 이르렀다. 이러한 금욕적 자각에 입각한 인간의 자유는 동양적 감수성에 바로 맞아 들어가는 것이었다. 산림에 은일하는 선비

나 동양화의 초동목부들은 모두 이러한 이상을 표현한 것이었다.

6

그러나 이러한 것들이 문화의 가장 높은 표상은 되지 못할 것이다. 동양의 산림거사이든 디오게네스이든, 그들이 취한 태도는 근본적으로 반사회적이다. 그들은 사회의 관습이나 예의, 물질적 요구, 또 제도를 무시함으로써 하나의 중심, 하나의 보편적 관점에 이르렀다. 그러나 문화를 이야기하는 것은 이미 사회를 이야기하는 것이고 이 사회의 이상적 척도에 있어서의 높고 낮은 것을 이야기하는 것이다. 그렇긴 하나 금욕주의나 은둔주의에서 배워 올 수 있는, 삶의 필요의 최소한에 대한 자각은 제 삶을 살려고 하는 모든 노력에 필요한 것이다. 다만 사람이 살 만한 사회와 살 만한 문화를 이룩하려는 노력에 있어서 삶의 필요는 조금 더 적극적으로, 조금 넓게 확인될 필요가 있을 것이다.

이렇게 말하면서 우리가 최소한도의 것으로 확인할 수 있는 것은 지방문화는 지방 생활의 필요와 긴밀한 관계에 있어야 한다는 점이다. 문화는 일반적으로 삶의 고양으로서 삶의 테두리를 벗어나지 말아야 한다. 그럼으로써 그것은 참으로 살아 있고 절실한 문화일 수 있다. 또 그러한 긴밀한 관계가 있음으로 하여 문화는 자신의 삶을 살려는 또는 그것을 더 잘 살려는 노력의 일부일 수 있다.

대개 외부의 모델을 직수입하는 문화는 삶의 필요와 유리되어 생각되는 문화이기 쉽다. 되풀이하건대, 지방 문화가 그 위엄을 얻으려고 하면, 그것은 삶에 밀착한 것 —특히 그 지방의 삶에 밀착한 것이라야 한다. 조금 바꾸어 말하면 문화는 어떤 외부적 모델의 이식이 아니라 한 사회가 부딛치는 실제적 문제의 보다 나은 해결의 모색 과정에서 생겨나야 한다는 말이다. 따라서 지방 문화가 존재하는 데 선결 문제는 지방의 실제적인 문제와 희망을 수용할 수 있는 제도와 활동의 관행을 확립하는 것이다. 지방의 자치 제도도 이러한 선결 조건의 하나일 수 있을 것이다. 물론 이것은 단순히 형식으로서의 자치 제도가 아니라 참으로 한 지방의 국민들이 그들 자신의 정치적 경제적 운명을 손에 거머쥐고 나갈 수 있게 하는 제도를 말한다.

정치는 지방의 민주적 참여에 조응하고, 그에 따라 지방의 자율적 발전을 위한 결정을 스스로 내릴 수 있어야 한다. 또 그들의 경제 활동은 이러한 결정들을 현실로써 옮길 수 있을 정도의 실체를 가진 것이라야 한다. 이런 토대 위에서야 지방 문화의 참다운 발전은 기대해 볼 수 있는 것이다. 물론 이러한 토대를 만들기 위하여서는 지방의 문화적 각성이 필요하다고 주장할 수도 있다. 어떠한 제도도 그것을 살려 나가는 정신과 활동, 그리고 문화가 없이는 살아 있는 제도가 될 수는 없다. 제도를 만드는 데 촉매가 되는 것은 정신적 깨우침이다.

여기에 스스로의 중심성과 위엄을 깨닫는 데에서 비롯되는 여러 가지 문화 운동이 작용할 수도 있는 것이다. 그리고 여기에서 한 가지 덧붙여야 할 것은 문화 운동이라고 해서 반드시 제도 이외의 민중 또는 문화인의 자발적 움직임만으로 좁게 생각되어서는 아니 된다는 것이다. 문화 운동도 제도 자체 속에 구현될 수 있어야 한다. 즉 학교 제도, 학교의 운영과 교과 내용, 문화 공간의 시설 및 유지, 대중 매체의 운영, 도서의 출판 등은 문화를 생산해 내고 전파하는 공식 또는 반(半)공식의 제도라고 할 수 있는데, 이러한 것들 자체가 지방민의 자치적인 결정의 대상이 되어야 한다는 말이다.

7

위에서 지방에 있어서 지방 나름의 삶을 살겠다는 결정이 지방 문화 또는 일반적으로 지방의 발전의 핵심이 된다는 말을 되풀이하였지만, 이것이 지나치게 좁게 해석되는 데 대하여서는 우리가 우려를 갖는 게 마땅하다. 이러한 자립과 자존의 결심은 하나의 출발점이요 핵심에 불과하다. 그러나 문화는 출발에 있는 것이 아니요, 발전의 도정의 끝에 얻어지는 것이고, 중심으로부터 확산되어 전개되는 지엽 속에 결실한다고 할 수도 있다. 지방은 자신의 위엄에 대한 자각을 잊지 않으면서, 근원적 위엄의 엄숙성을 넘어가는 아름다움과 기쁨의 문화를 꽃피울 수 있어야 한다. 지방민은 그들의 현실적인 문제를 풀어 나가면서 이것을 보다 아름답고 즐거운 것이 되게 할 수 있고 또 현실적 긴급성을 넘어서는 여러 가지 놀이와 예술의 방도를 찾을 수 있어야 한다.

더 나아가서 이러한 노력은 자생적인 것에만 한정될 수 없다. 어떤 문화든 살아 있는 삶을 풍부하게 하는 모든 밖으로부터 오는 영향에 대하여서도 열려 있어야 한다. 사실 지방 문화가 겨냥하는 것은 고장의 삶의 고유한 요청에 맞는 것이면서 인간의 보편적 확대에 모범이 될 수 있는 문화의 발전이다. 삶의 근본의 관점에서 쓸모없는 세간적 허영을 멀리하는 산림의 은사가 하나의 문화적 이상이라면(반사회적, 반문화적 인간상도 문화가 만들어 내는 인간의 이미지 중 하나이다.), 인간의 정신과 육체가 가지고 있는 잠재 능력을 고르게 발전시키고, 사회생활의 책임과 예절에 익숙하며, 시와 음악과 미술 그리고 과학을 창조적으로 향수할 수 있는 르네상스의 '보편적 인간'은 다른 하나의 문화적 인간의 이상이다.

이것은 문화가 지니는 두 개의 대칭적 인간의 이상적 이미지이다. 문화는 둘 중의 한 이미지에 의하여 지배되기도 하고, 두 이미지를 긴장 속에

다 같이 수용하기도 한다. 그러나 어쩌면 두 개는 같은 인간 이상의 다른 두 면에 불과한 것일 것이다. 한 사람의 자신의 삶에 대한 자각 그리고 그 것의 잠재력의 발전은 늘 다른 사람에게 하나의 특수하면서도 보편적인 모범이 될 수 있다. 또 그러니만큼 본래부터 다른 데서 오는 이러한 모범은 우리 자신의 자각과 발전에 중요한 영향으로 작용할 수 있는 것이다. 지방 문화의 특수성과 보편성도 이러한 것에 유사한 것이다. 그것은 스스로의 특수한 사정에 충실하면서 보편적 확산의 가능성을 갖는다. 그리고 어쩌 면 지방 문화만이 이러한 역설적 결합의 가능성을 갖는 것이라고 할 수 있 을는지 모른다. 산림의 원시 속에 있는 인간은 문화 발전의 한편의 가능성 을 절단해 버린 인간이다. 대도시에서 생각할 수 있는 인간은 어쩌면 보편 적 인간에 가장 가까울 수 있을는지 모른다. 그러나 그는 추상적이며 산만 하며, 뿌리 없는 경박성과 딜레탕티슴의 인간이기 쉽다. 그는 외면적인 자 극에 쉽게 굴복하며, 그러는 사이에 극히 좁은 쾌락주의의 자기 소외에 빠 지게 된다. 적정 규모의 지방에 있어서만, 사람은 구체적인 상황의 문제에 충실하여 그 가능성의 총체적 검토를 통해서 지방주의를 넘어설 수 있는 보편성의 차원에 이를 수 있을는지 모른다.

8

오늘날에 있어서 지방에 대한 관심의 증대는 한편으로 관광 자원의 증 산과 같은 천박한 동기에 의하여 자극되면서, 다른 한편으로는 오늘날의 사는 방식에 대한 깊은 우려와 보다 살 만한 사회 조건에 대한 고민에 찬 모색에 깊이 연결되어 있다고 보는 것이 옳다. 간단히 말하여 거대한 사회 기구에 익명의 원자로 살아야 하는 처지로부터 보다 인간적인 유연성이 있는 환경으로 나아가고자 하는, 오늘날 인간 고뇌의 소망이 우리로 하여금 지방을 다시 생각하게 하는 것이다.

그리하여 우리는 거대한 중심부로부터 더 적정한 규모의 인간적 궤도와 교환이 가능한 지방으로 눈을 돌리게 된다. 그리고 이것을 문화의 관점에서 생각하는 것도 그럴 만한 동기가 있는 것으로 여겨진다. 물리적인 의미에서 권력 중심부로부터 떨어져 있다고 하더라도 정신을 포함하여 여러 가지 의미에서 보이지 않는 끈으로 우리가 그 중심부에 매여 있다면, 또 중심부에서 먼 생활이, 비록 왜곡된 형태일망정 사람의 삶을 부드럽게 하는 여러 혜택으로부터 소외된 것이라면, 우리의 보다 나은 삶에 대한 모색은 허망한 것이 될 것이다.

문화는 바로 우리로 하여금 우리의 삶을 그 복판에서 살게 하면서, 그 복판으로부터 출발하여 삶의 가장자리에 풍부한 장식을 만들어 내게 하는 작업의 일부이다. 지금 단계에서 중요한 것은 지방이 그 자율성을 회복하고 독자적인 정치적 경제적 기반을 만들어 내는 일이다. 문화는 이러한 기반에 힘입어 발달할 수 있고 또 이 기반의 필요에 대한 근본적 자각을 부여하는 일을 할 수 있다. 물론 지방이 정치·경제·문화적으로 자립한다고 하여 나라가 지방으로 쪼개어지는 것은 아니다. 어떻게 하여 지방이 그 특수성에 충실하면서 보편성에의 확산을 얻을 수 있는가에 대하여서는 위에서 간단히 생각해 보았다. 그러나 현대 국가의 상황 속에서, 아마 지방은 여기에서 이야기한 것만큼의 자족적인 삶의 단위가 될 수는 없을는지 모른다.

오늘의 경제는 큰 규모의 조직을 필요로 한다. 이러한 조직이 어떻게 지방의 자족적 체제와 양립할 수 있는가는 과학적인 검토와 연구를 필요로 하는 것일 것이다. 경제 규모의 전국적 조직은 전국적 규모의 정치 조직과 매체 조직을 필수적이게 하는 것처럼 보이는 것이다. 또 문화가 가지고 있는 무한정한 보편성에의 지향도 문화의 이점이면서 또 지방의 자립 체제에 위협이 되는 것으로 보인다. 그러나 지방의 활달한 발달, 종속적이 아니라 참다운 주체적 발달에 대한 요구는 정당한 것이다. 그리고 정연한 제도나 체제의 안출에는 문제가 있겠지만, 현실적으로 부분적 지방 강화는 언제나 가능하다. 자명한 것은 권력과 경제와 문화를 지방으로 옮기는 것이, 보다 나은 삶을 만들어 내는 데 절대로 필요한 일의 하나라는 사실이다.

(1985년)

다른 가능성들

산업주의에 대한 시절에 맞지 않는 성찰

　사람은 대개 그때그때의 일에 사로잡혀 산다. 생활상의 필요, 정신적 육체적 능력의 한계 ─ 이런 것들이 사람에게, 사로잡힘의 생활을 불가피하게 한다. 또 설령 목전의 일들에서 눈을 들어 다른 가능성을 본다고 하더라도 이 가능성은 사회가 허용하는 선택에 한정된다. 사회의 일에는 특권과 이해가 얽혀 있고, 이러한 얽힘은 주어진 일상에서 벗어난 행동과 사고에 대하여 관대하지 않다. 먹고사는 일을 위하여 사회 속에서 움직이고 직업을 택한다는 것은 이미 성립해 있는 사회의 얼개 속에 들어가고 그것의 유지를 위하여 마련된 이데올로기에 의하여 끊임없이 세뇌된다는 것을 말한다.

　개인적인 이유에서나 사회적인 이유에서거나 사람이 일상의 좁은 테두리에 골몰한다고 하여 이를 부정적으로만 이야기할 필요는 없다. 사람의 행복의 중요한 부분은 일상적인 것에 있다. 또 삶의 중요한 일들은 얼른 보기에 좁고 따분한 일상적인 일의 끝에 오는 보람으로서만 결과한다. 그러나 다른 한편으로 일상적 삶에 대한 존중은 바로 그 자체가 이를 넘어서는 큰 것들에 대한 고찰과 경계를 요구한다. 우리의 작은 생활은 얼마나 많은 큰 요인들에 의하여 —— 천재지변이나 전쟁에 의하여, 정부 정책에 의하여 또는 우리 스스로 행하면서 그 전체적인 결과를 생각하지 못하는 개인적 행동의 총화에 의하여 결정되는가. 우리의 작은 생활이 만족할 만한 것이 되려면, 그것은 정부 정책이나 국제 정세나 사회 세력에 적절한 연관을 가진 것이라야 한다. 또 이러한, 삶의 큰 테두리를 결정하는 요인들이 충분히 이성적인 선택의 범위 안에 있는 것이라야 한다.

　한 사회의 움직임에는 일정한 모양이 있는 것으로 생각된다. 이 모양에 따라 사회는 넓은 조망이 있는 높은 언덕에 이르기도 하고 또는 목전의 것들밖에 보여 주지 않는 골짜기에 놓이기도 한다. 사회가 참으로 넓은 조망을 펼쳐 보여 줄 때, 그것은 우리의 개인적인 삶에게 여러 가능성을 제시해 줄 뿐만 아니라 사회 자체의 진로에 대해서도 이성적인 조망을 가능하게 한다. 오늘날 우리는 어느 때보다도 일상적 생존 이외의 짧고 좁은 집중만이 허용되고 있는 시점에 있다. 이것은 밖으로부터 오는 요인에 의한 것이기도 하지만 우리 스스로가 긴 생각, 넓은 관심에 실망하고 지쳐 있기 때문이기도 하다. 그러나 이런 때일수록 단순히 이론적인 차원에서나마 주어진 사물로부터 거리를 유지하고 그것을 다른 가능성과의 관련 속에서 바라보는 것이 중요하다. 설령 오늘날 우리가 하는 일이 극히 당연한 것이라 하더라도 미래가 그것의 당연성을 보장할 것으로 생각할 수는 없다. 오늘의 일을 수행하면서도 다른 가능성들을 생각해 보는 것은 미래에 대한 예비가 된다. 또 다른 가능성을 생각하고 열어 두는 것은 오늘 우리가 수행하는 일을 맹목적으로가 아니라 스스로의 자유 속에서 선택한 일이 되게 하고 또 이를 인간적인 균형 속에서 수행하게 한다.(어떤 사물이나 상황이 배태하고 있는 다른 가능성들은 다른 인간의 가능성이며, 이의 완전한 억압은 다른 사람들을, 다른 인간적 가능성을 억압하는 일이다.)

　우리의 선택을 이성적인 것이게 하고 또 자유로운 것이 되게 하는 것은 다시 말하여 다른 여러 가능성과의 관련 속에서 이를 봄으로써이다. 우리는 있을 수 있는 문제 제기의 방식과 답변의 여러 가지를 이론적으로 검토할 수 있어야 하고, 또 우리의 상황을 비교적으로 또 역사적으로 살펴볼 수 있어야 한다. 우리와 비슷한 여건의 사회에서 어떤 문제가 어떻게 일어나고 있는가? 우리가 부딪치고 있는 특정한 문제가 다른 곳에서는 어떻게 처리되고 있는가? 교육의 문제, 노동의 문제, 평등의 문제, 자유의 문제 또는 외국과의 관련에 대한 문제 —— 이러한 것들은 다른 공간과 다른 시간에서 어떻게 처리되고 있는가?

물론 이러한 물음을 묻는 것은 다른 시공간의 일을 우리에게 그대로 배워 오자는 뜻에서 그러는 것이 아니다. 질문의 범위를 넓힐수록 필요한 것은 한편으로는 객관적이 되고 비판적이 되는 일이고 다른 한편으로는 우리 자신에 대한 믿음을 굳게 하는 일이다. 사실 다른 시공간의 상황에 대해서 의미 있는 물음을 묻고 거기에서 배우려면, 우리는 우리가 원하는 사회가 어떤 것인가, 우리가 원하는 개인적인 사회적인 삶의 형태가 어떤 것인가를 알아야 한다. 물론 이것을 안다는 것은 우리 스스로의 상황과 우리 자신의 원하는 바에 대하여도 물음을 발한다는 것을 의미한다. 밖으로 향하며 또 안으로 향하는 물음은 우리가 서 있는 자리에 대한 외적인 내적인 연관에 대한 가장 근본적인 비판을 요구한다.

새로운 연관 속에서 생각해 보아야 할 것의 하나가 산업화의 문제이다. 그동안 우리 사회와 역사에 여러 가지 기복이 없지는 않았지만, 한결같이 변함없는 것, 또는 점점 더 확실하여져 온 것은 산업 사회 지향이다. 이 지향은 우리의 정치적 목표로 존재해 왔을 뿐만 아니라(정치적 결정에 따라 부차적으로 일어나는 현상이라고 하여야 하겠지만), 우리의 일상생활의 이상으로 굳어져 왔다. 지난 20년 동안 정부 정책은 전적으로 공업 건설, 무역 증대 등의 관점에서 설정되어 왔고 신문은 모든 것을 선진국, 중진국, 후진국의 척도로만 평가하고 TV는 매일매일 산업 선진국의 부러운 생활을 보여 준다. 우리의 삶의 목표는 가전제품과 가구와 자가용과 아파트 등으로 표현되는 선진 문화의 생활 양식을 획득하는 것이다. 오늘날 우리가 삶과 역사의 다른 가능성에 대하여 외면하고 있다면, 우리가 무엇보다도 산업화가 약속해 주는(또는 약속해 주는 것으로 보이는) 물질생활에 매혹되어 있기 때문이다. 거시적으로 볼 때, 우리의 정치, 경제, 사회, 문화의 상황은 산업 사회의 이상에 의하여 결정된다. 우리의 교육 기관이 산업 역군을 길러 내야 한다고 하는 말이 나온 것은 이미 오래전 이야기이고 그러한 기능의 밖에 서 있던 모든 것이 그 속으로 편입되어 가고 있는 것이 오늘의 실정이다. 정치도 일견 독자적인 영역으로 있는 것 같으면서도 사실은 산업화의 논리에 의하여 움직여진다고 볼 만한 충분한 이유가 있다. 정치가 결정하는 무역 진흥 정책에서 도로 건설 또는 여행 자유화 또는 학원 정책에도 산업화의 동기는 잠재되어 있는 것이다.

산업 사회의 이상에 대하여 부정적인 사람은 물론, 긍정적인 사람까지도 산업화의 과정이나 결과에 문제가 전혀 없다고 생각하는 사람은 없을 것이다. 산업화가 가져오는 사회적 긴장과 갈등은 모든 사람의 의식에 무거운 압력으로 작용한다. 그러나 많은 사람들이 희망을 걸고 있는 것은 보다 진전되는 산업화이다. 산업화가 성숙기에 들어가는 단계에 있어서 우리가 가진 여러 가지 문제 ─평등과 자유의 문제, 공해의 문제 등은 저절로 해결되거나 아니면 그것을 풀어 나갈 수 있는 여유가 생길 것이라고 생각하는 것이다. 어떻게 보면 이러한 기대는 가져 볼 수밖에 없는 것이라고도 할 수 있다. 그것을 우리가 좋아하든 아니하든 어떤 역사적 상황은 그때그때 그 상황이 제기하는 문제를 해결하면서 상황 자체를 구극적으로 해소하도록 함으로써만 극복된다. 산업 사회의 이상을 긍정적으로 보든 부정적으로 보든 우리가 오늘날 가지고 있는 문제들의 상당수는 산업 능력의 발전으로 해결될 수밖에 없을 것이다. 오늘날의 인구를 가지고 농업 경제로 돌아가는 것은 지난한 일일 것이다.

그러나 산업화는 무엇을 뜻하는가? 산업화는 우리의 기대를 충족시켜 줄 수 있는가? 그것이 우리가 살고자 하는 보람 있는 삶에 대하여 갖는 의미는 무엇인가? 오늘날의 우리의 삶이 공적인 면에서나 사적인 면에서나 산업 사회의 약속에 취해 있는 만큼 이러한 질문은 더욱 절실히 물어볼 필요가 있는 것이다. 산업화가 맹목적인 것이 아니라 인간적인 행복의 이념에 조금이라도 부응하는 것이 되게 하기 위해서라도, 산업화의 문제에 대한 이러한 물음, 또 근본적인 비판은 필요한 것이다.

무한한 산업화의 추구가 불가능한 이상이란 것은 더러 이야기된 것이었지만, 1971년의 로마클럽의 발표로써 세계 신문의 톱 뉴스가 되었었다. 이들의 보고는 세계의 인구 사정, 재생 불가능한 자원 상태, 식량 증산의 가능성, 또 산업화가 가져오는 환경 오염의 정도 등을 참작하여 산업 발전의 가능성에 대한 미래를 예상하였다. 그리고 그것은 산업화가 조심스러운 계획에 의하여 통제되지 않는다면 인류는 얼마 안 있어 커다란 재난에 부딪히게 될 것이라는 것을 경고하였다. 이러한 경고의 타당성을 전문가가 아닌 우리로서는 구체적으로 평가할 도리가 없는 일이지만, 일반적인 논리의 문제로 생각하여 볼 때, 유한한 체계 속에 무한한 성장이 있을 수 없다는 것은 상식적인 명제로서 수긍될 만한 것이다. 그런데 산업 발전에 불가피한 제약이 있어야 한다고 한다면, 우리가 거기에 걸고 있는 모든 기대는 그다지 믿을 만한 것이 되지 못한다는 것을 말한다. 우리가 설령 일시적으로 어느 정도의 발전을 이룩한다고 하더라도 그것은 장기적으로 볼 때 맹렬한 국제적인 경쟁의 불안정 속에서만 지탱될 수 있는 것일 것이기 때문이다.

그러나 산업 발전이 자원의 제약에 의하여 벽에 부딪히리라는 것은 어떻게 보면 비교적 한가한 예언이라고 할 수 있을는지 모른다. 로마클럽의 보고서를 작성한 선진국의 사람들에 비하여 우리의 성장에 대한 요구는 너무나 긴박하고 간절한 것이다. 그런데 자원의 한계를 생각하지 않는다고 하더라도 산업화의 혜택이 반드시 고맙게 생각하여야 할 정도로 큰 것인가. 산업화의 혜택으로 쉽게 지적될 수 있는 것은 우리의 물질적 일상생활의 향상이다. 어쩌면 산업화로 하여 더욱 많은 사람들이 더 잘 먹고 잘 입고 잘살게 된 것은 사실일 것이다.

그러나 이러한 혜택이 반드시 대가가 없는 것은 아니다. 우리의 먹는 것 마시는 것이 화학 물질로 오염되었을 가능성에 대하여 우리는 걱정을 버리지 못한다. 산업의 발달과 더불어 숨쉬고 햇볕을 즐기고 하는 일이 조금 더 어려워졌다고 할 수도 있다. 오늘에 있어서 맑은 공기와 산천의 값은 점점 올라가고 이것은 앞으로도 계속 올라갈 것이다. 어떤 전문가의 분석으로는 산업 생산의 표적이 되지 않는 대부분의 것의 값은 앞으로 점점 올라가고 모든 인간의 유기적 기능은 비싼 값을 지불하여서만 제대로 작용하게 될 것이라고 말한다. 또 우리의 생활 수준에 향상이 있었다고 하더라도 이것은 일부 계층의 막대한 희생에 의하여 이루어졌다는 것을 우리는 무시할 수 없다. 영국의 경제사가 크리스토퍼 힐(Christopher Hill)은 영국의 산업화는 18세기 중엽에 그 기초가 놓였는데, 초기 산업화로 하여 보통 서민이 얻은 것은 별로 없다고 말한다. 가령 1530년에 영국의 노동자는 1년에 14주 내지 15주의 노동으로 빵을 얻을 수 있었지만, 200년 후에는 같은 빵을 얻는 데 52주의 노동이 필요했다. 또 일하는 시간의 엄격성과 강도는 비교할 수 없게 어려운 것이 되었다. 보통 사람이 일정한 시간에 시작하여 일정한 시간에 끝나는 장시간의 노동을 감당하기 시작한 것은 인간의 진화의 역사에서 산업화에 있어서 처음 있는 일이었다. 이것은 18세기 중엽의 이야기이지만, 다른 역사가의 계산에 의하면 서구에 있어서의 노동자의 수입은 로마 시대부터 20세기 초기까지 별로 바뀐 바 없다고 한다. 우리나라에 있어서 이러한 사정은 어떨까? 정도의 차이는 있을망정 대개 서구의 초기 산업화의 상태에 비슷한 형편이 아닐까?

산업 발전에서 오는 물질적인 혜택 이외에 우리는 흔히 그에 부수적으로 따르는 복지적인 혜택이 이야기되는 것을 본다. 이것은 또 초기 산업화 단계에 있는 우리가 산업화에 바치는 여러 희생의 대가로서 기대하고 있는 혜택이다. 가령 건강의 면에 있어서 산업 발전의 부차적인 혜택으로 인간이 얻는 것은 무엇인가? 서양에서 나오는 보고에 따르면, 의료 혜택의 확대에 대한 우리의 희망에도 불구하고 우리가 기대할 것은 별로 없는 것처럼 보인다. 미국에 있어서의 의료 문제를 진단하고 있는 이반 일리치(Ivan Illich)의 『의술의 복수(Medical Nemesis)』에 의하면, 의학의 발달에 힘입은 보건의 향상은 대개 이미 현대 의학의 초기에 일어난 것이고 지금에 와서는 매우 특수한 병에 대한 연구, 실질적인 혜택보다는 연구자의 명성에 관계되는 연구 이외에 괄목할 만한 발전이 없다고 한다. 그리고 보건의 향상은 구체적인 의미에서의 의술의 치료 개입보다도 일반적인 보건 지식의 전파와 상수도 하수도 등의 환경 위생의 향상에 힘입은 것이라고 한다. 결핵은 산업화 초기에 가장 무서운 병의 하나였다. 1812년의 뉴욕에서 결핵으로 인한 사망률은 인구 1만 명당 700이었다. 로버트 코흐가 결핵균을 발견한 1882년에는 사망률이 370으로 떨어졌고 요양원이 생긴 1910년에는 180이 되었고 항생제가 일반적인 치료제가 되기 이전인 2차 세계 대전 직후에는 48명이 되었다. 이러한 숫자가 이야기해 주는 것은 병의 진료란 것이 일반적인 위생과 영양의 변화에 따라 움직이는 것이지 어떤 특정한 치료법의 개발에 의하여 크게 좌우되지는 않는다는 것이다. 사회의 발전 상태를 재는 척도로서 우리는 흔히 평균 수명이 이야기되는 것을 보지만, 우리가 주목하여야 할 것은 이것이 유아 사망률의 저하에 기인한 것이지 전체적인 수명의 연장으로 인한 것이 아니라는 점이다. 어떤 보고에 의하면, 1960년대 이후 10년 동안 서구 선진국에 있어서의 40대 50대 남자의 예상 수명은 오히려 짧아졌다고 한다. 또 지난 20년 동안 "55세에서부터 60세까지의 남자에 있어서, 만성 질환에 걸리는 율은 현저하게 증가하였고 60대 남자의 경우는 30퍼센트 정도가 증가하였다."라고 한다.(J. N. 모리스, 『유행 병학의 효용』) 이러한 사실들은 맹목적인 의학 기술 발달보다 환경의 개선 이 국민 건강의 첩경이란 것을 말해 준다. 환경의 기본적인 요건이 악화하는 가운데에서 보건 향상의 기대는 좌절에 부딪히지 않을 수 없을 것이다.

건강 문제 이외에도 일반적으로 복지의 향상에 대해서 낙관적일 수 없다는 것은 여러 사람에 의하여 지적되고 있지만, 그중에도 가장 집요하게 산업 사회의 역기능적인 면에 대해서 이야기한 것은 앞에서도 언급한 이반 일리치라고 할 수 있는데, 의학뿐만 아니라 교육의 확대가 가져온 여러 병폐는 그 이점을 압도하고도 남는다는 사실을 그는 여러 군데에서 지적한 바 있다. 그가 『학교 없는 사회』 등에서 지적한 것들을 여기에서 다 요약할 수는 없지만 학교는 산업 제도와 더불어 제도적인 성장을 이루면서 권위자들에 의한 학력 증명을 주관하는 관료적 기관이 되었고 이에 따라 진정한 의미의 교육을 후퇴케 하는 결과를 가져왔다는 것이 그의 주요한 논지 중의 하나이다. 또 다른 저서 『에너지와 정의』에서 일리치는 산업 사회가 삶의 질을 향상한다는 일반적인 주장에 대한 반박을 펼치고 있다. 간단히 인용해 볼 만한 것으로 자동차의 이점에 대한 다음과 같은 관찰이 있다. "미국인은 1년에 평균 1500시간가량을 자동차를 위하여 바치고 있다. 이것은 자동차가 서 있거나 가거나 자동차에 앉아 있는 시간, 자동차 값을 지불하기 위하여 일하는 시간, 휘발유, 타이어, 통행료, 보험, 세금……을 내기 위하여 돈을 벌어야 하는 시간들을 모두 합친 것이다. 이렇게 볼 때 미국인은 (1년 통산하여) 6000마일을 가는 데 1500시간을 소비한다. 이것은 자동차 산업이 없는 나라에서 걸어 다니는 사람이 가지고 있는 속도와 같다. 다만 이 사람들은 자기가 가고 싶은 데를 아스팔트 도로가 있든 없든 갈 수 있다는 이점을 가지고 있다." 이러한 지적이 말하여 주는 것은 적어도 교통수단의 동력화에서 오는 이점이 우리가 생각하는 만큼은 크지 않다는 것인데, 이러한 것은 대체로 다른 많은 산업화의 이점에도 해당되는 이야기일 것이다.

위에서도 말했지만, 여기에서 산업 사회의 역기능적인 면과 이점과의 대차대조표를 만들 수는 없는 일이다. 이러한 일에는 조금 더 전문적이며 집단적인 노력이 필요할 것이다. 다만 위에 언급한 지적들을 보면서 우리가 생각할 수 있는 것은 산업 사회의 과정과 결과, 또 그 약속에 대해서 우리가 너무나 안이한 태도를 취할 수는 없다는 점이다. 일리치의 산업 체제에 대한 비판에서 우리가 경청해야 할 것은 그것이 가져오는 구극적인 결과가 좋든지 나쁘든지 간에, 산업화의 한 국면, 한 단계를 참다운 인간의 행복에 대한 이상에 비추어 평가해야 한다는 생각이다. 확대되는 학교 체제, 의료 체제 또 전반적인 산업 체제에 대하여 그가 비판적인 것은 그것들이 인간의 개인적인 또는 협동적인 능력을 왜소화하고 압도하여 인간을 수동적인 대상으로 전락시킨다는 우려 때문이다. 현대인의 상황을 가장 잘 나타내고 있는 말은 '소비자'라는 말이다. 사람은 오늘날 교육의 소비자, 의료 혜택의 소비자, 물건의 소비자가 되어 있다. 그는 체제가 베푸는 은덕들을 소비하는 수동적인 존재만으로서 삶의 의의를 찾게 된 것이다. 이에 대하여 일리치가 생각하는 것은 스스로의 능력을 창조적으로 사용하고 표현하는 능동적인 인간이다. 이러한 인간은 무조건적인 물질 생산의 극대화를 겨냥하는 산업 체제 속에서 소외되고 소멸될 수밖에 없다. 이것은 이 체제가 인구, 자원, 공해 등의 문제에 있어서 가장 좋은 해결을 제시할 수 있는 체제가 된다고 하여도 마찬가지이다. 앙드레 고르스(André

Gorz)의 지적에 의하면, 이러한 좋은 산업 체제도 결국은 기술 관료 체제가 됨으로써 '환경 파시즘'의 양상을 띨 것이라고 한다.

사실 문제가 되는 것은 단순히 산업 사회가 성장과 공해의 문제를 해결하느냐 하지 못하느냐 하는 것이 아니다. 그것은 참으로 인간에게 행복과 창조적 자기실현과 민주적 주체성을 확보해 줄 수 있느냐 하는 것이다. 로마클럽이 예상하는 재난의 연대를 기다릴 것도 없이 우리는 산업화가 가져오는 비인간화, 비민주화의 조짐들을 많이 볼 수 있다. 이러한 면에 대하여 경계심을 가지는 것은 너무 빠른 걱정이라고 할 수 없다. 설사 산업화가 피할 수 없는 미래라고 하더라도 그것이 다 한결같이 억압적이고 전체주의적일 필요는 없다. 우리는 보다 인간적이고 보다 민주적인 산업화에 대한 방안들을 연구해 보아야 한다. 그리고 사실상 이러한 방안들은 주의해서 살펴본다면, 뜻있는 사람들에 의하여 세계의 여러 군데에서 진행되고 있는 것이다.

확대해서 이야기하면, 산업화는 하나의 이데올로기이다. 이것은 모든 이데올로기처럼 인간의 현실과 소망에 대한 보다 철저한 의식에 비추어 검토되고 비판되어야 한다. 우리가 산업화의 이데올로기에 약한 데 대하여는 몇 가지 요인을 생각해 볼 수 있다. 우리가 서양의 경제적, 문화적, 정치적 영향에 무비판적으로 굴복하고 있는 것 — 이것이 하나의 요인인 것은 새삼스럽게 지적할 필요도 없다. 다만 우리가 알아야 할 것은 산업주의에 대한 무한한 신뢰가 서양에 있어서도 유일한 입장이 아니라는 점이다. 그것은 주로 그것에 의하여 살찌고 있는 사람들의 생각이다. 서양의 물질적 우위에 굴복하여 고통스러운 혼란의 시기를 겪지 않을 수 없던 우리 현대사의 경험이 우리로 하여금 산업 생산력의 증대에 무조건적인 경의를 표하게 하지 않았을까 — 이런 점도 또 다른 하나의 요인으로 지적될 수 있다. 또 하나 생각할 수 있는 것은 우리가 오랫동안 길들어 온 문화 또는 문명에 대한 숭앙심이다. 인류학자 스탠리 다이아몬드(Stanley Diamond)는 문명이란 것도 하나의 이데올로기라고 지적한 바 있지만, 이것은 어느 정도 옳은 이야기이고 사실 우리의 전통적인 태도에 그대로 적용되는 이야기이다. 우리는 우리 생활에 있어서의 많은 불합리한 것들을 단지 그것이 학문의 이름으로, 개화의 이름으로, 교육의 이름으로 정당화된 까닭에 그대로 눈감아 오는 데 익숙하였다. 이러한 우리의 전통이 우리로 하여금 '선진'의 이름으로 들어오는 모든 것에 그것이 좋은 것이든 나쁜 것이든, 그대로 순응하게 하였다. 그리하여 어떻게 보면 우리의 본래의 예지까지도 버리게 하는 비인간화의 기술 체제까지도 아무런 비판 없이 받아들이게 하지 않았나 한다.

이규보(李奎報)의 수필에 자기의 아들들이 땅 밑에 굴을 판 것을 나무라는 이야기를 쓴 것이 있다. 그의 아들들이 마당에 굴을 파고 굴속에서 여름의 더위와 겨울의 추위를 피할 수 있게 하려 하였다. 이에 대하여 이규보는 여름에 덥고 겨울에 추운 것이 하늘의 도리인데 이를 거역함은 불가한 것이라고 말하고 이 굴을 덮어 버리게 하였다고 수필에 말하고 있다. 우리는 '우리가 근대화를 서양처럼 이룩하지 못한 이유가 어디에 있는가' 하는 질문을 종종 듣는다. 이에 대하여 나는 문제의 설정을 바꾸어, '우리의 선조들이 근대화를 하지 않기로 결정한 이유가 어디 있는가' — 이렇게 물어보면 어떨까 하고 생각해 본다. 어떻게 보면 근대화 — 산업화가 되지 못한 것은 못해서가 아니라 안 해서라는 면도 있는 것이고 안 한 데에는 사람의 삶에 대한 그 나름의 예지를 가졌었기 때문이었다고도 할 수 있는 것이다. 오늘날의 산업주의의 경도 속에서 우리는 참으로 이러한 예지의 의미를 생각해 볼 필요가 있다.

위에서도 비친 바와 같이 우리가 과거로 되돌아갈 수는 없다. 오늘의 생태 환경은 옛날의 생태 환경이 아니며 또 옛날로의 단순한 복귀를 허용하는 그러한 환경이 아니다. 또 우리의 과거가 반드시 이상적이었던 것도 아니다. 그것은 그것대로의 모순에 가득 찼던 것이었다는 인상을 우리는 떨쳐 버릴 수 없다. 그렇다고 해서 우리가 산업 사회의 여러 역기능 —— 인간의 기술적 정치적 통제, 환경 오염(다른 면으로 볼 때는 자연환경의 고가화(高價化), 따라서 서민의 자연환경과 유기적 기능으로부터의 소외를 가져오는) —— 이러한 것들을 송두리째 그대로 받아들여야 한다는 말도 수긍할 수 없는 것이다. 우리는 다른 종류의 산업화, 다른 종류의 미래를 찾을 수 있어야 한다. 이 문제에 있어서뿐만 아니라 우리의 개인적 사회적 기획과 행동에 있어서 우리는 단지 주어진 상황만을 유일한 것으로 생각하는 것만이 온당한 것인가. 사물의 새로운 가능성, 새로운 미래에 대한 다양한 기획들이 만발할 것을 기대해 볼 수는 없을까.

(1982년)

문화 공동체의 창조
우리 문화의 목표

　세종문화회관은 지난 18년간의 한국 사회의 변화 발전에 있어서 하나의 문화적인 표적으로 생각될 수 있을 것이다. 무수한 서울의 추한 건물들 가운데, 그래도 그것은 볼 만한 것인 데다가, 음악과 연극을 위하여 지어진 것이다. 국립극장에 이어 세종회관에 이르러 대한민국은 드디어 문화적인 발전의 필요성을 그 의식 속에 받아들인 것처럼 보인다.

　물론 세종문화회관 그것이 그대로 중요한 것은 아니다. 그것은 상징적인 의미를 갖는다. 문화의 외적 징표로서 가장 두드러진 것은 건축물이다. 로마의 역사에 대하여 아무것도 모르는 사람도 오늘날의 로마 유적에 압도된다. 중국의 만리장성도 단순한 경이를 불러일으킬 수 있는 건조물의 한 예로 들 수 있다. 앙코르 와트는 밀림 속에 남은 건축물 이외에 후세에 남긴 것이 없지마는, 사람들은 거기에 상당한 문화가 있었을 것임을 의심하지 않는다. 건축물은 누구에게나 분명하게 인식될 수 있는 시각적 대상이다. 보아진 것에서 인상적인 것 ─ 장대한 것, 섬세하게 아름다운 것이 문화의 징표로 간주되는 것이다.

이러한 건물은 그 실용성으로 하여 인상적인 것이 아니다. 예술의 실용성을 지나치게 강조하는 사람들의 도덕적 분노에도 불구하고 보아지는 건축물의 아름다움은 순전히 보아진다는 사실로서 일단은 규정된다. 문화적으로 그럴싸하게 보이는 건축물은 대개 실용적인 건축물이 아니다. 물론 실용적 필연 속에 사는 인간으로서, 단순한 예술적인 오브제로서의 건조물을 만드는 것도 어려운 일이다. 그리하여 아무리 비실용적인 건조물도 어느 정도의 실용성의 표면을 가지고 있다. 옛날에는 종교적인 목적을 가진 건물, 또는 권력의 전시를 위한 건물들이 비실용과 실용을 교묘하게 겸하는 문화적 건조물이 있었다. 세상이 세속화됨에 따라 종교적인 건물은 그 문화적 중요성을 상실하게 되었고 민주화의 진행과 더불어 권력의 전당의 전시적 가치도 감소되었다. 이런 사정으로 하여 오늘날 문화적 쾌감을 주는 가장 대표적인 건축물은 음악의 연주장이나 극장──문화의 전당이다. 문화가 있는 나라임을 자랑하는 많은 나라들은 문화 목적을 위하여 중요한 도시의 가장 눈에 띄는 대지를 할애하고 가장 뛰어난 건축가를 고용하고 막대한 예산을 투입한다.

우리나라에서도 세종문화회관과 같은 건물은 한 시대의 문화의 장식으로 등장하였다. 우리가 앞으로의 문화의 발전을 생각하려 할 때, 그것은 쉽게 하나의 상징이 될 수 있다. 즉 우리가 필요로 하는 것은 서울뿐만 아니라 지방에까지도 더욱 많은 세종문화회관을 세우는 일이라는 생각이 쉽게 일어날 수 있는 것이다. 그것을 그대로 복제하거나, 또는 반드시 그에 비슷한 건축물을 지어야 한다는 말만이 아니다. 세종문화회관이 나타내 주는 음악, 연극, 또는 미술이 더욱 많이 만들어지고 그에 비견할 문학이 씌어져야 한다는 생각들은 모두 비슷한 발상을 가진 것이다. 즉 그러한 발상 밑에 있는 것은, 문화는 커다란 스케일의 외적인 아름다움에 의하여 대표된다는 문화론이다.

그러나 다른 한편으로 세종문화회관 앞을 지나가거나 거기에서 열리는 현란한 외국 저명 연주가나 오페라나 연극에 관해서 들을 때면, 많은 사람들에게 그러한 것이 우리의 삶에 무엇인가 걸맞지 않는 것이라는 느낌이 들게 되는 것이 또한 사실일 것이다. 그것은 그러한 공연 예술들이 우리의 전통으로부터 자라 나온 것이 아니라는 사실에서 오는 어색함이기도 하고, 또는 그것이 우리의 깊은 내적인 요구에 대한 호응에서 나오는 것이 아니라 일종의 외적인 장식, 갖추어 놓는 것이면 다 갖추어 놓자는 벼락 출세자의 소유에 불과하다는 느낌이기도 하다. 또 다른 한편으로 그것은 우리 생활의 형편이 세종문화회관이나 거기에서 공연되는 이국의 예술들을 향유할 만한 것이 못 된다는 도덕적 의식이기도 하다. 예술 향유의 기회가 주어질 수 없는 곳곳의 판자촌의 빈궁과 서울의 일반적인 살벌한 생존 상황은 어떠한 거창한 문화적 표현도 가짜의 선, 아름다움이 되게 한다.

　이러한 모든 느낌은 소박한 대로 모두 다 문화의 본질에 대한 우리의 직관을 담고 있다. 문화 의식의 근본은 삶의 조화에 대한 감각이다. 이 감각에 비추어 볼 때 다수 민중의 빈곤 가운데 서 있는 문화의 기념비, 내면화된 전통이나 절실한 내적인 요구에서 나오지 않는 이식되어 온 외적 장식은 우리에게 사회적 생존의 부조화, 내면과 외면의 괴리로서 느껴진다.

　그런데 이 조화에 대한 감각은 단순히 심미적인 향수나 안일에 대한 충동을 나타내는 것이 아니다. 그것은 우리의 삶이 있어야 할 근원적인 모습에 대한 직관을 담고 있다. 물론 문화의 영역이 향수의 영역이라고 하는 것이 틀리다는 것은 아니다. 그것은 노래와 춤으로 대표되는 문화는 기쁨의 구역, 고통스러운 노역으로부터 해방된 향수의 구역이다. 일상적 삶이 대개는 필연의 굴레 속에 있다면 문화는 이 굴레가 풀린 자유의 순간을 기념한다. 그렇기는 하나 빈곤의 바닷속에서 문화적 기념비의 고도를 신기루처럼 생각한다면, 그것은 단순히 우리의 도덕적 감수성이 발동하고 있기 때문만이 아니다. 너무나 커다란 필연 속에 만들어지는 자유의 공간이 허상에 불과하다는 느낌을 우리는 떨쳐 버리기가 어려운 것이다. 긴박한 생존의 작업을 등한히 하고 달콤한 백일몽에 잠기는 어리석음이 느껴지지 않을 수 없는 것이다.

그러면 문화의 향수는 자유의 왕국에서만 기대할 수 있는가? 한 사회의 삶에 있어서나 한 개인의 삶에 있어서나 삶의 향수와 찬미가 생존의 작업 이후에 있어서 마땅하다는 느낌은 원칙적으로 옳은 것이다. 중요한 것은 문화의 기념비를 만드는 것보다 삶의 다른 긴급한 문제들을 풀어 가는 것이다. 그러나 문화와 작업의 선후 관계는 이렇게 간단히 규정할 수만은 없다. 상식적으로 말하여, 아무리 일이 중하다고 하여도 사람이 일만 하고 전혀 놀지는 않을 때, 그러한 삶이 살 만한 삶이라고 할 수 있을까? 놀이는 일을 위하여도 필요한 것이다. 흔히 휴식, 오락, 레크리에이션이라고 하는 것이 일에 필요한 것이라는 것은 널리 인정되어 있는 것이다. 그런데 따지고 보면 일과 놀이, 사회의 중요한 노역과 문화적 향수는 양극으로 대립하여서만 존립하는 것이 아니다. 일이란 무엇인가? 대부분의 경우, 일한다는 것은 우리의 놀고 싶은 충동을 훈련하여 불가피한 생존의 필요에 스스로를 순응시키는 과정이라고 느껴진다. 이것은 일을 괴로운 것으로 보는 것이다. 그러나 말할 것도 없이, 모든 일이 괴로운 것은 아니다. 취미로 하는 일, 깊은 관심이나 심리적 동기에 자극되어 행하는 일이 오히려 우리에게 커다란 보람과 행복을 가져오는 것이 될 수 있음은 새삼스럽게 말할 필요도 없다. 이러한 일은 놀이와 같은 향수를 가능하게 한다. 일과 놀이는 어느 정도는 하나일 수 있는 것이다. 이것은 어떻게 설명할 수 있을까? 위에서 우리는 사회적·개인적 노역이 생존의 필요에서 나오는 것이고 문화적 향수가 자유의 영역에로의 발돋움에서 오는 것처럼 말하였다. 그런데 자유란 무엇인가? 쉽게 말하여 그것은 우리가 깊은 내적 충동에 따라서 행동할 수 있을 때 가장 단적으로 느껴지는 것이다. 그러나 우리의 깊은 내적 충동은 우리의 삶의 필연성에서 솟구쳐 나오는 것이라 할 수밖에 없다. 철학자들이, 자유를 필연에 일치시키는 것은 궤변이 아니다. 자유는 인간에 의하여 매개되는 필연과 필연의 조화라고 할 수 있다. 다만 이러한 필연은 진정한 내적인 필연으로, 개인적으로 인식되고 공동체적으로 확인되어야 한다. 이 필연의 의식에 이르려면 개인은 진정한 자아 인식으로 유도되어야 하며 동시에 이 인식은 공동체적 운명에 대한 각성을 포함하여야 한다. 다른 쪽에서 말하면, 공동체적 운명, 사회적 필연은 단순히 개인적인 필요를 넘어서는 것이면서도 개체적 실존의 요구를 통합하는 것이라야 한다. 통합 작용은 구극적으로는 물질적·제도적 안배 속에 드러나지만, 그러한 안배는 정치 과정을 통해서 이루어지고 그 근본적 지침이 되는 것은 문화적으로 주어진다. 이렇게 볼 때, 문화는 필연 또는 필요의 노역이 끝나는 데에서 그 열매를 향수하는 과정으로서 성립하는 것이 아니라 필연의 작업 속에서도 태어나는 것이다. 그것은 필연과 자유, 일과 놀이가 분간할 수 없게 섞인 곳에 성립한다. 그러다가 그것은 필연의 작업으로부터 해방된 순수한 자유와 향수의 영역으로서의 기념비적 문화, 순전히 문화 그것을 위한 문화를 창조해 낼 수도 있다. 생존의 굴레와 동떨어져 있는 문화적 표현이지만, 이 경우에 있어서 순전한 자유와 향수의 영역으로서의 문화는 생존의 필연에 대한 개체적·사회적 인식에 깊이 연결되어 있음으로 하여 가짜로 — 우리의 미적·윤리적 감각에 어렵게 느껴질 수밖에 없는 가짜로 떨어지지 아니할 것이다.

다시 말하여 참다운 문화는 삶의 필연적 작업을 그것으로 인식게 하고 이것을 하나의 조화 속에서 통합하고 다시 그 조화를 높임으로 하여 순수한 자유의 영역을 창조해 내는, 의식적·무의식적 과정이라 정의될 수 있다. 이러한 과정은 개인적인 차원에서 또 사회적인 차원에서 행해진다. 개인적인 차원에서 이루어지는 이러한 통합의 과정 중 가장 두드러진 것을 우리는 교양이라 부른다. 그것은 개체적 실존의 현실과 완성의 이상을 목표로 한다. 그러면서 그것은 말할 것도 없이 개체적 완성의 이상 속에 사회적 인간 또는 더욱 일반적으로 보편적 인간의 이념을 포함시킨다. 교양을 통하여 개체는 스스로를 완성하면서, 바로 그 완성을 사회 내지 보편적 이념과의 일치에서 찾는다. 이 일치는 자발적인 것이다. 흔히 생각되듯이, 교양은 문화적 유산에 익숙해질 것을 요구하는데 이러한 유산들의 범례와 암시를 통하여 전통적으로 퇴적된 인간의 현실과 이상에 대한 지혜는 우리 스스로의 것이 된다. 물론 필연의 통합 작용은 좀 더 직접적인 사회적 훈련의 형태를 띨 수도 있다. 그러나 이때에도 여러 가지 문화적 암시는 그러한 통합 작용을 조금 더 조화되고 자유스러운 것이 되게 할 수 있다. 교양에서처럼 필연의 통합 작용이 개인적인 깨달음의 심화와 더불어 행해지든지, 또는 조금 더 낮은 의식화 수준에서의 사회화 또는 문화화를 통해서 이루어지든지, 핵심이 되는 것은 개체적 사회적 운명의 내적 필연의 인식이다. 이것 없이 모든 문화는 가짜로 떨어져 버리고 만다.

개인적인 차원에서 이러한 필연의 인식은, 이미 말한 바와 같이 전통의 인문적 업적과 예술 작품과의 사귐에서 더욱 쉽게 얻어지고 더 나아가 그것은 창조적 능력의 발견을 위한 준비가 된다. 사회적인 측면에서, 이 필연의 인식은 공동체 의식이다. 이것은 단순한 공동 운명에 대한 인식일 수도 있고 또 높은 향수와 자유의 영역을 향하여 공동체의 작업을 수행해 나가는 조금 더 유목적적인 정치의식일 수도 있다. 이러한 의식이 포용하는 공동체는 반드시 일정한 범위의 것일 필요는 없다. 우리의 삶은 여러 가지의 테두리에 의하여 긴밀하게 또는 조금 허술하게 규정된다. 우리의 공동체는 이러한 테두리를 모두 지칭할 수 있다. 오늘날의 세계에서 우리의 삶의 테두리로서 민족이 가장 중요한 공동체가 됨은 새삼스럽게 말할 필요도 없다. 그러나 오늘과 같이 상호 의존도, 또는 적어도 상관도가 높은 세계에 있어서, 인류 전체가 민족 공동체의 저편에 또 하나의 공동체적 지평으로 서려 있음을 무시할 수는 없다. 그런데 이러한 커다란 삶의 테두리에 대하여, 문화적으로 가장 중요한 삶의 테두리가 되는 것은 우리가 살고 있는 지역 공동체이다. 보편화된 이념과 정서를 통하여 우리는 인류를 느끼고 긴절한 정치적 필연과 원초적 집단 감정을 통하여 민족을 느낀다. 그러나 우리에게 모든 현실적이고 일상적인 일과 즐김의 다양한 관계 속에서 중요한 곳은 우리의 고장, 또는 우리의 도시이다.(이러한 관점에서 볼 때, 어떠한 도시는 도시 공동체로서의 의미를 갖지 못한다고 할 것이다.)

사실 모든 문화적인 업적은 ─특히 미술, 건축, 음악과 같은 비언어적 문화의 업적은 공동체의 필요로부터 나올 때 비로소 참다운 것이 된다. 가령 예를 들어 세종문화회관이 서울 시민의 자연스럽고 민주적인 요청에 의하여 건립되고 활용될 때, 그것은 우리 사회의 참다운 기념비가 된다. 그러면 이러한 요청과 이러한 요청에 대한 답변은 어떻게 나올 수 있는가? 시민 회관의 건립과 같은 것을 시민 투표에 붙이거나 적어도 시 의회를 통하여 결정하면, 그것이 시민적 요청에서 건립된 것이라고 할 수 있을까? 문화적 투자에 대한 민주적 결정은 필요하다. 그러나 비록 민주적 절차를 통하여 그러한 요청과 결정이 이루어진다고 하더라도, 그러한 요청은 어떤 바탕 위에서 나올 수 있을까? 이러한 인생의 긴급지사에 대한 감각은 단순히 우리 자신의 궁핍상에서만 나오는 것은 아니다. 대부분의 선량한 시민들은 이러한 감각을 그들의 이웃들의 긴박한 상황에 대한 의식으로부터도 발전시킨다. 수억을 들여서, 이순신 동상을 고쳐 세우자는 논의가 나왔을 때, 또 시청을 새 부지에다 좀 더 화려하게 건축하자는 논의가 나왔을 때, 그러한 논의의 낭비성을 지적하고 나선 사람들이 많았거니와, 이 사람들이 당장에 그들 스스로의 처지가 지극히 어려웠기 때문에, 그러한 반대

의견을 가지고 나왔던 것은 아닐 것이다. 하여튼 그것이 자기 자신의 처지에 대한 인식에서 나왔든, 공동체적 상황에 대한 인식에서 나왔든, 우리의 삶의 질서에 대한 감각은 그것에 어긋나는 낭비적 문화의 지출을 수상스러운 것으로 경계하게 한다. 문화적인 요청은 우리의 삶이 살 만한 질서를 이루었을 때, 자연스럽게 일어나게 된다. 얼마 전 필자에게 어느 택시 운전사가 한 이야기는 쉬운 우화가 될 수 있다. 이 운전사는 최근에 작은 대로 오붓한 살림을 차릴 수 있는 집을 산 모양인데, 집을 산 이후 술도 덜 먹게 되고 집에도 빨리 들어가게 된다는 것이다. 그리고 화단이라도 가꾸고 가구라도 이리저리 옮겨 놓는 취미가 생긴다는 것이다. 이러한 기분은 한 나라의 살림, 한 도시의 살림에도 해당되는 것이다. 반드시 호화로운 것일 필요가 없는 대로, 공동체 생활의 조화로운 질서에 대한 의식에서 저절로 단순한 일상적인 안녕 이상의 삶의 충일감을 표현하는 문화에 대한 요청이 일어난다. 다시 말하여, 이러한 요청의 근본 요건으로 최소한도의 생활이 확보되어야 한다는 것은 자명하다. 그러나 반드시 거창한 부의 축적이 필요한 것은 아니다. 비교적 조촐한 행복도 있을 수 있고 호화스러운 부자의 행복도 있을 수는 있다. 그러나 중요한 것은 인간의 내적인 욕구와 사회와 자연과의 조화감이다. 이것은 여러 단계에서 이루어질 수 있다. 그러면서도 사람이 가지고 있는 육체적 정신적 제약으로 하여, 어느 규모 이상의 물질적 풍요는 오히려 불행의 원인이 된다. 문화적 충동의 관점에서 볼 때, 사람은 각 발전 단계에 따라서 거기에 알맞는 삶의 질서를 만들어 낼 수 있고 또 그 사회가 정체된 것이 아니 되게 하기 위해서, 보다 높은 단계의 질서를 향하여 나아갈 수 있는 것이다.

문화의 요청은 공동체적 생활 공간의 창조 ── 그러면서 될 수 있는 대로 인간적 척도의 범위 안에서 아름다운 생활 공간의 창조이다. 이것은 복합적인 정치·사회·경제·문화의 구조물로서만 성립한다. 정치적으로 그것이 민주적이어야 될 것은 말할 것도 없다. 그렇지 않고 어떻게 공동체적 필요가 확인 집약될 수 있는가? 사회적으로 그것은 기능적으로 서로 다르면서 근본적으로 평등한 인간관계를 구현한 것이어야 한다. 평등의 전제 없이 공동체적 필요가 어떻게 자발적으로 사회적 의지로 바뀔 수 있겠는가? 경제나 문화도 사람의 개체적 삶과 공동체적 삶의 필요에 의하여 분명하게 규제되는 것이어야 함은 말할 필요도 없다. 이러한 요건을 갖춘 공동체의 문화 공간의 단적인 표현은 우리의 도시의 외관에 표현될 것이다. 오늘날 서울이라는 무정형의 도시를 본 사람은 세종문화회관과 같은 건조물이 아름다운 것일 수 없음을 즉각 알 수 있다. 아름다움의 근본은 조화이다. 이 조화는 주변과의 조화이다. 이 주변과의 조화는 단순히 어떤 건물의 환경을 정리하는 것만으로 생기는 것이 아니다. 시민이 스스로의 삶과 삶의 주변에 대하여 가지고 있는 안녕감에 대한 대응물로서, 그리고 이 안녕감을 사회적·정치적 의지로 바꿀 수 있는 개인적이고 협동적인 능력에 대한 대응물로서 도시 공간의 아름다움은 생겨나는 것이다.

되풀이하여 말하건대, 문화 창조의 기본이 되는 것은 공동체 의식이다.(이것은 공동체를 위한 사명 의식일 수도 있고 단순히 공동체 안에서의 안녕감일 수도 있다. 구극적으로 중요한 것은 후자일 것이다. 우리의 현대사에서처럼 행복한 거주지로서의 공동체가 존립하기 어려운 때에 있어서, 전자만이 강조되는 것은 불가피할는지 모른다. 오늘날에 있어서도 이러한 사정은 크게 바뀌었다고 말하기 어렵다.) 이러한 진술의 한 의미는 문화가 공동체 생활의 연장 위에 있다는 것이다. 또 그렇다는 것은 새로운 문화 공동체의 창조의 문제는 문화의 문제가 아니라 정치·사회·경제의 문제라는 말이 된다. 우리가 앞으로 참으로 만족할 만한 문화를 만들어 내고자 한다면, 사회 성원의 모두는 아닐망정 대다수에게 행복을 약속해 주는 삶의 질서를 만들어 내야 한다. 이러한 질서를 만들어 내고 다시 이것을 높은 문화적인 세련과 웅장함을 가진 것이 되게 하기 위하여(삶의 가장 높은 긍정과 찬미는 문화적 활동과 표현을 요청하게 마련이다.), 우리는 거창한 문화 혁명의 계획 아래에서 이런저런 일을 추진할 수도 있을 것이다.

그러나 더 현실적인 것은 오늘날 우리 사회에서의 비민주적 요소, 부조화의 요소들을 제거하는 노력을 계속하는 일이다. 그러면서 그러한 노력이 구극적으로 조화된 삶의 구가로서의 공동체적 공간의 창조에 기여하도록 하는 것이다. 우리 사회에서 비민주적·비조화의 요소가 무엇인가는 최근 몇 년 동안 각계각층에서 제시된 과제 속에 일단은 집약적으로 표현되어 온 바 있다. 지금 우리는 정치적 민주화의 준비 작업의 와중에 있다. 다만 이것이 피상적인 제도가 아니라 생활의 구석구석에 미치는 활력소가 되도록 많은 방면에서 많은 노력이 경주되어야 할 것이다. 소득 분배의 문제나, 근로자의 문제, 공해 산업의 문제, 소비 문화의 문제 등도 적극적인 의지에 의하여 해결되어야 할 문제들이다.

그런데 여기에서 문화의 관점에서 주의해야 할 것은 이러한 문제들의 해결이 민주 훈련의 한 단계가 되고 또 스스로의 생활 공간 내지 문화 공간을 창조해 내는 활력을 풀어놓는 것이 되어야 한다는 것이다. 가령 근로자의 문제를 보자. 이것은 오늘의 우리 사회의 부정의를, 비문화적인 측면을 단적으로 노정하고 있는 문제이다. 이것은 이론적으로는 위에서부터 아래로, 또는 아래로부터 위로 어느 쪽으로나 풀어질 수 있는 것일 것이다. 그러나 우리가 참으로 민주적이고 문화적인 사회를 지향한다면, 우리는 근로자 스스로가 그들의 문제를 해결케 하는 방식을 선택해야 할 것이다.(실제 그렇게 될 수밖에 없으리라는 것은 별개의 문제이다.) 그러한 과정을 통해서 근로자들은 민주적 훈련을 쌓고 보편적 이상을 창조해 내고(한 사회의 보편적 이상은 집단적 투쟁 속에서 만들어진다.), 더 나아가 우리 사회 전체의 민주화 내지 보편화에 기여하게 될 것이다. 당국자가 할 수 있는 것은 이러한 민주적 과정의 공간을 허용하고, 또 필요하다면 교육적 편의를 제공하는 일일 것이다. 여기서 교육적 편의란 근로자로 하여금 체제의 일부가 되게 하는 것이 아니라 스스로의 인간됨을 깨닫고 그것을 실천적으로 주장할 수 있게 하는 그런 종류의 것이어야 할 것이다.

다만 이러한 주장은 제도적으로 매개되어야 하는 까닭에, 여기에는 많은 제도적 고안이 필요할 것이다. 근로자 교육은 외국 노동 운동의 사례들을 비롯한 제도적 고안의 선례들을 참조할 수 있게 하며 제도적 실험을 권장하는 일을 포함할 것이다. 근로자 문제에 대한 우리의 언급은 다른 분야에 있어서의 자발적, 참여적 민주적 각성을 위해서도 적용될 수 있을 것이다. 우리의 문화 관계의 인사들은 이러한 각성의 과정에 참여하면서, 모든 논의와 협동이 구극적으로 거기에서 우리들 모두의 삶을 향수하고 찬송할 수 있는 문화 공동체를 창조하는 데에서 끝나야 한다는 것을 상기시켜야 할 것이다.

(1980년)

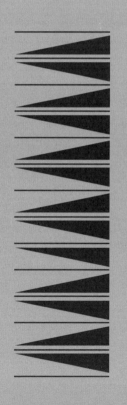

5부

정치 발전의
역정

민주화의 문제들

1. 민주화의 물음

지금 이 시점에서 우리 사회의 지상 과제가 민주화라는 말로 집약될 수 있다는 데에는 별 이론(異論)이 없을 것이다. 민주화는 무엇인가? 여기에 대한 답변은 쉽지 않다. 그러나 쉽지 않다는 것을 인정하는 것이 중요하다. 민주화는 어떤 문제에 대하여 하나의 답변이 있다는 것보다는 답을 찾아 나아가는 자유롭고 다각적인 움직임이 중요하다는 믿음을 포함하기 때문이다.

2. 불공평의 해소

물론 오늘의 민주화의 동력으로부터 민주화의 내용을 추정할 수 있다. 말할 것도 없이 그것은 독제 체제 또는 보다 광범위한 의미의 자의적인 강권 체제에 대한 반작용에서 온다. 강권은 또 그 나름의 인과관계에서 나온 것이다. 그것은 사회 질서 속의 불공평을 유지하거나 새로 만들어 내기 위하여 필요했던 것이다. 이 불공평의 제정이 없이는 사회의 갈등과 긴장은 심화될 뿐이고, 거기에서 야기되는 혼란은 또다시 강권을 부르게 될 뿐이다. 이미 많이 지적된 바대로, 가장 큰 불공평은 계급 간의 고르지 못한 관계로 고정되어 가고 있다. 이것은 분배의 공정성을 기함으로써 어느 정도 시정될 것이다. 이것은 재화나 부(富)의 분배의 공평성으로 말하여질 수도 있고 사회적 과업의 수행에 따르는 고통과 희생의 분배의 공평성으로 말하여질 수도 있다. 후자의 경우 공동체적 통합과 사회의 도덕적 목표에 대한 확인이 필요할 것이다.

지역적 불균형 발전도 최근에 많이 이야기된 바 있다. 대중 매체에서 '지역 감정'이라고 명명한 이 현상은 감정이 아니라 현실의 문제이다. 필요한 것은 감정을 삭이는 일이 아니고 현실적 해결이다. 이것은 감정의 억제가 아니라 문제의 사실적 확인으로부터 시작되어야 할 과업이다. 남녀평등, 노인과 아동, 기타 복지 지원의 대상자에 관한 문제도 새삼스럽게 지적할 필요가 없는 중요한 문제이다.

3. 근본적 변화와 점진적 개혁

사회 문제를 해결해 나아가는 데 있어서, 국부적, 점진적 개량은 오히려 근본 문제의 항구적 해결의 길을 방해할 뿐이라는 견해들이 있다. 사회 개혁을 생각하면서 늘 귀담아듣지 않을 수 없는 경고이다. 그러나 혁명적 해결과 개량적 해결이 절대적으로 양립할 수 없는 것처럼 이야기하는 것은 인간 현실의 복합적 움직임에서 멀리 있는 추상적 이론이라는 느낌이 있다.

사람을 움직이는 힘은 현실의 충격에 반응하는 인간성 전체의 심정(心情)으로부터 나온다. 그러나 이것은 반작용의 힘이어서 근본적인 상황에 대한 전체적 조망으로 나아가기 어렵다. 여기에 심정적 차원을 넘어가는 이성의 전진적(前進的) 조망이 필요하다. 그러나 심정의 에너지가 인생의 근본적 동력이라는 점에는 변함이 없다. 또 그것은 가장 근본적 현실 인식의 수단이다. 현실에 밀착해 있는 심정으로 하여금 그 나름의 로고스를 찾아가게 하는 것이 현실적이면서 현실 초월을 기약해 주는 태도일 것이다. 이러한 현실적 파토스 또는 로고스의 길은 일직선이 아니라 지그재그의 요철 곡선이다. 그것은 하나의 개혁에서 또 하나의 개혁에로 움직여 가면서 그 나름으로 판정하는 — 청사진에 의하여서가 아니라 현실적 상황의 전체성에 의하여 판정되는 근본적 해결에 이르게 될 것이다.

중요한 것은 문제가 있는 한, 움직임을 쉬지 않는 것이다. 하나의 개혁은 결국 그 한계에 이르고 이 한계로부터 인간성의 전진적 움직임은 다음 단계의 개혁에로 혁명적 돌파를 꾀할 것이다. 어떤 개혁의 성과도 완전히 무용의 것이 되지는 않는다. 그것은 지양될 뿐이다. 더 구체적으로 말하여, 행복한 삶은 하나의 정치적·사회적 계획 또는 하나의 종교적 열광으로 이루어지지 아니한다. 그것은 수많은 실제적 발명 — 실질적, 제도적, 문화적, 정서적 발명들의 균형으로 구성될 수 있을 뿐이다. 이 발명은 계속적인 역사적 업적의 무상(無償)과 유상(有償)의 선물이다. 항구적 기초와 업적이 없는 것은 아니지만, 오늘의 성취 — 오늘의 절실함에 답하는 오늘의 성취도 변형되고 지양됨으로써 항구적인 토대의 일부가 된다.

4. 명분과 현실

1980년 이후의 정치권력에 대한 저항은 그 권력의 기초 자체가 비민주적이고 비도덕적이라고 생각되었던 것에 관계되어 있다. 그것은 정통성이 없는 것으로 간주된 것이다. 정통성이 문제가 되는 것은 제5공화국만이 아니다. 그것은 제1공화국의 성립에 있어서의 친일 세력의 문제, 보수 봉건 세력의 문제에까지 소급한다.

도덕적 정당성은 공동체적 통합에 있어서 불가결한 요소의 하나이다. 그러나 사실상 그것이 심각한 문제가 되는 것은, 현실적으로 볼 때, 정치 체제가 그 정치적 억압과 사회적 모순을 통하여 그 사실을 끊임없이 새롭게 상기시키기 때문이다. 정통성에 있어서의 명분과 현실의 양 측면은 하나이면서 둘이다. 사회의 건전한 발전을 위하여서는 하나라는 점이 강조되어야 하지만, 어떠한 문제의 처리에 있어서는 둘이라는 점을 잊지 말아야 한다. 이 후자는 지난날의 잘못을 시정하려고 할 때, 중요한 기준이 될 것이다.

오늘날 과거에 잘못되었던 것들을 바로잡아야 한다는 소리가 자못 드높은 것은 이해할 만하고 정당한 일이다. 그러나 죄와 벌의 악순환으로부터 벗어나려고 한다면, 시정의 노력을 오늘의 현실을 왜곡하고 미래의 계획을 실질적으로 방해하고 있는 요인들에 한정하는 것이 마땅하다. 명분을 위한 명분, 도덕을 위한 도덕은, 복수와 응징의 모든 부정적 감정과 더불어 앞으로 이룩되어야 할 현실 앞에 양보할 수밖에 없다. 명분과 도덕은 당장에 현실적 관련이 없더라도 커다란 상징적 의미를 갖는다. 그리고 상징은 현실의 일부이다. 그러나 우리에게 더욱 중요한 것은 새로 건설해야 할 미래의 현실이다. 현실은 명분 속에 흡수되기에는 너무 복합적이다. 중요한 것은 이 현실이며 미래이지 과거가 아니다.

5. 자유와 기율

강권 체제가 철거된 자리에 들어설 것은 자유이다. 그러나 자유는 모든 사람이 자기 하고 싶은 대로 한다는 것을 뜻하지는 아니한다. 제 마음대로의 세계는 아무도 제 마음대로 할 수 없는 교착(膠着) 상태를 가져오게 마련이다. 완전히 자유로운 상태는 강제적 질서를 불러들인다. 그것은 강제적 질서의 한 국면에 불과하다. 사람이 사회를 이룩하고 사는 한 일정한 기율에 대한 순응이 없을 수 없다. 기율은 밖에서 오거나 안에서 온다. 밖에서 오는 기율에 매이지 않으려면, 안의 기율을 만들어야 한다. 민주화는 자유와 해방에 못지않게 자율적 질서에 대한 탐색을 뜻한다.

6. 민주적 질서

타율에 대치되는 자율의 규칙은 어디에서 오는가? 두 기율을 판가름하는 것은 마음으로부터의 승복이다. 승복의 경로는 여러 가지이다. 규칙을 결정하는 데 참여하면, 우리는 우리 스스로를 제한하는 규칙에 쉽게 승복할 수 있다. 또 규칙이 분명하게 공동체적 필요에서 나온 것일 때, 우리는 자유의 제한에 쉽게 승복할 수 있다. 그러면서 그것은 이성적인 내용과 방법을 포용한 것이라야 한다.

그러나 필요가 필요로서, 이성적인 것이 이성적인 것으로서 인정될 수 있는 것은 그렇게 판단됨으로써이다. 판단의 과정 자체가 이성적인 것이라야 한다. 이성은 적나라한 상태에서도 작용할 수 있지만, 이성적 절차와 제도 속에서 보장될 수 있어야 한다. 그러면서도 어떠한 이성적 판단도 절대적이고 유일한 것일 수 없다. 이것은 인간성의 현실과 역사의 체험이 우리에게 너무나 분명히 이야기해 주는 것이다. 그것은 늘 새로운 토의에 대하여 열려 있어야 한다. 우리는 이성의 진리가 민주주의에 어긋날 수 있다는 것을 잊지 말아야 한다. 한 사람의 진리가 집단의 진리에 우선될 수도 있다. 그러면서 한 사람의 진리는 집단의 결정에 대하여 겸허할 수 있어야 한다.

7. 도덕적 질서

참여, 집단, 다수, 이성적 절차와 제도 — 이러한 것들이 민주적 질서의 요소이다. 이것들은 최소한도의 공평한 사회 질서를 구성하는 요인이 된다. 그러나 이것만으로 사람의 행복과 보람을 약속하는 사회가 생기지 못한다. 서로 대립하는 이익과 세력이 일정한 균형을 이루는 사회도 위의 여러 요소들을 가질 수 있고, 민주적 사회일 수 있다. 그러나 그러한 사회는 매우 살벌한 사회로서 가장 바람직한 사회라고 말할 수는 없다. 인간의 참모습은 그가 물질과 제도의 매듭 속에 존재하는 외면적 존재가 아니라, 느끼고 생각하며 스스로의 삶을 창조하는 존재라는 점에서 찾아 마땅하다. 이러한 주체적 존재로서의 인간의 삶에 일정한 규율을 주는 것을 도덕이라고 한다면, 인간은 도덕적 존재가 됨으로써 가장 인간적일 수 있다.

동시에 인간이 사회적 존재인 한 사회적 보장이 없이는 참다운 개체적 인간성이 있을 수 없다. 그러나 사회적 도덕은 사회 제도에 의해서만 현실적 힘이 된다. 민주화는 새로운 인간성, 새로운 사회적 도덕을 창조하기 위한 현실적 제도에 대한 탐색이다. 이 탐색의 계속만이 민주화를 완성한다.

(1987년)

광주 항쟁의 패배와 승리

1980년의 5월, 민주화의 움직임은 완전히 좌절된 것처럼 보였다. 5월 18일까지만 해도 민주화는 역사와 사회의 대세이며, 그 대세의 도도한 흐름은 어느 누구도 거역할 수 없는 것으로 여겨졌다. 그러나 5월로부터 여름에 이르는 동안 역사의 대세란 대중 매체의 요란한 보도와 떠도는 말들이 지어내는 허상에 불과한 것이라는 것이 밝혀졌다. 사람의 일에서 확실한 것은 오로지 물리적 힘이었다. 이것은 무엇보다도 광주(光州)의 고통과 죽음에서 확인되었다. 물리적 힘의 절대성 앞에 다른 종류의 인간 의지(意志)의 표현은 일체 허무하고 부질없는 동작에 불과했다. 과연 힘은 오로지 총구로부터만 나오는 것이었다.

그러나 그로부터 7년이 지난 1987년 역사는 또 다른 사실을 보여 주었다. 1980년의 판단과 절망은 너무 성급한 것이었다. 사태는 역전하여 총과 감옥과 고문과 가차 없는 권력에의 의지 ── 이러한 것이 세상의 모든 것을 결정하는 것이 아니라는 해묵은 명제가 되살아났다. 빈주먹의 의지는 총칼 앞에 꺾이고 절망하는 것만은 아니었다. 설령 일시적으로 참혹한 일이 일어난다고 하더라도 참혹한 일은 참혹한 일로 끝나는 것이 아니었다.

죽었다 살고 살았다 죽는 것이 있었다. 광주의 용기와 희생은 허망하게 끝나지 않고 오늘의 현실 속에 되살아났다. 그것은 오늘에 다시 문제가 되게 되었을 뿐만 아니라 패배의 깊은 수렁 속에서 새로운 움직임 ── 오늘의 민주화의 움직임을 준비하고 있었다. 또 그것은 현실의 교훈으로 되살아났다. 그것은 통치자로 하여금 통치의 수단으로서의 물리적 힘의 한계를 잊을 수 없는 사실로서 인식하게 하였다. 그와 아울러 무력에 의한 정치권력의 장악, 감금과 고문에 의한 통치의 대가를 생각하지 아니할 수 없게 하였다.

또 광주 민중 봉기와 그 부활(復活)은 정신적 차원에서 양심의 현실적 의미를 확인해 주었다. 어느 때에나 사람이 양심에 따라 행동하는 것은 중요한 일이다. 그러나 그것이 늘 고통과 희생과 패배로 끝나는 것이라면 그것이 오래 또 널리 지탱되는 인간사의 원리가 될 수 있겠는가. 1980년대의 역사의 역전은 한없이 약한 것처럼 보이는 것이 현실의 엄청난 힘이 될 수도 있다는 것을 보여 주었다. 광주의 패배와 승리는 양심의 궁극적 효율성을 확인함으로써 그 현실성을 강화해 준 것이다. 광주를 정점으로 하는 민주화 운동의 패배 속에서 우리는 현실의 힘과 타협하였다. (우리가 삶을 존중하고 그것에 모든 것을 기초하고자 하는 한 이것은 그 나름의 필연성을 가진 것이다.) 그러나 그것은 다만 우리의 양심의 타협이며 손상에 불과했다. 결국 일시적 권력의 현실은 현실의 전부가 아니었던 것이다.

1980년대의 봄에서 여름에 이르는 동안, 또 그 이후 공포의 시대의 처음 얼마 동안 이 모든 것은 전혀 분명한 것이 아니었다. 물론 용기 있는 사람들은 그들의 신념과 양심에 따라 행동하였다. 그러나 그들의 신념과 양심이 반드시 현실적 가능성을 약속해 주는 것은 아니었다. 오늘 우리가 민주화를 백일하에 말할 수 있는 것은 불확실성에도 불구하고 신념과 양심에 따라 행동한 사람들에 힘입은 것이다. 그리고 이 불확실성으로 하여 그들의 용기와 성취는 더 빛나는 것이다. 그러나 그것은 패배로 끝날 수도 있었다. 아무것도 약속되고 예정된 것은 없었다.

불확실한 것을 확실한 것으로 바꾸어 놓은 것은 수많은 사람들의 용기 있는 행동의 퇴적이었다. 그러나 다른 한편으로, 일의 귀결이 불확실하다고 하는 것은 신념과 양심의 강도, 용기, 노력 — 이러한 것이 모든 것을 결정하지는 않는다는 말이다. 이러한 것들은 그 나름으로 중요하면서 역사의 숨은 움직임과 일치함으로써 비로소 힘을 얻는 것이다. 그러니만큼 궁극적으로 승리와 패배 또 인간 행동의 효율성은 역사에서 나온다. 그러나 역사가 사람의 소망과 노력의 강도에 대응하여 무엇을 보장하여 주는 것은 아니다. 사람의 행동과 역사의 깊은 움직임의 일치는 인간의 성급한 소망과 인과응보의 회로에 따라 움직이지 아니한다.

역사는 그 나름의 숨은 뜻을 가지고 있는 것처럼 보인다. 그것은 때로는 우리에게 희망보다는 절망을 준다. 수없이 엎치락뒤치락 역전하는 역사 앞에서 우리의 기쁨은 곧잘 슬픔으로 바뀌는 것이다. 그럼에도 불구하고 광주가 보여 준 것은 역사의 의미가 궁극적으로는 도덕적으로 주어진다는 것이다. 역사는 완전히 불가해한 것이 아니다. 그렇다는 것은 사람의 양심의 힘이 인간 존재의 근본에서 솟구쳐 오는 것임에 틀림없는 한, 그것은 궁극적으로 인간이 창조하는 역사의 이상이 되게 마련이기 때문이다. 물론 그것이 인간 역사의 영원한 실체가 될 수 있다고 생각하는 것은 지나친 낙관론일 수 있다. 그러나 적어도 그것은 역사의 어떤 순간에 그것의 바탕으로 드러나는 것이 아닌가 여겨진다. 억압된 모든 것과 마찬가지로, 그것은 되풀이하여 되돌아오게 마련이다. 그러한 순간은 어쩌면 고통과 희생의 순간인지도 모른다. 그러나 되풀이되는 양심의 드라마는 역사에 있어서의 도덕의 항구성과 가치를 증언해 준다. 광주 항쟁을 정점으로 하는 민주화 움직임에서 보는 것은 이러한 드라마이다.

그러나 역사가 주고 주지 않는 것은 신비에 속한다. 이러한 역사의 신비는 우리를 두렵게 하고 또 우리를 겸허하게 한다. 역사의 도덕적 의미는 우리 자신의 양심적 결단에 의하여서만 주어진다. 그러나 우리의 자의적 결단이 그대로 역사·도덕적 의의를 갖는 것은 아니다. 우리의 결단은 역사의 깊은 움직임에 일치함으로써만 현실적 의미를 가진다. 또는 거꾸로 현실적 의미를 갖지 않는 모든 것은 결국 주관적 영역에 남아 있음으로 하여 자의적인 것, 또 비역사적인 것으로 떨어질 수밖에 없다. 개인적으로나 집단적으로나 모든 것이 우리 자신에게 달려 있다면, 우리의 생각과 행동은 심각한 것일 수밖에 없다. 그럼에도 그 결과가 역사의 객관적 성숙에 달려 있다면, 어디까지나 우리가 하는 일의 궁극적 의의는 불분명한 채로 있다. 최선의 경우에도 우리는 우리가 하는 바의 의미를 알지 못하는 채로 행동하는 사람으로 남아 있다.

그렇다면 문제는 우리가 시작하는 일의 성공과 실패의 불확실성에만 있는 것이 아니다. 일의 의미는 우리의 동기의 순수성만으로 주어지지 않는다. 설령 우리가 최선의 도덕적 확신에 따라서 행동한다고 하더라도, 우리의 행동에 의하여 좋은 결과가 증명되지 않는다면, 우리의 확신이 최선의 것이었다는 것을 어떻게 보여 줄 수 있는가, 또 우리 스스로 그것을 확신할 수 있는가? 하나의 행동의 의미는 행동의 완성으로서만 완성된다. 좋은 의도의 행동이 나쁜 결과를 가져오는 예를 우리는 일상적 행동에서와 마찬가지로 역사 속에서도 보는 것이다. 극단적으로 말하여, 참으로 심각한 도덕적 책임은 자신의 행동의 동기에서가 아니라 그것이 가져오는 현실적 결과에서 일어나는 것이다.

대체로 견딜 수 없는 상황에 대한 저항은 그 나름의 정당성을 곧바로 가질 수 있다. 그러나 사람의 사회적 행동은 단순히 주어진 상황의 시정에 한정되지 아니한다. 그것은 반작용이 아니라 적극적 작용의 면을 가지게 마련이다. 이런 경우 그 작용이 반드시 좋은 결과로 마무리되리라는 보장을 얻기는 어려운 것이다. 여기에서 선택과 책임은 더욱 무거운 것이 된다.

이러한 심각성은 우리 자신과 우리의 벗들의 행동뿐만 아니라 우리의 적의 행동을 판단할 때에도 적용된다. 사람의 행동이 불확실성 속에서 이루어질 수밖에 없다는 것은 우리로 하여금 가장 준엄하고 가열한 판단을 내리게 하기도 하고 겸허와 관용으로 판단을 유보하게 하기도 한다. 확실한 보장이 없는 세계에서, 우리가 생각하는 어떠한 선(善)이든 그것은 단호하고 치열한 투쟁을 통하여 확립될 수밖에 없다. 그리하여 이 투쟁에 있어서 우리는 우리 자신에게 또 적에 대하여 가장 날카로운 판결을 내려 마땅하다. 그러나 다른 한편으로 불확실한 조건은 이러한 판결의 준엄함에 절로 철학적 초연함을 부여하게 마련이다. 좋은 일에 있어서든 나쁜 일에 있어서든 사람이 스스로 무슨 일을 하는지 모르고 일을 하는 것이라면, 그에 대한 책임은 현저하게 감소될 수밖에 없다.

인간 행동의 장의 불확실성은 단순히 행동의 동기와 결과, 그 시작과 결말의 불일치 또는 예측 불가능에서만 오는 것이 아니다. 그것은 우리가 사는 세계 자체가 모순으로 가득 차 있기 때문이다. 행동한다는 것은 선택한다는 것이다. 선택은 단순히 좋은 것과 나쁜 것 사이의 선택이 아니다. 종종 그것은 하나의 좋은 것과 다른 좋은 것 사이의 선택이다. 정신이냐 물질이냐, 자유냐 평등이냐, 안정이냐 발전이냐 — 흔히 보는 이러한 선택들은 어느 한쪽의 선택도 우리가 바라는 최선의 결과를 보장해 주지 못한다. 물론 가장 좋은 것은 선택의 양편을 모두 포용하는 것이다.

개인적으로나 집단적으로나 좋은 삶이란 이러한 것들을 모순 없이 균형 속에 유지하고 있는 삶이다. 그러나 위기는 균형 속에 있던 많은 것을 모순에 떨어지게 하고 우리에게 싫든 좋든 하나의 선택을 강요한다. 그리고 이 선택에 따라 사람들은 둘로 또는 그 이상의 대립되는 조각으로 갈라서게 된다. 그리하여 위기의 시대에 있어서 하나의 좋은 것과 또 하나의 좋은 것의 부딪침 또는 하나의 좋은 것의 선택은 그런 경우에 그에 부수하는 다른 하나의 나쁜 것의 선택을 뜻하는 까닭에 나쁜 것과 나쁜 것의 부딪힘을 보게 된다.

물론 어떤 시대에 있어서나 이러한 모순과 갈등은 존재하게 마련이다. 그리하여 판단과 정의 또는 법에 대하여 용서와 관용과 사랑의 중요성이 이야기되는 것이다. 그리고 이 두 가지의 다른 도덕적 이상은 매우 드문 경우를 제외하고는 하나로 합치될 수 없는 까닭에 어느 한쪽의 우위로 끝날 수 없다. 그것들은 말하자면 영원한 모순과 대립으로 있게 마련인 것이다. 인간 상호 간의 관계를 규정하는 도덕적 가치로서, 정의나 이성보다는 인(仁) 또는 사랑과 자비가 강조되는 것은 오히려 그것을 이루기가 얼마나 어려운가를 말하여 주는 증거가 된다고 할 것이다.

광주를 생각하고 민주화 운동의 과거와 현재를 생각할 때, 우리는 불분명하고 추상적인 대로 이러한 문제들을 생각하지 아니할 수 없다. 광주가 오늘의 현실 속에 살게 되는 것은 어떤 방식을 통하여서인가? 그것이 남긴 불의와 고통의 유산은 어떻게 치유되고 시정되어야 하는가? 이런 문제에 답하기 위하여 우리는 모순의 현실 속에 행동하는 것이 무엇인가를 생각하지 않을 수 없는 것이다.

이미 말한 바와 같이 1980년으로부터 오늘까지의 우리 역사는 어떻게 하여 수많은 영웅적 노력이 역사의 깊은 흐름 속에 거두어지는가를 깨닫게 한다. 어렴풋하게나마 많은 사람들에게 주어지는 이 깨달음은 이미 광주의 역사적 복원 작업의 일부를 이룬다. 이 깨달음은 역사의 근본에 대한 깨달음이며 그 자체로 이미 역사의 한 저력이 된다. 광주에서 저질러진 잘

못은 어떻게 시정되어야 할 것인가? 개인적 차원에서 피해자와 가해자 어느 쪽으로도 철저한 정의가 추구되어야 한다는 요구는 너무나 당연하다. 이것은 또한 우리의 사회와 역사가 보다 정의(正義)로운 것이 되기 위하여도 필요한 것이다.

그러나 위에 비친 바와 같이 사회와 역사의 차원에서는 이미 그 복원 작업은 시작된 것이다. 그것은 앞으로의 우리 사회가 민주적인 것이 되는 데에서 완성된다. 그러니만큼 정의는 냉정하게 볼 때 지난 일의 원상복귀로서가 아니라 지난날의 잘못이 현재와 미래의 민주적 발전에 저해가 되지 않게 하는 데서 실현된다. 그리고 이것은 철저한 정의의 이념에 미흡한 선에서 그치는 것일 수도 있다. 이런 의미에서 현재와 미래의 현실에 철저하고자 하는—그런 의미에서 살아 버린 삶이 아니라 살아야 할 삶에 충실할 수밖에 없는 공적인 정의는 과거의 현실에서 연유하는 개인적 차원의 정의와 다를 수밖에 없다.

이러나저러나 이미 일어나 버린 고통과 죽음의 값을 어떻게 하여 완전히 찾아낼 수 있는가? 좋은 일이나 나쁜 일이나 이미 가 버린 것은 다시 되돌아올 수 없다. 그런 의미에서 어느 경우에나 인생에 있어서의 불완전한 보상은 인간 운명의 비극적 현실이다. 이것이 우리의 이성적 계산이다. 그러나 이것의 수락을 거부하는 것도 인간의 깊은 심정의 현실이다. 그리하여 우리는 돌이킬 수 없는 상실을 끊임없이 호곡한다. 소포클레스의 이야기에, 어느 아들을 잃어버리고 통곡하는 사람에게, 운다고 죽은 아들이 돌아올 리가 없거늘 무엇 때문에 우는가 하고 물으니, 바로 울어도 돌아올 수 없기 때문에 우는 것이 아닌가 하고 말하였다고 한다. 이 이야기에 보이는 비논리의 논리가 고통과 희생의 논리이다. 이것은 이성적 논리와 현실의 수락으로 풀 수 없는 인간의 비극적 절규를 나타낸다. 광주의 희생을 생각함에 있어서 우리는 이러한 모든 면을 생각하여야 한다.

그러나 다시 희랍 비극의 통찰에 의지하건대, 완전한 보상이 있을 수 없는 인간 현실에서의 궁극적 보상은 비극적 깨우침이라고 부를 수 있는, 극히 비현실적인 형태의 지혜로 주어진다. 그것은 잃어진 하나에 대하여 새로 찾아지는 하나로 주어지는 것이 아니라, 잃어버림이 보다 큰 인간의 현실을 밝혀 주는 데에서 얻어진다. 이 밝힘에서 현실은 주어진 고통의 현실을 넘어가는 새로운 정의와 지혜와 은총 속에 재구성될 수 있는 것으로 드러난다. 이 깨우침, 이 가능성 속에서, 피해자나 가해자 다 같이 서로 모순 속에 얽힌 운명의 공통성을 깨닫고 용서할 수 없는 것을 용서한다.

그렇다고 가해자와 피해자가 동등한 것은 아니다. 높은 차원의 현실의 가능성이 밝혀지는 것은 정의와 진리를 위한 피해자의 희생을 통하여서이다. 다만 그것은 비극의 끝에 가기 전에는 분명하지 않다. 가해자와 피해자는 똑같이 그들의 정의에 따라서, 또는 그들의 불분명한 충동에 행동한다. 다만 끝에 가서 한쪽은 진리의 담당자였음이 드러나는 것이다.

어느 철학자는 비극을 서로 모순 갈등하는 두 개의 선의 대결이라는 관점에서 정의하였다. 모든 역사적 대결은 이러한 면을 가지고 있다. 광주의 비극에도 그러한 면이 없는 것은 아니다. 그러나 그것이 우리 역사에서 살아남는 의의를 지닌다면, 그것은 역사의 모순된 순간에 부딪히는 세력이 반드시 대등한 선(善)을 나타내는 것이 아니라는 것을 보여 준 데에 있다. 한편이 다른 한편에 대하여 도덕적, 역사적 진리의 면에서 우위에 있음은 분명한 것이다. 이것은 당장에 그렇지 않았을 수도 있다. 그러나 그간의 역사는 우회와 간접의 경위를 통하여서일망정 인간의 투쟁의 현실에도 진리가 있음을 보여 주었다. 진리는 반진리의 입장에 선 사람에게는 분명하지 아니할는지 모른다. 그러나 그는 그가 분명하게 알았든 몰랐든 그의 무지에 대하여 대가를 치러야 한다. 의도적 반진리나 마찬가지로 무지의 반진리도 그 도덕적, 현실적 책임을 면제받을 수 없는 것이다.

광주의 비극——그 처참한 패배와 뒤늦은 승리는 역사의 불확실성, 그에 따르는 방황과 타협에도 불구하고 역사의 근본적 바탕이 무엇인가를 살피게 하는 한 계기가 되었다. 그로 인하여 우리의 역사 속의 행동은 앞으로 오랫동안 보다 더 분명하게 진리 속에 움직이게 될 것이다.

(1990년)

분노의 정치

길게 생각하면, 하필 1991년에 한정된 일은 아니겠으나, 금년에는 연초부터 해외여행 국회 의원들의 수뢰 사건, 수서 사건, 두산의 폐수 낙동강 방류 등, 굵직한 부정 사건들이 많이 일어났다. 말할 것도 없이, 이것은 우리의 공공질서의 파산 상태를 증거해 주는 것이다. 그러나 다른 한편으로 이러한 사건들에 대한 시민적 분노의 크기로 보면, 모든 것이 썩고 문드러진 것은 아니라는 생각도 든다. 더러 지적이 되었듯이, 금년에 일어난 일들은 지금까지 늘 있어 왔던 관례에 불과한 것이고 그러한 사건들이 크게 느껴졌다는 것 자체가 우리의 공공 의식의 성장을 나타내는 것으로 말하여질 수도 있을 것이다.

부정과 부패가 벗어날 수 없는 풍토병이 된 감이 있으면서, 동시에 이 이상 이것을 방치해서는 아니 되겠다는 결의가 높아지는 것도 사실이 아닌지 모르겠다. 그리하여 이러한 분노와 결의를 통하여 우리 사회의 적폐들이 조금씩 시정되어 가는 것이라는 조심스러운 낙관론이 나온다. 그러나 이러한 낙관론이 옳다고 하더라도, 분명한 것은 분노의 정치의 간헐적 반작용성이다. 그것은 일어난 일에 대한 반작용이기 때문에, 그러한 일을 미리 예견하고 방지하는 작용의 뜻을 갖지 못한 것이다. 이것은 이와 비슷한 일이 달리 일어나지 않으리라는 보장을 주지 않기 때문에, 일시적인 시정이 있다고 하더라도 우리가 살고 있는 사회의 정의로움에 대한 믿음을 가질 수가 없다. 우리가 보는 최근 사건에 대한 분노의 크기도 이러한 예견된 좌절에 비례하는 것이 아닌지 모른다.

그러나 대체적으로 오늘날 우리 사회에 결여되어 있는 것은 작용으로서의 정치이다. 정치의 관점에서 그간 우리 사회의 노력은 민주화의 목표를 향한 것이었다. 그러한 목표가 달성되었든 아니 되었든, 또는 조금 더 정확히 그러한 목표를 위한 출발의 기점에 이르는 데 성공한 것이든 아니든, 민주화를 위한 노력은 1987년에 하나의 고비를 넘었다. 우리 사회에서 보는 여러 정치적 증후들은 어떻게 보면 고비 넘기에 따르는 증후들이다. 그것은 혁명 후의 증상과 비슷한 것이다. 혁명은 일종의 반작용의 정치다. 그것은 부정과 파괴의 움직임이다. 그 작업이 끝난 다음 무엇을 할 것인가? 여기에 이르러 일어나는 방향 감각의 상실은 예상할 만한 것이다. 그러나 말할 것도 없이 혁명이 부정과 파괴로 완성되는 것은 아니다. 그것은 새로운 제도, 새로운 사회의 건설로 완성된다. 아직 보이지 않고 있는 것이 새로운 건설의 작업 또는 적어도 건설의 설계도이다.

민주주의가 우리의 목표라고 한다면, 우리가 지향하는 것은 강력하고 일관된 정치적 프로그램이 없는 체제라고 말할 수도 있다. 궁극적으로 민주적 정치 체제란 국민 각자가 정치에 동원됨이 없이 스스로의 삶을 살아갈 수 있는 체제를 말한다. 영국의 자유주의 정치학자 마이클 오크쇼트(Michael Oakeshott)는 자유주의 체제 아래서 국가의 배는 어느 항구를 향해 가는 것이 아니라 그냥 떠 있는 상태를 유지하는 것으로 생각되어야 한다고 말한 바 있다. 대체로 민주주의의 철학은 프래그머티즘, 임기응변의 실용주의일 수밖에 없다. 그렇기는 하나 임기응변의 현상 유지, 이것은 원숙한 민주 사회에나 해당될 수 있는 원칙이다. (완전히 민주적이라는 의미에서 원숙한 민주 사회는 존재하는 것일까?) 민주 사회 건설의 첫걸음에 있어서 요구되는 것은 민주 제도의 적극적 건설이다. 이것은 대범한 기초의 건설, 그리고 끝없이 작은 제도적 조정을 필요로 하는 작업을 요구한다.

어떤 경우에나 오늘의 정부는 더러 지적되듯이 소극적인 정부일 수밖에 없다. 비록 그것이 민주 제도의 건설을 위하여 발휘된다고 하더라도 오늘의 정부는 강력한 이니셔티브를 가질 만한 위치에 있지 아니하다. 대체적으로 정부에 주어진 국민의 위임 사항은 강력한 권력의 행사보다는 그 자제이다. 그러면서도 다른 한편으로 요구되는 것은 민주주의를 위한 체제의 개혁이다. 그런데 이 개혁의 프로그램이 보이지 않는 것이다. 그리고 오늘의 정부의 입장에서는 그것은 분명해지기 어려운 것이다. 거기에는 비록 혁명적 적대 관계는 아니라 할지라도 대항적 세력의 비판적 안목과 의지가 필요하다. 오늘의 정부가 그러한 대항 세력의 후계자가 아닌 것은 말할 것도 없다.

이러나저러나 민주적 개혁이 요구하는 권력의 자제와 개혁의 강력한 수행의 모순된 요구는 명징한 안목 이외에, 절대적인 대중적 지지의 기반 위에서만 충족될 수 있었을 것이다. 1987년의 혁명적 고비에도 불구하고, 그것이 참다운 혁명적 전기가 되지 못한 것의 의미가 오늘의 불투명한 상황에서 새삼스럽게 드러난다. 제도적 개혁의 계획에 있어서의 불투명성은 집권 당국에만 한정되어 있는 것이 아니다. 오늘날 널리 퍼져 있는 정치에 대한 불신은 거의 모든 정치 세력에 대한 것이다. 사실 오늘의 비판 세력 또는 대항 세력도 상황에 대한 새로운 대안을 제시하지 못하고 있는 것으로 보인다. 이것도 혁명 이후의 증상의 일부라고 할 수 있다. 즉 부정과 파괴로부터 건설에로의 방향 전환이 어려운 것이다.

다른 한편으로 이것은 혁명적 움직임을 뒷받침하는 이데올로기적 정열의 본질에도 관계되어 있다. 그것은 현실과 현실 개조에 대한 하나의 총체적 비전을 제시하면서, 역설적으로 구체적 현실의 움직임으로부터 벗어나기가 쉬운 것이다. 말할 것도 없이 이데올로기의 출발은 구체적 모순들에 있지만, 이것은 하나의 총체적 비전으로 또 총체적 정열로 통합되어 혁명을 위한 이론적 체계로 발전한다. 이것의 현실적 효율성은 그것의 영원한 진리성보다도 어떤 상황과의 대응에서 일어난다. 즉 사회의 여러 가지 모순들이 어떤 계기로 하여 위기로 집중화될 때 그것은 현실의 설명 능력, 개조의 프로그램, 그 이론적·감정적 정열을 제공해 준다. 이 집중화는 단순히 모순의 심화 또는 해결되어야 할 문제들의 심각성으로만 일어나는 것이 아니다. 그것은 어떤 계기로 인한 것이든, 여러 요인들이 권력의 위기를 구성하게 되는 경우에 일어난다.

권력이 문제의 핵심에 있는 것이 아니거나 그렇게 있지 않는 것으로 생각될 때, 혁명적 위기는 성립하지 아니한다. 그런 경우 이데올로기의 설명 능력과 신용은 쇠퇴하게 마련이다. 우리에게서 많은 문제가 사라진 것은 아니나, 1987년을 고비로 하여 혁명적 위기는 일단 사라진 것으로 보인다. 그 결과 모든 것을 권력의 관점에서 또는 권력에 의하여 뒷받침되고 있는 것으로 생각되는 총체성으로부터 상황을 설명하고, 상황의 개조를 추진하는 정치적 투쟁은 현실적 효율성을 상실한다. 그것은 구체적 현실의 많은 문제에 대한 구체적 해결책을 가진 것으로 보이지 않게 된 것이다.

쉽게 설명할 수는 없는 일이지만, 많은 일들은 세계적 관련 속에서 일어난다. 1987년의 변화도 그렇지만, 현재의 비판 세력의 현실적·이론적 흥미도 세계적 관련이 있는 것으로 보인다. 그중에도 1989년을 고비로 한 동유럽의 변화가 보여 준 것은 새로운 사회 건설의 모델로서의 공산주의의 탈락이다. 또 그것은 자본주의를 대체하는 사회 이상의 추구, 18세기 계몽주의의 유산으로서의 이성적 사회 계획 추구, 현상에 대하여 비판적인 사회 이론의 탐구 일체를 회의의 눈으로 보게 하였다.

그리고 남은 것은 현상의 수락과 그 안에서의 실용주의적 이익의 추구 밖에 없는 것으로 보이게 하였다. 우리나라의 대항 세력, 비판 세력 또는 민주화 세력이 어느 정도까지 사회주의적 이상 또는 적어도 계몽주의적 이상주의의 계획의 영향을 받았는가 하는 점은 자세히 따져 보아야 할 것이지만, 혁명 내지 개조의 노력은 대체로 어떤 이상적 사회 개혁의 이념에 의하여 또는 더 나아가 인간 해방의 이상에 의하여 분발되는 것이라고 한다면, 세계적인 해방과 사회 개혁의 기운의 후퇴가 그것에 부정적 영향을 준 것은 어찌할 수 없는 일이다.

세계적으로 자본주의적 경제 발전 이외에는 달리 사회 발전의 모델이 없는 것처럼 보이고, 필요한 사회 개혁의 프로그램이 있다면, 그것은 경제 발전의 보조 수단으로서만 허용될 수 있는 정도의 것으로 생각되는 것이다. 그렇다고 혁명적이든 개량적이든, 오늘에 사회 개조의 노력이나 정열이 없어진 것은 아니다. 그러나 적어도 이 시점에서 그것이 권력 중심의, 또는 다른 어떤 전체성의 모델과 그것에 대응하는 이데올로기의 정열로부터 주된 동력을 얻을 수 없게 된 것은 분명하다.

이러나저러나 오늘의 현실은 하나의 이념적 모델로 해석되고 작용될 수 있는 것은 아닌 것으로 보인다. 사회 개조의 노력 또는 민주적 사회 건설을 위한 움직임이 필요한 것이 사실이라면, 그것은 이데올로기나 권력주의가 허용하는 것보다는 더 구체적이고 더 과학적인 탐구에 연결되어 있는 것이라야 한다. 이것은 비판 세력에만 해당되는 것이 아니다. 강력한 정책적 방향이 분명치 않은 것이 오늘의 불투명한 현실을 특징짓고 있다면, 실질적·제도적 계획을 선취하는 정치 세력이야말로 사회 진보의 핵심으로 등장할 수 있는 세력이라고 할 수도 있다.

그러나 오늘의 현실은 바로 이러한 구체적·제도적 계획의 부재에 의하여 특징지어진다. 뿐만 아니라 그러한 계획이 있다고 하더라도 그것은 강력한 불신과 회의에 부딪칠 가능성이 크다. 오늘의 정치 불신의 의미는 여기에도 적용이 된다. 이런 상황에서 강해지는 것은 문제에 대한 도덕적 접근이다. 최근의 분노의 폭발들도 그러한 접근의 한 표현이다. 그러나 이것이 합리적 프로그램을 대체할 수 있는 것이 아니라는 것은 앞에서 지적한 바와 같다. 그렇기는 하나 다시 생각해야 할 것은 도덕적 요구도 오늘의 주어진 현실에서 그 나름의 현실성을 갖고 있다는 점이다. 오늘의 문제가 도덕의 문제인 것도 틀림없는 것이다.

현대의 정치 사상과 운동은 홉스나 마키아벨리에서 출발한 것이든, 아니면 마르크스에서 출발한 것이든, 도덕에 대한 냉소주의적 입장을 밑바닥에 깔고 있다. 사회적·정치적 문제에 있어서의 도덕의 무력이야말로 정치·사회 운동을 정당화하는 것이다. 그러한 문제가 도덕으로 해결될 수 있는 것이라면, 구태여 권력이든 경제력이든 또는 혁명적 폭력이든, 힘을 통한 현실 작용이 필요하겠는가. 그런데 흥미로운 것은 힘의 정치의 아포리아가 도덕을 요청하는 것으로 보인다는 사실이다. 가령, 강력한 현실주의 체제인 공산주의의 붕괴와 더불어 우리는 도덕적 입장의 재확인을 본다. 체코에서 공산 정권이 무너지기 전에, 바츨라프 하벨(Václav Havel)은 새로운 사회의 탄생의 필요를 "진리 가운데 살고자" 하는 노력에 결부시켰다. 하벨의 '본래적 가치'는 강요된 허위 속에 살아야 하는 사람의 실존적 절망에서 나온 부르짖음이라고 할 수 있다. 그러면서 그것은 사람이 외부적 조건에 의하여 완전히 조종될 수는 없다는 것, 그리고 진리 속에 살고자 하는 욕구도 사람의 근원적 욕구의 하나라는 것을 확인하여 준다.

그러나 이것은 개인적 실존의 의미를 넘어서 사회적 의미를 갖는다. 하벨과 더불어 다른 동유럽의 지식인, 가령 헝가리의 콘라드 죄르지, 폴란드의 아담 미흐니크는 사람다운 삶에 기초가 되는 것은 거대한 구조적·제도적 장치가 아니라 개인의 도덕적 양심임을 주장한 바 있다. 그러나 이것보다도 더 중요한 사실은 이러한 거대한 장치가 중요한 것이라고 하더라도, 그것이 의미 있게 기능하기 위해서는 도덕이 필요하다는 점이다. 사회가 개인이나 집단의 힘에 의해 움직인다고 하더라도, 사회는 이익과 힘을 넘어가는 공적 동기, 행동, 차원이 없이는 하나의 통일체로 유지될 수가 없는 것이다.

소련에 있어서의 관료 제도의 비능률·부패·통계의 허위 등은 도덕적 냉소주의에 관계되어 있다. 1950년대에 이탈리아 남부를 연구한 미국의 사회학자 에드워드 밴필드가 '무도덕적 가족주의'라고 부른 도덕적 냉소주의의 문화에서는 사회나 정치가 공동화할 수밖에 없다고 한 것은 고전적인 관찰이 되어 있지만, 소련 등에서 일어난 것도 비슷한 현상으로 보인다. 그런데 우리 사회의 오늘도 바로 그러한 증세를 드러내는 것이 아닌지 모르겠다. 이것은 사회의 공적 측면이나 사적 측면에서의 도덕적 가치의 쇠퇴에서도 증거되는 것이지만, 그것을 개탄하는 여러 발언 속에서도 드러나는, 일체의 인간의 행동에 대한 냉소적 동기 추측에서 오히려 분명하게 확인된다. 어쨌든 도덕적 가치의 쇠퇴 내지 소멸이 오늘의 상황의 중요한 한 국면을 이루고 있는 것은 틀림없다. 그것도 모든 제도적 계획이 불신되고, 도덕이나 문화에서 구원을 구하여야겠다는 의견들이 많아져 가는 판국에 그러한 것이다. 그렇긴 하나 정치에 기대할 것이 없다고 할 때, 도덕적 가치에서 새로운 출발을 기대해 볼 수 있는 것일까? 여기에 대한 답변은 간단할 수가 없다.

위에서 우리는 공산주의 사회에 있어서의 도덕적 냉소주의에 대해 언급했지만, 이것이 공적 차원에서 도덕의 부재를 의미하는 것은 아니다. 사실 어떤 한 면으로 보건대 공산주의는 가장 도덕적인 사회 체제이다. 그것은 사람들이, 적절한 사회적 조건 아래서는 물질적 유혹과 개인적 탐욕을 초월하여 전적으로 사회의 공동선에 봉사할 수 있다고 전제한다. 사회적 노동에 사람들을 동원하기 위하여 사용되는 선전·수사·정신 운동 등이 이러한 전제에서 나온다.

그러나 역설적으로, 결과는 한편으로 위선과 허위의 증대이고 다른 한편으로는 동원의 수단으로서의 정치적 강제력의 활용이다. 그렇다고 지배 엘리트의 도덕적 수사나 강제력이 그대로 거짓이라고만은 할 수 없다. 그것은 그 나름의 도덕적 확신에서 나온다. 그들은 역사의 진실을 장악하고 있다. 이 진실은 궁극적으로 인간의 도덕적 품성의 실현을 약속한다. 그 진실의 계획에서 나오는 것은 모두 정당할 수밖에 없다. 여기에 대하여 높은 역사의 지상 명령에 따라야 하는 사람들의 도덕과 진실이 미치지 못할 뿐이다. 그 결과 사람들은 미치지 못하는 부분을 거짓으로 메워야 하는 것이다. (공산주의에 있어서 역사와 사회의 진실에 절대적 확신이 현실의 은폐와 조작으로 연결되는 현상을 어떤 연구가들은 '초합리성'에 의한 '미친 불합리'의 생산으로 표현한 바 있다.)

이러한 경우들이 말해 주는 것은 도덕적 명분이 반드시 도덕적 실질을 보장해 주지 않는다는 것이다. 공산주의 도덕주의에 대한 쉬운 비판은 그것이 인간성의 실재에 맞지 않는다는 것이다. 그리고 개인적이고 물질적 유인만이 인간 행동의 동기가 될 수 있다는 것이다. 이것은 인간성의 일면을 말하는 것이면서 동시에 그것을 지나치게 냉소적으로 보는 것이다. 다른 한편으로 우리는 공산 체제의 사회도덕의 의미를 다시 한 번 생각할 필요가 있다. 고전적 관점에서 지적되는 것처럼, 도덕은 자유로운 의지를 전제한 후에야 의미를 갖는다. 그리고 이 자유는 개인의 양심의 자유를 말한다. 그렇게 볼 때, 밖으로부터 강요된 사회도덕은 도덕의 근본을 파괴하는 면을 가지고 있다.

이러한 분석은 번쇄한 것이기는 하지만, 오늘날 우리 사회에서의 도덕을 말함에 있어서 필요한 절차가 아닌가 한다. 즉 알아야 할 것은 도덕의 명분을 아무리 드높게 외쳐 보아야 그것이 내면의 자유로부터 나오는 것이 아닌 한 도덕의 실질을 얻기는 어려운 것이다. 외면적 도덕에 대하여 내면의 자유로부터 나오는 도덕이 사회 속에 성장하게 하는 방법은 없는가? 위에서 정의한 바대로, 억지로 만들어 낼 수 없는 것이 내면의 도덕이다. 내면적 도덕의 큰 문제점은 그것이 정책의 대상이 될 수 없다는 것이다. 그것은 그야말로 저절로 생겨나는 도리밖에 없다. 그리고 그것은 생겨나게 마련이다. 사람이 사람으로서 사는 데 필요한 것이기에 그것은 우여곡절에도 불구하고 끊임없이 재론되는 주제가 되는 것이다. 따라서 그것 없이는 사람은 불행할 수밖에 없다. 달리 말하면 내면적 도덕은 사람의 행복의 일부이다. 따라서 사람들은 그것을 구하게 마련이다. 그러나 그것은 그의 행복을 구성하는 다른 요인과의 관계에서만 의미를 갖는다. 그렇다면 우리는 도덕의 성장은 행복의 성장을 통하여 이루어질 수 있다고 말할 수 있다. 그리고 이 행복은 어느 정도까지는 외부로부터 작용하여 조성할 수 있는 것이다.

말할 것도 없이 행복은 물질적 여건에 관계되어 있다. 경제 성장이 추구하는 것은 이러한 물질적 행복의 증가이다. 그러나 사회에서 제공하는 물질은 우리를 불행하게 하기도 한다. 그것은 거기에 따르는 지나친 사회성에 인한 것이다. 우리는 스스로의 필요가 아니라 사회적 경쟁을 위하여 물질을 추구하는 데로 이끌려 간다. 그것은 행복과 불행의 또 다른 원인이 되는 사회적 지위를 추구하는 일을 증폭한다. 여기에서도 스스로의 보람과 자기실현이 척도가 아니라 사회적 경쟁이 척도가 된다. 여기에 대하여 행복하다는 것은 물질이나 사회적 지위를 넘어 스스로의 삶의 넉넉함과 가치를 깨닫는 데 있다.

그러나 사회 발전의 구도에서 볼 때, 이러한 깨달음은 사회의 물질적 발전 또는 제도적 발전에 의하여 널리 보편화되는 것이 사실이다. 다시 말하여, 사회적·경제적 발전이 개인의 존엄성에 대한 의식과 다원주의를 가져오게 한다. 그리고 개체적 삶의 행복에 대한 깨달음은 스스로의 행복이 다른 사람의 행복, 다른 사람과의 유대, 사회와 역사에의 참여 없이는 완전한 것이 아니라는 느낌을 포함한다. (이러한 것이 반드시 최고 형태의 도덕이 되는 것도 아니고, 또 물질적 충족 속에서만 도덕과 양심이 성장하는 것도 아니다. 다만 오늘의 사회 과정에서 사회를 견딜 만한 것이 되게 할 수 있는 보통 사람의 도덕적 성향의 가능성을 우리는 여기에서 생각해 보고자 할 뿐이다.)

이러한 관찰은 다시 한 번 오늘의 사회의 문제들에 대한 해결책으로서 도덕적 분노 또는 도덕성의 회복에 대한 드높은 외침이 부딪치는 딜레마를 상기하는 일이 된다. 즉 모든 정치적 해결이 동이 났을 때, 도덕적 해결을 추구하는 것은 문제 해결의 순서를 뒤집어 놓는 일이 된다는 말이다. 그러나 사실은 앞뒤가 있는 것이 아니라 서로 맞물려 돌아가는 것일 것이다. 앞에서 말했듯이, 필요한 것은 일관성 있는 정책이며 제도이다. 그러나 이러한 정책이나 제도에 대한 관심은 사회 질서의 도덕성에 대한 깊은 열정 없이는 좋은 성과를 맺지 못할 것이다.

의원 수뢰 사건에 관련된 한 의원은 그들이 한 일은 관례적인 일에 불과하다고 말했다. 이것은 그들의 혐의 사실에 못지않게 여러 사람의 분노의 대상이 되었다. 그러나 분노해야 할지 또는 통탄해야 할지, 한 일은 사실상 관례적인 일이란 말이 과히 틀리지 않은 것이라는 사실이다. 이것은 수서 사건이나 두산 폐수 방류 사건에도 해당되는 말이다. 마지못해 그럴 수밖에 없는 사람들의 '호의'와 '찬조'로 벌어지는 잔치가 얼마나 많은가? 될 수 있으면 유리한 조건으로, 즉 나에게 유리하고 남에게 불리한, 또는 사회 전체의 생산적 경제에 불리한 조건으로 부동산에 투자하여 한몫을 챙기겠다고 하는 사람들이 한두 사람인가? 쓰레기를 몰래 버리는 일, 합성 세제를 마구 쓰는 일부터 유독물 방류에 이르기까지 나에게만 편리하게 행동하여 환경을 오염시키는 사람이 얼마나 많은가?

연초의 사건들이 공분의 대상이 되어 마땅한 엄청난 사건들이기는 하지만, 그것들의 엄청남은 그 사건 자체로보다 그것이 우리 사회의 체제와 문화에 대한 상징적 증후이기 때문이다. 그것은 총체적인 정치적 대책으로 바로잡아야 할 체제상의 문제이다. 그러나 여기에서의 정치적 대책은 정치적 정열만으로, 어떤 이데올로기적 치료법으로 강구될 수 있는 것은 아니다. 그것은 우리 상황의 도덕적·문화적·과학적 인식의 일체에 의해 뒷받침되어서야 효력을 발생할 수 있는 정책이다. (두산 폐수 문제는 기업과 감독 관청의 이기주의와 부패에도 기인하지만, 산업 사회의 문제를 총괄적으로 진단·관리하고 예견하여 정책으로 수용할 수 있는 사회 전체의 능력에 문제가 있었다는 데에도 기인한다.) 이것은 물론 이러한 여러 요인들이 있다고 하여 그대로 그러한 것이 완숙한 조건을 이룰 때까지 방치해야 한다는 말이 아니다. 이러한 모든 요인들을 종합하여 적극적인 정책이 프로그램으로 만들어져 나가는 것이 필요한 것이다. 그럴 때, 우리 사회는 일어나는 문제들에 대해 단순히 반작용적으로 간헐적인 분노로 답하지 않게 될 것이다. 그럼으로써 우리 사회는 믿고 살 수 있는 삶의 틀이 될 것이다. 이 틀을 만드는 것이 민주 사회 건설의 의미이다.

(1991년)

페르시아 만 전쟁의 정의와 파병

적어도 이 시점에서는 페르시아 만에서의 미국을 비롯한 서방 여러 나라와 이라크의 긴장된 대결은 이제 바야흐로 전쟁 상태로 진입하는 것으로 보인다. (이 글이 인쇄되었을 때는 사태는 화전(和戰) 어느 한쪽으로 더욱 분명하게 결정되었을 가능성이 크다.) 그동안의 참혹한 전쟁의 체험, 국제 정치 기술의 향상, 인지의 발달에도 불구하고 인류가 전쟁이라는 야만적 방법이 아니라 보다 이성적인 방법으로 국제 분쟁을 해결하는 법을 배우지 못하고 있다는 것은 심히 우울한 일이다. 더구나 이번의 페르시아 만 대결에서처럼 지불되어야 할 살상과 고통 그리고 파괴의 대가가 분명하고 이에 대하여 서방측으로나 이라크측으로나 얻어질 보상이 불분명한데도 기어이 전쟁으로 치닫는 과정을 지켜보면 그것은 인간의 능력 또는 인간성 그 자체에 절망감을 느끼게 한다.

페르시아 만의 분규 또는 전쟁은 그 자체로 비극적인 일이지만 그것이 전 세계에 끼칠 영향이 또한 막중한 것일 것임은 새삼스럽게 말할 필요도 없다. 여기에는 물론 우리나라도 포함된다. 이것은 우리가 좋든 싫든 거기에 끼여들어 있는 국제 정치 질서와 경제 질서의 재조정 또는 혼란이 불가피한 때문만은 아니다. 우리가 전쟁 그 자체에 휘말려들 가능성을 배제할 수 없는 것이다. 정부는 이미 의료진의 파견을 결정하고 그 예비조사단은 벌써 사우디아라비아로 향발하였다. 그리고 일각에서는 실제로 전쟁이 발발하고 그것이 장기화하면 지상군의 파견이 따를 수 있다는 논의들이 일어나고 있다.

이 시점에서 우리가 다짐하여야 할 것은 여기에 관련되는 중대한 결정들이 간단한 행정적 차원에서가 아니라 충분하고 철저한 검토와 국민적 합의의 과정을 통하여 이루어져야 한다는 것이다. 수많은 젊은이며 생사의 문제, 국가 이익, 국내적으로나 국제적으로나 문명한 사회가 지켜야 할 정의의 원칙 — 이러한 것들이 신중히 재량되어야 함은 물론이고 그것도 정부, 국회, 국민의 합의와 동의를 최대한으로 확보하는 방향으로 이루어져야 하는 것이다.

오늘의 페르시아 만의 위기에서 일단 직접적 원인이 이라크의 쿠웨이트 침공에 있는 것은 분명하다. 미국과 유엔 그리고 인근 아랍 여러 나라들이 이라크의 철군을 강력하게 요구하고 나선 것은 당연하다. 군사 강국이 인근 약소국을 제 마음대로 짓밟을 수 없어야 된다는 점에 대해서는 사실 우리는 우리의 역사적 체험에 비추어서도 강력히 동의할 수 있는 원칙이다. 그러나 다른 한편으로 이라크와 쿠웨이트가 역사적으로 단일 지역을 이루며 두 나라의 존재는 오로지 서방 제국주의의 자의적 결정에 의한 것이라는 이라크의 주장도 전혀 근거가 없는 것은 아니다. 어쨌든 국경선 또는 어떤 구획선을 영원불변한 것이라고 보는 것은 무조건적으로 현상을 긍정하는 것이며, 그 현상에서 유리한 위치에 있는 측을 옹호하는 것이 된다.

물론 이라크와 쿠웨이트의 경우, 두 나라의 존재가 전혀 인위적 분단의 결과라고 하는 것은 무리한 주장으로 보인다. 그러나 무시할 수 없는 것은 쿠웨이트를 합병하려는 이라크의 의도 밑에 들어 있는 아랍 민족주의의 힘이다. 아랍인들이 어떤 형태로든지 하나의 통일된 아랍 국가를 이룩해 보겠다는 것은 비현실적이고 또 오늘의 국제 질서 속에서 위험스러운 것일지 모르지만, 있을 수 있는 소망이다. 이것은 단순히 강력히 민족 국가를 향한 의지만을 나타내는 것은 아니다. 거기에는 한편으로는 일찍이 서방 세계보다 우월했던 중세 아랍 문화의 영광을 향한 향수와 다른 한편으로는 근세에 와서 서양과의 계속적 투쟁에서 받지 않을 수 없었던 수모의 경험이 들어 있다. 어쨌든 서양의 패권 아래 있는 모든 지역의 사람들이 마음 깊이 느끼고 있는 식민지적 열패감을 떨쳐 버리고 그들 스스로의 자주적 영광을 되찾으려는 몸부림이 아랍 민족주의 속에도 들어 있다. 이러한 민족주의가 아무리 비이성적으로 보이더라도 이라크의 행동의 문화적 심리적 배경을 이룰 것임은 짐작이 가는 일이다.

열등한 위치에 몰려 있는 사람의 행동이 흔히 그러기 쉽듯이 그러한 회복의 몸부림이 비이성적 형태를 취하는 것은 불행하면서도 불가피한 일인지 모른다. 쿠웨이트 합병의 시도나 또는 사후 변명으로 내놓은 사담 후세인의 팔레스타인 문제의 정당한 해결의 요구, 또는 무자비한 탄압의 방법으로 이룩해 낸 이란의 사회적·군사적 발전 — 이러한 것들은 우리가 쉽게 받아들일 수 없는 왜곡된 정책과 행동으로 생각된다. 그러나 이것은 서방 세계의 압력으로부터 벗어나 독자적인 영광을 추구하려는 아랍인들의 역사적 갈망으로부터 충분히 이해는 될 수 있는 일이기는 하다.

물론 이해할 만한 꿈이 그 실현을 위한 모든 수단을 정당화하지는 아니한다. 또 모든 수단이 현실적 효력을 가질 수 있는 것도 아니다. 뿐만 아니라 그것은 오히려 꿈이 현실화를 지연시키고 엄청난 고통만을 재래(再來)하는 첩경이 될 수도 있다. 정치 지도자는 이러한 것들을 고려할 수 있는 사람이라야 한다. 그는 꿈꾸는 사람일 수만은 없다. 그는 대가와 성취에 대하여 가장 현실적인 ─사람의 구체적인 삶이라는 관점에서 가장 현실적인 배려를 할 수 있어야 한다. 사담 후세인은 동기가 어떠한 것이든지 또는 역사적 배경이 어떠한 것이든지 간에 페르시아 만의 위기에 처하여 이러한 고려를 하고 있는 지도자로 보이지 않는다.

일반적으로 말하여 페르시아 만의 교훈은 현상이 아무리 불만족스러운 것이라 하더라도 현실성이나 대가에 관계없이 어떠한 수단을 사용하여서라도 그것을 고치려는 일이 허용될 수는 없다는 것이다. 그러나 페르시아 만의 경우 서방측의 입장만이 ─그 근본적 판단과 대처 방법에 있어서 옳은 것으로 말할 수는 없다. 그렇다면 정사(正邪)가 반드시 분명한 것이 아닌 상황에서 전쟁을 택하는 대신, 그간의 경제 봉쇄를 통한 제재를 계속하는 것이 옳다는 의견은 조금 더 존중될 필요가 있을 것이다.

이 글이 나갈 때쯤 하여 어떤 참혹한 전쟁이 중동에서 벌어지고 그 결과가 세계의 방방곡곡에 어떤 무서운 영향을 끼칠는지 알 수 없는 일이지만, 적어도 우리나라의 경우 우리 젊은이들의 목숨을 불분명한 명분의 전쟁에 버리게 하여서는 아니 될 것이다. 우리는 의료진의 파견이 파병으로 연결되는 것을 원하지 않는다. 이 점은 정부 당국자만이 아니라 국민 전체가 신중에 신중을 기하여 고민하고 생각하고 결심을 굳히는 일이 되어야 할 것이다.

(1991년)

권력·무관심·정치 열기

지금에 와서 지난 선거를 이야기하는 것은 별 의미가 없는 일이다. 그러나 그것에 대하여 잠깐 생각해 보는 것은 오늘의 우리의 정치적 사회적 상황을 짐작하는 데 약간의 도움이 될는지 모른다.

지난 선거에서 제일 두드러진 것은 선거에 대한 무관심이었다. 물론 투표율로 드러난 것으로는 꼭 그런 것은 아니었고 마지막에는 우리가 흔히 이러한 정치 행사에서 보아 왔던 열기가 느껴지지 아니하는 것도 아니었다. 그러나 우리의 느낌으로는 마지막 열기가 반드시 처음의 무관심을 부정하는 것은 아니지 않나 한다. 그 열기는 정치 자체의 중요성에 대한 열렬한 인식보다는 대중적 행사가 으레 모아 놓게 마련인 대중의 전투적 에너지의 현상으로 일어난 것일 가능성이 많다. 단적으로 무관심은 선거와 같은 행사가 개인적인 영달의 추구로 생각될 때, 불가피한 결과일 것이다. 누가 다른 사람의 개인적인 이익에 그렇게 열이 나겠는가. 그러나 다른 한편으로 선거가 개인적인 일만이 아님은 분명하다. 따라서 어떠한 방도로서든지 그것에 대한 관심을 고조시키는 것은 우리 사회의 건강을 위해서 필요한 것으로 생각된다. 그러나 쉬운 결론을 내리기 전에 오늘의 정치 분위기의 의미를 조금 자세히 검토해 볼 필요가 있다. 무관심은 신문의 우국적 논설들이 지적한 바 있듯이 시민 정신의 결여로 설명되고 또 비난될 수도 있지만, 그 나름의 사실적 원인도 없지 아니할 것으로 여겨진다. 사람의 행동은 더 많이는 훌륭한 정서나 수사에 의하여서보다는 사실의 무거운 논리에 의하여 결정되고 그것은 현실에 대한 직관적 인식에 근거해 있을 가능성이 있기 때문에 존중할 필요가 있다.

무관심은 관점을 달리하여 다시 생각해 보건대 두 가지 이유에서 나온다. 어떤 일에 무관심해지는 것은 하나는 그야말로 상관이 없는 일이기 때문이고 다른 하나는 상관이 있는 일이라고 해도 그 일을 풀어 나가는 데 상관해 볼 만한 도움을 줄 수 없기 때문이다.

그렇기는 하나 우리 사회에서 정치적 과제가 없어졌다고 할 수는 없을 것이므로, 더 직접적인 이유는 정치의 능력에 대한 불신일 것이다. 그동안 정부에 대한 비판의 상당 부분은 정부가 무능력하다는 것이다. 경제나 사회 또는 정부의 초보적인 책임인 치안의 문제에서까지 정부가 해야 할 일을 하지 않는다고 하는 것이다. 정부의 입장에서는 이것은 조금 억울한 느낌일지도 모른다. 지금의 정부가 떠맡은 일 가운데 가장 중요한 것은 민주화의 사명이고, 민주화는, 가장 간단히 말하건대, 국가 권력의 행사를 억제하고 축소하는 일이라고 생각할 수 있다. 그런데 정부가 일을 한다는 것은 강력한 힘을 사용한다는 것을 뜻한다. 우리 사회와 같이 할 일이 많은 사회에서 민주화에 대한 요구가 모순된 두 가지의 요구를 담고 있는 것은 불가피하다. 이것은 어떠한 정부가 떠맡는다 하더라도 쉽게 해결되기는 어려운 모순이다. 다만 국민의 절대 다수에 의하여 강하게 뒷받침되는 정부는 민주적이면서 동시에 강력한 정부일 수 있다고 말할 수 있을 것이다. 그러나 동시에 그러한 정부의 출현이 심히 어렵게 되어 있는 것이 다원적 분화에 의하여 특징지어지는 오늘의 사회 현실이다.

　그러나 정치적 무관심은 상황의 구조보다는 정치에 대한 신뢰의 소멸에 기인하는 것이다. 거의 하루도 건너뛰는 일이 없이 터져 나오는 공직자와 정치인들의 독직 부패의 사건들이 이 신뢰의 소멸에 크게 기여한 것은 자명하다. 이것은 공직자나 정치인의 개인적 부패에 관계되는 일인데, 어쩌면, 그렇게 인식되지는 아니하면서 더 깊은 의미에서, 정치 불신을 가져온 것은 우리 사회에서의 정치 운영의 구조적 부패이다. 즉 정치에는 돈이 들며 그 돈은 떳떳할 수가 없는 뒷거래를 통해서 오고 가는 것이라는 사실을 정치인과 함께 국민 일반이 받아들이고 있는 것이다. 그것은 우리의 현실에서 불가피한 논리를 가진 듯해 보이고 또 여러 가지 변명이 없지는 아니하겠지만, 그렇다고 하더라도 그것이 정치인과 정치에 대한 신뢰와 그 위엄을 헐어 버리는 결과를 가져오는 것임은 틀림이 없다. (모든 나라, 모든 정치가 그래야 하는 것은 아니다. 정치의 이면에는 반드시 이러한 검은 면이 불가피하다는 생각은 좌우를 막론하고 우리 사회에 보편화되어 있는 생각이다. 이것은 우리 사회의 도덕적 황폐화의 한 증후이다.)

　현실주의 정치관이 가져오는 정치의 위엄의 손상과 신뢰의 상실, 그리고 궁극적으로 여기에 따르게 마련인 인간적 사회 질서의 도구로서의 정치의 무력화에 연결된 현상으로, 여기 보태 생각할 수 있는 것은 정치의 문제 해결 능력에 대한 순수한 회의이다. 사실 정치 지도자라는 사람들이 지도할 능력이 있는 것일까? 이것은 지도력이라는 것이 별도의 능력으로 존재한다고 전제하는 경우에 문제가 되지만, 아마 어떤 사람들이 지도자가 되게 하는 것은 그에 맞는 특별한 도덕적, 지적, 육체적 능력일 것이다. 오늘의 우리 지도자들이 그러한 자질을 가지고 있다고 할 수 있을까? 오늘날 우리가 가지고 있는 제도 — 정당, 선거, 국회 운영, 고시, 기타 공직자 선출 임용의 제도들이 참으로 일할 만한 사람을 뽑는 적절한 방법인가? 뿐만 아니라 오늘의 전문화된 시대에서 전통적 지도자적 자질이 사회의 일을 처리해 나가는 데 충분한 것일까? 국민은 이러한 질문을 마음에 갖는 것이다. 이러나저러나 세계적으로 대중 매체에 의한 정치 지도자의 잦은 노출은 지도자의 신비를 감소시키고 그들의 범용성을 만천하에 드러내었다. 그리하여 사회의 일을 처리하는 것이 참으로 정치 지도자들인가에 대한 의문이 세계적으로 일고 있는 것이다. 정치 지도자라는 개념이나 그 선임의 과정을 다시 검토할 시기가 되었다고 할 수 있다. 그리고 이러한 검토는 단순히 그 형식적 절차만이 아니라 여러 보이지 않는 사회 문화적 뉘앙스에 대한 고려를 포함하는 것이어야 할 것이다. 그러다 보면 사회를 움직이는 사람들은 정치가 아니라 다른 여러 곳에 있을 가능성도 있다.

정치 지도자의 문제와 관련해서 생기는 무관심은 사회가 풀어 나아가야 할 정치적 과제의 성격의 변화에도 관계되어 있는 일이다. 어떻게 보면 정치적 무관심은 정치적 이슈의 부재의 기능이라고 할 수 있다. 나에게 직접적이고 화급한 관계가 있는 일에서 사람은 무관심할 수도 또는 지난 선거에서 많이 이야기되었듯이 부패 타락하지도 않는다. 그렇다고 하여 우리의 사회생활이 만족할 만한 것이며 별문제를 가지고 있지 않다는 느낌을 가지고 있는 사람은 별로 많지 아니할 것이다. 뿐만 아니라 많은 사람들이 사회생활의 부조리와 불편에 대해서 옛날보다 더 강한 느낌을 가지고 있는 것이 오늘의 실정인 것으로도 보인다. 문제가 없는 것이 아니라 그 모습을 달리한 것이다.

이것은 1987년 이전의 상황과 비교하여 이야기될 수 있다. 1987년의 정치 변화를 가져온 것은 민주화에 대한 강한 욕구였다. 이것은 강하기는 하지만 매우 한정된 문제 — 고문치사라는 것이 상징하는바 직접적이고 물리적인 억압의 기구를 제거하여야 한다는 강박적 과제에 집중된 것이었다. 이 억압은 여러 사람들이 의견을 일치할 수 있는 것이었다. 그것은, 적어도 그 시점에서는, 특정 계층과도 유기적 관계가 있는 것이 아닌 억압의 세력을 제거하는 것이었다. 이런 일에서 그러하듯이 파괴되어야 할 것에 의견의 일치를 보기는 쉬운 것이다. 지금에 와서 억압과 억압의 세력이 남아 있다고 하더라도 그것은 거대한 가시적인 적으로부터 비가시적인 분산된 힘으로 변모하였다. 그리하여 그것은 분명하게 표적이 될 만한 적으로 보이지 않게 되었다. 정치적 이슈가 없는 것처럼 보이는 것은 이러한 이유로 인한 것이다. 어떤 사람들은 전제 국가나 독재 국가보다 분권적 체제가 적의 침공 앞에 강하다고 말한다. 전자의 경우는 수도를 점령하고 통치자를 포로로 하면 그것으로 끝장이 나지만 후자의 경우는 힘이 약해 보이는 것 같으면서도 중심에 가하는 강한 타격 하나로써 적을 패배시키는 방법을 사용할 수가 없는 것이다. 정치나 사회 문제에 있어서도 그러한 상황이 일어나는 것이 아닌가 한다.

1987년에 거대한 적으로서의 문제는 사라지고 그것은 게릴라처럼 우리 사회의 각 부문에 확산하여 작은 문제를 일으키고, 어떤 의미에서는 우리의 살림을 더욱 괴로운 것이 되게 하고 있는 것이 아닌지 모른다. 억압에는 억압의 질서가 있다. 그리하여 그것은 억압의 큰 이점이 확보되는 한 작은 억압과 수탈과 괴롭힘을 통제하는 일을 하기도 한다. 그러나 수많은 작은 억압의 체제에서 삶은 더욱 괴롭고 시달림을 받는 것이 될 수 있다. 그리고 그러한 괴로움이란 각각의 사람에게 다른 형태의 것으로 나타나기 때문에 여러 사람의 공동 투쟁의 목표가 되기도 어렵다. 억압의 형태가 분명한 것도 아니고 또 엄청나게 큰 것도 아니기 때문에 사람들은 결국 타협하고 또 스스로도 억압과 부패의 체제의 일부가 된다. 이러한 상태란 말하자면 거대한 봉건 시대 초기의 영주의 보호에 의존하기 직전의, 폭력이 어지러이 난무하던 사회에 비슷한 것이다. 다만 여기에서 폭력보다는 부패가 그 특징이 된다. 그것은 어떻든지 간에 국가는 공공성에 대한 주장을 완전히 버릴 수가 없기 때문이다. 국가 권력은 여러 작은 폭력들을 견제하는 역할을 수행한다. 그러나 다른 한편으로는 바로 그 권력이 부패의 원천으로 작용한다. 이 권력은 사사로이 이용될 수도 있고, 또 무마될 필요도 있다. 그때의 반대급부가 부패이다. 우리가 오늘날 보는 것은 억압적 권력의 분권화요, 만연하는 부패이다.

이러한 일들은 일부는 민주화의 결과로 일어난 것이다. 더 강력한 정부 권력을 그리워하거나 아니면 어떤 종류의 독재적 또는 전체주의적 해결 방식에 대한 선전들이 오늘의 현상이 적어도 그 어떤 면에서는 민주화의 결과라는 것을 반증해 준다. 그러나 다른 일면으로 그것은 민주화의 중단 또는 어설픈 상태에 기인한다고 할 수도 있다. 민주화는 억압이 없는 상태를 말한다. 그러나 동시에 그것은 사람의 개인적 또는 사회적 삶을 일정한 방식으로 해결해 나가는 방식을 말한다. 전자의 의미에서는 그것은 억압적 정치 체제에 완전히 반대되는 것인지 모른다. 그러나 후자의 뜻에서 그것은 억압적 정치 체제나 마찬가지로 문제를 해결해 나가는 하나의 방법이다. 다른 체제에서 강권력에 의하여 처리하던 것을 설득과 타협을 통해서 협동적으로 처리해 나가자는 것이다. 그러다 보면 민주적 방법은 다른 방법보다 번거롭고 비능률적인 것일 수도 있고 무력한 것일 수도 있다. 민주적 정치 체제에서 처리되어야 할 문제로 등장하는 것은 다른 체제의 그것과 달라지게 될 수도 있다. 문제의 성질 자체가 달라지는 것이다. 그렇기는 하나 민주주의 체제에 민주적으로 처리해야 할 문제들이 있는 것은 틀림이 없다. 민주주의의 실정과 내용은 억압의 타도보다는 차라리 문제의 제기와 처리 방법의 확립에 있다. 억압의 제거는 첫 시작에 불과하다. 그런데 1987년의 민주화는 그것이 흔히 주장되듯이 가짜 민주화였을는지는 모른다. 그러나 그보다도 더 큰 실패는 그 이후에 민주 사회의 문제를 분명히 정립하고 그것을 담당할 민주적 제도를 확립해 나가지 못한 데 있다. 국가의 억압적 기구가 완전히 해체되지 못하고 권력의 억압성이 아직도 분명하다고 한다면 그것은 이 제도의 미확립의 공백 속에서 일어난 일이다.

민주 제도의 확립은 한편으로는 민주화의 강한 의지의 존재를 전제하여 가능할 것이다. 이것은 반드시 혁명적 폭력의 형태를 취할 필요는 없다. 그리고 그것은 권력 탈취의 어떤 행위에 집중될 필요도 없다. 그러나 그것은 국민적 동의가 아니라면 적어도 잠재적인 힘으로 느껴질 수 있어야 하는 것이 아닌가 한다. 그러나 정작 요구되는 일은 대강에 있어서 그리고 삶의 갖가지 작은 기회에 있어서 공평하게, 민주적으로 그리고 발전적으로 문제를 해결하고 삶의 긍정적 에너지를 풀어놓아 줄 수 있는 제도를 만들어 가는 일이다. 여기에서 중심이 되는 것은 법을 통한 제도의 창조이다. 그것은 국민적 필요와 압력으로부터 나오는 것이라야 한다. 그러나 그것은 필요로 느껴지고 문제로 인지되고 제도적으로 정의되어야 한다. 이것은 정당에 의하여 매개될 수 있다. 민주적인 정치 과정을 통해서 처리되어야 할 일 가운데 어떤 것은 우리의 근본적인 정열을 일으킬 수 있는 것이어서 대중적 뒷받침을 쉽게 얻을 수 있는 것이고 다른 어떤 것은 국지적이거나 기술적인 것이어서 참을성 있는 교육의 과정을 통하여 비로소 필요한 지지를 얻을 수 있다. 커다란 문제들의 경우도 일시적으로 불러일으켜진 감정들이 제도로 정착되어서야 비로소 사회의 안정화에 의미를 갖는다. 노동자의 문제는 가장 첨예한 것이기도 했지만 그래도 국제적으로나 국내적으로나 많은 이론과 제도적 사례들에 의하여 뒷받침되는 문제였다. 그러나 아직도 노동자와 사회의 다른 부문 사이에 어떤 안정된 관계가 성립되었다고 할 수는 없다. 민주적 사회는 다원적 사회이다. 여러 가지 이해 관계와 성격의 차이를 가진 여러 사회 집단이 서로 어떻게 관계되어야 하는지 이에 대한 제도적 마련은 아직도 대부분 몽롱한 상태에 있다. 작년에 강경대 군의 죽음은 정권의 위기까지 몰아왔지만, 다시 그러한 일이 나지 않게 할 수 있는 구체적인 조사, 입법 제도가 있었던가? 데모 군중과 경찰이 대치하였을 때, 현장의 경찰이 어떤 행동 규칙에 따라서 행동하는 것이 필요한가? 그때 필요한 규칙은 제도적으로 어떻게 국민적 감시 아래 있어야 하는가? 그것을 위해서는 어떠한 법을 만들고 어떠한 제도적 개혁을 하여야 하는가? 국무총리가 자리를 떠나는 것은 매우 커다란 일인 것 같지만 그것으로 이루어지는 항구적인 의미의 일은 무엇인가? 이러한 것들은 첨예한 문제들이지만 참다운 정치가 이러한 문제로만 정의될 수 없다. 그것은 인간의 낳고 살고 병들고 죽는 일을 인간적으로 하는 데 기여하는 것이라야 한다. 병원은 어떻게 있어야 하며 유치원 아이들의 교육은 어떻게 해야 하는가? 국민학교 아이들의 점심을 어떻게 할 것인가? 우리의 국회나 정당들을 볼 때 그 관심사가 이러한 국민적 필요에 대한 교육, 그것의 충족을 위한 제도의 고안 등에 역점이 있었다고 말할 수가 없다.

정치에 있어서 모든 관심은 권력에 집중되어 있다. 그것도 어떠한 일을 하기 위한 필요에 의하여 추구되는 것은 아니다. 오히려 일은 권력을 위한 보조 수단으로 이야기되는 것이다. 사람이 하는 일이라 권력과 그 정책 사이에 존재해야 할 순서가 반드시 제대로 지켜지는 것을 기대하는 것은 잘못이지만, 그래도 사회의 명분의 차원에서 엇비슷이 맞아 돌아가야 그래도 우리가 문명된 정치 질서 속에 살고 있다고 할 수 있을 것이다. 우리 정치의 병폐는 권력에 대한 병적인 관심에서 온다. 권력에 대한 관심은 인간과 인간의 사회생활에 대한 타락한 이해 — 인간의 생존을 과대한 자기 망상의 현실화에 있다고 보는 타락한 인간관의 소산이지만, 다른 각도에서 그것은 민주 사회의 필요에 대한 잘못된 이해에서 나오는 것이라고 말할 수도 있다. 권력 그것도 소위 대권이라는 모호한 말로 불리는 큰 힘, 절대권에 대한 요구는 민주주의를 억압적 체제의 타도 또는 혁명적 폭력으로서의 민중적 권력의 확립으로만 보고 결국 수많은 필요의 충족과 그 조정으로 이루어지게 마련인 정상적 인간 생활의 제도적 평정화라는 관점에서 보지 않는 것에 관계되어 있다. 위에서도 말한 것처럼 그것은 민주화의 한 면, 그것도 기초적 단계의 한 면만을 크게 하여 사태를 보는 것이다.

소위 바람이라고 불리는 대중적 열기로 선거를 휘어잡는다는 전략 같은 데에 들어 있는 것도 이러한 민주주의에 대한 단순화된 이해이다. 지금의 단계에서 이 열기는 기대하기 어려운 것이고, 또 그것으로 해결할 수 있는 일이 많은 것은 아닐 것이다. 이러한 문제들은 정치의 문제이기도 하지만 오늘의 우리 사회의 성격에서 나오는 것이라고 할 수도 있다. 대중적 열기로 모든 것을 해결하려는 것은 삶을 계속적 축제로 파악하는 우리의 문화에 이어져 있는 것인지도 모른다. 열광과 도취를 삶의 참다운 표현으로 보는 우리 문화의 디오니소스적 성격은 더러 외국의 관찰자들이 지적한 바이고 이것은 우리나라의 신화를 만드는 사람들에 의해서도 받아들여지는 견해이다. 그렇든 아니든 그간의 사회 변화는 이러한 경향을 낳고 더욱 강화하였다. 잦은 이동과 인구의 집중 이것은 저절로 사람을 흥분케 한다.

권력 의지의 관점에서 사람을 보는 것도 여기에 관계되어 있다. 이동과 집중에 의하여 특징지어지는 사람들이 다른 사람과의 경쟁 관계를 자기 정체성의 근본적 요소로 보고 그 경쟁에서 자아의 확대를 경험하는 것은 자연스러운 것인지 모른다. 이러한 인간관은 국회 의원 선거나 대통령 선거의 밑바닥에 들어 있는 인간관이다. 이러한 권력적 인간관이 전적으로 나쁜 것은 아니다. 그러나 우리의 민주화 작업을 억압적 체제의 전복, 민중의 자발성, 권력의 혁명적 상태의 유지 — 이러한 것을 넘어서 새로운 질서의 건설로 볼 때 인간을 열광적으로 또는 권력 지향적 분발 속에 있는 것으로 파악하는 것이 반드시 도움이 되는 것은 아니다.

필요한 것은 이러한 열광을 넘어가는 조금 더 초연하고 조용한 사회의식이다. 개인의 권력 추구가 이해관계가 없는 다른 사람에게 큰 관심거리가 될 수는 없다. 여기에 대하여 집단적 열광은 그 나름의 사회성을 가지고 있고 유용한 정치적 에너지를 보유하고 있는 것이지만, 그것도 반드시 제대로 된 사회의식과 일치되는 것은 아니다. 집단적 열광은 근본적으로 모든 것을 나의 열광으로 옮겨 놓는다. 이렇게 옮겨지지 아니한 일에 대해서는 무관심하거나 무자비하다. 디오니소스의 사도들은 열광 속에 가는 자신들의 발길에 부딪치는 모든 것을 무자비하게 파괴하였다. 사회의식은 가장 구체적으로는 다른 사람에 대한, 다른 사람의 있는 그대로의 상태에 대한 인간적 관심에서 출발한다. 그것은 나의 삶을 넘어가는 일이다. 삶의 열광적 에너지에서 나오는 것이 아닌 어떠한 것도 제대로 되는 일은 없다. 그러나 사회적 연대 속에 있다는 것은, 특히 커다란 사건에서가 아니라 일상적 삶 속에서 그러한 관계 속에 있다는 것은 그것 이상의 인간적 자신을 필요로 하는 것이다. 그것은 이성적 요소를 갖지 아니할 수 없다.

우리의 문화에서 회복해야 할 것은 이러한 이성적 요소이다. 이것은 인간에 대한 무사공평한 관심에 작용하는 것이면서 문제의 항구적이고 안정된 해결을 지향함에 있어서 필요 불가결한 인간 기능이다. 실제 이성의 문화가 어떻게 이루어지는 것인지는 알 수 없다. 그러나 우리의 정당이 참으로 우리 사회의 인간적 발전에 기여하는 것이 되려면 그것은 이성적 문화를 내면화하고 우리 사회의 문제를 제도적으로 생각할 수 있어야 한다. 정권의 문제 이전에 그것은 이러한 면에서의 자기 교육 그리고 국민 교육의 기초 작업에 종사하여야 한다. 국민이 정치에 대하여 무관심하거나 허무주의적 태도를 가지는 것은 불행한 일이다. 그것은 정치를 정권의 차원에서만 파악하는 한 불가피한 결과이다. 그러나 무관심과 허무주의를 넘어서 커다란 정치적 열기를 불러일으킨다 하여 민주화의 구체적 작업이 이루어지는 것은 아니다. 그것을 위하여서는 전적으로 새로운 마음가짐이 선행되어야 한다.   (1992년)

진실의 정치

최근에 체코슬로바키아의 바츨라프 하벨 대통령이 우리나라를 다녀갔다. 국제 정치의 역학, 경제 또는 기타 현실적인 관계의 관점에서 볼 때 아마 그의 우리나라 방문은 그렇게 중요한 사건이 아닐 것이다. 그러나 다른 관점에서는 하벨 대통령은 오늘의 세계 지도자 중에 가장 흥미롭고 중요한 지도자이고 우리에게도 그럴 수 있는 정치 지도자이다.

20세기의 정치사와 사상사를 새로운 방향으로 돌려놓게 된 사건 중 가장 큰 사건의 하나가 소련과 동유럽에서의 공산주의 체제의 붕괴라고 할 수 있겠는데, 붕괴한 체제의 폐허에서 어떠한 새로운 사회가 생겨나는가 하는 문제는, 보다 나은 사회의 건설이라는 관점에서 정치를 생각하는 모든 사람에게 주목의 대상이 아니 될 수 없다. 그것은 보다 나은 사회를 만들어 보겠다는 하나의 의도가 실패로 돌아간 결과 나타난 일이기 때문에 더욱 심각한 관심사가 될 수 있다. 체코슬로바키아는 이러한 변화와 실험의 중요한 일부를 이루고 있다. 거기에는 정리해야 할 나쁜 유산도 많고 새로 만들어 가야 할 일도 많을 것임은 말할 필요도 없다. 하벨은 이러한 나라의 대통령이다.

1. 체제 변동 시 지식인은 무엇을 할 것인가

한 사회 체제가 다른 체제로 바뀔 때, 새로운 지도자로 등장하는 것은 흔히 강렬한 물리적 힘을 부릴 수 있는 사람이다. 그러나 그에 못지않게 요구되는 것이 새 길을 제시해 주거나 새 질서에 도덕적·지적 정당성을 부여해 줄 수 있는 사람이다. 힘센 사람의 경우도 그의 힘을 정당화해 줄 이론가를 필요로 한다. 이 도덕적·지적 지도자에 대한 요구는 어떠한 전환기에도 존재하는 것이다.

동유럽 혁명의 특징의 하나는 거의 전적으로 도덕적·지적 정당성으로부터 그 권위를 빌려오는 사람들이, 그중에도, 지식인들이 전환기의 지도자로 등장했다는 사실이다. 하벨 대통령이 대표적인 경우이다. 우리나라에서의 정치 권력자와 지식인의 관계에서 많이 보아 온 바로는, 대체로 도덕적·지적 정당성의 담당자는 위기의 첨예성을 무디게 하는 데 힘센 사람들에 의하여 이용될 뿐 실질적으로 보다 나은 새 사회 질서의 창조에 적극적인 기여를 못하고 마는 것이 보통이었다.

동유럽에서도 이러한 양상이 드러나게 될지는 두고 보아야 할 일이다. 폴란드의 타데우시 마조비에츠키는 권력의 이동 과정에서 반드시 핵심에 있었던 것은 아니지만 지도적 위치에 섰다가 벌써 뒷전으로 물러나 앉았다. 헝가리에서는 민주화 투쟁에 참여했던 문인 영문학자 아르파드 괸츠가 대통령이 되었으나 그가 크게 영향력을 발휘할 수 있는 입장에 있는 것으로 보이지는 않는다.

하벨은 동유럽의 지식인 지도자 가운데 새로운 정치 구도에서 가장 능동적인 역할을 담당하고 있는 사람이다. 이것은 체코의 정치 체제와 정치 풍토에서 기인하는 것이겠지만, 하벨 자신의 경력과 인품으로 인한 것이기도 하다. 그는 개인적 용기와 희생으로 억압에 맞서 투쟁하고 그의 양식으로 민주화 투쟁의 도덕적·지적 수준을 높였다. 그러나 하벨 대통령이 관찰자들의 관심을 끄는 원인의 하나는 그의 정치적 투쟁이 특이한 내면적 성격을 띠고 있다는 점일 것이다. 이것은 그 성질은 다르지만 간디와 같은 사람의 정치적 투쟁이 유독 많은 사람들의 관심과 경이의 대상이 되었던 것과 비슷하다. 그의 정치의 내면성은 그가 극작가라는 사실과 무관하지 아니할 것이다.

시인이나 소설가나 극작가는 그들의 관심이 아무리 사회를 향한다 해도 그 영감의 원천은 결국 내면으로부터 오는 것이다. 물론 그것은 세상의 모든 것으로부터 초연하여 정신의 깊이로 침잠해 들어가는 종교적 내면성과는 다르다. 그것은 사람의 일상적이고 육체적인 삶에 깊이 들어가 있는 내면성이다. 이것이 하벨과 같은 사람의 정치를 간디의 정치와 다르게 하는 것인지 모른다. 문학의 복합적 내면성은 종교적 순수성이 주는 바와 같은 높은 영감과 열정을 불러일으키지 못한다. 다른 한편으로는 그것은 정치의 내용을 조금 더 인간적이게 할 수 있다.

2. 하벨과 진실과 삶과 정치

이것은 동유럽의 사정에 맞아 들어가는 것이다. 공산주의 이데올로기는 인간의 삶을 일상적이고 개인적인 차원으로부터 조금 다른 차원으로, 더 높고 넓은 차원으로 고양하고자 했다. 그러나 그것은 다른 면에서 삶을 왜곡하고 거짓되게 하였다. 이러한 삶의 강요된 고양화라는 왜곡에 대항하여 사람들이 자연스러운 삶을 살고자 하는 극히 단순한 소망을 들고 일어선 것이 동유럽 변혁이었다고 할 수 있다. 현대의 상황에서 문학은 대체로 이러한 자연스러운 삶에 가까운 것이다.

하벨의 공산 체제에 대한 투쟁에서 그의 신념의 핵심을 이루었던 것은 이러한 자연스러운 소망의 윤리성에 대한 믿음이었다고 할 수 있다. "사람들이 그들이 즐기는 음악을 연주하고 자신들의 삶에 관계있는 노래를 부르고 존엄성과 유대 속에 자유롭게 사는 것", "자신들의 삶을 위엄 속에 살고자 하는 사람들의 단순한 소망" — 이러한 것이 정치에서 존중되어야 한다고 그는 말하였다. 이러한 소망은 "진실 속에 사는 것"에 이어져 있다. 일상생활을 단순하게 사는 것도 사실 어떤 명분으로든지 거짓을 강요하는 체제에서는 불가능한 것이다. 가령 공산 체제하에서 식료상은 상점의 유리창에, '만방의 노동자여, 단결하라'라는 표어를 붙여 놓았었다. 왜 그렇게 했는가? 그가 참으로 노동자의 유대에 대한 열렬한 신념을 가지고 있었던가?

"나는 순종하는 사람이다. 나를 내버려두어 다오." 하는 것이 그 사람의 참뜻일 것이라고 하벨은 말한다. 어쩌면 참뜻은 그 식료상 자신에게도 분명치 아니할 수 있다. 그는 "노동자가 단결하는 것은 나쁜 일이랄 수 없지 않는가?"라고 스스로 이야기하고 자신의 진짜 동기를 자신으로부터도 감출 수 있기 때문이다. 하벨은 보통 사람의 느낌과 인간성과 진실에 대한 믿음이 그대로 통용될 수 있는 사회를 원하였다. 그것은 무엇보다도 진실이 통용되는 사회이다. "진실 안에서의 삶"이, 이미 비친 바와 같이, 하벨의 투쟁으로 하여금 한 정치 이념에 대하여 다른 정치 이념, 한 정의에 대하여 다른 정의를 가지고 맞서는 정치 투쟁의 성질을 조금 다르게 한다.

그러나 어떤 경우에나 강력히 조직된 세력에 대항하는 사람은 확신 있는 인간일 수밖에 없고, 확신은, 그것이 어떤 종류의 것이든지 간에, 진실 또는 조금 더 추상적으로 진리에 대한 확신일 가능성이 크다. 정치에서 참으로 '진실'이 가능한가? 반대와 저항의 입장에서 진실에 충실하기는 어떤 의미에서는 쉬운 것이다. 문제가 자신의 소신대로 행동하고 사는 것이라면, 그렇게 하면 된다. 용기만 있다면, 어렵지 아니할 수가 있는 것이다. 그러나 이러한 소신과 양심 또는 용기의 행동은 본질적인 의미에서 정치적 행동은 아니다.

정치는 여러 사람 또는 다른 사람 가운데에서의 행동이다. 그것은 다른 사람과 함께 행동하거나 다른 사람에 따라서 행동하거나 다른 사람으로 하여금 내가 원하는 행동을 하게 하는 일에 관계된다. 그러니까 집단적 행동으로서의 정치에서 양심만으로 행동하기는 어렵다. 이것은 반대와 저항의 운동에서도 그러하지만 정권을 가지고 있는 입장에서 특히 그러하다. 다른 사람으로 하여금 어떻게 일정한 목표를 위하여 일정한 행동을 하게 할 것인가? 최선의 방법은 설득일 것이다. 마키아벨리는 사람을 움직이는 방법은 힘과 계책밖에 없다고 생각하였다. 협박도 하고 협상도 하고 매수도 하는 것이 사람을 움직이는 확실한 방법인 것이다.

하벨은 대통령이 된 다음에도 그의 "진실 안에서의 삶"에 충실할 수 있었을까? 오늘의 세계에서 하벨이 가장 중요한 정치 지도자의 한 사람인 것은 어떤 현실적인 문제와의 관계에서가 아니라 이러한 물음과의 관련에서이다. 정치적 존재로서의 인간이 부딪치는 가장 큰 문제는 바로 정치에서도 진실이 가능한가 하는 것이다. 우리가 이 문제를 잊어버린다면 그것은 정치와 진실의 양립 가능성에 너무 오래전에 절망하였기 때문이지 우리의 정치적 삶에서 이 문제의 절실성이 사라졌기 때문이 아니다.

3. 낙관적이며 순진했다

사실 하벨의 중요성은 저항적 민주 운동가보다는 이 명제의 실존적 담당자라는 데에 있는 것이 아닌가 한다. 이 점은 나만이 아니라 하벨을 주시하는 많은 사람들이 생각하는 것으로 보인다. 대통령 취임 2주년을 회고하여 쓴 최근의 글에서 하벨은 그가 저널리스트들로부터 자주 받는 질문이 "진실 안에서의 삶"이 정치에서도 가능하다고 아직도 생각하는가 하는 것이라고 쓰고 있다.

여기에 답하여, 어떤 점에서는 자신이 너무 낙관적이며 순진했었다는 것을 인정하면서도, 그것이 가능하다고 그는 말한다. 자유화는 체코슬로바키아에서 범죄를 포함한 온갖 부정적인 현상을 풀어놓았다. 사회를 반영하게 마련인 정치에 있어서도(그리고 사회는 정치를 반영하게 마련이라고 그는 말한다.), 권력에 대한 과대한 욕망, 말이 되지 않는 화려한 공약, 한계를 모른 비난 비방, 이성적이고 유용한 해결책을 찾으려는 사심 없고 현실적인 노력에 앞서는 정파적 고려, 분석보다는 추문 폭로, 음모, 무능, 불미한 과거 등의 혐의로 다른 사람 몰아붙이기 — 이러한 것들이 오늘의 체코 정치를 특징짓고 있다고 그는 말한다. 그럼에도 불구하고 그는 "순리, 이성, 성실, 예절 그리고 관용을 위하여 노력하는 것"이 가능하다고 말한다. 이러한 도덕적 기준을 지키며 그가 얼마나 많은 정치적 성과를 얻어 냈는지는 그곳의 정치적 상황을 더 잘 알아야 판단할 수 있는 것이겠지만, 그가 그의 양심과 선의 또 정직의 기준에 따라서 행동하려 하고 그것이 오늘날 그가 누리고 있는 국민적 지지의 기반이 된 것은 틀림이 없는 것으로 보인다.

체코와 슬로바키아의 잠재적 분규를 화해 속에 해결하려는 적극적 노력에서, 공산당과 비밀경찰에 관계되었던 사람을 무더기로 숙청하려는 의회의 법을 막으려고 한 그의 노력에서(그는 집단적 단죄가 아니라 개인적이고 구체적인 책임의 원칙을 고수하고 또 부정적 처벌보다는 화합을 먼저 생각하는 것이 옳은 일이라고 보았다.) 우리는 그의 이성과 선의와 관용 정치의 자취를 감지할 수 있다. 또는 지난 3월말《조선일보》에 게재된 바 있는 김대중 주필과의 회견에서도 드러나듯이, 그는 대통령의 임무 수행에 있어서 그가 부딪치는 개인적인 문제나 자기 회의에 대해 솔직한 토로를 주저하지 않는다. 그는 여론 조정의 목적으로 자신에 관한 허상의 투사에 신경 쓰는, 소위 이미지 관리를 정치의 수단으로 삼는 정치가는 아닌 것이다. 그리고 그는 자신의 말을 자신의 말로 한다. 1991년의 대통령 신년사를 하벨은 이렇게 시작했다. "새해 아침마다 대통령이 그 전해와 같은 신년사를 되풀이해도 아무도 달라진 것이 있는지 없는지를 모르던 때가 있었습니다."

사람의 말은 진리를 표현하기 위해 있다. 말이 진리를 표현하는 것은 그것이 사실과 이성의 기준에 맞아서 가능하다. 그러나 다른 한편으로 말은 개인적 체험과 성찰의 깊이에서 나올 때 진리의 말이 된다. 진리의 말은 극히 보편적이면서 극히 개인적인 것이다. 진리의 목소리는 깊은 개인적 체험의 목소리이다. 하벨의 발언은 분명하게 체코슬로바키아의 국민 전체에게 하는 것이면서도 독특한 개인적 믿음과 생각을 담고 있다. 그의 말은 그의 성실성에 대한 정직한 증표이다.

4. 하벨의 진실과 우리의 마키아벨리즘

하벨이 왜 우리의 관심사가 되는가? 인간의 일로 우리에게 무관한 것은 아무것도 없다. 특히 그것이 우리가 바라는, 보다 밝은 세상에 관계된 것이라면 — 이렇게 말할 수도 있다. 그러나 하벨의 진실의 정치의 의미는 우리에게 우리 정치를 다시 돌아보게 하는 데에 있다. (나는 하벨이 성인이라고 말하는 것이 아니다. 위에 그려 본 그의 초상화는 맞지 아니할 수도 있다. 그의 글은 그가 좋은 사람이란 것을 느끼게 하지만, 나는 아직 그가 위대한 작가라는 확신은, 적어도 내가 읽어 본 얼마 되지 않는 글로 미루어서는 얻을 수 없다. 그러나 정치에 있어서 진실의 문제를 제기하고 자신의 정치적 실천을 통해서 그 양립 가능성을 보여 주려 한 것만으로도 그는 우리에게 중요한 사람이 되기에 충분한 것이다.)

그런데 우리의 정치는 진실의 정치로부터 얼마나 멀리 있는가. 오늘날 우리에게 정치는 순전히 권력의 놀음이다. 여기에 유효한 수단은 힘과 계략이다. 이 마키아벨리의 가르침은 우리 정치의 대전제이다. 이것은 정치의 터에 나선 어떤 사람에게만 해당되는 것이 아니다. 오늘의 정치에 반대하는 입장의 사람들, 하벨의 경우에 적용되었던 구절을 빌려서, '반정치의 정치'에서 움직이는 사람들 사이에서도 정치는 대체로 힘과 계략의 겨룸으로 생각된다.

따라서 성실과 정직과 선의 속에서의 행동은 유약한 감상주의, 패배주의에 다름 아닌 것이 된다. 정치에 대한 언론의 보도에 들어 있는 것도 정치란 권력의 추구 이외 다른 아무것도 아니며 배분되는 권력과 이익의 주고받음 이외에는 다른 정치 수단이 있을 수 없다는 생각이다. 이것은 소위 대권 경쟁에 대한 보도에서 가장 잘 드러난다. 정기 간행물, 텔레비전, 사랑방 토론에서의 한없는 스캔들 캐기, 이면사 들추기, 동기와 음모에 대한 추측, 숨은 협박과 폭력과 거래의 이야기 ─ 이 모든 마키아벨리즘이 국민적 도그마의 차원에 이르렀음을 말해 준다.

하벨의 말대로 정치는 사회를 반영하고 사회는 정치를 반영한다. 우리의 일상적 대인 관계도 허허실실 정치적 계략에 못지않은 복잡한 계략 속에 움직인다. 물론 정치도 인생도 그러한 것이라 해야 하는지 모른다. 정치는 현실이다. 마키아벨리는 공허한 도덕적 설교의 전통에서 벗어나서 현실로의 정치에 냉철한 분석의 칼을 댄 현대적 정치사상의 비조이다. 그러나 정치가 권모술수로만 되어 갈 수가 있는가. 마키아벨리 자신도 국민 사이에 만연하는 도덕적 부패가 국가를 망하게 한다고 알고 있었다. 그는 고대 로마인들의 덕성 ── 그 염결성, 강건하고 소박한 풍습, 공공 정신을 높이 샀다.

우리가 오늘의 정치적 무도덕주의의 수렁에서 벗어나는 일은 쉽지 않은 일이다. 우리의 냉소주의는 단지 마음먹기에 따라서 가질 수도 버릴 수도 있는 것이 아니다. 그것은 복잡한 현실적 원인들에 뿌리박고 있는 것이다. 그러나 어디에서인가 수렁에서 빠져나오는 일이 시작되기는 해야 할 것이다. 가령 대중 매체에서, 우리의 관심에서, 정치를 용호상박 영웅호걸들의 힘과 계략 겨루기로 보는 관점을 추방해 보는 것도 작은 시작은 될 것이다. 거짓이라도 또는 속을 것을 각오하고, 높은 도덕적 차원에서 정치를 바라보고 해석하는 연습을 해 보면 어떨까? 우리의 정치인들이 하벨과 같은 사람의 방한을 계기로 정치의 참다운 고지가 권력에 있는 것이 아니라 '진실 안에 살기'의 실현에 있다는 것을 생각해 본다면 그것은 크게 도움이 되는 일일 것이다. 진실의 정치가 불가능한 것은 아니다. 오늘과 같이 어지러운 세계에서도 그래도 나은 나라들은 어느 정도는 이것이 현실이 되어 있는 나라들이다.

(1992년)

정직한 정치와 정치 자금

　어느 사회나 여러 사람이 함께 해내야 할 일이 없는 경우는 없겠지만, 다른 어떤 사회보다도 해야 할 일이 많은 것이 우리 사회이다. 그것은 그동안 역사의 우여곡절 속에서 잘못된 일이 많기 때문이지만, 다른 한편으로는, 의식적으로 그것을 받아들이고 있든 그렇지 않든, 보다 나은 사회를 만들어 가야겠다는 데 우리가 다 같이 동의하고 있기 때문이다. 어떤 사람들은 우리 사회 과제를 실천에 옮기기 위해서는 혁명적 변화를 거치지 않고는 불가능하다고 생각하고 다른 사람들은 점진적인 방법으로도 가능하다고 생각한다. 현재 대체적으로 혁명론은 우리 사회 내의 변화의 결과와, 그와 함께 기묘하게 맞물려 돌아가는 듯한, 국제적인 변화로 인해 그 기세가 수그러진 것으로 보인다.

　이는 사회 변화의 자연스러운 리듬과도 관계가 있다. 사람이 하는 일은 일어나고 수그러지는 에너지의 리듬을 가지게 마련인데, 오늘의 우리 사회는 변화의 피곤 상태에 들어 있는 것이 아닌가 한다. 이 피곤은 물리적인 것도 있고 정신적인 것도 있다. 거기에는 퇴행의 증조라고 볼 수 있는 것도 있지만, 평형 상태를 지향하는 삶의 자기 조정 능력을 나타내는 것도 있다. 과열 상태의 경제가 구조적 조정을 위하여 조정을 필요로 하는 것과 비슷한 것이다.

정치와 사회에서의 조정 문제는 도덕성의 문제에 관계되어 있다. 도덕성은 사회적·정치적 행동의 기초이다. 많은 사람이 느끼고 있듯이 오늘날 우리 사회의 핵심적 문제의 하나는 도덕성의 상실이다. 이것이 회복되고 나서야 우리 사회는 다시 앞으로 가든 뒤로 가든, 급히 가든 서서히 가든 할 수 있을 것이다.

1. 삶의 균형 일탈은 수단과 목적의 분리

지난 몇십 년 동안 계속 팽창해 온 것 중의 하나는 사람의 정치적 측면이었다. 정치 슬로건은 불가피하게 단순화하고 과장한다. 삶의 에너지를 모아 새로운 현실로 도약하는 마당에 일상적 또는 장기적인 삶의 평형과 복합성의 진실이 뒤틀리게 되는 것은 어찌할 수 없는 일인지 모른다. 그러나 이 단순화, 과장 그리고 거기에 따르는 왜곡과 거짓이 오래 지속될 수는 없다. 팽창된 정치로 인한 삶의 균형 일탈은 수단과 목적의 분리에서 가장 두드러지게 나타난다. 정치적 목적의 거대한 계획하에서 많은 것이 수단으로서의 의미를 갖는다. 수단은 목적에 의하여 정당화된다. 이것은 도덕적 관점 또는 자유주의적 사고의 관점에서는 악명이 드높은 명제이지만, 정치적 계획에 있어서는 어느 정도 불가피하다. 그것은 그 명제로 인하여 희생을 지불해야 하는 당사자들에 의해 받아들여질 수도 있다.

그러나 목적이 너무 크고 너무 먼 것이라면 문제가 생기게 된다. 목적이 실현되지 않고 있는 한 수단들은 아무런 정당성도 없는 것이 된다. 그것은 무의미한 파괴, 고통과 희생으로 전락한다. 이때 수사와 강제력만이 가상의 목적과 현실의 수단, 수단으로서의 행위들을 연결해 줄 뿐이다. 그리하여 오늘의 행위는 극히 자의적인 의도의 기만적이고 강제적인 집행 이외의 다른 아무것도 아닌 것이 되어 버리고 만다. 목적과 수단이 분리된 행동 양식은 본래부터 부패의 가능성을 지닌 것이다. 모든 것이 정치적이 되는 상황에서 모든 인간 행위는 전략적 행위가 된다. 그것은 어떤 다른 목적, 다른 의도에 봉사하는 것이 된다. 그러면서 이 목적과 의도는, 그를 신봉하는 사람 이외의 관점에서는, 자의적이고 비밀스러운 것이다. 모든 사람은 자기만의 의도를 숨기고 움직인다. 그의 행동은 실천을 위한 전략의 일부이지만 다른 사람은 그것의 참의미를 알기가 어려운 것이다. 언어도, 사람도, 행동도, 그 자체로 의미가 있거나 중요한 것이 아니라 은밀한 목적과의 관련하에서만 의미를 갖는다.

말은 선전이나 선동이 된다. 사람은 이용의 대상이 된다. 행동은, 말이나 마찬가지로, 이중의 의미, 거죽으로 나타나는 의미와 행동자의 전략 속에서의 의미를 갖는다. 이것은 가상과 진실의 차이에서 오는 허위의 가능성을 받아들이는 일인데, 이 허위의 가능성은 최종의 진실에 의하여 정당화된다고 생각된다. 그러다 보면 더 적극적으로 거짓된 수단의 많은 부분이 거짓 목적에 의하여 정당화된다. 정치의 비극은 거짓과 진실, 선과 악의 혼재를 피할 수 없다는 것인데, 이것은 정치 행위의 위험에 대한 경고로 받아들여지는 것이 아니라 그러한 것들의 구분을 냉소적 경멸로 대하는 마키아벨리즘의 정당화로 생각되는 것이다.

2. 피할 수 없는 패러독스, 정치 바로잡기

이러한 관찰은 우리 정치로부터의 도덕성 소멸을 정치의 비극적 본질로부터 비교적 관대하게 이해해 보려 한 것이다. 그러나 이것은 우리의 상황에서 의미 없는 변호에 지나지 않을는지 모른다. 또 우리 사회의 도덕적 퇴화가 전적으로 정치 또는 정치적 사고, 언어, 행동 패턴의 팽창에 기인하는 것이라는 것도 잘못일 것이다. 정치의 왜곡과 허위는 보다 큰 현상인 금기 없는 자본주의적 발전이 가져온 공동체 붕괴의 한 기능에 불과할 수도 있다. 그러나 더 큰 원인이 따로 있든 없든, 정치가 우리 사회의 도덕적 타락에 한 요인이 된 것은 사실이다. '정치적이다' 하는 말이 언어와 행동이 표리부동하다는 것으로 지칭하는 말이 된 것이 그 한 증거이다. 그러나 그렇다고 정치를 욕하고 또 그것으로부터 물러날 수도 없는 일이다.

도덕성의 문제까지를 포함하여 집단의 문제를 정치 이외의 어떤 수단으로 풀어 나갈 것인가. 정치를 바로잡는 일은 피할 수 없는 패러독스이다. 집단적 문제 해결 수단으로서의 정치의 효율성을 회복하는 것은 가장 중요한 문제의 하나이다. 이미 언급한 바와 같이 도덕성 회복은 여기에 매우 중요한 과제 중 하나이다. 물론 어떤 한 가지 일로 정치의 효율성이 얻어지는 것은 아닐 것이다. 도덕성은 거기에 작용하는 하나의 요인에 불과하다. 따라서 그것은 조금 더 복잡하게 생각되어야 한다. 도덕성만을 부르짖는 단순한 주장들에 대해 우선 정치는 도덕과 일치하는 것이 아니라는 것을 새삼스럽게 상기할 필요가 있다. 정치가 사람 사는 일의 모두를 집약하는 것은 아니라고 하더라도 적어도 그것의 집단적, 선험적 조건을 결정하는 것이라고 할 때, 도덕은 정치보다 적은 삶의 부분을 포괄할 뿐이다. 정치는 도덕을 포함하지만 동시에 그것을 넘어간다. 정치의 마당에 있어서의 도덕은 추상적인 것이 아니라 무한히 다기하고 모호한 상황 속에서의 결단의 행위에 관계되는 상황 속의 도덕이다.

그러면서 정치는 도덕 없이는 존립하기 어렵다. 정치는 한편으로는 이익과 타협, 다른 한편으로는 이것을 집단적으로 종합하거나 이것을 초월할 수 있는 능력으로 이루어진다. 이익의 실현, 양보와 타협의 획득, 공공성 또는 보편성의 확보는 힘에 의하여 또는 도덕에 의하여 달성된다. 아마 현실적으로는 이 두 힘, 타율을 부과하는 힘 또는 개인의 내부에서 나오는 자율적인 힘의 적정한 배합이 정치를 가능하게 하는 것일 것이다. 힘이 필요 없는 정치도 적어도 오늘의 시점에서 유토피아적 환상에 불과하지만 절대적 권력의 지배도 도덕이 없이는 유지될 수 없는 일이다. 가령 최소한도의 충성이 없는 순수한 물리적 힘의 통치가 가능할 것인가?

또는 직접적, 물리적 지배를 넘어가는 지역의 통치에 있어서 더욱 중요한 것은 정보의 신뢰성일 것이다. 이것은 사실 존중의 훈련을 전제로 하는데 도덕적 품성의 면에서 여기에 기초가 되는 것은 정직성이다. 그것은 모든 크고 작은 인간관계의 기초 중에 기초가 되는 것이다. 그것이 사람과 사물을 가시적이게 하고 가시적 시계 속에서야 비로소 앞을 내다보는 생각과 행동의 계획이 가능하게 된다. 직접적 지배를 넘어가는 통치 행위는 보이지 않는 지역을 가시적인 것이 되게 하는 정보 없이는 불가능하고 그것은 정직성과 밀접한 관계를 가진 사실 존중의 태도 없이는 얻어질 수 없는 것이다. 현실주의적 사고가 놓치는 부분은 이러한 최소한의 도덕적 품성이 모든 정치 행위와 정치적 현실에서 빼어놓을 수 없는 일부라는 사실이다. 되풀이하건대 오늘 우리의 현실은 이러한 도덕적 기초를 상실한 상태에 있다.

3. 12인 초선 의원의 정치 정화 선언

최근 이부영, 제정구, 유인태, 원혜영, 박계동, 이규택, 이길재, 김원웅, 장영달, 이석현, 신계륜, 문희상 씨 등 초선 의원 12명이 모여 깨끗한 정치를 위한 결의문을 발표하였다는 보도가 있었다. 이것은 인물의 자리와 센세이션의 크기로 모든 사건을 저울질하는 우리 풍토에서 하나의 작은 사건에 불과할는지 모르지만, 정치 상황의 증후의 핵심을 드러내 주고 그 치유의 방향을 보여 준다는 의미에서 다른 어떤 사건보다도 뜻있는 일로 볼 수 있다. 열두 초선 의원의 선언은 우리 정치의 근원적 위기 상황, 즉 도덕성의 소멸에 핵심적으로 관계된다. 그들이 무엇보다도 깨끗한 정치의 문제를 제기한 것은 너무나 당연하다.

그들은 구체적으로 깨끗한 정치의 문제가 돈의 문제임을 지적한다. 깨끗한 정치를 하겠다는 것은 우선 정치 자금의 비리를 없애겠다는 것이다. 돈의 문제는 오늘의 사회에서 모든 문제의 핵심에 놓여 있다. 그러나 정치 자금의 문제는 부패의 문제이기 때문에만 심각한 것이 아니다. 정치 자금의 비리는 바른 정치를 할 수 있는 사람을 없애 버린다. 바른 정치를 하겠다는 사람까지도 비리의 정치 자금에 관계되지 않고는 정치를 할 수 없다고 한다면, 참으로 바르게 일할 사람을 찾을 도리가 없게 되는 것이다. 바른 정치를 하겠다는 사람은 오히려 그 이중성으로 하여 정치에 대한 냉소주의를 만연하게 만들 뿐이다.

12인이 정치 자금의 문제를 가장 중요한 것으로 언급한 것은 다른 면에서도 옳은 일이다. 그것은 그들의 개인적인 진실성에 관계되는 일이다. 현실적으로 정치 자금의 문제는 정치 윤리의 문제이면서 당사자에게 개인적으로 절실한 문제일 수밖에 없다. 의원직을 유지하는 데 돈이 많이 들고, 드는 돈을 무슨 수를 써서라도 구해야 한다면, 그것은 심히 괴로운 일일 것이다. 그렇다고 돈 쓰는 일이 어렵고 돈 구걸하는 것이 어렵다는 것만은 아니다. 은밀하고 불합리한 방법에 의한 정치 자금의 수수는 관계 인사의 양심과 명예를 손상케 한다. 그것도 단순히 개인적인 의미에서가 아니다. 비리 정치 자금은 국회 의원으로 하여금 의원직의 의무를 공평하게 수행할 수 없게 한다. 관계되어 있는 것은 의원으로서의 양심과 명예이다. 옳지 못한 돈을 필요로 하고 그것을 얻어 오는 것은, 위에서 비쳤듯이 의원직을 통하여 국민의 바른 삶에 봉사하고자 하는 사람의 본질을 회복할 도리가 없게 손상하는 일인 것이다.

12인 선언에서 흥미로운 것은 정치 자금과 같은 핵심적인 문제와 더불어 의원 생활의 극히 지엽적인 문제들에 언급하고 있다는 사실이다. 선언은 경조사에 화환을 보내지 않는다거나 주례를 안 선다거나 하는 것을 포함한다. 이것은 조금 더 큰 문제라고 할 수 있는 불합리한 정치 자금의 필요를 줄이자는 노력에 관련된다. 고급 승용차를 안 탄다는 것도 이 문제에 관련되어 있다. 물론 승용차의 문제는 과시적 사치를 삼가고 보다 많은 국민과 함께 호흡하겠다는 의도도 가진 것일 것이다. 그러나 그것은 명분을 크게 내세우는 제스처보다는 더 실질적인 필요에 연결되어 있다고 보는 것이 옳을는지 모른다. 왜냐하면 12인 선언은 명분의 문제를 말하면서 동시에 신입 의원들의 개인적인 필요의 문제에 관련되어 있는 것으로 보이기 때문이다.

이러한 절실성의 표현이 얼핏 보기에는 사소한 일에 불과한 것처럼 여겨질 수도 있지만, 실제에 있어서 신변적인 고려와 구체적인 문제에 대한 주의야말로 이 선언에 가치를 부여하는 것이라 할 수 있다. 그것이 그들의 보다 큰 정치적 문제에 대한 발언을 믿을 만한 것으로 생각되게 하는 것이다. 깨끗한 정치의 주창이 이들 12인에게서 처음 시작된 것이 아님은 말할 것도 없다. 문제는 그러한 주창이 쉽게 믿을 수 있는 것이 되지 못한다는 데 있다. 오늘의 전략적 사고의 시대에 있어서, 그것이 또 하나의 위장과 조정의 전략이 아님을 어떻게 믿을 것인가. 열두 사람의 선언도 이러한 전략적 의도를 가진 것일 가능성이 없을까.

4. 12인의 깨끗한 정치 선언과 실존적 관련성

이러한 의심을 줄여 주는 것이 개인적 필요와의 구체적인 얼크러짐이다. 그들은 개인적 어려움으로부터 말을 시작하고 있다. 화환 보내기, 주례 서기의 어려움, 정치 자금 얻기의 어려움이 바른 정치인 노릇 하기의 어려움에 연결되는 것이다. 이것은 개인적인 동시에 공적인 어려움이다. 그리고 개인적인 어려움은 공공의 어려움을 극복하는 데 개인적으로 할 수 있는 최소한도의 일에 관계된다. 다시 말해 큰 의미에서 깨끗한 정치에 노력한다고 할 때 그것은 건성으로 받아들인 대의명분이나 듣기 좋은 슬로건과는 무관하다. 그것은 삶의 필요에서 나오는 것이다. 그 필요가 개인의 내면에서나 사회의 외면에서나 깨끗할 것을 요구하는 것이다. 그들의 정치적 신념은 그들의 실존적 요구에 일치하는 만큼 신뢰할 만한 것이 되는 것이다. 정치 신념의 신뢰성과 실존적 요구의 일체적 연결은 지나치게 강조할 필요가 없는 것일지도 모르지만, 모든 공적인 행동이 관중을 위한 공연의 성격을 가진 우리 현실에서 새겨 볼 만한 일임에 틀림이 없다.

열두 사람은 신입 의원으로서, 아니할 것으로 하필이면 경조사에 화환 안 보내기 또는 회기 중 주례 안 서기를 든 것일까? 우리 사회에서의 많은 행사들이 그러하지만, 경조사는 하나의 전략적 행사이다. 그것은 대부분 진심으로 경하고 조상하는 것이 아닌 다른 목적에 이용되는 것이다. 12인의 결의는 이것이 적절한 절도를 가진 인간적 관심의 표명 이외의 것으로 이용되는 것을 거부하는 것이라고 할 수 있다.

혹자는 우리 사회의 문제가 경조사에 화환 안 보내는 일의 정도로 해결되겠느냐고 할는지도 모른다. 그러나 생각에 따라서는 관혼상제의 문제가 그렇게 간단한 일이 아니기도 하고, 또 이미 비친 바와 같이 관혼상제의 혼란은 우리 사회의 감정 구조의 부패에 관련되어 있기도 하다. 그러나 여기에서 이러한 문제의 중요성은 이미 말한 바와 같이 12인의 깨끗한 정치 선언과 그것의 실존적 관련을 나타내는 데에 있다. 이 관련은 실질적 이해관계나 대의명분까지도 넘어가는 깊이에서 나오는 것일 수 있다. 그것은 거론된 경조사 거부의 의미가 일상이나 세말사에서까지 거짓을 거부하는 파토스의 분출로 볼 수도 있는 것이기 때문이다.

정치 풍토의 혁신은 명분의 차원에서보다도 실존의 차원에서 시작할 수밖에 없는 것처럼 보이는 것이 오늘의 실정이다. 오늘의 시대는 명분을 따지기 전에 생존의 깊이로부터의 허위에 대한 거부감을 요구한다. 종교개혁의 시기에 루터는 자신의 행위에 대한 설명을 요구받을 때 최종적으로 "나는 달리할 수가 없다."라고 말한 것으로 전해지거니와, 오늘에 필요한 것은 그와 비슷한 긍정과 거부이다. 이러한 근본적인 결단을 감지할 수 있을 때 믿을 수 있는 것으로 받아들여질 수 있다. 그만큼 상황이 극한적이라는 말이지만, 극한적 상황은 인간성의 항수(恒數)를 확인해 주는 면을 가지고 있다. 그것은 진실이 없이는 살 수가 없다는 것이다. 그것은 거의 본능에 가깝다. 플라톤은 정의감의 기초가 사람의 다혈질적 성질에 있는 것이라고 말한 바 있지만, 위기의 시기는 인간성의 바닥을 노출시킨다. 오늘날 결국 우리가 의지하게 되는 것은 이러한 인간성의 가장 깊은 기초이다.

5. 우리에게 필요한 것, 삶의 깊은 필요에서 나오는 도덕성

이것은 작은 일에서도 드러나는 감성적 거부에서 가장 잘 나타난다. 그렇기는 하나 원초적인 본능이 충분한 것은 아니다. 그것은 궁지에 몰린 인간의 최후의 최소한의 방어이다. 행복하고 번영하는 정치 공동체가 지향하는 것은 최소한의 것보다는 오히려 최대한의 것이다. 최소한의 것은 새로운 시작의 처음일 뿐이다. 삶의 필요에서 나오는 본능적 반응은 보다 넓은 자기 인식과 사회 인식으로 발전되어 의미 있는 것이 된다.

그러나 보다 큰 정치적 의식과 가치까지도 기초적인 것에 속한다고 할 수 있다. 깨끗함도 정의도 다른 기본적인 가치와 함께 삶의 얼개와 토대를 이루는 것이고, 얼개와 토대는 삶의 다른 발전의 밑에 놓이는 것에 불과하다. 그것들은 밖으로 드러나는 것이 아니라 감추어져 있어서 좋은 것이다. 오늘날 정의, 진실, 평등, 인권 등이 자주 이야기되는 것은 이러한 것들이 불안한 상태에 있고 오늘이 살벌한 시대라는 것을 말한다. 그리고 이러한 것들은 투쟁적으로 확보되는 것이기 때문에 그 나름으로 삶을 살벌하게 하는 데 기여한다. 이것은 실존적 진실성의 경우에도 마찬가지이다. 극단적으로 그것은 모든 동물적 생존의 바탕을 이루는 자기주장 또는 생물학적 고집에 불과하다. 그것은 사회적 갈등의 원인이 되기도 한다.

우리는 12인 선언이 삶의 바탕에서 나오는 여러 증후를 가지고 있음을 언급하였다. 그렇다 하여 그들이 좁게 자기에 집착하는 사람이라거나 실존주의자라는 말은 아니다. 그들을 특징짓고 있는 것은 독특한 정치적 투쟁의 과거이다. 그러한 정치적 투쟁이 그들의 삶에 깊이 연결되어 있다는 것이 이 글의 취지이지만, 이것은 이미 그들이 추구해 온 정치적 경력에서도 드러나는 것이다. 그것은 많은 점에서 외면적 영광의 추구(이것은 화려한 사회적 보상을 통해서만이 아니라 순교적 고통 속에서도 추구될 수 있는 것이다.)보다는, 자신의 생존에서 오는 것이든, 우리 사회의 고통받는 사람으로부터 나오는 것이든, 삶의 깊은 요청에 부응하여 추구되어 온 것으로 보인다.

물론, 정치적 삶에서 영광의 추구가 완전히 배제될 수는 없는 일이다. 정치의 동기는 여러 사람 사이에서 움직일 때 일어나는 고양감이다. 영예란 이 고양감의 형식화이며 사회화이다. 그것은 우리가 우리의 진정한 자아와 일치하며 또 바른 모습의 사회 인정과 일치하는 상태이다. 그러므로 그것은 진실된 인식 없이는 허황한 것이다. 거기에 근본이 되는 것은 도덕적 투명성이며 그것에 기초한 삶의 고양이다.

우리에게 필요한 것은 삶의 깊은 필요에서 나오는 도덕성이다. 그리고 이 도덕성은 편협한 도덕주의에 사로잡힘이 없이 우리의 사회와 정치의 바탕이 될 수 있어야 한다. 깨끗한 정치가 있고 나서야 정치는 우리의 문제를 해결해 나가는 집단적 수단이 될 수 있고, 더 나아가 정치의 장은 보다 고양된 인간의 삶을 현양(顯揚)하는 공간이 될 것이다. 오늘의 시대가 총체적 부패와 허위의 시대라는 느낌을 가진 사람들이 많다. 그러나 다른 한편으로 우리는 이제 전략적 허위의 정치 시대가 물러가고 있음을 느낀다. 새로이 자라 나오는 새로운 정치의 한 증표가 12인 선언 같은 것이 아닌가 한다.

(1992년)

앞을 바라보며

1990년 정월 초하루

　다사다난(多事多難)이라는 말은 한 해를 돌아보는 글에 흔히 등장하는
표현인데, 1989년을 넘기고 1990년을 맞이하면서 새삼스럽게 이 말이 떠
오르는 것을 어찌할 수 없다. 1989년의 끝은 1년의 끝이며, 1980년대의
끝이다. 1990년의 시작은 한 해의 시작이면서 1990년대의 시작이다. 또
1990년대는 20세기의 마지막 10년대로서 20세기의 대단원을 이루면서
새로운 21세기를 준비한다. 사람이 임의로 만든 시간과 시대의 구획이 무
슨 신비한 힘을 가진 것은 아니겠으나, 이 시점에 서서 우리는 과연 여러
사건의 경과가 동시에 매듭을 짓는다는 느낌을 아니 가질 수 없는 것이다.
　제5공화국의 유산으로서 해결되지 못한 정치적 문제와 사회적 갈등은
지난해를 계속 혁명적 긴장감에 휩싸이게 했다. 긴장감을 심화시킨 것은
국제적인 사건으로서 사회주의 국가에 일어난 대변혁이었다. 오늘도 진행
되고 있는 이 변혁의 과정은 프랑스 혁명, 소련 혁명 또는 세계 대전에 비
교되는 세계사적인 —— 따라서 한반도의 우리에게도 커다란 현실적 정신
적 의의를 갖는 사건으로서, 한 시대에 획을 긋는 일인 것이다.

대체로 한 시대의 획이 그어지고 있다는 느낌은 오늘의 여러 사건들이 모두 불러일으키는 느낌이다. 국내적으로 1989년의 일들은 1987년 이후의 대변화의 일부이다. 또 그것은 1980년대에 들어선 이후의 전두환 정권의 성립과 붕괴 과정의 일부분이다.

지금 우리는 그 붕괴를 마무리하고 새로운 시대를 열려는 과도기에 처해 있다. 과도기는 불가피하게 위기감을 불러일으킨다. 또 빠른 속도로 일어나는 역사의 변화는 영고성쇠의 무상함과 허무함을 느끼게도 한다. 어떤 경우는 모든 역사 또는 역사 속의 노력에 대한 허무주의에 이르게 하기도 하는 것이다. 그러나 근래의 사건들은 오히려 혼란과 우여곡절에도 불구하고 미래의 세계에 대하여 낙관적 기대를 갖게 한다. 그리하여 혼미의 시대는 일시적인 것이며, 우리로 하여금 보다 성숙한 인식을 가질 수 있게 하기 위한 방편이라는 생각이 든다.

말할 것도 없이 1987년 이후 우리 사회의 큰 변화는 민주화를 향해 가는 변화이다. 지금의 시점에서 그것은 불확실하고 어설픈 인상을 줄 수 있으나 적어도 방향은 분명히 그쪽을 향한 것임에 틀림이 없다. 이것은 단지 1987년에 시작된 것이 아니라 보다 긴 역사의 과정의 한 중요한 고비에 불과하다. 오늘의 민주화는 1950년대 이후의 계속적 민주화의 움직임의 일부이고 더 소급하여 20세기 초로부터의 민주 공화국을 향한 충동에로 이어지는 것이다.

더 크게 보면 민주화의 움직임은 19세기 말 이후 우리 민족이 부딪쳐야 했던 근대화의 과제의 수행을 위한 노력의 한 부분을 이룬다. 근대화가 참으로 좋은 것이냐, 아니냐 하는 문제를 떠나서 20세기의 거센 국제 환경 속에서 살아남기 위하여 그것은 반드시 이뤄 내야 하는 과업이었다. 근대화의 과업은 민주화만을 포함하는 것은 아니었다. 그것은 밀려오는 외부 세력에 대하여 자주 자존을 확보하는 것이며 그것을 위하여 근대 사회의 기초로서의 산업화를 이룩하는 것이고, 그 다른 기초로서 또 민족 내부의 자생적 요구로서 민주적 사회를 건설하는 것이었다.

이렇게 이룩해야 할 일들은 한편으로 서로 발맞추어 나아갈 수 있는 면도 있고, 다른 한편으로는 따로따로 진행되거나 서로 모순을 일으킬 수 있는 점도 가지고 있는 것이었다. 놀라운 것은 근대 사회로 나아가는 데 필요한 여러 가지 과업들이 그런 나름으로 계속 진행되어 왔다는 것이다. 가령 1960년대 이후 오늘날까지 민주주의라는 점에서는 경제의 면에서 그 나름의 발전을 이룩한 것은 틀림이 없다. 그것이 민주주의 발전과 병행하지 못했던 것이 가슴 아픈 일이기는 하지만 이제는 역사의 과업은 모순 가운데 모순을 낳으면서 진전되는 것이 아닌가 하는 생각도 하게 된다. (물론 이 모순의 틈바구니에 끼여 희생되는 사람의 삶을 생각할 때 역사는 비록 장기적으로는 희극이 된다고 하더라도 단기적으로는 비극임을 면치 못한다.)

1980년대를 끝내고 1990년대를 맞이하면서 우리 사회에 어떤 자신감이 넘치고 있음은 틀림 이 없다. 지금 안정된 사회 질서의 평원에 들어섰다고 할 수는 없을지라도 이제 발전의 수레가 일정한 방향의 궤도에 들어섰다는 느낌이 든다. 물론 산 넘어 또 산의 과제들이 우리 앞에 놓여 있는 것을 부정할 수는 없다. 민주화는 더 계속 진전되고 사회적 갈등은 화평의 질서로 바뀌어야 한다. 그리고 무엇보다도 통일의 민족적 과업을 이룩해 내야 한다. 그러나 이러한 일들이 엄청난 것들이기는 하나 앞으로 잘 되어 가리라는 낙관적 예감을 갖는 것은 나 혼자만이 아닐 것이다. 섣불리 역사의 발전을 말할 수는 없지만 지금 이 시점에서는 그런대로 우리의 역사는 전진적으로 진행되고 많은 과제들이 서서히 풀려나온 역사이고 그 연장선상에서 앞으로의 문제도 그렇게 풀려나갈 것이 아닌가 여겨지는 것이다.

20세기는 제국주의의 시대였다. 20세기의 초반은 19세기 후반에 시작된 제국주의가 절정에 이르렀던 시기였다. 그러나 후반에 접어들었을 때 제국주의는 벌써 후퇴하기 시작하였다. 아직도 곳곳에 민족 해방 투쟁이 벌어지고 있고, 제국주의 또는 식민주의가 자리를 내어놓은 곳에 신제국주의·신식민주의의 세력이 들어서게 된 것도 사실이다. 그러나 대체적인 추세로 볼 때 제국주의의 갈등에 대신하여 새로운 국제 질서가 등장하고 있는 것도 분명하다. 지역 전쟁에도 불구하고, 1945년 이후 대규모 전쟁이 없었던 것만도 세계가 무엇인가 새로운 질서를 배워 가고 있다는 증거로 볼 수 있다.

미소(美蘇) 양대 세력의 대립으로 인한 하나의 전쟁의 위협도 점진적으로 줄어드는 듯하더니 최근의 소련과 동유럽의 사태는 이제 전쟁 없는 미래를 내다볼 수 있게 하는 듯도 하다. 동부 유럽의 변화는 더 깊은 의미에서 평화의 전망을 강화해 준다. 제국주의의 위협으로 하여 세계의 모든 나라는 자주적 생존의 유일한 조건으로서 근대화를 강요받았다. 이 근대화는 두 가지의 길을 통하여 달성될 수 있었다. 하나는 자본주의의 길이요, 또 다른 하나는 사회주의의 길이었다. 이 두 길의 가능성은 국제적으로나 여러 나라의 내부에 있어서나 커다란 갈등의 원인이 되었다. 동부 유럽의 변화는 이 두 길이, 이념적 강조가 말하는 것처럼 극단적으로 대립하는 것이 아니라는 것을 보여 주는 듯하다. 그리하여 인류는 각각 역점은 다르지만 결국은 비슷한 제3의 길에서 합치는 것으로 생각되는 것이다.

20세기는 우리 민족에게 역사상 전무후무한 시련의 시기였다. 그것은 내부의 원인이 없지 않는 채로 제국주의의 충격에서 비롯된 것이었다. 이제 우리는 그 충격에서 벗어나 근대 국가들의 국제 질서 속에 참여하게 되었다. 그것은 고통스러운 역사의 과정이었다. 더구나 서로 다른 근대화의 길을 택한 남북의 대치는 그 길을 재난의 막다른 길처럼 보이게 하였다. 그러나 때마침 대체적 윤곽에 있어서는 세계적으로 제국주의는 종말을 고하고 근대화의 선택에 따르는 첨예한 갈등도 사라지려고 한다. 바야흐로 우린 민족에게나 인류 모두에게 21세기가 동터 오는 것을 새로운 세대의 새벽으로 느낄 충분한 이유가 있는 것이다.

이러한 전망을 시도하는 의의는 그것이 현실을 대하는 우리의 태도에 여유를 줄 수 있다는 점에 있다. 1980년대에 있어서, 1960년대·1970년대에 있어서, 지난 100년간의 기간 동안에 있어서, 우리의 시련은 너무 큰 것이었던 까닭에 우리의 절망감은 우리로 하여금 조급한 생각만을 가지게 하였다. 절규하고 투쟁하고 죽음을 결의하는 것만이 역사의 수레를 바르게 나아가게 하는 방법이었다. 그러나 이제 우리는 우리가 걸어온 먼 길이 하나의 고비에 이르렀음을 살피고 포용하고 용서하고 화해할 여유를 가져도 좋을 것이다. 투쟁이 없을 수 없을 것이다. 그러나 그것은 궁극적으로 보다 넓은 화해의 가능성을 확인하면서 스스로를 한정하는 것이어도 좋을 것이다. 어려운 시련 속에서 우리의 마음으로부터 참고 견디고 양보하고 용서하는 예로부터의 덕성들이 사라져 버렸다. 이제 꿋꿋하고 치열한 투쟁의 정신과 함께 이러한 예로부터의 덕성을 되찾을 때가 된 것이다.

동유럽의 대변혁은 여러 가지로 생각하게 하는 바가 많다. 그것은 몇십 년 몇백 년에 볼 수 있는 대혁명이면서, 일찍이 볼 수 없었던 평화적 혁명이다. 현대를 지배하는 정치 사상들은 힘만이 사회 변화의 동력이 된다고 주장해 왔다. 그러나 동부 유럽은 사회 변화의 힘이 반드시 폭력과 동일한 것이 아님을 보여 준다. 과연 인간은 역사에서 배우며 그 배움으로부터 새로운 문제 해결의 방법을 고안해 낼 수 있는 존재인 것이다. 7·4남북공동성명이 나왔을 때 전쟁이나 폭력 혁명의 수단을 통하지 않고 통일 국가가 성립하는 역사적 사례가 있었느냐고 하면서 공동 성명의 성과에 회의를 표하는 정치학자가 있었다. 독일의 오늘은 이러한 현실주의의 협소성을 반증해 준다.

민족적으로 당면한 문제 —— 통일이나 정의롭고 인간적인 사회 건설의 문제도 오늘까지의 모든 업적을 감싸 안는 평화적 투쟁을 통하여 해결되지 말라는 법이 없는 것이다. 긴장과 투쟁과 고통이 없을 수는 없을 것이다. 그러나 그 모든 것이 궁극적으로 평화로운 삶의 질서 속에 포용되리라는 희망을 1990년의 새벽에 가져 보는 것이다.

(1990년)

내면적 인간과 정치 — 서문에 대신하여, 「정치, 아름다움, 시 — 두 개의 서문」,《세계의 문학》제66
호(1992년 겨울호)의 부분

1부 정치적 행동

정치적 행동에 대하여 — 실존적 관찰, 정규복·김우창·이상신·최장집 엮음,『시대와 지성: 소정 이
　문영 교수 화갑기념논문집』(민음사, 1988)

이성적 사회를 향하여,《기독교사상》제288호(1982년 6월호)

사회적 행동과 도덕성 — 오늘의 사회 행동 규범에 대한 한 반성,《씨울의 소리》제105호(1989년 9월호)

민중과 지식인(1982), 출처 미상

자유·이성·정치,《신동아》제211호(1982년 3월호);《아시아공론》제119호(1982년 9월호)에 일본
　어판으로 재수록

정치 변화와 정치 질서의 창조, 「항구적인 정치 질서의 창조」,《월간 조선》제72호(1986년 3월호)

문화·도덕·정치 — 문화의 전망을 위한 서설,『계간 사상』제3호(1989년 겨울호)

근대화의 이데올로기와 행복의 추구, 서울대학교 사회과학연구소, 『사회 과학과 정책 연구』제6권
　3호(1984년 12월)

역사와 사회 비판 세력, 「사회 비판 세력」, 서울대학교 사회과학연구소, 『사회 과학과 정책 연구』제6권
　3호(1984년 12월)

2부 말과 힘

말과 힘의 진실(1987), 출처 미상

문화의 다양성과 사상의 자유,《월간 중앙》제158호(1989년 3월호)

관료적 질서와 자유의 언어,《동서문학》제195호(1990년 10월호)

언어·진리·권력 — 오웰의 『1984』를 중심으로,《신동아》제232호(1983년 12월호)

3부 진리의 기구

대중 매체와 진리의 전달, 유네스코 한국위원회 주최, ‘한국 사회의 변동과 커뮤니케이션’ 세미나 발
　표문(1986년 8월 29일);《세계의 문학》제41호(1986년 가을호)

출판과 문화(1986), 출처 미상

대학의 자율, 연세대학교 국제학술회의 위원회, 『미래 세계의 대학: 창립 100주년기념 국제학술회

의』(연세대학교출판부, 1986)

대학의 이념과 거부의 정신,《신동아》제230호(1983년 10월호)

사람의 객관성과 주관성 ─ 입시 제도에 대한 반성,「280점과 281점, 무엇이 다른가: 대학 입시 이대로 둘 수 없다」의 부분,《신동아》제318호(1986년 3월호)

인간의 지적 형성 ─ 오늘의 교육 문제에 대한 몇 가지 생각,《씨올의 소리》제98호(1989년 2월호)

4부 사회 공간의 창조

사회 공간과 문화 공간, 진덕규 외,『한국 사회의 발전 논리』(홍사단출판부, 1984)

문화 도시의 이념, '21세기 목포시 발전 연구회' 발표문(1990)

환경과 기술의 선택 ─ 엑스포, 과학기술문명, 과학기술의 문제점, '대전 세계박람회' 발표문(1993)

지방의 활성화를 위하여,《사상》제11호(1991년 겨울호)

문화의 중앙과 지방,《월간 조선》제59호(1985년 2월호)

다른 가능성들 ─ 산업주의에 대한 시절에 맞지 않는 성찰,《고대문화》제21호(1982년 2월호)

문화 공동체의 창조 ─ 우리 문화의 목표,《문예진흥》제57호(1980월 3월)를 개고

5부 정치 발전의 역정

민주화의 문제들(1987), 출처 미상

광주 항쟁의 패배와 승리,《한국논단》제9호(1990년 5월호)

분노의 정치,《월간 중앙》제184호(1991년 5월호)

페르시아 만 전쟁의 정의와 파병,《한국논단》제18호(1991년 2월호)

권력·무관심·정치 열기,《세계의 문학》제64호(1992년 여름호)

진실의 정치(1992), 출처 미상

정직한 정치와 정치 자금(1992), 출처 미상

앞을 바라보며 ─ 1990년 정월 초하루(1990), 출처 미상

김우창

1936년 전라남도 함평 출생. 서울대학교 문리과대학 정치학과에 입학해 영문학과로 전과했다. 미국 오하이오 웨슬리언대학교를 거쳐 코넬대학교에서 영문학 석사 학위를, 하버드대학교에서 미국 문명사 박사 학위를 취득했다. 서울대학교 영문학과 전임강사, 고려대학교 영문학과 교수와 이화여자대학교 학술원 석좌교수를 지냈으며《세계의 문학》편집위원,《비평》발행인이었다. 현재 고려대학교 명예교수, 대한민국예술원 회원으로 있다.

저서로『궁핍한 시대의 시인』(1977),『지상의 척도』(1981),『심미적 이성의 탐구』(1992),『풍경과 마음』(2002),『자유와 인간적인 삶』(2007),『정의와 정의의 조건』(2008),『깊은 마음의 생태학』(2014) 등이 있으며, 역서『가을에 부쳐』(1976),『미메시스』(공역, 1987),『나, 후안 데 파레하』(2008) 등과 대담집『세 개의 동그라미』(2008) 등이 있다. 서울문화예술평론상, 팔봉비평문학상, 대산문학상, 금호학술상, 고려대학술상, 한국백상출판문화상 저작상, 인촌상, 경암학술상을 수상했고, 2003년 녹조근정훈장을 받았다.

김우창 전집 5

이성적 사회를 향하여 : 사회와 정치에 관한 에세이

1판 1쇄 펴냄 1993년 4월 5일
2판 1쇄 찍음 2015년 11월 27일
2판 1쇄 펴냄 2015년 12월 14일

지은이 김우창
발행인 박근섭·박상준
펴낸곳 (주)민음사

출판등록 1966. 5. 19. 제16-490호
주소   서울시 강남구 도산대로 1길 62 (신사동)
        강남출판문화센터 5층 (우편번호 06027)
대표전화 515-2000 | 팩시밀리 515-2007
홈페이지 www.minumsa.com

ISBN 978-89-374-5545-2 (04800)
ISBN 978-89-374-5540-7 (세트)